한 줌의 시

조재룡 비평집
한 줌의 시

펴 낸 날 2016년 11월 8일
지 은 이 조재룡
펴 낸 이 주일우
펴 낸 곳 ㈜문학과지성사
등록번호 제1993-000098호
주   소 04034 서울 마포구 잔다리로 7길 18
전   화 02) 338-7224
팩   스 02) 323-4180(편집)/02) 338-7221(영업)
전자우편 moonji@moonji.com
홈페이지 www.moonji.com

© 조재룡, 2016. Printed in Seoul, Korea

ISBN 978-89-320-2895-8 03800

이 도서의 국립중앙도서관 출판예정도서목록(CIP)은 서지정보유통지원시스템 홈페이지(http://seoji.nl.go.kr)와
국가자료공동목록시스템(http://www.nl.go.kr/kolisnet)에서 이용하실 수 있습니다.
(CIP제어번호: CIP2016020675)

:: **조재룡** 비평집

한 줌의 시

문학과지성사

1.

　세번째 비평집을 묶는다. 돌아보면, 시와 관련되어 내가 했던 일
은 차라리 제자리걸음에 가까웠다. 그간 나는 책을 읽었고 글을 썼
으며, 더러 번역을 했고 자주 강의를 했다. 독서-집필-번역-강의
는 내게 무언가를 다지는 일, 기왕에 있는 것에서, 존재해온 것이
나 혹은 존재하려 채비를 갖추고 있는 것에서, 우리 앞에 당도한
것에서, 무언가를 꺼내보려는, 무언가를 두드려 열어 보이려는 시
도였다고 해도 좋겠다. 무(無)는 그러니까 내 글이 넘보거나 향할
무대는 아니었다. 차라리 유(有)라는 배우가, 유(有)라는 문장이
제 연기를 펼치고 있는 무대를 바라보고 관찰하는 어느 동안의 일
이 나에게 가능했으며, 그렇게 내가 '작업'이라고 부르는 나의 일
은, 자주는 막이 내린 후, 객석에 우두커니 서서 골몰하며 찾아 나
선 유(有)의 흔적들과 골똘하게 떠올리는 잔상들에 바쳐졌던 것 같

다. 글을 쓰면서 나는 대부분의 시간을 이상하리만큼 소박하게, 관객의 눈으로, 유(有)의 길, 그러니까 문장과 문장이 계속 충돌하며 튀어 오르는 파편과 같은, 서로가 서로에게 덧대면서 모종의 접점을 모색하는, 간혹 독특한 연결점에서 휴지의 정류장을 만들어내고, 더러 화답하는 저 모양새에서 기이한 목소리를 점점이 뿌려놓기도 하는 어떤 길 하나, 하나의 길을 끝까지 따라가보려는 욕망에 시달린 것은 아닌가 한다.

내게 시는 흡사 길을 만들어나가는 과정과도 같았다. 하나의 길이 또 다른 길로 이어진다. 사라진 것 같아 어리둥절해하면서 주위를 둘러보면, 다른 길이 보이고, 이어질 듯 이어지지 않는 길과 끊긴 듯해도 끊어지지 않은 길이 다시 반복된다. 내가 접어든 길이 끝이 없다는 사실을 알아챌 때마다, 길의 점선들을, 길의 모양새를, 길의 형식이나 길에 걸린 간판들을, 길의 세기나 강도를, 길의 폭과 길이를, 길의 감정이나 길의 열정을, 길의 슬픔과 기쁨을, 그러나 길 밖에 서서, 손을 뻗어 만지려 하거나 추정을 해보아야 한다는 사실에 나는 크게 안타까워하지 않았다. 길을 내기 위해, 도약을 준비하고 정념을 덜어내려 발걸음을 분주하게 옮기는 것은, 그러니까 지금 생각해보면, 내 몫이 아니었다. 체념과 절망은 아니었지만, 자주 그런 생각이 들 때마다, 차라리 나는 창문을 열고, 담배를 피우고 또 피우면서, 어두운 하늘을 오래도록 바라보는 일에 까닭 없이 매달리기도 했다. 저 어둠 속으로, 블랙홀과 같은 어느 한 점을 향해, 쉴 새 없이 달음질치며, 제 길을 찾아 나선 것은 아마 시인들이었을 것이다. 나는 오히려 그들이 삼키고, 그들을 삼킨 어둠을 바라보며, 간혹 그곳에서 새어나오는 일말의 빛, 없을지도 모를, 확신할 수 없었을 저 길을 욕망한 주관성의 흔적과 주관성이 개척해낸 길을 더듬어 기록하는 일에, 아마 거기에, 내 자리가 있을 거라고 생각했던 것 같다.

2.

시인과 비평가는, 어느 익숙한 비유에 따르자면, 사냥꾼과 농부와 같은 것이다. 매일 제 먹을거리를 구하러 사냥꾼은 지천을 떠돌아다닌다. 시인이 이 세계, 그러니까 허허벌판에서 드잡이를 하며, 제 몸을 쓰고, 정신을 동원하여 백지를 차츰 메워나가며 '쓰는 사람'의 소임을 다하려 애를 쓸 때, 비평가는 어디에선가 얻어와 제법 손에 익은 사유라는 도구에 의지해, 제 앞에 펼쳐진 자그마한 밭을 이렇게 저렇게 고민해가며 가꾸어보려 한다. 실로 사냥꾼이 그러하듯이, 시는 자신을 충분히 감추어야 할 때가 있고, 이질감을 느끼지 못하게 되는 순간까지 차분히 기다려야 하는 순간을 맞이하기도 하며, 스스로 납득한 다음에야 비로소 찾아오는 말들을 궁리한 다음, 그것을 가지고 세상에 주관적인 눈을 드리우고, 대상과 사물의 침묵을 깨려 힘껏 밀어붙이기도 하면서, 우리가 불가능하다고 여겨왔던 무언가를 포획하려 바삐 손을 놀리고 부지런히 발걸음을 옮긴다. 빈손으로 돌아 나왔다는 상념에 사로잡힐 때조차, 불가능한 이유를 묻고 타진했다면, 시인은, 그는, 적어도 빈손으로 이 세계를 돌아 나온 것은 아닐 것이다. 통고나 하달, 공표나 증명, 보고나 예찬에 몰입하는 것이 아니라, 삶의 구석과 구석에서 작은 여론을 만들어내려 궁리하는 문장으로, 시인이 게토와 같은 공간을 지금-여기에 파보는 일에 열중한다면, 비평가는 그곳의 언저리에, 거기의 주변에 당도해, 주위를 둘러보고, 그 크기와 무게를 재보거나, 잠시 제 목을 그 안으로 조금 밀어 넣어, 저 심연과 심연의 가치를, 그럼에도 조금 떨어져 살피려 할 것이다.

작은 여론이라고 방금 말했다. 흔히 작다고 말하는, 영향력이 그리 큰 것은 아니라고 인정하고 또 빈번히 시인하는, 자주 '간접적'이라고 빗대곤 하는, 시가 뿜어내는 저 에너지와 그 에너지의 가치는 그러나 어느 순간, 삶의 비밀을 벗겨내기도 할 것이며, 사회의 감정을 들추어내기도 할 것이고, 더러 그 민낯을 그 어떤 예술보다 적나라하게 폭로할 때도 있다. 그럴 거라고 나는 여전히 믿고 있다. 시라는 특수한 말이 실천의 반열 위로 올려놓는 부정성의 정신이 미지의 타자를 품어낼 작고, 희미하고, 미세한 힘이 되어, 이 세계를 조금 적신다면, 고통을 지불하고 그러쥔 시인의 언어가, 현실에서 벌써 완성형으로 제시되어 있었던 것들에 가하는 위험성은 대저 무엇인가? 시인이 사냥꾼인 이유가 여기에 있다. 상처의 영예를 간직할 수 있는 말들, 더러 공포가 삶의 원동력을 구성한다고 믿게 해주는 섬뜩한 말들, 삶의 인터페이스에 들러붙어 있는 남루하고 비루한 것이 차라리 삶의 본모습이며, 타인과 나의 관계를 조절해내는 조건일 수도 있다고 생각하는 자들의 손끝이 흘려내는 말들이, 시라는 이름으로 우리를 찾아오고, 삶을 조금은 다르게 볼 수 있게 우리의 시선을 자주 돌려놓는다. 시는 치명적이고 도발적인 언어를 부려 흰 종이 위에 정념을 폭포처럼 쏟아낸다는 점에서 위험한 것이 아니라, 묻지 말라 하는 것을 묻게 하고, 보지 말라 하는 것을 주시하게 한다는 점에서, 자주 잊는 삶, 망각을 강요당하는 일들, 소비의 주인이 되라고 종용하는 이데올로기, 시위를 떠난 화살같이 시간이 흘러가도록 광고하는 데 여념이 없는 이 획일적인 정치에서, 삶이라는 것의 가치를 한번쯤 되묻게 한다는 이유에서 위험한 것이다.

3.

"시인은 밤낮 달아나고 있어야 하는데 비평가는 필요에 따라서는 적어도 4, 5개월쯤은 제자리걸음을 하고 있어야 한다"[1]는 김수영의 말을 다시 생각한다. 그렇다. 제자리걸음이다. 자리가 있어야 한다거나, 자리를 다지면서, 비평이 제 영역을 공고히 한다는 말은 아닐 것이다. 이 문장의 방점은 "달아나고 있어야 하는" 시를 앞질러, 훈수를 하거나 그 주로(走路)에 고정된 이정표를 세우는 일에 비평의 가치가 있는 것은 아니라는 사실을 말하는 데 놓여 있다고, 그렇게, 나는 읽는다. 시를 한참 앞지르려는 비평, 그러니까 시와 함께 밤낮 달아나고 있어야 한다고 여기면서, 시를 선점하고 개념의 거점을 만들어내는 데 여념이 없는 날렵한 비평은, 연역적으로 추론이 가능한 시의 보편적인 모델 하나가 존재하는 게 가능할 것이라는 생각을 제 신념처럼 간직하고 있는지도 모른다. 이때, 비평은 시가 무엇인지 추정하여 정리하고자, 불변의 좌표를 부지런

1) 김수영, 「시인의 정신은 미지(未知)」, 『김수영 전집 2 산문』, 민음사, 1990, p. 252.

히 제시하고, 필연적 조건을 설명하려는 강박에서 좀처럼 벗어나지 못할 위험에 빠진다. 보편에 대한 비평의 성취 욕망은, 아이러니하게도, 시가 보편적 발화나 획일적인 문법에 자신을 위탁하지 않으려, 개별적으로 고안해낸 말이며, 그런 말을 들고 이 세계에 귀납의 숨통을 트게 하려는 노력이라는 사실과 그렇게 해서 말과 사유의 주관적인 거래를 이루어내려 한다는 사실, 그렇게 해서, 바로 이 특수한 말 안에서, 말에 의해 세계와 타자와 관계를 맺으려 쏟아낸 백지 위의 기록이라는 사실을 애써 잊으며, 잊으려 한다는 인상을 받게 된다.

시는 역사적 산물, 그러니까 삶과 사회의 역사적 가치를 '다시' 위치시키는 말의 고안이며, 그 자리를 타진하며 생성에 전념하곤 하는 특수한 발화이지, 불변의 진리가 도래하는 순간이나 자아를 초월하는 본질이 무심코 솟구쳐나는, 특화되고 정화된, 저 영원불멸의 거주지나 순수의 절정은 아니다. 아닐 것이다. 시는 고결하고 지친 영혼이 쉴 곳을 찾아 순진무구하게 빠져들곤 하는 향수(鄕愁)나 넋을 잃고, 입을 벌린 채 감탄을 흘려보내는 아름다움의 기원이라기보다, 차라리 예측할 수 없이 변화하는 이 세계의 한복판에서, 먼지를 통째로 뒤집어쓰고 이리저리 질척거리면서, 자주 진흙을 밟고 살아가야 하는 현실 속에서, 터벅거리며, 걸어가고 쓰러지고, 일어나고 다시 걸어가는, 지극히 인간적인 모습을 담아내려 애쓰면서 보고 또 읽어낸 지금-여기의 풍경에서 제 젖줄의 거반을 찾는다. 시는 말의 형식과 삶의 형식이 서로 분리될 수 없다는 자각에서 탄생한, 말로 삶을, 삶으로 말을 고안해낼 가능성을 타진하는 시시각각의 행위이거나, 이와 같은 상태에 이른 기록이자 그 기록의 재개이며 흔적들은 아닐까? 아니, 시는 대저 무엇이었는가?

시대를, 역사를 일시에 꿰뚫으며 도래하는 진리의 사건이나 진리의 거처라는 말은, 시에 드리운 정의 중에서도 가장 일반적이면서도 일방적인 정의는 아닐까. 호라티우스의 시와 베르길리우스의 시와 맹호연의 시와 두보의 시와 단테의 시와 알렉산더 포프의 시와 빅토르 위고의 시와 괴테의 시와 바이런의 시와 노발리스의 시와 로버트 프로스트의 시와 첼란의 시와 푸쉬킨의 시와 릴케의 시와 에드거 앨런 포의 시와 보들레르의 시와 네루다의 시와 아폴리네르의 시와 이상의 시와 르네 샤르의 시와 프랑시스 퐁주의 시와 마쓰오 바쇼의 시와 백석의 시와 폴 발레리의 시와 이시카와 다쿠보쿠의 시와 크리스토프 타르코스의 시와 김수영의 시를 관통하는 불변의 시적 진리는 과연 무엇일까? 만약 진리가 시라는 언어 속에 거주하고 언어로 발아하는 독특한 방식이 있다면, 그것은 오로지 역사에 의해, 삶에 의해, 삶을 변형시키는 발화의 양태에 의해, 언어가 주관성의 그물로 길어올리는 삶에 의해서, 시일 수 있는 자격을 취하고 다시 갱신을 해나가야 하는, 그러니까 진리'들'은 아닐까. 시는 항상 시'들'로 살아가며, 시는 매 시기 자신의 자격을 묻고, 또다시 묻는 물음의 방식으로만 오로지 퇴보를 방지할 수 있으며, 지나친 사변과 공허한 추상을 내치는 삶의 긴장을 표현하려한 발화의 순간들을 고안할 때, 바로 그럴 때, 시일 수 있는 것은 아닐까. 시는 그러니까 추구해나가는 과정에 놓인 말의 고안이자, 이 말의 고안을 통한 삶의 연장이며, 삶의 고안을 통한 언어의 연장이자, 그 순간의 포획이며, 삶의 가치를 '다시', 매번 역사 속에서, 역사의 지금-여기에 위치시키려는 말의 실천이 아닐까.

4.

    시보다는 '시적인 것'을 생각하려 자신을 끊임없이 다그쳤던 사람들이 이 세계에서 하나씩 자취를 감추고 있다. 역사 속에서 시인이, 역사가 시인의 언어를 빌려 매번 고안해내는 것이 바로 '시적인 것'이라고 한다면, 시나 비평은 항상 타자와 자신을 포개어 놓을 때, 그러려 할 때, 제 가치를 보다 선명하게 드러낼 것이라는 생각을 나는 비교적 오래전부터 해왔다. 왼손으로 보들레르나 랭보의 시집을 붙잡고 있을 때, 오른손에 들려 있는 것은 한국시였으며, 이러한 태도는 내가 외국 문학을 전공했기 때문에 갖게 된 습성만은 아니다. 시는 그저 나에게는 시였다. 어쩌면 나는 "프랑스 문학과 한국 문학을 그저 문학으로만 파악"[2]하려는 열망에 시달렸던 것처럼 보이기도 한다. 외국 이론을 한국시에 기계적으로 대입하거나, 한국시를 위해 외국 이론을 주물처럼 녹여내는 일을 되도록 경계하면서 글을 쓰려 한 것은, 그러니까 비평가 김현의 말처럼, 내게도 일종의 '콤플렉스'가 있었기 때문이었는지도 모르겠다. 이론은 어떤 것이냐에 따라 자주 국경을 넘어선다. 그 무엇에도 자아를 일치시킬 수 없는, 미지와 공포의 시라면, 그 무엇에도 일치하지 않는, 미지와 공포의 이론이 큰 도움을 줄 것이다. 삶의 덕목들을 하나씩 지워내고 부정하는 이 시대에 잃어가는 말의 지위를 회

---

2) 김현, 「왜 글을 쓰는가」(1970), 『상상력과 인간/시인을 찾아서』(김현 문학전집 3), 문학과지성사, 1991, p. 27.

복하려는 시에 요청되는 이론은 그러니 또 무엇인가? 시가 사물이라면, 시가 우주라면, 시가 말이라면, 시가 사유의 파편이라면, 이론은 사물이, 우주가, 말이, 사유의 파편이 될 수 있을까? 이론은 오로지 이론일 뿐이다. 이론이 시를 지배하는 것이 아니라, 시가 이론을 촉발시킬 뿐이다. 이론은 그러니 자주 제자리걸음을 하며, 또 제자리걸음을 해야 하는 것인지도 모른다. 시가 쓸고 간 길, 시가 열어 보인 길, 시가 달려간 골목의 모습들과 다시 달아나는 그 자취에 대해, 이론은 이 모두를 모아, 간혹 하나의 길이었다고 말하며, 종종 환상을 심어주고, 자신도 환상에 취한다. 시를 이론적으로 명쾌하게 해석했다는 말처럼 우스꽝스러운 것이 또 있을까.

시는 이론을 위해 연기를 일삼는 배우가 아니다. 세상의 환영과 혼미를 모두 깨버리고 저 생각하는 대로 살아남으려는 것이 이론이다. 이론은, 무차별한 이론의 추수는, 필연적으로 세상의 모든 시인을 무정부주의자로 만드는 일에 열중할 뿐이다. 이론은 자주 자기 욕망으로 시를 저울질한다. 한 접시에 개념을 몇 개 올려놓고, 다른 접시에는 이상적인 추상의 뭉치를 얹는다. 개념의 접시가 기울어지면 시는 현실을 상실한 근사한 말이 되며, 추상의 뭉치 쪽으로 기울기 시작하면, 시는 추체험의 특권을 얻어 어느새 하늘을 날아오르기 시작한다. 희고 보드라운, 저 무수한 이론의 손길에도 불구하고, 시를 단단히 붙잡고 균형을 유지하는 이 저울대는 언어, 그러니까 언어의 조직, 문장의 구성, 말을 부리는 방식이다. 시는 해석의 대상만은 아니다. 오히려 시는 자주 해석이 불가능한 곳에서 시작되는 기이한 힘을 뿜어낸다. 시인의 붓이 아니라면 표현할 수 없었을 문장들의 궤적을 따라가는 일이 고스란히 비평가의 몫으로 주어진다. 문학도 사정은 별반 다르지 않다. '文學'은 결국 '文'에 대한 '學', 즉 '文의 學'이 아닌가. '文'과 '學'의 거리를 좁혀보려 시도하는 글이 비평이 아닐까? '文'이 덩어리로 주어진 재료, 즉 텍스트라고 한다면, '學'은 이 덩어리가 작동하는 방식이자 운용되는 논리, 혹은 그 체계에 대한 연구다. 문학의 '學'이 철학으로 대치될 수 없는 이유 중 하나가 바로 여기에 있다.

시에서 비유가 생생하다는 말 역시, 현실과 일상, 자연과 도시의 풍경을 재치 있게 환치하여 삶에 저 깊이를 더해준다는 것이지, 하늘을 쳐다보며, 고상한 눈길로 아름다움에 흠뻑 취해, 통각(痛覺)의 말 무늬를 저 아래로 흩뿌린다는 뜻은 아닐 것이다. 자연도 항상, 현실 속의 자연이며, 언제나, 현실 속의 자연이었기 때문이다. 현실의 저 위를 날렵하게 날아다니는 말들과 지금—여기의 삶에서 인간의 모습을 배제하려 애쓰거나 자질구레한 일상을 미화하려 노력하는 일련의 시도들을 통해, 자연이 예찬의 대상되고 감정을 순화할 단초로 부각되거나 깨달음의 계기가 될 때조차, 자연은, 시에서 자연은, 어쨌든, 두 발로 굳건히 땅을 딛고 서서, 어지간해서는 발을 떼지 않으려 노력한다는 조건 속에서, 힘겹게 올려다보는 맑거나 흐린 하늘이어야 한다고 종종 생각했던 것 같다. 왜 그랬던 것일까?

아마 나는, 시가 세계를 살아내는 말, 특이한 말들, 범박하게 표현하자면 고통과 상처의 말이라고 여겼던 것 같다. 차라리 어떤 시는 말을 다급하게 말아 쥐고 속절없이 무너지며 빛난다. 말의 힘을 부리는 능력에서 한 발 양보하면 그것으로 끝이라고 여겼던 것일까? 꽃피울 수 없는 바위 위에서 시가 개진하는 싸움은, 결구를 예

견할 수 없으며, 삶을 정화하고 치유하는 데 자주 실패하는 것 같
지만, 그럼에도 우리를 빈손으로 살게 하지 않는다. 난해하다고 알
려져 더러 비판의 대상이 되었던, 소통과 대화의 틀에서 벗어났다
고, 그래서 도무지 이해할 수 없다고 여겨졌던 시들도 예외는 아니
다. 낱말들과 문장의 조직, 그 운동과 부림을 헤아리며 몇 시간 골
몰하다 보면, 결국 시에서 무언가를 배우게 된다는 결론에 이르게
된 경우가 상당하기 때문이다. 말을 부리는 새로운 방식을 시에서
발견하고 배운다. 이때, 설명하기 어려운 환희가 문장과 문장 사이
에서 솟아오르기도 했다. 컴컴한 터널은 항상 막다른 골목에서 환
하게 열리기도 하며, 그렇게 열린 이 길 역시, 시가 걸어온 길이자,
비평이 다가갈 길이기도 할 것이다.

　　5.

　시는 번역이 쉽지 않은, 아니 차라리 번역이 불가능한 말이기도
하다. 카프카와 톨스토이, 페렉과 위화의 글을 한꺼번에 펼쳐 읽
고, 하나의 언어로 이 작품들을 번역하면서, 각각의 특징도 놓치지
않고 살려내야 하는 것과 같은 심정에 자주 사로잡혔다고 해야 할
까. 형형색색, 각인각색, 각인다색의 시를 읽으며, 그들의 말 속으
로 들어가고 싶었지만, 몸이 잘 따라주지 않아, 절망을 먼저 손에
쥐고, 몇 번이고 호흡을 다시 가다듬어야 했던 적도 많았다. 더러
쉬는 방법을 잊어버렸지만, 시를 읽고 글을 쓰는 시간들이 사실 쉬
어야 하는 시간을 필요로 하는 저 순간들의 연속이었다는 사실을

깨닫는 데 그리 오래 걸리지는 않았다. 심야에 문이 잠겨 있는 영화관에 몰래 들어가, 영사기를 틀고 커다란 스크린을 훔쳐보는 심정을 그러니 누가 이해할 수 있을까? 문제는 그다음이다. 몰래 빠져나와, 아무 일 없었다는 듯 거리의 이곳저곳을 배회하는 듯한 마음은 한편으로는, 누구에게도 들키고 싶지 않은 것이기도 했다. 내가 훔쳐본 영화들은 제재도 다르고 표현의 방식도 상이했지만, 어떤 때는 모두 한 가지를 이야기하고 있다는 느낌을 받기도 했다. 부조리한 삶을 삶아내기, 삶의 불가능한 가능성을 지금-여기에서 모색하기, 죽음조차 살아내기. 폭력이 시가 한곳을 바라보게 한다. 자명한 폭력이 사실인 시절을, 새삼 겪으며, 살고 있다. 시는 이 삶을 살아내고 있는 중이다.

'쓰는 사람'은 아름답고 처절하다. 아니 처절해서 아름답다. 시인들의 타자기는 때론 둔탁했으나, 거기에 이유가 없는 것은 아니다. 차이로 존재하는 미세한 세계를 잠시 뒤로 물리고, 죽음을 붙들고, 죽음을, 죽지 않은 죽음을, 죽지 못하는 죽음을 지금-여기서 살아내는 시들의 말은, 백지를 자주 붉은색으로 물들였으며, 거기에는 불가능이라는 사실조차 두려워하지는 않았던 용기가 자리하고 있었다. 살아 있는 시간이 항상 죽음의 흔적을 만지는 순간이었다는 사실을 시인들은 시시각각 우리가 살고 있는 여기에 고지하려 했으며, 어느 순간이건, 죽음과 함께하려 했고, 죽음의 장소를 지금의 표면 위로 소급하려 했으며, 죽음의 흔적을 보존하는 시간에 자주 살아 있는 시간을 붙잡아두면서, 마치 줄을 이은 행렬처럼, 가지런히 제 걸음을 모으고, 한곳을 묵묵히 바라보며, 서로 다른 보폭으로 제 걸음을 옮기면서 비극을 붙잡고 삶의 이행을 모색하고 있었다. 죽음의 시, 시의 죽음, 삶의 죽음, 죽음의 삶, 죽음은, 시인들에게 소모될 수 없는, 소비되어서는 안 되는, 비극이자 사건이었다. 비극이 발화의 다양한 가능성을 축소시켰다면, 그것은 죽음의 명찰을 함부로 달려 할 때, 망자의 이름이 지워지고 비극이 일시적인 사건으로 흩어져, 영영 잊힐지도 모른다는 사실을 시인들이 알고 있었기 때문이었다. 끝없이 순환하며 다시 돌아오는 말의 뭉치들이, 죽음과 함께 사방에 풀려나갔지만, 할 수 없는 말, 부를 수 없는 이름을, 다른 방식으로 자기 앞에 보따리처럼 풀어놓으려고 시도했기에, 시가 한곳을 바라보는 순간이, 내내 이어진 것은 우연이 아니라 차라리 정직함과 순결함의 결과이기도 했다.

그렇기 때문이었던 것일까? 비평집을 묶으면서 내내 머릿속을 떠도는 책이 한 권 있었다. 제목 '한 줌의 시'는 '상처받은 삶에서 나온 성찰'을 부제로 한 아도르노의 『미니마 모랄리아』에 대한 오마주라고 해도 좋겠다. 아도르노의 글은 시가 인간과 삶의 가치가 위기를 겪는 순간과 순간을 잇는 상처의 말이라는 것, 그러니까 이 세계에 뿜어내는 한 줌의 더운 숨결이자, 폐허 위에 힘겹게 피어올린 한 줌의 윤리라는 나의 생각을 조금 더 명확하게 해주었다. 아주 구체적인 삶, 너른 대통의 밑바닥이라고 해도 좋을 우리의 삶 하나하나가 서로 엉키고 부딪치면서 빚어내고 있는 가치와 진실을, 말의 고안을 통해 경험하고 경험하게 해주려는 자들이 결국 시를 쓰는 것이며, 나는 부족한 대로, 그들이 남긴 말의 주관적인 운동과 그 힘을 살펴보고 싶어 했던 것 같다.

6.

매듭짓기 전에, 시인에 대한 (사적인) 이야기를 하려 한다. 비평가로 활동을 하면서 문단에서 많은 시인들을 만났다. 그리 다정하다고 할 수 없으며, 따뜻한 말을 잘 건네지 않은 시인도 여럿이었다. 어떤 시인은 새벽에 전화를 걸기도 했다. 급한 일인 줄 알고 나갔더니 자리에 없었다. 질투가 심하다고 생각되는 시인도 여럿이있었다. 예상하기 어려운 감정을 들고 나와 당황한 적도 있었다. 더러 몹시 차갑고 냉정해 보이는 시인도 있다. 만난 자리에서 말수가 적어 좀 무안했던 적도 있었다. 드물기는 했지만, 어떤 시인의 냉정함은 면박을 당하는 것 같은 느낌을 받을 정도였다. 매우 시니컬한 시인도 있었다. 또 어떤 시인은 간혹 욕을 하며, 세계에 저주의 함성을 내지르기도 했다. 주로 술자리에서의 일이었다. 글을 더잘 써야 한다고 충고를 아끼지 않은 시인도 있었다. 삶이 지나치게 고독하다고, 좀처럼 잠을 잘 수 없다고 조용히 고백을 했던 시인도있었다. 집으로 돌아가려는 나를 끝내 붙잡아 둔 시인도 있다. 어떤 시인은 사실, 너무 깐깐한 성격의 소유자였다. 자존심이 강해, 그가 토해낸 말들이 가슴을 아프게 한 적도 있다. 어떤 시인은 엄살이 심하다고 내게 핀잔을 주기도 했다. 허황됨에 조금 놀란 시인도 있다. 사실 뻥을 치는 시인도 있었다. 어떤 시인은 가끔 눈물을 보이기도 했다. 막상 만나본 후, 놀람을 감출 수 없는 시인들도 여럿 있었다. 머릿속으로 떠올려본 모습과 실제 모습이 너무나 달랐다. 그러니까 시를 읽고 내 나름대로 상상했던 외모와는 전혀 다른 시인들도 여럿이었다.

나는 이들의 시를 읽으면서, 내 마음껏 그들의 세계를 이해하려고 했는지도 모르겠다. 헛힘을 쓸 때가 많았지만, 사실 대부분 그랬겠지만, 그 과정에서 나는 그들의 삶이 조금이나마 제 모습을 드러내, 그들의 얼굴과, 그들의 글과 포개어지며, 무언가 내 앞에서 피어오르는 신기한 경험을 맛보기도 했다. 나의 착각이었겠지만, 그와 같은 감정에 사로잡히는 일이 때론 좋았고, 늦은 시간까지 나를 책상 앞에 붙잡아놓기도 했다. 지금, 다시, 어른거린다. 문자와 목소리, 얼굴과 표정, 웃음소리와 그들이 토해낸 말 들이, 그들의 작품과 하나가 되어, 자꾸 내 앞에서 서성거리며 무언가를 말하고 있다. 시인들 앞에 서면 이상하게도, 나는, 작아지지도 커지지도 않아서, 그래서 좋다는 느낌을 받을 때가 많았다. 좀 우스운 말이지만, 그래서 시인들이 가끔, 아주 간혹, 보고 싶을 때도 있다. 만나면 후회할 수도 있겠지만, 그건 어쨌든 만난 다음의 일이다. 다시, 우스운 말이지만, 시를 읽고 글을 쓸 때, 그들의 목소리가 들리는 착각에, 아주 늦은 저녁, 나는 가끔 전화기를 만지작거리다가, 그냥 내려놓기도 한다.

7.

이번 비평집 역시 두꺼울 것이 분명하다. 어떤 글은 지나치게 길며, 문장의 호흡 역시 가지런한 방법으로 마감되지 않았을 것이다. 글을 쓰는 순간, 바로 그 순간에, 계속해서 내 머릿속을 맴돌면서 앞을 다투어 백지 위에 도착하기를 서두르던, 완성되지 않은 사유에게 문자의 옷을 입혀 인사를 나누고 싶은 마음이 있었다. 그렇다. 다시 사냥꾼과 농부의 비유로 돌아오려 한다. 사냥꾼과 농부가 같은 운명을 나누었다는 이야기를 나는 들어본 적이 없다. 그러나 글을 쓰면서, 더러 어리석게도, 시인과 비평가, 이 두 부류의 인간들이 공히 '쓰는 인간', '쓰는 사람', 그러니까 '필자(筆者)'의 운명을 나누어 가졌으면 바랄 것이 없겠다는 생각을 자주 하곤 했던 것 같다. 그래서인지, 비평의 형식에 대한 고민이 더러 생겨났다. 최근의 일이다. 물론 시인들이 내게 준 고민이다.

출간에 앞서 여러 얼굴이 떠오른다. 아내와 우현과 성현에게, 이 보잘것없는 책이, 당신들과 함께하지 못한 시간으로 내가 당신들에게 진 빚의 결과물이라고 말하려고 한다. 텍스트를 제공해준 시인들에게 존경과 감사의 마음을 전한다. 비평의 위험성에 대해, 불가능성의 가능성에 대해 사유의 길을 열어주신 김혜순 선생님과 김정환 선생님, 원고의 첫 독자가 되어준 황현산 선생님과 자주 그렇게 해서 대화를 나눌 수 있었던 오연경 평론가에게, 간혹 원고를 읽어주고 견해를 보태준 이혜원 학생에게, 문학으로, 시로 만난, 일일이 호명할 수 없는 지인들에게, 원고를 만들어주신 문학과지성사의 이근혜 수석편집장에게 깊이 감사드린다.

2016년 습하고 더운 여름
조재룡

차례

1부 시의 현재성과 윤리

시, 불가능한 표상을 향하는 말들

*

시가 하나를 바라본다. 재난과 비극을 일시적 사건으로 환원하지 말아야 한다고 시가 입을 모아 말한다. 삶의 후미진 구석으로 끌고 와, 비극을 일상화하고 일상의 비극으로 사건을 축적하고 연장해야 한다고 말한다. 오전의 증언이 되고 오후의 기억이 되어, 다시 새벽을 열고 컴컴한 밤의 한 곳에서, 한없이 촉발하고 끊임없이 물들여야 한다고 말한다. 문자를 분해해서 침묵을 기어이 연장해내야 한다고 말한다. 비극을 소진하지 않는 길은 비극을 일상에, 골목 저 구석구석과 내 몸에 비끄러매는 수밖에 없다는 사실을 시는 가장 잘 알고 있다. 그러나 시는, 알고 있다는 사실을 부끄러워하며, 자기를 비추는 저 조각이 나고 그을린 거울로, 피 흘리는 제 왼손을 더듬어가는 검게 타들어간 오른손의 일로, 아득한 심연의 고통스런 기억으로, 아(我)와 타(他)의 구분이 무색한 무의식의 발화로, 아직 도래하지 않은 전미래의 목소리로, 비극을 복원하고 보존하고 연장하고 각인하고 기억하고 받아내고 받아내기 위해, 참호를 파고 기어이 그 아래로 들어가 개인의 자격으로 기어 나와 힘겹게 전진하는 낮은 포복을 마다하지 않아야 한다고 말한다. 시는 곤혹스러워하는 대신, 참담해하는 대신, 매순간 망각을 경계하는 일로 공포의 그림자를 붙잡고, 누군가의 이름을 별도로 거론하는 대신, 무명의 복면을 쓰고 저 낮은 곳에, 컴컴한 비극 앞에 자주 엎드리고, 이성의 조감도에 붉은 피를 뿌리는 대신, 지도 자체를 수정해야 한다고, 그래야 할 것이라며, 그 불가피함의 청사진에 작은 퍼즐 하나를 보태고자 침묵의 문자를 힘겹게 놀려, 제 영혼에서 땀내 나는 문장들을 백지 위로 떠나보낸다.

돌아설 곳이 없는 밤입니다

모닥불은 꺼지고
부풀어 오르는 구름들이
점점
먼 곳으로 흘러갑니다

사실은 그렇습니다

찢어진 하늘에 매달린 맨발들을 따라가면
이 길 끝은 섬들의 무덤

가라앉은 섬들이 울고 있습니다

버려진 신발에 발을 넣어 보는 일은
어제로 다가가 보는 일
나의 생에 당신의 먼 생을 포개 보는 일

잃어버린 말과 잊지 못할 이름들 사이에 서 있습니다

점점

달은 차오르고
발목을 자르고 흘러가는 구름들

영영 가지 않는 어제와 오지 않을 내일 사이에서
아직 내게 남은 부위를 확인하는 나날입니다

우리의 시간은 소금을 찍어 먹듯 분명해졌습니다

사실은 그뿐입니다

떠난 적 없는 사람들이 내내 돌아오지 않는,
이상한 계절입니다

더 이상 돌아설 곳이 없는 밤입니다
　　　　　　　　　　　　　—김선재, 「이상한 계절」 전문[1]

눈물을 흘려야 한다는 말은 적절하지 않다. 눈물은 무언가를 즐기는 한 방편일 수 있으며, 그것은 간혹, 쾌감이나 카타르시스, 오욕으로부터의 정화나 오물의 배설을 의미할 가능성을 저버리지도 않아, 비극의 효용을 울적한 감정의 분출에서 찾아낼 모종의 알리바이와 같은 것일 수 있기 때문이다. 시는, 면제받는 멜로드라마를 쓸 수 없다고, 불가능한 표상, 표상 자체의 불가능성, 재현의 무능을 끊임없이 경고하며, 우리의 일상을 다시 살아야 한다고 조용히 재촉하며, 현상학이 갈 수 없는 하나의 길을 우리에게 요청한다. 이 세계에는 함부로 재현할 수 없는 것이 있다. 어디에선가 일어난 일이, 그 자체로, 그것을 이야기하는 것도, 상상하는 것도, 이해하는 것도 불가능하다는 것은, 어디에선가 일어난 이 일에 증언이 필요하지 않다는 것이 아니라, 그 어떤 방식으로도, 그 어떤 매체로도, 그 어떤 수단으로도, 어디에선가 일어난 이 일의 비극과 진실을 우리가 비극 자체로 오롯이 마주할 수 없으며, 진실 자체로 재현할 수 없다는 것을 말한다. "영영 가지 않는 어제와 오지 않을 내일 사이"가 무언가로 재현되려 채비를 서두르는 순간, 이야기의 소재가 되고자 준비하는 순간, 이해의 대상으로 포착되어 소모되기 시작하는 순간, 바로 그런 순간에 사건을 망각하려는 드라마가 여기저기를 유령처럼 떠돌아다니게 될 것이기 때문이다. 언어에 의지하거나 이미지의 배치에 힘입어, 눈앞에 없는 것을 눈앞에서 드러내는 저 평범한 우리 문명의 일은, 지금-여기에서, 그것이 가

1) 『현대시학』 2014년 10월호, p. 83.

능하지 않아야 한다는 윤리, 그렇게 해서는 안 된다는 요청, 그렇게 할 수 없다는 직관 앞에 봉착하고 만다. 어디에선가 일어난 이 일은 어느 날 폭발한 폼페이 화산처럼, 예고 없이 방문한 불가항력의 재난이 아니다. 부주의로 침몰한 타이타닉 호와 같은 사고도 아니다. 구조를 하지 않아 방기한, 사람이 개입된 인위적인 방치였으나, 아무것도 모른다고 말하는 사건, 그러나 아무도 모르지 않는, 그럼에도 아무도 책임지지 않은 사건이다. 사망이 아니라 살인인, 그럼에도 진위가 밝혀지지 않은, 진위를 밝히려는 노력이 불가능한 이상한 현실의 감옥에 갇혀 있는, 노력을 끝내 방기하고 방해하는, 명확한 규명이 없는 상태에서, 막다른 골목에서, 미아가 되어 영영 떠돌고 있는, 그 상태 그대로 고정되어버린 죽음의 경첩과도 같은 사건이다. 과거와 현재를 이렇게 명확하게 구분해주는 경첩을 우리는 아직 보지 못했으며, 지금 이 경첩은 과거-현재-미래를, 단순하게, 열고 또 닫는 일을 반복할 뿐이다. "더 이상 돌아설 곳이 없는 밤"을 열고 또 닫으며, 우리는 "잃어버린 말과 잊지 못할 이름들 사이"를 오갈 뿐이라는 사실을 시는 너무나도 잘 알고 있다. 이 말할 수 없음은 어떻게 재현의 대상이 될 것이며, 재현된 작품을, 읽으며 또 보며, 우리는 어떻게 눈물을 흘릴 수 있겠는가?

너는 물속에 들어가 혼자 있는 사람 같아요
입을 벌린 목구멍에서 물방울 보글보글 올라가요

옷을 벗지도 않고 물속에 서면
옷에 핀 꽃에서 붉은 물감이 연기처럼 올라가요

헬리콥터에서 촬영한 구명조끼를 입고 대양에서 떠오른 한 사람
두꺼운 사전 속에서 멸종하는 한 음절 단어처럼

눈감으면 나타나는 검은 바탕에 한 점 환한 애벌레 한 마리
청진기로 듣는 구멍 막힌 갱도에서 마지막 남은 단 한 청년광부의
숨소리

누가 바다 가득 젤리를 쏟아 부어 굳힌 다음
몸을 하나 뚝 떠내어 이 사거리 한복판에 세워두었나요?

나는 내 몸에 꼭 맞는 일인용 감옥에 살아요
나를 피해 내 몸속으로 도망간 소금기둥 같아요
                          —김혜순, 「일인용 감옥」 전문[2]

시는 기억의 가능성과 우리 삶의 터전인 바로 그 일상을 약분할
수 없는 골목에서 서로 충돌하게 해준다. 진리가 망각의 부정이라
고 해도, 아무리 자기 인식을 극복하는 길이 끊임없이 무언가를 상
기하는 행위에 달려 있다고 해도, 우리는 지금, 사건 자체의 보이
지 않는 것, 볼 수 없는 것, 보지 않고 지나가는 것, 그럼에도 볼 수
있다고 믿는 것, 그렇게 믿어온 것, 볼 수 없어야 한다고 주장해온
것, 보려고 하지 않는 것에 의해, 진리의 운동 자체가 심각하게 위

---

2) 김혜순, 『피어라 돼지』, 문학과지성사, 2016, pp. 214~15.

협받는 순간과 그 순간들을 덧대며 하루하루를 살아가고 있는 것인지도 모른다. 재현의 윤리를 묻고 또 그 방법을 고구해야만 하는 시간이 계속 흘러가고 있다. 지금-여기의 기억을 순간의 구조물 속에서, 그 보이지 않는, 그 촘촘하고도 어두운 일상에서, "마지막 남은 단 한 청년광부의 숨소리"에 귀를 기울여 존재를 망각하지 않을 평범한 권리를 회복하는 일, "일인용 감옥"을 언제 어디서나 소급해야만 하는, 그렇게 "소금기둥 하나"에 내내 붙들려 사는 일에 시는 사활을 걸고, 또 그 일에서 헤어 나오지 않은 채, 알 수 없는 미궁을 돌아다니며, 이 시대를 살아가야 한다고, 조용히, 엄숙하게, 말한다.

*

홀로코스트는 일시적인 사건도, 단속적인 범죄도, 순간의 악행도 아니었다. 역사 속에서 간혹 분류되던 그 무슨 예외적인 상황과 같은 것도 아니었다. 홀로코스트를 "타고난 범죄자들, 사디스트들, 광인들, 사회적 악당들 또는 도덕적 결함을 지닌 개인들이 저지른 무모한 행위로 해석하려는 초기의 시도가 구체적 사실들에 의해 전혀 뒷받침되지 않"[3]은 것처럼, 그것은 지극히 평범한 일상의 범죄이자, 사회의 정신성, 당시의 과학과 서구 근대의 상징이기도 했다. 홀로코스트는 예외적인 인간들, 정신병자들과 인종주의자들로 구성된 소규모 집단에 의해 저질러진 우발적인 사건이 아

---

3) 지그문트 바우만, 『현대성과 홀로코스트』, 정일준 옮김, 새물결, 2013, p. 54.

니었다는 사실을 새삼 강조할 필요가 있다. 나치는 정당한 선거로 다수당이 되었던 게르만의 정신이었으며, 합법적이고 조직적인 절차를 거쳐 선출된 서유럽 근대의 결과물이었다. 그것은 준비된 과학의 애증이었고, 예고하지 못했던 현실의 우려였으며, 삶이 뿌리를 내리고 살아간 실제 공간의 결핍이었고, 옳다고 여기는 애국의 발로였으며, 너무나도 인간적인 모습을 한, 그러나 한편, 매우 비인간적인 형상이기도 했다. 증오나 연민은 학살의 주체를 별개의 집단으로 분류하는 데 필요한 부차적인 감정 이외에 다른 것을 역사에서 길어 올리지 않는다. 문명의 야만에 면죄부를 주려는 시간이 증오나 연민이라는 이름으로 서둘러 소급되면서, 표상될 수 없는 것들을 쥐고 맘껏 흔들어 털어낸 감동적인 이야기가 필경 인류의 눈물 몇 방울을 구걸하려 이 세계를 벌써 방문하기도 했을 것이다. 절대로 돌이킬 수 없는 일들, 절대로 회복될 수 없는 시간, 다시 돌아갈 수 없는 체험, 다시 복원할 수 없는 인간이 되어, 그것들의 기록이 되어, 돌이킬 수 없는 가학과 자멸의 공포를 우리에게 환기하는 일이 시의 몫으로, 살아남은 자의 목소리가 되어 우리에게 노크를 할 수 있을 뿐이었다.

　　갈라진 발바닥과 저주받은 땅
　　회색빛 아침이면 길게 줄을 선다.
　　검은 연기가 수많은 굴뚝에서 치솟고
　　항상 똑같은 하루가 우리를 기다린다.
　　새벽의 소름끼치는 사이렌 소리
　　우리들의 얼굴은 전혀 시체와 다를 바 없다.

공포에 질린 그 창백한 얼굴들 위로
또 하루의 고통이 시작된다.

너무 지치고 지쳐서 쓰러져버린 친구여
나는 내 가슴으로 그대를 바라보며
그대의 마음을 읽는다.
너무 슬프고 슬퍼서 쓰러져버린 친구여
가슴 깊이 품었던 그 용기는 다 어디 가고
온통 추위와 굶주림밖에 없구나.
바위처럼 강한 남자였던 그대는
이제 연약한 풀처럼 완전히 시들어버렸구나.
한 여인이 그대 곁으로 다가갈지라도
더 이상 이름도 없고
더 이상 감정도 없고
더 이상 슬픔도 분노도 없는 인간으로 변했구나.

한때는 그 누구보다도 강인했던 친구여
태양이 내리쬐는 저 머나먼 세상에서
우리 다시 만난다면
과연 우리는 서로 어떤 얼굴로 마주할까.
                              —프리모 레비, 「부나 수용소」 전문[4]

4) 프리모 레비, 『살아남은 자의 아픔』, 이산하 편역, 노마드북스, 2011, p. 16.

홀로코스트가 과거의 기억 속으로 재빠르게 사라지고 있는 이 시간에, 우리는 새로운 파시즘이 지구 구석구석에서 뚜벅거리며, 우리 삶 속으로 보무도 당당히 걸어 들어오는 모습을 지켜보고 있다. 세계가 겪었던, 세계가 겪고 있는, 세계가 겪을지도 모를 이 재난과도 같은 사태들은, 실제 삶의 구체적인 경험으로, 범박한 일상의 사건으로 치환되지 않을 불가항력의 급습이나, 그 급습이 뿜어낸 패러독스나 아이러니가 아니라, 시시각각 세계를 육박해오는 당당하고 이성적인 현실, 언제 어디서고 지금-여기로 들이닥칠 잠재적인 실재라고 해야 한다. 청산과 결별이라는 말이 가당치 않은 것처럼, 반성과 성찰이라는 말이 충분했던 적도 없었다는 말일까? 세계는 지금도, 타산과 보복과 우월과 민족과 근대의 씨앗을 먹고 무럭무럭 자라난, 또 다른 학살과 추방과 증오와 타자에 대한 부정을 예비하고 있다.

우리가 겪어야 했고, 겪었던, 겪고 있는, 아직 지평선 위로 올라오지 않은 사건이 이제 달력을 넘겨 새로운 시간 앞에서 우리를 바라보며 우두커니 서 있다. 한국의 현재와 현대, 정신성과 지성, 정치와 일상은 바로 여기에 있으며, 우리가 겪어야 했고, 겪었던, 겪고 있는, 아직 지평선 위로 올라오지 않은 사건은 그 자체로 편재하는 것이라고 말해야 한다. 그것은 한국의 지금-여기이며, 우리의 삶이자 정신성이며, 그 임계점을 최대치로 측정해낼 바로미터라고 해야 한다. 어디를 가도, 어떤 곳에 있어도, 무엇을 생각해도, 어디를 바라보아도, 우리가 만나게 되고 마주치게 되는 것은 바로 이것이다. 우리가 겪어야 했고, 겪었던, 겪고 있는, 아직 지평선 위로 올라오지 않은 사건은, 나치가 게르만의 내부에서 붕괴되지 않은 것처럼, 너무나도 단단한 지지로 구성되고 동의로 지탱되는 지금-이곳의 현실이다. 함부로 표상할 수 없는, 어쩌면 표상이 불가능한 현실, 희망은커녕 절망도 가능하지 않다는 사실을 알려주는 말없음과 침묵, 부동과 마비의 지표인 것이다. 우리가 겪어야 했고, 겪었던, 겪고 있는, 아직 지평선 위로 올라오지 않은 사건은, 우리의 매일이며, 우리의 일상이며, 이 일상의 연속이며, 우리의 사유이며, 우리 사회의 체계이자, 앞으로 기록될, 기록하지 못할, 기록 불가능성의 가능성을 문자로 새겨야만 하는 미지의 역사다. 우리가 겪어야 했고, 겪었던, 겪고 있는, 아직 지평선 위로 올라오지 않은 이 사건은, 거창하고 숭고한 무엇과의 대면을 요구하는 것이 아니라 바로 우리 정신성과의 대면, 우리 일상과의 대면, 모두가 그 안에 거주하고 있지만 인식하지 못하거나 인식을 거부하는 파시즘과의 대면을 강제하는, 강제할, 그 어떤 이유로도 소략할 수 없는 최후의 방점이다. 끊임없이 분주함을 요구하는 효율성과 배타적 가치를 신봉하는 계급 이데올로기에 파묻혀, 인간이, 인간의 윤리가 이렇게 빈곤을 마주해야 했던 시절이 또 있었을까? 모두의 책임이라는 말에는 항상 감추어진 허위와 드러난 비겁함이 도사리고 있다. 우리 모두의 내부에 있는 파시즘을 끄집어내야 한다.

*

기억이 소멸하는 과정을 멍청하게 바라보라는 촉구는 벌써 지나간 어느 미래의 행렬에 기계적으로 참여하라는 독촉을 견뎌내라는 담론적 사취인 것일까. 삶을 방기하기 위해 고안해낸 기만이자 참칭의 한 방편인가. 감은 눈을 뜨는 동시에 사과가 저절로 입으로 떨어지는 사람들을 볼 때마다, 차라리 이 비루한 삶에도 기적이라는 것이 있다는 사실을 믿고 싶어진다. 시오니즘만큼이나 파시즘만큼이나 이상하다고 할 수밖에 없는 일상 앞에서, 일상의 말들과 슬로건 앞에서, 우리는 모두, 아무 이유도 동기도 없이 시비를 걸고, 혹은 오해를 받게 된, 그렇게 해서 주먹질을 하게 되는, 그렇게 이성의 빗장을 풀고 함께 뒤엉켜 두게 되는 저 가끔의 무리수만큼이나 이상한 안개와도 같은 시절을 지나고 있다. 누가 빛이 있는 곳에 그림자가 있다고 함부로 말할 수 있는가. 지금, 빛의 불가능성의 가능성은 그림자에게, 차라리 어둠에 자리를 내어준 것은 아닐까. 세상의 모든 어둠에게, 그 실존에게, 부르튼 제 입술을 맞추려는 사람들의 목청에서 우리는, 없어지지 말라고 채근하는 시, 없어지고 있는 동안의 시, 없어질까 두려워 시간을 쪼개어 보려는 시, 없어짐에 저항하는 시, 없어짐을 보고, 듣고, 느끼고, 붙잡으려는 시, 없어짐에 대해 기이한 사유를 전개하는 시, 없어지는 것 자체를 전복하려 하는 시, 없어지는 동안으로 들어가는 시, 없어지는 일이라는 것을 몸소 체험하는 시, 없어짐 안으로 우리를 천천히 밀어 넣는 시, 없어짐과 동거하는 시, 없어짐으로 나락하는 시, 없어짐과 싸우는 시, 없어짐을 아쉬워하며 발버둥치는 시, 없어지지 말거라, 없어지지 말거라, 발화하는 시, 없어지는 것을 자기 몸에 새겨 넣으려는 시, 없어지기 전에 세계에 있었던 것을 생각하는 시, 없어지려고 자꾸 조장하는 시도에 저항하는 시, 없어짐에서 병을 보는 시, 없어짐에 덧붙이고, 없어짐에 엎어지고, 없어짐에 헌정하여, 없어짐 자체를 소진하지 않으려는 시를 흘러 보내는, 각성의 목소리를 들으며, 지난해의 절반 이상을 지나왔다.

날이 아직 밝지 않았다. 해가 아직 시작되지 않았다. 세상은 어
둡고 컴컴하다. 삶이, 일상이 여전히 어둡고 컴컴하다. 밝지 않아
야만 하는 날들인지도 모르겠다. 어두워야 하는 세계인지도 모르
겠다. 바람이 차다. 추워야 하는 것인지도 모르겠다. 계절이 없어
진 상태에서 살아야 하는 것일지도 모르겠다. 햇살이 비치지 않아
야 하는 것인지도 모르겠다. 컴컴하다. 여전히, 아직도, 컴컴하다.
더 컴컴해야 하는 것일지도 모른다. 컴컴해야 한다. 더 아래로 내
려가야 하는 것일지도 모른다. 더 아래로 내려가야 한다. 삶의 밑
바닥은 알 수 없는 것일지도 모른다. 알 수 없어야 한다. 누구나 밑
바닥을 알 수 없는 상태에서 하루하루를 보내고 있을지도 모른다.
그렇게 보내야만 할 것이다. 깊이를 헤아릴 수 없이 컴컴한 저 대
통에 밑이 없어 물을 가득 채울 수 없는 지금, 누가 너른 저 바닥을
보았다고 함부로 말할 수 있을 것인가?

(『현대시학』 2014년 1월호)

세 마리의 눈먼, 돼지
— 김혜순의 시에 부쳐

　　망망대해. 그러나 누군가 내야 한다고 생각한 길이 있을 것이다. 아무도 가지 않았기 때문이 아니라 가려 하기 전까지 알 수 없는 길이기 때문이다. 누군가 그곳에 그 길을 내려 한다. 검고 출렁이는 바다 위에 부표 하나를 띄우는 일은, 주위에 아무도 없어, 누구도 그 내용과 형식을 알지 못할 것이며, 마침내 그 일을 했을 저 자신조차 짐작하기 어려운 것이기도 해서, 내내, 밀려오는 공포와 두려움, 참혹과 비극을 감당해야만 하는 지금—여기의 삶이어야 했을 것이다. 그래서 외로운 일, 외로운 길이기도 할 것이다. 그런데 휘휘 저어나가 내리꽂은 어느 한 점이나 그 주변만큼은 조금 환해지기도 하는 것이라, 자그마한 영역이 그렇게 생겨나고, 활동의 공간이 예서 주어지는 것이라면, 삶이, 마음이, 사유가, 저 말이, 어지러이 휘어지며 잠시 흐릿한 이정표 하나가 된 그곳에서, 누군가 또, 불투명한, 불확실한 제 그림자를 거기에 내려놓으려고 애를 쓰기도 할 것이다. 미지의 입자들을 쏟아내는 문자들이 광란이라도 하듯, 서로 모이고 흩어지기를 반복하며, 무언가를 촘촘해 내려놓고 무언가가 그렇게 내려앉는 그곳에 시인은 늘 혼자, 그러니까 첫 걸음, 첫 마음, 첫 말, 첫 모험의 주인일 수밖에 없다. 시는 그렇게 당신의 '첫'이다. 그런데 당신은 첫번째가 된 시를 잘 알지 못해, 너의, 나의, 너-나/나-너의 목소리를 듣지 못하고 읽지 못해, 여전히 망망대해의 한가운데 있다고 생각할 것이다. 시라는 덫에 제 몸을 붙들리고 영혼의 한 자락을 내준 채 버둥거리고 있는, 눈이 먼, 세 마리 돼지가 지금 내 눈앞에 아른거린다. 김혜순의 시를 읽고 또 읽는, 가뭇없이 사라질 듯 다시 되살아나는 죽음의 시간, 지금-여기에서.

첫번째 덫: 모국어의 외국어성

열번째 시집 『슬픔치약 거울크림』(2011) 이후, 김혜순이 발표한 시들이 지금 내 앞에 있다. 백여 편에 이르는 그의 작품을 읽으면서, 나는 시 세계의 변화를 포착하려 하거나, 그의 이행, 오로지 작품으로 그가 말해왔던, 어떤 바뀜의 순간들, 그러니까 몸-말이 치러내는 공포와 전이의 순간들을 애써 살피려 하지 않을 것이다. 시는 어디로 가는지 알 수 없는 것이다. 그걸 안다면 시를 쓸 수 없을 것이고, 쓸 필요도 없을 것이다. 말로 무언가를 담아내면, 이 무언가는 백지 위에 잠시 제 그림자를 내려놓고 곧 사라진다. 부재하는 공간, 부재하는 무엇일 수밖에 없는 이것을 시가 붙잡고 있는 것은 아닌가? 그 순간순간으로 시가 제 삶을 살아내는 것 아닌가? 그러나 그 언어는 부재하는 언어가 아니라, 부재의 언어, 그러니까, 언어가 단순한 도구나 수단이 될 수 없다는 주장을 가장 강력하게 도출시키는 주관적 언어의, 그것도 최적의, 최대의 어떤 상태인, 미지의 언어일 뿐이다. 항간에서 말해온 언어의 속살이나 내면이라는 표현은 벌써 기만적이다. 언어가 언제 고정된 실체였던 적이 있었던가? 그 속살이나 내면은 그럼 언어가 아니란 말인가? 시가 무언가를 탄핵한다는 것은 그와 같은 상태를 고안하는 발화의 정확한 순간을 발명한다는 것을 의미할 뿐이다. 시가 피를 흘리는 말이라면, 피를 흘리는 과정이나 모양은 오롯이 언어의 일이며, 언어가 모험을 하는, 그런 일이어야만 한다. 이렇게 언어는 그 자체로 언어가 아니다. 흔히 언어가 실패하는 지점에서 시가 태어난다고 근사하게 입을 뗄 때, 문제는 정작, 그 지점에 도달한 언어 자신은 실패를 모른다는 데 있다. 그 지점이야말로 언어 자체이기 때문이다. 언어는, 그렇게 하거나, 그렇게 되는, 가장 직접적인 길로 파고들어, 늘 다른 언어가 되는 언어, 그러려는 언어일 뿐이다. 언어 안에서, 언어에 의해 행해지는 사유의 고안, 삶의 형식에 대한 고안이 바로 이것이다. 오로지 고안의 상태에 놓인 언어, 피 흘리는 현실의 피 흘리는 언어, 매번 죽어야만 살아나는 언어, 매 순간 살아서 죽어야 하는 언어가 아니라면, 지금-여기의 삶과 죽음에 대한, 그 언어에 대한 사유가 없다면 그것은 시가 아니다. 여기서 언어는 벌써 무언가를 '하는' 어떤 상태를 말하는 것이지, 고정되어 있는 하나의 실체가 아니다. 「국어사전 아스퍼거 고양이」의 전문을 인용한다.

국어사전을 깔고 앉은 고양이

국어의 단어들을 실타래처럼 감았다 풀었다
국어의 조사와 보조동사들을 붙였다 떼었다
새앙쥐의 입술에 고래의 입술을 붙였다 떼었다
그렇지만 단어 붙였다 떼기 매뉴얼은 없다는 소문

국어의 문장은 왜 다로 끝나나요?
물어봐야 소용없는 국어사전 고양이 말씀

애틋함과 아득함을 나에게 가르쳐주었지만
이제는 냄새나는 까만 가죽 고양이 말씀
국어사전 고양이는 국어사전의 단어들을 품고 저 혼자 잘 놀지만
나는 이제 그 단어들로 내 비참을 전할 수 없다
국어사전 고양이는 배려도 때려도 없으니까
죽음, 죽음 저주해도 죽지도 않으니까
국어사전 고양이의 수신인과 발신인은 모두 고양이라는 소문

오늘 나는 부끄러워요
하면 소리도 없이 그 까만 몸을
담장 위로 점프!
수치란 낱말은 '볼 낯이 없거나 떳떳하지 못하다'는 사전적 풀이
가 있습니다만
우는지 웃는지 교성 섞인 목소리로
다른 나라의 예를 들어가면서 옷을 벗기고 눈을 가리고 채찍으로
몰면서

총검 아래서 똥 눌 때만큼 전쟁 포로의 알몸만큼 부끄럽습니까?
되묻는 국어사전 고양이 말씀

국어의 의문문은 왜 까로 끝나나요?
물어봐야 소용없는 국어사전 고양이 말씀

이 고양이랑 자주 놀면
언어의 파동도 음운의 미립자도 모르게 됩니다
사전이나 넘기면서 이 단어 저 단어
적어주는 대로 읽어대는 코리안 앵커처럼
이해도 피해도 없는 종잇장에 박힌 평평한 말씀
칠흑같이 전원이 꺼진 지하철 안에서
떴는지 감았는지 비명 지르며 바라보는 어둠의 정면 같은 말씀
죽은 사람이 몇 명입니까?
비보를 전하고 싶어도 저는 혀가 까끌까끌해서 고기를 좋아하죠
울며불며 애원해도 척결! 척결!
모릅니다, 제 소관이 아닙니다
질문은 받지 않습니다, 라고 외치는 걸 가장 좋아하는
국어사전 고양이가 펼쳐주는 납작한 말씀

내가 요 하고 높임말로 부르면 기분이 어떠세요?
물어봐야 소용없는 국어사전 고양이 말씀[1]

---

1) 김혜순, 『피어라 돼지』, 문학과지성사, 2016, pp. 195~97.

모국어도 모국어인 적이 없었다. 합의되고 주입되어온, 합의와 주입의 규범적 재현 과정에 동참하는 말의 총합이 바로 사전이다. 사전의 규범적 질서를 통해 제 터를 다지고 밑동을 불려온 모국어의 견고함을 흔들어 깨우려 하지 않는 시는 없다. 그 경직성과 진부함, 고루함과 그 기지(旣知)의 것에 이의를 제기하며, 이 모든 것이 황폐화시킨 곳에서, 어떤 가능성의 싹을 틔우려 시도하지 않는 시도 없다. 학자연하는 말의 우둔함에 맞서, 문법이라는 총체가 상정하는 유한성이라는 한계와 끝까지 드잡이를 하면서, 언어라는 미지, 표현해낼 수 없는 상태를 발화하려는 상황과 상태, 순간과 찰나를 제 말을 들어 찾아나서는 일이 어디 쉽던가? 김혜순의 시가 하는 일이 바로 이것이다. 왜냐하면 "국어사전 고양이는 배려도 때려도 없으니까". 모국어의 한계에 대한 고백이나 묘사가 아니다. 모국어의 '외국어성'을 직접 (실행)하는, 비판적·언어적 실천이다. 부연을 해야겠다. "때려도"의 대상은 무엇인가? "국어사전 고양이"이다. 그런데 "국어사전 고양이"는 바로 이 "때려도"의 주인이기도 할 것이다. 중요한 것은 "없으니까"가, "국어사전"으로는 이와 같은 복합적 의미작용을 꿈꿀 수도, 감히 실천할 수 없다는 사실을 직접 말하고 있다는 데 있다. 그렇다. 다시 언급하겠지만, 이것은 말놀이가 아니다. "죽음, 죽음 저주해도 죽지도 않으니까" 역시, '죽었다'의 실사화의 결과로 봐야 할 '죽음'(~가 죽는 행위, 즉 '죽게 됨')과 '죽음'(실사 그 자체)의 쓰임 사이의 미묘한 차이에서, 벌써 사전적 규범과 모국어의 저 경직된 질서의 한계를 조롱하는 발화의 한 순간이 만들어진다. "국어사전 고양이"가 죽었다고 말하는 동시에, "국어사전 고양이"의 죽음은 아무리 저주해도 잘 죽지 않는다는 사실도 함께 실천해내는 것, 그러니까 김혜순의 시는, 매 순간, 이와 같은 말의 복합적 실현 가능성을 직접 실행하는 생생한 말의 주인이려 한다. 모국어 규범의 목록인 사전은 "단어들을 품고 저 혼자 잘 놀"며, 오로지 모국어의 질서를 확립하는 데 전념할 뿐, "내 비참"과 "수치", 그 감정의 결들이나 미세한 파장에는 관심이 없다. 심지어 내가(내 시가) 저를 조롱하는지, 비판을 가하는지조차 알아먹지 못하는, 고리타분한 낱말들의 집합일 뿐, 내 살이 터지고 내장이 갈라지며 솟구쳐 오르는 무수한 물음들, 언어를 향한, 세계를 향한 감각의 발로인, 저 "언어의 파동도 음운의 미립자"에도 좀처럼 꿈쩍을 하지 않는다. "이해도 피해도 없는 종잇장에 박힌 평평한 말씀"은 모든 실행 가능한 잠재력을 취소하는 "납작한 말씀"일 뿐이며, 오로지 시를 "척결! 척결!"해야 한다고 선동과 협박을 관철시키려는 제 의지를 앵무새처럼 떠들어댈 뿐이다. 그렇게 떠드는 말이 모국어라면, 시는 모국어의 '외국어성'에서 오히려 희망을 본다. 김혜순의 시에서 중요한 지점은 그러나 이러한 사실을, 말이 그것을 직접 수행하는 주체가 되게끔 기록해내는 독특한 방식을 고안하는 데 성공적으로 합류한다는 사실이다. 김혜순에게 시는 이렇게, 무언가의 속성이나 감정을, 언어 밖에서 타자화시키는 것이 아니라, 언어가 직접 수행하게 하는 말, 그것을 '하는' 말의 고안, 그 고안을 추동해내는 노력으로 우리를 찾아온다.

전깃줄 위에 도열한 새들에게

로시인이 말한다

　　결국 동물은 발의 세계
　　저마다 발 닿는 곳에 집이 있다
　　새들도 마찬가지

로시인에게 저희 집은 뒤집어진 고슴도치 털 속 같은 까만 기억
속에 있어요
　　말해봤자 소용없다
　　그 까만 집으로 들어가면 실컷 찔리고 처음으로 쫓겨나요
　　말해봤자 소용없다

날개를 반으로 접어 어깨 속에 감추고 더러운 돼지우리에서
밴드를 꾸려 돼지들과 함께 꿀꿀거리다 가야 한다

　　네 음악은 안 돼지
　　뒷걸음치며 입을 틀어막게 하는 음악은 안 돼지
　　배설물 위를 뒤뚱뒤뚱 돌아다니는 음악을 음악이라 할
　　수 있어? 안 돼지
　　더러워서 나를 화나게 하는 음악은 안 돼지

이 품위 없는 단어 돼지가 내 입에서 떨어지지 않음은
안 돼지

　　　　　　　　　　　　　　—「엘피 공장에서 만나요」 부분[2]

모국어의 거울에 비추어 어색하고 불편함에도 불구하고, 이 땅에서, 지금-여기에서, 시가 무언가를 사유하고 느끼려면, 모국어가 감추고 있는 어떤 시원에 가닿아야 할 것이다. 시가 모국어의 감옥에서 풀려나온다는 것은, 이렇게 낡은 국어사전의 폭력에 대항한다는 것을 의미하는 동시에, "전깃줄 위에 도열한 새들에게", "저마다 발 닿는 곳에 집이 있"으니 안주하라고 충고를 내려놓는 전통과 아름다움의 화신 "로시인"의 낡은 세계관과 맞서 싸운다는 것을 의미한다. 전통과 아름다움을 빙자하여 삶에 안주하라고 강요하는 폭력, 저 늙은 시인의 하나 마나 한 공설과 추상적인 권고들, 안전한 질서 속에 뿌리를 내려, 흥얼흥얼 옛 가락이나 반복하라고, 음풍농월이나 읊어대라고, 주야장천 늘어지는 그의 권고에는 시에서 외국어성을 제거하고 모험적 성격을 박탈하려 획책하고 종용하는 폭력이 자리할 것이다. 이 폭력의 세계와 척지고 돌아앉는 곳으로 자발적으로 들어가는 수밖에 없다고 말하는 것인가.

모국어 속에서 잠자고 있는 무언가를 깨우는 일은 이렇게 타자를 인식할 권리 자체를 아예 차단해버리는 전통 이데올로기와 그 족쇄를 한사코 풀어내려는 의지, 새로운 인장으로 그 의지의 순간순간을 찍어나갈 말을 찾아내려는 몸짓과 다르지 않다. 돼지가 되는 일, 돼지의 말을 고안해야 한다는 사유는 그러니까 절박함의 표현만이 아니라, 김혜순이 생각하는 시, 삶 속에서 죽음의 형식을 찾아내고, 죽음 속에서 삶의 형식을 발견하기 위해 스스로 처할 수

2) 김혜순, 앞의 책, pp. 201~02.

밖에 없는 시적 필연의 순간과 순간들, 그 순간들을 펼쳐내고자 토해낸 말들, 그 끓어오르는 발화의 필요성에 대한 촉성과 무관하지 않다. 예컨대, 이 작품은, 요약과 묘사와 설명을 저버리는 대신, 말로 어떤 순간을 계속 환기하고 과감히 부수고, 나아가 조롱하고 비판하며, 아직 도래하지 않은 무엇을 지금-여기에 끌고 오는 데 전념한다. 반복된 "안 돼지"를 말놀이로 폄하하는 것은 따라서 몹시 부당하다. 흔히 'pun'이라 부르는 몇몇 대목을 마주할 때, 그 국지적인 현상만을 살짝 도려내, 오로지 놀이의 기능에 대한 단편적인 설명만을 주억거리며, '유레카'를 외치는 성마른 시도에는, 이러한 말의 조작과 놀이가 어떤 맥락과 목적에서 고안되었고, 시 전반에서 무엇을 수행하는지, 그 추이를 보지 못하는 무지와 보지 않으려는 맹목이 자리한다. 김혜순의 시에서 말놀이는 없다. 무언가를 수행하는 말이, 전진하고, 후퇴하고, 다시 발을 내디디며 모국어의 감옥에서 시를 빼내려 시도하는 말의 실천을 시에 결부시켜낼 뿐이다. 왜 그런가?

　"안 돼지"는 "로시인"이 나에게 한 금지의 명령어인 것처럼 보인다. 그런데 왜 '안 되지'가 아닌가? 물음은 이렇게 간단하다. 형용사를 뜻하는 접사의 기능이나 피동을 더해 동사를 만드는 접미사의 역할로는 충분하지 않다고 생각한 것일까? 완벽한 조롱의 어조, 그러니까 내가 무언가를 "말해봤자 소용없다"는 사실을 "로시인"의 입으로 두 차례나 확인한 후, 단호한 결별을 감행하려 시인은 이와 같이 말을 비틀어 발명할 필요를 느낀 것은 아닌가. 아름답고 고고한 삶이 아니라 "더러운 돼지우리에서/밴드를 꾸려 돼지들과 함께 꿀꿀거리다 가야" 하는 저 시의 필연성, 그렇게 할 수밖에 없는, 분노의 배면으로 매일 차올라오는, 그래서 아름다움과 전통을 거부할 수밖에 없는 저 현실과 우리의 삶을, 정직하게 인식하려는 어떤 태도와 각성의 순간을 여기서 목격하게 된다. 시인에게 "로시인"이 엄벙덤벙 내려놓은 이 "안 돼지"라는 충고는 단호한 태도에서 나온 단정적인 말이지만, 이 단호함과 단정적인 명령을 물리칠 시인의 대답은 단호하거나 단정적일 수 없으며, 심지어 자명한 대답일 수도 없다고 생각하는 것이다. "로시인"이 "네 음악은 안 돼지"의 화자인 동시에, "돼지우리"에서 "돼지들과 함께 꿀꿀거리다가 가야 한다"고 다짐하는 시인에게 비판의 역풍을 맞을 수밖에 없는 것은, 바로 이 "안 돼지" 때문이다. 김혜순이 근본적이고 비판적인 말의 주인이라는 것은, 그러한 사실조차 "로시인"이 알지 못하는, 다시 말해, '안 된다'고 충고하는 화자의 입장에서는 결코 짐작조차 할 수 없는 말의 수행자라는 것을 의미하며, 위태로운 "전깃줄 위에 도열한 새들"과 같이, 저 아슬아슬하고 위태로운 상태의 세계에서 시를 쓰고자 하는 시인이 구사하는 언어란 "로시인"이 알아들을 수 없는 낯선 말일 수밖에 없어야만 하는 것이다. 다시 말해, "안 돼지"는 시인 자신이, '안[內]에 있는 돼지' 혹은 '안이 될'의 해석 가능성을 절묘하게 살려낸 표현이라고 해야 한다. "로시인"이 아무리 '안 된다'고 말해봤자, 결국 시인에게는 아무 영향도 미치지 못하고 소용도 없게 되어버리는 것이다. "이 품위 없는 단어 돼지가 내 입에서 떨어지지 않음은/안 돼지"에서 우리가 읽게 되는 것은 이렇게, 비판의 발화인 동시에 시의 실천적 의지이다. '돼지같이 품위 없는 말도 가능하다'는 사실('이 품위 없는 단어도 된다'), 그와 같은 단어들이 내 입에 내내 붙어 있다는 것

('떨어지지 않음'), 이러한 실상을 전혀 모른 채 "로시인"이, 나의 이 '떨어지지 않음'을 '안이 되지', 혹은 '암, 되고 말고'라고 계속해서 긍정을 하고 있다는 것, 이 세 가지 측면을 동시에 움직여 김혜순은 결국 이 "로시인"을 자신이 부정하고자 한 것을 저도 모르게 긍정하고 마는 우스꽝스런 꼴의 주인공으로 만들어버린다. 비판의 부메랑을 고안해내는 이 특수한 언어적 실천을 함부로 말놀이라 폄하해버리면, 그러면 안 된다. '안 된다'는 저 부정의 결구가 이 작품 전반에서 강력한 긍정(예컨대, '암! 되고 말고'처럼)과 계속해서 결속을 시도하는 까닭이 바로 여기에 있다. 이러한 맥락 속에서, 이 작품을 읽을 때, 우리는 이 시인이, 모국어의 외국어성에 내기를 걸면서, 오히려 이 외국어성으로 시의 미래를 담보하려 하는 것은 아닌가 하는 생각마저 품게 된다. 이어지는 부분을 인용할 필요가 있겠다.

> 질척거리는 돼지우리를 뱅뱅 도는 저 돼지들
> 더러운 박자가 쿨럭쿨럭 피어나면 안 돼지

> 손가락 끝에서 붉은 압핀이 쏟아지는 날
> 리듬의 날에 베인 상처가 팔뚝에 팍 팍 팍 그어지는 날
> 상처 사이로 망원경을 집어넣으니 새들의 깃털이 폭설처럼 쏟아지는 날

> 내 미래의 망루로부터 도래한 오열이 쏟아지나니
> 슬픔으로 나란히 선 빌딩들이 다 주저앉나니

새는 시방 냄비 뚜껑에 바늘로 홈을 파고 음악을 새긴다
새는 시방 내 배꼽 둘레에 바늘로 홈을 파고 음악을 새긴다
새는 시방 내 정수리 둘레에 바늘로 홈을 파고 음악을 새긴다
새는 어디에나 뾰족한 부리만 있으면 음악을 새길 수 있으니 참자
고 생각한다

새는 시방 땅바닥에 새겨진 홈들이 연주하는 소리를 듣는다
새는 감아놓은 축음기처럼 돌아가는 검은 돼지 귀에 귀 대면 안
돼지

제 집은 도착하자 떠나는 집이에요
거룩하신 로시인에게 말해봤자 소용없다

김혜순의 시는 그간, 의미 연관을 한없이 풀어헤친, 난해시의 정
점처럼 언급되어왔다. 그러나 그의 시 앞에서 무지를 고백하는 것
은 오히려 우리가 아닐까. 그가 터뜨려내는 말이 우리를 향해 제
힘을 한껏 쏟아내며, 요약하고 설명하기 어려운 잔상들을 폭탄처
럼 투척하는 것일 뿐, 모든 것은, 따지고 보면, 사실 일목요연하다
할 정도로, 고유하고 특수한 흐름 속에서 잘 제어되고 고유한 몸짓
속에서 살아나 움직인다. "로시인"이 자기에게 가한 부정의 말을
비판의 화살로 되받아낸 시인은, 결국 다시 "전깃줄 위에 도열한
새"로 돌아와, 그 새가 하는 일, 그 새들이 실천하려는 것들, 이 세
계에서 이 새들이 할 수 있는 것들, 그때 필요한 언어적 각성과 삶

에 대한 인식, 그 고통스런 과정에서 흘려야만 하는 피의 말들, 언제 어디에서나 힘겹게 "홈을 파"고자 하는 말들을 직접 토해내기 시작한다. 그와 같은 말들은, "저마다 발 닿는 곳"에 있는 저 평온하고도 언제고 돌아갈 수 있는 따뜻한 "집"이 아니라, "뾰족한 부리만 있으면" 갈 수 있는, "손가락 끝에서 붉은 압핀이 쏟아지는", "리듬의 날에 베인 상처가 팔뚝에 팍 팍 팍 그어지는" 어느 "날"(그러니까, 日)의 각성과 그렇게 치켜든 언어의 "날"(그러니까, 刀)로 발화해야 하는 도처의, "어디"의 실천이자, 모국어의 틈을 열고 들어가, 거기서 외국어성을 포착하고 또 길어올린, 공동체적이고 개인적인 다성(多聲)의 목소리, 함성과 실존의 고백이다. 그것은 그러니까,

> 낼름 낼름 당신이 외칠 때 내가 아니라고 속으로 외치는 말
> 날름 날름 까마귀가 머리에서 울 때 내가 따라서 우는 소리
> 홀락 홀락 내가 당신을 바라볼 때 저절로 떠오르는 소리
> ─「벙어리 둥우리 얼굴이」 부분[3]

(이며), 그렇게 "내가 이 세상을 허리에 묶어서 끌고 가는 춤"(「춤이란 춤」)이자, "사랑이라고 하는 세상의 저속"으로, "눈을 감으면 눈 속의 눈을 감으면 눈 속의 눈 속의 눈을 감으"면 날마다 찾아오는, "하늘보다 더 어두운 바다"(「수박은 파도의 기억에 잠겨」) 속으로, "날개를 펴고 발끝으로 서야 할 시간"(「춤이란 무엇인가─꿍

---

3) 『문학동네』 2013년 여름호, pp. 443~44.

초」)으로 들어가 길어올린, 덩어리 진 외국어성 자체이자, 그것들을 빚어 만든 삶의 고통스런 반죽이다. 사유보다 먼저, 서둘러 언어로 점령해낸 그 미지의 땅에서, 시인은 이 반죽의 언어와 함께 "지금은 언제나 지금이 아니"(「춤이란 무엇인가—꽁초」)라고 의심을 촉구하는 다짐 속에서 살아갈 것이며, "몸속에서 몸 밖으로/오른손으로 왼손을 왼손으로 오른손을 오른손으로 왼손을/꺼"(「춤이란 무엇인가—손톱」)내고자 매 순간, 낯선 것들을 향해 어디론가 떠날 채비를 서두를 것이다. 김혜순은 죽어야 할 수 있는 말, 죽으려고 하는 말, 망자-산 자의 말, 너-나의 말이 되어, 세계를 노크하고, 그렇게 우리 곁으로 다가온다.

두번째 딫: 죽음을 사는 지금-여기의 유령

나는 다시, 마흔아홉 편의 시를 보고 있다. '죽음의 자서전', '죽음이 쓰는 자서전'이다.[4] 왜, 이 자서전은 자서전인데도 불구하고, 너와 너의 말로 되어 있는가? 죽음이, '네'가, '네'가 되어, 내 안의 '네'가, 내 밖의 '네'가, 살아온 삶, 살고 있는 삶, 살아갈 삶, 그 처참과 비극과 광기와 울부짖음으로 변신에 변신을 거듭하며 망자에게 올리는 사십구제의 축문처럼, 여기저기를 떠돌아다닌다. 명백한 현실의 사건은 말하는 방식에 의해, 일회적 사건으로 소모되지 않을 권리를 획득하고, 사건이 아니라 사건의 원형, 그 기저, 그 파

---

4) 김혜순, 『죽음의 자서전』, 문학실험실, 2016. 이 장에서 논의되는 시들은 모두 이 시집에서 가져왔다.

장, 그 기억, 그 밑바닥이 되어, 지금-여기에서 오로지 순간의 발화 가능성으로만 오롯이 설 제 자리를 계속 만들어나갈 것이다.

먼저 말해둘 것이 있다. 3인칭이나 1인칭에 비해, 2인칭이 제 운신의 폭을 좁게 운용하는 것은 아니라는 점이다. 오히려 2인칭은 객관성을 지향하는 3인칭과 주관을 한껏 궁굴리는 1인칭, 이 양자의 특성을 언제고 오갈 수 있다. 그러면서도 필요에 따라 등질 수도 있는, 다시 말해, 어디를 보는지, 무엇을 지시하는지, 누구를 지칭하며 누가 말하는지 등등, 독서의 믿을 만한 지표들을 과감히 포기할 수 있는 인칭이며, 매우 직접적인 방식으로 공동체와 나에게 동시에 말을 걸고 던지며, 새로운 지각의 상태와 그 혼돈을 타자와 나에게 동시에 결부시키면서, 묘사나 사건이 주된 얼개를 구성하는 이야기의 전개를 크게 방지하고 필요할 때 방기해나가는 단 하나의 인칭이다. 김혜순에게 2인칭은 이렇게 변화무쌍하게 1인칭과 결속하면서 다성적인 목소리를 생성해내는 원인으로 자리한다.

지하철 타고 가다가 너의 눈이 한번 희번득하더니 그게 영원이다.

희번득의 영원한 확장.

네가 문밖으로 튕겨져 나왔나 보다. 네가 죽나 보다.
너는 죽으면서도 생각한다. 너는 죽으면서도 듣는다.

아이구 이 여자가 왜 이래? 지나간다. 사람들.
너는 쓰러진 쓰레기다. 쓰레기는 못 본 척하는 것.

지하철이 떠나자 늙은 남자가 다가온다.
남자가 너의 바지 속에 까만 손톱을 쓰윽 집어넣는다.

잠시 후 가방을 벗겨 간다.
중학생 둘이 다가온다. 주머니를 뒤진다.
발길질. 카메라 셔터를 누른다.
소년들의 휴대폰 안에 들어간 네 영정사진.

너는 죽은 사람들이 했던 것처럼 네 앞에 펼쳐지는 파노라마를
본다.
바깥으로 향하던 네 눈빛이 네 안의 광활을 향해 떠난다.

죽음은 바깥으로부터 안으로 쳐들어가는 것. 안의 우주가 더 넓다.
깊다. 잠시 후 너는 안에서 떠오른다.

그녀가 저기 누워 있다. 버려진 바지 같다.
네 왼발을 끼우면 네 오른발이 저 멀리 달아나는 바지. 재봉질도
없는 옷,
지퍼도 없는 옷이 뒹굴고 있다. 출근길 지하도 구석에.
가련하다. 한때 저 여자를 뼈가 골수를 껴안듯 껴안았었는데
브래지어가 젖가슴을 껴안듯 껴안았었는데.

저 오가는 검은 머리털들이 꽉 껴안은 것. 단 한 벌.

저 여자의 몸에서 공룡이 한 마리 나오려 한다.
저 여자가 눈을 번쩍 뜬다. 그러나 이제 출구는 없다.

저 여자는 죽었다. 저녁의 태양처럼 꺼졌다.
이제 저 여자의 숟가락을 버려도 된다.
이제 저 여자의 그림자를 접어도 된다.
이제 저 여자의 신발을 벗겨도 된다.

너는 너로부터 달아난다. 그림자와 멀어진 새처럼.
너는 이제 저 여자와 살아가는 불행을 견디지 않기로 한다.

너는 이제 저 여자를 향한 노스탤지어 따위는 없어라고 외쳐본다.
그래도 너는 저 여자의 생시의 눈빛을 희번득 한 번 해보다가
네 직장으로 향하던 길을 간다. 몸 없이 간다.

지각하기 전에 도착할 수 있을까? 살지 않을 생을 향해 간다.
—「출근-하루」 전문

　너는 누구인가? 너는 정말 너인가? 나, 그, 너, 우리, 그들 등은 단
지 언어가 규정하는 극단적인 위치일 뿐이다. 내가 말을 할 때, '나'
는 자신을 '나'라고 지칭하며 상대방을 '너'라고 부른다. 그러나 '네'
가 대답을 할 때는 그 위치가 바뀌어 '나'는 '너'가 된다. 우리는 인
칭 간의 이처럼 이상하다고 할 수밖에 없는 전도 현상을 받아들일

때만, 다성적 목소리로 구성된 대화dialogue의 장, 언술discours의 공간, 그러니까 언표의 단순한 집합(그러니까, 문법의 체계)이 아니라, 발화의 상태로 들어갈 수 있게 된다. 언어 속에서, 언어에 의해, 내가 타자와 어떤 관계를 맺기 위해, 자아에서 이렇게 빠져나오는 순간, '나'는 필연적으로 '너'를 설정할 수밖에 없는 것이다. 대화 속에서, 이 '너'는 자아(화자)의 외부에서 내가 상상할 수 있는 유일한 인칭인 동시에, 나의 내재성과 초월성을 전도할 수밖에 없는 '너'이다. 따라서 '나'라는 단어를 사용하는 자아는 이 발화하는 '나'와 일치하는 것이 아니라, 타자에 의해 규정되는 나, 타자와의 관계 속에서 정당성을 확인할 수밖에 없는 인칭으로써의 '나' 이외에는 아무것도 아닌 것이 되어버리는 상태에 진입하게 된다.

김혜순에게 2인칭은 '너'가 '나'가 되는, '너'의 행위가 '나'의 행위가 되게끔 수시로 '나'와 붙었다 떨어지면서, 결국 '너-나'를 하나가 되게 조장해낸다. 중요한 것은, 이 나-너의 대화를 구축하는 발화의 체계가 가동되기 시작하면, 시적 화자가 제 자리를 물리고, 그 뒤에 웅크리고 있던 주체가 너-나의 변주와 교체로 시 전반에 주관적인 목소리를 울려낸다는 데 있다.[5] 그것은 '사적' 감정이나 화자의 견해가 아니다. 이 주체는 너-나, 그러니까 개인적이면서도 공동체적인 것, 개인을 배제하지 않는 공동체, 공동체에서 고립되지 않는 개인의 표식이며, 이 시대의 죽음을, 저 타자를 내 안에서 살아내는, 언술의 활동 속에서 그렇게 해내는 주체라고 해야 한다.

5) 주관성은 여기서, 개인이 아니라, 주체로 자처할 수 있는 화자의 능력을 의미하며, 김혜순에게 2인칭의 가치는 여기에 있다고 해도 과언은 아니다. 왜냐하면 이 주체는 개인/공동체 식의 이분법에 갇힌 것이 아니라, 개인적이면서 공동체적이기 때문이다.

지하철에서 봉변을 당해 죽을 지경에 처한 '너'의 서술이 이야기를 끌고 나가는 것으로 보이는 도입부는 거개가 '나'의 이야기라고 생각할 수 있겠다. 문제는 인파에 밀려 발길질을 당하고, 바닥에 쓰러진 채 제 가방을 강탈당하는 것으로도 모자라 "소년들의 휴대폰"에 찍혀 "영정사진"이 된 이후의 사태인데, 이때 '너'라는 2인칭이 화자의 자격을 벗어던지고, 나와 타자와 결속하면서 나-너를 죽음과의 관계로 언술 속에서 버려내기 시작한다는 데서 발생한다. "바깥으로 향하던 네 눈빛이 네 안의 광활을 향해 떠난다"는 구절에 이르러, 너-나의 구분이 시에서 사실상 무용해지는 상황을 맞이하게 되는 것도 이 때문이다. "네 안의 광활"은 나의 내면의 광활함과 동시에 내 앞에 쓰러져 있는 어느 구걸하는 여인의 그것일까? 이어지는 부분에서 비교적 명확하게 상황을 제시해놓은 "출근길 지하도 구석에" 웅크리고 있는 "저 여자"는 그렇다면 이제 누구인가? "바깥으로부터 안으로 쳐들어가는 것"이 "죽음"이라면, "영정사진" 이후의 '너'는, 모든 죽음이나 죽음이 제 그림자를 내려놓은 타자-나가 된다. 결국 시체같이 누워 있는 어느 한 여인에 대한 묘사처럼 느껴질, "버려진 바지 같"이 "저기 누워 있다"는 대목에 이르러서조차 우리는 그 주어의 자리에, 나-너라는 **주체로 받아내고 살아내는 죽음**이 들어서는 것을 막을 수 없는 지경에 이르게 되어버린다. 이렇게 "재봉질도 없는 옷,/지퍼도 없는 옷"인 저 죽음은, 그러나 너-나가 공통으로 치러내고 받아내는 순간과 순간의 체험으로 시에 불려나오고, 이내 다시 달아나 사라져버리기를 되풀이한다. 죽음은 그러니까 "네 왼발을 끼우면 네 오른발이 달아나는 옷"과 같이, 어느 틈엔가 의식에서 출몰하는 너-나의 무의식적 형식이며, 비가시적인 것의 가시적 출현이자 끊임없이 되돌아오는다는 의미에서 '망령'이며, 타자에게 제 것을 보태거나 저에게 타자의 것이 더해져, 언제 어디서고 발동을 하는 '환영'이기도 하다.

김혜순은 이렇게 죽음을 3인칭의 사건으로 객관화될 수 없다고, 그렇게 하지 말아야 한다고, 끊임없이 죽음으로 들어가고 나오는 개인적-공동체적 주체의 목소리를 울려낸다. 특히 3인칭의 "저 여자"를 죽음을 살아내지 않는 인칭이라 판단해 의도적으로 배제함으로써("너는 이제 저 여자와 살아가는 불행을 견디지 않기로"한다), 김혜순은 너-나의 공동체적인 경험, 우리가 매일 자행하고 또 감당해야만 하는 죽음을 도처에 편재하고 시시각각 출몰하는 무엇으로 전환해낸다. 이 작품은 여자의 몸으로 매일 감당해야 하는 죽음과도 같은 끔찍한 사건을 고발하거나 비판하는 데 목적을 둔 것은 아니다.

김혜순은 편재하는 죽음으로 지금-여기의 삶을 살아야 하는 필연성을 노래하고 있는 것이며, 그것은 결국 타자와 함께할 수밖에 없는 일, 타자의 일이면서 동시에 나의 일, 그러니까 주체의 일이라고 말하는 것이다. 어찌 어려움과 망설임("그래도 너는 저 여자의 생시의 눈빛을 희번득 한 번 해보다가")이 없겠는가. 그러나 끝내, 김혜순은 죽은 몸으로, 죽어야 하는 삶과 죽음에 입사해야 하는, 죽음과 함께, 죽음이라는 타자와 함께 이 세계를 살아야 한다는 다짐("너는 이제 저 여자를 향한 노스탤지어 따위는 없어라고 외쳐본다")을 너-나의 공동체적 소명처럼 제 시에 새겨넣는 고통스런 일을 실천하고야 만다. 김혜순의 이 '죽음' 연작을 이끌고 있는 유일한 인칭인 2인칭은, 결국 인칭이라는 화자의 단순한 역할을 버리고, 죽음에 관한 가장 주관적이고 극단적인 주체의 목소리, 나-너의 목소리를 울려내는 중심이라고 해야 할 것이다. 이렇게 너-나의 자격으로, 그는 망망대해로 나아가, 그 아래로, 저 밑으로 한없이 내려가고 또다시 올라와, 지금-여기에서 죽음을 가장 주관적인 방식으로 살아내며, 죽음의 망각에 대항하는 원대하고도 고통스러운 도전의 기록들을 가장 주관적인 말로 제 시에 새겨넣는다.

매일 매일 너는 지면(紙面)을 향한 추락인가? 비상인가?
한쪽 발로 선 나비가 다른 쪽 발에 빨간 잉크를 찍어 종이에 편지를 써본다

—「나비-열하루」 부분

너는 만약 내일 아침부터 해가 뜨지 않는 나날이 계속된다면 하고 가정해본다.
그러면 우리는 하루 24시간 이 까만 거울 속에 있고, 그 누가 이 거울물을 찍어 우리의 얘기를 쓰게 될까.
글을 쓸 잉크가 왜 이리 많을까.

—「그 섬에 가고 싶다-스무날」 부분

너는 이제 죽었으니
너는 이제 신발을 벗어라
너는 이제 벗었으니 그림자가 없다
빛 떨기 가운데서 한 목소리가 들렸다

—「나체-열엿새」 부분

너는 망령이 되어, 법의 집행자가 되어, 아버지가 되어, 사람이 되어, 어머니가 되어, 여자가 되어, 아이가 되어, 그들을 뚫고 들어간 나의 정념이 되어, 타자에게 거류하면서 하나가 되고자 하는 파토스의 화신이 되어, 축축하고 어두운 공통의 기억을 더듬어 나갈 것이다. 공동체의 악몽이 되어, 지금-여기를 떠도는 저 죽음의 외투를 입고 제 삶을 살아내는 주체가 되어, 이 세계에서, 언제 어디고 다시 돌아올, 저 있음과 없음 사이, 지금과 저기 너머 사이에 벌어진 틈을 봉합해낼 어떤 희미한 가능성의 유령, 오로지 어떤 가능성으로만 존재할 유령이 되어, 김혜순은 망각에 저항하고자 우리 기억에 수시로 구멍을 내고, 가야 할 곳이 어딘지 모르는 저 망망대해 한복판에서, 사방과 천지를, 허방과 구석을, 아래와 위, 좌와 우, 앞과 뒤를 살피고, 망망대해의 저 컴컴한 심연으로 들어가, 보이지 않는 보임을, 그 순간의 광휘를, 휘발되는 울음과 비명을 백지 위에 활보하게 한다. 시인이 '당신'을 지워버리고 '너'에게 투신하는 것은 그러니까, 오로지 죽음을 수행하는, 죽음이 수행하는, 죽음을 살아내는, 죽음을 사는 주체, 그러니까 죽음을 '하는', 그와 같은 일을 견뎌내고 받아들일 단 하나의 인칭이 '너'이며, 죽음으로 나를 포괄해낼, 나와 하나가 될 유일한 인칭이 바로 '너'라는 판단 때문이었을 것이다.[6] '너'는 타자와 나를 한 덩어리로 결속시

6) 당신이라는 복수의 인칭, 존대의 인칭, 거기에 존재하는 아주 작은 경어의 성스러움이나 존경은 이제 김혜순의 몫이 아닐 것이다. 어른의 타자를, 그 인칭을 버려야 할 이유, 가장 건조한 타자, 학생에게 쓸 만한 인칭으로, 제 시를 써야 할 필요성이 있었던 것은 아닐까?

켜, 피를 뿌리며, 타자를 기록해낼, 내 안에서 끌어내어 거기로 투신할 지금-여기의 죽음, 그 죽음으로 살아내고 기록할 단 하나의 호칭이며, 그렇기에, 지금-여기의 대명사일 것이다. "너는 이제 죽었으니"는 그러니까, 너-나의 죽음, 너의 죽음을 내가 현행(現行)한다는 의지를 담고 있는 개인적-공동체적 말이라고 해야 한다.

춥다, 따뜻한 몸에서 나왔으니
밝다, 어두운 몸에서 나왔으니
외롭다, 그림자를 잃었으니

차갑다, 화분 갈 때 꺼내놓은 흙처럼
환하다, 얼음장 밑에서 물고기가 쳐다보는 햇살처럼
뜨겁다, 얼어붙은 무쇠 문고리에 입술이 닿은 듯
다시 춥다, 알뿌리 같은 심장이 반쯤 얼었다

또 춥다, 영에서 영을 나눈 듯
　　　　유리에서 유리를 나눈 듯

그래도
괜찮다 괜찮다
이미 죽었으니

네가 너를 벗은 자리에 몸에서 붉은색을 다 뺀 것 같은 추위가 왔다
　　　　　　　　　　　　　　　　—「겨울의 미소—열아흐레」 전문

시는 사건을 어떻게 발화해야 하는가? 시는 광장에서 울려나오는 함성에 오롯이 제 임무를 위탁할 수 있을까? 시가 정치적이어야 한다고 힘주어 말할 때, 그것은 정확히 무엇을 의미하는가? 시는 비극을, 비극적 사건을, 시간의 축과 현실의 공간에서 소모해버리는 감정의 분출과 선동을 경계하는 말을 발명할 때만, 시다. 시는 이런 의미에서, 역설적으로, 가장 정치적인 글이다. 시는 현실의 역설을 먹어치우기에 정치적이다. 현실 정치가 정치적인 것들을 돌보는 일에 소홀하다면,[7] 이와 달리, 시는 비극 앞에서 마냥 눈물을 흘리거나 망자의 어깨를 다독거리며 위로하는 말을 건네는 일이, 비극을, 사건을, 지금-여기에서 철저히 고갈시키고 손쉽게 망각하는 데 일조할 수 있다는 사실을 가장 잘 알고 있는 경각의 언어, 가장 먼저 알고자 하는 비판적 언어다. '사건'이 발화되기 전에 사건이 아니며, 사건이 될 수도 없는 것이라면, 결국 사건이란, 실재하는 실체가 아니라, 말을 구현하는 특수한 방식과 그 순간에, 매번 상이하게 구성되고 해체되어 우리에게 나타나는 무엇일 뿐이다.

그러니까 항상 말하는 방식, 말을 구성하는 방식이 문제가 된다. 시는 분노하고, 통탄하는 말들이며, 또한 고발하는 언어이기도 하지만, 비극적 사건을 단순히 언표의 층위에 정박시키며, 기껏해야

7) 정치는 똑같은 대의명분을 주기적으로 반복할 뿐이다. 정치가 하는 일은 평등과 분배와 민주 안에 숨는 것밖에 없다. 정치는 정치적인 것들, 그 삶의 주관적 관계를 돌보지 않는다. 오로지 사회/개인, 다수/소수, 정의/불의, 폭력/비폭력, 좌/우, 여/야, 개혁/보수, 공/사, 노동/자본 등의 이분법 안에 지금-여기를 고정시키고, 이 이분법 속에서 구동되는 언어로 민주주의라는 대의를 기계처럼 반복할 뿐이다. 정치는 가장 비현실적이고 비정치적인 말들의 총체이자 집산이다.

사전을 뒤적거려 찾아낸, 감상에 절은 통사로, 문법이라는 단일한 질서 속에서 보고하지 않는다. 시는 표상이 불가능한 이 세계의 비극에 대해 충분한 예의를 갖추었다고 생각할 때까지 말을 고안해내려는 도전이며, 결국 사건이 아니라, 사건의 원형, 비극의 파장, 그것의 가장 본질적인 무엇을 망각에 대항하며 지금-여기에서 자기만의 방식으로 보존해내려 한다. 시는 섣부른 말을 꺼내들어 망자를 위로하는 대신, "네가 너를 벗은 자리에 몸에서 붉은색을 다 뺀" 말로, 사건이 아니라, 사건의 미지와 심연을 활보하고 살아 숨 쉬게 풀어놓는 말의 주체가 되는 일에 오히려 전념한다고 해야 한다. 시는 '춥다' '밝다' '외롭다' '차갑다' '환하다' '뜨겁다' '다시 춥다' '또 춥다'를, 타자와 함께 겪어내는 통사(統辭)의 사건으로 전환하면서, 죽음의 공동체를 꿈꾸는 일로, 지금-여기를 성급히 재현(再現)하는 것이 아니라, 차라리 체현(體現)해낸다. 이 '죽음의 자서전' 마흔아홉 편은, 내가 죽음의 타자를 살아내고, 죽음의 타자가 나를 살도록 허용하기 위해, 그렇게 나-너를 오로지 죽음의 주체의 자격으로 지금-여기에 끊임없이 소환하고자 피를 뿌리며 부르는 진혼곡이다.

죽음이 너에게 준 것.
네 얼굴이 샌다.
네 얼굴이 흘러내린다.

네 얼굴은 코 무덤
네 얼굴은 귀 무덤

네 얼굴은 네 얼굴 무덤
대책 없이 얼굴이 또 흘러내린다.

네 얼굴에선 영하(零下)가 자라다가 죽는다.
(너는 태어난 순간부터 바닥 밑이었다.)

두 눈에 들러붙는 공기는 칼끝처럼 싸늘하고
가슴에 들러붙는 바람은 뜨거운 손바닥처럼 쩽하다.

보고 싶다고 외치고 싶지만
바닥 밑에는 또 바닥이 있다.

독창을 하고 싶어도 너는 합창단원이다.
네 목소리를 구별해 들을 귀가 이 세상에는 없다.

유령들의 지병인 이 상사(相思)!
첫새벽처럼 날마다 밝아오는 이 상사!

너는 바닥에 눈알을 매달고 애걸한다.
들여보내 달라고.
내 얼굴에 네 얼굴을 겹치겠다고.
내 혀가 네 혀라고.
네가 내 눈물을 흘린다고.

물이 줄줄 샌다.

환각을 본다.

미친다.

—「고드름-서른아흐레」 전문

너는 이미 죽음 속에서 태어났습니다

(에코 49번)

—「이미-스무여드레」 전문

 시는 이타성을 가볍게 비틀어 정체성의 사건으로 치환하는 문장
들로 사건을 말하지 않는다. 시는 타자가 오로지 지금-여기 나의
정체성의 역사이자 삶이라는 사실을 울려내는 말로 발화하며, 그
발화의 메아리를 다시 듣고자 할 뿐이다. 나와 타자가 모두 죽음에
의해, 죽음으로 인해, 서로가 서로에게 흔적을 남기거나 서로가 서
로에게 입사하는, 그렇게 삶의 어두운 고랑을 함께 돌아 나오고,
컴컴한 시간의 장벽 속에 갇혀, 피 흘리는 말로, 눈물의 말로, 서로
의 감정을 아로새겨 공유하면서, 이 삶과 저 삶을 드나들고자 하는
주체의 목소리를 우리는 그의 시에서 들으려 해야 한다.
 검은색의 이 자서전은 깨지고 멍들어 매번 피를 흘리며, 가까스
로 펜을 잡은 손으로 어두운 심연의 조각들을 그러모으고 이어붙
인, 그래서 환각을 볼 수밖에 없었을, 미칠 수밖에 없었을, 나를 비
치는 타자의 거울, 타자를 비치는 나의 거울, 내가 들어간 타자의
거울, 타자가 들어간 나의 거울, 둘이서 죽어, 함께 소리를 내고자
한, 목소리의 기록이다. 죽음의 자서전이 이렇게 죽음을 기록한 개

인의 글이 아니라, 죽음이 직접 쓰는 글, 너와 내가 죽음으로, 죽음의 자격으로만 쓰는 글이라면, 이런 의미에서 '자서(自書)'는 결국 공동체가 되는 글은 아닐까.

세번째 덫: 정치시의 분수령

김혜순의 시는 가장 급진적radical이고 비판적이며critical, 가장 정치적인political 시라고 해야 한다. 이유는 간단하다. 그가 실행하는 말이 급진적이고 비판적이고 정치적이기 때문이다. 환기한다. 그의 시는 사건을 재현하여 소모하지 않으며, 사건의 기저로, 사건의 원형으로, 그 무의식과 가능성의 세계로 파고들 말들을 고안하는 일로, 오로지 그러한 일로, 역사를 품어내고 사회의 한 복판을 가로지르며 공동체의 망각에 대항한다. 돼지가, 소가, 가축이 집단으로 매장되는 사건을 어디선가 보았을 것이다. 그는 문명이 저지른 이 야만에 면죄부를 주지 말아야 한다는 제 첫머리의 생각을 우직하게, 자유롭게, 그러나 고통스럽게 자기 자신을 걸고 밀고 나간다. 생명을 대하는 저 태도와 저 학살에서 받은 충격에 마음을 다스리려 절 같은 곳에도 가보았을 것이다. "선방에 와서 가부좌하고 명상을 하겠다고 벽을 째려"[8]보기도 했을 것이다. 어지러운 마음을 다스려야 한다며 스님이 권한 면벽 수도가 말짱 헛것이라면, 그것이 돼지의 것이 아니었기 때문이다. 돼지를 사유하고자 하

---

8) 김혜순, 「돼지라서 괜찮아」, 『피어라 돼지』, p. 11. 이 장에서 다루는 시는 모두 이 시집에서 가져왔다.

는 일, 돼지와 같은 존재들의 "불안이나 슬픔"은 추상적인 면벽이나 해탈 어쩌고저쩌고와는 아무런 상관이 없었던 것인가. 육체의 고뇌로부터 벗어나라는 "네 분 벽님"의 충고가 얼마나 가당치 않았을까. 이 "타인의 고통을 먹고 사는 자식"과 그의 권고는 그러니까 돼지가 아니며, 돼지의 말이 아니다. 그렇게, 그는 돼지가 되기로, 돼지의 삶을 살아보려고, 돼지가 하는 말, 돼지의 입장에서 하는 말, 거기로 직접 들어가야만 하는 말, 그런 말을 움켜쥐고서, 돼지의 세계로 방문하는 길을 선택하였는가.

돼지를 사유하기로 한 애초의 밑그림에서 그는 무능력 때문에 무시당하는 사람들, 소외된 사람들, 미련함 때문에 구박을 받거나 희생을 빼고는 사회에서 유용성이 제거된 존재들, 뒤처졌다고 학대를 당해온 존재들, 항용 남루한 사람들, 사회의 하부에 기거하며 먹이사슬의 첫 희생양으로 살고 또 죽는 존재들, 필요할 때 언제고 맛있게 먹어치우는 일회용 소모품과 같은 존재들, 그와 같은 온갖 비루한 존재들을 가두고 학살하고 탄압하고 착취해온 우리 모두의 민낯과 피로 얼룩진 역사의 깊게 파인 저 고랑과 고랑을 넘나들며, 권력관계 속에서 형성된 이 사회의 먹이사슬 가장 아래 기거하는 존재들의 삶과 처지와 행동과 정신을, 주관적인 발화, 그러니까 이들의 실존에 가장 근접한 자기-지시적 말들로 통렬하게 그려낸다. 돼지의 목소리, 그 다성 복합적 목소리, 돼지가 된 자들이 울어내는 목소리로 김혜순은 "우리나라 돼지들의 교성"을 들어 기록하고, "여자들의 머리칼이 수세미처럼 흩어지고 아이들의 송곳니 아래서 살찐 암소들이 누운 벌판이 뼈를 발리는 곳"을 살아내며, "이곳이 차마 꿈엔들 잊힐 리야"라고 이 처참한 역사를 통곡으로 받아내며, 망각과 무지에 저항하려는 의지의 목소리를 강력한 힘에 실어 뿜어낸다. "당신의 슬픔, 당신의 눈물, 당신의 불안, 당신의 공포, 당신의 장애가 되려고 길러진" 이 사회와 역사 속의 모든 존재가 되는/돼는 일, 그 일이 바로 김혜순의 시가 뿜어내는 비판적이고 정치적인 힘이다.

내가 쓴 것을 돼지처럼 공중에 매달아주세요

뚱뚱보 독재자를 광장에 매달듯이

—「요리의 순서」 부분

김혜순은 오만군상의 행위와 오만가지 존재들이 실(實)로 여기에 있는[存] 양태, 삶을 살아가는 모습과 그 처참함, 역사가, 역사 속에서 우리가 저지른 집단적 범죄와 그 범죄가 지극히도 일상적인 방식으로 편재하고 있는 면면을, 그 모습에 가장 부합하는 말로 기록하였다. 기습하듯 찾아드는 저 공포를 온몸으로 견뎌낸 자만이 울어낼 수 있는 귀납의 목소리로 그는 가장 정치적인 장시 한편을 선보였다. 부지불식간에 퍼져나간 도화지 위의 붉은 물감처럼, 세계를 핏빛으로 물들이는 돼지들의, 돼지들을 위한, 돼지들에 의한 장엄한 비창이 들려온다.

훔치지도 않았는데 죽어야 한다
죽이지도 않았는데 죽어야 한다
재판도 없이

매질도 없이

구덩이로 파묻혀 들어가야 한다

검은 포클레인이 들이닥치고

죽여! 죽여! 할 새도 없이

알전구에 똥칠한 벽에 피 튀길 새도 없이

배 속에서 나오자마자 가죽이 벗겨져 알록달록 싸구려 구두가 될 새도 없이

새파란 얼굴에 검은 안경을 쓴 취조관이 불어! 불어! 할 새도 없이

이 고문에 버틸 수 없을 거라는 절박한 공포의 줄넘기를 할 새도 없이

옆방에서 들려오는 친구의 뺨에 내리치는 손바닥을 깨무는 듯

내 입안의 살을 물어뜯을 새도 없이

손발을 묶고 고개를 젖혀 물을 먹일 새도 없이

엄마 용서하세요 잘못했어요 다시는 안 그럴게요 할 새도 없이

얼굴에 수건을 놓고 주전자 물을 부을 새도 없이

포승줄도 수갑도 없이

나는 밤마다 우리나라 고문의 역사를 읽다가

아침이면 창문을 열고 저 산 아래 지붕들에 대고 큰 소리로 노래를 부른다

이곳이 차마 꿈엔들 잊힐 리야

나에겐 노래로 썻고 가야 할 돼지가 있다

노래여 오늘 하루 12시간만 이 몸에 붙어 있어다오

시퍼런 장정처럼 튼튼한 돼지 떼가 구덩이 속으로 던져진다

무덤 속에서 운다
네 발도 아니고 두 발로 서서 운다
머리에 흙을 쓰고 운다
내가 못 견디는 건 아픈 게 아니에요!
부끄러운 거예요!
무덤 속에서 복부에 육수 찬다 가스도 찬다
무덤 속에서 배가 터진다
무덤 속에서 추한 찌개처럼 끓는다
핏물이 무덤 밖으로 흐른다
비오는 밤 비린 돼지 도깨비불이 번쩍번쩍한다
터진 창자가 무덤을 뚫고 봉분 위로 솟구친다
부활이다! 창자는 살아 있다! 뱀처럼 살아 있다!

피어라 돼지!
날아라 돼지!

멧돼지가 와서 뜯어 먹는다
독수리 떼가 와서 뜯어 먹는다

파란 하늘에서 내장들이 흘러내리는 밤!
머리 잘린 돼지들이 번개치는 밤!

죽어도 죽어도 돼지가 버려지지 않는 무서운 밤!

천지에 돼지 울음소리 가득한 밤!

내가 돼지! 돼지! 울부짖는 밤!

돼지나무에 돼지들이 주렁주렁 열리는 밤

— 「피어라 돼지」 전문

　오물을 뒤집어쓴 채 시궁창을 꿀꿀거리며 돌아다니며 여기저기
제 몸을 뭉개는 돼지들의 저 행렬과 저 퍼포먼스, 저 처형의 순간
들이 우리를 찾아온다. 우리는 모두 이 돼지들을 돼지가 되게 한,
돼지게 한, 돼지들이다. 우리는 모두 돼지다. 비루하고 탐욕적인
돼지, 고상한 모든 것을 집어 삼킨 돼지, 곧 돼져버릴 운명을 알고
있거나 모르고 있는 돼지, 우리의 삶인 저 돼지, 언어가 되다가 만
돼지, 죽음의 말이 된 돼지, 암흑 속에서 의미를 이리저리 몰고 가
며 의미와 함께 의미의 오물을 온몸에 묻히고, 털어내고, 이내 쓰
러지고 다시 일어나 쪼르륵, 한 걸음 제 앞으로 다시 내달리는 통
념의 우리에 갇힌, 그와 같은 우리의 판단과 편견과 차별과 오만으
로 곧 도살되고 돼져버릴 돼지들, 그 돼지들은 시대와 역사의 자화
상이다. 우리와 함께 지금-여기의 죽음에 갇힌 돼지, 삶의 벼랑 끝
에서 살아보려고 발버둥치는 독한 돼지, 얼어붙은 돼지, 춥다고 발
작하는 돼지, 돼지가 되다 만 돼지, 되려고 애쓰는 돼지, 되지 않으
려고 몸부림치는 돼지, 되려는/되지 않으려는 몸짓으로 하루하루
를 연명하는 돼지, 탐욕스런 돼지, 탐스런 돼지, 제 몸에서 빼낸 붉

은 피를 한 바가지 뒤집어 쓴 돼지, 피 흘리는 돼지, 그 피를 핥아 먹으며 꿀꿀거리는 돼지, 이 모든 돼지의 이합과 집산, 그 연대의 가능성을 그는 자기화하는 동시에 사회화하여, 너-나의 목소리, 개인-공동체의 목소리로 발화하면서, 가장 정치적인 말을 시적 발화의 영역에서 구축해내는 데 성공한다. 장시 「돼지라서 괜찮아」의 마지막에 배치된 시편의 도입부를 읽으며 글을 마무리한다.

몸 버리고 가라는데 몸 데리고 간다

돼지 버리고 가라는데 돼지 데리고 간다

꿈속에서 나가
이제 그만 새나 되라는데
몸속에서 새가 운다

이제 그만 안녕 너 없이도 살 수 있어

돼지가 따라온다

—「산문을 나서며」 부분

그렇게 해서, 김혜순은 "몸 버리고 가라는데 몸 데리고" "산문" (山門, 散文)을 빠져나온다. 그러나 그는 돼지에게 벗어났다고 생각하지 않는다. "이제 그만 안녕 너 없이도 살 수 있어"는 돼지에게 고하는 작별 인사가 아니다. 그것은 "꿈속에서 나가"라고, "이

제 그만 새나 되라"고 말하는 권유를 그가 거부하겠다는 것을 말하고 있기에, 결의를 드러내는 말이다. 그가 죽음의 이름으로 행한 이 시적 내기에는 애당초 돼지를 향유하고, 사유하고, 그런 후 긁어 모은 어떤 성찰과 그 결론에 힘입어, 돼지에서 벗어날 의도나 목적 따위는 애당초 없었기 때문이다. 이 평범한 지적이 한편으로 중요한 것은, 거대 담론이나 추상적인 사상에 의존하는 것이 아니라, 직접 제 몸과 삶을 걸고 투신하여(할 때) 뿜어 나온 말로 타자를 체현해내기 전까지, 김혜순이 그 어떤 정치성과 미지의 체험도 시적 실천의 반열 위로 올리지 않는다는 것을 뜻하기 때문이기도 하다. 이상적인 해결책으로 뒤발된 제안과 선동, 현실에 대한 신랄한 성토나 과감한 비판으로 모종의 대안과 전망을 제시하는, 저 정치시라는 이름으로 우리에게 당도했던 저 수많은 기이한 시도들에 내재하는 사이비 정치성이 우리의 삶에서 무엇을 속이고 무엇을 왜곡하고 무엇을 망각하게 만들었던가. 김혜순은 결국 끝까지, 또다시, 그렇게 끝까지 간다. 사회적 사건에서 출발했다고도 말할 수 있는 이 연작시는, 돼지 하나로 삶의 구석구석과 역사의 한복판을 큰 걸음으로 지나오며, 가장 주관적인 말로 돼지의, 돼지라는 고통과 무의식과 악을, 우리 내부의, 역사의, 현실의, 사회의 고통과 무의식과 악의 엑스레이에 고스란히 포개어 투시하며, 어떤 전율의 세계로 우리를 초대한다.

  김혜순의 시가 우리가 타자를 소비하고 억압하고 고문하고 처형하고 핍박해왔던, 오만 가지 방식과 그 행태에 대한 장엄한 고발이라면, 그 가치는 오로지 우리의 자화상에 그것을 비추어 사유해내는 실험일 때, 그러고자 할 때, 타자를 방기하지 않을 가능성으로 살아날 것이다. 그리고 그는 이러한 사실을 누구보다 잘 알고 있는 시인이다. 삶의 질곡들, 알고 있다고 여기거나 아무도 알려 하지 않는 악과 폭력적 가학의 메커니즘을 철저한 자기 언어로 전환하고자 한 이 모험이, 아무도 가지 못한 시적 정치성의 고유한 길을 내고 그 가능성을 망망대해 속에서 타진했다고 한다면, 그것은 그의 시가 오로지 나-타자의, 공동체의 발화이기 때문일 것이다.

역사의 오욕과 사회의 폭력에 가하는 강력한 비판적 말을 그는 인간의 실존과 삶의 양상인 저 돼지의 치열한 퍼포먼스로 선보이며 지금-여기에서 펼쳐내었다. 그는 이 돼지가 너-나, 개인-공동체의 목소리를 울어내는 힘으로 이 척박한 삶을 견뎌내며 살고 있다고, 시인의 자격으로 그들과 함께 그들이 되어, 하루하루를 버티고 있다고 말하고 있는지도 모른다. 2015년 현재까지 열 권의 시집을 세상에 선보이면서 그는 이렇게 매번 죽어야만 했을 것이다. 시는 계속 쓸 때만 시이며, 시인이 계속 쓴다는 무언의 약속을 실천해낼 때만 시인일 수 있다. 시가 시인에게 자발적으로 포기할 수 있는 것이 아니라는 점에서, 김혜순이 열 권의 시집을 내었다는 사실은, 경이로움을 자아내는 것이 아니라 삶의 치열함과 모험성, 그의 일상과 매일매일의 주관성과 고유한 가치를 말해주는 것이다. 김혜순이 산파한 어제의 시가 오늘 우리 시의 문법이 되는 까닭이 여기에 있다.

(『문학들』 2015년 봄호)

김현 비평의 현재적 의의

> 시를 쓰는 사람은 그가 관찰하고 고려하여 반성한 삶을 언
> 어로서 기술한다. 그리고 시를 읽는 사람은 그 시를 통해
> 그 시를 쓴 사람과 그것을 읽는 사람을 동시에 관찰하고
> 반성한다. 반성하지 않은 언어나 반성되지 아니한 삶은 읽
> 는 자들을 관습의 닫힌 세계로 유도하여 그들을 익명화시
> 킨다. 시를 방법론적으로 회의한다는 것은 삶을 그렇게 회
> 의한다는 뜻이다.
>
> ―김현, 「절규하는 시어(詩語)」, 1973[1]

*

김현의 비평과 관련되어 어느 것 하나 쉽사리 이해와 평가의 지
평 위로 떠오르지 않지만, 어느 것 하나 현재적 의의를 지니고 있
지 않은 것은 없다. 영향력이나 가치의 측면에서 보자면, 비평과
관련된 글뿐만 아니라, 한국 문학이나 외국 문학, 아니 이 양자의
교섭을 통해 한국 문학 고유의 길을 고구하는 작업에 평생을 매달
린 그의 연구서들 역시, 어느 시기를 다룬 것이건, 어느 시점에서
접근한 것이건, 현재적 의의를 상실한 적은 없다고 말해야 한다.

---

1) 김현, 『행복한 책읽기/문학 단평 모음』(김현 문학전집15), 문학과지성사, 1993, p. 350.
인용은 모두, 〈김현 문학전집〉의 '권 : 쪽'(15 : 350)으로 표시하며 필요에 따라 글의
제목과 연도, 발표 지면을 부기한다.

'현재적 의의'는 그러니까 그의 비평의 도드라진 특성들, 가령 어느 한 분야가 아니라 '전체에 대한 통찰'을 늘 염두에 두고 있었기에 가능했을 저 시선의 '불편부당성'이나, 문학의 방법론이라는 이름으로 세계를 방문한 온갖 이론적 시도들에 대한 폭넓은 이해와 비판적 수용을 통해, 텍스트가 조직되는 방식을 항상 경청하려 했던 '사실성'이나 '현장성'이라는 측면에서도, 여전히 김현은 현재와 다각도로 조응하여, 현재의 인식론적 지평을 반성의 대상으로 전환해내고, 결국 현재를 앞지르며, 어디론가 다시 나아간다.

다양한 접근이 허용되고 또 요청되겠지만, 나는 김현 비평의 '현재적 의의'를 언어에 대한 그의 사유와 실천을 중심으로 찾아보려고 한다. 김현 비평 전반에서 목격되는, 언어에 대한 각별한 관심과 폭넓은 이해는, 알려진 것처럼, 4·19세대–한글세대라는 자부심에만 제 뿌리를 내리고 있는 것은 아니다. 그러니까 그는, 한국어라는 개별언어의 보편적 지위에 대한 고민이나 한국어의 가능성에 대한 진지한 탐구, 외국 문학을 한국에서 대면할 때 반드시 필요하다고 누차 강조했던, 모국어로 외국 작품을 사유해야 하는 고통스런 작업에 대한 거듭된 요구와 성찰의 몸짓은 말할 것도 없이, 언어 전반에 대한 포괄적인 사유를 통해, 문학의 고유한 기능과 제 역할을 매 시기 근본적인 물음의 대상으로 전환해내면서 반성 속에서 끊임없이 되묻게 하는 비평가였다. 1970년 『창작과비평』에 발표한 「한국 문학의 가능성」에서 김현은 이렇게 말한다.

문학의 매체는 순수한 기호가 아니다. 음악과 회화처럼 순수히 청각적인 것도 아니며 순수히 시각적인 것도 아니다. 그것은 전통

과 역사의 때가 묻어 있는 언어를 매체로 삼고 있다. 문학의 매체
가 언어라는 것은 매우 중요한 결론을 도출시킨다. 의미론에서는 언
어의 특성을 관습성·애매성·선조성, 정감적 가치 등으로 규정하고
있는데, 이 언어의 특징을 다른 명제로서 표현한다면 "언어는 산물
ergon이 아니라, 활동energeia이다"라는 훔볼트의 명제가 될 것이
다. 훔볼트의 이 명제는 "언어들 사이의 진정한 차이란 음성이나 기
호의 차이가 아니라 세계 전망Weltansichten의 차이이다"는 명제로
확대되어나간다. 말을 바꾸면 언어는 한 사회의 세계 전망이 질서화
된 것에 지나지 않는다. 그러나 그것은 주어지는 것이 아니라 얻어
지는 것이다. 언어는 사회적 산물이 아니라 사회적 활동이며, 그 활
동은 그 사회의 세계 전망과 밀접한 관련을 맺고 있다. 아니 그 활동
이 곧 그 사회의 세계 전망이다. 언어의 이러한 성격 때문에, 문학은
시대의 분위기에서 벗어날 수가 없다. 〔……〕 문학도 예술인 이상
그 시대의 분위기를 질서화하고 체계화하는 의무를 지고 있다. 시대
를 질서화하고 체계화한다는 것은 언어를 양식화한다는 것을 뜻한
다. 문학자 개인의 개인어를 통해 문학은 시대를 양식화한다는 것이
다. (2 : 58-59)

김현은 언어가 곧 사유이며, 사유가 바로 언어라는 사실, 나아
가 언어가 세계관을 투사한다는 사실, 문학이 "주어진 것"의 단순
한 총체가 아니라, 그것들의 활동, 그렇게 "얻어지는 것"의 고유
한 "질서화"의 결과라는 사실을 꿰뚫어보고 있었다. 문학은 지금-
여기 인간의 다양한 활동 속에서 시시각각 제 경계와 영역을 확장
하거나 조절해나가는 언어활동이며, 그것은 '산물'[2)의 집합인 텍

스트에 대해 '활동'³⁾이 지속적으로 간섭을 하는, 그러니까 이미 완성된 실체가 아니라, 작동 그 자체의 잠재력으로 김현에게 인식되어 나타난다. 언어기호의 단순한 집합인 '언표'가 아니라, '발화-발화행위'의 차원에서 가동되는 언어의 작동방식이, 문학이나 문학연구의 핵심을 차지한다는 사실을 김현은 누구보다 이른 시기에 파악하고 있었으며, 따라서 그에게 작가란, 개별화된 언어("문학자 개인의 개인어")를 획득했다는 자격에서만 작가일 수 있었을 것이다. 언어를 조직하는 주체의 자격으로, 언어라는 활동 안에서, 언어라는 활동에 의해서, 세계의 전망을 주관적으로 표현해내는 자가 그에겐 작가였던 것이다. 「문학 텍스트를 어떻게 이해할 것인가」(1976)에서 김현이 말하려고 했던 것은 바로 문학이라는 담론의 체계와 그 특수성이었다.

[······] 엄격하게 따지자면 문학 언어는 일상 언어와 대립되는 언어가 아니라, 일상 언어와는 차원이 다른 곳에 속하는 언어이다. [······] 일상 언어는, 방브니스트라는 언어학자의 표현을 잠깐 빌자면, 일상 현실과 관련을 맺고 있지만, 문학 언어는 일상 현실이 아닌 담론의 구조 속에 갇혀 있다. [······] 일인칭과 이인칭의 세계에서의 의사 소통은 의사가 소통되지 않을 경우에 다시 확인하여 그것을 이룩할 수 있는, 확인할 수 있는 의사 소통이다. [······] 문학 언어는 그

---

2) 라틴어 ergon, 그리스어 ἔργον, 프랑스어 produit, 즉, '생산된 것'/언어상으로는 énoncé, 발화된 것, 즉 언표.
3) 라틴어 energeia, 그리스어 ἐνέργεια, 프랑스어 activité(활동성), force en action(행위/활동하는 힘)/언어상으로는 énoncé/énonciation, '언표'의 행위나 과정, 즉 발화.

러나 본질적으로 삼인칭의 세계에 속한다. 그것은 담론의 구조 속에 갇혀 있다. [……] 서정시나 희곡에 있어서까지도, 그때의 일인칭이나 이인칭은, 일상 언어의 그것이 아니라, 담론의 구조 속에 갇힌, 다시 말해 삼인칭화된 일인칭이나 이인칭이다. 그것은 확인하고 교정할 수 있는 일상 언어의 세계에 속해 있지 않다. 그것은 담론의 체계에 매달려 있다. 문학 언어는 체계적인 언어인 것이다. 문학 언어가 인칭이나 시제에 가장 신경을 쓰는 것도 거기에서 연유한다. [……] 문학 언어는 담론의 체계에 매달려 있기 때문에 [……] 그것은 올바르거나 올바르지 않다고 표현할 수가 없다. 올바르거나 올바르지 않다는 것은 일상 언어에서 가능한 판단이다. 일인칭과 이인칭의 세계에서는, 내가 틀렸다, 혹은 네가 틀렸다고 진술할 수 있다. 아무리 더듬거리고 문법적으로 틀리고 엉망인 말을 사용한다고 하더라도 일상 언어에서는 의사 소통이 되게 마련이고, 그 내용에 대한 판단이 가능하게 마련이다. 그러나 문학 언어에서는 그럴 수 없다. 그것은 담론의 여러 조건에 맞아야 한다. 문학 언어란 그래서 옳고 그르다는 판단보다는 적절하다, 적절하지 못하다는 판단을 우선케 한다. 이 말은 문법적으로 잘못 쓰였다든가, 그 말의 의미는 그런 의미가 아니라는 것에서부터, 한 문절의 위치나 쓰임새에 이르기까지, 문학 언어는 우선 그 적합성 여부를 판단받는다. 자기가 사용하는 문학 언어에 통일성을 부여하여 그 적합성을 판단할 수 있게 만들어주는 사람은 그것을 쓰는 주체자, 즉 문인이다. 그는 그에게 특유한 체험이나 경험을 통하여 자기의 관점을 의식적으로 혹은 무의식적으로 문학 언어에 투사한다. (1 : 81-83)

오늘날 우리는 문학은 말할 것도 없고 언어 역시 소통에만 소용된다고 생각하지 않는다. 언어는 소통을 주관하지만, 일방적으로 소통에 복무하는 이해의 도구가 아니다. 문학 언어는 "담론의 체계"의 특수성으로 제 삶에 활기를 부여받으며, 따라서 오늘날 비평가는 문학 작품 앞에서 "옳고 그르다는 판단"보다는 "한 문절의 위치나 쓰임새에 이르기까지" 텍스트 전반의 작동 방식을 살펴 고유성을 발견해내는 일로 비평의 밑그림을 그려나간다. 또한 문학은 "본질적으로 삼인칭의 세계"에 속하며 일인칭이나 이인칭이 목격된다고 해도(언표의 차원에서 그렇다고 해도) 그것은 (발화의 차원에서는) "삼인칭화된 일인칭이나 이인칭"일 뿐이다. 다시 말해, 메시지 전달을 목적으로 제시된 수동적 표현이 아니라, 특수하고 고유하게 구축된 담론의 체계이며, 그렇게 주관적-이차적-부가적으로 다시-제시된 "체계적인 언어"가 바로 문학인 것이다. 언어 전반에 대한 이러한 이해는, 김현이 문학 연구 전반에 훔볼트나 벤브니스트의 사유는 물론, 소쉬르의 언어관도 폭넓게 수용하여 활용했다는 사실을 말해준다.

가령 1972년 발표한 「한국 문학사 시대 구분론」에서 "실증주의적 태도"에 매몰된 "역사주의의 오류"(1 : 20)를 지적하고 나아가 "당대의 유효성을 획득한 작품들"(1 : 20)을 선별할 조건을 김현이 다음과 같이 제시한 것은 우연이 아니다.

그러한 함정에 빠지지 않기 위해서는 과거의 집적물을 전체로서 파악하고, 그 전체를 이루는 부분 부분들을 관계 가치로 이해하지 않으면 안 된다. 부분은 그것 자체로서en soi 가치를 갖는 것이 아니라 다른 것과의 관계로서만이 가치를 획득할 수 있다. 보다 더 원론적으로 말하자면, 그것 자체로 가치 있고, 완벽한 것은 없다. 모든 것은 다른 것과의 관계를 통해 그것의 진정한 가치를 얻는다. 완전한 부분, 완벽하고 변화될 수 없는 그 자체로 충족되어 있는 부분이란 있을 수가 없다. 하나의 부분이란 하나의 바둑돌과도 같다. 그것은 다른 돌과의 관계 속에서만 생동하는 가치를 얻는다. 그 자체로 존재하는 바둑돌이란 아무것도 아니다. 부분과 부분과의 관계를 통해 일종의 의미망이 형성된다. [······] 그런 의미에서 과거의 문학적 집적물은 문학적 실체*substance littéraire*가 아니라, 관계를 이루려는 기호에 지나지 않는다. (1 : 21)

김현의 이러한 지적은 소쉬르가 "기호의 가치는 따라서 기호의 밖에, 그리고 기호의 주변에 있는 것들에 전적으로 달려 있다"[4]고 언급한 것과 호응하는 것이며, 한편 벤야민이 문학사란 "고찰된 순간의 전체 문화에서 하나의 요소라는 사실을 드러내지 않고서, 그것이 무엇이건 간에 어떤 학문의 현 상태를 정의하는 것은 불가능"[5]하다고 언급한 것과 마찬가지로, '전체'의 관점에서 한국 문학사가 집필되어야만 한다는 사실을 간파한 것이기도 하다. 전체를 구성하는 개별적인 부분들은 독립적·이질적으로 기능하는 것이 아니라, 서로 뒤엉켜 있는 일종의 관계망 자체이기에, 문학사 전반에서 유의미성을 지니려면 오로지 저들의 상호관계 속에서만 가치

---

4) F. de Saussure, *Cours de linguistique générale*, Payot, 1972, p. 161.
5) W. Benjamin, "Histoire littéraire et science de la littérature", *Œuvre tome II*, Gallimard, 2000, p. 274.

파악이 가능하다는 것이다. 언어에 대한 획기적인 전환점을 마련한 소쉬르의 사유는 김현에게 고스란히 녹아들어, 문학 전반에 놓인 포괄적이고 타당한 관점으로 확장되어 나타난다.

오늘날 비평이 가야 할 길 하나가 이렇게 고스란히 남겨지고, 궤도를 이탈하지 않고 반짝거리는 사유의 행성이 되어 우리 주위를 맴돈다. 이렇게 우리는, 시 한 편을 구성하는 요소들이 단순한 집합이 아니라, 협업을 통해 한 작품의 가치를 결정하는 일에 동참한다고 생각하는 것이며, 시집을 구성하는 개별 작품들 역시 전체적으로는 개별적이지 않으며, 서로가 서로에게 화답을 하는 과정에서 시집의 가치 전반을 결정한다고 여긴다. 한 시대의 작품들 역시 개별적이지 않다. 사회와 역사 속에서 유기적인 관계를 맺으며, 시대의 가치를 창출하는 일을 견주는 일을 문학은 끊임없이 반복하는 것이다. 작품에서 고립된 요소는 아무것도 없으며 전체 속에서 개별 요소들이 제 가치를 부여받는다는 김현의 (소쉬르적) 사유는 "시인은 언어를 이용하기를 거부하는 사람들"이며 "시는 말을 〈사용하는〉 것이 결코 아니"라 "차라리 시는 말을 섬긴다"[6]고 주장하며, 이분법에 매몰되어 시적 언어를 우리의 삶에서 별개로 떼어 추상화하려 했던 사르트르의 언어관을 비판하면서 보다 확장되고 심화되어 나타난다.[7]

---

6) 장 폴 사르트르, 『문학이란 무엇인가』, 정명환 옮김, 민음사, 1998, p.17.

7) 「시의 언어는 과연 사물인가」(1975)에서 김현은 "사르트르가 현대 언어학 이론에 무지하다는 사실"을 "대상과 시니피에를 고집스럽게 혼합함으로써 사르트르는 시니피앙, 시니피에, 대상이라는 언어학적 삼각형을 훼손하고 기호를 불구자로 변형시킨다"는 리카르두의 비판에 기대어 조목조목 드러낸 다음, "문학을 언어학적 관점에서 접근해나가는 것은 철없는 사람들이 생각하듯 미문 위주로 접근해나가는 것이 아니다.

*

언어에 대한 지속적인 관심과 언어의 속성에 대한 김현의 깊은
통찰은 60년대에 벌써 감행된 것이기도 했다. 1962년에 발표된
「비평고」에서 그가 "인식의 행위가 의식의 밑바탕에서 의식의 표
면으로 떠오르는 것은 언어의 힘에 의해서"(11 : 342)라고 말할 때,
또한, 이러한 관점을 꾸준히 견지하면서, 1968년 「한국 비평의 가
능성」에서 "미학적 비평"은 "이데올로기 비평"이나 "구호 비평"과
달리, "상상력에 관한 문제"(2 : 107)를 "가장 큰 과제"로 삼고, 그
다음 "필요한 것은 소위 언어학적 분석"(2 : 108)이라고 말할 때,
우리는 이 둘, 그러니까 '상상력'과 '언어'가 서로 분리될 수 없는
김현 비평의 핵심이었다는 사실을 알게 된다.

중요한 것은, 이 양자의 '분리될 수 없음'이다. "문학은 글로써
이루어지는 것이며, 그 글은 최소 단위로 이미지를 요구"(3 : 31,
「왜 글을 쓰는가」, 1970)한다는 지적처럼, '상상력'이 일찌감치 김
현 비평의 확고한 발원지였다면, 언어는 1970년대 중반, 보다 포괄
적인 인식의 대상으로 자리 잡아, 제 위상을 넓혀나가고 비평적 실

그것은 문학의 과학적 접근을 통해 낭만주의자들이 문학에 부여해놓은 혹은 사실주
의자들이 해놓은 문학의 신비화를 억제한다. 무엇이 신비화된다는 것은 우상화되고
물신화된다는 뜻이다"(11: 161)라며 "사르트르의 만인을 위한 쉬운 문학이야말로 만
인에게 시혜적 태도로 임하는 가장 전형적인 부르조아지의 관대한 태도(!)라 하지 않
을 수 없"으며, 어떤 작가의 "형태 파괴 과정이라는 게 문장에 관한 것만"이 아니라
"물신적 사고의 파괴를 동시에 의미"하며 그 까닭을 "형태는 곧 내용이기 때문"(11:
162)이라고 말하며, 사르트르의 언어에 대한 이분법적 태도를 비판한다.

천을 통해, 상상력을 구체적으로 분석하고 유추해낼 비평의 구심점이 되어갔다. 그에게 언어는 수많은 물음들을 우리 앞으로 끌고 오고, 또 함께 대답을 모색하려 했던, 매 시기의 문학적 화두가 되기도 했다. 가령 "작품의 상징적인 의미와 관련을 맺게 되는 것"으로 파악하는 과정에서 "시에 있어서 기본적인 소리형은 무엇인가, 그것은 어떻게 체계화되어 있는가 하는 문제"는 김현에게는 "여러 작품을 통한 [……] 분석을 토대로 하여 우리는 한 시대의 기본적인 소리형을 상정"(2 : 107)하는 방향으로 전개될, 그러나 당시에는 미래의 전망 속에 놓인 비평적 과제이기도 하였다. 상상력과 언어를 중심으로 한 "두 종류의 비평"은 그에게 "넓게 잡으면 한국문학은 시대의 변화에 따라 어떻게 변했으며 그 변모의 양태는 작품 구조와 어떤 연관을 맺고 있느냐, 한 시대의 작품 구조는 또한 그 시대의 독자 조건의 어느 부분을 충족시키고 있는가, 그것은 다음 시대에 어떻게 이전되는가"(2 : 108)라는 물음에 대답하기 위한 저 비평의 핵심이기도 했으며, 이는 오늘날 여전히, 아니 어느 시대에나 늘 소급되고 소환되는, 문학 전반에 관한 근본적인 물음에 조응하는 것이기도 했다.

　중요한 것은 김현이 "내용이냐 형식이냐", "참여냐 순수냐" 하는 논쟁을 "작가에게 이래라, 저래라 하고 강요된 길을 지시"하는 "헛된 이원론의 논쟁"(2 : 108)이라고 강력하게 비판할 수 있었던 힘이 바로 상상력과 언어를 중심으로 고유한 비평의 체계를 확립해나가는 과정에서 생겨났다는 사실이다. 김현은, 형식과 의미, 소리와 뜻, 사유와 언어, 문자와 이미지를 서로 동떨어진 상태에서 파악할 수 있다고 생각하지 않았으며, 이는 김현이 문학과 삶, 예술과 사회, 언어와 역사를 하나의 유기체처럼 파악하려 했던 비평가였다는 사실을 말해준다. 오늘날 요청되는 중요한 비평적 태도 하나가 바로 여기에 있다. 그는 항상 문학이 역사 속에서 개방적일 수 있는 가능성과 문학이 사회에 참여할 구체적인 재현의 방식을 탐구했다. 김현이 재단하는 비평, 구획하는 비평, 단순화하는 비평, 언어를 경유하지 않은 비평을 일찌감치 비판할 수 있었던 까닭은 문학이 근본적으로 언어로 지어올린 상상력의 예술이며, 가변적이며 자의적인 속성을 바탕으로 언어가 시대와 역사의 한 순간과 특수한 맥락 속에서, 의미 생산에 주관적으로 참여하며, 문학은 가장 첨예하게 이 사실을 반영한다고 생각했기 때문이다.

　김현의 언어에 대한 인식에서 중요한 것은, 훔볼트-벤브니스트-소쉬르의 혁신적인 언어관에 토대를 두었다는 사실뿐만 아니라, 당시 국내에 활발하게 소개되기 시작한, 기호학의 맹점이나 음성 중심주의의 오류, 음악성과 언어의 조화 사이의 빈번한 혼동과 그 위험성을 비판했다는 사실이다. 김현은 롤랑 바르트와 제라르 주네트를 위시하여 기호학과 구조주의를 국내에 소개한 장본인이자 번역가였으나, 그는 외국의 '문학 논쟁'이 오로지 국내의 비평 담론을 활성화하는 데 긍정적이라고 판단되었을 경우에 한하여 새로운 이론을 소개하였고, 새로운 것에 관심을 보였다. 그는 기호학의 추상적 모델이나 내러티브 이론 전반을 상세히 소개하는 일을 담당했으면서도 문학이 기호학의 도식적 모델로 환원될 때의 문제점을 정확하게 포착하고 있었다. 아래 두 글은 김현이 불문학자였기에 가능했던 것이기도 하지만, 언어, 문학, 시, 기호학 등에 관한 포괄적인 이해와 분석을 담보로 전개된 것이라는 사실을 증거한다.

언어는 멜로디가 아니다. 아무리 수려하고 아름다운 12음절시라 하더라도 그것은 음악은 아니다. 다만 음악에 가까운 언어일 뿐이다. 그리고 언어로서는 도저히 사물 자체에 접근할 수가 없다. 접근이라기보다는 사물이 될 수가 없다는 것이 더 옳을 것이다. 가령 우리가 성냥이라고 부르고 있는 것에 우리는 그 언어보다도 먼저 도달한다. 그러나 만일 그것을 우리가 보지 않고 우리와의 사이에 아무런 묵계가 없는 사람에게 그것을 언어로 표현하려고 할 때, 아마도 우리는 당황하리라. 우리가 사물 그 자체에 도달하려고 하면 할수록 관습적인 언어로서 그 대상을 지시하는 것이 버릇이 된 사람은 당황하게 되리라. 말을 다시 바꾸면 시는 언어이지만 완전한 언어일 수는 없다는 것이 될 것이다. 아마도 완전한 언어인 시는 말라르메가 생각한 대로 백지일 것이다. 침묵은 가장 많은 말이기 때문이다. 그리하여 완전히 '끝나'지 아니하고 완전히 언어로 되지 못하고 그리고 그렇게 될 수 없는 시의 언저리에서 우리는 그 시의 행위를 줍는다. (12 : 245, 「자아의 분열과 그 회복」, 1966)

기호학은 하나의 방법이지 초월적 방법이 아니다. 그것은 객관적 과학성을 보장하는 방법도 아니며, 객관적 과학성을 부정하는 방법도 아니다. 〔……〕 적절한 이름붙이기는 기호학의 큰 장점이다. 그것은 이름붙이기, 다시 말해 메타-기호학적 작업이기 때문에, 논리에 맞지 않는 것, 다시 말해 삶을 추상화시켜버리는 단점을 갖고 있다. 생생하고 감각적인 것은 지적이고 조작적인 것으로 변모하면 그 생명력을 상실한다. 생명력까지를 기호학은 개념화하려 한다. (14 :

340, 「만화 기호학에 대해서」, 1984)

김현은 이와 같은 맥락 속에서, 동시대 비평의 공점(空點)과 맹점(盲點)을 파고들었으며, 그 과정에서, 통념에 묻혀 간과될 수 있는, 매우 보편적인 질문들을 다시 문단의 수면 위로 끌어 올렸다. 1970년대 중반 이후 발표된 그의 글들이, 방대하고 추상적인 제목을 달고 세상에 나온 까닭도 여기에 있다. '문학은 무엇을 할 수 있는가' '문학은 무엇에 대해 고통하는가' '무엇이 지금 문제가 되고 있는가', '문학 텍스트를 어떻게 이해할 것인가', '한국 문학은 어떻게 전개되어왔는가'와 같은 제목의 글들은 김현이 문학에 대한 물음들을 항상 원점에서 상황과 변화를 따져본 이후 다시 제안하는 일에 매달렸으며, 상상력과 언어라는 두 축을 중심으로, 작품 전반을 다시 위치시키려 시도했다는 사실도 말해준다. 그리고 그는, 실로, 끊임없는 분석을 통해, 자신이 제기한 보편적이고 방대한 물음들에 답하고자 했으며, 한국 문학의 부분집합들을 묵묵히 점유해나갔고, 꼼꼼한 읽기로 텍스트라는 담론 체계의 특수성을 살펴내었으며, 그 일에 최대한의 정념으로 입사하여, 누구보다 고유한 비평의 세계를 구축해나갔다.

*

나는 이 책을 읽는 독자들이 시의 의미란 단일하고 분명한 것이 아니라는 것만을 느껴주었으면 좋겠다. 시는 이 세계의 꿈이며, 꿈은 단순하고 명료하지 않은 법이다. 꿈이 없는 세계는 그러나 얼마나 허전할까!

(6 : 207, 『젊은 시인들의 상상세계』, 1984)

상상력의 세계를 오롯이 담아내려 시도하기 전, 아니 그 과정에서조차 그의 눈길은 항상 언어의 작동 방식에 놓여 있었다. 가령, 최하석의 시를 "보통의 편한 방법으로 시를 읽는, 아니 보는 것을 방해하는 요소들을 갖고 있으며, 소리내어 그의 시를 읽을 때, 읽는 사람을 화자로 만드는 요소들을 갖고 있"어서 "그의 시를 보통 방법으로 읽기 힘들"다고 언급한 다음, 그 원인을 "그의 시의 형태가—내용·형식의 그 형식이 아니라 내용·형식을 포괄하는 의미의 그 형태가—기존의 문학적 형태에 심하게 반발하고 있음을 보여"(6 : 51, 「두 겹의 부정: 최하석」, 1981)주기 때문이라고 말할 때, 김현은 시 비평에서 난무했던, 형식과 내용을 별개로 여기고 작품에 접근했던 이분법적 비평 방식을 종식시키고자 하는 의지와 그렇게 구조주의·형식주의의 한계를 넘어설 개성적인 비평을 실천하고 있었다. '의미-형식'이 하나로 묶이는, 그렇게 단 하나인 시학을 실천했다고 말해도 좋겠다. 바로 '의미-형식'의 단일성을 전제하는 시학의 관점에서 김현은 이성복의 첫 시집에서 받은 "충격적인 이미지"의 원인을 "내용과 형식의 일치를 극한에 이르도록 밀고 나가려 한 사실 때문"으로 파악하였으며, 이렇게 "대상이 의식에 나타나는 순간을 순간 그대로 표현하려 하기 때문에, 그 공간과 시간은 자연히 시 형식 자체가 된다"(6 : 141, 「좋은 꿈속의 시」, 미확인)라는 결론을 제기하였다. 다시 강조해야 할 것은, 김현 비평에서 등장하는 '형태' 같은 개념은 의미의 반대말, 즉 이분법의 한 항(項)이 아니라, '의미-형식'이 뿜어내는 시적 특수성과 같은 말이라는 사실이다. 참여문학이 김현에게 '내용'에만 치우친 문학으로 비추어진 까닭이 여기 있다. 마찬가지로 미적 특성만을 화려하게 부각시키는 데 매몰된 비평 역시 그에게는 오로지 '형식'에만 사로잡힌 절름발이 방법론이었다.

정현종의 시에 관한 그의 글 역시, 항용 그랬듯이, 언어의 분석에서 착수된다. "같은 어휘라도 그것이 서로 다른 문맥 속에 위치할 때는 다른 의미를 얻게 된다는 의미론의 한 원칙을 보여주는 예"(7 : 19, 「술취한 거지의 시학 : 정현종론」, 1985)로 시의 특성을 포괄해내면서, "동작을 명사화시키"는 "조사"의 활용이나 "통사론적으로" 조망한 "그의 시의 큰 특색 중의 하나"를 "서구식 어법"이라고 말할 때조차, 그는 말의 구성 방식을 부정적으로 바라보기는커녕, "인칭대명사·소유형용사·관계대명사적 용법, 서구식 문장 배치 등의 빈번한 이용의 결과"(7 : 20)이자 "주어-자동사, 주어-목적어-타동사의 단순한 구조를 그대로 따르는 어법 등"에서 야기된, 그러나 그 자체로 고유한 특성이라고 가치를 부여한다. 문장의 운용을 중심으로 김현은 정현종의 시를 그 세대 고유의 "당연하다고는 할 수 없으나, 자연스러울 수 있는 문장 감각"의 표출이자 "그것 역시 한국적이라고 인정해야 할 문형"(7 : 21)이라고, 상세한 자신의 분석 결과를 평하고, 시에서 도드라지는 서정성에 관해 "비화해적 세계 이해"의 한 방편이며 "무서운 서정" 혹은 "전통적 서정이 결핍된 서정"(7 : 23)이라고 결론짓는다. 김현은 시 비평이 추상으로 흐르는 것을 경계하면서, 서정 역시, 언어의 재현 방식을 통해, 매 시기 제 가치를 새로이 추구하고, 다시 정의를 부여받을 개념이라는 사실을 정현종의 초기 시에 대한 평문에서 밝힌다. 말을 구사하는 방법의 새로움이 바로, 새롭고 무서운 서정을 견인해낸 원인이라는 것이다.

　김현은 어떤 시가 참여의 반열에 오를 수 있는 이유도 말이 조직되는 고유한 방식에서 찾고자 한 비평가였다. 김정환의 초기 시에 대한 글에서 그는 김정환의 "참여 연습의 내용에만 관심을 쏟기보다는, 그의 시 한 편을 자세히 분석"하여 "80년대 시의 한 징후처럼 보이는, 애매성의 의미를 밝혀볼까 한다"라고 전제한 다음, "애매성이라고 부르는 것은, 시문장의 문법적 애매성이지, 주제나 세계관의 애매성이 아니"라고, "좋은 시란 어쩔 수 없이 어느 정도의 애매성을 갖게 마련이라는 입장에 서 있어서, 시에서도 산문에서와 마찬가지로 모든 것이 투명하게 전달되어야 한다는 입장에는 언제나 비판적"이라고 언급한다. 물론 김현은 난해성 자체가 "목표가 될 때", "가장 타기할 만한 악덕"이라고 여겼다. 다시 언급하겠지만, 애매성이나 모호성을 옹호할 때, 그는 항상 시적 언어의 다의성과 복합성, 중의성과 다양성, 발화의 복수성을 염두에 두고 있었으며, 사실 그것은 김현이 생각한 언어의 성질 그 자체이기도 하였다. "소위 쉬운 시에도 애매모호함은 어쩔 수 없이 깃들인다"(6 : 185, 「애매성과 시적 환기력」, 1982)는 관점을 견지하며 그는 김정환의 "때로는 마침표가 있기도 하고, 때로는 마침표가 없기도 하는 64행에 이르는"(6 : 188) 장시 「한강·둘」을 한 행 한 행 구조를 따져 묻고, "단위들을 최소 단위들로 축소"해보기도 하면서, "저마다의 독립된, 그러나 결국 결합되어야 하는 기능"(6 : 188-189)이 어떻게 시 전반에서 작동하는지를 면밀한 분석을 통해 제시한다. 그렇게 "구문의 애매성이 옥상에서의 위험성과 강물의 유장함을 형태적으로 보여주"는 이 시 특유의 이미지, "도도히 흐르는 물을 환기시키고, 그것의 가라앉음, 깊은 속을 환기시"키는 이미지가 "내재적인 사랑의 소리"이자 "아픔과 아픔"(6 : 192)을 표현한 결과로 인식되어 나타난다. 구조는 물론, 시라는 "담론의 체계"의 검토, 어법의 구사와 문장의 운용 방식에 대한 고찰을 경유하지 않은 비평을 그는 믿으려 하지 않았다. 언어는 시에 나타난 이미지의 운동에 주목할 조건이었던 것이다. 언어가 소통의 도구라는 통념은 이 과정에서 가차 없이 비판되며, 그렇게 그는 문학(시)의 저 소통을 넘어서는 특성, 언어의 잠재력, 언어의 예술적 특질, 시적 실천의 특성을 애매성이라 불렀다.

　시의 애매성은, 그것이 의도된 난해성이 아닐 때, 다시 말해 어쩔 수 없는 시의 흐름의 결과일 때, 흔히 강력한 시적 환기력을 갖는다는 것에 대해서는, 시는 가능한 한 쉽게 씌어져야 하기 때문에 좋은 것이 아니라는 반론이 제기되어 있다. 모든 주장이 그러하듯 그 주장 역시 일면의 진실을 갖고 있다. 그 주장의 근거는, 예술 역시 의사 소통의 한 방법이므로, 의사 소통을 어렵게 하는 것은 피해야 한다는 것이다. 예술이 의사 소통의 한 수단인 것은 사실이지만, 의사 소통만을 위한 것이 아니라는 것도 사실이다. (6 : 193)

　김현은 시가 통념에 대한 도전이자 통념을 실험하는 언어의 자격으로 특수한 이미지를 추동할 수 있을 때, 바로 그렇게 언어와 이미지가 서로 협업하면서, 현실을 유추하고 조직하여 새로운 현실로 안내하는 풍경을 바로 문학적 현실이라고 생각했다. 흔히 우리가 '사건'이라고 부르는 것 역시, 언어에 의해 언어 안에서, 부단히 조직되고 해체되는 과정을 통해, 주관적·이차적·독창적으로 재현된 사건이자 현실이라는 사실을 환기하는 일을 그가 잊은 적은 없었다고 해야겠다. 시는 난해함에 일방적으로 복무하지 않는다. 그러나 현실에서 다른 현실을, 주관적인 현실을 고안하는 언어의 투쟁일 때, 그렇게 "시의 흐름의 결과로"(6 : 193) 시는 난해성이나 애매성을 끌어안는다. 오늘날 우리 시단에서 이처럼 유용한 말이 또 있을까?

*

> 말들은 저마다 자기의 풍경을 갖고 있다.
> (6 : 211, 『말들의 풍경』, 1989)

그는 드물게 매우 이른 시기에, 리듬을 사유한 비평가이기도 했다. 그는 음성 조작의 결과물이나 형식적 요소로 여기고서 접근한 리듬 대신, 통사의 분할과 조직으로 리듬의 속성을 파악하였으며 의미와의 유관성을 전제한 상태에서 고찰하였다. 1986년 발표한 「속꽃 핀 열매의 꿈」에서 김현은 앞서 선보인 몇 번의 리듬 분석을 종합하며, 김지하의 시에 대한 비평 글의 모두를 이렇게 꺼낸다.

> 나는 시의 리듬에 대해 내 나름의 고정관념을 하나 갖고 있다. 그것은 시의 리듬은 시를 의미론적으로 분절하여 읽는 방식에 시의 자

연스러운 리듬이 자꾸 저항할 때 힘있게 된다는 고정관념이다. 의미론적 분절과 음악적 분절이 완전히 일치할 때 시의 리듬은 단조로워지고 그것이 심하면 동요나 표어에 가까워진다. 그러나 그것이 서로 길항할 때 시의 리듬은 팽팽해지고 긴장되어 폭발 직전의 힘을 갖는다. 지나치게 서로가 서로를 배제하여 그 긴장이 터져버릴 때 시는 물론 실패하여 시의 흔적들만을 남긴다. (7 : 58)

리듬은 김현에게 음성적 조작을 통한 상징적·추상적 규명이나 형식적 접근의 대상이 아니라, 통사가 조직되는 방식과 불가분의 관계를 맺는 의미 생산의 관점 속에서 이해되었다고 해야 한다. 통사적으로 특이한 구성과 그 운용이 시적 리듬의 특수성과도 연관된다는 사유, 음악의 박자와 말의 흐름이 일치할 때, 시적 특수성이 사라져버린다는 지적, 주관적인 통사 조직이 긴장과 폭발의 힘을 시에서 촉발시킨다는 결론을 우리는 위 글에서 읽는다.

이러한 관점에서 김지하 시가 빚어내는 갈등에 대해 그는 "시의 리듬에 의해 더욱 고조된다"고, "첫 행의 '보이지 않는'과 2행의 '눈'은 분리되기 힘든 단어들인데", "과감하게 그것들을 분철"하여 그 결과 "'보이지 않는'과 '눈'이 다 같이 강조"되었다고 지적하며, 시인의 어법 전반을 리듬을 중심으로 파악하려 하였다. 긴장의 조절에 개입하는 행갈이 역시 리듬의 요소이다. 리듬이 시 전반을 관통하는 통사의 결합방식이며 결국 의미를 생산하는 말의 통로라는 사유가 여기에 자리한다.

이처럼 한용운을 비롯한 수많은 시인들의 시를 그는 리듬을 중심으로 읽어내려 했고, 그의 방식은 (오늘날 행해지고 있는) 저 음성에 대한 단순한 분석 대신, 통사의 구분과 분할에 관한 연구, 그러니까 어법과 행갈이, 말의 조직과 구성에 관한 성찰을 중심으로 이루어졌다. "아마 사랑은/님에게만/있나버요"와 "아마/사랑은 님에게만 있나버요"(4 : 91, 「한용운에 관한 세 편의 글」, 1978)의 두 가지 독서 가능성을 "의미상으로 대립 구조인 그 문장이 대립의 한항이 실제 나타나지 않음으로써 리듬의 애매모호성을 초래한 것"(4 : 92)이라고 한 그의 설명은, 리듬이 의미의 단위를 구축하는 통사적 구성이라는 전제에서 비롯된 것이며, 1984년 발표한 「김수영에 관한 두 개의 글」에서 "문장이 차지하는 시행의 수"를 따지면서, "리듬상으로 보자면, 구문상의 풀의 나타남/안 나타남에 어울리게, 단 한 번의 예외를 제외하면 [……] 두 박자의 구조를 갖고 있다"(5 : 49)는 사실을 근거로 "동사의 시제가 현재/과거로 대립되어 있으며, 그 반복적 움직임은 눕다/일어서다, 울다/웃다의 대립 위에 세워져 있"(5 : 51)고 주목한 분석 역시, 리듬이 의미 생성과 연관된 말의 운동이라는 전제를 바탕으로 행해진 것이라고 하겠다. 리듬은 그에게 완결점이 아니라 차라리 열림이었다. 리듬의 근간을 통사적 분할로 파악한 그의 제안은 리듬이 텍스트의 의미를 결정짓는 요소라는 생각 없이는 가능하지 않은 것이었으며, 리듬에 대한 통사적 연구는 김현 이후, 우리에게 남겨진 비평의 과제이기도 하다.

*

김현은 작품 하나를 상세하게 분석하는 작업을 즐겨하였고, 구조를 세세히 들여다보려 했으며, 언어 요소들이 결합하고 헤어지며 의미의 발생에 참여하는 커다란 동선을 포착해내려 했고, 그렇게 문학과 시 고유의 담론 체계와 특수한 질서를 변별해내는 일에 매진하였다. 그는 텍스트의 움직임과 변화 과정에 누구보다도 민감하게 반응하였는데, 그 중 판본의 변화, 가령 "우선 1련 1행의 '뱃고동은' 뒤의 마침표와 2련 2행의 '너는' 뒤의 쉼표, 4련 3행의 '항구엔' 뒤에 마침표, 5련 1행의 '나도' 뒤의 쉼표, 2행의 '그 무슨' 뒤의 쉼표, 6련 6행의 '고마움들만큼' 뒤의 마침표가 없어졌고, 4련 1행의 '떠난다' 뒤에 마침표가 첨가"(4 : 120, 「미국의 웃음—장영수의 시 한 편의 분석」, 1979)된 사실조차 김현에서는 "웃음과 웃음 뒤의 소리를 대립적으로 강조하며 웃음의 득의만연성을 유감없이 드러"내는 의미 변화와 연관된, 예사롭지 않은 텍스트의 징후로 읽히기도 했다.

　텍스트의 변화 과정 전반에 대한 연구는 '발생비평critique génétique'의 실천이라는 의의를 지니고 있다. 사소해 보이는 구두점이나 품사의 변화나 굴절조차 의미의 변화와 무관하지 않다는 김현의 사유는 최인훈의 『광장』의 개작을 다룬 글에서 절정을 맞이한다. 판본의 자세한 비교를 통해 그가 "이전의 판본에서 그가 이명준의 죽음을 이데올로기적인 죽음으로 처리하고 있는 것에 비교할 때, 그의 사고가 지금 어디에 와 있는가"라는 물음을 통해 "이데올로기 대신 사랑을 택한 것"(4 : 263-264, 「사랑의 재확인」, 1976)이라는 결론을 내린 것은 김현의 언어관, 언어에 대한 인식, 문학어의 작동 방식과 문학작품의 고유상에 대한 사유가 어떠했는지를 단적으로 보여준다.

김현 비평의 '불편부당성'은 언어의 특수성을 중시한 그의 비평적 입장의 산물이기도 하였다. 비단 시뿐만 아니라 소설에도 그에게 언어분석은 항상 중요한 위치를 점유하고 있었다. "현재와 과거, 과거와 미래, 혹은 현재와 미래 등이 혼합되어 나오는 것은 내면의 세계로 기어들어간 현대 소설가들이 흔히 쓰는 수법"이며, "그렇지만 그것이 한 센텐스 속에서 행해지는 예는 아주 드물"다며, 이러한 구성을 이효석 소설의 특징으로 꼽고, 나아가 "이효석은 반복, 현재형의 사용으로 인한 현재와 과거의 결합, 운율 등의 수단을 써서 전달을 그 기능으로 하는 산문의 언어에 모호함을 부여함으로써 행위를 말하지 않고 오브제의 질, 행위의 질을 나타나게 하여, 스스로 언어 자체가 오브제가 되도록 시도"(2 : 289-290, 「위장된 조화와 분열」, 1966)한다고 언급할 때, 김승옥의 소설에 대해 "중문과 복문의 교묘한 배합, 청각적 이미지와 시각적 이미지의 교합 등으로 서구적인 냄새를 풍기면서도 번역투 같지 아니한 교묘한 문체를 내보인다"며 "중문과 복문의 알맞은 배합"과 "청각적 이미지와 시각적 이미지의 결합"을 목도하고 이를 "거의 독보적"(2 : 390, 「존재와 소유」, 1966)이라고 평가할 때, 서정인 소설의 가장 큰 특징을 "문체"라고 꼽으면서 "그가 만들어낸 말들의 팽팽하게 긴장된 관계"를 중심으로 "소설 속의 사건과 현실의 사건은 하나 같으면서도 하나가 아니"며, "현실 속의 사건은 사건 그 자체이지만, 소설 속의 사건은 언어로 조직된 사건이기 때문"이라고 언급할 때, 나아가 "하나의 사건과 그것에 대해 말하는 사람의 말 속에 나타난 사건이 얼마나 다른 것인가" 고민할 것을 권고하며 "현실 속의 사건은 존재 차원의 사건이며, 소설 속의 사건은 의미 차원의 사건"이라고 결론을 지을 때, 이윽고 아래와 같은 말로 자신의 긴 글을 마감할 때, 나는 언어 비평가 김현의 전투적이어서 정교한 분석과 탁월해서 열려 있는 해석의 한 예를 본다.

그것들은 서로 다른 차원에 속하는 사건들이다. 일상 언어와 문학 언어 사이의 차이는 현실 속의 사건과 소설 속의 사건 사이의 그것에 버금한다. 일상 언어는 구체적으로 말하자면 나와 너 사이의 언어이다. 그것은 구체적이며 현실적이다. 그러나 문학 언어는 본질적으로 삼인칭에 속하는 언어이다. 다시 말해 체계적이며 구조적이다. 문학 언어와 일상 언어는 차원이 다른 언어이다. 그렇다고 해서 내가 문학 언어를 규범 언어에서 일탈한 것으로 보는 현대 수사학자들의 의견에 동의하는 것은 아니다. 일상 언어 역시 규범 언어에서 벗어난 언어일 뿐 아니라, 언어의 규범성이란 사실상에 있어서 하나의 환상이기 때문이다. 순전히 추상적인 논리 속에서가 아니라면 어떻게 언어의 규범을 세울 수 있단 말인가? 문학 언어의 특이함은 문학 언어의 체계가 갖는 구조적 모습에 주어진, 규범 언어라는 것을 상정한 후에 붙인 명칭에 불과한 것이다. 모든 문학 언어는 그것 특유의 구조를 가지고 있다. (4 : 213, 「세계 인식의 변모와 의미」, 1976)

김현은 늘 한 걸음 앞서 나갔던 비평가였다. 그가 보여준 텍스트에 대한 철저한 분석과 언어의 운용에 대한 끊임없는 궁리는 문법의 범주에서 발생하지만 반드시 문법에 귀속된다고 단언할 수 없는 특수한 언어적 실천에 시를 위시한 문학이 전념하고 있다는 사실에서 비롯된 것이며, 그렇게 김현은 "문학 언어의 체계가 갖는"

"특유의 구조"와 그 가치를 누구보다도 잘 알고 있는 비평가였다. 이러한 맥락에서 두 가지만 더 언급하기로 한다.

김현 비평이 지니는 현재적 의의는 그가 별도로 철학에 기대어 문학비평을 전개하지 않았다는 사실에도 있다. 그는 문학의 외부에 도움을 청하는 대신, 분석 정신과 문헌학적 성실성의 하나 됨을 항상 강조하며, 오로지 이 두 가지 작업을 통해서만 소위 이론이라는 것이 제 정당성을 지닐 수 있다고 믿고 있었다. 1982년 발표한 「문학은 소비 상품일 수 없다」의 한 대목이다.

> 분석 정신이란 자료를 모아 그것을 분석·정리하는 정신을 뜻한다. 이론은 그 분석 정신의 자료 이해 과정에 지나지 않는다. 이론은 자료의 밖에서 선험적으로 주어지는 것이 아니라, 자료를 이해하고 분석·종합하는 과정 자체가 바로 이론이다. 이론을 밖에서 주어지는 체계라고 생각할 때 자료는 그 이론의 연습장에 지나지 않게 된다. 새 이론에 대한 맹목적인 추수가 생겨나는 것은 바로 그때이다. 그러나 자료를 모으고, 그것을 분석·종합하는 과정 자체가 이론이라는 것을 깨닫게 되면, 자료 밖에 있는 이론이란 참고 사항이자, 절대적인 설명 체계가 아니라는 것을 이해할 수 있게 되며, 새 이론에 대한 맹목적인 경사가 무엇을 뜻하는지도 깨달을 수 있게 된다. 자료를 모으고 그것을 분석·정리하려는 것은 단순 노동적인 작업이 아니라, 바로 이론 그 자체이기 때문에 자료를 모으고 그것을 정리하는 데 게으른 정신은 자신도 모르는 사이에 사실과 동떨어진 이론을 내세우기 쉽다. (14 : 291)

(시) 비평은 철학적 담론들을 성급하게 증거하는 "이론의 연습장"이 될 수 없으며, 비평은 "새 이론에 대한 맹목적 추수"의 위험성에 대한 자각이 반드시 필요하다고 김현은 말한다. 오늘날 우리 비평에서 과잉되어 나타나는 한 경향이 과거에 벌써 비판되고 있었던 것은 아닐까. 문학과 관련된 자료들을 그러모으고, 분석하고, 그러한 과정을 거친 후, 작품을 조명해볼 이론적 실천을 김현은 비평이라 불렀다. 그가 평생을 실천해온, 그의 비평이 우리에게 항상 권고했던 비평의 윤리도 바로 이것이다. 철학자들을 소개할 때, 그는 항상 철학자들의 문학에 관한 사유를 소개하려 했고, 우리 것으로 만들려 했다는 사실은 오늘날 망각되어도 좋은 것은 아니다. 그렇게 그는 철저히 문학인이었다.

*

> 한국에서 문학 활동을 하는 것은, 그러므로 외국 문학을 모방하기 위해서가 아니고, 외국 문학과 어떻게 싸울 수 있는가를 보여주고, 그 싸움의 과정에서 주체성이 드러날 수 있도록 하기 위해서인 것이다.
> (1 : 186, 「우리는 왜 여기서 문학을 하는가」, 1977)

김현은 늘 문학의 윤리를 생각했던 비평가였다. 그는 문학을 단일성에서 복수성으로, 모방의 산물에서 재현의 주관적 실현으로, 언표의 차원에서 발화의 차원으로 비평의 시선을 이동시켰던 비평가였다. 의미에서 의미의 생성 과정으로, 실체에서 관계로, 언어의 이해 양상이 인식의 전환을 요청받은 것은 김현 덕분이다. 외국 문학을 붙잡고 있을 때도 그는 모국어로 사유하면서 열리게 될 사유의 틈에 서서, 보편에로의 열망을 실현하고자 항상 먼 곳을 바라본 비평가였으며, 이렇게 그에게 외국 문학은 반성과 다짐을 통해 진지하게 성찰해나가야 할 지금-여기의 현재와 미래의 작업이기도 하였다. 외국 문학의 한국적 수용은, 지금에도 그렇지만, 당시에는 훨씬 버거운 일이었을 것이다. 한국적 수용이라는 김현의 말에서 핵심은, 보편성을 중심으로 세계 문학 안에서 한국 문학과 외국 문학을 동시에 위치시키는 작업이 반드시 모국어를 경유한 외국 문학이라는 조건 속에서 이루어져야 한다는 데 있었다. 김현은 그 작업을 하려는 원대한 기획을 세웠고, 평생 그 일을 실천하였으며, 완성을 꿈꾸었다. 이런 의미에서 보자면, 비평은 그에게 항상 불가능성의 가능성의 실천이었다. 언어와 상상력은 그의 모든 비평에서 드러나는, 최소한의 이론적 도구임에도, 차후 보강하고 보완하고 발전시키고 확장해나갈 근본적인 사유의 대상이자 개념 자체이기도 했으며, 그래서 외국이론의 한국적 수용과 한국 문학의 보편적 이해를 도모해나갈 초석이기도 했다. 언어에 대한 이해 역시, 늘 인식론적 변화의 요로에 놓여 있었고, 상상력 연구 및 문학사회학을 비롯해, 열거하는 것 자체가 문학 방법론의 목록과도 닮아 있을, 그가 우리에게 알려주고 연구를 감행했던 비평의 방법론들 역시, 그에게는 늘 갱신의 임무를 짊어지고 있는 지금-여기의 이론의 당시-거기였을 뿐이었다.

중요한 것은 그가 이론의 맹점을 정확히 꿰뚫고서 소개했다는 것이며, 그런 의미에서 그는 실증주의적인 태도로 이론을 연구했다고 보아도 좋을 것이다. 그는 자신의 한계를 부끄러워하며 감추려 하는 대신, 항상 자신이 가는 길을 반성의 대상으로 삼는 일에서 매우 놀라울 만큼 유연한 태도를 가진, 끊임없이 열리려고 했던, 항상 머뭇거리고자 했던, 그러면서 늘 고민하고자 했던 비평가였다. 그의 비평적 실천, 그의 비평의 논지들은 지금에 비추어도 낡은 것이 하나 없다. 지금에 비추어 모자란 것도 없다. 그의 비평 세계를 전체에서 조망할 때, 우리는 어디서나 그의 비평 정신이 갱신되고 있는 흔적을 발견하게 될 것이기 때문이다. 아주 젊은 나이에 집필했던 그의 글에 녹아든 사유 역시, 다시 읽으면, 당시에 내려놓은 말들의 시간적 이해보다, 미래의 가치에 그가 내기를 걸고 있다는 사실을 확인하게 된다. 그가 문학과 함께 걸어간 길은 그래서 고유하며 외로운 길이었으며, 결국 그가 남긴 글을 읽는 이에게 문학의 가치를, 경외감과 놀람으로 다시 생각하게 해준다. 그는 '전체에 대한 통찰'에 매달렸던, 거의 유일하다고 해야 할 비평가였기 때문이다. 그의 문학을, 그의 이론적 도전을, 그가 넓힌 사유의 지평을, 그가 쉴 새 없이 성찰하였던 비평의 윤리와 반성적 태도를, 그가 보여준 텍스트 읽기의 정념과 성실성을 확인하고 연구하는 일이 새삼 필요하다.

(『쓺―문학의 이름으로』 2015년 창간호)

'시-비평'/'비평-시'

—'쓰다'의 주체를 고안하기

그런데 무엇을 어떻게 쓸 것인가
—이준규, 「계속」[1]

　비평에 적합한 형식은 무엇일까? 우리는 이러한 질문에 대한 대답을 자주 비평과 논문의 차이를 대별하면서 찾아내려 한다. 그러니까 비평은 느슨한 형태의 논문이며, 논문은 엄격한 형태의 비평이라는 것이다. 이러한 논리에는, 제 논지의 근거를 비교적 상세히 밝히며 논리적 정합성을 바탕으로 전개해나가는 글이 논문인데 비해서, 비평은 예서 좀 자유로운 글, 그러나 논문의 이러한 요소들 대신, 창작적 특성과 예술성을 견지한 글이어야 한다는 판단이 자리한다. 비평에 초점을 맞추어 물어보자. 비평의 창작적 특성과 예술성은 비평이 고수해왔던, 그랬다고 믿어왔던, 그래서 일견 논문과 닮아 있는 제 고루한 형식을 파괴할 동력이 될 수 있는가? 여기서 비평은 형식적 족쇄를 풀고 무궁한 자유를 얻어낼 수 있는가?

---

[1] 『현대시학』 2016년 3월호. 이 글은 이준규의 작품 「계속」, 「다시」(『舍』 2016년 상권, 문학실험실)와 시집 『7』(울리포프레스, 2015), 「1」, 「3」(『문학과사회』 2015년 겨울호, 문학과지성사)을 대상으로 집필되었다. 인용시 모두 「작품명」 : 페이지로 표기한다.

아니, 비평은, 왜 제 형식을 고수해야만 하는가? 비평은 시적일 수 없는가? 거꾸로 물어보자. 시는 비평적일 수 없는가? 형식을 무시하면 안 되는가? 비평이 시가 되고, 시가 비평이 되는 글은 왜 가능하지 않은가? 이러한 일련의 물음을 처음 제 시에 끌고 온 사람은 필경 말라르메였을 것이다. 말라르메의 시가 그랬다는 것은 아니다. 「운문의 위기」나 「음악과 문자」, 「소나기 또는 비평」과 같은, 난해하고도 빼어난 '글'(그렇다, 글, 아니 텍스트라고 부르는 것이 좋겠다)을 모아 그는 『여담Divagations』이라는 책을 출간했다. 그러나 그 누구도 이 책을 두고, 비평, 혹은 시 가운데 하나를 선택해 제입으로 호명하지는 않았다. 시간이 조금 흐르자, 누군가 이 책에 실린 글 대부분을 '비평-시poème-critique'라고 부르기 시작했다.

1. 문장과 문장을 물고 전진하는 텍스트의 행렬

> 텍스트는 오로지 텍스트 현상으로만 발전할 수 있다.
> —이준규, 「다시」: 247

최근 발표한 이준규의 작품들을 이렇게 말할 수도 있겠다. 그는 겹-텍스트들, 곁-텍스트들, 상호-텍스트들, 그 뭉치들을 들고, 걸으면서 쓰고, 앉아 쓰고, 비가 내린다, 라고 쓴 다음에, 또 쓰고, 다시 쓴다. 그는 세상의 모든 품사들을 동원해 침묵의 대지 위로 사유의 공간을 만들어내는 글을 쓰고, 제 글을 스스로 평가한 감정을 애써 감추지 않으며, 시에 대한 생각을 자기가 쓰고 있는 글의 일부로 삼아, 글로 이러한 지점을 직접 기술해서, 그렇게 일기시나 산문시 같은 모양새를 만들어 시라는 미지로 향하고, 그 과정으로 시라는, 제 자신도 정확히 그것이 무엇인지 모르겠다고 말하는, 누구라고 모를 수밖에 없는, 그러한 사실조차 정확히 지각하는 글쓰기를 실천했다고, 말이다. 그러나 이 글은 그가 시라고 발표한 글들이, 비평이기도 하다는 사실을 살피는 데 주력할 것이다. 그의 글은 그럴 만한 가치가 있다.

나는 이제 소설을 쓰고 싶은 데, 시가 무엇인지 모르고, 알고 싶지도 않은 것과 마찬가지로, 소설이 무엇인지 모르고 알고 싶지 않다. 나는 시와 소설을 구분하지 않는다. 내가 좋아하는 책을 쓴 자들은 내게 모두 시인일 뿐인데. 지나가면서 하는 말인데, 나는 말라르메 같은 시인을 아무것도 아니라고 본다. (지나친가? 그래 그는 좋은 시인이다. 모든 좋은 시인은 아무것도 아니다.) 그의 문학은 망상일 뿐이다. 언어로는 그런 것을 할 수가 없다. 역시 지나가며 하는 말인데, 베케트는 언어로 뭘 하려고 한 사람이 아니라 하지 않으려고 했던 자다. 그의 장점은 잘 쓴다는 것과 멋진 분위기를 연출할 줄 알았다는 점이다. 그는 시인이기도 하지만 예술가이기도 하다. 텍스트 실험이라는 것이 여전히 존재할 수 있다면, 그것은 타 장르와의 만남을 통한다거나 형태적인 실험을 한다거나 타 장르가 되는 것(대표적으로 음악으로서의 시, 타이포그래피로서의 시 등)으로 가능할 것이라고 나는 전혀 생각할 수 없다. 그런 점에서, 나는 지극히 보수적이다. 텍스트는 오로지 텍스트 현상으로만 발전할 수 있다. 나는 시의 진보를 믿는데, 그것은 오로지 문장의 차원과 문장의 배치를 통한 차원에서만 이루어질 것이라고 본다. 말장난이나 이미지나 아름다운 문장이나 이야기나 상징 따위로 문학이 더 갈 곳은 없다. 시는 다만 사유를 넘어가는 지점에서 그 출구를 찾을 수 있을 것이다. 나는 나를 실험적인 시인이라고 생각하고 있다. '온건한 실험.' 이 글은 내 시와 부합하지 않는다. 그것은 당연한 일이다. 자신의 견해와 자신의 시를 일치시키는 시인은 없다. 우리는 모두 어떤 의견을 가질 수 있을 뿐이고 자신의 영혼이 어디로 흐르는지 알 수 없다. 영혼이 가는 길, 그것이 곧 문장이 가는 길이다. 내가 이런 자가 되는 데 도움을 준 많은 작가의 이름을 나열했다가 지웠다. (「다시」: 246-247)

인용한 위 글은 다분히 비평적 특성을 지닌다. 시인은 무엇을 하는 사람인가? '글을 쓰는 자'다. 그러나 여기서 '쓰다'는 난해한 개념이다. '중립적'이라는 용어가 모두 포괄하지 못하는, 그러니까 '쓰다'는 그 행위 자체만을 오롯이 제 특성으로 삼는 개념이기 때문이다. 텍스트는 '자율적'이다. 우리는 이러한 말을 자주 들어왔다. 그러나 이 말에는 반드시 짚고 넘어가야 하는 것이 있다. 글을 쓰는 주체는 그럼 무엇이란 말인가? 작가가 글을 창조한 주인이라는 개념이 제 자리를 물린 후, 우리에게 오롯이 텍스트가 남겨졌다. 문학-시, 시-문학은 이렇게 무언가를 보고하거나, 이야기하거나, 함부로 요약하지 않는다. 그러니까 문학-시는 오늘날 우리가 '자동사적 글쓰기'라고 말해야 할 특성을 다소 지니고 있을 뿐이다. 문학-시는 폭로하는 것을 제 임무로 삼아 '쓰다'의 가능성을 은폐하지 않으며, 어떤 목적에 붙들려 '쓰다'를 희생시키지 않으며, 효과적인 이해를 도모하면서 '쓰다'를 요약의 소산으로 치환하지 않는다. "텍스트는 오로지 텍스트 현상으로만 발전할 수 있다" 는 말은 그래서 중요한 비평적 관점을 반영한다. 저자의 의도를 파악하는 일에 지나치게 몰두했던, 말의 의미를 단일한 해석에 무리하게 묶어두었던, 그렇게 독자를 수동적 대상으로 인식했던 전통의 신화가 사실상, 모든 것의 주인이자 창조자라 주장하는 저자(著者) 개념의 산물이요, 의미의 다의성과 복수성을 간과한 언어학적 무지의 결과라는 사실을 비판한 바로 그 비평, '현대 비평의 혁명' 이라 불렸던 1960년대 전후 신비평과 맥락을 같이하기 때문이다.

시-문학은 말로 세계를 짓고 또 짓는 예술이다. "말장난이나 이미지나 아름다운 문장이나 이야기나 상징 따위로 문학이 더 갈 곳은 없다." 오로지 "문장의 차원과 문장의 배치를 통한 차원"에서만 제 고유한 공간을 열고, 그렇게 고유성의 가능성을 타진할 뿐이다. "자신의 견해와 자신의 시를 일치시키는 시인은 없"다는 지적도 매우 중요한 비평적 관점에 속한다. 왜? 견해는 견해일 뿐, 시는 그 이상으로 제 의미를 확장하거나, 의미의 복수성을 뿜어내는 무한의 게토이기 때문이다. 시에 대한 견해를 시인에게 묻는 식의 우문은 이렇게 단박에 부정된다. 이준규의 비평적 관점은 확고한 이론의 발현이자 정확한 실천의 결과이며, 확고한 이론과 정확한 실천을 견인했던 선배 작가들의 온갖 중요한 논지들과 비평적 작업 전반을 몸에 안고 태어난, 상호적-이론적-비평적-텍스트라는 점을 우선 부기해두기로 한다.

문장이 문장을 쓰기를 기도한다. 그것은 가능하다. 언어는, 이미 절망이다. 나는 소설을 쓰게 될 것이다. 결국. 나는 오늘도 시를 썼다. 내일은 소설을 쓸 것이다. 불가능하다. 시도 소설도 불가능하다. 오늘은 겨울밤이다. 내일은 겨울밤이다. 겨울밤이다. 눈이 내리지 않는다. 그들은 산에서 내려온다. 그리고 그들은 숲으로 들어가 나오지 않는다. 도시는 매일 같다. 숲도 매일 같다. 모든 추상화는 반복되고 소멸한다. 소멸은 소멸하지 않는다. 겨울밤이다. 문장이 길을 잃고 스스로 나아가기를 바라며 오늘은 이만 끝. (「다시」: 249)

문장이란 마음에 들 수 있는 것이 아니다. 문장은 그저 쓰는 것이다. (「다시」: 267)

나는 고통스런 시인이 아니다. 나는 시를 쓴다. 시가 시를 쓰고 있다고 생각하면서 나는 시를 쓴다. 그 생각을 내가 하는 것인지 시가 하는 것인지 모를 때 나는 시를 쓸 수 있다. 나는 그렇게 시를 쓴다. (『7』: 19)

이준규는 문장의 책임을 한없이 방기한 그 무슨 자율성 따위를 무턱대고 두둔하는 식으로 비평가의 자격을 넘보지 않는다. 오히려 목적에 붙들린 말의 근본적인 위험성에 대해 경고를 보낼 뿐이다. 그의 비평은 문학-시가, 보고하고, 강담을 풀어놓고, 감정을 조장하고, 연설을 위해 목청을 돋우지 않는다고 주장하는 말라르메나 바르트의 테제와 상당 부분 논지를 공유하지만, 그렇다고 '백색의 글쓰기'를 두둔하거나 '에크리튀르의 사회적 책임'을 옹호하지는 않는다. 그것은 차라리 타자의 말을 갖고 자기의 글을 쓰기, 그렇게 타자의 글쓰기에 입사해서 제 글을 궁굴리기, 그러니까 상호텍스트성의 적극적 실천에 하중이 실린 비평이며, 이는 글을 쓰는 행위의 연속성, 그러니까 "문장이 길을 읽고 스스로 나아가"는 행위에 대한 강력한 지지에서 제 이론적 근거를 확보하려는 비평이다. "언어는, 이미 절망이다"라고 말하는 이유는 그가 보기에 언어가 항상 자의적(恣意的)인 특성에서 벗어날 수 없기 때문이다. 언어 그 자체에 대한 집착은 시-문학에 아무런 도움을 주지 않는다는 것이다. 시-문학은 오히려 문장의 창의적 배치와 독창적인 변형을 이끌어내는 리듬과 반복을 통해, 언어의 추상화를 방지하는 데 힘쓴다. 그렇다면 '쓰다'와 '생각하다'에서 무엇이 우위를 차지하는 것일까? 이준규는 '쓰다'와 '생각하기'의 이분법을 취하할 가능성을 타진하며 '쓰다'의 순간, 그 실천의 순간에 붙들려야 하는 불가피함에 방점을 내려놓는다. 이러한 비평적 관점에 따를 때, "시인으로 존재하는 것이 아니라 쓰면서 시인"(『7』: 74-75)이 될 뿐이며, 그렇게 항상, 시인 자신의 "코 앞, 의 문, 같은 것"을 "열고 들어가야" 하는 존재일 뿐이다.

시를. 아마. 아마도. 시를 간헐적으로 형성되는 리듬과 문장. 너는 너를 쓰고 있다. 네가 쓰는 너는 앞으로 뒤로 옆으로 한 칸 건너로 이동한다. 옛날로. 그리고 오지 않을 날들로. 내일은 오는가. 내일은 앞에 있고 바로 뒤에 있고 너를 따라나선다. 비가 내렸다. 비 말고 다른 것. 다시. 다른 방의 소음. 물 끓이는 소리와 말하는 소리. 그녀들의 떠드는 소리. 모든 것의 복수. 모든 것은 복수로 있다. (『7』: 107)

시에서 "간헐적으로 형성되는 리듬과 문장"은 무엇인가? "리듬과 문장"은 시의 형식이 아니라, 의미를 만들어내는 과정에 참여하는 형식, 그러니까 최소한, 의미 생성의 과정에 가깝다. 그가 의미-형식의 이분법을 제 비평에서 수시로 탄핵하고, 나아가 '쓰다'의 현행성을 부정하는 가장 나쁜 비평적 태도라고 여기는 것은 바로 이 때문이다. "리듬과 문장"은, 붙잡으면 곧 사라지는 무엇과도 같다. 확연히 제 모습을 드러내는 법이 없다. 문학-시에서 이렇게 "모든 것은 복수"로 존재하는 것, 그러니까 의미는 항상 애매성-모호성을 끌어안는다는 것이다. 이렇게 그는 현대 시학의 가장 중요한 테제 가운데 하나를 가뿐히 불러낸다. 오로지 '차이'에 의해서만 낱말이 제 '값'을 추정할 수 있을 뿐이라면, 우리가 흔히 그럴거라고 자주 믿는 낱말의 저 항구적인 의미나 실체는, 사실, 문장의 조합과 배치를 헤아려보기 전에는 존재하지 않는 것이나 다름없다. 낱말의 값은 오로지 리듬과 문장, 즉 쓰기 이후에 추정할 수 있을 뿐이다. 낱말들 사이의 관계를 통해서만 시시각각 제 값을, 그것도 희미하게 포착할 수 있는 일련의 운동이 바로 텍스트 자체라는 이와 같은 비평적 태도는, 20세기의 가장 중요한 언어학적 테제(소쉬르나 비트겐슈타인의 이론적 제안들)에 대한 정확한 인식에서 비롯된 것이라 해도 결코 지나친 말은 아니다.

> 그것은 그것과 연결되다. 그것은 그것과 연결된 단어다. 그 단어는 기억과 단어로 연결된다. 늘. 느낌도. 단어도. 바뀌고 있다. 단어. 그것은 그것과 연결되어 그것의 어떤 그것을 밝혀준다. (『7』: 103)

나는 어떤 혼란 속에서 독서를 했고 다른 혼란 속에서 이것을 쓰기 시작한다. 이것은 어디로도 향하지 않는다. 그렇다고 무의미한 것은 아니다. 무의미란 없다. 반복하자면 무의미한 것은 없다. (『7』: 120)

　그렇다면 나는 무엇을 쓰려고 했을까. 그것. 그것들을 둘러 싼 것. 그러니까 그것과 그것의 주위를 감싸고 있는 것. 그런 것들을 쓰려고 했을까. 그런 것들을 쓰는 것은 그런데 가능한 일인가. 나는 다시 쓴다. 나는 계속 쓴다. (『7』: 128-129)

　낱말은 그 자체로 아무것도 아니다. 그것은 실체도 아니고, 형식도 아니고, 의미도 아니다. 이준규는 낱말 그 자체가 아니라, 낱말들의 연결이 중요하다고 말한다. 낱말은 다른 낱말과 연결되면서 그제야, 낱말 저 자신이 품고 있던 무언가를 드러낸다. 낱말은 "그것과 연결되어 그것의 어떤 그것을 밝혀"주는 것이다. 이렇게 "그것들을 둘러싼 것"이나 "그것과 그것의 주위를 감싸고 있는 것"이 '쓰기'의 실질적 대상이다. 왜? "문장은 보통 일반적이고 단어는 보통 특별하지 않기 때문"(『7』: 175)이다. 낱말의 정체성과 텍스트의 운동성에 대한 확고한 비평적 태도가 여기서 목격된다. 그렇다. "언어의 일은, 언어일 뿐이지, 의미가 아니라"는 사실을 그는 파악하고 있다. 그러니까, "언어는 의미가 아니다. 하지만 너는 어떤 언어 뭉치를 매일 만들고"(「다시」: 260) 있다. 중요한 것은 '무의미'가 아니라, 이 비평가가 항상 의미의 복수성을 염두에 두고 있다는 점이다. 그에게 '문학적인 것-시적인 것'은 낱말들의 연결과 반복과 리듬에서 잠시 드러나고 또다시 사라지는, 희미한 지평선과도 같다.

2. 비유, 상징, 서정이라는 괴물

나는 서정시가 무엇인지 모른다.
—이준규, 『7』: 181

그러니까, 이 비평가에 따르면, 문(文)으로 입사하기 전에, 시—문학에서 주장하는 신비나 상상, 감정이나 비유, 이미지나 상징은, 신뢰할 만한 개념도 중요한 현상도 아닌 것이다.

> 무대에 오를 때마다, 그러니까 시를 쓸 때마다, 나는 엄청난 감정을 쏟아 붓는데, 그런다고 그 감정이 독자에게 전달되는 것은 아니다. 그래서 계속 쓴다. 반복하고 가끔 나열하고 어떻게 우연히 발에 차이는 돌맹이 같은 비유가 걸리면 비유를 쓰기도 하는데, 정확한 문장을 피하면 저절로 비유는 발생한다. 엉터리 문장을 써보세요. 비유의 홍수를 만날 수 있습니다. (『7』: 80)

"눈부신 비유의 효과를 나는 모른다"(『7』: 120)고 말하는 까닭은 무엇인가? 비유와 상징은 무언가를 왜곡하는 연상의 결과물이며, 결국 시에서 이미지에 과도한 특권을 부여할 뿐이기 때문이다. 그에게 "연상은 비유나 말놀이와 함께 하나의 도피"(『7』: 132)일 뿐이다. 이렇듯, 문제는 비유에 기반한 글쓰기가 모종의 과잉을 불러와, 비유의 대상이 된 사물이나 풍경을 자주 왜곡한다는 데 있다.

> 달이나 구름 그 자체를 쓰려고 한 것은 아니다. 그것 그 자체를 쓰는 일은 불가능하다. 가능하다고 생각하는 사람도 있을 수 있는데, 그것은 그 사람의 생각일 뿐이다. [……] 비유에서 멀어지는 일이 시에서 멀어지는 일은 아니다. (『7』 : 155)

말로, 말에 사물을 온전히 담아낼 수 없다. 사물은, 자연은, 대상은 좀처럼 말에 갇히지 않는다. 서정시는 고유한 시어나 상징, 독특한 비유를 통해, 세계의 아름다움을 표현하려고 애쓴다. 서정시인은 달과 구름을, 그것의 아름다움을, 상징과 비유를 통해 표현할수 있다고 여긴다. 그러나 이준규에게 서정시인의 꿈은 그렇다고 믿는 작위적인 착각에 불과하다. 언어의 성질이 사실 그렇지 않기 때문이다. 서정시는 왜곡을 가중시킬 뿐인 것이다. 여기에서 일종의 역설이 발생한다.

> 시의 가장 안 좋은 점은 그것이 시라는 것이다. 쉽게 말하자. 시의 가장 나쁜 점은 그것이 시처럼 느껴지게 만든 것이라는 것이다. 다시 말한다. 시의 가장 큰 악덕은 그것이 '시처럼' 아름다울 수 있다는 것이다. 그것은 시가 아니다. 시는 시이어야 한다. 시는 아름다운 것이 아니다. 시는 그런 것을 모른다. 나는 시를 쓰려고 한다. 나는 어떤 시를 쓰려고 하는가. 슬픔 없는, 아름다움 없는, 우울 없는, 그런 시를 쓰려고 하는가? 그것은 가능한가. 그것은 도대체 가능한가. 감나무가 검다. 빗소리는 계속 들린다 가로등빛. 하루에 한 번

이 아니라 두 번, 세 번, 네 번, 계속 시를 써야겠다. 계속 시를 시도 해야겠다. 그것만이 중요하다. 그런데 어떻게 시에서 기교를 완전히 제거할 수 있는가. 불가능하다. 계속한다. (『7』: 149)

그는 우리가 시를 쓰는 행위를 실천하기보다, 시에 대한 제 견해 를 피력하는 글을 시로 착각하여 글을 생산하는 데 좀더 관심을 보 여왔다고 말한다. 시에 대한 통념은 무엇인가? "시처럼 느껴지게 만드는 것", "'시처럼' 아름다울 수 있다는 것", 그럴 수 있다는 믿 음이다. 서정시에 대한 강력한 비판이 여기에 자리한다. 감정을 그 대로 드러내는 시, 그것은 차라리 가능하지 않거나, 너무나 가능하 기에, 차라리 아름다울 뿐이다. 그러나 시는 아름다움을 모른다. "슬픔 없는, 아름다움 없는, 우울 없는" 시는 가능한가? 가능성을 타진하는 행위는 차라리 역설인가? 그에게는 오로지 '쓰기'의 실 천으로, 문장과 리듬의 배치로 그 실현을 타진해볼 가능성만이 존 재한다. 그러니까 아름다움을 조장하는 말들, 가령 '영롱한 달빛' 이나 '찬란한 태양', '푸르러 눈이 부신 저 나뭇잎'과 같은 발화는, 아름다움 자체가 아니라, 차라리 아름다움을 조장하고 우리에게 주입한다. 이준규는 그렇다고 말한다. 왜곡을 방지하기 위해, 사물 과 풍경과 자연에서 물기를 뺀, 그래서 차라리 건조하다 할 낱말들 과 통사들을 서로 연결하려 할 때, 이러한 시도에서 어떻게 기교를 배제할 수 있을까? 텍스트의 감정〔우리가 차라리 정동(情動, affect) 이라 부를〕은 "어떻게 시에서 기교를 완전히 제거"한 상태에서 실 현의 가능성을 타진하는가? 이준규는 이러한 비평적 물음을 꺼내, 시 주변을 어슬렁거리는 이해-소통 중심의 언어관을 완전히 와해

시킨다.

시인은 자기가 쓰는 언어가 무엇인지 계속 모르는 자들이다. 시인
은 언어를 다루는 자들이 아니라 언어를 기피하는 자들이다. (『7』:
168)

아무 생각도 하지 않아야 한다. 나는 아무 생각도 할 수 없다. 내
가 생각한다고 믿고 있는 것은 생각이 아니라 욕망과 환멸과 수치일
뿐이다. 〔……〕 너는 쓴다. 그뿐이다. (「1」)

오해하지 말아야 할 것이 있다. 그의 비평은 시의 이해 불가능
성이나 난해성, 소통 불가능성을 무턱대고 지지하지 않는다. 그의
사유는 요즘 시가 앓고 있다고 항간에서 지적해온 저 과도한 실험
이나 비문의 남용을 뒷받침해주는 알리바이와는 상관이 없다. "자
기가 쓰는 언어가 무엇인지 계속 모르는 자들"이라는 지적은 몇몇
중요한 비평적 지점을 노정한다.
이렇게 말해보자. 시인은 자기가 쓰는 언어가 어떻게 받아들여
질지 충분히 생각을 하고 글을 쓰는 존재일 것이다. 그럼에도 불구
하고, 작품을 접한 사람들의 반응이 시인이 예상했던 애당초의 기
대와 일치하는 경우는 드물다고 해야 한다. 또한 시인은 언어를 어
떤 목적하에 붙들어 매는, 가령 아름다움에 대한 턱없는 예찬이나
이데올로기에 대한 과도한 선동을 조장하는 예쁜 말이나 단호한
경구 수집가가 아니다. 시인은 오히려 그러한 구체적인 목적하에
언어가 사용되는 것을 방지하기 위해 애쓰는 자라고 하겠다. 자신

의 작품이 뿜어낼 의미의 향방을 모조리 알고 있는 시인을 당신은 얼마나 자주 보았는가? 제 문장과 낱말이 서로 연결되면서 뿜어낼 의미의 자장을 죄다 파악하고 있다고 주장하거나 확신하는 시인은, 사실, 사이비 서정 시인밖에 없다. 자주 상징에 기대어, 이 세계와 저 우주의 원대함과 신비로움에서 영감을 받아, 개인적인 감흥의 응어리로 제 언어를 토해내고, 하나의 해석을 고집하면서, 내 시는 이런 의도하에 집필되었노라, 자랑스레 떠드는 그런 시인, 대중들에게 애잔한 감정을 한 움큼 토해내고, 눈물겨운 제 감상평을 자랑하고 싶어 안달이 난 그런 시인들에 대한 비판을 우리는 여기서 목격하게 된다.

어떤 길 위에 있는 나는. 상징이 없는 나는. 비유가 없는 나는. 천편일률에서 자동으로 벗어나려는 나는. 너는. 나는. (『7』 : 110)

뛰어난 서정시인은 이런 점에서 오히려 "내가 생각한다고 믿고 있는 것은 생각이 아니라 욕망과 환멸과 수치"일 뿐이라고 믿는 시인일지도 모른다. 제 생각을 끝까지 밀고 나가, 그에 부합하는 언어를 고안하는 시에 대한 이러한 지지는 언어의 자의성에 대한 정확한 인식과 그 한계에 대한 도전과 극복의 의지에서 비롯된 것이다. 제가 풀어놓은 언어가 야기할, 제가 사용한 낱말이 뿜어낼 의미의 파장을 정확히 안다는 것은 대관절 무엇이란 말인가? 낱말의 값이 매번 다른 낱말과의 연결과 배치 속에서 정해지는 조합의 산물이라면, 어떤 낱말을, 직접 쓰기 전에, 미리 알고 있다고 말하는 것은 허망한 믿음에 지나지 않는다.

형이상학은 독서에서 출발하여 독서로 무르익고 책을 쓰는 것으로 끝난다. 대화를 통한 형이상학의 시대는 지나갔다. 그런가? 대화를 통한 형이상학의 시대가 다시 와야 하는가? 꿈같은. 그러니까 옛날 책 같은. 나는 쓰면서 생각해야 쓸 수 있다. 생각하고 쓰면 아무것도 아니다. 나는 쓰면서 이동한다. 그러니까 진보한다. 나는 쓰면서 퇴보할 수도 있다고 생각한다. (『7』: 85)

독서를 통한 대화는 무엇인가? "대화를 통한 형이상학"은 무엇인가? 그것은 독서를 통해 깨닫는 지혜나 감동 같은 것, 독서로 야기된 영향이 아니다. 우리는 빈손으로 글을 쓰지 않는다. 그렇다는 사실을 인정할 만한 시대에 살면서도, 그러나 이 사실은 쉽게 주장되거나 받아들여지지 않는다. 이준규는 이러한 사실을 직접 실천을 통해 보여준다. 어떻게?

3. 타자─상호텍스트─시의 역사에 위치하기

> 가장 좋은 것은 형식을 만들지 않는 것이다.
> ─이준규, 『7』: 177

그에게 텍스트와 텍스트의 대화는 "쓰면서 이동"하는 것, 그러니까 글을 통한 변화를 가능하게 해주는 동력이다. 시─문학은 "문장화할 수 있는 대화"(『7』: 145)의 산물이다. 다시 말해, 그것은 타자의 말로 나의 것을 만들고, 타자의 그것을 넘어서서 나의 것을 추구해나가는 운동인 것이다.

그렇다면 나는 무엇을 쓰려고 했을까. 그것. 그것들을 둘러싼 것. 그러니까 그것과 그것의 주위를 감싸고 있는 것. 그런 것들을 쓰려고 했을까. 그런 것들을 쓰는 것은 그런데 가능한 일인가. 나는 다시 쓴다. 나는 계속 쓴다. (『7』: 128-129)

나는 조금 더 집중하고 싶고 조금 더 나아가고 싶다. 집중하여 나아가는 일. 자주 절뚝거리며, 비유 없이. 그러나 쓰는 순간 바로 비유가 되는 일. 어떤 문장도 번역이고 어떤 문장도 비유다. 그리고 어제 쓴 시가 오늘의 시를 쓴다. 아까 읽은 텍스트가 지금 이 텍스트를 만들고 있다. 어떤 습관과 함께. 표절은 그리고 불가능하다. 어떤 것도, 어떤 시도도 같아지지 않는다. (『7』: 21)

나는 표절을 두려워하지 않는다. 하지만 표절이 밝혀지면 부끄러울 만한 표절은 하지 않는다. (『7』: 177)

우리는 앞서, 이준규의 비평 세계에서 "그것"이 '시적인 무엇'에 근접한 개념, 텍스트의 물질성에서 솟아난 무엇, 시를 시이게 해주는, 도래할, 오로지 '쓰다'를 통해 시도해나갈 무엇이라고 언급한 바 있다. 이준규는 빈손으로 쓰는 글은 없다고 말한다. 우리는 모두 타자의 글을 들고서, 내 글을 써나가는 것은 아닌가. 텍스트가 서로 대화를 한다는 사실, 그 양태와 관건을 표면으로 끌고 오려는 비평적 시도가 지금 우리 앞에 놓여 있다. 상호텍스트성이라고 우리가 부르는 저 문학적 실험에는 인용, 패러디, 차용뿐만 아니라 '표절'도 포함되어 있다. 그런데 표절plagiat은 또 무엇인가? 표절은 타인의 글을 가져오는 것이다. 타인의 사유나 글을 훔쳐온다는 뜻의 표절은 저 말의 뉘앙스에서 짐작하듯, 윤리적인 비판을 벗어나기 어렵다. 이준규가 "아까 읽은 텍스트가 지금 이 텍스트를 만들고 있다"고 말한 것은 그러나 우리가 방금 언급한 그와 같은 층위의 표절과는 하등 상관이 없다.[2] "표절을 두려워하지 않는다"라

---

2) 표절은 크게 보아 두 가지로 구분된다. 의도적으로 타인의 글을 뭉텅 훔쳐온 경우와 무의식적으로, 그러니까 어떤 흔적처럼, 타인의 글을 제 글에 가져오는 경우다. 두번째의 경우, 자주 논쟁에 휘말리는 경향이 있다. 무의식적 표절 자체의 구체성을 증명하기 어렵기 때문이며, 또한 영향과 자주 혼동되어, '가져온 것'과 '변용된 것' 사이의 엄정한 구분이 요청되지만 실제 그 구분은 용이하지 않은 경우가 대부분이기 때문이다. 의도적으로 타인의 글을 도용한 경우 역시, 감추고자 한 경우와 드러내고자 한 경우로 나뉜다. 전자는 타인의 글을 빈궁한 자기 글의 살점으로 바꿔치기 위해, 말 그대로 훔쳐온 것이며, 후자의 경우, 타인의 글을 제 글과 섞는 행위를 통해 타인의 글에서 응용을 하고자 한, 문학적 실험이라는 확신을 바탕으로 행해진다. 두번째의 경우, 표절 행위는 차라리 표절한 작가에게 바치는 오마주의 일종으로 볼 수 있으며, 표절이라는 말 대신, 인용의 글쓰기écriture citationnelle라고 부르는데, 그 까닭은, 제사(題詞)를 통해서건, 후기를 통해서건, 제가 가져온 글의 출처를 정확히 밝히거나 최소한 암시해놓기 때문이다. 가령 조르주 페렉의 『인생사용법』은 수많은 명작들의 퍼즐을 모아 차곡차곡 쌓아올린 거대한 문학적 집적물에 자주 비유된다. 페렉은 제 작품의 마지막에 차용해온 작가들, 그러니까 자신을 포함하여, 플로베르, 뷔토르, 프루스트, 보르헤스, 멜빌, 나보코프, 조이스, 카프카 등을 명시해놓았다. 자신이 차용한 글의 중요성을 충분히 인식한 행위라고 하겠는데, 이는 이러한 이해를 바탕으로 제 작품에 끼친 영향을 적극적으로 인정하고 나아가 문학의 귀한 유산으로 삼기 위해 타인의 작품과 제 작품을 섞어 응용을 시도한 것이기 때문이다. 결과적으로 상호텍스트의 문학사를 구성하려 시도한 것이라 볼 수 있으며, 이러한 작품들이 표절해온 대목들은 차라리 연구의 대상으로 남겨진다. 이와 반대의 경우, 제 영감의 원천도 작가에게 바치는 오마주도 아닌 상태에서, 단지 곤궁한 제 문체에 윤기를 주기 위해, 자신을 사로잡은 몇몇 대목들을 가져와 제 것으로 바꿔치기 한 것이라고 볼 수 있다. 오로지 고갈

고 한 것은 차라리, 자신의 문학 세계에 대한, 상호텍스트성의 토대에서 뿜어져 나오는 매우 고유한 힘, 그 독창성에 대한 자신감을 표현한 것이라고 봐야 한다.

[⋯⋯] 그가 사유라고 말할 때 나는 사유에 대해 생각하고, 그가 노랑을 말할 때 나는 노랑을 생각하고, 그가 문장의 탈락을 말할 때 나는 문장을 생각하고, 그가 구절을 말할 때 나는 구절을 생각하고, 그가 단어를 말할 때 나는 단어를 생각하고, 그가 나열을 말할 때, 나는 반복을 잊고, 나는 더 반복하기 위해 반복을 잊고, [⋯⋯] 그리고, 다시, 다시 계속하는 것. 끝나지 않는 것. 마비용, 탈랑스, 자벨, 미라보, 아폴리네르, 베르트랑, 베르나르 따위의 이름들. 너는 불쑥 한 작은 책방으로 들어가 기유빅의 시를 읽던 날을 기억한다. (『7』: 110-111)

나는 책을 읽고 무언가를 쓴다. 오늘은 나탈리 사로트를 읽었다. 그의 소설에는 대화가 많다. 아니 전부 대화 같다. 그 대화들은 곧 흩어진다. 담배 연기처럼. 나는 사로트와 베케트가 한 방에 있는 것을 떠올려본다. [⋯⋯]

무언가를 쓰다 마는 것과 무언가를 생각하다 마는 것은 거의 같다. 내가 쓰지 않으려는 것은 무엇인가. 그것을 생각한다. (『7』: 190)

된 제 상상력을 성급히 타인의 것으로 벌충하려 타인의 글을 허락 없이 베껴 적은, 그렇게 아무도 모르기를 기원하며 꽁꽁 숨겨놓은, 그렇게 훔쳐온 대목을 모든 사람들이 그 자신의 것으로 인식하기를 바라는 행위에 지나지 않는다.

이렇게 그의 작품에는, 수많은 작가들에 관한 이야기가 짤막하게 제시되어, 마치 독서 노트를 읽는 것 같은 인상을 준다. 이준규는 수많은 작가들의 이름을 열거하고, 그들의 문학에 대해, 그 특수성에 대한 제 생각을 적어놓았으며, 그렇게 그들의 특성을 압축적으로 기술한 다음, 직접 그 특성을 제 글에 담아, 녹여서 실천을 하는, 매우 독특한 글을 선보였다. 그는 이렇게 두 가지 차원에서 제 글에 비평의 무늬를 새겨 넣는다. 베케트에 대한 그의 글은("언어로 뭘 하려고 한 사람이 아니라 하지 않으려고 했던 자이다."—「다시」: 246) 벌써 뛰어난 비평이다. 자신과 "심각한 유사성"(『7』: 183)을 느꼈다고 고백한, 국내에 아직 소개되지 않은 프랑스 시인 타르코스를 향한 그의 오마주는 이 작가의 중요성을 솔직하고 담백한 방식으로 암시하면서, 번역가들의 게으름을 자주 탓하게 만든다.

인용한, 여러 번 그의 시-비평에 등장하는 대부분의 작가들이 그가 왼손에 쥐고 있는 사람들이라고 한다면, 이준규는 제 오른손을 들어, 그들보다 한 걸음 더 나아가려, 왼손을 보며 '쓰기'를 실천한다. 그의 비평적 입장에서 보자면, 비록 응용을 주요 목적으로 삼았다고 해도, 타인의 글을 마구 끌어다 글의 몸통으로 삼은 자들은 가장 멍청한 부류에 속한다. "표절이 밝혀지면 부끄러울 만한 표절은 하지 않는다"는 구절은 바로 이와 같은 맥락에서 가한, 말 그대로의 표절에 대한 신랄한 비판이자, 상호텍스트성의 진지한 실험과 무분별한 표절이 사실 완전히 다른 것이라는 사실도 말한다. 그는 2인칭의 글쓰기를 실행하며, 제 글을 너-나의 교체로 멋지게 실천하면서, 제 글에 초대한 모든 작가들과 값진 대화를 시도한다. 그러나 이와 같은 실험은 명백히 "너로 시작되는 그러니까 2인칭을 사용하는, 그러니까 조르주 페렉의 『잠자는 남자』를 읽고 비슷하거나 비슷하지 않은 것을 쓰는 것을, 하고 있다"(「다시」: 264)라고 밝힌 후에 이루어진다. 페렉의 시도와 같으면서도 또 다른 곳을 향해 전진하려는 글은 이렇게 시도되고 착수된다.

비가 내린다. 시는 불가능하다. 빗소리를 듣고 타자 소리를 듣는다. 타자 소리는 내가 만드는 소리다. 타자 소리는 나의 손가락이 만드는 소리다. 나는 손으로 쓴다. 그리고 나는 없다. 나는 상투적이고 특별하고 평범하고 보편적이다. (「3」: 49)

모든 것에서 시작할 수 있다. 어떤 것에서도 시작할 수 있다. 형식은 자유다. 행갈이를 할 수도 있고 연을 나눌 수도 있고 제목을 붙일 수도 있으며 억지로라도 각운을 만들 수 있고 반복구를 사용할 수도 있으며 상투적인 비유와 참신한 비유와 결정적인 비유를 뒤섞어나 한 가지만 도드라지게 할 수도 있으며 낭만적인 이미지를 삽입할 수도 있다. (『7』: 135)

그는 이렇게, 제 글에서 타자를 만나고, 타자의 글에서 제 글을 만난다고 말한다. 그러나 그는 타자를 끌어안는 이 방식이 외부의 내부로의 일방적인 유입이면 곤란하다고 경고하는 일을 잊지 않는다. 그에 따르면 결국, "타자 소리는 내가 만드는 소리"이며 또한 "나의 손가락이 만드는 소리"이기 때문이다. 그렇다. 중요한 것은 이렇게 만나게 되는, 텍스트와 텍스트의 상호성 속에서 마주하는 타자는 사실 타자가 아니라는 점이다. 그것은 자신의 내부에 있는, 그러나 아직 내가 꺼내보지 않고, 그 목소리를 듣지 못한, 그러나 오로지 타자를 통해서만 깨어나게 된, '나의 내면 속의 타자', 그러니까 '주체'인 것이다. 주체의 목소리를, 그는 타자를 통해, 타자와 함께 듣고 발화하는 일에 자신의 시와 비평의 사활을 건다. 상호텍스트에 토대한 비평-시, 시-비평은 이렇게 자아를 지우고("그리고 나는 없다.") 그 자리에 주체의 고유한 자리를 만들어낸다. 타자의 말이 나의 글의 원천이라고 말하는 이준규의 비평, 타자의 문자를 들고 자신의 글을 쓴다고 공공연히 주장하는 저 상호텍스트성의 실험적 시도, 오로지 타자와 함께, 타자에 의해, '쓰다'의 활동성을 최대치로 끌어내는 이 새로운 실천은, 글로 나의 내부의 타자를 일 깨울 때, 비로소 주체의 목소리를 울려낼 수 있다고 믿는, 그러니까 비평의 최전선에서 어제와 오늘, 우리가 서 있는 문학의 지평과 그 역사를 바라보고자 하는 열망의 소산이다. 우리는 이준규의 시도를 통해, 비평의 형식과 시의 형식이 스스로 붕괴되는 과정을 지켜보며, 상호텍스트의 목소리를 통해 새롭게 탄생할 수 있는, 그러니까 주체의 가능성, 그 역사성을 발견한다.

　너는 시도 아니고 소설도 아닌 것을 쓰고 있다. 시의 대안이 소설이 될 수 없고 소설의 대안이 시가 될 수 없다면 너는 이것도 저것도 아닌 다른 것을 쓰려고 해야 한다. 〔……〕 너는 늘 아무거나 아무렇게나 쓰려고 하지만 꼭 그런 것이 아니다. 너는 단어를 고르고 문장을 고른다. 하지만 네게 특별한 금기는 없다. (『7』: 187)

이것은 여전히 시다. 시라고 할 수밖에. 다른 것이 아니니. 가령, 산문이 아니다. 산문일 수 없다. 산문에도 산문이라는 이름에 값하는, 그러니까 그 이름 값하는, 어떤 형식이 있을 것이다. 그러지 않다면 산문정신이라는 말은 없을 것이다. 다시, 나는 지금 맥주를 마시며 이것을 쓰고 있다. 나는 이제 나의 지난 형식에서 벗어나려고 하는데, 그 방법의 하나로 시의 길이를, 아니 호흡을 바꾸려고 한다. (「계속」: 147)

　시-비평의 형식은 자유로우며, 시-비평의 장(場)에 금기는 없다. 그러나 시-비평은 무형식을 추구하거나 방만하고 난감한 실험을 조장하는 것이 아니라, 모든 것을 지워낸 자리에서 새로운 목소리를 내려, 타인과 함께 '쓰다'를 실천하는 데 집중한다. 이준규는, 자아가 아니라 주체를, 시가 아니라 '시적인 것'을, 선적인 흐름에 위탁한 과거-현재-미래가 아니라 지금-여기의 역사성을, 양방이 그 조각을 나누어 갖거나 한쪽이 다른 한쪽을 지배하는 소통과 이해가 아니라, 둘이 섞여 합(合)의 도래 가능성을 조심스레 타진하는 대화의 힘을, 시의 문법이 아니라 발화의 주관성을, 감정이 아니라 정동의 흔적들을, 부지런히 갱신되는 '쓰다'의 주인으로, 백지 위에서 피워내려 한다. 이준규의 시적-비평적 실천은 '쓰는 자/쓰는 인간'의 발명에 고스란히 바쳐지며, '저자' 개념의 고찰과 비판 전반에 새로운 가능성을 열어주었다.

보론: 이준규의 말라르메 비판에 대한 변론

> "그의 문학은 망상일 뿐이다. 언어로는 그런 것을 할 수가 없다."
> ―이준규

가장 순결한 언어를 시에서 발명하려 했던 말라르메는 완벽한 언어를 통해, 지상에서 단 한 권밖에 없는 책을 꿈꾸었다. 부정해야 할 말을 찾아 나섰을 때, 지워내야 할 관념을 매 순간 고통스럽게 떠올렸을 때, 말라르메에게 시는 곧, 시에 대한 사유와 크게 다르지 않았다. 그러나 말라르메가 기획하였던 이 대문자의 『책Le LIVRE』은 결국 완성되지 못했으며, 어찌 보면 이는 자명한 결과이기도 했다. 우주와 세계의 정수를 담은 단 한 권의 책이 어떻게 집필될 수 있겠는가? 사물을 왜곡 없이 담아낼 순수한 말을 발명할 수 없다는 사실을 그가 깨달았을 때, 역설적으로 그에게 시가 남겨졌다. 대문자 『책』을 꿈꾸는 동안, 그는 우연을 가장하지 않으면 말의 저 순수한 공간도 구축해낼 수 없다는 사실과 일상의 치장을 최대한 지우려해봤자 결국 한계가 있다는 사실을 깨닫게 되었다. 이준규가 지적했듯이, "언어로는 그런 것을 할 수가 없다"는 사실을 말라르메가 자각했을 때, 그러나 그에게는 매일 쓰려고 했기에 남겨진 글들, 긍휼할 만한 노력의 결과로 빚어진 시들이 남겨졌다. 그렇게 "그의 문학은 망상일 뿐"일지라도, 그는 누구보다도 부지런히 '쓰다'를 실천한 장본인이었다.

(『21세기문학』 2016년 여름호)

발화의 다양성과 시대(들)의 윤리
―2000년대 이후 시를 어떻게 읽을 것인가?

> 지식인이 된다는 것은, 다소간 모든 것에 대해 인식하는
> 존재가 된다는 것이었다.
>
> ―미셸 푸코[1]

　시단에서 2000년대는 무엇이었는가? 2010년대는 또 무엇인가? 몇 차례 제기된 바 있으며, 거개의 대답이 주어진 지금, 그럼에도 계속해서 요청되고 있는, 좀처럼 소진될 줄 모르는 이 물음 앞에서, 그러나, 그렇다고 해서, 많은 말을 꺼내들 수 있는 것은 아니다. 오히려 이러한 물음은 특수한 몇몇의 경우를 제외하고, 굳게 입을 다물게 하는 재주가 있다. 가령, 20세기 초의 저 다다Dada나 초현실주의, 이탈리아 미래파와 같은, 애당초 예술에 관한 생각을 공유했노라 표방한 자들이, 예컨대 정신분석학처럼 당시 새롭게 부각되기 시작한 지적 패러다임에 깊은 공감을 표명하며 확실한 공감의 마지노선을 다지고, 나아갈 임계선을 설정한 다음, 그렇게 열정 가득한 퍼포먼스로 한 시대의 앞머리에 서려 했던 경우, 연구의 출발선은 군말할 필요 없이 그들의 공통적 이념이나 이데올로

---

1) Michel Foucault, *Dits et écrits, 1954-1988*, Gallimard, 1994, p.109.

기적 당파성일 것이다.

　세대 고유의 논리, 시대 고유의 사유와 주장에 대한 후차적 검증
은 이때 필연성을 확보한다. 일반화의 오류를 움켜쥐거나 논리적
모순에 빠질 위험성에도 불구하고, 인식론적 지평을 공유한 동일한
세대로 우리가 이들을 간주할 수 있는 것은, 무엇보다도, 그들의
예술이 '운동'의 형태로 전개되었으며, 공통된 강령을 크게 이탈하
지 않은 상태에서, 개별적이고도 조직적으로 진행되었기 때문일 것
이다. 그렇게 '다다'나 초현실주의는 집단에 의해 주도되었고, 나아
가려는 방향과 개진하려는 사유, 펼쳐내려는 실천이 비교적 명확하
게 한곳으로 수렴되어 나타난, 한 시대의 예술적 모의(模擬)를 통한
공통된 이데올로기의 창출에 몰입했다. 하나의 기치 아래, 이들은
적극적이고도 활발한 예술적 실천으로 기존의 패러다임을 탄핵하
고자, 역사의 수평선을 가로지르며 한사코 통념의 장벽을 넘어서려
했던, 시대에 대한 과격한 실험의 주체이자, 제 세대의 운명을 통
째로 걸고 예술적·인식론적·실천적 도전을 감행한 주인이었다. 예
술의 '아방가르드'였던 그들을 우리는 모더니티의 특수하고 개별적
인 수행자로 이해하기보다는(그 가치에 대한 자리매김은 당대의 과
제가 아니라 훗날의 일이었다), 집단으로 존재하고 호출될 것을 조
건으로, 제 활동성과 정체성을 관철시켜나갔던, 그렇게 모든 '주의
ism'와의 다툼에서 주도권을 쟁취하려 하면서 불멸을 꿈꾸었던 예
술운동으로 기억할 것이다. 집단적 결성 과정, 공통된 이데올로기,
단결된 활동이라는 세 가지 조건을 충족시킬 때, 비로소 '세대론'
은 도출될 수 있으며, 통시적-연대기적 격자의 내부에서 용인되는
지적 패러다임의 전유와 그 사실 여부를 확인해내는 일로 세대론은

제 성립 가능성을 타진할 수 있을 것이다.

1. 10년의, 10년이라는 욕망

때가 도래했다는 것일까? 시기의 적절성에 맞추어 비평이 행보를 조절하고 개입해야 한다고 생각했던 것일까? 세대론이라는 유령이 문단을 배회하고 있다. 주기적으로, 반복적으로, 시단에 소급되는 세대론은 거개가 10년을 제 기준으로 설정하고([⋯] 1990년대-2000년대-2010년대), 생년의 10년별 묶음([⋯] 1960년대생-1970년대생-1980년대생)을 부동의 단위로 삼아, 화제를 만들어내려고 궁리한다. 새로울 것이 전혀 없는 이 지적은 오히려 당연함이 감추고 있는, 공교로운 대입과 기계적인 환치 때문에 놀라움을 선사한다. 10년이라는 기준, 그 숫자 안에서, 그 숫자에 의해서, 세대론은 실로 많은 일을 감행하고, 감행하려 시도하며, 감행할 수 있다고 믿기 때문이다. 10년은 매체의 직능과 그 차이를 시적 차이와의 평행선으로 과감하게 설정하는 일에도 관심을 갖는다. 홈페이지-미니홈피-SNS/PC통신-블로그-트위터나 인스타그램 사이의 구분이 이렇게 10년과 조우한다. 10년은 구획의 틀 속에서 시의 소통방식을 적극적으로 분할하는 근거가 되기도 한다. '소통-혼란-자폐'나 '단일성-혼종성-무가치성'과 같은 구분은, 10년을 통해, 10년 안에서, 자명성의 지평을 바라보고 경계들을 굳히며 이내 그 차이를 고정시켜버린다. 현실 정치의 피드백 여부를 물으며 시적 경향을 추리는 데 준거 역할을 하는 것도 바로 이 10년이다. '정치-탈

정치-무정치'라는 삼분이 제 모호함을 걷어내고, 명료한 질서 안으로 빨려들어가, 견고함을 획득하는 것은 그러니까 바로 10년 덕분이다. 10년은 이러한 종류의 온갖 구분'들'을 허용하는 안전장치이자 단일한 기준을 송출하는 게토이며, 이 모든 구분의 논리가 가동되는 데 없어서는 안 될, 굳건한 버팀목이기도 하다.

10년은 그렇게 하나가 아니며, 그래서 자체로 충족되는 법이 없다. 모든 것을 삼키거나 토해내면서, 오히려 10년은 끊임없이 확산의 욕망에 시달리고, 확산의 욕망을 감추지도 않는 것이다. 숫자가 자명할 것이라는 환상을 부여하는 바로 그만큼, 시를 대상으로 '모으기-나누기-구별하기'가 탄력을 얻어내 체계적으로 감행되게 조장하는 배후가 바로 10년이기 때문이다. 10년은 그러니까 시단의 기저이자 무의식인 것이다. 수의 상징적 질서는 '모으기-나누기-구별하기'에 필요한 설득의 논리 속에서 고유한 질서를 구축하고 나아가 확산 일로를 걸을 수 있도록 보증을 선다. 감정이나 심적 상태(10년 주기로, '고통-상처-무기력' 순으로)의 명료한 구분은 물론, 행동 양식과 반응의 패턴(10년 주기로, '항거-참여-무관심-무능'으로 이어지는)을 구분 짓는 일에도 10년은 게으름을 피우지 않는다. 10년은 이렇게 무언가를 부지런히 나누면서, 세대별로 특징을 선별하고 감각의 차이와 수용의 편차를 구별하며, 그렇게 해서 그러쥐게 된 몇몇 클리셰에 본질적·항구적·초월적·근원적 편차를 부여할 뿐만 아니라, 분할된 정치적 지평 위로 발화의 유형을 분류하는 데 필요한 최대한의 조치를 취하고 최소한의 한계를 구축해낸다.

바로 이 10년이라는 숫자의 진지(陣地)에 제 몸을 위탁한 '세대론'은 가만히 웅크리고 있다가 간헐적으로 튀어나와, 개별 작품들을 뒤적인 후, 그러할 것이라는 추측에 기대어 유형별 작품을 솎아낸 다음, 분류하고 구분하면서, 제 신념을 증명하는 데 필요한 사회과학적 지식들을 끌어들여, 제 논의의 수위를 조절하고 그 완급을 조절해나간다. 세대론이 10년을 주기 삼아 모종의 결정을 감행하는 순간은 선택과 배제의 논리가 완성을 꿈꾸는 순간이며, 바로 이 순간은 시인들이 제 앞섶에 표식을 하나씩 단 채, 무대 위로 다시 등장하는 순간이기도 하다. 이렇게 자기 동일성과 숫자의 형이상학적 욕망도 절정을 맞이하면서 제 꿈의 실현을 목전에 둔다.

2. 계급론 유감

세대론보다 정교하고 구체적인 논리는 바로 계급론이다. 한 사회의 물질적 조건과 하부구조에 대한 논리적인 분석과 노동시장 전반의 변화 양상에 대한 폭넓은 조사와 면밀한 고찰을 통해, 시인의 계급적 정체성을 규명하려 시도하는 계급론은, 추상이 개입할 여지가 적은 사회적·문화적 지평 위에 시인을 위치시키고, 시의 가치와 특성을 가늠한다는 측면에서, 흥미를 끌기에 충분해 보이지만, 난감한 문제를 저버리는 것도 아니다. '문학사회학'이 문학 전반의 배경과 역사적 맥락의 이해에 필수적이지만, 개별 작품 앞에서 설득력이 없는 공론으로 전락할 위험에 노출되어 있는 것과도 같다고 해야 할까? 문학을 둘러싼 사회적 조건 전반을 이해하고, 사회적 맥락 속에서 문학의 위상을 파악하여, 문학 내부의 기류와 흐름을 현실로 소급하는 데 있어서 문학사회학만큼 유용한 것은 없다.

가령, 파스칼과 라신의 사상적 기반과 계급적 위상, 종교적 신념과 작품의 경향에 대해서, 더할 나위가 없이 풍부한 정보를 제공하며 독창적인 관점을 우리에게 선사했던 골드만의 『숨은 신Dieu caché』은, 당시에는 아무도 묻지 않았고 제기할 엄두조차 내지 못하던, 이들의 저 장세니스트로의 회귀에 대해, 그렇게 반동으로 치달을 수 있었던 그들의 의식 구조와 근본적인 원인에 대해, 지금까지 능가할 연구서를 찾아보기 힘들다 할 정도로 치밀하고 독창적이며 명쾌한 분석을 선보였다. 골드만은 파스칼과 라신의 물질적 토대, 그러니까 이들의 사회적 기반과 그 계급성이 이들의 의식을 어떻게 결정하는지, 이들의 작품이 개인의 선택이기 이전에 어떻게 각각의 시대의 구조적 산물이었는지, 어떻게 비극적 세계관의 굴절 과정이었는지를, 매우 집요하고, 정교하고, 조밀하게 조망하였다. 골드만이 제기한 '문학 장(場)' 개념은 관념적이고 추상적이며 초월적인 특성을 지닌다는 한계를 잠시 논외로 두면, 특히, 어느 시기에는, 한국에서조차 매우 유용한 개념이기도 했다.

배경 지식과 사회적 맥락을 이해하는 데 더 없이 유용한 문학사회학은, 그러나 바로 이 유용성으로 제 사명을 다했고, 소진되었으며, 그렇게 오늘날 후속 연구에게 바통을 물려주어야 하는 운명에 처한다. 노동계급의 언어 사용에 대해, 사회적 위계질서에 따라 조절되어 나타나는 화법에 관해, 자본주의사회에서 지배계급의 취미의 허황됨이나 경직성에 대해, 부르주아 계급이 만들어낸 자본주의사회 고유의 통제하기 어려운 저 민감한 감수성과 미적 취향에 대해, 그들의 환상과 상징 권력과 그 사회적 파장에 대해, 『예술의 규칙』과 『언어와 상징권력』 같은 작품에서 부르디외가 적절한 예를 통해 끈기 있는 분석을 선보였을 때, 그는 항상 골드만을 의식하고 있었으며, 골드만의 '문학 장' 개념의 관념적인 한계를 극복하려 최선을 다했다. 사회적 독점구조의 한 형태로 문학 장 개념을 설정하고, 이 개념이 지닌 효율성을 증명하기 위해 그가 플로베르 소설의 계급성을 드러내려 애썼다는 사실 앞에서, 우리는 무슨 생각을 할 수 있는 걸까? 예술작품의 생산과 수용조건에 대한 사회학적 분석이, 부르디외의 주장처럼, 예술작품의 가치를 축소시키거나 파괴하는 행위와 거리가 먼 것이라고 한다면, 그렇게 되기 위한 조건은 무엇일까?

계급론은 시단을 10년 단위로 분별하는 세대론에서 출발한다. 계급론은 성급해서, 단순해서, 위험한 것이 아니다. 계급론은 사회구조와 노동양식의 변화와 작가의 직접적 연관성을 전제하고, 전체로 부분을 일괄하려는 욕망을 드러내며, 언어를 유형화하는 작업에 몰두하고, 나아가 상징적·관념적·추상적 개념으로 '대표성'을 변별하는 일에 매달린다. 누군가의 시가 '노동계급의 거친' 특성을 산문의 언어로 반영한 것이라고 말할 때, 글쓰기에서 표출되는 남성성의 과잉과 이 시인의 거친 언어가 고스란히 연관된다고 말할 때, '몰락하는 중간계급'의 정서를 반영하며 어떤 시인이 무능력과 무기력에 시달리는 언어의 주인이 되었다고 말할 때, '격리감'을, '무기력한 자의 대상을 향한 응시'를, '내용 없는–반복적인 말'의 중얼거림을 텍스트에서 찾아내어, 설득력 있게 분석한 이후에조차, 그러나 그 원인을 2010년대 '변화한 시대감각'에서 찾으려

하며 세대적 특성이라는 구분에 힘을 실어줄 때, 시인들의 인터뷰에서 그 근거를 찾아내고자 할 때, 이럴 때, 불현듯 찾아드는 불편함은 무엇인가.

'룸펜 프롤레타리아 청년'과 '감정-감각 귀족주의자들'을 '몰락해가는 한국 자본주의의 잉여의 파급효과'나 '87년 이후 민주화 과정에서 교육과 부동산을 통해 부를 축적하기 시작한 중간계급의 후예'로 양분하며, 무리해서 '학력자본'의 힘이라 후자를 암시하고 '문화적 황금기'나 '물질적으로 비교적 풍족한 청년기'와 연관 지으며 '전기비평'의 논리로 급속히 빠져들 때, 이들의 언어를 '우아한 비문을 적극 활용하는' '프티부르주아의 아비투스의 상승 경향의 표현'이라고, 이를 뒷받침하는 사회과학적 자료를 인용하여 이 사실을 강조할 때, 글의 논리적 정합성과 정교함, 분석의 치밀함 사이로, 잦아드는 씁쓸함은 무엇일까?

2000년대 시는 과연 2000년대를 규정했던 '88만원 세대'나 '학력자본의 집중'에서 파생된 '하위문화적 주체'나 '상승하는 중간계급'의 이데올로기적 산물이었던가? 그들은 '이전 세대의 무거운 윤리적 책임감 대신 감각적이고 사적인 즐거움에 매료된' 발화의 주인공이었던가? 어느 시인의 '언어적 숙련도와 문화적 취향 습득'은 단지 '경제 호황의 산물'인가? 마찬가지로, 2010년대 시는 계급 상승의 좌절된 꿈, '몰락하는 중간계급'의 저 완벽한 절망 속에서 새어나온 '무기력과 무능'의 발화인가? 그렇게 '신성(神聖)한 아름다움'이 깃드는 '부재(不在)의 유물론적 자리'를 마련한 젊은 시인은 이제 자신의 자리를 '후배 시인에게' 물려주며 영향력을 행사하고 있는 것일까?

세대를 하나로 꿰맞출 일반적 경향이나 고정적 실체가 있다는 가정으로 시의 특수성, 시의 개별성, 시의 다양한 목소리를 단순화할 수는 없다. 시에서 연대기적-역사적-통시적인 가치를 강력한 구심점으로 삼거나 유일한 기준으로 여겨, 세대론이나 계급론의 입론을 다각도로 궁리할 때, 시는 굵직굵직한 사건들의 잉여나 부속물로 여겨지거나 사회적 계급과 노동 형태의 직접적인 반영이라는, 증명하기 어려운 미로 속을 헤매며, 할 일 없는 자의 자폐적 기록이나 놀고먹는 자의 하품과도 같은, 귀족적인 스타일리스트의 배부른 여가의 산물로 전락할 수도 있다. 시는 이렇게 물질적 조건을 하염없이 자랑하며 뱉어낸 감상적 발화로 여겨질 수도, 반대로, 자본을 향유할 수 없는, 노동계급에 편입될 수 없는 현실적 절망을 에둘러 항변하는, 관념에 젖어 추상적인 무능과 상실감을 주야장천 늘어놓는, 무기력한 자들의 말장난으로 치부될 위험에 처한다.

사실 2000년대 시인이 어떠했더라는 말처럼 싱거운 것도 없으며, 마찬가지로 2000년대 시인과 비교해서 2010년대 시인이 어떠했더라는 말처럼 공허한 것도 없다. 그러니까 2000~2010년대를 둘러싼 거개의 물음은, 결국 시단의 사회적 지형이나 그 시풍의 사실성을 일별해보라는 주문과 근본적인 차원에서, 동일한 독배를 마주할 수밖에 없는 운명에 처한다. 세대론-계급론은 그러니까 또 다른 리얼리즘의 탄생인가? 새로운 문학 도구론을 위한 시론인가?

'모으기-분류하기-구별하기'는 그 성질상, 결코 중립적이지 않으며, 중립적일 수 없다. "사물이 단지 의심의 여지가 없는 분류의 도표 속에 들어 있기 때문에 유지될 것"[2]이라는 어떤 '신념' 없이는 가능하지 않는 것이며, 따라서 제반의 목적은 과학적·중립적·논리적 규명보다 이데올로기 관철의 욕망일 수도 있다. 결국 "분류 정리를 한다는 것은 권력을 행사하는 일"[3]이기 때문이다. 10년이라는 구분이 경계 짓기의 위험을 은폐하는, 공허하고도 지나치게 과감한 논리이며, 그 과감함이 결국 권력을 행사하게 되는 것과 마찬가지로, 계급론은 지표와 통계와 수치, 특히 사회학적 지식을 객관적 근거로 삼아, 시의 지향과 경향을 솎아내고 평가하며, 증명되기 어려운 사실에 대한 일반화의 오류 속에서 비평 본연의 임무에 충실했다는 믿음을 준다.[4] 이러한 논리의 저변에, 계몽주의자들의 수사와 한편으로 닮았다고 할, 제사에 인용한 것처럼, 그러니까 "다소간 모든 것에 대해 인식하는 존재"가 되어야 한다는 지식인 고유의 그것과 닮아 있는, 명민한 비평가의 사명감이 자리하고 있는 것은 아닐까.

3. 발화의 다양한 가능성

애초 내게 주문한 물음으로 돌아오자. 2000년대 이후 시를 어떻게 읽을 것인가?

---

2) 로버트 단턴, 『고양이 대학살 —프랑스 문화사 속의 다른 이야기들』, 조한욱 옮김, 문학과지성사, 1996, pp. 271~72.

3) 로버트 단턴, 같은 책, p. 272.

4) 비평critique이라는 낱말은 한편으로 '구분하고, 판단할 능력'을 의미하는 고대 그리스어 'κριτικός'에서 비롯된 라틴어 'criticus'에서 연원했으며, 다른 한편으로는, '위기crise'를 의미하는 그리스어 'κρίσις'와 '나누다, 선별하다, 결정하다'를 뜻하는 동사 'krinein'에서 파생된 라틴어 'crisis'를 어원으로 삼는다.

나는 기회가 있을 때마다, 2000년대의 시인들이, 공통된 하나의 운동에 저 자신을 위탁하지 않았을 뿐만 아니라, 특별한 관심을 보이지 않았다고 말해왔다. 사실 2000년대는, 그 어느 때보다도 특수하고도 독특한 각개전투의 시기를 여는 일에 시인 각자가 몰입하고 있었으며, 아니 시는, 그 어느 순간에 하나로 고여 '이즘'에 빠질 때, 그럴 때마다 어디론가 미끄러질 때에만 시이기 때문이라는 사실을 이들은 잘 알고 있었다. 그들 중, 그 누구도 당시 저 자신이 '미래파'로 불리게 될 줄 몰랐다고 오늘날 말해야 하는 만큼, '미래파'는 분명 '에콜'이 아니었지만, 그러나 에콜로 간주되는 일이 자주 벌어졌던 것뿐이다. 하나의 강령 아래 일사분란하게 움직였던 것도 아니었고, 커다란 지적 흐름에 편승하여 엇비슷한 목소리를 내는 데 함께 기투한 것도 아니었고, 초월성의 거처를 자주 마련하고, 서정의 품 안에 안겨, 형이상학의 내재적 다짐을 받아내려는 어떤 수장(首長)의 이념에 복종했다고 말하기도 어려운, 그러니까 단지 어느 시기에 (하나의 고정점으로 항간에서 자주 언급하는 것처럼, 황병승이 등장한 2005년이라도 좋고, 그 전이나 그 이후라도 무방하다) 점(點)으로 떠돌던, 각자의 길을 가던 이 점들이, 잠시 모였다가 흩어지고, 흩어졌다가 결집되기를 거듭하는, 일종의 게릴라와도 같은 양상 속에서, 다양한 시적 발화의 세계를 여는 데 동참하였다고 말해야겠다. 방점은 '다양한 시적 발화'의 탄생에 놓인다. 하나의 이름으로, 고유명사가 되어 호명되는 순간, 그들이 정작 어리둥절해했으며, 불편한 심기를 감추지 않았던 것도 바로 이 때문이다. 몇 년 전, 「'에콜의 형성과 시의 개성'에 대하여」라는 주제로 발표했던 원고[5]를 읽고서, 토론자가 내게 보내온 질문과 이

질문에 대한 내 답변을 잠시 인용하는 것이 좋겠다.

질문 : 두 번째 질문은 소위 '미래파'라고 불렸던 시인들을 포함한
젊은 시인 전반의 정서에 대한 것이다. 그들의 시에 나타난
감각과 정서가 이전 세대와 달랐던 이유가 무엇인지에 대해
논의를 진전시킬 필요가 있다.
필자는 그것을 70년대생이라는 출생년도와 관련지어 생각해
보고 싶다. 70년대생들은 이전 세대인 60년대생과는 다른 성
장 배경을 갖고 있다. 그들은 매우 어린 시절부터 컬러텔레비
전과 극장판 만화영화를 보며 성장한 최초의 세대이며 팝을
비롯한 외국 음악, 그리고 대중문화의 세례를 본격적으로 받
은 최초의 세대이기도 하다. 압구정과 홍대 문화가 발생하고
이것을 적극적으로 수용한 것 역시 70년대생을 주축으로 한
세대였다. 또한 PC 통신을 비롯한 인터넷을 주체적으로 수용
한 최초의 세대이기도 하며, 경제적으로는 70년대의 고도성
장의 혜택을 받아 이전 세대에 비해 상대적인 물질적 풍요로
움을 누리며 성장기를 보내기도 했다.
필자는 위에서 언급한 사항들과 젊은 시인들의 감수성이 무
관하지 않다고 생각한다. 이러한 성장 배경으로 인해 젊은 시
인들의 감각은 이전 세대와 다를 수밖에 없었던 것이다. 이
것에 대한 발제자의 의견을 듣고 싶다. 아울러 80년대생 시
인들에 대한 의견도 듣고 싶다. 80년대생 시인들의 감수성은

5) 원고는 『시는 주사위 놀이를 하지 않는다』(조재룡, 문학동네, 2014)에 실려 있다.

70년대생의 그것과 유사한 측면이 많다. 바꾸어 이야기하면 70년대생 시인들의 감수성은 60년대생의 감수성보다 80년대생의 감수성과 친화력을 보인다. 그것은 아마도 성장기에 경험한 문화적 세례와 같은 것들의 유사성으로부터 기인한 것이라고 보인다. 그런데 문제는 80년대생 시인들의 감수성이 지나치게 70년대생 시인들의 특정한 측면에만 초점이 맞춰진 것은 아닌가 하는 생각이 든다. 70년대생 시인들의 어법은 무척이나 다채로운 것이었다. 그들의 시에는 '미래파'와 같은 전위뿐만이 아니라 서정과 리얼리즘의 영역에 이르기까지 다양한 어법이 존재했다. 그런데 80년대생 시인들의 목소리가 지나치게 70년대생 시인들의 전위에만 경도된 것은 아닐까라는 생각이 든다. 80년대생 시인들의 시가 어떤 가치를 지닐 수 있으며, 그들의 시가 지니는 가능성에 대한 이야기도 부탁한다.

대답 : 중요한 것은 '미래파'가 에콜을 형성한 것이 아니라, 오히려 에콜을 해체했다는 점이다. 따라서 그들 역시 70년대생이라는 '세대론'에 갇혀서는 안 된다는 것이 내 생각이다. 결국 각자의 언어가, 각자의 특이한 감수성이, 각자의 시가 있는 것은 아닌가? 지적한 것처럼 "성장 배경으로 인해 젊은 시인들의 감각은 이전 세대와 다를 수밖에 없었던 것"이 한편으로 사실이라 해도, 나는 개개인의 특성에 주목하는 것이 지금의 시점에서는 더 필요하다고 생각한다.

미래파로 불린 시인들을 실제로 만나보면, 당연한 말이 되겠지만, 각자의 취향과 시에 대한 태도와 세계관, 언어관과 시관 등등 모든 것이 사실 너무나도 상이하다. 평범한 이 말을 반드시 기억해주시기 바란다. 컴퓨터를 잘 모르는 시인, 키치나 감각에 환호하지 않는 시인, 인터넷이나 SNS 매체와 다소 거리가 멀다고 말해야 할 시인도 있다. 아직도 만년필을 고집하며 시를 필사하듯 백지 위에 손수 적어나가는 시인이 있는가 하면, 뽕짝을 좋아하는 시인도 다수였다. 사실 '미래파'라는 이름과 함께 떠오른 어떤 현상은 예전에도 계속 있어왔다. 90년대의 박상순, 함기석, 박서원, 이원, 이수명, 정재학 등등은 이미 '미래파'의 전조를 보여주었다고 생각하며, 이 또한 발화의 다양성의 차원에서 그러했을 뿐이었다.

80년대생 시인에 대한 질문 역시, 이와 연장선상에서 논의되어야 할 것이다. 기억이 정확하지는 않겠지만, 80년대생 시인으로 오은, 유희경, 박준, 서효인, 박성준, 김승일, 이우성, 황인찬, 송승언, 이이체, 이혜미, 최정진, 김현, 김이강 등의 작품을 읽어본 것 같다. 그러나 이들을 80년대생이라는 하나의 기준으로 묶으려 할 때, 우리는 종종 함정에 빠진다. 80년대생이라는 저 키워드는 과연 적절한가?

나는 이들 중, 어느 시인의 시에서는 오히려 옛날식의 정취를 목격하기도 했고, 또 누구에게서는 매우 결곡한 서정과 감수성의 언어를 발견하기도 했으며, 아주 오래된 목소리의 갱신 과정을 듣는 것 같은 착각에 빠지기도 했다. 딱히 '미래파'로 불려나온 시인들과 감수성을 공유한다거나, 그렇지 않다고 양자 중 하나를 선택해서 말하기 어려운 것은, 첫째, '미래파'가 하나가 아니라 '복수'이기 때문이며, 둘째, 80년대생 시인의 감수성이나 친화력을 하나의 경향으로 축소하거나 구분하는 것 자체가 매우 어렵고 사실상 불가능한 일이기 때문이다.

80년대생을 뭉뚱그리기에는 그 한 명 한 명의 목소리가 서로 다를 것이며 '미래파'와의 연장선상에 놓는다고 해도, '미래파'가 선취했다고 말하는 모종의 지점들 위에서, 시 세계를 뻗대고 있다고 보기에는, 각각의 상이한 특성이 너무 강하다. 이들은 이들끼리도 상이한 자리에서, 위치에서, 전망에서, 언어에서, 제 시를 쓴다.

2000년대가 비가시적인 네트워크처럼, 언제 어딘가에 존재하고, 존재할 가상의 실체였을 뿐이라면, 2010년대 역시 마찬가지라고 해야 한다. 2000년대 시인들의 시적 실천이 신봉할 만한 이데올로기의 향방 속에서 결정되고 어떤 경향을 지칭하는 일을 가능하게 한다고 해도, '미래파'를 일반명사로 이해하려는 시도, 그러니까, 세대론이나 계급론의 틀에 갇히지 않아야 할 것이다. 각각의 시인들이 세상에 선보인 작품의 가치를 따져 물으며, 그럴 때 주어지는 불확실한 귀납적 양감과 분석적 직관에 기대어, 우리는, 잠시 형성되거나, 이내 흩어지는 모종의 지형, 그렇게 펼쳐진 정념의 그림자와 그 자락을 목도하고, 주관성의 흔적들을 그러모을 수 있을 뿐이다. 이러한 흔적과 그림자와 지형은 비평이 가능한 최소한의 진원지이며, 시적 발화의, 시적 언어의 특수성을 규명하려는, 저 비평 불가능성의 가능성을 실현해나갈 최소치의 힘을 준다.

4. 시의 계급, 시인이라는 계급

　시의 물질적 토대는, 시의 하부구조는 시이며, 모든 계급 가운데 시라는 계급, 시인이라는 계급, 시라는 언어의 계급, 시라는 언어가 만들어내고 만들어나가는 계급, 사회적 계급, 정치적 계급, 물질적 계급, 교육적 계급, 무의식적 계급, 문화적 계급, 사상적 계급, 감정적 계급 등과의 상관성을 전제하지만, 이 모두의 그 어디와도 오롯이 포개어진다고 말하기 어려운 시적 계급이, 시적 언어의 계급이 존재한다. 시라는 계급의 계급성은, 아니 이 계급의 계급적 가치는 언어가, 발화하는 방식이, 최대치의 주관성을 실현하는 말의 고안과 문장의 실현이, 보장하고, 살려내거나, 폐기하고 부정하는 과정에서 형성되고 또 해체될 것이다. 2000년대는, 아니 그 이전의 세대는, 아니 그 이후의 세대 역시, 아니, 우리가 시적 가치를 창출했다고 여길 모든 언어적 실천들은, 시대를 막론하고, 바로 이와 같은 사실을 여투는 과정에서, 사회와 세계와 통념에 맞서며, 심지어는 동시대의 낡은 언어와도 싸우려 했을 것이다. 시라고 부를 수 있는 무언가를 창출하려는 시도와 실천이, 어느 시대에나 과제였고, 문제였고, 화두였으며, 한 시대의, 한 세대의 희망이자 절망, 한계이자 통념, 가능성이자 불가능성이기도 했을 것이다.
　어느 시대나, 통념과 낡은 언어, 관습이나 이분법이라는 파시즘을 거부하려 다양한 발화의 세계를 열었던 다(多)집합의 산물이 시였다면, 오늘날, 시의 지평이 넓어진 것은 부정할 수 없는 사실이라고 해야 한다. 그러나 그것은 어느 특정 세대의 산물만은 아니다. 어느 특정 계급의 언어 사용이나 특정 집단의 이념적 발현도 아니며, 노동 조건의 전환 과정에서 도출된 일시적, 이차적, 부가적 현상도 아니다. 다만 이러한 사실들이 2000년의 언저리에서 가시적으로, 집중적으로 표출되었고, 주된 문제로 (다시) 부각되어 (다시) 논의되었고, 문제임을 환기하는 일이 자주 발생했으며, 오늘의 시적 지평으로 이어지는 연속성의 공간을 만들어내었다고 하겠다.

오늘날, 시는 다양한 의미의 운동을 창출하는 데, 그 어느 때보다 진지하게 몰두하고 있으며, 발화의 다양성의 세계로 우리를 초대하는 과정에서, 문법에서 벗어났다고 말하기 어렵지만, 문법 차원에 안주하지 않는 언어적 실험을 통해 언표énoncé와 발화 énonciation의 서로 다른 층위에서 조절되어 나타나는 의미와 형식의 상관성, 그러니까 '의미-형식'의 문제에 관심을 갖게 해주었고, 시적 화자 뒤에 숨어 있던 '주체'에 눈을 돌릴 것을 요청하였다.

시의 윤리 역시 마찬가지로 물음으로 우리 앞에 놓이게 되었다. 시의 윤리는, 시인 사생활의 윤리가 아니라, 시인이 구사하는 언어의 윤리이며, 사회적 책임감과 실천을 촉구하는 윤리가 아니라, 언어가 치열해질 때, 그 순간에 사로잡히고 솟아오르는 윤리이며, 특수성의 고안이라는 문제 전반에서 빚어지는 언어활동의 변형과 재현 방식의 윤리이자, 타자를 만나는 방식을 고안하는 언어의 윤리이며, 그렇게 삶과 동떨어질 수 없는, 언어를 통해 삶을 변화시킬 가능성의 윤리, 삶을 통해 언어를 변화시켜나갈 윤리라면, 오늘날 이러한 사실이 보다 선명하게 모습을 드러내며, 물음과 문제를 동시에 촉발하고 있다. 시의 윤리가, 시의 윤리로 간간히 불려 나온, 철학의 윤리, 행동의 윤리, 의무의 윤리, 정치의 윤리, 사회의 윤리, 공동체의 윤리, 감성의 윤리와 관련되면서도 오롯이 어느 하나와 포개지지 않는, 그러나 필경, 이 모든 윤리들의 기본 전제라 할, 언어활동의 윤리이며, 언어활동 안에서, 언어활동에 의해, 모색되는 주체화subjectivation의 윤리라는 물음이 화두가 되기 시작했다.

시의 윤리가, 발화의 가능성을 넓혀내는 일, 개별화된 목소리의 고안에 전념하는 윤리라고 한다면, 오늘날의 시는, 2000년대의 시와 2010년대의 시는, 언어를 통한 시적 윤리의 문제를 매우 폭넓게 사유할 가능성을 열어놓았다.

(『21세기문학』 2015년 가을호)

문화의 게토-문화의 매트릭스
— 시라는 영감과 잠재력

> 오래전부터, 나는 있을 수 있는 모든 풍경을 손아귀에 쥐
> 었다고 자부했으며, 현대회화와 현대시의 명성을 가소로
> 운 것으로 여겼다.
>
> —아르튀르 랭보, 「착란 II」

1. 언어의 힘, 언어의 놀이

언어를 몹시 사랑했던 러시아의 언어학자 야콥슨은 재미있는 개
념 하나를 제시하여 시의 본질에 관해 그럴듯한 이야기를 했다고
믿고 있었다. 수신자, 발신자, 맥락, 접촉, 코드, 메시지를 의사소
통을 구성하는 여섯 가지 요소로 주목한 그는, 메시지가 나머지 다
섯 요소 각각 어디에 무게가 실리는지의 여부에 따라, 서로 상이하
게 작용하는 언어의 기능을 변별해내는 데 마침내 성공한다. 야콥
슨에 따르면, 가령, '내가 그런 짓을 하다니!'는 메시지가 발신자를
강조하여 감정을 전달하는 데 주력하며, '조용히 해라, 이 자식아'
는 메시지가 수신자에게 향하여 명령의 능동성을 만들어내고, '프
랑스는 한국보다 연간 강수량이 많다'는 메시지가 맥락과 결합하
여 객관적으로 무언가를 지시하며, '우리 이제 잘해보자'는 타인과
접촉을 도모하는 데 메시지가 무게를 내려놓아 친교적인 기능을

수행하고, '버스는 영어에서 유래한 단어다'는 메시지가 언어 코드 자체를 강조하기에 메타 언어적 기능을 수행한다는 것이다.

그런데 이렇게 차분히 설명을 마치고 나서, 가만 생각해보니, 이게 다가 아니었다. 메시지가 메시지 자체를 향하는 경우도 있지 않을까 염려한 그는 마침내, 인간의 소통은 거개가 이 다섯 가지 기능을 중심으로 이루어지지만, 이걸로는 설명되지 않는 현상도 있다며, 이를 '시적 기능'이라고 부르기로 마음먹는다. 항간에 알려진, 시를 공부한 사람이라면 한 번쯤 눈여겨보았거나 들어보았을, 시와 매우 밀접하게 연관된 저 '유음중첩현상paronomase'은 바로 이렇게 탄생했다. 시적 기능에 관해 야콥슨은 "I like Ike"를 예로 들었는데, 이는 아이젠하워가 선거에서 내걸어, 미국의 대선 역사상 가장 많은 인기를 얻었던 최고의 슬로건이기도 하였다. "선택의 축을 결합의 축으로 동시에 투사하는 원칙"[1]이라고 야콥슨이 설명한 이 유음중첩현상은, 시가 가장 잘(했던)하는 것, 시가 가장 즐겨(했던)하는 것이기도 하며, "선생은 생선이 되고"(이성복), "먼지의 방이었다, 먼 지방이었다."(기형도), "내가 그린 기린 그림 기림"(김민정)처럼, 시에서 부분적으로 제 기능을 수행하거나 아예, 개별 주제로 부각되기도 한다. 처음부터 끝까지 이 말놀이로 한 편의 시를 완성하려 시도한 작품을 하나 인용한다.

　　당신이 슬프고 맥주를 좋아한다면……

---

1) Roman Jakobson, *Essais de linguistique générale I*, Editions de Minuit, 1963, p. 220.

모스크 바(bar)에 가자 모스크 바에 가면 당대 최고의 가수 빅토르 최를 만날 수 있다 제네 바의 가수는 항상 하이디, 그녀는 요들송만 부른다 바르샤 바의 술값은 너무 비싸 위스키 한 잔에 이스탄 불(dollar)를 내야 한다 이쯤 되면 우리가 모스크 바에 가는 것은 당연해진다 모스크 바에 가기 위해선 우선 차가 있어야 한다 카사블랑 카(car)나 알래스 카보다는 니스 칠이 되어 있는 스리랑 카를 추천한다 스리랑 카를 타고 오슬 로(path)를 따라가다 보면 암스테르 담(fence)이 나온다 거기서 이사 벨(bell)을 누르면 십중팔구 세 명의 브레 멘(men)이 나올 것이나 모나 코(nose)를 가진 이는 성질이 험하니 피하라 퀘 백(bag)을 메고 있는 골 빈(empty) 남자는 실권이 없다 남은 남자 하나는 분명 네 팔(arms)로 부지런히 카투 만두를 집어 먹고 있을 것이다 미리 마련한 펠레폰네 소스(sauce)를 만두 위에 골고루 뿌려 주어라 레바 논(field)에서 재배한 예테 보리(barley) 음료를 줘도 좋다 〔······〕

　　　—오은, 「말놀이 에드리브—모스크 바에는 빅토르 최가 있다」 부분

역사적으로, 산문시나 자유시가 출현하기 이전의 시는, 거개가 유음중첩의 작동에 힘입어 하모니로 만개하였고 말 자체의 아름다움을 뿜어내기도 하였다. 행과 행 사이 딱딱 맞아떨어지는 라임의 조화는 물론, 음절 길이의 정확한 규칙성에 맞추어, 자음이나 모음이 중첩하며 발생하는 특이한 효과를 궁리하는 지적인 작업을 우리는 작시법versification이라고 부르기도 했다. 생각해보라. 당신이 궁정에서 왕의 면전에서 시를 낭독하게 되었다면, 당신은 어떻

게 하겠는가? 우아하고 조화로운 효과를 목적으로 정리한 말놀이는 어쩌면 당신이 첫째로 고려해야 할 사안이었을 것이다.

고상한 수사법 역시 반드시 당신 시에 녹아 있어야만 할 것이다. 유음중첩이라는 말놀이는 이때, 오늘날 일상에서조차 흔히 즐기는 단순한 말장난이 아니라, 음성적 조화를 최대한 자아내고 음절적 규칙성을 통해 절제된 균형미를 선보이며, 궁정의 권위와 자연의 아름다움, 기독교 정신의 숭고함을 고취시키기 위해 고안한 장인의 작업이었다. 청중의 감정을 한껏 고조시킬 웅장한 발화의 순간을 궁리하는 일은 당대의 이데올로기를 반영하기위해 시가 반드시 필요로 했던, 그러니까 시의 핵심이었을 것이다. 여타의 목적을 갖는 것이 아니라, 메시지가 오로지 메시지 저 자신을 향하는 언어활동이라고 야콥슨이 지적했던 유음중첩현상, 한때 시에서 최대의 수혜를 누리기도 했던 언어 조작의 화려한 테크닉, 어느 시기에는

시 고유의 특권으로까지 여겨지기도 했던, 기발한 표현이나 음성적 조화를 바탕으로 한 이 국지적 말놀이를 오늘날 가장 잘 활용한 것은 바로 광고 카피일 것이다.

기발한 광고 카피는 대부분, 언어의 국지적 현상과 음성적 조화를 바탕으로 만들어진다. 음절이 지나치게 길면 압축적인 효과를 낼 수 없다는 점에서 광고 카피의 한계는, 과거에 시가 음절 수를 제한했던 이유와 근본적으로 상통한다. 무한정 길어지는 광고 카피를 한없이 들어줄 사람이 많지 않은 것처럼, 낭송에서 시는 일정한 길이가 정해진 간결한 시구의 조합이라야만 사람들의 이목을 끌 수 있었다. 통사의 구성 역시, 한 행마다 정확히 제 의미의 단위로 구분되어야만 했는데, 이 역시 청중들의 귀를 만족시킬 수 있는 가장 중요한 요소가 바로 호흡의 단일성과 간결함이었기 때문이다. 상단의 두 광고는 말할 것도 없이, 하단의 왼쪽처럼 révolution(혁명)과 air(에어)를 붙여 프랑스어 형용사 'révolutionnaire'(혁명적인)와 동일한 발음을 유도할 때 생긴 모종의 효과로, 새로 출범한 소규모 비행기 회사의 혁신적인 특성(가격, 편리함 등)을 암시하거나, 하단의 오른쪽처럼 '좋은 사람들 Gens Bons'의 발음이 '장봉'과, '나쁜 친구들Sales Amis'의 그것이 '살라미'와 똑같다는 데서 착안하여, '세상에는 좋은 사람들과 나쁜 친구들이 있다'라는 속담과 비슷한 경구로 카피를 만든 경우 모두, 야콥슨이 제시한 시적 기능에서 제 아이디어를 착안한 것들이다. 광고의 기발한 착상과 효과는, 언젠가 시가 한번쯤 몰두했던 것, 시가 특권으로 누렸던 것, 시가 가장 잘했던(잘하는) 것, 시가 뽐어냈던 고유한 특성이었던 것이다.

2. 시의 블루스, 시에 의한 블루스

시는 비단 언어의 이와 같은 국지적 현상뿐만 아니라, 예술이 제
공하는 모든 것을 활용하며, 예술 역시 시의 모든 것을 적극적으로
활용하려 시도한다. 시와 음악의 상호 교류에 관한 관심은 그간 주
로, 시를 노래 가사로 차용하고 나아가 시의 정서를 멜로디에 담아
내는 작업에 놓여 있었다. 그런데 아래 작품은 이와는 좀 다른 차
원에서, 매우 특수한 방식으로 음악과 시, 시와 음악의 밀접성에
대해 사유할 길을 열어준다.

베란다에 앉아 기타를 친다
선인장 화분 두 개를 앞에 세우고
빗속의 여인? blues for nothing?
나는 소박해서
꼬리를 치며 한가하게 지나는 변두리
얼룩덜룩한 흰 개처럼
물구나무로 거리를 지나고 쳐다보는 사람이 없지
흰머리가 몇 올 자랐다
턱 밑 시큰하게 벤 면도자국은 다 아물었고
아무도 불안하지 않을 옛날로 돌아가
나무들의 이름을 새로 지어야지
검은색 소나타가 서 있는 저 골목
벽을 어루만져

백 년을 어루만져 한 사람을 부르고

그의 가슴을 껴안아

빗속의 여인? blues for nothing?

나는 소박해서

큰 소리로 노래해도 나무라는 사람이 없지

연인들이여, 전봇대 옆 그늘에서

불평하고 금세 화해하는

빗속의 여인? blues for nothing?

—임곤택, 「blues for nothing?」 전문

위 작품은 8마디나 12마디 코드로 진행되는 블루스의 리듬을 염두에 두고 집필된 것이다. 시인은 베란다에서 기타를 치려 한다. 그러니까 1–2행은 기타를 연주한다는 사실을 알리는 전조라 하겠다. "빗속의 여인? blues for nothing?"(3행)이라는 자문은, 블루스 연주가 목적을 두지 않는다는 사실과, 시가 이에 따라 변주될 것이라는 사실을 동시에 말해준다. 그러니까 이 시 4행 "나는 소박해서"부터 연주에 해당되는 것이다. 각각의 시구가 악보의 한 마디에 해당된다고 가정할 때, 우리는 이 시가 4마디 + 4마디 + 4마디의 구조를 취하고 있다는 사실을 알게 된다. 다음 쪽에 제시된 블루스 코드에 맞추어 시의 구성을 살펴보자.

블루스는 한 차례, 8마디나 12마디를 단위로 하며, 이 각각이 끝날 때마다, 마지막 두 마디에 '턴어라운드turn around'라 불리는 변주를 넣어, 또 하나의 8마디나 12마디가 시작된다는 사실을 암시하는, 그러니까 연주가 끝나지 않음을 반드시 알리는 구조를 취

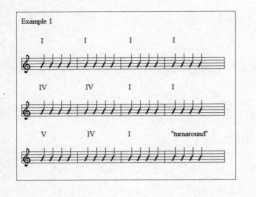

한다. '턴어라운드'는
이처럼 '끝을 맺으면
서 다시 연결되는 느
낌'을 갖게 하는 블루
스 특유의 장치이며
지금까지의 연주로 이
곡이 끝나는 것이 아
니라, 계속될 것이라
는 사실을 알려주는 '사인'이기도 하다. 시는 이러한 블루스의 특
징을 적극적으로 활용하여, 제 고유한 어조를 고안하려 시도한다.
7행의 마지막 "~쳐다보는 사람이 없지"는 블루스의 4마디(4-5-
6-7행)가 끝났다는 사실을 알려주며, 이어지는 4마디(8-9-10-11
행) 역시 11행의 마지막 "~지어야지"가 통사적·의미론적 차원에
서 단위를 마감하는 역할을 수행한다. 이에 비해 다음 4마디(12-
13-14-15행)를 마감하는 마지막 두 행 "백 년을 어루만져 한 사람
을 부리고/그의 가슴을 껴안아"를 읽는 순간, 우리는 마무리는커
녕, 무언가 다시 시작될 것이라는 느낌을 받는데, 그 까닭은 이 마
지막 두 행이 블루스의 '턴어라운드'의 효과를 담아 시인이 끝내
하지 못한 행위의 여운을 시에서 표현하려 했기 때문이다.

　이렇게 임곤택은 새로운 멜로디를 연주하기보다 정해진 테마의
변주를 통해 연주를 진행하는 블루스 음악의 단순성을 작품 전반
에서 차용하여, 독창적인 방식으로 이 음악적 요소를 '허무'를 담
아낼 방법으로 승화시키는 시적 변주를 감행한다. 이러한 사실을
염두에 두고 작품 전반을 다시 읽을 때, 결국 우리는 이 작품이 각

행의 길이를 조절하는 데 있어서조차, 블루스의 마디가 그러한 것처럼 '잡았다 놨다'를 반복하고 있다는 사실을 알게 된다. 시에서 비교적 규칙적으로 각 행의 길이가 늘어났다 줄어드는 것은 블루스 곡의 악보가 통상 크레셴도와 데크레셴도의 조합으로 이루어져 있으며, 이와 같은 반복과 조화를 통해 고유의 리듬감을 부여한다는 사실을 시인이 시에서 적극적으로 반영하여, 고유한 시적 리듬을 창출하려 했기 때문일 것이다.

임곤택의 시는, 음악과 시와 관련되어 그간 자주 언급되어온, 가사의 시적 변주나 반복된 템포의 차용이라는 단순한 차원에 머무는 것이 아니다. 그는 반복되는 일상의 허무와 삶의 쓸쓸함에 대한 깊은 사유를, 블루스 특유의 구성과 멜로디의 변주에 기대어 표현해내면서, 매우 새로운 방식의 감각적 세계로 우리를 초대했다는 점에서, 지금껏 시도되지 않은 시적 실험을 실천하였다고 하겠다. 그의 시집 『지상의 하루』(문예중앙, 2012)는 거개가 이 블루스의 리듬에 의해 변주된다. 특히 "우리가 무엇을/맘껏 변하게 한다면"(「한나절의 생각」)이나 "만지작거리면서 부스러뜨리면서/주머니에 손을 넣고"(「어둡고 넓어서」)처럼, 마무리를 짓지 않고 마치 다시 반복될 것처럼 개방해놓는 각각 시의 마지막 두 행은 블루스의 '턴어라운드'를 제 고유한 화법으로 활용한 것으로, 시집 전반에서 고루 활용되어 주제를 형성하는 데 기여한다.

시는 이처럼 매우 독창적인 방식으로 음악을 활용할 뿐만 아니라, 음악의 언어적 치환이나 변환을 통해, 음악(그러니까 여기서는 블루스)의 시적 실현이라는 미답의 영역을 개척하는 데에도 몰두한다. 되돌아오는 삶의 리듬, 자그마한 변화로 반복되는 블루스의 리듬이, 고유한 언어의 리듬으로 살아나, 시라는 이름으로 우리를 찾아온다. 음악과 시, 시와 음악에 대한 비평, 시의 음악적 변주, 음악의 시적 변주에 대한 비평도 이렇게 새로운 지점에 당도하게 되는 것은 아닐까. 시는 여타의 예술을 통해 자기 고유의 예술성을 확장시키는 일에도 늘, 집중하고, 시시각각 몰두하는 것이다.

3. 시라는 시각, 그 전위성

시는 이미지의 종착점이 아니며 그 출발점도 아니다. 시는 시시각각 이미지를 뿜어내고 우리를 낯선 곳으로 초대하지만, 이미지가 하고자 했던 것, 시각 예술이 시도했던 일을 앞서 실험하지 않은 적도 없다. 영화가 한 것을, 회화가 한 것을, 영화의 앵글이 담아내고자 했던 세계를, 이미지가 표상하는 세계를, 시가 보려고 하지 않고 도달하지 않으려고 한 적은 없다. 랭보의 시 한 편을 읽는다.

> 그것은 초록의 구멍, 개울 하나가 은빛
> 누더기를 미친 듯이 풀 대궁에 걸어놓고
> 노래하고, 태양이 오만한 산꼭대기에서
> 빛난다, 햇살로 거품을 이는 작은 골짜기.
>
> 어린 병사 하나가, 입을 벌리고, 맨머리로,
> 서늘하고 파란 물냉이에 목을 적시고,

잔다. 풀 위에 구름 아래, 그는 누워 있다,
햇빛이 쏟아져 내리는 초록 침대 속에 창백하게.

두 발을 글라디올로스 속에 담그고, 그는 잔다. 병든
아이가 미소하면 그런 미소일까, 그는 한 숨 자고 있다.
자연이여, 그를 따뜻하게 잠 재워라, 그는 춥다.

향기에도 그의 코끝은 움찔거리지 않는다.
햇빛 속에, 고요한 가슴에 손을 얹고
그는 잔다, 오른쪽 옆구리엔 붉은 구멍 두 개가 있다.
　　　　　　　—아르튀르 랭보, 「골짜기에 잠든 자」 전문[2]

랭보가 열여섯 살이 되던 1870년의 10월, 그러니까 보불전쟁이

2) 번역은 곧 출간될 황현산의 것이다.

발발한 지 두 달 정도 지났을 때의 일이었을 것이다. 그는 옆구리에 총탄 두 발을 맞아 골짜기 아래에 쓰러져 있는 병사를 우연히 보았다. 영화 「토탈 이클립스」에서는 이 장면을 위의 두 숏shot으로 담아낸다.

왼쪽은 신체의 일부를 클로즈 업으로 처리한 장면으로, 죽은 병사의 군복을 선명하게 드러내어 병사의 국적이 프로이센라는 사실을 강력하게 암시한다. 오른쪽은 랭보가 그를 발견하고서 그에게 다가가는 장면이며, 뿌리 뽑힌 나무가 전쟁의 상실감을 상징하는 가운데, 개울과 녹지가 하나로 어울린 자연을 배경으로 삼아, 두 피사체의 전신을 앵글에 담았다. 랭보의 시 「골짜기에 잠든 자」는 영화에서는 단 네 개의 장면으로 반영되는 데 그쳤지만, 영화 전반에서 랭보의 삶과 죽음을 총체적으로 은유하는 매우 중요한 역할을 한다. 훗날 랭보가 죽기 전에 마지막으로 떠올리는 장면이자, 영화의 마지막 장면이 바로 이 「골짜기에 잠든 자」에서 착안한 것이기 때문이다.

숨에 겨워 헐떡거리며 임종을 맞는 랭보의 의식 속에 마지막으로 떠오른 것으로 표현된 왼쪽의 장면은 점점 흐려지며 결국에는 오른쪽처럼 차츰 소거되어버린다. 페이드 아웃이라는 기법이 영화도 랭보의 삶도 끝을 맞이할 거라는 사실을 암시한다. 이러한 사실을 염두에 두고, 이제부터 시가 제시하고 있는 시선과 이미지를 따라가보자.

첫 행의 "초록의 구멍"은 랭보가 아직 이 병사를 발견하기 전, 그러니까 풀밭 위에서 저 멀리 골짜기를 전경으로 바라보았기에 가능한 표현이다. 이 장면을 영화 용어를 빌려 말하자면 '익스트림

롱숏'에 해당된다고 하겠다. 먼 곳을 주시하던 그의 시선은 천천히 가까운 곳으로 옮겨와 "은빛 누더기를 미친 듯이 풀 대궁에 걸어 놓"은 "개울"로 향한다. 이때 "개울"은 단일한 시선으로 고정되지 않는다. 골짜기 위로 고스란히 포개어지며("햇살로 거품을 이는 작은 골짜기"), 햇빛을 받아 펼쳐지는 복합적인 시선 안에 포괄되어 나타나기 때문이다. 이 역시, 둘 이상의 화면을 포갠 '이중 노출'과도 같은 정경을 우리에게 제시한다고 해도 좋겠다. 이 외에 어떤 시선이 더 있을까? 2연의 첫 행 "어린 병사"를 피사체라고 하자. 이 피사체가 "햇빛이 쏟아져 내리는 초록 침대"에 놓였다는 것은, 정적인 배경 화면("초록 침대"로 표현된 녹지의 자연)을 마치 카메라 노출로 잠시 눈이 부시게 된 것과 같은("햇빛이 쏟아져 내리는"), 그러니까 영화 용어로는, '역광 효과'로 구현하고 있다고 할 수 있으며, 이렇게 해서 우리는 피사체를 빛을 뿜어내는 동적인 전체 화면 속의 정적인 대상으로 보게 된다. 이후, 시의 시각은 차츰 피사체를 향해 좁혀지며, 그런 만큼 화면도 점차 커질 것이다. 이렇게 시는 "햇빛 속에, 고요한 가슴에 손을 얹고" 잠들어 있는 저 "코끝"도 "움찔거리지 않는" 전신, 그러니까 '풀숏'에 가까운 시선을 선보이고, 그렇게 한 바로 다음 "붉은 구멍 두 개"로 향하는, 그러니까 '익스트림 클로즈업'이라고 해야 할 앵글 속에서 마무리된다. 시의 이 마지막 대목에 이르러 우리는 골짜기에 진입했을 때의 느낌을 감각적으로 담아낸 첫 행의 "초록의 구멍", 그러니까 위대한 자연이, "붉은 구멍" 그러니까 죽음을 그 안에 감싸고 있다는 사실을 짐작하게 되며, 그렇게 비극의 순간을 맛보게 될 것이다.

랭보의 시는 일반적으로 영화가 취할 수 있는 시선 그 이상의 다양한 시선을 압축적으로 실현해 보여준다. 우리가 작품을 따라 읽으며 떠올리고 헤아릴 수 있는 다양한 이미지 역시 영화가 실현해왔고 실현하고 있는 중인 장면이나 신을 포괄하지 않는 것은 아니다. 오히려 시는 그 이상의 장면을 연출한다. 시가 실현하는 이미지는 영화가 했던 모든 이미지들이나 영화가 하지 못했거나 하지 않았던 이미지들이며, 영화의 그것과는 비교할 수 없을 만큼 정교하고 또한 복합적인, 시각적 가능성의 최대치를 실현한 상태를 우리에게 제시하기 때문이다. 제사에 인용한 것처럼, 어린 랭보가 "오래전부터, 나는 있을 수 있는 모든 풍경을 손아귀에 쥐었다고 자부했으며, 현대회화와 현대시의 명성을 가소로운 것으로 여겼다"고 말할 수 있는 까닭이 바로 여기에 있다.

음악, 광고, 회화, 영화, 이미지 들이 시를 세상으로 불러내고, 또한 시에서, 언어의 고안에 의해, 언어의 고안 속에서, 매우 독창적인 방식으로 끊임없이 불려 나오고 우리를 기이한 체험의 세계로 안내한다. 시는 문화라 불리는 인간의 활동이 제 가능성을 세계에 뿜어낼 게토이자, 가능성을 끊임없이 고안해나갈 매트릭스이며, 가능성을 한껏 머금고 있는 잠재성이자 무의식이다.

(『유심』 2015년 9월호)

2부 언어의 실천적 열망들

언어를 사유하고 언어에 의해 사유되는 시

> 432. 모든 기호는 혼자서는 죽어 있는 것으로 보인다. 무
> 엇이 그것에 생명을 주는가?—사용(使用)에서 그것은 산
> 다. 그것은 거기에서 자신 속에 생명의 숨을 받아들이는
> 가?—또는 사용이 그것의 숨인가?
>
> —루드비히 비트겐슈타인[1]

 시는 언어의, 언어에 의한, 언어를 위한, 언어를 통한, 언어를 향
한 예술이다. 이 말은 그러나 시가 단박에 언어로 어떤 거사를 도
모한다거나, 무엇인가를 언어로 명명하여 확정을 짓고 나서 이 세
계에 그 내용을 주장하는 데 전념한다거나, 구체적인 메시지를 효
율적으로 전달하며 소통의 유토피아를 꿈꾼다는 걸 의미하는 것은
아니다. 우리 삶의 형식이 언어의 형식을 변화시킨다는 것, 마찬가
지로 언어의 형식에 대한 고안이 삶의 형식을 변화시켜낼 가능성
을 끊임없이 타진한다는 것, 또한 그렇게 해서, 오로지 '삶-언어'/
'언어-삶'이 하나로 맞물려 양자의 변화를 위해 서로가 서로에게
자극을 가하고, 미지의 타자를 주관성의 발화로 궁굴린다는 것, 그
렇게 어떤 활동의 영역으로 시가 제 몸을, 제 언어의 몸을, 제 언어
로 점령하고 확장해낸 삶의 몸을 내뻗는다는 것을 의미한다. 인간

---

1) 『철학적 탐구』(비트겐슈타인 선집 4), 이영철 옮김, 책세상, 2006, p. 230.

이 세상에서 펼쳐내는 다양한 활동 가운데 오로지 시라는 활동만
이 해낼 수 있는 일이 있는 것이다. 그것은 언어의 일, 언어가 하는
일이며, 언어의 신념이자 언어의 꿈이기도 하다. 그러니까 언어는
시의 재료이자 그 자체로 탐구의 대상이며, 미지를 백지 위로 걸어
들어오게 하는 유일한 통로이며 방법이라고 해야겠다.

언어는 벌써 그 자체로, 소통과 전달에 복무하여 기호를 어떤 도
구처럼 주고받는 것만으로는 충족되지 않는 성질을 지닌다. 언어
의 가능성과 잠재력을 가장 극단적으로 확장시켜낼 때만 우리는
시의 출현을 목도하고, 시의 업무가 언어에 의한 삶의 변화에 놓여
있다는 사실을 짐작하게 될 뿐이다. 시는 언어로 언어에 가해진 통
념을 깰 때, 언어로 삶에 내려앉은 관성적 사유의 허점을 밀고할
때, 기호 자체가 아니라 오로지 기호의 특수한 쓰임을 변주해내며
주관성의 무늬를 적재할 때, 아직 도달하지 않은 어떤 미지의 세계
로 우리를 데려간다. 1990년대 서정학은 많은 사람들이 기호의 일
의적 해석에 무게를 두고, 시에서 먼 곳의 상징을 손에 쥐려 기호
자체의 형이상학적 특성을 굳혀가고 있을 때, 역설적으로, 기호란
오로지 사용에 따라 가변적으로 의미의 변주에 참여한다는 점에
주목하는, 다음과 같은 시를 선보였다.

도마 위에 파, 랗게 누워 있다. 왼손으로 지그시 목 부분을 누른
다. 오른손의 식칼, 날, 이 하늘을 향해 있다. 이마에 흐르는 땀, 목
뒤가 뻐근하다. 도마 위에 파, 가 놓여 있다고 생각하자. 파, 랗고,
길쭉한, 아주 평범한, 파, 시계가 열시를 알렸다. 실내 온도는, 파,
를 썰기에는 약간, 덥다. 가스 레인지 위의 주전자는 증기를 뿜고 있

다, 땀방울이 코에 가서 맺힌다, 이건 파야, 파, 입으로 중얼거려본
다, 한 번에, 잘, 잘라야, 해, 아니 파를 썰듯이 잘라내면, 도마를 쳐
다볼 수 없다, 벌써 열시다, 이것을 잘라야만 한다, 도마 위에 올라
간, 파, 또는 그것이라고 생각해야 할 것, 파를 썰 만한 습도와 시간
이, 온도가 아니긴, 하지만,

—서정학, 「파」 전문[2]

끝내 하지 못한 말을 표현하기 위해서는 말을 찢고 어딘가로 들
어가는 수밖에 없다. 여기서 "파"는 무엇을 지칭하는가? 혹은 지
칭하지 않는가? "파"는 단일한 해석에 갇히는가? "도마 위에 파,
렇게 누워 있다"와 "오른손의 식칼, 날, 이 하늘을 향해 있다"는
그저 잘못 쓴, 그러니까 서툰 문장인가? 쉼표 조작으로 인한 말장
난의 산물일 뿐인가? 서정학의 시에서 모든 기호는 지칭이나 호출
을 포기하는 대신, 기호가 제 독특한 사용으로, 습관처럼 고정된
일상, 통념을 중심으로 형성되어 굳어진 의식에 조금씩 균열을 만
들어내는 데 집중한다. 하나의 낱말이 하나의 사물을 지칭한다는
것은 사실 가능하기는 한가?
　도마 위의 파를 보았다. 파는 통통하기도 할 것이다. 색깔도 있
을 것이다. 서정학은 언어의 불충분성에 백기를 들어 체념하듯, 다
양하고 잡다한 어휘로 대상을 상세히 묘사하는 길로 접어드는 대
신, 바로 그 상태를 언어로 담아내려는, 묘한 실험에 참여한다. 이
경우, 어떤 사실이나 상황을 발화하는 주체가 언어인 것이지, 어떤

2) 서정학, 『모험의 왕과 코코넛의 귀족들』, 문학과지성사, 1998.

사실이나 상황이 언어를 매개로 단순하게 표현되었다고 말할 수는 없다. 이 세계와 이 세계에서 겪게 되는 감정의 주인은 벌써 언어라고 해야 한다. 언어가 감정과 느낌을 주재하는 것이지, 언어 이전에 별개로 존재하는 감정과 느낌이 언어라는 수단에 기대어 단순히 표출된 것이 아니라는 말이다. 이 양자의 순서를 바꾸지 말아야 한다. 대상을 오롯이 담아내는 데 언어가 그 자체로 충분하지 않는다는 사실에 고개를 숙여 절망하는 대신, 서정학은 언어의 입장에서 대상을 재배치하는 독특한 길을 선택한다.

이때 시는 언어의 잠재성에 신뢰를 보내는 일, 언어로 감정을 재편하면서, 이 세계, 이 일상, 이 삶, 이 공간을 새롭게 인식하고 실현하는 프락시스의 주인이 된다. 이 시를 읽는 내내 당신은 "파"를 발음하겠지만, "파"는 하나의 품사에 귀속되지 않고, 때론 간투사가 되어, 때론 소리의 음계가 되어, 때론 파편이 되어, 아니 이 모든 것을 환기하는 순간의 어떤 표현하기 어려운 감정이 되어, 당신의 입술 언저리에 머물면서 무언가를 우리의 내부에서 튀어 오르게 할 것이다. "파"라는 사물의 잠재성은 바로 이렇게 주관적인 언어적 실천에 의해 시 안에서 제 모습을 비춘다. 저 자신을 다독이는 "도마 위에 파, 가 놓여 있다고 생각하자"는 구절이나 "도마 위에 올라간, 파, 또는 그것이라고 생각해야 할 것"처럼 무언가를 무언가로 간주해야 한다는 다짐의 문장을 통해, 서정학은 사유("생각")가 오로지 말, 그러니까 언어를 통해서만 제 무늬를 새길 수 있다는 입장에 크게 지지를 보낸다. 불완전하건 완벽하건, 파편적이건 잡다하건, 추상적이건 상상으로 지어올린 것이건, '도마 위에 파가 있다'는 당신의 "생각"은 오로지 언어를 통해서 아주 구체적이며 특수한 어떤 순간의 사건으로 표출될 수 있을 뿐인 것이다. "생각" 자체의 다양한 특성이나 생생한 현장성이 이렇게, 오로지 (주관적인) 언어의 고안을 통해서만 실현되는 것일 뿐이라면, "생각"이나 대상이 단순하게 언어로 '표현'되는 것이 아니라, 언어가 도리어 사물의 목줄을 쥐고서 사물을 재편하고, "생각"의 파고(波高)와 정동(情動)을 결정하는 것이다. 말과 대상의 (불완전한) 관계를 시의 최전선으로 끌고 온 시인은 이수명이었다.

꽃집 주인이 포장을 했을 때 장미는 폭소를 터뜨렸다. 집에 돌아와 화병에 꽂았더니 폭소는 더 커졌다. 나는 계속해서 물을 주었다. 장미의 이름을 부르며.

장미는 몸을 뒤틀며 웃어댔다. 장미 가시가 번쩍거리며 내게 날아와 박혔다. 나는 가시들을 훔쳤다. 나는 가시들로 빛났다. 화병에 꽂힌 수십, 수백 장의 꽃잎이 몸을 제대로 가누지 못했다.

나는 기다렸다. 나는 흉내냈다. 나는 웃었다. 그리고 웃다가, 장미가 끼고 있는 침묵의 틈니를 보았다. 장미는 폭소를 터뜨렸다.

—이수명, 「장미 한 다발」 전문[3]

사물의 침묵을 깨는 방법은 사물에 이름을 붙이는 것밖에 없다. 그러나 사물은 우리가 생각하는 것보다 완고해서, 누군가 붙인 이름 따위에 제 존재를 오롯이 위탁하거나, 그 자체로 만족하는 법이 없다. 일제히 '장미', 이렇게 큰 소리로 외쳐보라. 그러는 동안,

3) 이수명, 『붉은 담장의 커브』, 민음사, 2001.

누군가는 붉은 장미를, 누군가는 노란 장미를, 누군가는 벌레 먹은 장미나 애인에게 모일 모시에 건넨 한 아름의 꽃다발을 떠올릴지도 모른다. 표기된 이름은 '장미' 하나인데, '장미'를 발음하면서 떠올리게 되는 관념은 차마 헤아릴 수 없을 만큼 다양하다. 여기까지 생각이 미치는 순간, 꽃병에 꽂아두고 한 걸음 떨어져 바라보며 호기롭게 부여한 '장미'라는 이름은, 시인에게 아무것도 아닌 것이 되거나, 장미라는 존재를 불충분하게 왜곡한 증거가 되어, 공허하게 귀를 한 바퀴 돌아 나와 사라질 뿐이다. '장미'는 어쩌면 시인 앞에서 이렇게 말하고 있을지도 모른다. 당신들이 나에게 붙인 그 수많은 이름보다 나는 훨씬 더 다채롭고 또 다양한 경험을 갖고 있다고. 그러니 당신들의 언어로 내 경험과 내 실존, 내 잠재력을 좀 흔들어 깨워보라고.

아무리 반복을 해봐도 입에서 흘러나온 '장미'라는 낱말 속에 세상에 존재하는 모든 장미가, 그 실존이, 존재 가능성이 담기는 것은 아니다. 장미가 보내는 외침과 아우성에 좀더 귀 기울이려, 시인은 장미의 가능성을 체현하기로 결심하고, 차라리 이름 하나에 갇혀 답답해하는 저 장미의 심정에 동조하기로 마음을 먹는다. 상상력을 발휘하고, 이미지를 떠올려보고, 가시에도 찔려보고, 뚫어지게 주시하거나 흉내 내보며("나는 기다렸다. 나는 흉내냈다."), 그렇게 장미가 나에게 오롯이 제 존재의 그림자를 내려놓을 때까지 한참을 기다려본다. 중요한 것은 이수명이 그 과정을 모두 기록해 제 시의 몸통으로 구성해내었다는 데 있다. "장미가 끼고 있는 침묵의 틀니"를 목도하게 될 때까지의 과정이, 매우 독특한 경험처럼 시에 풀려나온다. 계속 비웃어댄 "장미"의 심정을 최대한 공감할 때까지 이수명은 장미의 경험을 제 독특한 말로 기술한다. 그의 시는 언어의 불충분성이나 사물의 완고함을 장미에 얽힌 일화를 고백하는 차원에 정박되는 것이 아니라, 과정 자체를 언어와 사물에 대한 비유로 기술해내어, 아예 시의 주인으로 만들어버린다. 한편, 말이, 언어가, 문장이, 사유에 선행한다는 생각은, 김언의 시에 이르러 세계 이해의 한 방편으로 자리 잡는다.

> 내가 덥다고 말하자 그는 문을 열었다.
> 내가 춥다고 말하자 그는 문을 꼭꼭 닫았다.
> 내가 감옥이라고 말하자 그는 꼼짝 말고 서 있었다.
>
> 2 더하기 2는 네 명이었다. 남아도는 것은 꼭 필요한 것이었다.
> 내가 유죄라고 말하자 그는 포승줄에 묶였고
> 내가 해방이라고 말하자 그는 머리띠를 묶고 앞으로 나아갔다.
> 그는 꼼짝 말고 서 있었다. 버스 안에서
>
> 이제 그만 내릴 때라고 말하자 그는 두 발을 땅에서 떼었다.
> 내가 명령이라고 말하자 그는 망령처럼 일어서서 나갔다. 누군가의 입에서.
>
> ─김언, 「감옥」 전문[4]

김언은 발화 이전에 사건은 없다고 말한다. 이 시인은 말이 오히

4) 김언, 『소설을 쓰자』, 민음사, 2009.

려 생각에 선행한다는 관점을 견지하고서 이 세계를 바라보려 하다. 우리가 역사라고 부르는 것은 오로지 언어에 의해 생성되고 해체되는 것이며, 말을 통해 세계에 각인될 뿐이라는 것일까. 이데올로기나 감정, 경험이나 행위는 말할 것도 없이, 사건이나 사건이 실행될 확률조차 결국 말을 통해서만, 발화의 세계에서만, 개연성을 타진해나갈 뿐이라는 것이다.

우리는 언어로 생각한다. 우리는 언어로 지시한다. 우리는 언어로 놀이한다. 우리는 언어로, 언어 안에서, 타인에게 모종의 의미를 부여하며, 언어로, 언어 안에서, 이 세계에서 아직 생성되지 않는 가능성의 추체험을 실현하며, 상상이라는 영역으로 큰 폭의 발걸음을 내디딜 권리를 확보한다. 언어와 사건의 관계는 이제 확실해졌다. 언어가 그 자체로 생각의 유일한 수단이라면, 사건 역시, 언어로만, 오직 언어에 힘입어, 사건이 될 뿐이다. 진리도 마찬가지다. 진리는 진리를 말하는 방식에 의해 조절되고 사유되는 진리인 것이며, 어쩌면 그 방식이 진리의 전부일 수도 있다. 시인에게 말과 그것의 선포 행위는 세상을 제 편으로 돌려놓을 유일한 무기이며, 고유한 시적 행위의 시작이자 그 종착점, 세계를 인식한 독창적인 방법이며 이데올로기인 것이다. 고립된 개인individu이 세계와 관계를 맺으면서 그 관계 속에서 주체sujet가 되는 것이라면, 이 주체는 물론 개인적이며 공동체적인 특성을 지닐 수밖에 없으며, 이 또한 오로지 언어에 의해, 언어 안에서만 가능할 뿐이라는 것이다.[5] 개인이 주체로 탄생하는 길은 바로 말이라는 행위에 참여

5) 벤브니스트의 다음 지적은 이런 점에서 매우 유용해 보인다. "인간이 '주체(sujet)'로

하면서, 그러니까 발화 행위나 말의 기술, 혹은 언어 활동으로만 가능한 것이며, 이 경우, 말하는 자는 곧 세계를 기획하는 자와 다른 사람이 아니다. 김언이 언어 그 자체가 아니라, 그것의 '사용'이 오히려 세계를 주재하는 힘이자 사건의 발생 가능성이며 그 조건이라고 강조한 것은 바로 이런 까닭에서이다.

이에 비해, 윤희상은 수많은 말이 솟구쳐 올라온다고 해도, 이 모든 말과 말의 홍수, 말의 욕망이 모두 시가 되는 것은 아니라고 말한다.

> 혀끝으로 총의 방아쇠를 당겨 혀를 쏘았다
> 쏟아지는 것은 말이 아니라, 피였다
> 오늘은 아무 말도 하지 않았다
>
> 입안에서 자라는 말을 베어 물었다
> 그렇더라도,
> 생각은 말로 했다
>
> 저것은 나무

서 구성되는 것은 '언어 활동 속에서 그리고 언어 활동에 의해서'이다. 왜냐하면 언어 활동만이 사실상 존재의 현실인 '언어 자신'의 현실 속에서 '자아(ego)'의 기초 개념이 되기 때문이다. 우리가 여기서 소개한 '주체성(subjectivité)'은 '주체'로 자처할 수 있는 화자의 능력을 의미한다. 이 주체성은 작가가 자기 자신이라고 느끼는 감정에 의해서 규정되는 것이 아니라, 이 주체성이 결집한 경험들의 총체를 초월하며 의식의 연속성을 보장하는 정신적 단위로 규정된다." E. Benveniste, *Problèmes de linguistique générale I*, Gallimard, 1966, p. 260.

저것은 슬픔
저것은 장미
저것은 이별
저것은 난초

끝내는 말로부터 달아날 수 없었다
눈을 감아도 마찬가지였다
이럴 줄 알았으면,
말을 가지고 실컷 떠들고 놀 것을 그랬다

꽃을 만들고
그림을 그리고
향을 피울 것을 그랬다

온종일 말 밖으로 한 걸음도 나서지 못했다

아무도 몰래, 불어가는 바람 속에
말을 섞을 것을 그랬다

　　　　　　　　　　　　　　—윤희상, 「말의 감옥」 전문[6]

　시인은 말로 사유를 발화하는 사람이지만, 아이러니하게도 말에
갇힌 사람이기도 하다. 말이 충만한 사람, 말로 충만해진 사람이면

---

6) 윤희상, 『이미, 서로 알고 있었던 것처럼』, 문학동네, 2014.

서 말에 신중한 사람, 말에 신중해야만 하는 사람이 바로 시인이다. 그렇다면 시인은 모든 말을 뱉어낼 수 있는 권리를 갖고 있는가? 마찬가지로 시가 결국 아무것도 아닐 수 있다는 모종의 두려움을 느끼지 않는 시인도 없다. 생각이 제 정체성을 획득할 최후의 버팀목도 결국 말이다. 어떤 말은 폭력이 되기도 한다. 말은 또한 자기-지시적self-referential이다. 말에는 응당 책임이 따르며, 피를 대가로 지불해야 하는 섬뜩한 칼날을 품고 있을 때도 있다. "입 안에서 자라는 말을 베어 물"지 못한다면, 시는 말의 무분별한 나열, 차고 넘치는 범람 외에 아무것도 아닐 수 있다. 이러한 사실이 너무나도 두려워 제 생각을 말로 충분히 덜어내지 못했다. 그러나 오해는 말자. "온종일 말 밖으로 한 걸음도 나서지 못했다"고 할 때, 그것은 자책이 아니기 때문이다. 말과 사유, 말의 선별과 배치와 발화에 관한 근본적인 인식이자, 사유가 오로지 말에 의존할 수밖에 없다는 일종의 각성이다. 이 시인의 신중함은 말이 불러올 폭력에 대한 경고를 넘어, 차라리 시의 본령을 환기하는 데 헌정된다.

신중한 말, 선택된 말, 주관화된 말의 실천은 무엇인가? 이 작품을 읽은 후, 우리가 마주치게 되는 물음은 바로 이것 아닐까? 시의 힘을 긍정하려면 언어의 힘에 주목하는 수밖에 없다. 시의 가능성을 신뢰하려면 언어의 가능성을 신뢰하는 수밖에 없다. 허나 이것이 끝은 아니다. 윤희상은 시의 실현 가능성에 모종의 조건을 붙인다. 오로지 언어의 주체화subjectivation를 경유한, 언어의 주관적 사용을 통한, 그러니까 통념에서 벗어난 언어의 고안이 수반되지 않은 채, 풀려나오는 말의 범람이나 말의 잉여, 말의 낭비를 경계하는 일이 그것이다.

한편 이규리는 시에서, 시를 구성하는 모든 언어 요소들이, 서로 간의 협업을 통해 의미를 만드는 과정에 참여한다는 사실을 시적 실천으로 삼는다.

'잘 말하기는 반쯤 말하기'라고
말하지 않은 반 토막이
아주 잠깐 캄캄한 반 뼘이
쉼표는 아닐까
반쯤만 말하고 아쉽게 헤어진 연인들이
돌아볼까 말까 머뭇거리다
결심한 듯 다시 제 속도로 묵묵히 가는,
그런 순간
말보다 더 큰 울림
반 이상의 말이 휴지부에 있다

길을 잠시 끊는 개울이나
산자락이 숨겨놓은 느닷없는 절벽과 계곡은,
쉼표다
잘 흐르는 문장에 쏙 내민 혓바닥처럼
아찔한 붉은 꼬리점
좀 힘들겠지만
남겨둔 반쯤이 내일을 몰고 온다
쪽잠처럼 자세를 다 풀지 않는 휴식
쉬어 가라고, 좀 조절하라고

뭣보다 체하지 말라고
딱 한 음절, 한 걸음이
전 문장을 꽉 잡고 있다

—이규리, 「,」 전문[7]

　시라는 커다란 성좌가 있다. 이 성좌에서 반짝이는 것은 그러나
도드라진 몇몇 별들만은 아니다. 사소해 보이는 방점 하나, 쉼표
하나가, 시에 감정을 새겨 넣고, 표현될 수 없다고 믿었던 어떤 순
간을 시에 새겨 넣는 데 몰두한다. 시에는 언어의 모든 요소가 사
유의 울타리를 늘리려고 돋우는 개성적인 목소리로 넘쳐난다. 쉼
표를 위시해 구두점은 그간 망각과 무심의 대상이었다. 그러나 종
이 위에 표기된 모든 요소는 벌써 무언가를 말한다. 여백이나 행갈
이, 구두점이나 메타기호의 사용 역시 시에서 자기 목소리를 포기
하는 법이 없다.
　모든 요소가 시적 가치와 특수성을 창출하는 시의 빌미이며, 제
역할과 의미를 구동하려 뿜어내는 그 작은 힘 하나하나가 벌써 시
의 주관성을 결정하는 일련의 지표이기도 하다. 구두점은 단순한
기호가 아니다. 쉼표는 맥락에 따라, 제 사용에 따라, 매번 다른 가
치를 부여받게 되는 언어의 요소이기에 언어의, 의미의 역장(力場)
밖으로 밀려나도 좋은 것은 아니다. "딱 한 음절, 한 걸음이/전 문
장을 꽉 잡고 있다"는 인식은 바로 여기서 비롯된 것이다. 시에서
무시해도 좋은 것은 사실 아무것도 없는 것이다. 왜, 무엇이, 어떻

7) 이규리, 『뒷모습』, 랜덤하우스코리아, 2006.

게, 어떻게 사용되는지, 어떤 가치를 담보하는지, 그 용도와 역할을 유심히 살펴봐야 한다. 가령, 이런 대화를 주고받고 있다고 하자. 'ⓐ 넌 참 착해 ⓑ 넌 글을 쓰지.' ⓐ와 ⓑ 사이에 '그런데'가 있을 때, 아니 '그리고'나 '때문에', 혹은 '그럼에도 불구하고'가 놓여 있을 때, ⓐ와 ⓑ가 서로 다른 관계를 맺게 되는 것은 물론, ⓐ와 ⓑ 각각도 상이한 의미를 부여받게 된다. 문장의 정체성은 어떻게 결정되는가? 두 문장의 값을 결정하는 건 바로 이 연결어들이며, 구두점도, 언어활동에 참여하는 기호인 이상, 제 몫과 역할을 가지고 문장의 감정을 조절하는 데 일조한다. 시는 다소 과감한 입론으로는 부족한 지점들에 대해 우리가 갖고 있는 무지조차 무시할 수 없다고 말하는 텍스트이며, 그것조차 사유의 대상으로 전환해낸다.

여름 한낮 땡볕 아래
텅 빈 광장을 무료하게 지나가다
문득 멈춰서는 한 마리 개의
귓전에 들려오는

또는 포도밭 언덕에
즐비한 시멘트 십자가를 타고
빛과 물로 싱그럽게 열리는

소리를

바닷속에 남기고 물고기들은

시체가 되어 어시장에서
말없이 우리를 바라본다
저 많은 물고기의 무연한 이름들

우리가 잠시 빌어 쓰는
이름이 아니라 약속이 아니라
한 마리 참새의 지저귐도 적을 수 없는
언제나 벗어던져 구겨진
언어는 불충족한
소리의 옷

받침을 주렁주렁 단 모국어들이
쓰기도 전에 닳아빠져도
언어와 더불어 사는 사람은
두려워하지 않고 슬퍼하지 않고
아무런 축복도 기다리지 않고

다만 말하여질 수 없는
소리를 따라
바람의 자취를 좇아
헛된 절망을 되풀이한다.

— 김광규, 「詩論」 전문[8]

8) 김광규, 『우리를 적시는 마지막 꿈』, 문학과지성사, 1979.

언어를 사유하고 언어에 의해 사유되는 시 173

시는 언어의 "불충족한" 속성을 기반으로 세계의 주관적 재편에 참여한다. 언어를 그저 "소리의 옷"일 뿐이라고 여겼던 시기가 있었을 것이다. 대상을 재현하는 수단인 언어가 불가피하게 대상 앞에서 절망을 토로할 뿐이라고 여겨지던 시대도 있었을 것이다. 언어가 사물 자체를 오롯이 담아낼 수 없다는 사실은 물론 자명하다. 그러나 말라르메를 오독하여 발생한 이 언어관은 사물에 터무니없는 무게를 실어주기에, 자주 불편하며, 다소 위험하다. 언어는 현실 자체를 매개하는 것이 아니며, 사물의 존재를 담아내는 데만 몰두하는 것도 아니며, 진리를 확정하는 일에 직접적으로 참여하는 것도 아니기 때문이다. 언어와 더불어 사는 시인, 언어로 세계를 횡단하며 그 경험을 제 편으로 돌려놓으려는 시인은 두려워하거나, 슬퍼하거나, 혹은 축복을 기다릴 필요조차 없다. 김광규는 언어의 무력함을 통감하거나, 소리로만 환원되는 그 헛헛한 사용에 공감하여 이렇게 말한 것이 아니라, 정언적 힘을 수행하는 언어, 지시하는 언어, 확정하는 언어, 단정을 짓는 언어, 입법자 행세를 하는 언어, 공리를 전달하는 데 전념하는 언어, 메시지를 관철시키고자 애쓰는 언어, 그 무슨 설득이나 협상의 언어, 미적 화려함만을 끌어안으려는 언어 등이 하지 못하는 말, 그 미지의 말들의 집행자가 바로 시이며, 이 말들, 이 예고치 못한 말들, 이 "언어와 더불어 사는 사람"의 운명을, "말하여 질 수 없는/소리"마저 살펴야 하는 시인의 고독을 토로한다. 시는 언어를 무기처럼 휘두르며 세계를 재단하지 않으며, 현실을 매개하는 투명한 언어를 실행하는 수단도 아니다.

174

시의 힘은 이 세계에 변화를 꾀하는 힘이 근본적으로는 우리가 부리는 말, 우리의 언어, 그 변화무쌍한 활동에서 뿜어나오는 힘과 같다는 사실을 긍정할 때 감지되는 힘일 뿐이다. 언어가 지닌 힘과 잠재력을 변화시켜내는 것, 특수한 활용을 통해 미지의 세계로 우리를 불러내고, 언어로 그 세계를 예비하며 실현되지 않은 경험의 주체로 우리 모두를, 시를, 전환해내는 일은 공상에 젖어 내뱉는 자조적인 기록이나, 개인적이고 고립된 추체험의 발성에 의존하는 별난 작업이 아니라, 우리의 사유와 사회, 세계의 잠재력을 언어라는 활동의 공간에서 발현하는 일이다. 어떤 순간의 감정과 느낌을 말의 분절로 표현하고자 했을 뿐인 시인의 기발한 시도는 비록 간단해 보여도, 그 배면에, 말이 무언가를 대신해서 무언가를 지칭하거나 기술하는 단순한 도구가 아니라는 인식이 자리한다. 언어가 어떤 의도나 내용을 기계적으로 담아내는 빈껍데기일 것이라는 통념이 기실 폭력과 다르지 않다는 사실을 가장 먼저 고발한, 고발하는 사람이 바로 이 세계에서 시를 쓴다. 무언가를 지칭한다는 것은, 지칭 그 자체가 아니라, 오로지 말을 사용하는 방식에 달려 있는 지칭 가능한 세계 모색과 실점뿐이라는 사실을 부정하는 시인도 있을까?

　이 가능성의 세계를 실현하기 위해, 시인은 실로 이상한 감정들, 기이한 순간들, 상궤를 벗어난 무언가를 찾아, 그 상태를, 그 특이한 상태를, 오로지 그 특이한 상태에 부합하는 특수한 언어로 실천할 뿐이다. 언어에, 낱말에, 문장에, 저 말의 발화에다가 확정된 단하나의 의미를 걸어 우리를 단일한 해석의 세계로 끌고 오려는 시도에 정면으로 맞서, 말과 시를 다양한 해석의 가능성이 집산하고 이합하는 사건처럼 한껏 열어 놓으려는 일련의 시도에는, 인간 주체의 의도와 폭력에서 자유롭고자 하는 본능이 자리한다고 해야 할 것이다. 시는 언어로, 언어에 의해, 주체를 구축한다.

시적 주체, 시의 주체는, 다른 여타의 주체들〔철학적 주체, 심리적 주체, 사물 인식과 지배의 주체, 존재 인식과 지배의 주체, 법의 주체, 역사의 주체, 행복의 주체, 화자(話者) 주체, 프로이트적 주체 등〕로는 설명되지 않는 고유성과 특수성, 제 힘과 논리를 갖추고 있다. 언어가 우리를 소비한다거나 우리가 언어를 도구처럼 사용한다는 저 기이하고도 괴상한 논리에 타당성을 부여해왔던 모든 시도와 통념의 반대편에서, 언어로, 주관적이고 특수한 언어의 운용으로, 시는 미래에 삼투되는 과거의 시간을 여기로 끌고 와 가늠해 보고, 현재의 시간을 현대성의 사건으로 전환해내는 일에 몰두하면서, 오로지 자신만의 활동성을 쟁취하려 하기에, 그렇게 하기에 주체의 활동, 매우 특이한 주체의 활동, 특수한 언어의 고안에 의한 주체의 활동이다. 시를 꼭두각시처럼 손아귀에 쥐고 흔들려는 시도 주위에는 항상 언어에 대한 몰이해에서 야기된 것이 분명한, 시적 주체의 남용과 혼동을 대수롭지 않게 여기는, 이데올로그들의 결의에 찬 그림자가 어슬렁거릴 뿐이다.

(『시와 표현』 2015년 2월호)

시와 스펙터클, 시의 스펙터클

이미지는 통사(syntaxe)이지 실재의 반영은 아니다.
—앙리 메쇼닉[1]

1. 모든 페이지가 스펙터클이다

시에서 모든 페이지가 스펙터클이다. 시의 모든 것이, 시각을 고려하고, 시각을 조장하며, 그렇게 자기 고유의 시각을 세계에 쏘아올린다. 물론 함정이 배제되어 있는 것은 아니다. 시가 '시각적인 것le visuel', 그러니까 시각의 산물인 스펙터클의 주인인 것은 명백한 사실이지만, 그렇다고 해서, 시각이 시의 선험적 고지를 점령하고 있는 것은 아니기 때문이다. 그러니까 나는 지금, 시각적 형상을 시도한 것이 분명한 상형시calligramme에서조차, 시각이 시를 선점하는 것은 아니라고 말하고 있다. 송승환의 시 한 편을 인용한다.[2]

---

1) 앙리 메쇼닉, 『시학을 위하여 1』, 조재룡 옮김, 새물결, 2004, p.121.
2) 송승환, 「oiseau」, 『클로로포름』, 문학과지성사, 2011. 해설 「비등점의 언어, 휘발되는 사유」에서 다루었던 내용을 글의 주제에 견주어 변형하고 보충하였다.

```
        S
      E   A
    I
  O       U
      서로의

      몸속

     물통에서

  물을 길어 올리는 기러기 떼

      또는
```

    얼핏 보면, 이 작품은 날개를 편 새의 형상을 문자로 표현해낸 것 같다. 그러나 철자 하나하나를 분절해가며 의미의 단위를 묶어내는 과정을 자세히 뜯어보면, 시인이 어떤 그림이나 형상을 표현하기 위해 상형시의 형식을 차용한 것이 아니라는 사실이 명확히 드러난다. 포착하고자 하는 대상(여기서는 프랑스어로 적어놓은 OISEAU, 즉 '새'이다)이 새의 이미지(가령, 새가 날개를 펴고 나는 모습)의 자격으로 시적 가능성을 표상하는 데 그치고 마는 것이 아니라, 알파벳의 조합을 최대한 활용하고, 그 경우의 수가 열어놓은 복잡한 미지의 이해 가능성에 기대어 독서의 복수성을 보장하는 방식으로 수렴되어, 결국 언어의 산물로 우리에게 다가온다는 사실에 주목해야 한다.

    따라서 우리는 프랑스어로 된 새 모양 하나와, 그 아래 우리말이 하나의 덩어리처럼 제시된 새의 모습 하나, 이렇게 두 덩어리의 형상이 제 이미지로 오롯이 존재하기 이전에, 또한 이 두 덩어리가 기러기 떼의 날아가는 이미지를 표상하기 전에, 다섯 개의 모음과 하나의 자음으로 구성된 'OISEAU'를 자구 하나하나 분해하고 다시 묶어낼 때, 시라는 공간에 새로운 의미를 천거하는 다수의 낱말이 만들어지며, 이러한 사실로부터 이 작품이 제 시의 자격을 갖추어낸다는 사실을 간과할 수 없다. 따라서 시인이 "S"를 맨 위에 올려놓은 것은 새의 자태뿐만 아니라, 새가 하늘을 나는 소리도 함께 기술하고자 했기 때문이며, 바로 아래의 "SE"는 프랑스어 대명동사의 어근으로, 재귀적 특성, 즉 '서로'나 '스스로'("서로의")라는 의미를 받아낸다. 물론 이것이 전부는 아니다. 그 아래로 뻗은 "SEAU"는 "물통"을, 여기서 S를 제거한 꼴인 "EAU"는 "물"을, 이 낱말에서 E를 뺀 "AU"는 장소를 나타내는 프랑스어 전치사 à와 정관사 le가 결합된 형태로 "~에서"를 의미하며, "U"는 물을 "길어 올리는" 두레박의 형상을 철자로 표현해내고, 나아가 "O"는 우리말 '올리다'의 첫 모음과 상응하는 발음을, "OU"는 "또는"을 나타내는 프랑스어 전치사가 된다는 사실이, 이 시가 뿜어내는 새의 이미지보다 먼저 우리가 따져보아야 할 시적 요소들인 것이다. 어떤 이미지 하나를 표현하는 데 주력하는 것이 아니라, 송승환은 '새'를 뜻하는 프랑스어 단어 OISEAU가 머금고 있는 철자의 잠재성을 최대한 분출해내어, 새라는 대상이 언어로 명명되고 재현될 최대치의 가능성을 실현한 것이다.

중요한 것은 여기서 논의의 순서를 바꾸지 말아야 한다는 사실에 있다. 이미지가 먼저 존재하여 그렇게 시를 우리에게 고지하는 것이 아

C'ÉTAIT   LE NOMBRE
issu stellaire

EXISTÂT-IL
autrement qu'hallucination éparse d'agonie

COMMENÇÂT-IL ET CESSÂT-IL
sourdant que nié et clos quand apparu
enfin
par quelque profusion répandue en rareté

SE CHIFFRÂT-IL

évidence de la somme pour peu qu'une

ILLUMINÂT-IL

LE HASARD

니라, 시에서 이미지는 결국 통사의 산물, 낱말을 조합한 결과나, 구문의 배치의 소산이라는 점을 기억해야 한다는 것이다. 중요한 것은 그러니까 언어에 의해, 언어 안에서 일어나는 일들을 따져 물어, 시적 가치를 헤아리는 데 놓여 있는 것이지, 이미지에 휘둘리고 이미지의 표상을 좇아 시를 성급히 규정하는 데 놓여 있는 것은 아니라는 말이다. 저 아폴리네르의 상형시[3]나 다다Dada의 스펙터클과도 같은 시, 흩뿌리듯 여백을 십분 활용하고, 낱말이나 구절의 크기를 조절하여, 읽는 자로 하여금, 목소리의 높낮이를 조절하게 강제하는 말라르메의 작품 「시는 결코 우연을 배제하지 않을 것이다」의 경우에조차, 이미지가 언어를 앞서 해석을 요청하는 것도 아니라는 것이다. 이미지는 언어의 결과물, 언어에 의해 발생하는 후차적인 현상이며, 그러나 그것이 시의 실체는 아니다. 이미지는 언어의 유기적인 활용과 주관적인 배치에 따른 보족적 결과물이거나 부수적

---

3) 이 작품이 친구 이렌 라뤼의 전람회 카탈로그에 그려 넣은 것이라고 해도, 한 편의 시라면, 꽃의 형상을 만들어내는 낱말들의 결합을 우선해서 볼 수밖에 없다.

산물일 뿐이기 때문이다.

2. 영화가 했던 것을 시가 해보지 않았던 적은 없다

'시의 스펙터클', '시와 스펙터클'은 따라서 잘 어울리지 않는 조합이다. 스펙터클이 시각의 산물이라고 생각하는 바로 그만큼, 시역시 시각의 산물이라고 등치해버리면 거반의 문제는 발생하지는 않았을지도 모른다. 가정을 빙자한 조건법이 대부분 부정으로 귀결된다는 사실을 우리는 알고 있다. 그렇다. 시는 시각의 산물이 아니며, 바로 여기에서 시와 시각의 관계, '보다'와 '듣다'에 관한 근본적인 문제가 제기된다.

'우리가 보는 모든 것'을 의미하는 라틴어 'spectaculum'을 어원으로 삼는 스펙터클이라는 용어는, 시나 문학에서 불려나와 활용되는 저 넓고 지극한 폭이나 자장만큼, 바로 그만큼 우리는 자동으로, 시각을 두둔하고 이미지에 우선권을 부여한다. 그런데도 우리는 글의 모두에서 '시에서 모든 페이지가 스펙터클'이라고 말했다. 더구나, 따져보아야 할 것은 이것만이 아니다. 가령, 공히 시각과 관련되지만, 스펙터클과 비전이 서로 같은 말도 아니다. 시각에 수동적으로 제시된 모든 것이 비전vision의 정의라 해도, 제시된 이모든 것이 우리의 눈앞에 펼쳐지게 의도적으로 생산된 것, 그러니까 주시나 응시를 필요로 하는 스펙터클과 그 개념적 자장을 완전히 공유하는 것도 아닌 것이다. 스펙터클은 어떤 의도를 갖고 우리를 보게 조장한 흔적을 남긴다는 사실을 애써 감추지는 않는 개념인 것이다. 주목해야 하는 것은, 그러나 그 의도를 찾아내는 것보다, 이 흔적이 어떤 운동처럼 드러난다는 사실, 나아가 이 운동이, 시에서는 이미지의 산물이 아니라 오히려 언어의 소산이라는 사실이며, 더구나 이러한 구분에 오히려, 시적 특성, 시의 특수성이 붙들린다는 사실이다. 모든 요소를 스펙터클에 봉사하게 만드는 일에서 시는 이따금씩 제 운명을 자주 시험한다. 하나의 기호를 두 가지 이상의 품사로 활용하게 유도한 기형도의 행갈이는 말할 것도 없이 시의 스펙터클이며, 통사를 분절하여 각각의 간격을 벌리고, 그렇게 생긴 자잘한 공간을 통해 떠도는 자아를 표현한 이성복의 첫 시집에서의 여백 역시, 스펙터클이다. 여백, 행갈이, 메타 기호의 차용(함기석이나 김병호), 각주의 사용(함성호나 김현) 등, 우리가 언어의 외부에 거주하는 시적 요소로 여겨왔던 것들, 뿐만 아니라 그 자체로는 시선을 사로잡는 장치들을 배제한, 시각적으로 지극히 평범해 보이는 시 역시 스펙터클을 포기한 적이 단 한 번도 없었던 것이다. 그러니까 이러한 장치들이 없는 경우조차 시는 스펙터클을 포기하지 않는 것이다.

그녀는 책장을 넘기고 있었고
남자가 문 열린 차를 타고 벼랑으로 내달았고
고양이가 식탁 위의 커피잔을 건드렸고
양탄자가 약간 들썩거렸고
고장난 시계 초침이 열두 번을 돌았고
소년은 마라톤 결승 테이프를 끊었고
그녀는 행운을 빌었으나

양손이 쪼글쪼글해지고
머리칼이 가늘어지고
커피는 쏟아졌고 양탄자는 젖지 않았고
남자가 녹색 지붕 아래 비행하는 순간

—하재연, 「동시에」 전문[4]

이 작품은 각기 다른 장소에서 동시 다발적으로 발생한 일들을
기술하면서, 모든 시선을 어떤 한 "순간"으로 집결시킨다. 동시 다
발성. 나-지금-여기의 사건은 무한급수로 세계에서 발생하는, 저
동시다발적인 속성을 저버릴 수 없으며, 이것이 사실 이 세계를 살
아가는 우리의 한계이자 운명이기도 하다. 시는 바로 이렇게, 매우
짧은 순간에 이 세계 곳곳에서 얼마나 다양한 일들이 행해지는지
를 집약적으로 담으려 시도한다. 이 작품은 우리가 영화에서 교차
편집cross cutting이라고 말했던 것을 보다, 훨씬 압축적이고 효과
적으로 동시에 발생한 사건을 교대로 보여주는 효과를 창출한다.

시의 구절구절이 카메라 앵글에 담긴다고 가정해보자. "양손이
쪼글쪼글해지"거나 "머리칼이 가늘어지"는 양상을 표현하기 위해
서 시각은 필경 색다른 장치를 사용해야 할 것이다. 「국가의 탄생」
이나 「대부」 같은 영화만이 '크로스 커팅'(교차 편집)을 사랑하는
것은 아니다. 시는 영화가 시각예술의 한 가능성을 한껏 확장해내
고자 고안해낸 수많은 기법을 단 한 번도 포기해본 적이 없다. 다
만 시는 그것을 언어로, 그러니까 영화가 간 끝점, 영화나 회화의

4) 하재연, 『라디오 데이즈』, 문학과지성사, 2006.

특권인 이미지를 구축해내는 고유한 문법을 시시각각 발명할 뿐, 이미지에 잡아 먹혀 현현(顯顯)의 순간을 제 이념의 본령으로 삼거나, 이미지의 특혜를 누리며 방만하게 전개되는 현상학에 의지하지 않을 뿐이다.

앞에서 우리는 상형시의 경우조차 시각예술이 우위를 점하는 경우는 없다고 말했다. 오히려 상황은 반대라고도 말해야 할지도 모른다. 시에서 발생하는 스펙터클과 이에 관한 물음들이 시각적 현상으로 축소되는 것은 아니기 때문이다. 시에서 스펙터클, 그러니까 보이는 모든 것의 운동은, 근본적으로 언어의 작동 방식에 따라 태어나고 사멸하는 운동이며, 생리적으로 그러한 성격을 지닐 수밖에 없다. 이미지의 독점이 아니라, 언어의 산물이라고 여겨진 세상의 모든 것이 오히려 독창적인 스펙터클을 창조해낸다고 해야 할까?

오해하지 말아야 할 것은, 상형시처럼 매우 선명하게 어떤 이미지 하나를 표상하는 하는 데 바쳐진 시, 다시 말해 형상을 적나라하게 제시하는 시의 경우에조차도 기실, 언어가 시의 목줄, 그러니까 이니셔티브를 쥐고 있다는 사실이다. 단 한 낱말이나, 구절, 아니 하나의 쉼표(구두점도 언어다)만이라도 사용한 것, 즉 텍스트라면, 그 시는 이미지를 창출하는 일에 전념하거나 이미지에 언어를 복종시키면서 시의 자격을 획득하는 것이 아니라, 언어적 결과물, 언어가 주재하는 무엇, 언어에서 탄생하여 삶에 의미의 가능성을 확장시키는 무엇, 오로지 언어로 궁굴리는 과정 이후에 도달한, 그러니까 언어의 작용 이후에 생겨난 무엇이라 부를, 모종의 이미지를 향유할 뿐인 것이다.

물탱크가 있다

환기구가 있다

창문이 있다

5층의 건물이 있다

간판이 있다

전신주가 그 앞에 있다

내가 있다

계단을 걸어 올라가는 내가 있다

무작정 올라갔더니 옥상으로 통하는 문이 있다

옥상으로 통하는 문을 지나가면

옥상이 있다

거기에는 물탱크가 있다

푸른 물탱크가 있다

—황인찬, 「개종 2」 전문[5]

'~있다'의 상태로 맺고 있는 각각의 행을 카메라의 줌이 담아낸다고 가정해보자. "물탱크" "환기구" "창문" "간판"보다 "5층의 건물"이나 "전신주"는 좀더 멀리서 그 모습을 촬영해야 할 것이다. 크기를 고려하여, 줌을 쉼 없이 조절해야 한다는 말이다. 어딘가에 있는 '나'와 "계단을 걸어 올라가는" '나'를 앵글에 담아내려면, 물론 주관적인 판단도 필요할 것이다. 전자의 '나'도 그렇겠지

5) 황인찬, 『구관조 씻기기』, 민음사, 2012.

만, 특히 후자를 담고자 하는 데 있어서 카메라맨이 현장성이나 즉흥성을 살리고자 한다면, 핸드헬드 카메라를 사용하여 계단을 오르는 나의 뒷모습을 쫓을 수도 있으며, 사실성을 강조하려는 의도가 있어, 어느 한 시점을 고정시키려 한다면 멀찌감치 카메라를 세워놓고 롱테이크로 이 장면을 처리할 수도 있을 것이다. 물론 이렇게 하기 위해서는 계단도 굉장히 길게 나 있는 장소를 택해야만 할 것이며, 빛의 세기도 고려의 대상이다. 또한, "거기에" 있는 "물탱크"를 앵글로 포착한 후, 이 이미지에서 살짝 변형된 "푸른 물탱크"로 초점을 옮겨 가려면, "물탱크"의 구석에서 피어난 이끼나 그 안에 담고 있는 물도 드러내려 시도해야 할지 모른다. 이 경우, 빅 클로즈업 숏이 필수적으로 요구될 수도 있겠다.

그러나 어찌 되었건, 대상의 '거기 있음Dasein'을 보존하고자 노력하는 동시에, 나의 감정도 내려놓는 이 작품의 특성을 카메라가, 모두 제 앵글 안에서 담아내기는 쉽지 않을 것이다. 또한 10행의 "옥상으로 통하는 문을 지나가면"을 가정을 표현한 것으로 읽은 경우, 숏의 성질은 또 달라질 수 있다. 'a가 있다' 식의 비인칭 구문이 연속적으로 전개되는 가운데, 대상 a를 그 자리에 놓아둔 채, 자기의 감정을 살짝 덧입혀내는 방식을 시인이 고안한 것이라고 우리가 파악한다면, "옥상으로 통하는 문을 지나가면"이라는 구절은 실제로 일어난 일이 아니라, 일종의 가설이라고 전제해야만 할지도 모른다. 마지막 행의 "물탱크"를 수식하는 형용사 "푸른"은, 이와 같이, 그러니까 대상의 있음을 보존하는 동시에 나의 최소한의 개입으로 감행된, 대상의 주체화의 표식으로 읽을 수 있기 때문이다. 아무도 주인일 수 없는 객관적인 대상은, 정확히 "푸른"이라는 형용사만큼만 주관성의 세계로 진입한다고나 할까? 그렇다면 이러한 해석을 우리가 카메라맨의 것이라고 전제한다면 그는 어떻게 제가 이해한 이 상태를 화면으로 담아낼 수 있을까? 어떤 기법을 동원해야 할 것인가? 딥포커스? 빅 클로즈업? 페이드 아웃? 영화의 모든 촬영 기법들을 동원해야 할지도 모른다.

회화나 영화에서 실험해온 것들은 시에서 벌써 궁리해보았던 것들이다. 원근의 주관적 조절이나 역치의 화면적 구성 역시 예외는 아니다. 이영주의 「흰 소를 타고 여름으로 오는 아침」 전문을 인용한다.[6]

고대 도시로 오기 위해 겨울에서 여름으로 건너왔습니다. 끝없이 늘어선 쪽문을 지나 두 계절을 건너오느라 발목이 다 젖었네요. 태양이 묽은 반죽처럼 흘러내릴 때 도마뱀의 꼬리를 쫓아 푸른 잠 속으로 들어갔습니다. 저 구름 위에 앉은 산악 민족들은 어떤 얼굴로 잠을 불렀던 것일까요. 나는 휴게소에 쭈그리고 앉아 막대기를 휘휘 돌립니다. 겨울에서 여름으로 건너오면서 무엇을 들고 왔을까요? 오랫동안 굽어 있던 어깨를 가방 속에 집어넣었습니다. 키 작은 국경 주민들이 웃고 있어요. 퉁퉁 부은 심장. 계절 없는 민족. 거대한 황금 불상의 이름은 전락轉落. 당신은 하얀 머리칼을 자르고 산악 민족의 얼굴을 빌려 씁니다. 흰 소를 타고 여름으로 오는 아침. 버스 정류장에서 기다린 것은 점점 더 새로워지는 겨울과 여름 사이였습니다.

6) 이영주, 『언니에게』, 민음사, 2010.

어떤 장면이 당신의 눈앞에 펼쳐지는가? 구체적인 장면이 보이기는 하는가? 중간에 등장하는 "나는 휴게소에 쭈그리고 앉아 막대기를 휘휘 돌립니다"라는 구절은, 이 작품 전반에서 지금-여기의 현실이라는 공간에서 제시된 유일한 시점이기에, 사실 기만일 수도 있다. 이 구절이 맨 앞에 등장했어야만, 우리는 시간의 흐름을 읽어낼 수 있고, 거기에 맞추어 논리적인 독서를 진행할 수도 있기 때문이다. 그런데 시도 그렇지만, 영화에서도 종종 앞뒤의 맥락을 뒤집어버리거나 시간을 짐작하지 못하게끔 뒤섞어 놓는 경우가 있다. 사실 현대 영화에서는 작위적인 시간을 연출하지 않으면, 그 자체로는 좀 밋밋하게 느껴지기도 한다. 자, 당신이 메가폰을 잡았다. 당신이 이 시의 시점, 이 시의 시선, 그러니까 이 시의 스펙터클을 연출해야 하는 주인공이다. 어떻게 할 것인가? 내가 있는 "휴게소"를 중심으로, 그러나 그 구성은 역순을 취하고 있는 복잡한 풍경들을 어떻게 담아낼 것인가? 어떻게 숏을 구성할 것인가?

① "휴게소"에 앉아 있다. ② 주위를 둘러보면 상상하기 시작한다. 이 상상의 결과 ③ "휴게소" 주변의 장소나 ④ 사람들과 풍경이 들어선다. 이 풍경은 ⑤ "산악 민족"→ ⑥ "도마뱀"→ ⑦ "태양"→ ⑧ "겨울"/⑨ "여름"→ ⑩ "고대도시"의 순으로 짜인다. 신 scène을 구성하는 데 필요한 숏은 그러나 이것으로 제 목록을 다 채우지 못할 것이다. 작품의 뼈대를 이루고 있는 각각의 실사(實辭) 주변으로 무언가를 덧붙여냈기에, 풍경이 한층 어지러워졌기 때문이다. 이번에는 역순으로 담아본다. ① "겨울"/② "여름"→

③ "어깨"→ ④ "가방"→ ⑤ "국경 주민들"→ ⑥ "심장"→ ⑦ "민족"→ ⑧ "당신"→ ⑨ "산악 민족→ ⑩"소"의 순으로. 물론 "거대한 황금 불상의 이름은 전락(轉落)"이라는 구절은 "휴게소"에서 바라본, 태양이 내려놓는 여명(黎明)을 표현한 것이며, 그렇기에 "휴게소"는 모든 숏들 중에서도 단 하나의 출발지를 이루는 최초의 장소이자, 작품의 소실점이며, 모든 것이 착수되고 끝없이 번져나가는 진원지이기도 하다.

이쯤 되면, 얼마간의 시간이 흘렀는지는 중요하지 않다. 이제 동일한 시간과 장소로 이 숏들을 묶어낼 차례다. 편집자가 되어보자. 어떻게 신을 구성하고, 나아가 이것을 모아 시퀀스를 만들어낼 것인가? 시퀀스는 이 작품 그 자체는 아닌가? 주제별로 묶일 수 있는 단위를 이 작품이 포기한다고 말할 수 있는가? 휴게소에 앉아 있는 현재에서, 과거를 걸어 들어오게 하는 데까지, 그리고 다시 휴게소에서 알 수 없는 미래를 향해 뻗어나간 상상력을 또 하나의 시퀀스로 묶어내지 못하라는 법도 없다. 이처럼 시가 시간을 주관적으로 사용하는 데 게으르지 않는다고 한다면, 이 작품이 뿜어내는 무시간의 시간성은 과거의 고통과 상처에 대한 기억을 벗어나서는 설정될 수 없는, 그것들을 기어이 현재로 걸어 들어오게 한 다음에나 가늠해볼, 비유하자면, "벽돌"을 차곡차곡 쌓아 올리면서도, 그 끝이 다시 "토대"가 되는 식의, 그러니까, 거꾸로 바라보아 현기증을 일으키는 '나선형'의 무엇과도 닮아 있다. 이러한 해석을 담아내려면, 카메라를 피사체(휴게소에 앉아 나무막대기로 바닥에 원을 그리고 있는 나)에 초점을 맞추고서 주변의 풍경을 천천히 돌게 하는, 패닝숏이 오히려 적당할지도 모르겠다. 물론, 이 경우, 피사체의 움직임이 과하지 않으므로, 최대한 낮은 셔터스피드로 촬영하여 대상물을 돋보이도록 하는 작업을 잊어서도 안 될 것이다.

3. 시는 영화가 했던 것을 반복하는 수준에 이미지를 정박시키지 않는다

이미지. 그것은 언어에 선행하는 것인가? 언어가 이미지의 원천인가? 시각예술에서의 이미지와 시의 이미지는 물론 같은 말이 아니다. ① 이 둘은 절대 혼동되어서는 안 된다. ② 영화나 회화의 이미지에 대한 이론적 잣대를 시에 적용하면 곤란하다는 말이다. 시각예술에서 이미지는 어떤 단위를 형성하여, 점-선-면이라는 서로 다른 기호들의 조합에 의지해 창작자의 주관성을 내려놓고, 그 주관성의 공간을 채색하는 작업을 통해 스펙터클로서의 자격을 갖추고, 제 소임을 완수한다. 스펙터클은 이때 이미지의 운동이 생산해낸 온갖 효과들이며, 그 효과를 뒤에서 조절하고 있는 작가의 의도를 파악하는 것이 비평의 과제이기도 할 것이다. 그러나 시의 이미지는 철저하게 언어적 산물이라는 점을 (재차) 강조해야만 한다. 시의 이미지가 언어적 산물임을 망각하고서, 이미지에서 출발하여, 시의 특성을 규정하려 한다면, 그러는 사이 시는 어디론가 훌쩍 이동해버린다. 사실, 시에서 언어가 촉발시킨 이미지는 회화나 영화의 그것을 훌쩍 뛰어넘거나, 회화나 영화의 이미지를 대할 때 취하는 태도로는 분석 자체가 불가능한 경우가 대부분이며, 그 성

190

질도 근본적으로 다르다. 상당히 긴 서대경의 작품 「목욕탕 굴뚝 위로 내리는 눈」에서 1연과 2연을 인용한다.[7]

1.

변두리 도시의 지저분한 거리 위로 눈이 내린다. 좁은 도로 양옆으로 낡고 더러운 간판들이 다닥다닥 붙은 상가 건물들이 늘어서 있고, 건물 사이 좁은 골목으로는 붉은 깃발을 내건 무당집과 세탁소, 전당포 들이 어둡게 웅크려 있다. 허공엔 추위, 그리고 어지러이 얽혀 뻗어가는 전깃줄의 소리.

2.

상가 건물 오 층 창문이 드르륵 열리더니 한 아이가 창문을 빠져나와 창턱으로 올라선다. 아이는 보습학원 간판에 기대어 서서 하얀 침묵으로 뒤덮인 인적 없는 거리를 내려다본다. 아이의 이마로 전깃줄 그림자가 지난다. 창문 뒤 어둠 속에서 누군가 소리를 지른다. 아이는 눈을 가늘게 뜨고 허공의 눈발을 올려다본다. 전깃줄 사이로 열리는 허공이 기차가 지나다니는 잿빛 벌판처럼 보인다. 아이가 가방을 앞으로 고쳐 맨다. 창문에서 역설과 함께 한 사내의 손이 튀어나온다. 아이가 안테나를 잡고 몸을 비틀며 사내의 손을 피한다. 아이가 웃는다. 전깃줄이 윙윙거린다. 아이의 몸이 허공 속으로 펄쩍 날아오른다.

7) 서대경, 『백치는 대기를 느낀다』, 문학동네, 2012.

각각의 문장에서 파생된 이미지를 떠올리는 일이 비교적 용이하다는 사실은 작품을 읽어본 후 우리가 갖게 되는 첫 인상이다. 누군가 각성된 눈으로 어느 풍경 하나를 지켜보고 있다는 점을 염두에 둔 상태에서조차, 시선은, 눈 내리는 지저분한 거리, 다닥다닥 붙은 간판의 상가, 좁은 골목, 그 골목의 무당집과 세탁소와 전당포를 향한다. 이 두 연을 영화의 한 장면처럼 표현하려면 분절의 단위를 설정하고 이 각각을 담아낸 다음, 카메라는 마지막으로 허공으로 향할 것이며, 춥다는 감정을 거기에 입혀내고자 노력할 것이고, 앵글의 각도를 유지한 상태에서 복잡하게 얽혀 있는 전깃줄에 더러 초점을 맞추기도 할 것이다. 문제는 이미지를 단선적으로 배열하는 차원에 머무는 것이 아니라, 기존에 알려진 영화의 기법으로는 설명될 수 없는 어떤 장치를 우리가 떠올려야 한다는 데 있다.

1연의 마지막을 주목해보자. "어지러이 얽혀 뻗어가는 전깃줄의 소리"는 우리에게 어떤 이미지를 선사하는가? 당신이 뛰어난 카메라맨이라면, "어지러이 얽혀"나 "뻗어가는" 전깃줄의 두 가지 이미지보다, 오히려 "소리"를 표현하는 일에서 애를 먹을 것이며, 어떻게든 이것을 표현하는 과정에서, "전깃줄의 소리"를 다음 연의 "창문이 드르륵 열리는 소리"와 연결 짓는 기발한 해결책을 떠올릴 수도 있을 것이다. 이처럼 전깃줄 화면이 점점 흐려지면서, 이윽고 창문을 여는 화면이 차츰 우리의 시야에 등장하는 이미지, 그러니까 '디졸브'라고 불리는 기법이 그 대책일 수 있을 것이다. 더구나 '드르륵' 소리는 1연에서 2연 사이의 연속성을 살려, 저 장면을 전환하는 데 있어, 가장 중요한 요소가 될지도 모른다. 그러니까 디졸브는 여기서 화면의 밀도가 점점 감소하는 것과 동시에 다른 화면의 밀도가 높아져서 장면이 전환되는 것만을 말하는 것이 아니라, 언어로 표현해낸 것을 이미지가 다루기 위해 찾아낸, 그러나 언어의 가능성을 미처 다 실현해내지 못해 소략할 수밖에 없는 영상의 결과인 것이다.

서대경은 시선을 한 곳에 고정시키고, 그 시선의 줌zoom 안으로 들어온 모든 것들이 세계에 내고 있는 소리에 귀를 기울일 줄 안다. 이 시인이 차가운 시선으로 장면 장면을 이접하듯 나열하고 병렬하면서, 일종의 환각적 이미지를 현실에서 만들어낼 수 있는 것은 시각과 청각을 결합할 줄 알기 때문이다. 우리는 이때 선명한 이미지가 텍스트 안으로 걸어 들어오려 하는 순간이란, 문장과 문장이 잇대고 있는 고리가 느슨하게 풀리면서 의미를 차츰 약화시켜나가는 순간이라는 사실을 알게 되는 것이다.

시의 이미지는 바로 이런 것이다. 이미지가 우리에게 시의 비밀을 알려주는 것이 아니라, 텍스트가 그 주인인 통사의 배치를 통해 모종의 이미지가 부차적으로 생겨날 뿐인 것이다. 그것은 영화나 회화의 그것과는 근본적으로 접근 방법이 상이한 이미지, 오로지 언어의 배치와 조작과 주관적 실험을 통해, 우리에게 후차적으로 주어지는 부산물, 그럼에도 매번 새로운 명명과 정의를 기다리는 미완의 이미지, 모호한 이미지일 수밖에 없다. 시는 스펙터클의 주인이되, 시에서 스펙터클은 시각의 산물이 아니라, 언어의 창의적인 운용을 통해 새로운 시각적 사건으로 제시되는 미지의 스펙터클인 것이다. 이미지가 언어의 사건인 것이지, 언어가 이미지의 사건은 아닌 것이라고 말해도 좋겠다. 두 연으로 구성된 최정례의 산문시 「흔들렸다

고」에서 2연을 인용한다.[8]

길을 건너 그늘을 따라 걷기 시작했다. 모든 것이 변했는데 놀랍게도 티롤이라는 까페가 아직도 그 자리에 있었다. 들어가 뭔가를 마시려고 앉았는데 창가 쪽에 아는 얼굴이 있었다. 많이 변한 모습이었지만 분명 재인이었다. 나를 알아보지 못하는 것 같았다. 가까이 다가가 말을 걸었다. 혹시 기억 못해요? 누구신지? 재인이 아니야? 아닌데요. 분명 재인이 맞는데, 아니라니까요. 그럴 리 없어. 왜 이러세요, 아니라는데. 그는 조금은 변했지만, 변하지 않은 모습이 더 많이 남아 있었다. 무릎 위에 꼭 쥔 주먹이 분명 그의 손이었다. 유리창 밖에서 갑자기 비둘기가 날아올랐다. 그의 어깻죽지에서 솟는 것 같았다. 시간이 오래 지났다고는 하지만 그가 왜 자기 이름까지 잊고 있는지, 그리고 왜 자신이기를 거부하는지 이해할 수 없었다. 꽝 소리가 났는데 세상은 멀쩡했고 어떤 사람은 자기가 아니라며 이름까지 잊고 앉아 있었다.

나는 카페에 들어간다. 나를 선뜻 알아보지 못하는 사람, 그 사람을 나는 안다고 생각한다. 그래서 그에게 말을 건다. 그는 나를 몰라볼 뿐만 아니라, 확인을 거듭하는 나에게 신경질도 낸다. 여기서 피사체를 "재인"이라 불리는 '그'라고 가정해보자. 카메라는 그의 모습을 어떻게 포착해야 하는가? 앵글의 초점은 시를 반영하기 위해 어디를 향해야만 하는가? 꼭 쥔 주먹을 얹고 있는 무릎? 이

8) 최정례, 『개천은 용의 홈타운』, 창비, 2015.

경우, 신체의 일부를 확대하는 클로즈업은 필수일 것이다. 옛날에 비해 변하지 않은 모습? 얼굴 표정? 그러려면, 상반신을 담아내거나, 표정만 별도로 크게 확대한 빅 클로즈업이라고 왜 필요하지 않을까? 내가 주시하고 있던 그 사람 뒤에 위치한 (카페의) 대형 유리창 밖에서 "비둘기" 한 무리가 날아오른다는 사실에 신경이 쓰이는 경우도 배제할 수 없다. (홍상수의 영화가 떠오른다.) 이렇게 내가 보고 있는 그의 모습과 갑작스레 날아오르는 비둘기가 서로 포개어지면서, "비둘기"와 "그"의 합이라 부를, 충돌의 이미지, 즉 "그의 어깻죽지"가 도출된다는 사실에 주목해보자. 합쳐진 이미지로 우리의 초점이 오롯이 옮겨지는 그 순간은, 우리의 독법 자체를 흔들어놓는 시인 고유의 발상을 우리가 이해하는 순간이라고 봐야 할 것이다. 그 이후의 구절을 어떻게 읽을 것인가가 이미지의 운명을 결정한다.

이 작품이 뿜어내는 이미지가 이러저러한 선택을 방기하지는 않는 까닭도 여기에 있다. 배경에 초점을 맞추어 오히려 피사체를 흐리는 방식, 그러니까 중심에서 시선을 이탈시키는 동시에 하나의 시선을 두 곳 이상의 방향으로 분산시키는 방식을 택해야만 할지도 모른다는 것이다. 독서의 결과를 반영하려면, 탈프레임이라고 불러도 좋은, 그러니까 클로즈업된 부분만으로는 그 경계가 모호하지만, 전체의 구도 속에서 다시 보면 프레임을 벗어난 부분도 이해할 수 있는 바로 그런 화면이 오히려 시의 특수성을 담아내기에 적절해 보이기 때문이다. (다시, 홍상수의 영화가 떠오른다.) 이처럼 이 작품이 선보인 이미지를 카메라로 담아내는 데 '중심이탈'이 필연적인 이유는, 나의 굳건한 믿음이 흔들리는 것에 대한 반어적 비유를 이미지로 표현해낼 방법이 그것뿐이기 때문이다.

한 인물에게 집중하는 대신, 배경과 인물을 중첩시켜놓아, 중심이 사라진 이중의 포커스 장치 때문에, 우리는 이후의 구절을 사실에 대한 확인과 강조라기보다는, 반어적 효과를 창출하는 역설적 표현의 일종, 즉 아이러니로 읽어야 하는 입장에 놓인다. 예컨대, 세상은 결코 멀쩡하지 않은 것이며, "아무 일도 없"이 지나가는 세상 따위는 결코 존재하지 않는다는 사실, 사람들은 심지어 자기 자신의 존재조차, 아니 그 뿌리조차 거부하는 삶을 살아가고 있다는 시인의 감추어진 생각이 이 작품의 진정한 주어인 것이며, 탈프레임 장치는 이 감추어진 부분을 드러내는 적절한 영상을 제공할 것이다. 영화에서 도모하는 것을 시가 못하는 것은 존재하지 않으며, 더욱이 이 탈프레임 장치는, 최정례의 시의 경우, 그것이 표상하는 이미지에만 국한되는 것이 아니라, 시의 주관적 해석에 의지해서 제 특성을 부여받는, 그러니까 이미지가 결코 문장과 별개로 형성되는 독립적인 단위가 아니라는 사실을 주장한다. 이미지는 한 편의 시 전반을 구성하고 있는 주제의식, 주제의식을 견인하는 문장의 배치, 문장의 배치를 조절하는 통사의 선택, 통사의 선택에 선행하는 낱말의 조합에 의해 제 가치를 부여받는, 그러니까 다시한 번 강조하자면, 독창적이고 주관적인 언어의 운용에 의해 후차적으로 생성된, 고정되지 않는 귀납의 자식일 뿐인 것이다.

4. 언술에서 조망하기 : 회화도 한 편의 시처럼

이미지와 관련해서조차, 영화가 시에 앞서 먼저 해낸 것은 없다. 영화가 앵글을 가지고 시도한 일을 시가 시도해보지 않은 것도 없다. 원근의 능숙한 조절은 물론, 장면과 장면을 덧붙여 제 초점을 흐리거나, 부분을 확대하여 특정 부위나 주제를 강조하는 작업을 비롯해, 이미지를 창출하는 온갖 실험에 시가 관여하지 않은 적은 없었다. 독창적인 이미지를 생산하여, 스펙터클의 운동을 고무하는 작업 역시, 시는 늘 영화보다 앞줄에 있었다. 시는 온갖 영화적 기법을 제 언어 안에, 아직 실현되지 않은 잠재적 포자로 잔뜩 머금고 있다고 해야 한다. 언어를 조율하여 탄생한 이미지로 세계의 구석구석을 누비는 저 활동을 시가 게을리한 적은 없는 것이다. 이미지는 시의 산물이며, 시는 언어의 산물이다. 시에서 물론 언어는 의미를 추구하는, 주관성의 산물이다. 시가 앞을 다투어, 시각의 사건임을 자청한 적은 없었다. 시는 시각의 사건이 되기 이전에 벌써 언어의 사건, 언어에 의한 사건, 언어에 의해 빚어진 사건, 언어에 의해 빚어진 이미지를 결과물로 투사하여, 우리의 인식을 트이게 해준 어떤 시도, 그러니까 미지를 향해 내뻗은 손짓이자 이미지의 판토마임이었던 것이다.

회화나 영화에서와 마찬가지의 잣대, 그러니까 시에 이미지라는 동일한 잣대를 영화와 회화에 적용해보던 바로 그 관점에서 착수하여, 시에서 시각, 즉 보는 행위에 특권을 부여하는 경향이 있었다는 사실을 우리는 익히 안다. 시 위로 포개어진 현상학은 이미지를 최후의 심급으로 삼는다. 시가 회화와 '보다'를 공유하고자 할 때, '보다'를 통해 회화와 비교되며 이미지에 포섭될 때, 시의 특수성, 그러니까, 언어를 통해, 언어 안에서 일어나는 주체화subjectivation 현상은, 기이하게도 관념적인 '존재'의 현상학이나 추상적 '진리'를 신봉하고 그 의도를 캐묻는 해석학에 제 자리를 양보하고 만다. 시가 기계적이고 도구적인 전망에 갇혀, 이미지의 적자로 자리매김하면서 진리의 장소로 여겨지는 것은 바로 이때이다. 전통도 이와 같은 논리에 끊임없이 젖줄을 제공한다. "시는 회화와 같이ut pictura poesis"가 무엇을 말하는지 우리는 잘 알고 있다. 호라티우스가 시의 작법에 대해 설파한 『작시론Ars Poetica』에 등장한 이 경구는 가장 대표적으로 시를 회화의 연장선상에서 논하려 할 때 동원되며, 시모니데스의 "회화는 말 없는 시요, 시는 말하는 그림이다" 역시, 회화와 시의 유사성, 그러니까 시각예술의 관점에서 이미지의 산물로 시의 가능성을 축소하고자 하고, 언어의 가치와 제 기능을 말소시키려는 사람들에게 역사적 근거와 이론적 알리바이처럼 제공되어왔다. 그러니까 이 두 인용문은 시나 그림을 공히 '모방'에 근거한 예술이라 주장한 플라톤에서 착수된 철학적 전통 속에 가두어버린다. 시에서 언어의 특수성을 저버리고 시각성을 강조하는 대다수 논리의 기원이 바로 여기이기도 하다. 물론 이러한 관점은 언어 활동 자체를 모방이나 모사를 보조하는 도구적 차원으로 축소하는 데 일조한다는 점에서, 시의 예술적 가치를 반대편에 선 감성적 활동에서 찾거나, 상상력의 보고(寶庫)로 규정하면서, 시학의 자리를 철학이 대신할 수 있다는 믿음을 공고히 하는 데 일조한다.[9]

198

시는 말할 것도 없이 언어의 산물이다. 역사를 되돌아 봐도, 시는 언어로 재현하는 다양한 예술 가운데 단연코 첨단의 지위를 누리며 인식의 투쟁을 전개해왔으며, 이러한 사실을 직시한 상태에서 우리는 시가 언어로, 언어에 의해, 언어 안에서 행해지는 다양한 변화와 변이들에 제 목숨을 위탁한다고 사유해왔다. 시에서 언어는 중요한 일개의 요소가 아니라, 시의 삶 자체라고 해도 과언은 아닌 것이다. 따라서 이미지도 시에서 논의될 때, 당연히 언어의 산물이다. 언어의 요소들이 서로 부딪히고 어기대며, 오로지 이러한 과정에서만 드러나는 의미를 포기한, 별개의 이미지는 존재하지 않는다. 이미지는 "어떤 때는 온갖 유사관계를 설명하는 발생적 용어이고, 직유의 제거에 있어서는 은유와 밀접한 동의어가 되는"[10] 용어일 뿐이었다. 시의 스펙터클은 이러한 관점에서 접근해야 하며, 그 시점에 우리는 봉착해 있다. 반복한다. 시는 언어의 산물이다. 시에서 이미지는 언어의 산물이다. 스펙터클은 언어의 다양한 요소들이 부딪치고 결합하는 양상들 속에서 솟아오른 일종의 운동이며, 그 결과가 특수한 이미지가 우리 앞에 모습을 드러내는 것이다. 물론 그조차, 이 이미지조차 언어의 산물이다.

시가 스펙터클이 될 수 있는 가능성은 결국 언어의 특수성에 의해 열린다. 여전히, 그리고 또 여전히 시는 언어의 특수성에서 출

---

9) 그 선두 주자는 말할 것도 없이 바슐라르가 가능성을 열어놓은, "이미지라는 것이 현행성에 포착된 가슴, 영혼, 인간 존재의 직접적인 산물처럼 의식 안에 떠오를 때, 시적 이미지의 현상을 연구하는 방법"(G. Bachelard, *La Poétique de l'espace*, PUF, 1957, p. 2)을 의미하는 상상력 연구이다.

10) 앙리 메쇼닉, 『시학을 위하여 1』, pp.119~20.

발해서, 아직 명칭을 부여받지 않은 현상을 제 표식으로 삼을 수 있을 뿐이다. '시는 회화와 같이'('as is painting, so is poetry'/'La poésie comme la peinture')로 해석되어온, 라틴어 'Ut Pictura Poesis'는 이제, '그림에서도 시에서처럼'이라는 새로운 해석과 인식론적 도전 앞에 직면해 있다. 한 편의 그림을 마주하여, 그렇게 해왔듯, 개별 요소들(점, 선, 면, 색채)을 중심으로 작품의 부분 부분을 분리하여 그 가치를 파악하는 것이 아니라, 구성 요소 전체가 서로 연대할 때, 열리는 의미의 관계망에 주목하는 것은, 한 편의 시를 마주하여, 한 문장, 한 문장 따로 읽거나, 한 낱말 한 낱말의 가치를 파악하려 시도하는 것이 아니라, 작품을 다 읽고 난 후, 다시 단락과 문장과 단어로 돌아가, 부분의 가치를 파악하려는 시도, 그러니까 낱말과 통사와 문장이 전체 시스템 안에서만 제 의미와 기회를 취한다는 관점에 충실한 독법을 받아들이는 것과 근본적으로 동일한 관점을 공유한다. 정체성의 시학에서 타자성의 시학으로의 이행은, 이미지와 관련되어서는 물론, 예술을 바라보는 관점의 전환에 대한 요청이자, 그 필요성의 표출이다.

(『시와사상』 2014년 가을호)

리듬의 프락시스, 목소리의 여행

— 이제니의 『왜냐하면 우리는 우리를 모르고』

의미(意味)를 만들어가는 과정 자체로만 오로지 제 시의 특수성을 성취하고자 하는 시인이 있다. 시는 요약될 수 없으며 단일한 해석에 갇히지 않아 어디론가 늘 빠져나가는 말이라는 것일까? 이제니의 시가 지극한 모험의 반열에 올라설 수 있는 것은 의미에 붙들리는 대신, 낱말과 낱말, 구문과 구문이 관계를 맺어 생성된 특수한 시적 언어로, 제 고유한 호흡을 길어 올릴 순간까지 기다릴 줄 알기 때문이다. 의미를 유보해내는 저 무한의 과정을 담아내려 하면서, 그는 삶의 수많은 결들을 순결한 문장으로 포섭해내고, 지금-여기로 끌고 와 언어의 기이한 운동처럼 우리에게 선보인다. 의미는 벌써 폭력적이다. 형식의 반대말, 그러니까 내용과 엇비슷한 용어가 되어버렸기 때문이다. 시에서 의미를 고집하는 것이 어떤 강박이나 통념의 소산일 수 있다고 생각하는 시인에게, 언어를 초월하여, 언어를 벗어나, 별개로 생겨나는 의지나 진리는 있을 수가 없다. 구조주의가 상정했던 보편적인 문법도 이 시인에게 허구처럼 보이기는 마찬가지이다. 의미가 생성되는 과정 자체를 놓치고서 엿보았다고 말하는 진리나 보편성은 헛된 환상이나 과도한 확신에 근거해 세상을 함부로 설명하려는 지배의지의 발현일 뿐이다. 소통 역시 너무나 편리한 방식으로 삶의 수많은 가능성을 몇 가지 도식으로 축소하면서, 말로 존재할 미지의 세계를 일시에 취하해버리는 이데올로기에 지나지 않을 것이다. 말이 단순히 의미를 전달하는 데 복종하거나 소통을 도모하는 느슨하고 편리한 수단이라는 논리 앞에서, 그러나 시가 무기력하게 백기를 들지 않는다고 믿는 시인은, 차라리 전진하고, 멈추고, 다시 전진하는 말의 잔치에 참여하는 한없이 고통스런 길 위에, 제 실존과 고독의 그림자를 내려놓으려 한다. 어떤 의도를 가지고 고정적인 역할을 말에 할당하고 그 소략한 범주 내에서 크고 작은 주장을 들먹이며 작위의 세계를 멋지게 궁굴리는 것이 아니라, 말이 주인이 되도록, 말이 활달하게 뛰어놀도록 놓아두는 저 프락시스의 전위에 서서, 오로지 의미를 만들어가는 과정으로만 시의 특수성을 성취하고자 하는 그에게, 시는 그러니까, 요약될 수 없는 어떤 상태이자 순간에 솟아오르는 정념, 차이로 빚어지는 미지의 감성이자 단일한 해석에 붙들리지 않는 중층적 운동일 것이다.

여기서 이 보어들의 주어는 물론 말, 즉 언어다. 이제니에게 시는 말의 운동에 있어서, 가장 첨예한 상태를 고지하기에, 아직 발화되지 못한 낱말들과 문장들의 잠재력을 흔들어 깨울 미세한 차이와 순간을 놓치지 않으려 할 때, 그렇게 이제 막 사라지거나 달아나려는 무언가를 기록해낼 때만 비로소 당도할, 미지의 사건일 것이다. 시적 주체는 바로 이 미지의 사건과 크게 다르지 않다. 시

202

가 되는 힘, 시의 힘, 시가 만들어지는 동력은 그러니까 이미 어딘가에 있을, 선행되어 있는 무엇일 수 있으며, 이제니는 그 상태를 적시해낼 수 있을 때까지 지극한 모험의 반열에 올라, 제 살을 깎아먹고 영혼을 불태우며, 잘 알아주지 않는 고독한 투쟁을 마다하지 않는다. 그는 개별 낱말이나 고립된 문장에 희망을 품는 것이 아니라, 말의 뭉치들이 서로 협업을 전개하는 관계의 장으로 시가 들어설 때까지, 덧붙이고 지우기를 쉼 없이 반복하며, 무언가를 기다리고, 끝내 제 시에 방점을 내려놓으려는 사람, 그런 다음, 잦아들 어떤 사태에서 시의 미래를 목도하고자 제 자신을 걸고서 두려운 내기를 하는 시인이라고 해야 한다.

  중요한 것은 기다린다는 점에도 있다. 의미를 유보하려는 그의 노력이 아직 당도하지 않은 저 말들에서 빚어진 사태를 우리에게 내려놓고, 그 사태가 야기한 말의 포화, 그러니까 무한의 과정에 진입하고 나면, 그것으로 시가 종결을 고하는 것이 아니라, 지금-여기의 백지 위에서 여전히 침묵하고 있던 것들이 발화되면서, 우리 삶의 수많은 결들과 새로운 감정들, 사물의 본질적인 민낯과 날것 그대로의 목소리가 말의 기이한 물결을 타고서 우리 앞에서 한없이 넘실거릴 것이기 때문이다. 이제니가 언어의 '정동성 affectivity'이라는 저 미답의 영역에 시의 깃발을 힘차게 꽂는 순간은, 미처 마련하지 못한 눈을 들어 우리가 우리 자신의 주위를 돌아보고, 사물과 세계를 새롭게 사유하며, 우리의 기억과 언어를 되돌아보게끔 어딘가로 빨려 들어가는 순간이기도 하다는 말을 부기해야겠다.

1. 리듬-운동

말의 운동은 무엇인가? 언어가 생존하는 방식이다. 말이 조직되는 과정이 바로 말의 운동이다. 말의 운동은 자유롭게 쓴 말과는 다르다. 따라서 기본 형태가 얼어붙어 있는 것 같고 단순한 반복에 기댄 것으로 보이는 작품에서조차, 시의 힘이, 시라는 힘이, 어떤 운동을 생성해내며 활동 중이라는 사실은 간과될 수 없다.

> 달과 부엉이는 가깝다. 기억과 종이는 가깝다. 모자와 사과는 가깝다. 꽃과 재는 가깝다. 모래와 죽음은 가깝다. 나무와 열매는 가깝다. 수풀과 슬픔은 가깝다. 눈물과 바람은 가깝다. 구름과 어둠은 가깝다.
>
> ―「달과 부엉이」 부분

말의 힘은 삶을 지속시키는 현재의 상태에 만족하는 것이 아니라, 오히려 호시탐탐 기회를 엿보며 언제고 미지의 세계로 우리를 끌고 가려고 예비한다. 주목해야 할 것은 오히려 실사(實辭)가 아니다. 단순히 반복된 형용사 '가깝다'가 반복 그 이상 아무것도 아니라고 생각할 수도 있을 것이다. 그런데 시는 이런 불가피한 물음을 제기한다. 반복된 '가깝다'의 값은 일정한가? 그 값을 결정하는 것은 무엇인가? 그것은 '가깝다' 자체가 아니라, '가깝다'를 행하는 주어들에 달려 있을 뿐이다. 이렇게 '가깝다'는 반복된 구조 속에서 동일한 무게를 내려놓을 것 같은 착각을 불러일으키지만, 수많은 실사들에 의해서만 오로지 제 값이 결정될 잠재태, 즉 의미를 부여받기 이전의 상태로만 존재할 뿐이다. 심지어 이 작품에서 '가깝다'는 무한한 거리의 가능성조차 노정한다. 왜 그럴까? 실사들 사이의 거리가, 서로 결속되는 그 자장이, 매우 주관적이기 때문이다. 당신이라면 "달과 부엉이는 가깝다"와 "기억과 종이는 가깝다"의 "가깝다"에서 심적 거리를 동일하게 유지할 수 있겠는가? 아홉 차례 반복된 '가깝다'는 따라서 아홉 개의 상이한 거리를 취하고 있는 것으로 봐야 한다. 'A와 B는 가깝다'는 식의 형태로 반복되었지만, 운동이라는 전제하에서, 각각의 문장은 고유한 제 질서, 상이한 특수성을 포기하지 않는다. 오히려 유사성은 반복이 아니라, 다른 곳에서 찾아야 할지도 모른다. "가깝다"의 주어들을 살펴보자. "달과 부엉이"는 밤 풍경에서 유추한 것이며, "기억과 종이"는 글쓰기, "모자와 사과"는 어느 한 폭의 회화, "꽃과 재"는 장례식장, "모래와 죽음"은 불모성이나 고립, "나무와 열매"는 자연과의 친연성에서 모색된 것이라는 추정이 가능하다. 그렇다면 "수풀과 슬픔"이나 "눈물과 바람", "구름과 어둠"은 어떤 연관성을 지니는가? 이 둘은 어떻게 서로가 서로에게 가까워질 수 있겠는가? 바로 여기에 시적 주관성이 강력하게 개입한다. 이전까지 실사들 사이에서 유지되었던 의미의 연관성에서 벗어나, 음성적 동질성으로 견인된 유사성("수풀"-"슬픔", "눈물"-"바람", "구름"-"어둠")[1]이 고유한 시적 논리로 작동하기 시작하면, 시에서 의미

---

1) 한글은 서양 알파벳처럼 음소문자를 하나씩 나열하여 표기하지 않는다. 음절 단위로 네모나게 모아서 쓸 뿐이다. 따라서 음소 각각의 분석보다, 음소가 음절 안에서 어떤 기능을 취하는지, 그 근사치의 값을 추정하는 작업이 요구된다. 한국어에서 분석의

는, 의미의 차이 그 이상을 보존해내지 못하고 곧 붕괴되고 만다. '가깝다'는 바로 이렇게 해서, 의미가 아니라, 의미의 차이로 빚어진 주관적인 거리를 표정하는 시적 지표인 것이다.

너는 쓴다. 손가락에 물을 묻혀 쓴다. 몇 줄의 문장을. 몇 줄의 진실을. 몇 줄의 거짓을. 거짓 속의 진실을. 진실 속의 환각을. 환각속의 망각을. 망각 속의 과거를. 과거 속의 현재를. 현재 속의 미래를. 미래 속의 우연을. 우연 속의 필연을. 필연 속의 환멸을. 환멸속의 울음을. 울음 속의 음울을. 음울 속의 구름을. 구름 속의 얼굴을. 얼굴 속의 어둠을. 어둠 속의 문장을. 다시 몇 줄의 문장을. 다시 몇 줄의 희미한 문장을.

돌아보는 사이 다시 가라앉는 돌

돌과 돌은 멀다. 달과 달은 멀다. 물과 물은 멀다. 말과 말은 멀다. 말과 물은 멀다. 물과 돌은 멀다. 돌과 달은 멀다. 달과 말은 멀다. 달과 달이라는 말은 멀다. 돌과 돌이라는 말은 멀다. 물과 물이라는 말은 멀다. 말과 말이라는 말은 멀다.

멀어지는 사이 다시 떠오르는 말
달아나는 사이 다시 사라지는 달

—「달과 돌」 부분

단위가 서양어처럼 음소가 될 수는 없는 것으로 보인다.

시에서 반복은 없다. 똑같은 단어가 목격되어도, 낱말이 동일한 가치를 부여받는 것은 아니며, 실로 중요한 것은 낱말 자체가 아니라 그것의 쓰임이기 때문이다. "몇 줄의 진실"과 "거짓 속의 진실"에서 "진실"이 같은 가치를 지니지 않는다는 사실을 이제니처럼 잘 알고 있는 시인이 또 있을까. 그 쓰임이 오로지 그것의 사용 방식에 달려 있다고 할 때, 이제니는 이러한 사실을 적시하며 말의 운동성 하나에 의존해, 우리가 아직 포착하지 못했던 어떤 상태를 기술해내면서, 말이라는 것의 속성도 조용히 폭로한다. 말은 사물을 가둘 수 없으며, 이 자명한 사실로, 이제니는 말이 오로지 운동의 상태에 놓여 예기치 못한 감정을 우리 앞에 잠시 내려놓고 또 바삐 어디론가 이동할 뿐이라는 사실을 제 시에서 확인해내고, 결국 "멀어지는 사이 다시 떠오르는" 비결정적인 상태를 실현해내는 말의 모험을 과감하게 실험의 반열에 올려놓는다.

낱말의 고정된 의미를 분산시키고, 오로지 말의 운동에 의지해, 확정될 수 없는 무언가를 시인이 우리 앞으로 끌어올 때, 우리가 당도한 곳은 그럼 어디라고 해야 하는가? 이 작품에 국한한다 해도, 우리는 이를 표현할 적절한 낱말을 손에 쥐기 어려울 것이다. 그러나 오해는 말자. 그것은 모호함이나 무의미가 아니기 때문이다. 오히려 무언가 설명하기 어려운 상태에 빠져든다는 사실이 중요한데, 그 까닭은, "곳곳에서 동시에 미끄러지는/보이지 않는" (같은 시) 지점을 표현하고자, 낱말을 고안하고 문장의 배치를 고심했다는 사실을 바로 이 무언가 설명하기 어려운 상태가 말해주기 때문이다. 시를 다 읽고서 우리가 받은 느낌이라고 에둘러 표현해볼, 고독이나 덧없음, 슬픔이나 사라짐과 같은 말조차 오로지 근사치로 주어질 뿐이라면, 이제니의 시에서 의미는, 벌써 달아나는 의미, 미끄러지는 의미라는 사실도 좀더 자명해질 것이다. 오해하지 말아야 할 것은 또 있다. "멀다"라는 말의 반복에 힘입어 당도한 무정형의 감정과, 그 감정을 말로 비끄러매면서 사물과 그 사물을 지칭하는 말 사이의 불일치성을 그려낸 일련의 문장들은, 오로지 서로가 서로에게 화답을 하는 방식 속에서만 구동되고 또 존재할 수 있다는 점이다. 이제니의 시에서 말의 운동은, 단 하나의 낱말이나 문장도 고립된 상태에서 파악할 수 없다는 사실과 깊이 연관되어 있다. 따라서 모든 것이 서로 '멀다'라고 했지만, 이 '멀다'가 홀로 무언가를 지칭한다고 생각하거나, 제 의미를 오롯이 보존할 수 있다고 생각하는 것은 어리석은 일이다. 낱말과 낱말 사이, 문장과 문장 사이의 관계를 헤아릴 때만, 솟아오르는 무엇, 바로 그런 상태, 그러니까,

① 돌과 돌은 멀다. 달과 달은 멀다. 물과 물은 멀다. 말과 말은 멀다. 말과 물은 멀다. 물과 돌은 멀다. 돌과 달은 멀다. 달과 말은 멀다. 달과 달이라는 말은 멀다. 돌과 돌이라는 말은 멀다. 물과 물이라는 말은 멀다. 말과 말이라는 말은 멀다.

② 멀어지는 사이 다시 떠오르는 말

①에서 수차례 반복된 "멀다"는 "돌과 돌" "달과 달" "물과 물" "말과 말" "말과 물" "물과 돌" "돌과 달" "달과 말", "달과 달이

라는 말" "돌과 돌이라는 말" "물과 물이라는 말"의 '멂'을 실현하
는 단 하나의 형용사이면서, "말과 말이라는 말"을 증명하는 말,
즉 ②의 "멀어지는 사이 다시 떠오르는 말"의 자기-지시적 표현들
인 것이다. ①은 이렇게 "멀다"를 표상하는 것이 아니라, "멀다"의
운동을 견인하면서, 말을 계속 움직이게 추동하고 미끄러지게 만
드는 저 과정에서만 추정해볼 의미의 프락시스이며 ② 역시 독립
적인 표현이 아니라 ①의 결과에서 빚어진 산물인 동시에 ①의 운
동성을 실현해낸 구문이라는 사실을 강조해야겠다. 이제니는 아주
사소해 보이는 형용사나 술어 하나, 낱말 하나를 들고, 그것을 여
기저기에 붙이고 묶고 엇대고 이접하며, 어떤 운동성의 소산으로
이 모든 낱말들을 전환하여 새로운 세계를 일어나게 하고, 그렇게
하여, 언어가 활동하는 방식에 대한 시적 지식도 함께 담보해내면
서, 문장과 문장, 말과 말, 말과 사물, 말과 세계가 맺는 관계에 가
해진 단일성이라는 진부한 통념을 비판하는 곳으로 우리를 이끌고
간다.

   모르는 사람의 모르는 얼굴을 떠올려본 적이 있습니까. 계속 걸어
가겠습니다. 마음의 소리에 귀 기울일 수 있어야 합니다. 우리가 이
웃에게 끼친 해악은 그림자처럼 우리를 따라다니게 될 겁니다. 어떤
부분집합들은 그 자체로 원소의 개수가 무한합니다. 밤하늘은 왜 밝
지 않고 어둡습니까. 꽃병을 대신할 유리병이 필요합니다. 상자 속
에는 또 다른 상자가 들어 있습니다. 누구나 웃을 수 있습니다. 누
구나 기다릴 수 있습니다. 누구나 손톱을 깎아야만 합니다. 말하려
고 했던 것을 잊어버렸습니다. 중요한 것은 절대적인 하나의 진리가

아니라 서로 모순되는 수많은 상대적인 진리입니다. 모든 것은 있는 그대로 다 완전하고 아름답습니다. 다시 한 번 두 손을 맞잡을 수 있겠습니까. 다시 한 번 당신 자신을 읽을 수 있겠습니까. 한 낱말 위에 한 낱말이 겹치면서. 한 목소리 위에 한 목소리가 흐르면서. 달아나는 말 위로 스며드는 물. 스며드는 물 위로 내려앉는 말. 얼음과 구름. 죽음과 묵음. 결국 헤매다가 죽게 될 것이다. 모르는 사람 모르게 살아가듯이. 모르는 사람 모르게 죽어가듯이. 커튼은 잿빛으로 흔들리고 있었다. 탁자는 흑백으로 움직이지 않았다. 이것을 빛이라고 부를 수 있다면 이 어두움이야말로 내 마음이다. 눈을 감는다. 다시 눈을 감는다. 내 눈 속의 어둠과 함께. 너의 어둠과 함께. 어둠 속에서 어둠 속으로. 어둠 속에서 어둠을 향해.

—「모르는 사람 모르게」 부분

우리가 읽어야 하는 것은 문장 하나하나가 아니다. 이 작품을 구성하는 모든 문장들은 서로 엇비슷한 무게를 가지고 있는 듯 병렬식으로 나열되어 있지만, 서로 교호하는 과정에서 찾아드는 낯섦이, 이 작품의 특수성을 일구어낸다고 말하지 않을 수 없다. 일체의 접속사를 생략한 병렬식 나열이나 분절된 호흡을 추동하는 문장들의 소략한 배치는, 우리가 그간 익숙하게 조직하고 평범하게 사용해왔던 문장들, 문장이나 문장을 배열하는 우리의 저 오래된 관습을, 그것 그대로의 방식을 존중하면서조차(이 시의 문장 각각은 조금도 복잡하게 구성되어 있지 않다!) 매우 낯설고 새롭게 드러낼 수 있다는 사유가 있었기에 가능한 것이다. 그러니까, '거울은 바닥에 놓여 있다' '상자는 탁자 위에 있다' '넝쿨 식물의 꽃은 높은 곳에 있다' 식의 명료한 단문을 병렬식으로 배치한 이후, 불행이 들어설 자리가 없는 것은 당연하다' 같은 문장을 거기에 조합하는 방식, 혹은 '꽃병을 대신할 유리병이 필요하다' '상자 속에는 또 다른 상자가 들어 있다'의 열거 이후, '누구나 웃을 수 있다' '누구나 기다릴 수 있다' '누구나 손톱을 깎아야만 한다' 등을 배치하는 구성 방식을 보아야 한다. 문장과 문장 사이에 접속사를 지워낸 상태에서, 문장 하나하나가 순차적으로 진행되다가 돌연, 어느 지점에 이르러, 의미의 연쇄를 끊어내는 지점으로 우리를 안내하는 이 기이한 구성을 통해, 이제니는 우리가 그간 익숙하게 써왔던 아주 단순한 문장이 조금도 관습적인 방식으로 쓰일 수 없다는 사실을, 이렇게 살짝 뒤틀어 보여주려 한다. 문장과 문장 사이의 실언(失言), 빈 공간, 의미가 자리하기 전의 블랙홀, 의미를 자리하게 만드는, 그러니까 허사(虛辭)로 지어올린 문장들, 문장들의 퍼즐, 허사를 생성해내는 문장의 조합으로 생겨난 바로 이 미지의 자리에서, 중층적인 목소리, 복합적 울림, 사방으로 흩어지는 말들이 전진하기 시작한다. 우리가 매일 발화하는 언어에서 "어떤 부분집합들은 그 자체로 원소의 개수가 무한"한 것이며, 언어에 "절대적인 하나의 진리가 아니라 서로 모순되는 수많은 상대적인 진리"만이 주어진다는 사실을, 매우 평범하다고 말할 수밖에 없는 문장의 구성과 배치를 통해 이제니는 제 시에서 프락시스의 반열 위에 올려놓는 것이다.

이렇게 그의 시는 어떤 목적에 붙들려 무언가를 기술하지 않으며, 문장의 조직을 통해 언표의 상위에 위치한 주관적인 공간으로 우리를 데려간다. 그가 감정이라 부를 어떤 상태를 제 시에 내려놓는다면, 그것은 말의 중층적 결정과 운동에 의지해서만 그렇게 할 뿐인 것이다. 의미가 아니라, 의미가 되어가는 과정을 실현하려 시도하는 것은, 의미를 확정 짓는 행위가 이 세계에서 너무나도 많은 것들을 지워낸다는 사실을 그가 누구보다도 잘 알고 있기 때문일 것이다. "말이 쏟아지려는 찰나"에 주목하지만, 그러나 그것은 '그렇게 하겠다'는 식의 정언적 발언에 힘입어 확정되는 것이 아니라, 오로지 말 전체를 구동하는 운동의 형태로 "말이 쏟아지려는 찰나" 자체를 실천하고자 끊임없이 도전할 때 주어질, 적고도 희미한 가능성일 뿐이다. 기존의 의미를 탈색하고 또 탈색하여 남겨진 어떤 정수, 그 "백색의 슬픔을 기록하는 사람"(「가지 사이」)이 되고자 하는 것도, "백색의 슬픔을 기록하는 사람"이라는 구문을 둘러싼 다른 말들을 움직여 미세한 차이로 운용되는 언어 운동 속에서만 실현될 뿐인 것이다. 말의 미세한 차이에 주목하고, 낱말과 낱말 사이의 관계를 움직여, 정동의 세계로 들어간다는 것은 대관절 무엇인가?

불길 뒤에 오는 것들

불길 뒤에 남는 것들

그을음 위로 그 울음이 번질 때

그 울음 위로 그 울림이 겹칠 때

몸속 저 깊은 곳에서부터 차오르는 물

그 모든 가장자리를 향해 나아가는 물

구름을 따라 흐르는 것들이 있었다
　　　　　　　　　　　　—「그을음 위로 그 울음이」 부분

　"그을음""그 울음""그 울림" 순으로 빚어낸 미세한 음성적 차
이가 어떤 감정을 깊숙이 각인하는 것이지, 이 작품은 어떤 사건을
겪은 후 몰려온 별개의 슬픔이 있어 고통의 감정을 절절히 쏟아내
는 것이 결코 아니며, 그렇게 생각한다면 우리의 커다란 착각일 뿐
이다. 이 작품은 화재와는 아무런 상관이 없다. 오히려 여백을 활
용한 저 유사성의 착안(띄어쓰기)과 자음 하나를 교체해가며 음절
의 자질에 변화를 가한 것은, 이제니가 확정된 의미에서 출발하는
연역의 방식을 택하는 것이 아니라, 낱말들 간의 고유한 질서를 고
안하여 매순간 새로운 논리를 궁리하는 귀납의 방식에 무게를 두
고 시작에 임한다는 사실을 알려준다. 그 작업은 의미의 조작이 아
니라, 차라리 언어의 질서를 새롭게 구축해내는 고안이라고 해야
한다.
　고안이란 가령, 문법적인 통사 운용의 범주를 벗어난 것으로 간
주하기는 어렵지만 그렇다고 문법 안에만 머무른다고도 판단하기
도 어려운, 그러니까 문법적 통념으로는 도달할 수 없는 미지의 지
점까지 제 언어를 힘껏 밀고 나갔다는 것을 뜻한다. 이 작품은 바
로 언어의 고안에 힘입어, 번지고, 겹치고, 차오르고, 나아가고, 흐

르는 상태, 그 정동의 세계로 우리를 초대한다. 실사와 형용사는 이때 협업을 통해, 작품에서, 오고 가고 당도하거나 막 미끄러지는 감정의 유동적인 상태를 각인해낸다. 의미의 유사성을 약화시키는 음성적 제약[2]을 활용하여, 통사의 인접성 자체를 낯설게 주조하는 데 성공적으로 합류하는 이러한 배치는 이제니의 시에서, 아직 실현되지 않은 잠재적 현실을 세계에서 활보케 하는 기폭제로 살아나며, 우리가 아직 경험하지 못한 사유의 심연이 살짝 틈입을 허용하는 곳, 결국 '언어에 의해, 언어 안에서' 세계의 잠재적 상태를 열어 보이는 곳으로 시가 향하고 있다는 사실을 통보해준다. 언어의 운동은 말의 질서를 새롭게 구축하는 억양과 낱말들의 변별적 가치를 제공하는 뉘앙스에도 주목한다.

2. 리듬—있음과 동안

억양intonation의 가능성은 시에서 어떻게 타진되는가? '있다'의 존재론이 아니라, 있게 되는 '동안'의 일들과 그 운동의 양태를 억양의 질서 속에서 표현해내는 일은 과연 가능한가.

거실에는 책상이 있다. 거실에는 의자가 있다. 거실에는 책이 있고. 꽃이 있고. 거울이 있고. 종이가 있고. 유리가 있고. 서랍이 있

---

2) 그것을 '제약'이라고 부르는 까닭은, 같은 음소를 지닌 말을 선별해야 한다는 조건에 충실한 구문이기 때문이다.

고. 약속이 있고. 한숨이 있다. 한편에는 식탁이. 한편에는 냉장고
가. 냉장고 안에는 사과가. 사과 안에는 과육이. 과육 안에는 씨앗
이. 씨앗 안에는 어둠이. 어둠 안에는 기억이. 기억 안에는 숨결이.
숨결 안에는 눈물이. 눈물 안에는 너의 말이. 너의 말 안에는 나의
말이. 나의 말 안에는 지나간 흔적이 있다. 우리의 감정이라 부르던
어떤 것. 우리의 취향이라 부르던 모든 것. 일일이 나열하지 않아도
되었던 모든 것. 일일이 말하지 않아도 되었던 어떤 것. 거실에는 어
떤 모든 것이 있다. 어떤 모든 것 안의 어떤 모든 것. 모든 어떤 것
안의 모든 어떤 것. 기울어진 모서리. 희미한 벽지. 벽지에 닿는 손
가락이. 손가락을 따라가는 눈길이. 이제는 없는 너의 눈길이. 되돌
릴 수 없는 어떤 얼룩이. 하나에서 다른 하나로 번지는 모든 얼룩이.
거실에는 모든 어떤 것이 있다. 있다. 있다. 있다. 모든 어떤 것 안
의 어떤 모든 것. 어떤 모든 것 안의 모든 어떤 것. 우리를 다른 우
리로부터 구별되게 하던 모든 어떤 것. 우리를 다른 우리로 번지게
하던 어떤 모든 것. 거실에는 문이 있다. 거실에는 창이 있다. 거실
에는 모자가 있고. 연필이 있고. 온기가 있고. 선반이 있고. 후회가
있고. 흔들림이 있고. 망설임이 있고. 독백이 있고. 양초가 있고. 구
름이 있고. 한낮이 있고. 한탄이 있고. 나무가 있고. 풀이 있고. 물
이 있고. 불이 있고. 웃음이 있고. 울음이 있고. 음악이 있고. 침묵
이 있고. 그림자가 있고. 고양이가 있고. 개가 있고. 새가 있고. 내
가 있고. 네가 있고. 이제는 없는 네가 있고. 이제는 없는 오늘의 네
가 있고. 거실에는 어떤 모든 것이 있다. 있다. 있다. 있다. 모든 것
안의 어떤 것. 모든 것 안의 모든 것. 어떤 것 안의 어떤 것. 어떤 것
안의 모든 것. 거실에는 어떤 것이 있다. 있다. 있다. 있다. 거실에

는 모든 것이 있다. 있다. 있다. 있다.

—「거실의 모든 것」 전문

거실에는 책상과 의자가 있다. 문제는 그다음이다. 편의상, 이어
지는 문장 "거실에는 책이 있고. 꽃이 있고. 거울이 있고."를 ①로,
비교를 위해 임의로 적어본 '거실에는 책이 있고 꽃이 있고 거울이
있고'와 '거실에는 책이 있고, 꽃이 있고, 거울이 있고,'를 각각 ②
와 ③으로 부르기로 한다. 이 각각은 구두점의 여부나 그것이 다
르다는 차이뿐인 듯하지만, 근본적으로 다른 세계를 상정한다고밖
에 볼 수 없다. 스타카토의 리듬으로 말의 흐름을 무시로 끊어야만
다가갈 수 있는 세계가 존재한다고 생각한 것일까? 마침표는 물론
'있다'의 견고함을 강조하기 위해 사용된 것이다. 각각의 통사구를
마침표로 틀어막은 구절들을 읽으면서, 우리는 어쩔 수 없이, 책과
꽃과 거울의 고립을 보존할 수밖에 없는 처지에 놓이게 된다. 만약
쉼표로 연결해놓았더라면, 책과 꽃과 거울은, 매번 쉬어야 하는 만
큼, 서로 고립되면서 끝내 절연은 하지 않아 다소간의 연관성을 유
지할 수 있었을 것이고, 구두점이 생략된 구문이었더라면, 책과 꽃
과 거울은 앞의 두 경우보다 훨씬 밀접한 관계에 놓여, 각각의 '있
음'을 보존하기는커녕 '거실'이라는 공간에 나란히 놓여 있는 공존
의 상태가 유독 강조되는 것을 방지하지도 못했을 것이다.

중요한 것은 구두점이, 책과 꽃과 거울뿐만 아니라, 거실의 의미
도 조절해낸다는 데 있다. 시인이 선택한 "거실에는 책이 있고. 꽃
이 있고. 거울이 있고."에서 주목해야 하는 것은, 각각의 실사들이
"거실"로부터 서서히 독립되어 개별성을 확보한다는 사실인데, 그

까닭은 실사들의 개별성을 보장하는 한편 "거실"과 종속적 관계를 저버리지 못하는 쉼표를 사용했을 경우나, "거실"이라는 전체 속에서만 실사들이 제 존재를 보장받을, 구두점을 생략한 경우와는 완전히 다른 세계를 보여주고 있기 때문이다. 마침표는 문장과 문장 사이에 여백을 창출하는 억양의 발생지이면서, 사물의 독립성을 보장하고 단일한 공간(여기서는 "거실")으로부터 그것들을 이탈시켜, '있다'의 가능성을 큰 폭으로 확장시킨다. 이렇게 "거실"에는 단일한 의미에 붙들린 사물이 아니라, 사물 각각의 존재 가능성에 충만해진 상태, 그러니까 말로 고립되고 "나의 말 안"에서 "지나간 흔적"을 간직한 사물들이 바글거리는 것이다. 사물들이 시에서 "우리의 감정이라 부르던 어떤 것"―"우리의 취향이라 부르던 모든 것"―"일일이 나열하지 않아도 되었던 모든 것"―"일일이 말하지 않아도 되었던 어떤 것"과 공존을 모색하면서, 주관성의 산물로 자리매김하게 되는 것은 바로 구두점의 운용 덕분인 것이다.

또한 이와 같은 방식으로 보존된 사물의 개별성은 "거실에는 어떤 모든 것이 있다"에서의 "어떤"과 "모든"의 값을 결정하는 중요한 역할도 수행한다. "어떤 모든 것 안의 어떤 모든 것"과 "모든 어떤 것 안의 모든 어떤 것"이, 미세한 차이로만 존재하는 '있다'의 다양성을 보장하는 지표라고 한다면, 우리는 이 작품이, 고정된 의미를 사물에 부여하는 것이 아니라, 의미를 부여받기 직전의 상태, 의미가 형성되는 과정의 일부, 의미를 탈색하는 절차로만 시적 고유성을 성취하려 시도한 결과임을 알게 된다. 이는 시인이, 사물과 마찬가지로 "우리를 다른 우리로부터 구별되게 하는 모든 어떤 것"만이, 오로지 우리의 '있음'을 보장할 것이라고 생각하고 있기 때문에 가능한 것이기도 하다. 여기서 눈여겨봐야 하는 것은, 이때 '있다'라는 형용사 역시, 감정의 결을 부여받아, 제 의미를 한층 더 확장하게 된다는 사실이다. 마지막 구절을 다시 살펴보자.

거실에는 어떤 모든 것이 있다. 있다. 있다. 있다. 모든 것 안의 어떤 것. 모든 것 안의 모든 것. 어떤 것 안의 어떤 것. 어떤 것 안의 모든 것. 거실에는 어떤 것이 있다. 있다. 있다. 있다. 거실에는 모든 것이 있다. 있다. 있다. 있다.

'있다'는 "거실"에 있는 "어떤 모든 것"의 존재 양태를 설명하는 문법적 기능을 완벽하게 저버리고, 자신을 수식하는 체언이 곱절로 늘어나 부여받게 될 미지의 감정의 주인이 되어, 복수의 의미 체계 안으로 진입하고 만다. 말미에 두 차례에 걸쳐 세 번 반복된 "있다" 각각이 서로 상이한 가치를 지니는 것은, 이 각각의 "있다"를 수식하는 "모든 것 안의 어떤 것. 모든 것 안의 모든 것. 어떤 것 안의 어떤 것. 어떤 것 안의 모든 것"이 실상, 헤아릴 수 없는 경우의 수를 상정하기 때문이다.

"있다"에 내려앉게 될 복잡한 의미의 함수는 그러나 이것이 전부인 것도 아니다. "있다"의 실질적 주어는 사실상, "있다" 앞에 등장했던 모든 실사들일 수 있기 때문이다. 따라서 이 시를 마지막까지 따라 읽은 우리는, 용언과 체언 사이에 일 대 일 대응은커녕, 다 대 일의 대응마저 거부하는 곳에 당도하게 된다. 세상의 모든 것을 '있게' 하는 동시에 그것들의 차이를 보존하고, '있음'의 다름과 이 다름의 세세한 층위마저 지워내지 않는 주관성의 언어 운용을 선보이며, 이제니의 시는, 아직 실현되지 않은 미래의 시를 향해 큰 보폭으로 걸음을 내딛는다. '있다'의 존재 양태는 이렇게 무한한 것이며, 시인은 이 사실을 거창한 주장이나 공설에 의지하지 않고, 낱말의 단순한 반복과 구두점의 배치, 억양의 조절과 여백의 활용, 요소들 간의 운동과 뉘앙스의 차이를 통해 실현해낼 줄 아는 것이다. 물론 여기서 여백이란, 마침표와 함께 하강하는 억양, 쉼과 단절을 내려놓는 억양으로 창출된, 그러니까 시각으로는 보이지 않는, 그럼에도 엄연히 시에 존재하는 언어적 휴지(休止)이자 정동의 공간일 것이다. 시에서 주관성의 실현, 언어의 정동성의 구현은 바로 이런 것이다.

여기저기에 꽃이 있었다
여기저기에 내가 있었다

너는 꽃을 뒤집어쓰고 죽어버렸다

붉고 환한 것들은 오로지 재
느리게 소용돌이치며 구름의 재

어둠 속에 어둠이 있었다
불타오른 자리는 희고 맑았다

뒤를 돌아보는 사람은 쓸쓸한 사람

그림자가 없는 사람은 이미 죽은 사람이다

—「꽃과 재」 부분

말의 운동은 필연적으로 감정을 결부시킨다. 문제는 이 '감정'
이 철저하게 언어의 배치와 조직의 산물이라는 데 있다. 따라서 그
것은 우리의 통념 속에 자리한 '감정'이 아니다. 차라리 다른 감정,
두터운 감정, 그러니까 주관적 감정, 아니 시적 감정이라고 불러야
할지도 모르겠다. '있었다'로 시작한 이 작품이 누군가의 죽음과
결부되어 있다는 사실을 짐작하는 것은 크게 어렵지 않다. 그런데
시인이 죽음 이전에 '있었다'를 매우 특이하고 고유한 방식으로 보
존해내려고 한다면? 이러한 사실은 "붉고 환한 것들은 오로지 재/
느리게 소용돌이치며 구름의 재"라는 두 문장에서 드러나기 시작
한다. "붉고 환한 것들"은 "꽃"인가? 아니면 "재"인가? "재"가 붉
고 환하다는 것은 이 경우, 모순이 아니다. 시의 구성 전반을 헤아
릴 때, "재"는 타고 남은 가루라는 단일한 의미에 붙들리지 않기
때문이다. 의미의 완벽한 전치와 분산이, 낱말과 낱말의 결속, 말
과 말의 운동, 그것을 조직하는 방식에서 살아나기 시작한다. 그리
하여, "재"는 在(있다)나 災(화재나 재앙), 再(반복하다), 심지어 栽
(심다), 濊(맑다)일 가능성조차 부정할 수 없는 처지에 놓인다. '재'
가 통념이나 상식적 수준의 이해에 갇히지 않는 것은, 반드시 이
한 낱말의 한자가 여럿이라 그런 것이 아니라, 작품의 다른 낱말들
과 구문들이 이 '재'와 모종의 관계를 맺어, "재"라는 낱말을 단일
한 의미에 붙들리게 방치하지 않기 때문이다. 이렇게 "어둠 속에
어둠이 있었다"의 '있었음'이나 '어둠'도 '재'일 수 있지만, "불타

220

오른 자리"의 저 "희고 맑았"던 속성도 '재'일 가능성을 저버리는 것은 아니다. 여기서 주목해야 하는 것은, 여전히 의미가 아니라, 의미가 되어가는 과정, 그 과정을 최대한 실현해낸 독창적인 구문의 조직과 그 운용이다. 그렇다면, 시를 읽고 난 다음, 우리에게 찾아든 무엇, 가령 "쓸쓸한 사람"이나 "이미 죽은 사람"을, 우리는 어떻게 언어의 운동을 통해 활성화된 '재'의 복수성이 우리에게 날라다 준 미지의 감정이 아니라고 말할 수 있겠는가?

> 기린이 그린 그림은 기린이 그린 그림
> 구름이 그린 기린은 구름이 그린 기린
> 〔……〕
>
> 대답하는 대신 다시 묻는 네가 있고
> 긴 목을 휘저으며 그저 웃는 구름이 있고
> 뭉게뭉게 휘날리며 흩어지는 기린이 있고
> 묻는 대신 대답하는 오늘의 내가 있고
>
> —「기린이 그린」 부분

> 한 남자는 달리고 한 여자는 춤춘다. 달리고 춤추고 웃을 때 거리는 끝이 없고 나무는 자란다. 나무가 자랄 때 빛이 있고 그늘이 있고 피로가 있고 입김이 있고 구름이 있고 노을이 있고 기억이 있어 순간의 망각이 풀잎 위에 그림자를 만들고 순간의 불꽃이 노란 고무공을 튕긴다.
>
> —「수요일의 속도」 부분

너의 이마 위로 흐르는 빛이 나의 이마 위로 흐르고 흘러 해는 지
고 새는 가고 바람은 불고 구름은 떠돌아 언덕 위로 기우는 빛이 다
시 너의 이마 위로 흐르고 흘러

  언덕을 지우고 구름을 지우고 얼굴을 지우고 얼룩을 지우고 물결
을 지우고 눈물을 지우고 해를 지우고 새를 지우고 바람을 지우고
기억을 지우고 다시 나의 이마 위로 흐르고 흘러

—「너의 이마 위로 흐르는 빛이」 부분

이제니는 간결하고 명료한 단문의 반복과 특수한 배치만으로,
가장 복합적인 의미의 함수들을 시에 떠돌게 하여, 발화의 주관적
인 상태로 진입할 줄 아는 시인이다. 언어의 정동을 실현하고 주
관성을 최대한 적재해내는 이러한 작업은, 정지의 상태보다는, 말
이 뭉치고 흩어지면서 풀려나오는 동시다발적인 양태를 그대로 살
려내려는 시도에서, 또한 무언가 생성 중인 '사이와 동안'을 포착
하려는 시도에서, 그러니까 "기억나지 않는 말과 말 사이"(「어둠과
구름」)를 주목하는 일로, 크게 성공을 거둔다. 굳이 음성적 유사성
을 언급하지 않아도 좋다. 마감되지 않고 계속해서 이어지는 동작
들, '~가 있고'로 "빛" "그늘" "피로" "입김" "구름" "노을"을 연
달아 표현해, 말과 말 사이에 속도를 부여하려는 시도, 속도를 이
끌고 갈 통사적 구성을 구고해내는 창의적인 사유, 그렇게 해서
"순간의 망각"과 "순간의 불꽃"을 실현하는 독특한 발화적 구성
등, 이제니의 이 '자기-지시적인' 언어의 운용에는, 낱말이나 문장

이 '무엇인가를 대신해서 존재하는 무엇aliquid stat pro aliquo'이 아니라, 또 다른 낱말들과 문장들과의 관계에 의해서만 제 타당성을 부여받고 고유한 목소리를 낼 수 있는, 오로지 그렇게 할 때만, 시라는 언어의 체계 속에서 주인의 자리를 차지할 수 있다는 확신이 자리한다.

3. 리듬-체계-소리

이제니의 시가 리듬의 화신인 것은 이렇듯, 시에서 모든 언어 요소들의 상호의존성을 전제하는 독서를 추동하기 때문이다. 우리는 이러한 시를, 몇몇 구조적 반복에 붙들려 읽는 시가 아니라, 말의 운동을 이끄는 조직organization과 그 체계system를 읽어야만 하는 시라고 부를 것이다. 그런데 시에서, 체계는 무엇인가? 체계라는 개념은 독서에 어떤 변화를 몰고 오는 것인가? 그것은 구조와 어떻게 다른가?

눈물 다음에 너울이 온다 너울 다음에 하늘이 있고

하늘 너머로 얼굴이 있다 얼굴 사이로 바람이 오고

바람 속에는 마음이 있어 마음 위로는 노래가 오고

노래 사이로 호흡이 있고 호흡 속에는 죽음이 있다

죽음 너머로 구름이 있고 구름 너머로 저녁이 오고

저녁 너머로 안개가 있고 안개 너머로 들판이 있고

들판 너머로 먼지가 일고 먼지 너머로 거리가 있다

거리 속에는 정적이 있고 정적 사이로 언덕이 있고

언덕 위로는 나무가 있어 나무 다음에 눈물이 오고

눈물 다음에 너울이 있어 너울 너머로 노을이 진다
                                    —「너울과 노을」전문

　이 작품은, 내적으로 단단히 묶인 언어 요소들의 필연성에 의거해서만 시가 의미의 생산과정에 개입하며, 주관성의 표식을 드러낼 수 있다는 사실을 여지없이 보여준다. 시를 구성하는 각각의 요소들은 고립된 개별체로는 존재할 수 없다. 서로 간의 대립과 차이에 의해, 전체와 부분의 유기적인 협력 속에서만, 시는 의미의 필드 안으로 진입할 수 있을 뿐이다. 그러나 이렇게 해서 주어질 미지의 의미조차 사실 시에서는 가변적이며, 이 시는 시를 구성하고 있는 그 어떤 요소도 시에서 독립될 수 없으며 홀로 제 기능을 발휘할 수 없다는 사실을 보여주기 위한 작품이라는 생각마저 들게 한다. 무슨 말일까? 당신이라면 이 작품을 어떻게 읽을 것인가?

가로(낱말을 연결하는 연합체)나 세로(낱말을 교체하는 계열체)의 독서뿐 아니라, 크로스(⨉) 방식의 독서, 심지어 낱말들을 다른 방식으로 조합해도, 통사의 뭉치가 일련의 연쇄를 생성해내면서, 독서의 복수성은 사실상 무한으로 늘어날 뿐이다.

가령, 작품의 첫 낱말 "눈물"은 가로축과 세로축으로 통사적 결합이 가능할 뿐만 아니라, 두 줄 아래의 두번째 낱말 "속에는"과도 연합할 수 있고, 그 각도 그대로 유지해 만나는 낱말들과도 무리 없이 이어져, 가로나 세로, 대각선 이외의 새로운 통사 라인의 형성에 참여한다. 구성의 복잡성 외에도, 독서 방식의 복잡성은 이를 테면, 이 시를 구성하는 각각 낱말들의 가치는 어떻게 결정되는 것인가 같은 또 다른 물음을 낳는다. 하나의 낱말은 오로지 그것 주위에 포진한 나머지 낱말들에 의해서, 오로지 그것들과의 차이에서 만들어지는 상대적인 가치 외에 다른 값을 부여받지 못할 것이다. 이는 한편의 시가 항구적인 구조에 토대를 두고 작동하는 것이 아니라, 요소요소들의 상호운동을 전제하는, 각각 요소들의 결속된 체계라는 인식하에만 기능한다는 사실을 알려준다. 기호들은 그 자체로 아무것도 아닌 것이다. 기호는 다른 기호와의 상호의존성의 산물일 뿐이다. 그러니까 한 낱말의 가치를 결정하는 것은 그 낱말의 주위에 포진된 또 다른 낱말들이며, 이 또 다른 낱말들과 조합되는 방식에 의존해서만 어떤 낱말은 오로지 제값을 추정해낼 수 있는 것이다.

이제니의 시는 이처럼 의미의 '복수성'을 열어젖히는 낱말들과 통사의 내적 체계를 구축하면서 요소요소들의 결속과 연합을 강조하고, 그로써 의미의 단일성에 크게 이의를 제기하며, 나아가 새로운 개방 체계를 향해 시가 끊임없이 전진해야 한다고, 아직 가지 않은 미지의 길을 터야 한다고 말한다. 그러니까 이 작품의 모든 요소들은 어떻게 그것들이 결속되느냐에 따라서만 제 값을 확보하는 것이며, 그것이 어떤 상태로든 조직되기 전까지는 아무것도, 그 어떤 의미도 부여받지 않은 무정형의 덩어리일 뿐이다. 낱말이나 문장, 나아가 시 자체가 고정된 의미에 붙들리거나 단일한 목소리로 포장되는 것을 경계하며, 매 순간, 의미를 유보하고, 오로지 의미의 유보 과정으로만 세계에 주관적인 감정을 내려놓으려는 시도라고 해야 할까? 실사는 물론, 형용사나 지시사 모두, 무한한 의미의 잠재적 대상으로 거듭나 결국 '모든 것이 너울지고 노을 너머로 붉게 타오른다'는 사실에, 엄청난 주관성을 적재해낼 무한한 가능성의 요소들로 제공될 뿐이다. 작품 네번째 줄의 마지막 낱말 "있다"를 예로 들어, 이 최대치의 주관성을 설명해보자. "있다"는 "죽음이 있다" 뿐만 아니라, 대각선의 통사적 연쇄에서 "노래가" "있다", "저녁이" "있다"는 물론, 심지어 "너머로" "있다"와도 연결된다. "있다"만이 중층적 결정의 대상인 것은 물론 아니다. 모든 낱말들이 제 기능을 이중삼중으로 한없이 늘려내, 다채로운 사용, 예기치 못한 활용을 보장받아, 함께 체계 속에서 구동될 때, 문법 너머의 세계, 그러니까, 문법의 범주 안에 머물지 않는 어떤 언어의 상태가 고지되는 것이다. 생각해보라. 모든 낱말들이 수십 차례 이상 다른 낱말들에 의해 수식받아, 의미 생성의 경우의 수를 무한히 확보한 터이니, 이것이 최대치의 주관성이 아니고 무엇이겠는가?

밤이 흐를 때 우리는 밤이 흐를 때 우리는 흰 것으로 말하기 흰 것으로 말하기 밤이 흐를 때 우리는 밤이 흐를 때 우리는 검은 것으로 말하기 검은 것으로 말하기 두 번씩 말하기 두 번씩 말하기 음영과 굴곡으로 리듬과 기미로 물러나기 물러나기 다가가기 다가가기 다시 한 번 더 말하기 다시 한 번 더 말하기 밤이 흐를 때 우리는 밤이 흐를 때 우리는 무엇을 말할 수 있는지 묻지 않으며 묻지 않으며 다만 노래하기 다만 노래하기 끊임없이 끊임없이 되풀이하여 되풀이하여 주저하며 주저하며 망설이며 망설이며 전진을 후진으로 후진을 전진으로 밤이 흐를 때 우리는 밤이 흐를 때 우리는 받아 적기 받아 적기 다가가면서 물러나는 것을 물러나면서 다가가는 것을 실현하면서 실천하면서 취소하면서 취사하면서 밤이 흐를 때 우리는 밤이 흐를 때 우리는 겹으로 말하면서 겹으로 말하면서 겹으로 사라지듯이 겹으로 사라지듯이 어디서 흘러와서 어디로 흘러가는지 뒤돌아보지 않으며 뒤돌아보지 않으며 나아가기 나아가기 돌아가기 돌아가기 한 발 더 한 발 더 밤이 흐를 때 우리는 밤이 흐를 때 우리는 첫 문장을 기다리면서 마지막 문장을 지워나가듯 마지막 문장을 기다리면서 첫 문장을 지워나가듯 밤이 흐를 때 우리는 밤이 흐를 때 우리는

— 「밤이 흐를 때 우리는」 전문

"우리는"이 결속의 범주를 두 배로 확장한다는 사실("밤이 흐를 때 우리는 밤이 흐를 때 우리는 흰 것으로 말하기 흰 것으로 말하기"), 확장된 결속의 가능성을 "두 번씩 말하기"로 적었다는 사실, 이런 방식으로. 뒤따라오는 문장이 앞의 문장이 실현한 것을 다시 한 번 실천하고 있다는 사실, 이 "두 번씩 말하기" 역시 두 번 반복되어,

무언가를 말하는 동시에 자신이 말하고 있는 바를 적어 드러낸다는 사실, 나아가 작품의 모든 구문들이 무엇인가를 기술하는 동시에 그 상태의 주인이 되어 자기-지시적이라는 사실, 문장과 문장이 단순하게 연결되는 것이 아니라, 결국 곱셈의 퍼즐로 제 의미의 함수를 무한히 확장시킨다는 사실, '주저하다' '망설이다' '흐르다'나 '끊임없이' '되풀이하여' 등의 언표가 그 낱말의 속성처럼 시 전반에서 주저하고, 망설이고, 흐르고, 끊임없이 되풀이된다는 사실을 지적해야만 할 것이다. 이제니는 '무엇'을 기술하여 의미를 새기려는 것이 아니라("무엇을 말할 수 있는지 묻지 않으며"), 말의 운동("전진을 후진으로 후진을 전진으로")에 몸을 싣고, "첫 문장을 기다리면서 마지막 문장을 지워나가듯" "마지막 문장을 기다리면서 첫 문장을 지워나가듯", 말로 할 수 있는 최대치의 가능성을 실천하면서, 제 존재를 모두 비워내고 의미를 소진하는 것은 아닐까. 시에서 언어의 정동성이나 주관성의 적재는 이처럼 의미가 아니라, 의미의 중층적 결정에 대한 추구이며, 이제니는 말의 운동, 통사의 무한한 조합을 통해 구현되는 감정, 리듬으로 빚어지는 차이, 체계 속에서 형성되는 언어의 중층적 결정을 통해 의미를 유보하는 작업으로 자신의 시에 특수성이라는 인장을 깊이 눌러 찍는다.

  그 밤에 작은 유리병 속에 들어 있던 검은 것을 기억한다. 결국 우리는 그것을 돌이라고 생각하기로 하고 각자 자기가 있던 곳으로 떠났다. 다시 만날 기약도 없이. 한 번도 만나지 않았던 것처럼. 그토록 다정한 것들은 이토록 쉽게 깨어진다. 누군가는 그것을 눈물이라고 불렀다. 누군가는 그것을 세월이라고 불렀다. 의식적인 부주의

함 속에서. 되돌릴 수 없는 미련 속에서. 그 겨울 우리는 낮은 곳으로 떨어졌다. 거슬러 갈 수 없는 시간만이 우리의 눈물을 단단하게 만든다. 아래로 아래로 길게 길게 자라나는 종유석처럼. 헤아릴 길 없는 피로 속에서. 이 낮은 곳의 부주의함을 본다. 노래하는 사람이 너무 많군요. 웃고 있는 사람이 너무 많군요. 꽃이 만발한 세계였다. 빛이 난반사되는 어두움이었다. 너무 많은 리듬 속에서. 너무 많은 색깔 속에서. 너는 질식할 듯한 얼굴로. 어둠이 내려앉듯 가만히 앉아. 나무는 나무로 우거지고. 가지는 가지를 저주하고. 우리와 우리 사이에는 거리가 있고. 거리와 거리 사이에는 오해가 있고. 은유도 없이 내용도 없이. 너는 빛과 그림자라고 썼다. 나는 물과 어두움이라고 썼다. 검은 것 속의 검은 것. 검은 것 사이의 검은 것. 모든 문장은 모두 똑같은 의미를 지닌다. 똑같은 낱말이 모두 다 다른 뜻을 지니듯이. 우리가 우리의 그림자로부터 떠나갈 때 우리는 우리 자신이 된다. 무수한 목소리를 잊고 잊은 목소리 위로 또 다른 목소리를 불러들인다. 사랑받지 못하는 날들이 밤의 시를 쓰게 한다. 밤보다 가까이 나무가 있었다. 나무보다 가까이 내가 있었다. 나무보다 검은 잎을 매달고. 두 번 다시 보지 못할 사람처럼. 영원히 사라질 것처럼. 밤이 밤으로 번지고 있었다.

              —「검은 것 속의 검은 것」 전문

  언어의 운동은 시가 체계라는 전제로 작동한다고 우리는 말했다. 이제니의 시는 단일한 의미를 거부하고, 낱말 각각이 아니라, 그것들이 이어질 때 발생하는 어떤 기묘한 감정과 주관적인 순간에 주목하는 데 전념한다고도 말했다. 그러니까 말은 끊임없이, 모이고 흩어지며, 협력한다. "문장은(이) 모두 똑같은 의미를 지닌다"는 것은 문장이 다른 문장들과의 협력 없이, 별나게 고립되어 스스로 제 뜻을 관철시키는 항구적인 의미란 시에 존재하지 않는다는 뜻이며, "똑같은 낱말이 모두 다 다른 뜻을 지니듯이"는, 맥락이 낱말의 운명을 좌우한다는 것을 말해준다. 이 작품 역시, 숨을 정지시키면서 끊어낸 순간들의 고립, 가령 "다시 만날 기약도 없이."나 "의식적인 부주의함 속에서. 되돌릴 수 없는 미련 속에서."처럼, 구두점을 눌러 생겨난 통사적 변형으로부터 발생한 주관성이, 앞과 뒤로 포진된 나머지 구절들에도 영향을 미친다고 해야겠다. 이렇게 하강("낮은 곳으로 떨어졌다.")은 앞 구절에서 발생한 단절의 뉘앙스에 힘입어, 한결 더, 제 깊이를 깊게 하고, "아래로 아래로 길게 길게 자라나는 종유석처럼."의 단속적인 마감은 "그 겨울" "낮은 곳으로 떨어"진 "우리"의 추락 강도를 좀더 강하게 벼려낸다. 말을 불필요하게 감싸고 있는 껍데기를 "은유도 없이 내용도 없이" 벗겨내야 한다고 생각한 것일까? "검은 것 속의 검은 것. 검은 것 사이의 검은 것"은 이렇게 "너무 많은 리듬 속에서. 너무 많은 색깔 속에서", 그러니까 말과 말 사이, 사물과 사물 사이, 나와 타자 사이에, 일정한 거리를 취할 때만 찾아오는 어떤 낯선 상태인 것일까? 그것은 낱말과 낱말을 조직하는 특수한 방식으로 자기만의 문장을 고안하지 않으면 도달할 수 없는 아마득한 세계인 것일까? 의미의 단위를 매번 새롭게 고안하는 실험을 통해서만 지금-여기에서 시를, 시라는 언어를, 시라고 생각한 무언가를 실현할 수 있다고 생각한 것은 아닐까? 이제니의 시에서 의미의 단위는 매번 시에서 우리가 발견하고 재발견을 해야 하는, 시

230

인이 매 편마다 시에서 고안하고 재고안하는, 특수한 무엇일 수밖에 없다. 방점을 찍었다는 식으로 정의되는 문법상의 문장[3]이 아니라, 그것은 언제나 다르게 형성되는 시의 단위, 시라는 체계 속에서, 조직 안에서, 매번 특수한 양태로만 주어지는 발화의 산물인 것이다.

다시 한 번 당신 자신을 읽을 수 있겠습니까. 한 낱말 위에 한 낱말이 겹치면서. 한 목소리 위에 한 목소리가 흐르면서. 달아나는 말 위로 스며드는 물. 스며드는 물 위로 내려앉는 말. 얼음과 구름. 죽음과 묵음. 결국 헤매다가 죽게 될 것이다.

—「모르는 사람 모르게」 부분

넘실거릴 때 넘실거릴 때
저 거리의 끝이 보이려고 할 때
죽음 이후를 보듯 꺼내 읽어야 할 문장을

오래전에도 이미 보았지
이후로도 내내 이 거리를 걷게 되리라는 걸

습관 없는 습관을 들이듯이

---

3) '문장'에 대한 정의는 여전히 미지수이다. 마침표를 찍는 단위를 문장으로 파악하는 문법적·형태론적 접근과 의미의 유관성을 단위로 정의하는 의미론적 관점, 통사적인 리듬의 단위로 정의하는 시학의 관점이 공존할 뿐이다. 문장은 주어진 언술discours을 헤아려 매번 고안되어야 하는 시학의 단위이다.

옷과 꽃을 바꾸고 머리와 미래를 바꾸고

미래와 노래를 바꾸고 노래와 모래를 바꾸고

모래와 이름을 바꾸고 이름과 구름을 바꾸고

구름과 꿈을 바꾸고 꿈과 몸을 바꾸고

몸과 고양이를 바꾸기로 한다

고양이가 고양이를 따르듯이

사람이 사람을 따르듯이

소멸 직전의 문장을 적고 있었다

—「고양이는 고양이를 따른다」 부분

앞서 우리는 시인이 의미의 단위를 매번 고안한다고 말했다. 텍
스트를 소리 내서 읽을 때만 비로소 체감하게 되는 무엇이 이 시
에서 생겨난다면, 이것을 우리는 리듬의, 구술성orality의 표식이
라고 부를 수 있을 것이다. 리듬이나 구술의 흔적은, 단순한 형식
적 지표가 아니라, 시의 '형식—의미'라는 사실을 여기에 첨언하
기로 하자. 소리가 의미의 단위를 만들어내고, 의미가 소리에 힘입
어 주관성을 성취해내는 것은 바로 리듬에 의해서인 것이다. 읽다
가, 낱말과 호응하고, 한 낱말 위에 한 낱말이 겹쳐질 때조차, 음
소의 유사성이 중요한 핵심으로 부각되는 것은 아니다. 음소보다
더 작은 단위가 이제니의 시에서는 모종의 유기성을 지닐 수 있기
때문이다.[4] 이것은 오히려 통사적 유기성일 수도 있다. 음소의 중
복에서 출발했지만, 첫번째 인용한 작품에서 중요한 것은, '읽다'

에서 출발하여("당신 자신을 읽을 수 있겠습니까") "말"("한 낱말")
과, 동일한 반복에 의해 생겨난 음소의 운동이, 결국 "겹치면서"
를 강조하며 제 의미의 단위를 구축해낸다는 사실이다. "한 목소
리"와 "한 목소리"가 반복되고 있다는 점도 간과하기 어렵다. 하
지만 주목해야 할 것은, 이러한 반복이 결국 "흐르면서"를 수식하
여, "겹치면서"와 "흐르면서"가 말의 운동에 탄력을 부여하고 있
다는 점이다. 이처럼 의미의 새로운 질서는 유사한[5] 음소의 중복
으로부터 착안된 것 같지만, 오히려 "달아나는 말"에 크게 주관성
을 부여한다. 반복은 '읽다 → 낱말 → 낱말'의 점증(漸增)을 추동하
였다. 그러나 이 점증된 뉘앙스가 제 의미의 하중을 내려놓는 지점
은, 이 실사들에게 생명력을 부여해주는 "겹치면서"일 것이다. 이
는 한국어에서 조사가, (용언으로 이어질 경우)[6] 용언의 자질을 책
정하는 통사적 구성의 산물이기 때문이기도 하다. 이렇게 따져보
면, 이 작품이 음소의 중복에 매몰되어, 어떤 항구적인 구조를 관
철시키는 것이 아니라, "겹치면서" "흐르면서" "달아나는 말" "내
려앉는 말"로 이어지는 의미의 연쇄를 물고 늘어지며, 새로운 단

---

4) 음성적 유사성을 중심으로 리듬을 분석할 수 있다는 생각은 착각이다. 이 관점으로는
   '아버지가 방에 들어가신다'와 '아버지 가방에 들어가신다'의 차이를 포착할 수 없다.
   리듬은 음성은 물론 통사적 유기성을 바탕으로 헤아려야만 하기 때문이다.
5) 형태적 유사성이 아니라 발음의 유사성을 따져야 하는 것은, 시는 근본적으로 '보는
   것'이 아니라 '읽고, 듣는' 글이기 때문이다. 따라서 음소의 동질성이 아니라 음소의
   유사성이 분석의 단위를 이룬다. '꽃', '꼿', '꼳'의 ㅊ, ㅅ, ㄷ은 형태적으로 유사하지
   않지만, 받침으로 쓰일 때 음성적으로 유사한 것과 같은 이치이다. 그러나 한국어에
   서 이 문제는 아직 해결된 것이 없다. 음소가 아니라 음절이 분석의 단위가 될 수도
   있기 때문이다.
6) 대부분이 그러하겠지만, 우리는 지금, 시를 이야기하고 있다.

위를 창출하는 곳에 이르러, 소리와 소리가 협력을 하는 양상을 전개하고 있는 것으로 볼 수 있다. 음소의 반복은 '~하면서. ~하면서. ~한 말. ~한 말'의 운동에 탄력을 불어넣으며, 결국 이 말의 연쇄는 "내려앉는 말"에서 고조되고 포화를 이룬다. 이렇게 "죽음과 묵음"은, "내려앉는 말"의 소산으로, 말의 운동이 일시에 정지된 상태, 말이 운동을 멈추고 완전히 내려앉는 사태를 시에 깊숙이 각인해내고 만다.

그다음에 인용해놓은 작품도 잠시 살펴보자. 우선 '~할 때'의 반복은 행위와 순간을 추동한다. 이러한 행위소는 "바꾸고"의 반복을 중심으로, 시 전체가 조직되는 데 영향을 미친다. 의미의 연관성이 크게 작용했다고 할 수 없는 "옷"과 "꽃", "미래"와 "노래", "노래"와 "모래", "모래"와 "이름", "이름"과 "구름", "구름"과 "꿈", "꿈"과 "몸"이 각각, 소리의 유사성에 의존해, 바꾸는 대상과 주체로 거듭난다는 사실도 주목해야 한다. 어떤 결과가 주어지는가? 바꾼다는 행위의 상투성이 깨지면서(왜? "이름"과 "구름"을 바꾼다는 것은 그 자체로 실현되기 어려운 교환이므로), 아직 해보지 않은 일, 좀처럼 실행할 수 없는, 아직 실현되지 않은 행위의 잠재성이, 시에서 실현되는 것이 보이지 않는가? 음운 자질의 유사성에서 고유한 질서를 구축하여, 미지의 행위를 실천하는 이 작업을 이제니는 "몸과 고양이를 바꾸기로 한다"라고 표현해놓았다. 따라서 "한다"는 시의 외부이자 내부에서 시인이 내려놓은 주관성의 흔적(내가 ~한다는 것이므로)이며, 이 표식에 주목할 때, 우리는 이러한 불가능한 교환이 시인의 의지의 소산이라는 사실을 짐작하게 된다. 이렇게 인접성과 유사성을 약화시킨 통사의 결합으로 '바꾸다'는 행위의 가능성을 타진한 이 작품에서 잊지 말아야 하는 것은, 수차례 "바꾸고"가 반복되었다고 해서 그것의 원뜻 '바꾸다', 즉 교체가 강화된 것이 아니라, ~할 "때"와 ~하는 "사이"에 발생할 무엇, 순간의 행위가 기이하게 재현되고 있다는 사실이다. 이제니는 '바꾸다'의 피동적 결과를 시에 새겨 넣는, 추상적·형이상학적 사유의 소유자가 아니라, 바꾸는 행위("바꾸고"의 반복) 자체의 연속성을 살려내고, 바로 그렇게 할 때만 "소멸 직전의 문장을 적고 있"었던, 저 표현될 수 없을 것이라고 여겼던 어떤 잠재적 상태를 기록하는 일이 비로소 가능할 것이라고 믿는 언어 실천자라는 사실이다. 그는 언어 운동의 실행자, 리듬의 수행자인 것이다.

리듬은 이렇게 음성적 유사성으로 지어 올린 의미의 단위를 촉발시키며, 아직 실현되지 않은 세계를 백지 위로 걸어 들어오게 하지만, 그 어떤 경우에도 단순한 반복에 매몰되거나, 음성 자체의 추상성만을 부각시키지 않는다. 리듬은 통사적 고안으로 실현될 새로운 의미의 단위를 설정하는 데 몰두한다. 이제니의 시에서 음소보다 더 세밀한 단위라고 할 이 통사의 연쇄는, 의미라는 커다란 창구를 단박에 넘보는 대신, 아주 작고 세밀한 감정의 입구를 고안하여, 오로지 시 전체의 관점에서 요소요소에 접근하며, 미지의 감정을 끌어오는 일에 전념할 뿐이다. 이 새로운 질서 속에서 그의 시는, 유연한 동시에 완약하며, 부드러운 동시에 힘찬 어조를 포기하는 법이 없고, 경쾌한 동시에 육중한 움직임을 만들어내며, 처연한 감정을 몰고 오는 동시에, 감정 자체가 어떻게 시에서 언어의 운동을 통해 새겨지는 정동의 무늬로 거듭나는지, 그 전반을 헤아릴 지표인 리듬의 세계로 우리를 안내한다. 그의 시는 문자의 체계를 공고히 하는 대신, 문자가 낱말과 문장으로 서로 결합하는 방식의 고안을 통해, 구와 절과 문장의 새로운 질서를 창출하는 독창적인 목소리를 실현한다.

4. 리듬-순간-여백

이제니의 시에서 여백은 백색의 공간만을 의미하지 않는다. 순간이 살아 숨 쉬는 지점, 언어가 열어놓는 틈, 말이 제 무늬를 만들어내는 미지의 공간이 여백일 수 있기 때문이다. 구두점은 단순한 기호가 아니라, 이제니의 시에서는 여백의 시학을 실현하는 근본적인 동력이다.

우리는 한배에서 태어난 두 개의 머리 같구나. 그리고. 그러나. 어느 날 무언가가 지속되기를 바라는 순간. 우리 둘 중 누군가가 입을 다문다. 우리는 태어나기 전에는 모두 죽어 있었다. 빛이 사라진다. 어떤 빛이. 어떤 빛이 어둠 곁으로. 어둠 뒤로. 사라진다.
　　　　　　　　　　　　　　　　　　—「초다면체의 시간」부분

산책하기 좋은 날씨였다. 잎들은 눈부시게 흔들리고 아무것도 아닌 채로 희미하게 매달려 있었다. 아름다움이란 이런 것인가. 나는 지금 순간의 안쪽에 있는 것인가.

236

아니요. 당신은 지금 슬픔의 안쪽에 있어요.
슬픔의 안에. 슬픔의 안의 안에.
마치 거품처럼.

—「분실된 기록」 부분

인용한 대목을 소리 내어 읽어보자. 시의 주관적 공간이 어떻게
창출되는지 드러나게 될 것이다.

우리는 한 배에서 태어난 두 개의 머리 같구나. 그리고
〔　〕그러나〔　〕어느 날 무언가가 지속되기를 바라는 순간〔　〕
우리 둘 중 누군가가 입을 다문다. 우리는 태어나기 전에는 모두 죽
어 있었다. 빛이 사라진다. 어떤 빛이〔　〕어떤 빛이 어둠 곁으로
〔　〕어둠 뒤로〔　〕사라진다

아니요. 당신은 지금 슬픔의 안쪽에 있어요.
슬픔의 안에〔　〕슬픔의 안의 안에〔　〕
마치 거품처럼〔　〕

구두점은 말로 발화되지 않지만, 말에 속도를 부여하거나 휴지
나 억양을 만들어낸다. 마침표는 좀더 깊숙한 여운을, 쉼표는 이보
다 짧다고 할, 그러나 쉴 틈을 확보한다. 그럼에도 마침표나 쉼표
가 그 휴지의 설정에 동일한 여백을 부여하는 것은 아니다. 문법적
흐름을 존중했을 경우(인용문에서 그대로 구두점을 표기해놓은 대목
들)와 그렇지 않은 경우(구두점을 괄호로 표기한 대목들)는 말의 질

서를 서로 상이하게 빚어낸다. 말의 속도와 그 완급을 조절하는 지표 역시, 시적 주관성의 요인이기는 마찬가지이다. 구두점에 의해 발생한 여백은, 이렇게 독서의 리듬도 바꾸어놓는다. "슬픔의 안에" 생겨난 공간이 이제 보이지 않는가? 바로 여기가, 말 그대로, "슬픔의 안"일 것이며, 이것을 우리는 언어의 '정동'이 살아나고 숨 쉬는 공간이라고 인식해야만 한다. 말로 세계에 감정을 각인한다는 것은 바로 이런 것이다. 이와 같은 지점을 놓치면, 이제니의 시를 한 줄도 읽을 수가 없다. 그렇게 해버리면, 이 눈부신 '정동'의 시들이, 단순한 서정시로 전락하고 말 것이기 때문이다. 이제니의 시에서는 이렇게, 시의 모든 요소가 의미를 고안하고 '정동'을 새겨 넣기 위해, **동시에**, 얽히고설킨 조직처럼 움직인다. 상호의존적인 방식으로, 체계 속에서. 리듬에 의해, 리듬 속에서, 모든 주관성의 지표들이 조절되어 모습을 드러내는 것이다. 이제니의 시에서 리듬은 이렇게 의미-형식의 표식이며, 역설적으로 그의 시는 이러한 사실을 가장 효과적이고 집약적으로, 드러내고, 실현하고, 실천한다. 시에서 형식을 저버리는 의미는 존재하지 않으며, 의미를 고안하지 않는 형식은 가짜라고 말하는 것이 바로 리듬이다. 이제니의 시를 읽고, 우리는 그것을 다시 확인하게 된다. 또한, 의미에 붙들리는 일에 대한 경계는 이제니에게 순간을 향한 열정과 여백을 창조하려는 집념으로도 나타난다.

순간의 감정을 대신할 또 다른 감정을 찾기를 포기하라 사물들을 가만히 두어라 아무것도 움직이지 말아라 그저 가만히 놓아두어라 그저 가만히 놓여 있어라 보이지 않는 입이 있어 보이지 않는 그림

자가 있어 무수히 되뇌었던 말들을 다시 소리 내어보는 것인데

　그때 우리는 아무것도 듣지 못했다 그때 우리는 아무것도 보지 못했다 우리는 아무것도 갖지 않았다 우리는 우리로 놓여 있지 않았다 아무것도 아무것으로 놓여 있지 않았다 이미 그러하다 이미 그러했다

　사선으로 흩날리는 빗방울
　흩어지다 모이는 최초의 구름

　나무는 숲으로 이르고 숲은 나무로 이른 아침 나무의 나무는 나무의 나무로 흔들리며 시간의 틈을 얼핏 열어 보여주는 것인데 어느 날의 작고 어린 개가 있어 어느 날의 희미한 양 떼와 검은 모자가 있어 나무의 나무는 하나인 채로 여럿이고 나무의 나무는 고요하고 나무의 나무는 가깝고 나무의 나무는 다시 멀어지는 것인데

　아마도 그러하다 아마도 그러했다
　　　　　　　　　　　　　　　　　—「나무의 나무」부분

　이 세계에 무언가 있거나, 들었거나 보았던 사실을 우리는 어떻게 증명할 수 있을까? 그것은 차라리 말로 재현되기 전에는 가능하지 않은, 말의 속성처럼, 그것도 항상 근사치로만 존재하거나, 모일 모시의 상황에 붙잡혀, 왜곡된 상태로만 주어지곤 하는 것은 아닐까? "순간의 감정을 대신할 또 다른 감정을 찾기를 포기하라"

는 것은 의미에 대한 포기라기보다, 차라리 의미와 형식을 나누어 사유하는 이분법에 대한 비판에 가깝다고 해야 할 것 같다. 우리의 주목을 끄는 것은, 이후 시의 대목들이 바로 이 비판에 대한 언어적 실천, 그러니까 비판의 자기-지시적 구성 속에서 진행된다는 사실이다. 근사치로만 주어지는 상태와 순간으로만 일깨우는 세계, 너무 이르거나 너무 늦은 주관적인 시간 속에서, 가깝고도 먼 어떤 주관적인 곳에서, 우리는 실상 "아무것도 듣지 못"할 것이고, "아무것도 보지 못"할 것이며, 보았다거나 들었다고 확신한다면 그것은 이미 거짓일 수 있는 것이다. "아무것도 갖지 않"으려는 의지는, 그러나 허무의 예찬이나 소유의 부정이 아니다. 그것은 "사선으로 흩날리는 빗방울/흩어지다 모이는 최초의 구름"과도 같은 것, 오로지 순간으로 존재할 뿐인 것들, 흘러가는 것들, 그것이 내려놓는 낯선 감정에 시가 제 촉수를 내민다는 것을 뜻할 뿐이다. 그것은 "아마도 그러하다 아마도 그러했다"로만 명명될 미지의 영토에서만 시가 생존할 수 있다는 주장이며, 이제니의 시가 향하는 곳이 바로 여기라는 사실을 말해주는 전거다. 이제니에게 이론과 실천은 서로 다른 것이 아니기 때문이다.

　　푸른 푸른 푸른 들판 들판 들판에
　　잔듸 잔듸 잔듸의 기분 기분 기분아

　　잔디는 자란다
　　저마다의 속도로 각자 유일하게
　　그림자인 척하면서 하나하나 고유하게

〔……〕

나는 그것을 쓰려고 한다

나는 그것을 쓰고 싶다

─「잔디는 유일해진다」 부분

사라지고 사라지는 마지막 순간까지

펼쳐지고 접힐 때마다

열리고 닫히는 순간마다

나는 우리에게 하지 못한 말이 있다

너는 우리에게 하지 않은 말이 있다

─「작고 검은 상자」 부분

　순간적인 것, 진행 중인 무엇은 유일하고 고유한 것이다. 그것은 무언가에 붙들린 것이 아니며, 무언가를 참칭하는 것도 아니기 때문이다. 심지어 유일해지는 것조차, 말로 발화될 수밖에 없는 것이라면, 매번 그 차이를 노정하지 않을 수 없다. "저마다의 속도로 각자 유일하게" "하나하나 고유하게" 되는 순간이라고 시인이 말하는 까닭이 여기에 있으며, 이 시인은 바로 이 순간에 대한 시적 성취를, "쓰려고 한다"와 "쓰고 싶다"고 말함으로써 쓴다는 행위마저 확신에서 벗어나야 한다고 경계하는 일도 잊지 않는다. 우리는 여기서 시란, 사물의 개별화 과정을 실천하는, 특수하게 고안된 말이며, 무의미를 움켜쥐고 허무나 부정이나 무(無)로 나락하는 대신, 의미의 결들, 의미의 함수들, 의미의 미지들에 다가가고자, 부단히, 쓰고 또 쓰는 프락시스와 다르지 않다는 사실을 확인하게 된다. 그렇다. 이제니의 시는 의미가 아니라 의미가 만들어지는 과정을 파고들고, 파고 들고, 파고, 들고, 끊임없이 되풀이하며, 말의 힘과 잠재력에 주권을 부여하고, 말의 운동 속에 뛰어들어, 지우고, 적고, 배치하기를 반복하여 길어 올린(릴) 미지의 목소리, 미지로부터 흘러나오는 목소리, 미지로 향하는 목소리인 것이다.

5. 리듬-목소리의 여행

이제니의 시는, 시라는 미지를 향한, 타자라는 미지를 향한, 미지의 목소리, 그 목소리의 여행이다. 그의 시는 문법을 뚫고 이 세계로 범람한 발화의 흔적을 우리에게 제공하는 목소리이며, 주체의 표식이고, 언어의 조직과 말의 행위에서 뿜어나는 강력한 운동이자 힘이다. 시의 목소리는 의미 그 자체가 아니라, 의미의 재료이며, 의미의 표식들이 서로 만나 부딪히며 생겨난 관계의 소산이다. 적혀 있는 문자들, 그 요소요소에 대한 문법적 지표들을 우리는 소리 내어 읽지만, 우리가 듣는 것은 언어의 요소요소가 서로 맺는 관계에서 생성된 무엇이다. 목소리는 의미를 붙들어 매는 것이 아니라, 의미의 과정을 구현하기 위해 움직이는 문자-낱말-통사-문장의 운동이기 때문이다. 이제니의 시는 텍스트의 목소리, 정확히 말해, 오로지 텍스트에서 의미를 만들어내는 과정을 더듬거릴 때 비로소 유추가 가능한 주체의 목소리다. 이 목소리는 '의미-형식'의 목소리이기도 하다. 그것은 의미의 영역을 새로이 개척해내고 미지를 지금-여기에 끌어안기 위해, 낱말과 문장의 조직을 통해 주체의 감정을 조절하는 경로이며, 따라서 말이 조직되는 과정에서 대상과 화자를 제어하고 배치하는 목소리다. 그것은 시인의 목소리가 아니라, 텍스트의 자격으로 행사하는 시의 목소리며, 화자의 목소리가 아니라, 화자 뒤에 숨어 있는 주체의 목소리다.

후회하지 않기로 하면서 후회한다. 눈 어두워 보지 못했던 것을 보면서. 다시 보면서. 나무가 있고. 거리가 있고. 벤치가 있고. 공허가 있고. 어둠이 있고. 고요가 있고. 바람이 있고. 구름이 있고. 들판이 있고. 묘비가 있고. 꽃이 있고. 시가 있고. 눈물이 있고. 네가 있고.

너의 얼굴은 지워져간다.
어둠의 어둠 속의 희미한 빛처럼.
그믐의 달처럼.

있었던 없었던 것.
없었던 있었던 것.

목마름이 있고. 달무리가 있고. 거울이 있고. 겨울이 있고. 이해하지 못하는 말이 있고. 저주처럼 되돌아오는 말이 있고. 다른 누군가의 목소리 위에서 듣는 너의 목소리가 있고. 너는 그곳에서 그곳으로 가고. 깃발이라도 있다면. 깃발이라도 흔들면서. 깃발이라도 흔들 텐데.

떠다니면서 흩어지는 것.
흩어지면서 내려앉는 것.

이것은 누구의 목소리입니까. 사라진 줄 알았던 목소리가. 녹색을
띤 그늘 속 이끼처럼. 둘로 나뉜 하나의 물방울처럼. 밤과 낮의 경
계 너머로 되살아나. 낱말을 발명하는 사람의 입술 주름 위로. 천천
히. 손가락 하나를 가져가듯이. 어떤 간격. 어떤 틈. 접힌. 닫힌. 시
간 혹은 장소의. 영원과도 같은 한순간을. 펼쳐보려는. 열어보려는.

숨기는 동시에 드러내는 것
드러내는 동시에 숨기는 것

너의 얼굴은 다시 떠오른다
그림자에 그림자를 더한 검은 윤곽처럼
그늘의 입처럼

이해하지 않기로 하면서 이해한다. 가지 못한 그곳으로 가면서.
그곳으로 다시 가면서. 계단이 있고. 창문이 있고. 강물이 있고. 잿
빛이 있고. 희망이 있고. 한낮이 있고. 침묵이 있고. 춤이 있고. 노
래가 있고. 하늘이 있고. 숲이 있고. 새가 있고. 내가 있고. 다시 네
가 있고.

—「그곳에서 그곳으로」 전문

이 목소리의 여행자는, 제 시가, 개인의 산물인 동시에 공동체의 소산, 그러니까 타자와 함께 쓰는 개별화된 언어에서 주어질 것이며, 그것이 주체의 목소리라는 사실을 벌써 알고 있다. 이 목소리는, "너와 나는 다른 둘이 아닌 하나"(「모르는 사람 모르게」)라고 말하는 목소리, 내가 너에게로, 네가 나에게로 이행하는 목소리다. 그것은 "떠다니면서 흩어지는 것"과 '흩어지면서 내려앉는 것'이 세계에 쏟아놓은 목소리다. 그것은 "있었던 없었던 것"과 "없었던 있었던 것"이라는, "숨기는 동시에 드러내는 것"과 "드러내는 동시에 숨기는 것"이라는, 아직 확정되지 않은 무엇을 파고들어 그것에 다가가려고 그것을 울려내려는 목소리, 그러니까 미지의 목소리다. 그것은 "무수한 괄호들 속의 무수한 목소리들"(「분실된 기록」), 그러니까 나의 개별적인 목소리에서 타자의 그것으로 향하는, 타자의 그것을 듣고, 나의 그것을 들여다보는, 이행을 전제하며, 전제할 수밖에 없는, 목소리인 것이다.

믿을 수 없게도 모두 함께 시를 쓰고 있었다
저마다의 낱말 속에서 저마다 아름답게 흐르고 있었다
　　　　　　　　　　　　　　　　　—「몸소 아름다운 층위로」 부분

시가 주체의 사건인 것은, 그것이 개인적이면서 공동체적인 목소리의 산물이기 때문이다. 소진될 수 없는 이제니의 시를 읽으며 우리는, 이 목소리의 여행자를 따라 강인하고 투명한 슬픔, 처연한 고독의 언어를 배운다고 해도, 그 순간, 강인하고 투명하고 슬픔이라는 말, 처연한 고독이라는 말로 미처 담아내지 못하는 곳으로 시는 다시 여행을 떠날 채비를 꾸릴 것이다. 그것은 이 목소리가 타자의 말로 나의 말을, 나의 말로 타자의 말을 돌보는 말, 근본적으로 이 세계와 언어에 대한 통념을 비판하는 말이기 때문이다.

6. 리듬-비평

리듬은 무엇인가? 시가 언어의 주체와 대상을 동시에 이룬다는 이중적인 의미에서 모든 시는 리듬의 삶이며, 삶의 리듬이다. 리듬은 곧 시가 자기 자신에게 하는 말이자 언어의 **행위**이며, 그 행위가 조직되는 과정 그 자체이다. 리듬이 시를 바꾸는 것이 아니라, 시인이 제 언어를 벼려냈다는 자격으로만 시가 리듬에 의지하여, 시 자신을 돌본다. 리듬은 시의 자기변화 외에 다른 것을 지칭하지 않는다. 세밀한 실현과 과정으로만 생존할 뿐인 의미의 구체적인 모습에 현미경을 들이대고자 할 때, 시가 제 몸을 세밀히 뜯어보고 변화를 꾀하려 스스로 갱신의 몸짓을 멈추지 않을 때, 이 멈추지 않는, 멈출 수 없는, 말의 운동이 바로 리듬이다.

리듬이 시 스스로 변화를 꾀하게 하고, 독특한 성취를 이루게 해주는 쉼 없는 언어의 운동이라면, 리듬은 시의 자기-지시성의 징표이자 프락시스의 증거이기도 하다. 리듬은 시 안에 새겨지는 시이기에, 시가 바라는 저 삶이 어떠했는지를 보고자 하는 욕망에 시달릴 수밖에 없다. 시가 언어를 체현하고, 음미하고, 파악하고, 사유하는, 비상한 속성이 바로 리듬인 것이다. 이 속성이 개별화된 심원한 언어의 운동이라고 한다면, 또한 시 안에서 살아 숨 쉬는 언어의 삶이라고 말한다면, 어떤 시가 있어, 리듬과 의미의 생성 과정을 따로 구분할 수 있다고 입을 삐죽거릴 수 있을까? 리듬은 형식의 유희도, 음성의 조작으로 제 지표를 과시하는 표현적 미학의 집약도, 항구적인 반복이나 구조의 산물도, 논리적 모호함 속에서 길을 잃고 마는 난해성의 유산도 아니다. 그것은 시가 운용하는 말, 낯설고도 신비한 감성에 힘입어 토해낸 말, 그 말의 운동이자, 가장 성공적으로 말의 잠재력을 일깨우는, 주관성과 정동의 게이지다.

이제니의 시는, 리듬이 왜 말의 주관성의 게토인지, 주관성이 왜 의미를 생성하고 그 수위를 조절해내는 리듬의 운동만큼만 시에서 특수성으로 살아나는지, 왜 리듬이 말의 양태와 통사의 특수한 조직으로 살아가는 귀납의 자식인지, 리듬이 왜, 의미가 아니라 의미 생성의 과정을 돌보는 주인인지를 적나라하게 보여준다. 리듬은 시에서 목격되는 규칙성의 반복이나 소리와 의미의 이원 대립적 양 축의 상호교차에 속박되는 것이 아니다. 리듬은 플라톤이 그것을 이분법 안에 귀속시켜 시와 산문 사이에 대립의 골을 깊게 파고, 리듬을 이 미진한 골짜기로 끌고 왔을 때조차, 단 하나의 흐름을 이룰 뿐인 개별적인 형태의 편에서 헤라클레이토스의 가르침에 충실하였다.[7] 리듬은 감각적이고 변화 가능하며 우발적인 출현으

---

7) "헤라클레이토스의 어원에 따를 때, 말 그대로 "흐르기의 특수한 한 방식"을 의미하는 ρυθμός(rhuthmos)는 고정되지도, 본질적인 필연성도 없는, 항상 그 주제가 변하게 마련인 "정렬"에서 연원한 "배치들"이나 "배열들"을 나타내는 데 가장 적합한 용어였다." É. Benveniste, "La notion de rythme dans son expression linguistique" in *Problèmes de linguistique générale*, I, Gallimard, 1966, p. 333.

로만 우리에게 주어지며, 그와 같은 운동의 자격으로만 시에서 특수성과 주관성의 표식이 될 뿐이다. 리듬은 규칙성, 음성적 반복, 박자 같은 개념들과 연합하기보다, '흐름/흐르다'(rheō)라는 어원에 충실한, 즉, 통사의 조직과 배치, 구와 절의 양태, 우리가 말하는 '어법'이라고 흔히 칭해온 크고 작은 단위의 조직과 배치다. 그것이 조직과 배치인 것처럼, 리듬은 말의 운동이자 통사의 운동이며 말이 나뉘거나 결합하며 경계를 긋거나 붕괴되고 겹쳐지거나 서로 헤어지는 방식이다. 리듬은 필연적으로 의미가 되어가는 과정을 드러낼 수밖에 없다. 리듬이 이렇게 의미-형식의 사건이라면, 그것은 필연적으로 시와 언어의 낡은 통념에 가하는 비평적 몸짓일 수밖에 없다.

얼굴 없는 얼굴에게 영혼 없는 영혼에 대해 이야기하며 밤 없는 밤을 건너듯 마음 없는 마음을 복기한다 사랑을 위한 사랑은 하지 않기로 시를 위한 시는 쓰지 않기로 사선에서 시작해서 사선으로 끝날 때 연약함을 드러낸 얼굴을 만난 적이 언제였나 결국 거울을 깨뜨리고 말았습니다 어머니의 방을 지나 안개 자욱한 거리로 나선에서 시작해서 나선으로 끝날 때 쉼 없는 쉼을 갈구하며 구원 없는 구원에 관한 장면을 떠올린다 사라지기도 전에 사라져버린 것을 보듯이 돌이킬 수 없다는 것을 아는 순간에 이미 사라지고 없는 것을 보듯이 사라지는 것을 내내 되살리기 위해 오래오래 간직하기 위해 너에게서 얼굴을 지워버렸다 얼굴 없는 얼굴 아래 이름 없는 이름을 새겨 넣고 기억 없는 기억의 온기 속으로 구름 없는 구름의 물기 속으로 입자와 파동의 형태로 번져나가는 관악기의 통로를 여행하듯

걸어간다 걸어간다 그저 지나치듯이 지나치듯이

─「구름 없는 구름 속으로」 전문

 시는, 리듬은, 결국 시와도 싸운다. 시는 근본적으로 비판하는 말이며 비판하는 리듬이기 때문이다. 우리는 이 작품을 시가 아니라, 자신의 시 관념을 늘어놓는 시에 대한 근본적인 비판으로 읽을 수도 있겠다. 시의 적(敵)은, 그러니까 의미를 함부로 확신하는 말들이며, 그것은 이제니에게 "시를 위한 시"일 뿐이다. 이 '시를 위한 시'를 습관처럼 비추고 반사하는 거울을 깨부수어야만 "연약함을 드러낸 얼굴"을 마주할 수 있을 것이다. 의미 안에 오롯이 포착되었다고 주장하거나, 단일한 의미를 투척하려는 의지 속에서 시는 찾아오지 않을 것이기 때문이다.

 이제니는 사라져가는 순간, 사라지기 직전의 무정형의 감정을, 꿈틀거리며 살아 샘솟는 언어의 운동을 통해 잠시라도 붙들어 매기 위해, "너에게서 얼굴을 지워버렸다"고 말한다. '너'는 시, 미지의 무엇으로 존재할, 어딘가에 있는 시이며, '얼굴'은 그것을 대표해온 전통적인 상징, 그러니까 우리가 시라고 이해해왔던 관념들, 그 통념들의 총칭이다. "얼굴 없는 얼굴 아래 이름 없는 이름을 새겨 넣고 기억 없는 기억의 온기 속으로" 향한다는 것은, 따라서 시에 대한 강력한 비판일 것이며, 이 비판의 문장은 통렬하면서도 단아하고, 조용하면서도 힘찬 말의 흐름에 의해 빚어져, 지극한 아름다움을 뿜어낸다.

 시에서 아름다움은, 말이 살아 꿈틀거리며 뿜어내는 어떤 힘의 산물인 것일까? 시를 모두 물리고, 새로운 말로 시적인 상태를 고안하겠다는 의지이기에, 이 리듬은 힘차고 또 아름다운 것일까? 시는 저절로 오지 않는다. 그것에 다가가는 일, 그 노력과 투쟁의 과정만이 존재하는 것이다. 시는 통념에서 벗어난 어떤 순간의 결정체, 확정되기 직전이나 '동안'의 감정, 정체되지 않고 흐르는 '운동' 속에서만 주어지는 미지의 무엇이며, 이렇게 통념을 거부할 때, 거부하는 언어를 고안할 때, 살짝 열리는 틈입에서, "입자와 파동의 형태"처럼 흘러나오는 무엇일 것이다. 우리를 지금-여기에서 또 다른 지금-여기로 느닷없이 끌고 가는 언어, 요약되지 않는 말, 규정에서 빠져나가는 말이 바로 시인 것이다.

두 번 다시 볼 수 없는 사람이 꿈에 나타나 웃었다 울었다 사라졌다. 바람 사이로 사라지는 사람. 사람 뒤로 사라지는 바람. 비산은 두 개의 얼굴을 가지고 있다. 한 쪽은 울고 한 쪽은 웃는다. 울면서 웃는 것. 웃으면서 우는 것. 말하면서 말하지 않는 것. 말하지 않으면서 말하는 것. 여럿이서 하나가 되는 것보다 하나인 채 여럿인 방식을 택한 이후로. 그 골짜기에서 너는 돌이 되었구나. 바람이 되었구나. 내내 고독해졌구나. 아코디언과 폴카. 룰렛과 도미노. 광장으로 모여드는 겁 없는 청춘들처럼. 이름 붙이지 않아도 이미 있었던 사물의 의연함으로. 아름다움 속에서. 아름다움 속에서. 너는 높낮이가 다른 물그릇을 두드린다. 들리지 않는 마음처럼 어떤 목소리가 흘러나온다. 종이 위에 적힌 어두움이여. 찾아내지 않아도 이미 있었던 쓸쓸함이여. 비산은 바람이 없다고 했다. 나의 바람은 세계의 끝까지 걷고 걷는 것이다. 죽을 때까지. 끝없이. 끝없이. 내 속의 고요가 솟아 나올 때까지. 내가 알지 못했던 네 얼굴을 되찾을 때까

250

지. 뜻 없는 모래 장난처럼 글자가 무너져 내린다. 어디선가 무채색의 노래가 타오른다. 그는 죽었고 썩었다. 꿈에서 돌아와 비산의 바람이라고 썼다. 돌에 새겨 넣듯 비산의 파도라고 썼다. 비산의 피로라고도 썼다. 내게도 고향이 있을 것만 같았다.

—「비산의 바람」 전문

　'비'와 '산'은 고정되지 않은 두 낱말[8]을 하나로 엮어, 어떤 산(山)처럼 가장해놓았지만, 결국 두 개의 얼굴을 가지고 있는, 그러니까 단일한 의미로 수렴되지 않는 동시다발적인 특성에 대한 비유일 것이다. 중요한 것은 이제니가 "여럿이서 하나가 되는 것보다 하나인 채 여럿인 방식을 택한 이후로"라고 말하고 있다는 사실이다. 낱말이 모여 하나의 의미를 확정하는 방식이 아니라, 낱말들이 개별적으로 제각각의 다양한 의미와 그 차이를 담지한 상태를 보전하는 방식으로 시를 쓸 때, 의미를 최대한 지연시키면서 낱말과 사물의 개별성도 보존할 수 있다고 생각한 것은 아닐까. "이름 붙이지 않아도 이미 있었던 사물의 의연함"에 주목하고 "높낮이가 다른 물그릇을 두드"릴 때 애초에 의도하지 않았던 "목소리"가 흘러나오며, 그것이 어딘가 "이미 있었던 쓸쓸함"이라고 말하고 있지만, 영탄조로 표현된 이 고독의 존재론은 추상이나 형이상학에 대한 예찬이 아니다. 이 영탄조의 종결은 결국 주관성의 지표로, 시적 태도에 대한 자기-지시적 표현이기 때문이다. 이렇게 비

---

8) '산'은 散(흩어지다), 酸(시다), 潸(눈물이 흐르다) 등을, 비는 飛(날아오르다), 悲(슬프다) 등을 모두 머금는다.

산은 비산(悲酸) 즉, 시리도록 슬픈 것, 비도산고(悲悼酸苦)의 약어
가 되거나, 비산(飛散), 즉 날고서 흩어지는 것들, 그러니까 말의
운명에 대한 비유일 수도 있다. 그러나 무엇을 선택하건, 제목에
대한 이 두 가지 추정은 시를 우리가 다 읽고 난 다음, 그 어디에
붙잡히지 않는 말, 하나의 의미에 붙들리지 않고 날아오르는 말,
순간을 포착하려, 사이를 담아내려, 끝없이 보편문법으로부터 벗
어나고자 하는 언어에서 수렴된 필연의 선택으로 남겨질 뿐이다.
그러니까 그것은 "비산의 파도라고 썼다. 비산의 피로라고도 썼
다"라는 저 언술을 통해, 이 두 문장이 맺는 관계에 의해서, 의미
가 되는 과정의 절차를 밟아나가기 시작할 뿐인 것이다.

그렇다. 그의 시는 자기-지시적 산물, 그러니까 기술한 바를, 문
장의 조직으로도 실천하는 테오리아-프락시스인 것이다. 상투성
에서 의미가 풀려나오려면, 이와 같이 날아 흩어지는 말들의 조합
을 꿈꿀 수 있어야 하며, 제 고유한 문장을 정립해야 하는 시인의
의무가 남겨질 것이다. 이제니 시의 모든 문장은 비록 낯설고 의미
연관에서 벗어나 있는 것 같지만, 배치나 조직, 통사의 운동을 헤
아리며 작품 전체의 지형 안에서 조망할 때 추적이 가능한 알리바
이를 갖추고 있다. 말의 운동 속에서 이제니는 "내가 알지 못했던
네 얼굴을 되찾을 때까지", 그러니까 미지의 시를 실현할 때까지,
말의 가능성으로 열리는 세계에 가까스로 입사할 때까지, 통념과
의미와 시에 대한 관습과, 말의 상투성과 끊임없이 싸운다.

이때 리듬은, 시는, 벌써 비평이다. "사이와 사이에 한 줄의 시
가 있다/오직 여백의 문장으로만 서로를 알아보듯"(「태양에 가까
이」), 말을 해방하고 그 잠재력을 한없이 끌어올려 새로운 질서를

부여하고자 하는 행위가, 어떻게 비판적인 말의 고안 없이 가능하겠는가? 오로지 다른 말들에 기대어 제 가치를 확보하는 관계의 시학이 어떻게 비판적이지 않을 수 있겠는가? 배치와 운동 속에서 한없이 아름다운 빛을 뿜어내는 말들의 행렬이 어떻게 비평적 특성을 저버릴 수 있겠는가? 비판, 비평의 대상은 물론 언어, 언어에 대한 통념, 시, 시에 대한 통념, 사유, 사유에 대한 통념, 의미, 의미에 대한 통념, 세계, 세계에 대한 통념이다. "순간의 순간에서 순간의 순간으로/리듬으로 시작해서 리듬으로 끝나는"(「먼 곳으로부터 바람」) 시는, 이렇게 비평적이며 비판적인 관점을 관철해 나가면서, 개별화된 언어의 품 안에 안겨 완성을 꿈꿀 것이다. 이제니의 시에서 "순간"은 항상 다른 순간들을 끌어오고자 할 것이며, "리듬"은 또 다른 "리듬" 속으로, 말과 말이 서로 결속하면서, 말과 말이 세밀한 차이를 부여받고 또 부여한다는 자격으로만, 미지의 감정들을 지금-여기에 비끄러맬 것이다. 말이 항시 "속이 빈 채로 서로 맞물려 있었"(「초다면체의 시간」)다는 저 말도, 이렇게, 벌써, 비판적이다.

이제, 아직 의미를 부여받지 못한 이 텅 빈 말들이, 서로가 서로에게 엇대고, 서로가 서로를 물고 늘어지면서, 제각각 유일한 가치를 부여받으려 제 차례를 기다릴 것이며, 그 과정에서 무엇이 생겨나고 또 사라지는지를 살펴보는 일이 우리에게 독서의 가능성으로 남겨질 것이다. 그의 시를 소리 내 읽을 때, 비로소 움직이는 말이 모든 것을 삼킨, 아직 경험하지 못한 저 고독하고 외로운 바다 한가운데를 우리는 둥둥 떠다니게 될 것이다. 그의 시는, 읽고, 또 읽고, 읽고, 소리 내 또다시 읽어야만 하는 글, 그럴 때마다, 그 매번의 순간 제 수명을 연장하고, 끝내 단일한 의미, 단일한 해석에 백기를 들지 않는, 그리하여 슬픔과 죽음, 사라짐과 울음, 덧없음과 고독의 출렁거리는 한 자락을 자신의 언어로 붙잡을 수 있다고 말하는 시, 소진되지 않는, 소진될 수 없는 말, 이 소진될 수 없는 말로 궁굴리는 미지의 사건이기 때문이다. 그는 시의 최전선으로 우리를 데리고 가는 리듬의 화신이다.

(이제니 시집, 『왜냐하면 우리는 우리를 모르고』 해설, 문학과지성사, 2014)

모호성에 논리를 부여하는 구성의 시학
—송승언의 실험과 시험

*

　시를 고립해서 파악할 수 없다는 사실은 자명한 것이다. 시는 각
각의 편편이 연결된 그래프처럼 공존의 방식을 모색하면서, 결국
하나의 목소리로 수렴될 때, 어떤 작위의 세계에 발을 내딛게 되기
때문이다. 따라서 시인이 창안한 시적 세계의 최소공배수가 시집
이라고 한다면, 단일한 주제로 묶여 제시한 몇 편의 시들은 이 세
계에 들어가기 위해 필요한 열쇠들 가운데 하나일 뿐일지도 모른
다. 그러니까 몇 편의 신작시를 마주한 비평가는 한 시인의 시 세
계를 가늠할 약수(約數)들이나 비평의 최소 단위로 기능할 분자(分
子)들을 솎아낼 수 있다고 생각하는 동시에, 최소공배수의 산출에
있어서, 이 작품들만으로는 텍스트를 충분히 약분해낼 수 없을 것
이라는 직관에도 사로잡히게 된다. 지금까지 발표된 송승언의 시
를 따라 읽어온 사람이라면, 그의 이전 시들이 신작시를 마주한 비

평가에게 어떤 도움을 주면서도 그 자체로 함정이 될 수도 있다는 사실을 알게 될 것이다. 가령 송승언이 "빛의 문제가 나를 옭아매고 있었다"(「담장을 넘지 못하고」)[1]라거나 "이곳에는 빛이 가득하다 몸을 잃을 만큼"(「지엽적인 삶」)[2]이라고 말하면서, 빛의 각도와 굴절 방향, 사방으로 흩어지는 성질에서 착안해 끝내 흩어지고 마는 어떤 순간에서 삶의 저 알 수 없는 굴곡과 단면을 섬세한 제 언어로 하나씩 정복해내는 작업을 감행했을 때, 바로 이 연장선상에서 우리는, 동일한 제목을 달고 우리 앞에 도착한 세 편의 시 「빛의 파일」[3]에 접근할 실마리를 찾았다며 안도의 한숨을 내쉴 수도 있는 것이다. 전작들이 내려놓은 사유의 그림자는, 어쨌든, 「빛의 파일」이라는 저 제목을 벌써 궁리하게끔 강제한다. 따라서 앞선 그의 시에 기댈 때, 우리는 "빛"에 붙어 있는 이 "파일"이라는 낱말을 해부해야만 하는 처지를 부정하기도 어려워진다.

1. 서로가 서로를 의지해야만 하는 불확실성의 구문들

환기한다. 송승언은 「빛의 파일」이라는 동일한 제목을 세 편의 작품에 붙여놓았다. 어떤 공통된 주제 하나가 이 작품들을 관통하고 있다는 것일까? 이 물음을 긍정하려면 근거가 필요하다. 영어의 'file'을 적은 것이겠지만, "파일"이라는 낱말의 문자 각각에 좀

---

1) 송승언, 『철과 오크』, 문학과지성사, 2015, p. 14.
2) 송승언, 같은 책, p. 75.
3) 『시로여는세상』 2014년 여름호.

더 자유로운 사유를 열어놓아야 하는 것도 이 때문이다. 예컨대 우리는 '波 = 물결치다' 혹은 '破 = 파괴하다'와 '日 = 햇살/햇빛', '一 = 하나', '逸 = 달아나다', '溢 = 넘치다'로 자구 각각을 한자로 치환하여 해석의 폭을 확장하거나, 한 걸음 나아가, 이 두 가지 계열의 한자가 서로 교차하고 결합하며 만들어진, 가령 '파괴하는 햇살을 뜻하는' '파일(破日)'처럼, 빛의 속성을 표현한 것으로 받아들이거나, '달아나거나 파괴하다'의 의미를 지닌 '파일(破逸)'이나, '넘치면서 파괴하다'로 해석이 가능한 '파일(破溢)'과 같이, '빛' 자체를 수식하는 관형어구의 일종으로 이해할 가능성도 저버릴 수 없게 된다. 물론 제목에 대한 자의적 해석이 설득력을 확보하는 것은 오로지, 서로가 서로를 덧대는 문장들 속에서, 그 문장들의 결합 방식에 의해서이다.

> 너는 흘러가고 있었다. 너는 잠겨 있었다. 빛의 피륙을 둘러친 관 속으로. 너는 이관되고 있었다. 너의 고향을 타향을 지나. 투명한 싸늘한 관 속으로. 부패된 손이 들어왔다. 그 손이 네 손을 꼭 쥔다. 너는 흐르고 있었다. 마주잡은 손의 틈새로. 빛이 무자맥질 중이다.
>
> —「빛의 파일」 전문

첫 독서에서 무엇이 남겨졌나? 시신을 관에 넣는 입관의 한 장면이라고 생각할 수 있겠다. 그런데 이것으로 납득할 만한 설명이 충분히 들어섰는가, 자문해보면, 그렇지 않다고 해야 하는데, 그 까닭은, 서로 연결된 문장들이 기발한 모호성을 유발하기 때문이다. 오히려 첫 독서 이후, 문장들의 특이한 구성이 우리에게 남겨진다는 사실에 주목해야 할지도 모른다. 앞서 기발하다고 말한 것은, 이 작품의 그 어떤 문장도 홀로 의미의 영역 안으로 진입하지 못하며, 오로지 서로 분리될 수 없다는 조건하에서만 제각각 고유한 가치를 부여받기 때문이다. 그 어떤 문장도 고립되어 파악할 수 없는 특징은 그렇다면 어떤 모습으로 나타나는가?

물음을 이렇게 시작할 수도 있다. "너는 흘러가고 있었다"에서의 "너"는 누구인가? 아니, "너는 잠겨 있었다" "너는 이관되고 있었다" "너의 고향을 타향을 지나" "너는 흐르고 있었다"에서 등장하는 "너"는 누구인가? 그것은 시신이나 관일 수도 있으며, 이 시의 모티프인 "빛"일 수도 있다. 따라서 "흐르고"의 주체 역시, 시신이나 시신을 담은 관인 동시에 빛이기도 하다고 말해야 한다. "이관"과 '빛'은, '흘러간다'는 최소한의 약수로 서로가 서로를 지탱해내면서, 동시다발적인 어법 속으로 시를 견인해내는 이중의 주어인 것이다.[4] 흘러가는 성질은 오롯이 빛에 속하는 것이지만, 빛은 "너"의 주어이면서, 동시에 주어인 "너"를 "있었다"로 고정시킨다. "빛의 무자맥질"은 이렇게 "이관"과 "흐르고 있었다"는 성질을 서로 나누어 갖는데, 눈여겨봐야 할 것은 이러한 사실이 오로지, 이 시 전체의 통사적 구성력, 그러니까 문장들이 결합하는 특이한 방식에 힘입어 우리에게 당도한다는 점이다.

예컨대 "고향을 타향을"이나 "투명한 싸늘한"이라고 적어놓은

---

[4] 동일한 제목의 다른 작품도 예컨대, "내게는 언덕인 너를 찾아가는 길"과 같은 구문으로 모호성이 살아나고 있다. "내게는 언덕인"/"언덕인 너"에서 "언덕"은 ① 나에게 속한 언덕이 너, ② 언덕인 너를 찾아가는 길 위에 있는 나라는 식으로 의미는 확장되어 나타난다.

대목에서 우리가 캐물어야 하는 것은, 등가의 가치를 지닌 실사나 형용사를 나란히 연결한 형태(즉, '고향과 타향'이나 '투명하고 싸늘한')를 취하지 않음으로 인해 생겨난 효과가 과연 무엇이냐는 것이다. 이러한 어법을 통해 "관"은 투명한 성질과 싸늘한 성질을 동시에 지니게 되는 것이 아니라, 빛에 비추인 관이나, 빛 그 자체의 특성을 머금고 있는 관, 빛과 분리될 수 없는 관이라는, 삼각구도 안에서 모호성이라는 제 고유의 의미를 부여받게 된다고 해야 한다. 송승언의 시에서 구문의 특수한 배치는 낱말이나 문장이 단일한 의미를 벗어버리고, 특수한 의미를 천거하는 과정 속에서만 오로지 제 가치를 되살려내는 역할을 수행한다. 이 작품에 국한하여 말하자면, 형용사가 그 특질을 부여한 실사의 모호성은, "관 속으로."와 "지나."처럼, 마침표를 찍어 분절해낸 이웃한 문장들과의 협력 속에서, 탄력을 받아 보다 불거진 무엇이기도 하다. 우리는 이러한 모호성을 빛의 파동, 정확히 말하자면, 말로 표현할 수 없다고 여겨진 무엇, 표현하기 어려운 상태를 고지하는 어떤 순간을 애써 기록해내려는 시인의 의지에 따른, 통사의 특수하고도 선택적인 배치의 결과라고 봐야 한다.

　송승언의 시는 문법을 부정하거나 임의로 조작하지 않더라도, 구문의 가벼운 분절과 독특한 배치만으로 시가 제 개성을 확보해내기에 충분하다는 사실을 역설적으로 보여준다. 어느 한 순간에 무심코 흘러와 잠시 머물다 이내 어디론가 달아나버리는 빛이, 장례를 마치고 이동 중인 "이관"과 하나로 포개면서, 시 전반을 기묘하고도 낯선 세계로 이끌고 가는 힘은 구성의 독창성에서 비롯되는 것이다. '넘치면서 달아나는' 빛의 속성으로 인해 열리게 된 어떤 작위의 세계 하나가 이렇게 우리에게 당도한다. 이 세계는 송승언이 말을 듣고서 고심 끝에 내려놓은 어떤 의지의 소산이기도 하다. 송승언의 시에서 구성의 독창성은 빛에 반사된 테니스 코트 위에서, (눈으로든 몸으로든) 공의 행방을 따라가던 우리가 결국 빛의 일부가 되거나 빛과 하나가 되어버린 분열의 경험에서 착안한 「테니스」[5]에서도 마찬가지로 목격된다. 부분을 인용한다.

　　반듯이 그린 사각형 안으로 빛이 차올랐다.

　　사각의 빛으로 공이 뛰어들었다. 공은 빛 속에서 빛을 마구 어지럽히며 뒤섞으며 너와 나 사이를 돌아다녔다. 뒤엉킨 빛 사이를 쏘다니는 공의 장난을 지켜보며 우리는 얼마간 테니스를 했다. 팔을 크게 휘두르며 땀 흘리며 너와 나는 반복했다. 〔……〕

테니스공이 튀는 방향을 코트 밖에서 바라보고 있는 것인지, 너와 내가 직접 테니스 경기를 한 것인지 모든 것이 모호하다. 빛에 비추거나 반사된 테니스 코트를 물끄러미 주시할 때 "반드시 그린 사각형"처럼 보일 수도 있다. 빛이 강하게 내리쬐는 곳에서 공놀이를 해본 사람이라면, 누구나 한번쯤, 우리의 시각으로는 인지되지 않는 어떤 알 수 없는 경험을 했을지도 모른다. 모든 것이 모호해지는 어떤 상태는 사실 우리의 삶을 구성하는 일부분이기도 하다. 송승언은 모든 것이 모호한 상태를 '넘치면서 파괴하는' 빛의

5) 송승언, 「테니스」, 『시로여는세상』 2014년 여름호.

'파일'(破溢)에 기대어 적어보려고 한다. 여기서 주목해야 하는 것은, 이 작품 역시, '~며'로 이어지는 동시다발적인 효과를 유도하는 통사적 구성으로 이루어져 있다는 것이며, 이것이 바로 모호성의 가장 강력한 알리바이라는 사실이다. 따라서 "공이 신경이 쓰였다"와 같은 문장을, 모호한 상태를 시에 결부시킨 것으로 여기고서 읽어야 할지도 모른다. 테니스 경기를 할 때 우리는 "공"을 사용하며, 빛이 코트에 강렬하게 내리쬘 때, 그 반사광 때문에 우리의 신경도 더러 날카로워지는 것이 사실이라면, "공"과 "신경"은 모두 "쓰였다"를 '소비하는' 수동의 주어라고 볼 여지가 있다. 중요한 것은 미묘한 차이와 어긋남을 송승언은 서로 다른 특성의 문장들을 번갈아 배치하여 시를 마무하는 것으로 표현해내고 있다는 사실이다. 이는 송승언이 이러한 상태를 적시할 줄 아는 언어를 갖고 있는 시인이라는 말과 다르지 않다. "공이 신경이 쓰였다" 이후의 대목을 인용할 필요가 있겠다.

[……] 공은 우리를 즐겁게 했지만 결국엔 공의 장난으로 코트가 붕괴되기 직전에 이른 것이다. 여기저기 균열이 생기며 조각나고 있는 코트, 너와 나의 몸이 기울어진다. 그것은 위상의 문제, 균열된 코트에서 튀어 오른 공이 네 얼굴을 덮쳤다. 네가 아마득하게 그늘 속으로 잠겨들었을 때 서늘해지곤 했던 우리의 등줄기, 테니스는 끝나게 되고 우리는 지게 된다. 그것은 위상의 문제, 공은 튀어 다니며 분열하며 코트 바깥에서는

어떤 형태의 구문이 번갈아 배치되었는가? 서술형 종결어미 '~

다'로 마감된 문장(a 타입)과 실사를 수식하는 관형어구(b 타입)가 교대하듯 제시되었다. 서로 구성의 차원에서 이질적인 구문 a와 b를 번갈아 늘어놓은 까닭은 무엇일까? 단순히 문법상의 차이를 강조하려는 목적이었을까? 이 시인은 "위상의 문제"를 가장 적절하게 담아낼 방법으로 이러한 배치를 고려한 것이며, 서로 속성이 다른 문장을 대비시키는 일은 송승언에게는, 빛이 한껏 차올라온 테니스 코트에서 그 향방을 정확히 가늠하기 어려운 상황, 이리저리 튀는 공을 쫓다 발생한 착시, 이러한 상황에 놓인 너와 나, 결국 모든 것의 명확한 구분이 모호해진 상태를, 이 장면과 저 장면을 서로 중첩하며 분열의 사건처럼 표현하고자 할 때, 없어서는 안 될 가장 중요한 기술 방식이었던 것이다. "공은 튀어 다니며 분열하며 코트 바깥에서는"과 같이, 빛과 하나가 된 공과 그 공이 오가는 공간, 그 공을 주고받던 우리는, 바로 이러한 배치에 의해 "위상의 문제"와 직면하게 된다. 따라서 어디에 있는지 모호한, 누가 보고 있는지 또한 모호한, 무엇을 보고 무엇을 하는지 역시 모호한, 결국 모든 것이 모호한 저 상태를 기술하기 위해 시인은 문장의 구성이나 배치에 기대 언어의 잠재력을 한껏 끌어올린 다음, 불가능하다고 말해왔던 인식의 영역에 제 시의 깃발을 내리꽂는다.

2. 대상과 나, 소리와 빛의 최소공배수

오해하지 말아야 할 것은 모호함을 시에 조장하기 위해 송승언이 비교적 손쉬워 보이는 중의성을 선택하는 것은 아니라는 사실이다. 송승언은 떠도는 단편적인 조각들이 아니라, 하나의 덩어리 전체로 시를 구성하는 데에 오히려 사활을 건다. 송승언의 시에서 시의 화자와 대상, 술어와 수식어가 최소한 두 가지 이상의 기능을 수행하며, 시점을 빈번히 이탈하고, 대상의 내면으로 침투하면서, 말의 주인을 아예 바꾸어놓는 것은 우연이 아니다.

나는 악보를 쓰고 버렸다. 그리고 버렸다. 버린 악보들이 하늘에서 쏟아졌다. 나는 건물을 잘 몰랐다. 건물도 나를 잘 몰랐다. 우리는 계단으로 규칙을 세웠다. 낯선 이로서, 낯선 곳으로서. 아무런 장식 없는 건물. 좀처럼 빛을 내어주지 않으려는 양식. 시멘트 안으로 목소리가 튕겨 나왔다. 건물이 나를 곡해한다는 증거. 해석되지 않는 건 없었다. 해석을 마다할 이유도 없었다. 나는 시멘트가 아닌 모든 것들에 대해서도 쓸 수 있었다. 썼다. 쓰고 버렸다. 그리고 버렸다. 건물은 몇 장의 악보가 되었다 헐렸다. 건물은 불안 증세를 보였다. 건물은 흔들렸지만 나는 어쩐지 꼿꼿했다. 혹시 나는 건물 바깥에 있는 걸까? 건물을 벗어난 채 계단을 걸어 올라가고 있는 건 아닐까? 고개를 들자 쏟아졌다. 버린 악보들이 얼굴을 뒤덮고 있었다. 빛이 쏟아지는 소리. 시끄럽다. 옥상이다. 아니. 지하 창고다.
　　　　　　　　　　　　　　　　　　　—「빛의 파일」 전문

시의 얼개를 이렇게 말할 수도 있겠다.[6] "악보"를 쓴다. 건물 밖

6) 사실 어떻게 읽어도 상관없다. 부분이 아니라, 전체를 파악하는 것이 중요하기 때문이다.

으로 "버렸다". "그리고 버렸다"는 나 자신도 이때 버렸다는 말이다. 즉, 건물의 내부에서 빠져나와 나는 어디론가 갔다. 나는 지금 건물의 아래나 위에 있다. 건물을 벗어났으므로 건물과 나는 서로 동떨어져 이질적이며, 따라서 "나는 건물을 잘 몰랐다", "건물도 나를 잘 몰랐다"라고 말한다. 나는 대상을 파악하는 주체가 되기를 포기한다. 그렇다고 대상의 편에 서서 객체의 자격으로 대상이나 나 자신을 바라보려고 하지도 않는다. 나와 건물은 모두 "낯선 이"와 "낯선 곳"의 자격으로("~으로서") 존재하기 때문이다. 따라서 나는 "아무런 장식 없는 건물"을 세울 수 있다고 여긴다. 이를 위해 나는 "빛의 파일"을 "양식"으로 삼는다. 딱딱한 무엇인가로 축조된 건물이 아니기에, 이제부터 모든 현상은 미묘한 어긋남을 허용하고, 이렇게 해서 시가 모호한 문법을 끌어안을 자격을 갖추게 된다. "건물이 나를 곡해한다는 증거"를 시인은 이 어긋남과 모호함에서 찾는다. 이를테면 "시멘트 안으로 목소리가 튕겨 나왔다"와 같은 식의, 모순되어 보이는 현상이 시 안으로 걸어 들어올 수 있게 된다. '빛의 파일' 속에서 "해석되지 않는 건 없었"고 "해석을 마다할 이유도 없었"기 때문이다. 나는 자발적으로 "시멘트가 아닌 모든 것들"이 뿜어내는 현상에 대해 지금까지 "썼다". 끊임없이 달아나거나 무언가를 파괴하는 빛의 '파일(破逸)'은, 애당초에, 문법적-의미론적-구문론적으로 단정한 말, 즉 언표의 차원에서는, 제대로 담아낼 성질의 것이 아니었다. "쓰고 버렸다"는 것은, 이 세계와 이별한다는 것이며, 그럼에도 시인은 이와 같은 상태가 언어로, 즉, 발화의 특수성에 기대어 표현될 수밖에 없다는 사실을 알고 있다. "그리고 버렸다"라고 적어놓은 이유이기도 하다. 이제 "건물"은 빛의 현상에 빗대어 애초에 써본('소모한다'는 의미의) "악보"와 닮은 무엇이 될 자격이 있다.

왜? 빛이 건물을 비추며 사방으로 "쏟아지는" 모습에서 시의 모티프를 취해왔기 때문이기도 하지만, 빛이 "쏟아지는" 모습은, 약간의 상상력을 발휘한다면, 사실 "악보" 위에 적힌 콩나물 대가리 모양의 음표들과도 흡사한 면이 있기 때문이다. 최초의 건물은 이제 악보와 빛과 그 성질을 공유하며 서로 포개어진다. 건물-악보-빛의 공배수만이 남겨진다. 즉 딱딱한 건물은 이렇게 "헐렸다". 이 과정에서 "건물은 불안 증세를 보"이며, 이는 당연하다. 건물의 안에 내가 있는 것인지, 밖에 있는 것인지, 그 빛이 빚어낸 것이 건물인지, 악보가 되어 사방을 소리처럼 떠다니는 것이 건물인지, 그 정체는 이제 완벽하게 모호해진다. 자명한 것은 내가 "고개를 들자", 빛-악보-건물이 하나가 되어 나를 향해 "쏟아졌다"는 사실, 빛-악보-건물이 서로 제 속성을 공유하는 상태가 이 세계 속으로 침투하기 시작했다는("빛이 쏟아지는 소리") 것이다. 바로 이렇게, 위("옥상")나 아래("지하 창고")의 서로 어긋난 "위상의 문제"에 골몰한 시, 바로 이렇게, 작위의 세계 속에서 주조된 모호함의 시학 하나가 탄생한다.[7]

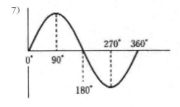

[7] 송승언의 시에서 위상(位相)의 문제는 반복을 통해 차이를 만들어내는 어떤 도식이기도 하다. 건물의 옥상이나 지하실은 좌측의 그래프처럼, 0도의 기점을 벗어난 위나 아래에 위치한다. 시는 마치, 벗어난 이 두 기점이 빛과 결합되어 한쪽으로 올라갔다가 다시 내려와서 0으로 되돌아온 후, 반대쪽으로 내려갔다가 다시

나의 시선과 감각을 수긍하지 못하는 불안을 해소하기 위해, 대상의 편에, 순간의 편에, 대상과 순간이 결합하는 바로 그 순간의 편에 서서, 송승언은 빛이 파동하는 모습을 붙여잡고자 언어와 힘겨운 내기를 하고 있는 것은 아닌가? 그는 언표의 질서 속에서 가지런히 안착한 문장들의 속성을 부정하고 문장들 사이의 경계를 파괴하는 한편, 문장과 문장을 덧대고 중첩하여, 빛의 속성을 절묘하게 담아낸 어떤 세계의 밑그림 하나를 완성해낸다.

3. 언어의 구성력을 바탕으로 점유해낸 모호성

"건물의 문제"(「취재원」)[8]에 골몰하며, 송승언은 대상과 나, 내부와 외부, 보는 자와 보이는 자의 위상을 흔들거나, 아예 나와 대상의 전이를 기록하는 놀라운 결과를 보여주었다. 그러나 이것으로 모호함의 세계를 지탱하는 그의 함축적이고도 절묘한 언어 운용 방식이 오롯이 설명된 것은 아니다. 「잠 선생」의 전문이다.

똑똑. 잠 선생이 나를 찾아왔다. 나는 잠의 선생이오. 그는 내게 잠을 가르쳐주겠다고 말했다. 바닥에 007가방을 내려놓더니 내게 열어 보였다. 나는 깜짝 놀랐다. 나는 가방에 총이 있을 줄로만 알았

0으로 되돌아오는 식의 구조를 보여준다. 각도를 달리하여 세계를 보고 거기에 빛의 분산을 보태어 생겨난 어떤 세계를 송승언은 제 고유한 언어로 표현해내려고 하는 것이 아닐까?
8) 송승언, 『철과 오크』, p. 16.

다. 가방에는 총이 있었다. 아니, 가방에 왜 총이 있는 거죠? 똑똑. 그는 조용히 하라고 했다. 그는 내 잠 속으로 들어가고 있었다. 그는 내 잠 속을 헤집어 놓았다. 연기 자욱하게 담배도 피우고 허락도 없이 선생에게 전화도 걸고…… 당신은 어디에서 왔죠? 소속이 어디죠? 똑똑. 그는 조용히 하라고 했다. 잠에게 내가 방해된다는 이유였다. 그는 잠을 가르치고 있었다. 잠은 그의 말을 아주 잘 들었다. 잠은 외국어를 잘했다. 어떤 식으로든 스스로를 번역할 수 있을 것만 같았다. 잠 선생이 잠을 조금만 더 가르친다면. 잠 선생이 조금만 더 부지런하다면. 그러나 똑똑. 잠 선생은 거기서 수업을 멈추었다. 이제 수업료를 내게! 나는 총을 집어 든다.[9]

이 작품을 읽고 우리는, 대번, 꿈이나 무의식, 혹은 영화 「인셉션」처럼 꿈속에 장치해놓은 또 다른 꿈에 대한 이야기라고 생각할 수 있겠다. 그러나 이 작품은 무의식이나 꿈, 혹은 꿈속의 꿈과 같은 주제와는 '거의' 상관이 없다고 말해야 한다. 송승언은 어떤 경우에도 말이 사유나 관념에 선행한다는 사실을 망각하는 시인이 아니다. 무슨 말인가?

이 작품의 비밀은 무엇보다도 우선, "잠 선생"과 "잠의 선생"을 구분하는 일에서 풀리기 시작한다. 가령, 작품의 도입부의 "잠 선생이 나를 찾아왔다. 나는 잠의 선생이오. 그는 내게 잠을 가르쳐주겠다고 말했다", 이 세 문장을 어떻게 파악할지의 여부에서 시의 독법이 결정된다고 해야 한다. 이렇게 생각할 수 있다. 잠은 '수

9) 송승언, 같은 책.

면'(睡眠)인 동시에 어떤 사람의 이름과 같은 '잠'(Jamme), 그러니까 누군가(발음에 따르면, 프랑스 사람?)의 이름일 수 있으며, 따라서 "잠 선생"은 수면의 전문가인 **동시에**, 이 사람을 가르치는 진짜 선생일 수 있다는 것이다. 바로 이 '동시성' 때문에, 그는 "내 잠 속으로 들어"가는 사람, 그러니까 나의 수면을 들여다볼 수 있는 사람이 될 수 있는 것이며, 또한, 그는 이렇게 "내 잠 속으로 들어"갈 수 있는 사람의 자격을 유지한 채, 누군가를, 그러니까 "잠을 가르"칠 수 있는 선생도 될 수도 있는 것이다. 송승언의 시에서 모호성은 바로 이것이다. 따라서 "잠에게 내가 방해된다는 이유"를 들어 "잠 선생"—"잠의 선생"이 "조용히 하라고 했"다는 것도, 해석의 이중성과 행위의 동시성을 저버리지 않게 된다. 왜냐하면, 내가 잠에 몰두해야만, 이 잠의 전문가가 나에게 무언가를 가르칠 수 있는 것이며, 이와는 달리, 내가 조용해야만 '잠'이라는 사람에게 무언가를 가르칠 수 있기 때문이다. 이후, 도미노 현상처럼, 모든 게 모호성의 논리 속으로 빨려 들어가버린다. 아니, **시 전체가 이미 모호성의 덩어리이자, 모호성의 논리로 뒤발되어 있다.**

중요한 것은 바로 이러한 특성, 즉, 어느 하나에 속할 수 없는 상태가 이 세상에는 존재한다는 사실을 시인은 보여주고 있다는 것이며, 또한 이 모호한 상태에 걸맞은 언어를 찾아내어 모호성에 논리를 갖추어주려는 제 의지를 우직하게 관철시키고 있다는 것이다. 다시 강조한다. 송승언은 모호성에 부합하는 낱말들(예컨대, '애매' '부정' '불확실' 등등)이나 문장들(예컨대, '모르겠다' '확신이 서지 않는다' '희박하다' 등등)을 선택하는 것이 아니라, 명료한 문장들을 서로 배치하고, 명료한 낱말들을 서로가 서로를 의지할 수밖에 도리가 없이 만들어버리는 작업으로, 오로지 이러한 방식에 근거해서만 제 모호성의 논리를 쟁취해낸다. 중요한 사실은 여기에도 있다. 다시 말해, 송승언은 시를 전체의 관점에서 접근하여 각각의 문장이나 낱말의 가치를 헤아려야만 하는 독법을 우리에게 요구한다는 것이다. 무슨 말인가? "잠은 외국어를 잘했다" 같은 문장은 그 자체로 이해에 아무런 문제가 없다. 'A(주어)는 B(목적어)를 C했다(술어)' 식 구조를 취하고 있는 이 문장에서 우리는 이에 상응하는 의미를 명료하게 추출할 수도 있다.

그러나 시 전반에 비추어보면 이야기는 완전히 달라진다. 이 구절은 첫째, 잠이라는 외국 사람은 (외국 사람이어서인지) 외국어를 잘했다, 둘째, 잠이라는 사람은 엉뚱한 말을 잘한다, 셋째, 수면은 엉뚱한 말을 잘한다, 넷째, 수면은 항상 낯설다, 식으로 의미를 확장시키며, 그런 가운데, 우리는 그 어느 한 문장에 상응하는 것으로 선택하지 못하는 처지에 놓이게 된다. "어떤 식으로든 스스로를 번역할 수 있을 것만 같았다"와 같은, 이후에 따라붙은 문장도 상황은 마찬가지이다. 송승언은 바로 이러한 지점을 제 시 안으로 뚜벅뚜벅 걸어 들어오게 하였으며, 이는 언표가 아니라 발화의 차원에서 시에 접근해야 한다는 현대시의 가장 도드라지는 특성 가운데 하나를 송승언이 독특한 자기만의 방식으로 소화해내고 있음을 잘 알려준다. 송승언이 개척한 이 시적 세계를 모호성의 시학이라고 해도 좋고, 관계성의 시학이라고 불러도 좋을 것이다. 그러나 잊지 말아야 할 것은 송승언에게 모호성은 섬세한 언어의 운용과 정확한 사용에 기반하여, 말의 해석 가능성을 늘려나가며 찾아낸 논리의 결과이지, 모호함 그 자체에 매몰되어 난해성의 무덤으로 시를 몰고 가는 주제는 아니라는 점이다. 그는 언어를 분식(分式)할 줄 아는 시인인 것이다. 과도한 말들을 쏟아내는 대신, 말의 배치에 무게를 둠으로써 가볍게, 경쾌하게, 아무도 넘보지 못한 어떤 세계 하나를 손에 쥐고자 할 뿐이다. 바로 이렇게 해서 의미가 사라진 자리에서 의미의 움직임이 가동되기 시작하며, 이 움직임의 논리가 바로 모호성인 것이다. 그의 시 한 편에서 부분을 인용한다.

　　네 얼굴이 외친다
　　나는 기록한다
　　흔들리는 보트에서 흔들리는 필체로
　　흔들리는 생각으로 흔들리는
　　여러 보트가 부서진다

　　기록한다 네 얼굴이
　　질린다 붉게 질린다
　　하얗게 질린다 파랗게 질린다
　　더 질리기 전에 둥둥 떠 있게 된다
　　너의 얼굴이 얼굴이 아니게 된다

　　그런 모양으로 흔들린다
　　바다가 출렁이지 않고 보트가 흔들린다
　　표정 없이 떠다니는 부표들의 형세로
　　스트링처럼 감았다가 풀어놓은

여기까지 기록하는 것은 내가 아니게 된다

— 「보트」 부분[10]

 힘차게 말을 터뜨리며 시를 쓰는 시인이 있는가 하면, 정교한 사
유에 근거한 논리적인 말의 배치를 통해, 세계를 단속하는 일로 우
리가 알 수 없는 무언가를 열어젖히는 시인이 있다. 후자의 경우,
그러나 의미를 해체하는 것이 제 시의 목적이 아니다. 그는 오히
려 의미가 되어가는 과정들의 다양한 스펙트럼 위에서 새로운 길
을 찾아내고 거기에 논리를 갖추는 일에 사활을 건다. 송승언이 모
호성의 문법을 택한 것은, 가로막은 모든 형태의 장벽으로부터 완
전히 벗어나 존재할(지도 모를) 어떤 세계에 처음으로 가닿고자 하
는 의지가 있었기 때문이다. 현실의 이면을 투시하여 잠재성의 세
계와 조우하려는 그의 노력은 나와 대상의 굴절을 감당해내는 언
어, 저 끊임없이 '흔들리는' 언어를 빚어내는 일에서 크게 빛을 발
휘한다.
 이때, 시의 독창성은, 시점을 뒤흔들어 어떤 대상이 된다거나 순
간을 포착해야 한다는 사유 하나를 궁리하는 것만으로 충분한 것
이 아니라, 이러한 사유를 담아낼 고유한 구문을 착상하고, 일상적
인 낱말들과 문장들을 들고서 직접 이 구문을 조직하여 운용해내
는 추론의 능력에 달려 있는 것이기도 하다. 송승언은 기발한 사유
의 고안보다는, 고안된 사유가 말로 궁굴려질 특수한 방식과 논리
가 더 중요하다고 생각하는 시인이다. 우리는 문장에 대한 그의 자

10) 송승언, 『철과 오크』, pp. 106~07.

의식, 말에 예의를 갖추려는 그의 논리적 실험에, 추상에 대한 사유나 모호성의 철학적 개념에 대한 자의식보다 덜한 자긍심이 담겨 있다고 말하기 힘들다. 나의 신념으로 세계에 무늬를 입히고자 할 때, 과연 누가 언어와 교감하며, 충분할 만큼 제 역량을 보여주는 시인인가? 단단한 벽을 무너뜨리기 위해서 시인에게 도대체 얼마나 커다란 힘과 대단한 용기가 필요한 것일까. 혹은 거기에 돈키호테와도 닮은 무모함은 또 얼마나 보태져야 할 것이며, 슬기로운 지혜는 또 얼마만큼 요구되는 것일까? 우리는 미소 띤 얼굴 뒤에서 무정형의 존재들과 우리가 알지 못하는 타자에 대해, 한없이 퍼져나가고 흐트러지는 것에 대해, 그러니까 모호한 것으로 이루어진 어떤 세계에 대해, 야만을 키웠을 수도 있다. 송승언의 시는 바로 이 헐거운 이성의 야만에 대항하는 싸움이다.

(『시로여는세상』 2014년 여름호)

유(有)에서 유(有)를 산출하는 *이 치열한 무력(無力)*
—황인찬과 *본디 시란 무엇입니까?*

바늘구멍만한 예지叡智를 바라면서 사는 자의 설움이여
너는 차라리 부정한 자가 되라
오늘
이 헐벗은 거리에 가슴을 대고
뒤집어진 부정이 정의가 되지 않더라도
—김수영, 「예지」[1]

1. 유(有)에서 유(有)로: 있음과 감정

이 세계에 존재하는 것들을 함부로 흔들지 않아야 한다고 생각하는 시인이 있다. 그는 완벽한 질서 속에서 잘 조율되었다는 것이 무엇을 의미하는지 알고 있거나, 알고 있었을 것이다. 그럴 것이라고 생각하였거나, 생각하기를 거듭하고, 거듭하며, 가정하거나 연역하였을 것이다. 사물의 존재에 대해, 아니, 그 존재들이 어떤 이유를 갖춰 결합되며 표상하는 이 세계의 성스러움에 대해, 거기서 뿜어 나오는 저 기원의 찬란한 빛에 대해, 그 누구보다 경건한 눈을 들어 그는 관찰하였고, 가만히 바라보며 생겨난 순간의 감정을

---

1) 『김수영전집』 1, 민음사, 1981.

쥐고, 빛이 굴절된 순간에 자주 사로잡히는 자신을 더러 부끄러워
했을 것이다. 그것은 죄책감이나 죄악감이었을지도 모른다. 그러
나 완벽한 질서가, 하나의 체계가, 지금-여기서 낱낱이 깨지고 있
다고 생각했기 때문에 그런 것은 아니었다. 굴절을 보았다는 사실,
그리고 동시에, 틈이 열리는 순간을 목도할 때 찾아든 경악과 경
이를 기록하려 했을 것이다. 그는 그렇게, 이 세계의 틈을 보았고,
그 틈이 열리며 주어진, 아니, 틈을 열게 한 제 마음, 틈에서 열린
제 감정을 내려놓으려고 했을 뿐이었다. 시인의 눈은 다정했고, 언
어는 냉담했으며, 소리 내 읽을 때, 자주 슬픔이 세계에 노크를 하
였다. 침묵이 잠시 깨졌다가 다시 침묵이 이어졌다. 그것은 차라리
여백의 힘이기도 했다. 아니, 대상에 감정을 매기는 마음의 움직임
에 대한 섬세한 표식이기도 했다. 사물을 왜곡하지 않고 그 존재를
보존하면서 (있는 것을 있는 것으로 놓고), 마음도 덧입히는 방법은
무엇이었을까?

물탱크가 있다
환기구가 있다
창문이 있다
5층의 건물이 있다
간판이 있다
전신주가 그 앞에 있다
내가 있다
계단을 걸어 올라가는 내가 있다
무작정 올라갔더니 옥상으로 통하는 문이 있다

옥상으로 통하는 문을 지나가면

옥상이 있다

거기에는 물탱크가 있다

푸른 물탱크가 있다

—황인찬, 「개종 2」 전문[2]

　가장 객관적이라 할 수 있는 문장으로 사물을 기술한다. '있음'
이 나열되고, 포개지고, 충돌하며 틈이 열린다. 마음이 조금 움직
인다. 그러니까 아주 약간, 개입하기로 결정해야 하는 것이다. 실
로 내 마음이, 내 감정이 그렇기 때문이다. 거짓도 과장도 아니다.
사물이나 사태의 있음을 보존해야 한다. 원래 있던 것, 고유한 것
들이 차례로 이어져 표상해내는 저 성스러움을 나는 차마 훼손할
수 없다. 대상의 '있음'은 성스러운 것이다. 그것이 세계를 구성하
는 작은 요인이기 때문이다. 자체로 보존되어야 마땅하다. 나의 자
리는 어떻게 만들어지는가? 이미 존재하는 이 유(有)의 세계를 훼
손하지 않으려는 내 마음을 거기에 어떻게 입힐까? 객관과 주관
의 이분법이 붕괴된다. 그것은 차라리 유(有)의 세계를 새로운 경
험으로 비끄러매는 일이었던가? 하나의 장면이었을 것이다. "물탱
크" "환기구" "창문" "5층의 건물" "간판" "전신주"가 있는 화면.
생각이 현실로 튀어나온다. "내가 있다", 그러니까 나는 바라본다.
"계단을 걸어 올라가는" 나도 있다. 바라보는 나와 애초의 화면이
합쳐진다. 나는 문 앞에 서 "있다". 어쩔 것인가? 열고 들어가 사

---

2) 황인찬, 『구관조 씻기기』, 민음사, 2012. 이하 1장에서 인용 출처는 동일하다.

유(有)에서 유(有)를 산출하는 이 치열한 무력(無力)　275

물을 마주하고 감동을 표현할 것인가? 황인찬은 그렇게 하지 않는다. "옥상으로 통하는 문을 지나가면"은 그래서 가정으로 읽어야 할 것이다. 화면이기 때문이다. 그래야만 이 "물탱크"의 '있음'을 보존해내면서 거기에 내 마음도 덧입힐 수가 있다. 그는 이렇게 해서 "물탱크"에 "푸른"의 크기로 존재하는 제 감정을 새기는 데 성공한다. 문장의 분배와 조절, 절제를 통해 대상의 '있음'을 훼손하지 않고 "푸른"만큼의 제 마음을, 주관적인 감정을 시에서 멋지게 표현해낸다.

> 교탁 위에 리코더가 놓여 있다
> 불면 소리가 나는 물건이다
>
> 그 아이의 리코더를 불지 않았다
> 아무도 보지 않는데도 그랬다
>
> 보고 있었다
>
> 섬망도 망상도 없는 교실에서였다
>
> —「레코더」 전문

리코더가 있다. 리코더는 입으로 부는 것인데 "그 아이"는 그걸 불지 않았다. 과거의 일이다. 아무도 없었는데 왜 그랬을까? 마음에 남겨졌다. (나는) 그 장면을 보고 있었다. 필경 나 자신이었을 것이다. 지금-여기로 이 장면이, 그 마음의 정확한 순간이, 주체가 되어 기록을 한다. 과거의 모습이 지금과 겹쳐진다. 이 과거의 유(有)가 현재의 유(有)로 새로운 경험을 작동시킨다. 그래서, 그렇게 하기 위해서, 시 제목을 "레코더"로 삼았다. 과거의 사소한 일 하나를 그 모습 그대로 보존해, 지금 살고 있는 현실로 이전하는 방법을 그는 '레코딩'한다. 있는 그대로를 보존하면서도, 제 마음을 실현하는 것, 망상에 빠지지도 않고, 별난 상상력에 의존하지 않고, "불면 소리가 나는 물건"의 당연함으로 과거와 현재를 하나로 비끄러맨다.

그는 이런 시인이다. 가령, "계절"은 존재한다. 벌써 유(有)의 세계에 속하는 것이다. 그는 이미 존재하는 이 "계절"을 "실감"하는 것이, 그러나 과도하게 그 존재의 본질을 변질시킬 것이라 생각한다. 그런 일은 저어된다. 정확히 한 음절의 차이와 늘림, 그러니까 "계절감"(「유체」)으로 "계절"에 '감'을 덧입혀, 다시 말해, 유(有)를 보존하면서 유(有)를 성취한다.

교실이 있다. "죽어 버린 경미" "책상 위에 흰 국화"가 놓여 있는 교실은 객관적이며 객관적 서술을 통해 제 '있음'을 고지한다. 이미 있는 세계의 '있음'을 기록한다. 그런데 죽은 아이가 "애들 마음속에 살아 있고,/애들은 아직 살아 있"는 상태는 또 어찌할 것인가? 과도한 주관으로, 존재하는 것과 당연한 사실을 훼손할 수는 없다. 죽은 것이 아니라 차라리 "가출했다"고 생각하려는 어떤 마음의 상태, 정확하게 그만큼만을 담아내야, 이미 존재하는 질서가 왜곡되지 않는다. 그래서 "가출했다고 믿는다"는 말로 그는 시를 닫으려 한다. "믿는다"라고 발화할 때, 그러니까 "믿는다"라는, 저 조심스럽고 사소해 보이는 주관성의 표식 하나로, 그는 유

(有)에서 산출된 유(有)의 세계로 우리를 이끈다. "믿는다"를 통과해 우리는 어느새, "책상 위의 흰 국화는 노란 국화였다"(「여름 이후」)라는 언술이 열리는 주관성의 세계에 이른다. 부끄러움의 문법, 절제의 화법, 감성적 발화의 시는 이렇게 실현된다.

그는 왜 부끄러움의 흔적을, 그러한 제 마음의 상태를, 거리를 유지하려 절묘하게 배치한 문장의 구성을 통해, 제 시에 살짝 들어서는 감정과 그 가능성으로, 그러쥘 수 있다고 믿는 것일까? 부끄러움이라기보다 원죄라고 해야 할지도 모르겠다. 연작 「개종」은 그래서 의미심장하다. 원리, 커다란 원칙, 장엄한 존재, 그 질서와 구조에 자신의 자리를 마련하는 방법을 고민하는 것일까? 자신의 목소리는 조금만 입혀, 그 질서 안에서 인간의 숨결로 호흡하려하는 것일까? 오해하지 말아야 할 것이 있다. 황인찬의 시에서 원죄는 구원받지 못한 자들이 한없이 구원을 기다리는, 저 지옥의 변방 '림부스limbus', 그러니까 고성소(古聖所) 같은 저주받은 공간을 지금-여기의 현실이라 인식할 때, 부차적으로 붙들리는, 그러한 의미에서의 원죄가 아니다. 황인찬에게 '원죄'라는 말은 차라리 무서움, 두려움, 부채감, 미안함, 부끄러움, 죄송함, 죄책감 등 시집의 구석구석을 물들이는, 그러니까 얼룩과도 같이 제 크기를 줄이거나 늘리고, 번지거나 사라지며, 이 세계를 방문하는 감정이자, 감정 그 체계로 보아야 한다.

그러니까 그의 시에 자주 등장하는 교실이, 한계가 있는 어느 시공의 세계, 즉 현실의 축소판이라거나, 함께 등장하곤 하는 선생이 무능하거나 다능하거나 전능한 신의 대체물이라거나, 죄악과 실수로 가득한 인간들의 군상이 학생으로 전사되어 나타난다거나, 뭐,

그런 것이 아니라는 말이다. 왜냐하면 황인찬의 시에서 원죄와 길항하는 모든 감정들은, 사물이건 인간이건, 또 그것이 사유가 되었건, 내가 이 세계에 개입하면서 발생하는 작고 커다란 '관계'에서 비롯되기 때문이다. 관계는 추상을 함부로 끌어안지 않는다. 관계는 오히려 사람들 사이에서만 필연적이다. 관계로 인해 불필요한 개입이 생기고, 그 개입에 주관이 실리며, 주관의 과도하거나 덜한 적재 행위가 상처나 기쁨을 만들어낼 뿐이다. 대상이나 인간, 혹은 사유조차, 그 자체의 존재성을 보존해주어야 한다고 여기는 시인의 딜레마가 여기에 있다.

　　이 책은 새를 사랑하는 사람이
　　어떻게 새를 다뤄야 하는가에 대해 다루고 있다

　　비현실적으로 쾌청한 창밖의 풍경에서 뻗어
　　나온 빛이 삽화로 들어간 문조 한 쌍을 비춘다

　　도서관은 너무 조용해서 책장을 넘기는 것마저
　　실례가 되는 것 같다
　　나는 어린 새처럼 책을 다룬다

　　"새는 냄새가 거의 나지 않습니다. 새는 스스로 목욕하므로 일부러 씻길 필요가 없습니다."

　　나도 모르게 소리 내어 읽었다 새를

키우지도 않는 내가 이 책을 집어 든 것은
어째서였을까

"그러나 물이 사방으로 튄다면, 랩이나 비닐 같은 것으로 새장을
감싸 주는 것이 좋습니다."

나는 긴 복도를 벗어나 거리가 젖는 것을 보았다
─「구관조 씻기기」전문

유(有)는 버리고 갈 수가 없다. 큰따옴표로 기록한다. "새"는 물론 시에 대한 비유이다. "뻗어/나온 빛이 삽화로 들어간 문조 한쌍을 비"출 때, 그러나 "물이 사방으로 튄다면" 곤란하다. 그렇게 되면 과도하게 수다스럽거나 대상을 왜곡할 말이 시에 가득 들어서기 때문이다. 조금 씻긴 상태, 조금 감정을 입힌 상태, 그렇게 시는 최소한의 말로 최대한의 무엇을 담아내거나, 최대한의 말로 최소한의 무엇을 담아내야 한다. 말하는 새를 조금 씻겨낸 물이 그의 손에 남아 있다. 거리를 나온다. 거리가 차츰 이 물에 젖는다. 이 세계로, 이 시의 물, 시를 씻긴 물이 범람하고 있다. 아니 그 장면을 보고 있다. "새를 사랑하는 사람이/어떻게 새를 다뤄야 하는가에 대해 다루"는 시는 이렇게 매뉴얼과도 같은 유(有)의 문장들을 들고 시작되어, 거기서 파생한 마음, 그러니까 덧붙여진 주관의 조절로부터 싸움을 착수한다. 바로 이 주관성의 조절을 통해 그는 자기만의 문법을 성취한다. 이 시인의 노동은 그래서 성스러우며, 우직하고, 정직하다.

그것을 생각하자 그것이 사라졌다

성경을 읽다가
다 옳다고 느꼈다

예쁜 것이 예뻐 보인다
비극이 슬퍼서
희극이 웃기다

좋은 것이 좋다

따뜻한 옷의 따뜻함을 느낀다
컵 속의 물을 본다

투명한 빛이 바닥에 출렁인다

그것은 마시라고 있는 것

—「그것」 전문

흔히 성경을 진리의 말이라고들 한다. 당연한 것을 담은 저 이치, 그러니까 당연한 것으로 세계를, 기원을, 사건을 발화하기 때문이다. 성경의 말은 그래서 옳다. 옳음을 주장한다. 이 옳음은 논쟁을 허용하지 않는 옳음이다. 이 옳음의 유(有)가 현실로 걸어 들어온다. "예쁜 것이 예뻐 보인다" 같은 하나 마나 한 말들을, 그러나 약간의 차이를 두고 반복해야 한다고 그는 생각한다. 그러면 유(有)가 조금씩 움직일 것이기 때문이다. 그렇다면 "그것"은 어떻게 해야 하는가? 아무런 의미도 부여받지 못했거나 반대로 전부를 지칭하는 "그것"은 대관절 무엇인가? 수식어가 붙으면서, 진리의 말들이 서로가 서로에게 덧대면서 연결되는 것, 이것을 우리는 마땅히 '관계'라 불러야 한다. 여기서 작은 틈이 열린다. '비극은 슬프다' '희극은 웃기다'가 아니다. 황인찬이 "비극이 슬퍼서/희극이 웃기다"라고 발화하는 순간, 비극은 오로지 희극의 조건이라는 관계에 놓이게 된다. "다 옳다고 느"꼈던 말들, 저 진리의 말들은 이렇게 조금씩 감정을 허용하기 시작한다. 그러니까 황인찬은 '좋은 것은 좋은 것이다'라고 적지 않았다. 그는 "좋은 것은 좋다"라고 했다. 그렇게 진리에 자기의 생각을 조금 묻혀놓았다. '좋은 것'의 유(有)를 보존하면서도, 제 감정을 덧입힌다. 감정은 차츰 확장되면서, 유(有)에서 다른 유(有)를 고안하는 방식으로 자리 잡는다. "느낀다" "본다" "출렁인다"에 이르면서, 발화의 주인은 차츰 '나'로 변해간다. 결국 "그것"을 나는 마실 수 있다고 생각하는 지점에까지 이른다.

유(有)를 보존하면서, 거기에 나의 마음만큼의 아주 작은 감정을 조절하며 늘려내는 행위는, 대상의 존재를 왜곡하지 않기 위해, 주관을 최대한 덜어낸 어법, 가장 건조한 통사, 가장 객관적인 구문, 가장 덜 흔들리는 낱말들에 의지해, 타자의 갑작스런 방문을 허용하는 것이다. 지나치게 과도한 시선이나 다변이 외려 외설적이라고 생각한 것은 아닐까. 시선의 과잉을 방지하려면 말을 절약해야 한다. 절약에는 그러나 예기치 않은 힘이 실린다. 한 문장 한 문장이 미세한 감정을 깊이 눌러 백지 위로 새겨진다. 성스러움의 잔영들이 하나둘씩 탄생한다. 이 성스러움은, 황인찬이 정교한 눈으로 존재의 깊이를 더하는 일을 감행했기에 가능한 것이며, 저 얇지만 진한 감각을 그가 공들여 검은 활자로 새기려 했기에 발생한 것이다. 정동의 세계가 이렇게 열린다.

여름
성경학교에
갔다가

봄에
돌아왔다

—「개종 5」전문

이제는 사랑 이야기, 사람 이야기, 삶에 관한 이야기뿐이다. 돌아온 그는, 이렇게 시집 4부의 문을 연다. 그는 그렇게 "오랜만에 그를 만났다 그와 영화를 봤다"로, 아무 일도 없었던 것처럼 제 시의 운을 뗀다. "그건 일상의 슬픔과 고독에 대한 영화였고, 가는 비가 내리는 장면이 너무 많았"(「혼자서 본 영화」)던 영화였다. 개종 이후, 이제부터 성스러움과는 잠시 이별이다. 망설임이 남았다는 것일까? 차라리 그럴 수 없을지도 모른다. "나는 맥락도 출처도 알 수 없는 그것이 곤란했다"(「세컨드 커밍」)는, 첫 시집의 말미에 내려놓은 저 불가지의 상태에 주목할 필요가 있다.

바닥에 뭉친 먼지들, 오래 살았던 흔적,
그건 꿈속에서의 일이지 지난밤에는 대체 무슨 일이 있었는가?
무슨 일이 있었다니,

[……]

나는 문을 열지 않았다
열어 봤자 아무도 없다는 걸
알아 버렸으니까

나는 문을 두드렸다

—「히스테리아」 부분

"열어 봤자 아무도 없다는 걸" 알아버린 시인이, 문을 두드린다
는 행위는 현실을 향한 노크인가? 잠시 돌아보자. 그의 첫 시집은
잘 구성된 건축물과 같다. 첫 시집을 닫고, 아니 닫으며, 그렇게 문
을 두드리며, 이제 그는 간다. 어디로 가는 것일까? 종로로, 거리
로 간다. 우리에게 가장 익숙한 공간, 가령, 교실, 학교, 공원, 숲,
거리 등이 그의 시에서 배경으로 등장할 때, 그것은 우연이라고 보
기 어렵다. 무인칭의 공간, 선호나 주관이 탈색된 곳, 공통적인 이
미지를 불러일으키는 장소야말로 최대한의 공유를 허용하는 장소
가 아닌가? 문제는 이러한 그의 선택이 오히려 특수한 시적 문법
을 연동시킨다는 데 있다. 그의 시론 중 하나가 여기서 타진되기

시작된다. 하나의 장면이 있다. 이 장면은 우리가 다 아는 어떤 공간을 배경으로 한다. 그러나 우리가 기대했던 그런 일은 벌어지지 않는다. 생경하지 않은 공간을 생경하게 만드는 그만의 방식이다. 물론 이 낯섦은 문장의 배치와 조절을 통해 이루어진다.

새가 서서히 체온을 떨어뜨린다 자리에 앉아서 너는 일어날 준비를 한다 그전에 새가 전신주 위에서 휘청거리던 것을 너는 보았다 그전에 너는 그가 여기에 없음을 알았다 그전에 너는 잔이 깨져 있는 것을 발견했다 그전에 실내를 휘젓는 점원이 있었다 〔……〕 그전에 새가 이미 이곳에 와 있었다 그전에 새가 깨어났다가 다시 잠들었다 마치 죽은 것처럼 그전에 그것이 반복되었지만 너는 그것을 몰랐다 그전에 너는 너의 앞에 모르는 사람이 있다는 것을 알아차렸다 그전에 너를 부르는 소리가 귀에 닿았다 저기요 죄송한데요 저기요 새가 이미 떨어져 있다 그전에 너는 일어나려고 했다 네가 앉아 있던 자리에 누가 이미 앉아 있었으므로

—「점멸」부분

시제가, 그 질서가 무너진다. 시간 속에서 누구도 제 정체성을 보장받지 못한다. 시간의 기원, 기원의 시간을 소급할 수 있을까? "그전에"를 무한히 반복하여 닿을 곳은 일자(一者)의 세계일까? "그전"으로 계속 밀려나며, 무한의 세계, 광막한 어둠, 태초의 장소에 가닿으면, 과연 이 세계로 흘러든 빛의 기원이 밝혀질까? 그렇지 않을 것이다. "네가 앉아 있던 자리에 누가 이미 앉아 있었으므로" "그전에" 반복되었던 삶, 지금 반복되는 행위가 펼쳐질 뿐

이다. 이렇게 그는 "그런데 그는 어디에 있지?"와 같이, 영원히 대답하지 못한, 그렇게 하지 못할, 물음을 다시 꺼내 들 수밖에 없다. "그것이 반복되었지만 너는 그것을 몰랐다"고 말한다. 시제는, 시간은, 장소는 지정되지 못한다. 반복만이 남겨진다. 그러나 반복은 종말, 그러니까 저 끝에서 우리를 구원해준다.

양옥 정원에서 조용히 퍼져 가는 물소리와 매미 소리, 매미 허물을 발견하고 들떠서 들여다볼 때, 그러면 안 된다고 네가 말한다

오래 보면 영혼을 빼앗길 거야, 겁이라도 주는 것처럼
비장한 표정으로 네가 말해서 정말 그러면 어떡하지? 덜컥 겁이 났지만

아무런 일도 일어나지 않는 것이다 아무것도 빼앗기지 못한 것이다 매미 소리가 징징징 울리고 있는데

이젠 정말 끝이구나, 네가 말한다

—「말종」 전문

그는 종말을 거부하거나 부정하지 않는다. 단지 끝나는 행위가 반복될 것이라는 사실을 알고 있는 자를 그는 '말종'이라고 부르기로 한다. 이러한 생각은 차라리 회문(回文)을 통해 발현된다. "이젠 정말 끝이구나, 네가 말한다"로 이 시의 읽기를 마쳤을 때, 이 마지막 문장부터 거꾸로 독서가 시작된다. 이렇게 다시 시작되는

독서로, 종말은 종말을 맞지 않고 자꾸 되돌아온다. 그것은 종말도, 파국도 아니다. 반복이다. 반복을 행한 자, 거꾸로 세계를 읽어 종말을 무한히 반복하는 자, 거꾸로 시를 읽는 자, 그는 섭리를 거역한 것이 아니라, 연장했기 때문에 '말종'이라는 것일까? 이와 같은 사유가 시집 전반을 지배한다. 반복의 과정 속에서, 그러나 말은 다른 말에 의해서만 오로지 제 지위를 타진한다는 점에 주목해야 한다. 문장 사이의 간격은 지극하거나 좁거나, 반복을 통해, 아예 말 사이의 간극이 취소되기도 한다. 이렇게 "발자국에 발자국을 겹치면서" "발자국이 발자국을 지우면서"(「구획」) 그는 두번째 시집의 문을 연다.

2. 유(有)에서 유(有)로: 실존과 희지

두번째 시집 『희지의 세계』(민음사, 2015)[3]에서 좀더 두드러지게 나타나는 것을 우리는 치열한 무력(無力)의 싸움이라 부르려고 한다. 이 무력의 싸움은 자신을 향하는 것이면서 외부로 흘러나가는 것이기도 하다. 시는 시가 무엇인지를 내장한, 내재화한 생각의 기록이면서, 언어로 세계를 함부로 고정시키지 말아야 한다는 생각에 사로잡힌 자가, 그럼에도 결국 쓰는, 그렇게 제 글이 백지 위에 기록되는 순간, 다시 빠져나가려는 항력에 불가피하게 붙잡히고 마는, 미끄러짐의 수행일 수밖에 없다. 그러니까 황인찬은 시를

---

3) 이하 인용 시는 모두 이 시집에서 가져왔다.

쓴다는 행위 전반을 부정하거나 시라고 하는 통념을 타자화하며 비판을 가하거나 메타시를 실현하려는 것이 아니라, 시를 포함해 우리가 알고 있다고 믿는 것 자체를 부정하거나 의심할 때만 가능한 말을 고안하여, 애초에 제 시를 쓰게 된, 시라는 예술 행위에 매료되었던 저 첫 순간의 느낌과도 같은, 그러니까 저 알 수 없는 매력, 이상한 끌림, 어딘가에 붙잡히지 않고 생생하게 살아나는 감각의 갱신에 좀더 충실해지려고 하는 것이다. 세상으로 내려온다. 성스러움을 지우고, 잠시 잊고, 무언가 끊임없이 반복되는 이 세속의 공간을 걸어 다니기로 한다. 그것은 결심이다. 그는 폭넓고 광대하며 이상적이고 무한한 미지보다, 작은 생각에서 출발해 또 다른 생각을 불러내고, 그 생각으로 이전의 생각을 지워나가거나, 그 과정에서 찾아든 사소한 착각을 기록하고, 다시 그 착각을 교정하거나 수정하는 일에 전념한다. 그렇게 재차 벼려낸 생각들을 또 다른 생각과 포개어 기록하면서, '생각하기'를 반복하는 일련의 과정에서 모종의 결심을 이끌어내고, 새로운 사유를 산출해내며, 조금씩 조금씩 이 세계와 시에 대해 알아가는 과정에 참여하려 한다. 생각의 편린들을 그러모아, 수정을 허락하고, 조금씩 폭을 넓히거나 좁혀나가는, 오로지 생각의 과정으로만 존재할, 그렇게 만나게 될 세상을 그는 '희지의 세계'로 부르고자 한 것은 아닐까.

개가 태어나고 나무가 자라고 건물은 높아지고 있다 하늘에는 비행기가 날아다니고 해와 달이 뜨고 지고 운석은 충돌하지 않는다

어느 날인가 너무 어린 나는 망해 버린 세상을 보았다

이곳은 네가 아닌 병원 책상이 있고 책상에 누가 누운 흔적이 있고 수백 개의 창이 있고 거기서 뛰어내리는 사람이 있는 이곳은 네가 아닌 병원 조용히 움직이는 초침이 있고 망상과 전망을 혼동하는 시인이 있고 점차로 잦아드는 들숨과 날숨이 있는 이곳은 네가 아닌 병원 낮과 무관한 밤이 있고 눈뜨지 않는 육체에 갇힌 영혼이 있고 창밖으로 무수하게 펼쳐진 마지막 잎새가 있는 이곳은 네가 아닌 병원 자주 아픈 사람은 병원에 자주 가고 계속 아픈 사람은 병원에 계속 있고 아프지 않으면 오지도 못하는

이곳은 네가 아닌 병원
아무런 비밀도 없는데 아무것도 알 수 없는 세계다
―「네가 아닌 병원」 전문

아무것도 이상하지 않다. 기이한 것은 아무것도 없다. 그러나 이 자명한 진리는, 섭리와 자연의 현상에 국한된다. "개가 태어나고 나무가 자라고 건물은 높아지고 있다 하늘에는 비행기가 날아다니고 해와 달이 뜨고 지고 운석은 충돌하지 않는다"와 같은 문장은, 유(有)를 딛고 다른 유(有)로 향하려는 황인찬의 일보(一步)가 어떤 식으로 가능한지를 잘 보여준다. 가령 우리는, 다음과 같이 빼어난 시를 썼던 시인을 기억하고 있을 것이다.

숟가락은 밥상 위에 잘 놓여 있고 발가락은 발 끝에

얌전히 달려 있고 담뱃재는 재떨이 속에서 미소짓고
기차는 기차답게 기적을 울리고 개는 이따금 개처럼
짖어 개임을 알리고 나는 요를 깔고 드러눕는다 완벽한
허위 완전 범죄 축축한 공포, 어째서 이런 일이 벌어졌을까
　　　　　　　　　—이성복, 「어째서 이런 일이 벌어졌을까」 부분[4]

　아무것도 이상하지 않다. 기이한 것은 아무것도 없다. 그러나 그
정상됨을 되묻고 있기에 턱없는 불안감과 존재의 부당함을 역설
하고 있는 것이 분명한 이 시는, 한 시대가 어영부영 끌어안고 있
는 난감한 처지를 역설의 색채가 짙게 묻어 있는 일련의 '가짜' 물
음들을 통해 되받아내는 게 어떻게 가능한지, 그 실존의 고민을 적
나라하게 드러내고 있다는 점에서, 존재의 불안을 따져 묻게 하는
행위를 우리에게 촉발시킨다. 모든 게 안전하게 작동하고 있는데
도 "완벽한 허위"이자 "완전 범죄"이며, 제자리에 놓인 모든 것이
"축축한 공포"를 불러일으킨다면, 그 이유나 원인은 결국 총체적
인 것이며, 이러한 불안은, 나의 내부에서 까닭 없이 차올라 와 세
계를 향해 뻗어나가는 모종의 힘을 만들어낸다. 시는 자아와 합리
라는 자명한 방어선을 뚫고, 사방으로 범람하는 실존의 물음들을
투척하며, 불안한 세계를 향한다. 그 파장을 염두에 둘 수밖에 없
다는 점에서, 우리에게 새겨지는 것은 고통과 상처, 그 말의 무늬
들이다. 황인찬은 앞선 세대가 마주한, 저 끔찍한 세계, 반복되는
세계에 당도해서조차, 동일한 물음으로 불안을 마주하지 않는다.

4) 이성복, 『뒹구는 돌은 언제 잠 깨는가』, 문학과지성사, 1980.

그는 어쩌면, 좀더 단호하다. "망해버린 세상"이기 때문이다. 이 것은 물음이라기보다, 인식이며, 생각이자, 사유인 것이다. 이제부터, 아니 황인찬으로부터, 실존적 물음을 통해 세계로 뻗어나가는 불안한 자아보다, 끊임없이 반복하고 수정하고 교정하는 생각이 더 중요해졌다. 그것은 정확한 인식인가? 과감한 단절인가? "아무 런 비밀도 없는데 아무것도 알 수 없는 세계"는, 그것을 부정할 수 없어 동요나 방황하는 주체를 시에 소급하기 때문이 아니라, 바로 그러한 사태에 붙들려 살아갈 수밖에 없다는 점에서, 인식의 단절 을 추인하기에, 좀더 치명적이다.

이 여름을 벗어나지 못하고 있었다

격발되는 것이 있다면 격발되는 것이고 죽어 가는 것이 있다면 죽기로 된 것이다 총소리가 들릴 이유가 없는데 총소리가 들리는 것은

또 어떻게 된 일일까

나는 계속 걸었고 나는 계속 먹었고 나는 계속 쉬기만 했다 그러다 보면 총소리가 또 다시 들려왔는데 쓰러지는 것이 없었다

무고한 벌레들이 내 눈으로 자꾸 들어오려 하고 있었다
여기서 뭘 하면 좋을까 할 수 있다면 좋을까
정말 그럴까

인간으로 있는 것이 자주 겸연쩍었다

　　　　　　　　　　　　　　　　　　　　　　　—「여름 연습」 부분

　　이 세계를 관통하는 커다란 하나의 줄기를 규명하려는 실존적
물음보다, 그는 이렇게 "우리 삶에 갑작스레 틈입해 오는 어떤 불
안에 대한 이야기"를 풀어놓고, 그런 "이야기가 / 이야기가 시작
되고"(「실내악이 죽는 꿈」) 또 그 이야기를 마치는 공간으로, 그러
니까 자주 거리로, 종로로, 드물게는 상상의 세계로 나아가며, 시
에 대해, 삶에 대해, 생각을 한다. 그렇다. 생각할 뿐이다. 그 이상
을 시도하는 것은 어쩌면 허황되며, 거짓일 수 있다. 아름다운 빛
이 컴컴한 터널 속에서 소멸되는 순간, "저렇게까지 아름다운 것
은 원래 저렇게 불길한 것일까"라고 그는 잠시 느끼지만, "눈을 떴
을 때 나는 인간으로 가득한 지하철 안이었다"(「휴가」)라는 사실을
확인하고, 그 순간의 생각을 기록한다. 이 기록의 문장들로 그는
세계의 감정을 조절하고, 문장의 완급 속에 슬픔과 불안과 사랑을
잠시 확인하고 다시 돌아서는 일이 조금 더 중요해진 것이다. 종로
에 나간 우리는, 타자를, 아니 타자의 문학을 거기서 마주하고, 그
마주침으로 시에 대한 온갖 생각을 실험한다. 거기서, 타자들과 함
께, 이미 경험했던 온갖 문(文)의 그림자들을 붙잡고, 시에 대해,
문학에 대해, 기존의 문학에 대해, 문학이라는 행위에 대해, 생각
하기를 반복하며, 시를 근본적으로 사유하는 일에 착수한다.

3. 유(有)에서 유(有)로: 생각과 산출

『희지의 세계』에서 확연히 달라진, 발화와 어법, 주제와 대상은 이렇게 패러디에 놓여 있으며, 패러디를 통해 표출된다. 대상과 감정 사이에 균형을 잃지 않는 섬세한 조율을 통해, 이 세계와 사물, 과거와 현재의 시간을 잠시 정지시키고자 했던, 그렇게 세계가 순간에 붙들리는 성스러움의 발화로 가득 채웠던 첫 시집의 황인찬은, 패러디를 통한 속화(俗化)의 세계로 넘어와, 다변과 구변의 길로 접어든다. 생소함과 경이는 미지(未知)에 대한 타진, 미지로 기지(旣知)에 타격을 가하는 발화의 정확한 한 순간을 고안하는, 그러니까 희지(希知)의 노동과 맞닿아 있다. 생각의 시, 생각의 연속을 필사하려는 의지, 생각하는 순간조차 붙들어 매려는 시. 이것은 사변이 아니라, 사변의 물질적 토대에 대한 탐구에 가깝다. 기지-미지-희지의 삼각형 구도에서 행해지는 이 싸움—그렇다, 싸움이다—에는 대상, 그러니까 적이 있다. 적은 나의 내부, 그러니까 시라는 것, 시를 쓴다는 행위, 내가 지금-여기서 하고 있는, 하고 있는 중인, 이 시라는 것의 본질적인 특성에 대한 물음들과 연관된다는 점에서, 그 적은 나의 내면이자 외부이며, 앞서 그 길을 갔던 자들의 텍스트와 부딪치며 생겨나는 작거나 다소 큰, 모종의 충돌을 기록하고자 하는 결심과 그것의 실천적 대상이다. 세계를 잠시 정지시키고, 대상을 그대로 보존하는 순간을 기록해보고, 그렇게 생겨난 작은 파동을 마음으로 담아보는 것, 뼈대를 세우는 것, 아주 조금 뼈대에 윤곽을 부여하는 것이, 첫 시집을 축조한 주요 문법이었다면, 이번 시집에는 그래서 살점이 좀더 붙었다. 이 살점은 타자의 것들이 대부분이다. 어디론가 흘러가보는 것, 이 일보(一步)의 시학을 통해, 그는 멈추고 걷고, 걷다가 멈추며, 타자를 만나며, 타인의 어깨를 조금 흔들고, 그러면서 세계의 풍경을 끌어안고 자신도 조금 흔들리며, 그렇게 마주한 타자를 통해, 시의 가능성, 시의 모순, 시의 부패, 시의 타락을 경고하며, 시의 미래에 묵시록적인 목소리를 입혀내는 작업을 개진한다.

　가정이 어려우면 결심은 어려운 것이다 선생님은 대답을 기다리지만 생활이 모자라면 아무리 잡아당겨도 문은 열리지 않는 것이다 백묵이 말하지 않는 것과 흑판이 말하지 않는 것 이리저리 흔들리는 학생들이 있어 펼쳐지고 접히는 산출이 있는 것이다 그래서 이 문장이 가리키는 것은 무엇이냐고 선생님은 대답을 기다리다 죽었다 나는 종이 한 장 들고 집으로 간다 가정은 많이 어렵고 문은 활짝 열린다 여기로 들어오라고

―「연역」 전문

　말투와 서술 방식이 특이하다. 누군가의 말, 자신의 세대보다 앞선, 그것도 한참을 앞선 사람의 말투를 재현했기 때문이다. 가령, "펼쳐지고 접히는 산출이 있는 것이다"와 같은 표현은, 어휘와 맺음이 벌써 복고풍이다. 반복된 '~것이다'가 시 전반의 어조를 장악한다. 이러한 추측이나 주관적 소신을 추동하는 발화는 지나치게 헐렁하거나 낡은 외투와도 같은 것이다. 제목도 마찬가지다. 연역이라니? 우리는 이 작품이 패러디의 산물이라는 것을 안다. 말

투나 주제조차 이상의 「家庭」과 연장선상에서 읽어야 할 것이다.

門을암만잡아다녀도안열리는것은안에生活이모자라는까닭이다.
밤이사나운꾸지람으로나를졸른다. 나는우리집내門牌앞에서여간성
가신게아니다. 나는밤속에들어서서제웅처럼자꾸만減해간다. 食口야
封한窓戶어데라도한구석터놓아다고내가收入되어들어가야하지않나.
지붕에서리가내리고뾰족한데는鍼처럼月光이묻었다. 우리집이앓나
보다. 그러고누가힘에겨운도장을찍나보다. 壽命을헐어서典當잡히나
보다. 나는그냥門고리에쇠사슬늘어지듯매어달렸다. 門을열고안열리
는門을열려고.

—이상, 「家庭」 전문[5]

시는 다른 시를 갉아 먹고, 다른 시에게 갉아 먹히면서, 그렇게
해서 제 삶을 모색한다. 그렇게 상투성을 비껴간다. 어색한 고어투
가 이상 작품의 패러디에서 기인한 것이라고 한다면, 시인이 습작
을 하듯 작성한 것처럼 제 언어 전반을 조절했다는 사실에도 주목
할 필요가 있다. 이상의 "家庭"이 "門을열고안열리는門을열려고"
처럼, 차마 문을 열기 힘든, 그러니까 닫힌 "家庭"이자 폐쇄된 장
소이었다면, 황인찬은 '가정'의 문을 열어야 한다고 말한다. 그런
데 대체 무엇을 연다는 것일까? '문'은 무엇인가? 이 "가정"이 저
"家庭"인가? "문"은 門인가? 文인가? 아니면 問인가? 난해한 이상
의 작품을 열려 한다는 것인가? 마지막 구절 "가정은 많이 어렵고

5) 『李箱문학전집』 1, 이승훈 엮음, 문학사상사, 1989, p. 59.

문은 활짝 열린다"에서 비로소 패러디의 의도가 풀려나온다.

그러니까, 얼개는 이렇다. 이상의 「가정(家庭)」은 난해하다. 여기서 출발한다. "가정이 어려우면 결심은 어려운 것이다"는 「가정(家庭)」이라는 작품이 어려우니〔쉽사리 가정(假定)하지 못하니〕 마음을 정하기 어렵다'로, "생활이 모자라면 아무리 잡아당겨도 문은 열리지 않는 것이다"는 '삶 속에서 시를 궁리한 고민이 부족하면 문(文)은 열리지 않는다'로, "백묵이 말하지 않는 것과 흑판이 말하지 않는 것"은 '학교에서 배운 것으로는 부족하며, (시는) 항상 제도권 교육 이상을 요구한다'로, "이리저리 흔들리는 학생들이 있어"는 '이상의 작품에 충격을 받아 온몸으로 시를 체현하려는 자들이 있어'로, "산출이 있는 것이다"는 '그렇게 할 때 무언가 얻게 되는 것이 있다'(따라서 "산출"은 '算出'이라기보다 '産出'이다)로, "가정은 많이 어렵고"는 '이상의 작품은 난해하며 / 시라는 것은 난해하지만'으로, "문은 활짝 열린다 여기로 들어오라고"는 '시는 항상 여기로 들어오라고 말한다'로, 마지막의 "여기로 들어오라고"는 당부나 청유의 표현이나 유혹이나 거짓 몸짓으로도 읽을 수 있겠다.

거개의 낱말과 문장들은 벌써 이상의 「가정(家庭)」과 얽혀, 시에서 중의성을 뿜어낸다. '문' '가정' '산출' 등이 제 쓰임새를 하나 이상으로 넓혀내고, 패러디를 통해 해석의 암시성과 복수성을 조장하면서, 작품 전반의 구성과 의도를 이중 삼중으로 추론하게끔 해놓았기 때문이다. 시 제목이 "연역"인 까닭이 여기에 있다. 황인찬은 이렇게 이상의 「가정(家庭)」을 '가정(假定)'의 대상으로 삼아, 제 시를 전개하고, 이러한 생각에 생각을 보태거나, 생각에서 생각을 덜어내면서, 기존의 생각에서 새로운 생각으로 이동하는 저 추론의 산물로, 시 자체를 환원해낸다.

"원칙적인 관점에서 말하자면, 고상한 주제가 속된 주제에 적용된 텍스트의 변환"[6]을 의미하는 패러디는, 황인찬에게는 이처럼 말을 구사하는 속화(俗話)와 대상을 포착하는 관점의 속화(俗畵)를 실현하는 커다란 동력으로 자리 잡는다. 황인찬의 이번 시집은 타자의 글, 문화, 언어, 문학, 사유에 입사하여, 내 고유의 것을 궁리하는 저 상호텍스트의 이념을 실현하려는 의지로 가득하다. 이 과정은 당연히 비판을 함축한다. 패러디는 대상을 속되게, 다시 말해, 비판적으로 표현하는 것이다. 황인찬의 패러디는 한편으로 저 속된 상태에 저 자신을 투신하면서, 대상을 비판하면서 자신도, 아니 시에 대한 물음도 비판한다는 함의를 지니고 있다. 비판은 타자에 대한 비판, 자신에 대한 비판, 시에 대한 비판이자 물음을 투척하는 행위와 연관된다. 시가 근본적으로 비판하는 말이자 그러한 말의 고안이자 실천이라면, 이러한 사실을 제 시의 의제로 삼아, 황인찬은 시가 존재하는 이유, 그 가치와 가능성 전반에 관한 물음을 한가득 담아낸다.

멍하면 멍 짖어요
내가 좋아하는 나의 작은 새가요

잘못했어요 내가 다 잘못했어요

---

6) Nathalie, Piégay-Gros, *Introduction à l'intertextualité*, Paris: Dunod, 1996, p. 180.

시에는 개나 새가 나오고 무슨 개고 무슨 새인지는 알기가 어렵고
그건 누구 잘못인지 모르겠지만 다 잘못했어요

풍경이 풍경을 반성하고
곰팡이 곰팡을 반성하고

그렇게 모두가 다 잘못했어요

그러면 멍 짖어요
내가 좋아하는 작은 새가요

시에서는 누가 죽고 누가 울고 모두 다 잘못했어요

내가 잘못했어요 잘할 수도 있는데
안 그랬어요

반성하는 의미에서 멍 짖어요
내가 좋아하는 작은 새가요

새가 시라는 은유는 몰라요 시가 개라는 은유도 몰라요 누군가 시
를 쓴다면 그건 그냥 시예요

누군가 새를 썼더니 새는 날고 울다 천 리를 날아

시가 되어 앉았다는 고사가 있는지 없는지 모르겠지만

멍하면 멍 짖어요
내가 좋아하는 나의 작은 새처럼요

잘할 수도 있지만 잘못하기로 했어요
그냥 멍 짖어요

내가 좋아하는 작은 새가요

자꾸 멍하면 좋아요 아주 좋아요

— 「멍하면 멍」 전문

　첫 시집의 첫 시에서 제기된 물음이 여기서 다시 촉발된다. 시는 무엇인가? 첫 시집의 첫 시 「구관조 씻기기」에서 제기된 물음보다, 구체적이고, 현실적이며, 신랄하다. 아니, 시를 (당신들은, 나는) 왜 쓰는가? 시에 정답이 있는가? 좋은 시라고 부르는 것은 대저 무엇인가? 타자의 말에 어떻게 의지해야 하는 것이며, 그럴 때, 시는 무엇을 목적으로 삼아 그렇게 해야 하는가?

　비교적 젊다고 해야 할 이 시인은, 패러디 본연의 특성에 기대어, 우리를 사로잡고 있는 시와 시인이라는 저 통념 자체를 부정하거나, 그것을 살짝 비틀어 비판하며, 지금-여기에서, 시에 관한 매우 근원적인 물음을 던지려 한다. 이러한 작업이 스스로에게 시련이 될 것이라는 사실조차 그는 잘 알고 있다. 그러나 적어도 그는,

그래야 한다고, 그렇게 해야 한다고, 그러한 필요성을 절감했노라고 말하며, 이와 같은 제 생각을 기술하고, 그렇게 하면서, 한 걸음 더 전진해야 한다고, 시의 미래를 지금에서라도 다시 열어야 한다고 생각한다. 이런 의미에서 그에게 패러디는 조롱보다는, 비판에 따른 고통의 산물이다. 시를 왜 쓰는지 자신에게, 혹은 타자를 향해, 끊임없이 물음을 던져야 한다고 그는 생각하는 것이다. 개나 소나 시를 쓴다. 나도 쓴다. 누군가 내 시가 어렵다고 말한다. 잘못했다. 누구의 잘못인지 모르겠지만, 말하는 사람도 나도 읽는 독자도 다 잘못했다. 이 시대에 왜, 아직, 여전히, 시가 존재하는가? 김수영이 "풍경이 풍경을 반성하지 않는 것처럼/곰팡이 곰팡을 반성하지 않는"(「절망」) 저 현실, 그러니까 절망조차 자신을 반성하지 않는 한심한 현실을 제 시에서 비판했다면, 황인찬은 현실에 대한 비판이 아니라, "풍경이 풍경을 반성하고/곰팡이 곰팡을 반성하고"라며, 시 자체를 갱신하려는 반성적 몸짓을 통해 시가 거듭나야 한다고 말한다. 이미 존재했던 유(有)의 문학에 무언가를 덧붙이는 그의 문법은 여기서 비판을 누락하지 않는다. 상황은 오히려 반대다. "누군가 새를 썼더니 새는 날고 울다 천 리를 날아/시가 되어 앉았다는 고사"에 대한 비판과 "은유" 따위의 기법에 사로잡힌 시를 향한 조롱이, 조용히, 촉발된다. 이 비판에 제 고유한 시를 추구하겠다는 의지가 없다고 말하기 어려우며, 『희지의 세계』는 이렇게 패러디의 세계이자, 비판의 세계, 시를 찾아 나선 여정 그 자체다. 이러한 지적은 좀더 설명되어야 한다.

4. 유(有)에서 유(有)로: 비판과(의) 정직함

『희지의 세계』는 문학이라고 여기고 있는 거대한 통념에 금이 가게 하는 방식으로 전방위적인 차원에서 패러디를 활용한다. 가령, "형채는 선명과 입을 맞췄고 정수는 밤새도록 건물 옥상에 서 있었다"처럼, 명백히 이광수의 소설에 대한 패러디라고 해야 한다. 그는 고리타분한 전형과 유형에 사로잡힌 기존의 문학이나, 구태의연한 인물의 구성 전반에 대한 비판을 패러디를 통해 견인하고, 내친김에 "유리가 보는 것"에 대한 순수한 추구를 각성하는 것으로 시를 맺는다. 그에게는 "유리에 비친 것들에 대한 생각"이 문학을 만들어내는 것이며, 그 순간의 각성으로, 마치 투명한 유리가 깨지는 것처럼, 시도 깨지는 각성의 고통을 통해 새로운 "생각이 만들어질 때", 비로소 실현이 가능한 것이다. 「무정」은 이처럼 아직 당도하지 않은 저 미지의 시에 대한 강력한 지지를 선언하며, 비판을 감행한다. 「지국총」 역시 고전적인 시풍이나 전통세계에 사로잡혀, 그 클리셰의 표면으로 미끄러지거나 그 위를 떠다니며, 시라고 불려왔던 것의 주변을 맴돌 뿐인, 지리멸렬한 시의 저 반복된 생산과 기계적 작법을 윤선도의 시를 패러디하며 비판적으로 암시한 작품으로 볼 수 있을 것이다. 그의 시집은 찾으면 찾을수록 점점 늘어나는 패러디의 연속이며, 패러디는 거개가 비판을 통해 시의 자리를 모색하는 고민에 헌정된다. 황인찬의 시에서 패러디는 새로운 고안의 장소인 동시에 통념에 대한 비판적 고리이다. 가령, 시는 감정과 사유의 명백한 분리를 허용하지 않는다는 사실을 그는 「서정」 연작에서 패러디한다. 그에게 시는 감정이 과잉된 일기가 아니며, 통념에 젖은 아름다움을 생산하는 언술로 뒤범벅되어 제 정체성을 확인하는 음풍농월과는 상관없다.

"이곳은 누가 선이라도 그어 놓은 것처럼
캄캄한 것과 환한 것이 나뉘어 있구나"

그 애가 말할 때, 나는 바닥에 떨어진 나뭇잎 하나를 집어 들었다 그 애로부터 멀어지려고 그랬다 나뭇잎이 이렇게 섬세하고 무엇인가 잔뜩 돋아나서 징그럽다는 것을 그 전엔 왜 몰랐을까
—「서정」 부분

나무는 생각이라는 것에 빠져서 조용해진다 나무는 여름 속에서 자꾸 죽으려 하고 있었다 나무는 죽는 것에 가까운 것이 되고 있었다 나무는 이 여름이 가짜라는 것을 모르고 있다
—「서정 2」 부분

황인찬은 타인의 발화를 끌어 쓰며, 매우 객관적인 서술처럼 가장한 후, 서정시에 대한 비판을 풀어놓는다. 물론, 이와 같은 우리의 해석은 시집을 하나의 유기체로 여기고 접근할 때 채비된다. 그는 기존의 시나 시에 대한 통념을 무턱대고 조롱하는 것이 아니라, 기존의 어떤 현상에 대해, 그렇게 우리를 찾아온 어떤 사태에 대해, 그 과정을 통과하면서 우리에게 풀려나온 원론적이고 근본적인 물음을 회피할 수 없다고 생각하는 것인지도 모른다. 원론적인

물음은 시의 존재 가능성에 대한 타진과 맞닿아 있다. 이런 의미에서 그는 매우 정직하며, 정직한 시를 쓰려 시도하는 것은 아닐까. 자신의 삶과, 자신의 경험과, 자신의 문단에서의 체험과 자신의 타자 읽기와 자신의 말과 자신의 도덕과 자신의 분노와 자신의 마음의 움직임을 제 시의 삶과 제 시의 경험과 제 시의 쓰기와 제 시의 도덕과 제 시의 분노와 제 시의 마음의 움직임으로 발화하는 시를 당신은 얼마나 자주 보았는가?

　숙이는 사랑이 창밖에 내리는 빗물 같다

　비 내리는 오후에 숙이는 그렇게 생각한다 그것은 슬픔에 대한 생각이나 아픔에 대한 생각이 아니었다 그것은 생각이 아니었다

　그렇다면 그것은 무엇일까……
　몰라도 숙이는 집을 나선다

　거리에는 창이 많구나 아이들이 놀라요, 눈으로만 구경하세요 폐업 정리 사장님이 미쳤어요 서울에서 두 번째로 싼 집 창에 쓰인 것을 하나씩 따라 읽으며

　숙이는 생각한다 밤이 오기 전에는
　결정을 내려야 한다

　하지만 아케이드는 너무 길고, 아무 가게도 찾지 않는데 자꾸 무

슨 가게가 찾아진다 이 거리에선 늘어선 창들이 쏟아진다거나 익숙
한 거리에서 길을 잃는다거나 하는 일은 일어나지 않는다
　비가 멎었을 때는 애들이 유리창에 얼굴을 붙인 채였고

　뭘 사지, 무엇을 사야 하지 망설이는 아이가 하나 그것이 그것이
라고 말하는 아이가 하나 결정을 내려야 한다 결정이 내려지지 않는
다면……

　버스를 타고 집으로 돌아갈 때는 환승이라고 말하는 목소리가 들
리고
　창밖으로는 아무것도 떨어져 내리지 않는다

　숙이는 생각한다 사랑이 창밖에 내리는 빗물이라면 뺨 위로 흐르
는 이것은…… 그것은 생각이 아니었고,

　결정은 이미 내려져 있었다

　　　　　　　　　　　　　　　　　　　　—「숙이의 정치」 전문

　"사랑은 창밖에 내리는 빗물"이 등장하는 유행가를 모르는 사람
은 없다. 숙이는 사랑이 이것이라고 여긴다. 그러나 그것은 "슬픔
에 대한 생각이나 아픔에 대한 생각이 아니었다". 왜냐하면, 사랑
에 관한 것이면서, 타인의 말이라고 여긴 것을 가져온 것뿐이기 때
문이다. 이러한 숙이의 상태(~같다)를 "그것은 생각이 아니었다"
라고 그는 판단(비판)한다. 누군가 발화한 것의 단순한 반복이었기

때문이다. 그런데 그 이유가 궁금하다. 왜 이런 기이한 일이 일어났을까? 왜 나는 이러한 행위를 진정한 생각의 고안이라고 여기지 않는가? 궁금증에는 이것도 포함되어 있다.

숙이가 집을 나선다. 나는 눈길을 거두지 못한다. 숙이는 거리를, 시장을 두루 돌아다닌다. 사방은 눈으로만 구경해야 할 것들로 넘쳐난다. 아주 범박하고 평범한, 그래서 누구나 다 알고 있는 것들을 팔려는 사장의 호객 행위를 본 숙이는 "서울에서 두 번째로 싼 집 창에 쓰인 것을 하나씩 따라 읽"곤, 집으로 돌아온다. 이제부터 고민이 시작된다. 결정을 해야 하는 것이다. 무엇을 쓸 것인가? 숙이에게 주어진 시간은 제한적이다. 아케이드가 긴 것은 아무거나 구입할 수 있는 상점이 도처에 널려 있기 때문이다. 무언가를 쓴 사람들의 물건을 사고 팔 수 있는 저 가게의 행렬은 이렇게 끝이 없다. 숙이는 어느 특정 가게 하나를 찾지는 않았고, 애써 그러려고 하지 않았는데, 불현듯 어떤 가게가 숙이에게 "찾아진다". 시의 방점이 여기에 지긋이 눌린다. 그곳으로 들어가 주인의 것을 하나 들고 나온다. 그러나 "이 거리에선 늘어선 창들이 쏟아진다거나 익숙한 거리에서 길을 잃는다거나 하는 일은 일어나지 않는다". 다시 말해, 그런 행위는 사실상 있을 수 없는 일이라는 것이다. 이는 문단에서의 일이기도 하다.

그 이후, 날이 밝아, 아니 몇 날 동안, 비가 내렸나 보다. 재난이, 홍수가 세상을 뒤덮었나 보다. 난리가 났나 보다. 문단에 이 세상에 난리가 났나 보다. 홍수를 피하려 해도 벌써 아이들이 유리창에 달라붙어 숙이를 보고 있다. 아이들은 구경만 하지 않는다. 눈치를 보며, 제 자신의 이익을 따져보는 아이("무엇을 사야 하지 망설이는 아이")가 한편에 있고, 모두 다 저지르는 일이라고 종알거리는 아이("그것이 그것이라고 말하는 아이")가 저쪽에 있다. "결정을 내려야" 하는데, 누구도 그렇질 못한다. 그렇게 하지를 못하는 모양이다. 많은 사람들이 망설인다. 그러던 중, "결정이 내려지지 않는다면……", 이라는 생각이 다시 찾아온다. 고민이 들어선다. 자, 그러면 어떻게 해야 하는가? 그것은 단순한 갈아타기였던가? 아아, 환승이었구나. 아니, 누군가 그렇게 말하는 소리가 들린다. 이 경우, 이제 첫 문장을 다시 생각해봐야 한다. 아니 첫 문장을 다시 판단해야 한다. 왜냐하면 "사랑이 창밖에 내리는 빗물 같다"고 숙이가 말해봐도, "창밖으로는 아무것도 떨어져 내리지 않"기 때문이다.

　타인의 말을 훔치거나, 타인의 말을 그대로 옮긴 발화는, 이렇게 아무것도 생산하지 않는다. 남의 것을 그대로 가져온 문장들은 아무것도, 이 세계에, 글로 말로, 제 감정을 새기거나 내려놓지 못하는 것이다. 그러나 이러한 사실을 알고 있더라도, 숙이는 크게 고민하지 않는다. "뺨 위로 흐르는"과 같이, 아주 범박하고, 유행가 가사 같은, 필경 누군가 부르고 또 애창했거나, 누군가 한 번쯤 끄적거려보았을, 그런 문장들이 우리의 저 아케이드에는 차고 넘칠 것이기 때문이다. 황인찬은 이런 것은 "생각이 아니었"다고 말한다. "결정이 이미 내려져 있"던 말들의 조합이었기 때문이다. 그런 것은 '숙이의 정치'였을 뿐이라고 말한다. 이러한 행위 전반에 대한 "결정은 이미 내려져 있었"던 것인지도 모른다.

　아직도 시를 쓰고 있군요 어깨가 움직이고 있군요 시가 싫어서 미치겠는데도 지겹다고 자꾸 새처럼 짖으면서도 왜 쓰는지도 모르는

군요

"혁명이, 철학이 좋았다
머리 있으니까 더 머리 있으니까"

누군가 말을 걸고 있는데도 그걸 모르는군요 혹시 시인 아니시냐
고 묻는 사람이군요 굳이 못 알아듣는 척을 하다 맞다는 말을 하는
군요

그 사람은 알겠다고 하고 바로 떠나는군요
그래요 압니다

다 압니다
모든 게 안 좋아요 언젠간 좋아질 테지만

—「머리와 어깨」 부분

시는 왜 쓰는가? 타자의 말을 통해 나의 말을 구사한다는 것은
무엇인가? 타자의 글은 나에게 무엇인가? 아니, 글은 무엇인가?
문학은 무엇인가? 타자의 말에 나 자신이 입사한다는 것이 도용
을 허용한다는 것이라고 생각한다면, 커다란 오산이라고 황인찬은
말한다. "모든 게 안 좋"은 세계는, 그러니까 바로 이와 같은 행위
가 아무렇지 않게 통용되는 세계일 것이다. 진은영의 시 "혁명이,
철학이 좋았다/멀리 있으니까"(「그 머나먼」)[7]를 누군가 가져다 쓴
다. 너무나 자주 그런 말을 한다. 그는 "머리 있으니까" 그렇게 할

수 있을 것이다. 심지어 "더 머리 있으니까" 가능할, 저 가짜 시의 세계에서 그는 고작해야 "시인 아니시냐고 묻는 사람"이다. 이 말은 매우 역설적이다. 시인인데, 그는, 그러한 사람은, 결코 시인이 될 수 없다. 다만 시인이냐고 묻는 사람, 되풀이해서 시인이라고 자신을 주장하는 사람이 될 뿐이다. 그래서 그는 가짜 시인이다.

황인찬의 시는 지금-우리가 당면한, 서서히 빠져나오고 있는 중인 문제에 통렬한 비판의 날을 세우고, 패러디를 통해 제 시의 세계로 끌고 들어온다. 왜일까? 그것이 바로, 그가 살아온 삶의 여정이었고, 그가 고민했던 문제였으며, 그가 때론 분노로, 때론 차분한 눈으로 마주하면서, 지나온 문(文)의 일, 문학이 하고, 또 했던 일, 문학이 싫었던 일, 문학이 통과하여 도달할 수 있다고 믿었던 신념이자, 그럴 것이라고 생각했던 한 시절의 사유였기 때문이다. 그의 시는 여기에 당도해 잠시 뒤를 돌아보며, 제가 열었던 저 희지의 문을 닫는 것으로 마무리된다.

동네의 오래된 폐가였다

이곳에 오면 미래의 연인을 만날 수 있다는 그러한 말을 나는 믿었다

숨을 쉬면 빛이 흩어지는 곳이었고 어두운 데로 무엇인가 몰려가는 곳이었다

7) 진은영, 『훔쳐가는 노래』, 창비, 2012.

나는 자정이 오기를 기다렸다 그러자 내일이 왔다

이 어두운,

아무도 없는 집에서 나는 알았다 내 사랑의 미래가 거기에 있고
지금 내가 그것을 보았다는 것

나는 깜짝 놀라서 집을 나왔고

이제부터 평생 동안 이 죄악감을 견딜 것이다

—「인덱스」전문

어딘가 당도했다. 세계와 만나는 곳, 오래된 폐가로 들어왔다.
시를 쓰기 위해서였다. 나는 미래의 말을 고안하고, 삶을 주관적
경험으로, 그 순간을 발화의 정확한 고안으로 연장해내는, 그러한
과정에서 실존의 저 어둡거나 찬란한 그림자와 빛을 볼 수 있을 것
이라 믿었다. 이 세계, 이 끔찍한 세계, 이 폐가에서, 시는 창작, 그
러니까 무언가를 고안하는 일이었다. "숨을 쉬면 빛이 흩어지는
곳"이었고 "어두운 데로 무엇인가 몰려가는 곳"이었다. 삶의 희면
과 암면이 공존하는 곳에서, 나는 잘 알아주지 않는, 그러나 가치
있는 작업을 하고 있다고 믿고 있다. 그것은 조립에 필요한 부품들
을 아케이드에 늘어선 상점들에서 다 아는 재료를 구입하거나 더
러 훔쳐 와 억지로 끼워 맞춰 찍어내며, 완성을 감히 넘보는 제작

유(有)에서 유(有)를 산출하는 이 치열한 무력(無力) 309

(製作)의 세계가 아니라, 필요한 부속과 재료를 하나씩 고안해내는 과정, 그러나 그 수고와 인내를 잘 알아주지 않는, 생각의 새로운 시도에 바쳐진 지난한 노동으로부터 탄생한, 그렇게 지(知)와 지(知)의 행렬 위로 이 세계에 존재의 관계들을 위치시키며, 조심스레 내려놓는 제조(製造)의 산물이자, 그렇게 이루어진, 아무도 밟아본 적 없는, "아무도 없는" 너른 대지였다. 이곳에서 고개를 들어, 주위의 민낯을 본다. 빛난다. 어둡다. 추악하다. 타자의 얼굴에 타인들이 걸어 다니고 있다. 어찌해야 하는가? 그는 깜짝 놀란 제 경험을, 제작하여, 제조에 필요한 희생물로 삼으려는, 좀처럼 꺼내기 힘든 용기를 꺼내야만 했을 것이다.

그의 이번 시집이 시에 골몰한 생각들로 차고 또 넘치는 것은 도발적인 시도이기 때문도, 우발적인 행위나 우연의 결과도 아니다. 우리는 시가 타자의 목소리를 울려내거나, 오로지 내 안에 있는 타자를 일깨워, 나와 세계를 발견하고, 이 척박한 현실에서 앞으로 한 걸음 나아갈 말의 고안이라고 흔히 말한다. '만듦poiēsis'이라는 저 지난한 노동은 도용이나 남용을 허용하지 않는다. 도용은 창의적 활용과는 완전히 다른 것이다. 상투성을 비껴서는 방식으로 패러디를 활용하여, 현재에서 힘겹게 이행의 조건을 타진하는 황인찬의 시는 그래서, 차라리 정직함의 산물이며, 비판의 눈이다. 이 정직함이 그에게 잦아들 "죄악감"을 견디게 해줄 것이다. 그럴 거라고 믿는다.

(『문학과사회』 2016년 봄호)

3부 잠재성의 주재자

자아의 저 밑바닥에는 무엇이 있을까?
─ 정재학의 시에 관한 네 가지 메모

> 환상적인 것에서 찬탄할 만한 것은, 거기에 더 이상 환상
> 적인 것이 없으며, 현실만이 존재한다는 것이다.
> ─앙드레 브르통[1]

정재학은 90년대 중반에 등단하여 두 권의 시집[2]을 출간하였다.
우리 모두가 알고 있는 이 사실을 글의 모두에 꺼내든 것은 '90년
대 중반'과 '두 권의 시집' 사이에 기이한 침묵이 떠돌고 있다는 생
각 때문이다. 그는 누구보다도 일찍, 그 누구도 실현한 적이 없는
문장과 이미지를 들고 시단에 나왔다. 그러나 이 말이 충분히 설명
된 적은 드물었다. 그가 시단에 내려놓은 충격은 다양한 방식으로
수렴되었지만, 그 주인은 사실 정재학이 아니었다.

누군가는 그의 시를 읽으며, 상상력의 힘에 무궁무진한 신뢰를
보내도 좋다는 확신을 감추지 않았고, 누군가는 기발한 방식으로
시점을 교체해낼 때 비로소 도달하게 되는 새로운 영토에 발을 디
디고자 했으며, 누군가는 말의 뭉치들을 이리저리 궁굴릴 때, 그로

---

1) 앙드레 브르통, 『초현실주의 선언』, 황현산 옮김, 미메시스, 2011, p.77.
2) 이 글에서 다루는 정재학의 시집은 다음과 같다. 『어머니가 촛불로 밥을 지으신다』
   (민음사, 2004), 『광대 소녀의 거꾸로 도는 지구』(민음사, 2008).

테스크한 이미지를 손에 쥘 수 있는 길이 힘겹게 열린다는 사실을 포착해내었으며, 또 누군가는 이미지와 몽상의 결합을 유도하는 그의 이접의 문법을 눈여겨보면서, 아직 기획되지 않은 사유를 세계에 터뜨리려 하였고, 그 방식으로 벌써 제 시원을 추구하고자 하였다. 정재학의 시는 당시에는 희미했던 시의 길, 차라리 드러나지 않았던 어떤 윤곽을 더듬어 나아갈 나침판이자 지도이기도 했다. 그는 이렇게 2000년대를 벌써 예고하는 시단의 척후(斥候)였지만, 2000년대의 시인들이 우여곡절 끝에 각자의 몫을 조금씩 움켜쥐게 되었을 때조차, 그는 오히려 빈손에 가까운 상태로 남겨졌다고 해야 할 것 같다. 그의 시가 시단에 커다란 디딤돌 역할을 했다는 사실을 우리가 알고 있는 지금, 그의 이 '90년대 중반'과 '두 권의 시집' 사이에 맴도는 침묵에 대관절 무슨 말을 덧붙일 수 있을까?

첫번째 메모: 현실—환상이라는 이분법의 기각

현실과 허구, 이성과 광기의 저 견고한 담은 허망하게 무너져 내릴 수도 있다. 정재학의 시는 현실을 벗어나는 배반의 윤리로 환상을 우리 곁에 끌고 들어오는 것이 아니라, 새로운 세계 자체를 산출하는 작업에 몰두하는, 알 수 없는 저 힘으로 우리를 낯선 곳으로 이끈다. 그가 부리는 이미지는 따라서 그가 언어를 운용하는 방식, 그가 낯선 것을 서로 붙들어놓는 근본적인 이유와 서로 분리되어 파악될 수 없다. 그의 시에 그간 꼬리표처럼 붙어 있던 환상이라는 수식어는, 시의 표면에서 드러나고 곧 사그라질 추상의 영역으로 우리를 초대하는 것이 아니라, 우리의 사유 자체를 기이하게 물들이는, 그러니까 그의 시를 끝까지 따라 읽고 나서야, 우리에게 주어지는 귀납의 선물이다. 오히려 우리는 정재학의 시에서 현실과 환상의 이분법이 자주 구동되지 못하고 삐걱거린다는 말을 해야 할지도 모른다. 함정은 바로 여기에 있다.

> 야간 행군을 하다가 결국 내가 뿌리였을 때를 생각해 내었다 속눈썹 위에 흰 눈이 쌓이고 그 위로 모래 바람이 불었다 앞을 보지 말고 아래를 보고 걸어라! 소대장의 고함 소리에 아래를 보다가 너무도 부끄러워 나는 나의 대리인이 되기로 작정한다 나의 이파리는 항상 멀리 있었고 대낮의 온기 속에서 잎을 통과하는 연두색 빛의 줄기를 상상했다 나팔 소리 들리지 않는 새벽, 얼마나 흙을 단단하게 쥐었던지 군화 속에 씨앗을 뱉어 내다가 나는 초록색 똥을 쌌다
>
> —「Edges of illusion (part III)」 전문

내가 "나의 대리인"이 된다는 것은 무엇일까? 그것은 필경 "내가 뿌리였을 때를 생각해"내는 어떤 착상과 크게 무관하지 않을 것이다. 나는 군인이며 행군을 하는 중이다. 흔하디흔한 군대 이야기이다. 그런데, 시인임에 분명한 이 천진한 군인은 행군의 지루함과 고됨을 제 상상의 힘에 위탁하여 어떤 작위의 세계에 입사하며 얻게 된 무언가로 벌충해낸다. "앞을 보지 말고 아래를 보고 걸어라"라는 "소대장의 고함 소리"를 듣는 순간은, 시인이 무언가 다른 존재가 되기 위해 필요한 착상의 순간이기도 하다. 아래를 보고 걸으라니, 대체 무슨 말인가. "아래를 보고 걸어라"라는 말은 사실,

삶의 철학이 담긴 덕담이기도 하다. 현자의 입에서나 나올 법한 공설일 수도 있는 것이다. 그래서인지 시인은, 저보다 행군을 많이 경험한 사람의 저 충고와도 닮은 명령에서, 자신의 부끄러움을 돌아보는 계기를 만들어내며, 이렇게 잦아든 어느 순간에 붙들려, 제 몸은 그곳에 놔둔 채, 행군의 맥락에서 잠시 빠져나온다. 그런 다음, 정말로 나를 존재하게 해주었던 것들, 나의 "아래"에 해당되는 것, 그러니까 그 "뿌리"가 되려고 시도한다. 중요한 것은, 이렇게 해서, 정말로 내가 "뿌리"가 되었다는 점이다. 뿌리가 되어 천천히 뿌리의 세상을 둘러보니, "이파리는 항상 멀리 있었"다. "대낮의 온기"가 뿌리인 나에게 전해지는 그 과정을 시에서 "상상"해보는 일도 잊지 않는다. 따라서 "흙을 단단하게 쥐었"다는 것은, 뿌리가 하는 일이 매사 그렇다는 것이기도 하겠지만, 매 순간 제 마음을 다잡으며 하루하루를 견뎌내야만 하는, 이곳 군인이라면 응당 그랬을 저 각오(예컨대, 살아남아야 한다, 견뎌야 한다와 같은)도 함께 말아 쥐는 기발한 표현이 된다. 묘미와 반전은 사실 마지막 문장에 있다. 상상력에 기대어 뿌리가 된 내가, 이제부터 군인으로 복무하고 있는 척박한 현실로 침투하기 시작했기 때문이다.

정재학의 시는 상상력이라는 말로도 충분히 설명되지 않는 난독의 세계로 자주 우리를 안내하지만, 그가 이 난독의 세계의 빗장을 풀어헤칠 열쇠를 완전히 숨겨놓은 것은 아니다. 열쇠의 운명은 관점의 이전, 대상에게로의 침투, 대상의 입장이 되어 그들의 시선으로 본 세계의 추이를 충실하게 담아내는 일에 달려 있다고 해야 한다. 바로 이렇게 해서 다른 현실이 우리의 현실로 흘러든다.

나는 거대한 책 위에 붙어 있었다 그 책은 좀 더 글씨가 작아야
했어 서점 주인이 젖은 머리를 빗으며 중얼거렸다 간신히 다음 페이
지로 넘기자 탯줄 넥타이를 맨 사람들이 탯줄을 질질 끌고 다니는
사람들을 앞서서 가로지르는 모습이 보인다 간혹 행인들이 그 탯줄
을 밟기도 했다 출근길 너머 서점 주인은 여전히 긴 머리카락을 빗
고 있다 흔들리는 그네를 타고 비누 냄새가 퍼졌다 나무 대신 박혀
있는 전봇대가 바라보는 거리는 늘 아이들의 놀이터… 탯줄을 주머
니에 숨긴 사람들은 계란에서 꽃을 피우기도 한다 날개 없는 병아리
들이 껍데기를 깨고 나왔다 내가 삼킨 탯줄은 꼬리가 되어 땅에 질
척이고 있는데 그네를 타고 있는 그의 머리는 언제쯤 마르는 것일까
낙태된 아이들이 붙어 있는 철도 위에 전차가 지나갔다 내가 나오기
전에 그는 책을 덮는다

—「태(胎)」 전문

나는 차라리 한 마리 파리이거나 모기다. 아니 날벌레이거나 나
비일 수도 있다. 중요한 것은 직접 책 위에 날아와 앉은 파리의 입
장이 되어보는 것이다. 파리가 읽기에는 책의 활자는 사실 너무 크
다. 정재학은 바로 이와 같은 사실을, 파리가 되어 **현실에서 일어난
사실**로 그대로 적시해낸다. 파리의 눈에 비춰지는 것은 오히려 책
의 그림들(그림과도 같이 보일 활자일 수도 있겠다)일 것이며, 그것
은 우리가 전혀 짐작할 수 없는 모습을 하고 있다. "책은 좀 더 글
씨가 작아야 했어"라고 여기는, 활자를 읽을 수 없는, 파리는 이번
에는 서점 주인에게로 날아가본다. 파리는 필경, 서점 주인의 머리
카락 저 끝에 내려앉았을 것이다. 머리카락을 "그네"와 같다고 말

할 수 있는 화자는 사실 파리뿐이기 때문이다. 파리의 관점과 파리의 입장에서 시의 모든 것이 조율되고 있다는 사실을 놓치면, 우리는 이 시에 대해 할 말을 잃을 수도 있다. 파리는 "어떤 사실을 보고한다기보다는 그 기억들이 떠오르게 된 바로 그 장소를 표시"[3] 하는 일을 수행하는 주체이다. 모든 것을 파리의 심정으로 담아내고자 하는 이 시도는 임의의 선택이 아니라 오히려 필연에 가깝다고 볼 수 있다. 따라서 나무를 없애고 설치해놓은 "전봇대", 예컨대 자연을 제거하고 그 자리를 차지한 세상의 모든 것들은 파리에게는 심히 불편한 세계이자 기이한 공간이다. 우리가 아무렇지 않게 출근을 하고 뛰어놀고 생활을 영위해나가는 이 세계는, 파리에게는 벌써 생명이 사라진 공간, 즉 "낙태된" 세계처럼 비추어질 수 있는 것이다. 전봇대 사이에 주렁주렁 매달린 복잡한 전깃줄 역시 파리의 눈에는 숲의 무성한 잎사귀처럼 도시의 사람들이 "탯줄"로 여기며 사는 문명의 젖줄로 비추어질 수 있는 것이다. 이런 관점을 견지하며 시를 계속 읽어나가다 보면, "사람들은 계란에서 꽃을 피우기도 한다"라는 언술도 파리의 입장에서는, 낯설지 않은 것일 수도 있다는 사실을 깨닫게 된다. 계란 껍데기를 모아 화분의 거름으로 삼는 일이 사실 얼마나 흔했던가. 그것이 화분이므로 거기에는 마땅히 꽃이 피고 나무가 자라날 것이다. 그러나 파리의 관심은 화분 속에서 곱게 피어난 꽃이나 자잘한 묘목 따위가 아니다. 파리는 우리가 상식으로 담아낸 세계에는 도통 관심이 없으며, 오히려

3) 발터 벤야민, 『일방통행로/사유이미지』, 김영옥·윤미애·최성만 옮김, 길, 2007, p. 183.

(우리의 입장에서 볼 때) 더럽기 그지없고 지저분하기 짝이 없는, 계란 껍데기가 썩어가며 만들어낼 냄새나는 거름이야말로 그가 매일 날아와 앉고 제 삶을 가꾸고 살아가는 곳이다. 파리에게는 추하다거나 더럽다는 (우리가 그렇다고 여기는) 판단 자체가 아예 배제되어 있는 것이다. 이렇게 파리의 눈에는 꽃이 피는 모습이 실로 "병아리들이 껍데기를 깨고 나"오는 것처럼 보일 수도 있다. "낙태된 아이들이 붙어 있는 철도 위에 전차가 지나갔다"와 같은 대목 역시, 파리가 제 삶에서 마지막으로 본("내가 나오기 전에 그는 책을 덮는다"라는 작품의 결구를 염두에 둘 때, 파리는 아마 압사했을 것이다) 책 속의 어떤 그림일 수 있다는 말을 덧붙이자.

정재학은 바로 이런 방식으로 통념의 자장에서 벗어난, 가장 순수한 눈을 시에서 고안하고 그 눈으로 세계를 바라보면서, 그 시선이 담아낼 수 있는 최대치의 낯섦을 제 상상력에 기대어 충실하게 뒤쫓는 일에 몰두한다. 그의 시가 항상 이질적이고 낯설며, 이해가 불가능한 구문의 조합으로 구성된 상상력의 결과물로 여겨지는 까닭이 바로 여기에 있다. 우리가 상상력이라고 부를, 아니, 경우에 따라 더러 환상이라고 말해온, 정재학 시의 가장 큰 특징은, 이처럼 어떤 대상에 입사하여, 그 대상의 관점에서 모든 것을 재편하는 일에서 도드라진다.

두번째 메모: 구성적 상상─상상적 구성

시의 내부에서 현실에 대한 인식 자체를 뒤흔드는 모험을 견인하면서 정재학은 우리를 낯선 발화의 세계로 이끈다. 환상은 현실의 언어로 새로운 현실을 구현해내는 독창적인 구문의 운용과 그 조직의 산물이다. 구문의 운용과 조직은 시점의 빈번한 전환과 교차, 문장의 이접과 기이한 배분, 감각의 문자적 환원 작용, 이질적인 이미지의 중첩 등을 통해 작품 전반에서 낯선 이미지를 창출하는 근간이며, 정재학은 그 누구보다도 과감한 방식으로 제 감각을 조작하여 아직 실현되지 않은 세계에 촉수를 뻗고자 하였다. 그는 시론과도 같은 시, 그의 시를 읽어낼 길잡이와도 같은 작품들을 두 권의 시집 곳곳에 배치해놓는 일도 잊지 않았다.

> 내 뺨이 만지는 것
> 내 눈이 맛보는 것
> 내 혀가 응시하는 것
> 내 손가락이 듣는 것
> 나의 심장이 만나는 것
>
> 지치지 않으리라,
> 이름 모를 촛불들이 나를 지킬 것이다
> ─「Psychedelic Eclipse」 부분

시인은 경직된 통사와 상투적인 구조 속에서 뿜어내는 언어와 문자의 권력에 맞서고자 시를 감각의 사건으로 전환하는 일에 몰두하지만, 그 과정에서 감각은 서정의 외투를 걸치는 것이 아니라, 감각 자체의 통념마저 전복하면서, 결국 오감을 흔들어 깨우는 방식으로 재구성돼 나타난다. 오감의(에 대한) 통념, 예컨대, 눈-보다, 귀-듣다, 손가락-만지다, 혀-맛보다와 같은 인과성을 과감히 비트는 작업이 우선이다. 신체 기관들에 조응하는 술어를 바꿔 배치하는 일로 시는 새로운 영역으로 일시에 비상할 채비를 꾸린다. 의식의 흐름을 무시로 끊어내는 그의 시는 그럼에도 어떤 하나의 감각만을 극대화한 결과를 제시하는 것이 아니라, 감각의 역할을 살짝 뒤바꾸어, 착시를 불러일으킬 만큼 감각의 성질에 변신을 가하는 작업을 감행하고, 그와 같은 상황을 좇아 모든 것을 역순으로 구성하면서, 아직 도달하지 않은 미지의 장면을 우리 앞에 펼쳐 보인다.

지붕 없는 폐지 창고에서 굴곡진 눈동자로 색채의 악연을 만난다 검정 속의 노란 종이에 어린아이의 시체가 말려 있었다 구두 속에서 곰팡이가 자라기 시작하자 구두는 빛을 강하게 빨아들인다 거리에서 죽은 빗물이 너와 나 사이를 흐른다 보라 속의 하얀 종이 위에 망각된 광기 뒤의 눈물이 쌓여 있다 썩은 피가 섞인 술잔을 부딪친다 그 잔은 내 것이 아니었다 우리의 것이 아니었다 온몸의 감각 세포에서 독사들이 우글거린다 내가 애지중지하며 길렀던 것들이다 빨강 속의 검정 종이에 뛰어놀던 고양이가 술잔에 털을 빠뜨린다 내 입으로 뛰쳐나온 한 마리 독사가 응고된 새벽을 품고 있다 너는 새벽을 죽인다 아홉 번의 확인사살 속에 내가 있었다 초록 속의 주황 종이 위로 악몽에 시달리는 잎사귀들이 권태롭게 찢어져 있었다 플랑크톤이 이상 번식을 시작한다 의사의 오진(誤診) 위로 축 처진 전구가 빛나고 있다 나의 실어증은 잠들지 않는다
　　　　　　　　　　　　　　—「이중색채를 위한 아르페지오」 전문

자아의 저 밑바닥에는 무엇이 있을까?　321

이 시를 대면한 독자들은 당황할 수밖에 없다. 그러나 이는 지극히 당연한 것이기도 하다. "굴곡진 눈동자"의 주인은 나지만, 내가 "굴곡진 눈동자"로 바라본 세계는 연상과 이접으로 지어올린 어떤 독창적인 세계(왜냐하면, '굴곡'되었기 때문에!)이며, 그 세계는 "색채의 악연", 그러니까 두 가지 이상의 서로 섞일 수 없다고 여겨졌던 색을 하나로 포개고 뒤섞어 자아낸 세계이다. 우리는 "지붕 없는 폐지 창고"를 스케치북에 대한 비유라고 생각할 수 있을 것이며, "검정 속의 노란 종이"를 어두운 창고에 수북이 쌓인 폐지를 지칭한다고 볼 여지도 있다. 그 위에 "어린아이의 시체가 말려 있었다"는 구절도 이렇게 스케치북 속에서 내가 목격하게 된 어떤 그림을 의미한다고 생각할 수 있는 동시에, 적혀 있는 그대로, 그러니까 폐지에 돌돌 말려 있는 어떤 시체에 대한 묘사로 여길 수도 있을 것이다.

중요한 것은 정재학이 색을 선택하고 조합하는 방식에 놓여 있다. 즉 어울리지 않는 두 가지를 서로 섞어(검정-노랑, 보라-하양, 빨강-검정, 초록-주황의 조합이 그다지 흔한 것은 아니다!) 창출된 미지의 색감에 가장 걸맞은 이미지를 시에 꾸려내려는 그의 기획을 읽어야 하는 것이다. 여기에는 '눈-듣다/귀-보다'와 같은 기발한 발상이 자리한다. 어느 창고를 방문하여, 그곳에 쌓여 있는 폐지를 주시하는 행위에서 착수된 이 작품이, "구두 속에서 곰팡이가 자라기 시작하자 구두는 빛을 강하게 빨아들인다"는 대목에 이르러, 창고에 쌓인 폐지와 그 풍경에 관한 이야기보다는, 좀처럼 섞지 않았던 색채를 혼합하거나 서로 덧댈 때 발생하는 순간의 느낌을 존중하여 불현듯 튀어나오는 돌발적인 이미지를 적시해낸 것이며, 이렇게 해서 새로이 제시된 미지의 지평 속에서 시가 제 함의를 풀어내고 있다는 사실에 주목할 필요가 있다. 빛을 빨아들여 모든 색깔을 일시에 머금은 상태를 검정이라고 한다면, 이 작품은, 통상 밝은 빛을 배경으로 삶을 묘사하는 기존의 방식과는 완전히 거꾸로 구성된 세계를 담아보고자 "색채의 악연", 그러니까 어울리지 않는 조합을 통해 돌올하게 매김되는 예기치 못한 현상을 포착해내는 데 헌정되고 있는 것이라고 보아야 한다. "죽은 빗물", "망각된 광기", "썩은 피"는 따라서 과도한 비관의 표현이 아니라, 발상의 전환에 힘입어 찾아온 "검정"의 자식들일 뿐이다. "애지중지하며 길렀던" 제 "온몸의 감각 세포"를 최대한 끌어내기 위해 정재학에게 필요했던 것은 색채에 드리운 통상적 감각의 해체였을까.

우리는 이러한 시도를 단순한 기교의 소산이라고 말할 수 없다. 그렇게 할 때만, 오로지 자아를 묶고 있는 통념들을 지워낼 수 있다는 믿음을 갖고 시인이 도달하게 된 독창적인 시적 귀결이라고 해야 한다. "아홉 번의 확인사살"은 따라서 어둠의 편에서 "온몸의 감각 세포"를 일깨우는 일로, 인과성을 바탕으로 세계를 읽어내는 "의사의 오진"에 이별을 고하고, 저 상식과 통념의 세계 속에서 열고 닫혔던 제 자신의 정신마저 완전히 다른 방식으로 구성해내기 위해 필요한 실존의 몸짓일 뿐이다. 이렇게 그는 "나의 실어증"에 상응하는 시적 등가물을 도저한 상상력을 바탕으로 시에서 고안해내어, 합리적 눈과 통상적 감각과 이성 중심적 사유에 죽음을 고한다.

세번째 메모: 이미지의 보폭들

그 방식은 말할 것도 없이, 문장의 이접과 인과성의 파괴, 돌발
적인 이미지의 연쇄, 주체와 대상의 전환을 통해 구축된다. 이 문
장의 이접이나 이미지의 구축이 정재학에게는 선후관계를 가볍게
뒤집어 도달할 제 시의 고유한 문법이라는 사실도 지적해야 할 것
같다. 정재학에게 '초현실'이나 '환상'은 기이한 그의 시적 문법을
우리가 충실히 따라갈 때, 당도하게 될 어떤 도착점이자 우리의 손
에 남겨지게 될지도 모를 미증의 귀납적 결과물인 것이지, 그의 시
를 장악하고 있는 본질도, 그의 시가 추구하는 지향점이나 변하지
않는 구조도 아니다. 그것은 바로 현실이 고정되어 있을 것이라는
통념에 직격탄을 날리고, 인과성이 관리해온 합리적 신뢰를 탄핵하
며, 정재학이 미지의 세계를 향해 걸음을 옮길 때, 눈여겨봐야 하
는 것은 그의 발걸음, 그 발걸음의 보폭, 발걸음의 방향인 것이다.

말에 거꾸로 올라탄다 철길을 달렸다 나는 나아가고 있던 것일까
손을 흔드는 사람은 멀어졌지만 그림자는 한동안 크게 다가왔다 새
떼가 하늘을 뒤덮을 때면 변명의 모서리 끝에서 나는 타들어 갔다
취기 속에서 잠시 정신이 말짱해지곤 했다 그러다가 총성이 들리면
누구에게 쫓기는지도 모른 채 더욱 빨리 달렸다

이 풍경이 십 년이 넘도록 반복되었다
나는 드문드문 있었던 것 같다

　　　　　　　　　　　　　　　　　　　　　　—「微分—낭객」 전문

324

거꾸로 올라탄 "말"은 달리는 말[馬]이 분명하겠지만, 사실 언어
(말-語) 그 자체이기도 하다. 말[馬]에 거꾸로 올라타 질주할 때,
눈앞에 펼쳐질 어지러운 풍경을 정재학은 제 시론을 궁리해낼 모
티프로 삼는다. 언어의 두 가지 축인 인접성과 유사성의 틀을 거꾸
로 뒤집는 작업을 정재학은 "십 년이 넘도록 반복"해왔다고 말한
다. 그리고 그 과정에 "나는 드문드문 있었던 것 같다"고 고백함
으로써, 이러한 작업이 '자아'라는 이름으로 우리를 묶어두고 있는
무엇, 그러니까 자아의 허상을 제거해내는 과정이었음을 암시한
다. 시론과도 밀접히 연관된 이러한 조작의 과정은 어떤 양상으로
그의 시에서 나타나는 것일까?

> 언어의 꿈은
>> 대기를 나누는 새가 되거나
> 물결을 일으키는 물고기가 되는 것
>
> 잡히지 않는 자유
>> 날고 싶은 욕망
> 조작된 태양과의 싸움
>> 속에 언어가 있다
>
>>> 새가 닿는 곳은 바다,
> 언어가 헤엄치도록 내버려두자
> , 제발

§

꿈의 주인공은 나

하지만 꿈의 주인은 내가 아니다

—「데칼코마니」 부분

그는 환상을 앞세워 현실이 믿을 만한 것이 아니라거나, 현실이 헛되다고 힘주어 말하는 시인이 아니다. 그는 현실을 과감히 배반하며 우리를 터무니없는 공상의 세계로 몰아넣는 일에는 관심이 없다. 그는 아주 간단한 여백의 조작만으로 텍스트의 층위를 겹으로 늘릴 줄 알고, 어떤 자유의 상태를 바로 이 텍스트의 복합성을 적시할 줄 아는 시인이다. 따라서 독서의 가능성이 복합적으로 증가하는 것은 당연하다고 하겠다. 가령,

언어의 꿈은
물결을 일으키는 물고기가 되는 것

잡히지 않는 자유
조작된 태양과의 싸움

언어가 헤엄치도록 내버려두자

이렇게, 여백을 두지 않고 처리한 행들을 별도로 모아 읽을 필요

326

가 생겨난다. 우리는 "언어의 꿈"이 "잡히지 않는 자유"라는 것, "언어가 헤엄치도록 내버려"두는 일에 몰두하겠다는 저 청유형의 언술이라는 사실에 주목해야 할 뿐만 아니라, 마찬가지로 행과 행 사이사이에 이 언술에 상응하는 가장 적절한 이미지를 배치하여, 정재학이 제 시론도 함께 완성하고자 한다는 사실도 눈여겨봐야 한다. 그러니까 "물결을 일으키는 물고기가 되는 것"과 "조작된 태양과의 싸움"은 낡은 언어와 싸우는 행위에 대한 적절하고 힘찬 비유인 것이다. 그러나 이 비판적 어조가 이 작품에서 이대로 마무리되고 있다고 생각하면 오산이다. 왼쪽의 여백을 차츰 늘려나간 시행들만을 따로 모아보면, 또 다른 독서의 가능성이 열리기 때문이다.

> 대기를 나누는 새가 되거나
> 날고 싶은 욕망
> 속에 언어가 있다
> 새가 닿는 곳은 바다,

  이와 같은 텍스트의 조작을 단순한 유희의 산물로 치부할 수 없다. 우리는 이러한 텍스트의 조작이 어쩌면 시인이 자신의 시론을 텍스트의 조작만으로 실현하려 한 결과이며, 따라서 매우 구체적이고 사실적이며 체계적인 방식이라고 해야 할지도 모른다. 정재학에게 언어는 고정된 것이 아니라, 나와 다른 것, "대기를 나누는 새가 되거나" "날고 싶은 욕망"을 통해, 제 정체성을 매번 새롭게 확립해야 하는 미지의 무엇이기 때문이다. 여기서 우리는 그의 시가 그 자체로 비평적 성질을 지니고 있는 것은 아닌가 하는 생각을 하게 되는데, 사실을 말하자면, 우리의 이 물음조차 오로지 텍스트를 배치하는 그의 상상력, 그 상상력의 소산인 텍스트를 오가는 과정 속에서 제시될 물음일 뿐이라고 해야 옳을 것이다. 그에게 시는 우리의 자아를 겹겹이 둘러친 견고한 통념이나 상식, 그 통념이나 상식을 반복하는 낡은 언어의 사용에 맞선, 혈투의 산물이자 이론적 실천이다.

네번째 메모: 초현실의 현실성

정재학과 초현실성에 대해 언급하면서 메모를 마무리한다. 벤야민은 초현실주의를 아편이나 알코올에 힘입은 환각 상태에서 빚어진 기이한 경험이 아니라, 현실을 극복하는 창조적인 사고에 전적으로 그 운명이 달려 있는, 인간의 신비로운 언어활동이라고 말한 바 있다. 그는, 초현실주의를 환각이나 공상의 산물이 아니라 "범속한 각성(profane Erleuchtung), 유물론적이고 인간학적인 영감 속에서 이루어진다"[4]고 생각하였다. 범속한 각성은 그 무슨 공상이나 몽상, 망상이나 환상에서 촉발되는 정신 상태가 아니라, 가장 물질적이고도 구체적인 우리의 현실 속에서 시인이 경험으로부터 터득해낸 인식의 트임이다. 이러한 트임은 물론 사유의 해방, 사유

---

4) 발터 벤야민, 『역사의 개념에 대하여, 폭력비판을 위하여, 초현실주의 외』(발터 벤야민 선집 5), 최성만 옮김, 길, 2008, p.147.

를 해방하고자 하는 의지를 통해 찾아올 것이다. 다시 벤야민의 지적이다.

신비적이고 초현실주의적이고 환상적인 능력과 현상들을 진지하게 규명하는 작업에는 낭만주의적 머리로는 결코 다다를 수 없는 어떤 변증법적 교차(交叉)의 사고가 전제된다. 즉 수수께끼 같은 것에서 그 수수께끼 같은 측면을 열정적으로 또는 광적으로 강조하는 것은 우리에게 별다른 도움을 주지 못한다. 오히려 우리는, 일상을 꿰뚫어 볼 수 없는 것으로, 그리고 꿰뚫어 볼 수 없는 것을 일상적인 것으로 인식하는 변증법적 시각의 힘으로, 그 비밀을 일상 속에서 재발견하는 정도로만 그것을 꿰뚫을 수 있다.[5]

정재학이 두 권의 시집에서 선보인, 평범한 사실들을 지극히 평범하지 않은 방식으로 조작해낸 풍경 속에는 인식과 관념의 상투성을 이질적인 것을 이접하여 생겨난 운동을 통해 상쇄해내려는 힘이 자리한다. 우리는 이 힘을 '변증법적' 힘이라 부를 수 있을 것 같다. 그의 시에는 거대한 이데올로기적 도약이나 현란한 언어유희에 복무하고서 사라져버리는 작위의 세계보다는, "새로운 화성학(和聲學)"(「Edges of illusion(part II)」)의 고안에 바쳐진 인식의 모험이 자리한다. 그는 자주, 시를 유희의 일종이라고 말해왔지만, 이 유희는 "길을 잃은 것이 아니라 처음부터 길이 없었던 것"(「Edges of illusion(part IX)」)에서 출발하여 이 세계를 마주하고자

5) 발터 벤야민, 같은 책, p. 163.

하는 태도, 바로 그러한 태도에서 비롯된 것임에 분명한 상상력과 착상과 밀접하게 연관을 맺고 있을 뿐이다. 그의 시는 거리의 모습, 주변의 풍경, 스쳐 지나가는 장면 하나하나에서 사실적 이미지를 발견하고, 누구도 흉내 내기 어려운 상상력으로 그 이미지에서 무언가를 덜어내거나 덧붙여나가면서, 존재하게 될지도 모를 어떤 가능성(거개가 기이한 모습을 하고 있는)을 실제 우리가 살고 있는 여기로 성큼 걸어 들어오게 한다. 그런 다음, 그는 오로지, 바로 이렇게 해서 걸어 들어온 것만을 가지고 오롯이 설 수 있는 세계 하나를 꿈꾸는 일로, 우리에게 신선하고도 커다란 충격을 선사하였다. 따라서 이러한 그의 시적 논리를 놓쳐버리면, 환상의 골목으로 빠져들게 되고, 구문을 축조하는 저 이접의 방식을 읽지 못하면, 초현실에 매몰되며, 시점의 전환과 그 방식을 읽어내지 못하면, 우리는 그의 시에서 난해성과 이해 불가능성이라는 앙상한 껍데기만을 손에 쥐게 된다.

정재학은 가감 없이 직결하는 상상력을 바탕으로, 시점을 빈번히 옮기는 일을 마다하지 않으며, 그때마다 자발적으로 상상력의 화자가 되어 그 체험만으로, 지금까지 우리의 자아를 강하게 구속하고 있던 억압의 틀에서 벗어나고자 언어와 사유의 통념을 폐기해나가는 획기적인 시를 우리에게 선보였다. 그의 시는 그러니까, 어떤 사태 앞에서 에둘러 갈 이유가 없다는 식의 단호한 태도를 보여준다고 해야 할지도 모르겠다. 의도적이고 계획적으로 만들어진 공간이 아니라, 우연히 포착된 이미지의 파편을 붙잡아, 읽고, 보고, 느끼며, 세계를 독해하는 주관성의 통로 하나를 개척해내었다는 사실이 중요한 것이다. 물론 "파편들의 도착지는 없"을 것이며,

"완결될 수 없는 진행"(「데칼코마니」)만이 그에게 계속해서 남겨질 것이다. 그러나 그것으로 끝은 아니다. 무한히 확산하는 의미의 변폭과 시점의 쉼 없는 교체로 열리게 된 미지의 세계가 우리 곁에 남겨지기 때문이다. 그는 이렇게 "막다른 어둠에서 빛을 들을 때"(「시원(詩源)」), 존재의 허기를 온전하게 충족하게 해줄 단 하나의 언어를 고안할 수 있다고 믿고 있으며, 이런 의미에서 그의 시는 한 개인이 오롯이 제 실존 가능성을 타진해나가는 고독한 작업과도 닮아 있다. 자아는 대체 무엇을 감추고 있는가? 자아가 감추고 있는 저 밑바닥에 닿기 위해서, 어떻게 해야 하고, 또 무엇을 해야 하는가? 나와 세계를 단단히 옥죄고 있는 사유의 갑옷을 벗어버려야 할 것이고, 통념을 털털 털어낼 때 남겨진 조각들을 모아 서로 이접하고 충돌시키면서 제 감각을 열어놓아야 할 것이다. 아니, 제 감각마저 의심의 시선 속으로 몰아넣어야 할 것이다. 그의 악몽은 환상으로 돌입하는 작위적인 세계가 아니라, 나의 밑바닥, 내 자아가 꽁꽁 묶어두고 있어 좀처럼 부표위로 떠오르지 않는 나의 심연, 우리가 그간 무의식이라 불렀던 그것을 표층으로 끌고 오는 과정에서 겪게 된, 크고 작은 모험이었을 뿐이다. 정재학은 누구보다도 일찍, 우리 정신의 하부를 뒤져야 한다고 생각했던 시인이기 때문이다.

(『시작』 2014년 봄호)

잠재성의 주재자

— 김경주의 『고래와 수증기』

무지개를 잡으러 길을 나선 소년이 있다. 가까이 갈수록 무지개는 점점 옅어지거나 어디론가 달아나버린다. 마침내 소년은 무지개를 잡을 수 없다는 결론을 내린다. 그러나 그것이 전부는 아니었다. 형상처럼 반짝이던 무지개가 사실 어떤 실체가 아니라, 수증기를 통과하는 빛의 각도에 따라 빚어진 일시적인 환영일 뿐이라는 사실을 확인한 이 명민한 소년은, 고정된 명제처럼 떠돌아다니는 삶의 저 수많은 의문들 역시 풀리지 않는다는 제 특성을 저버리면 실상 아무것도 아니라는 사실도 재빨리 알아차렸기 때문이다. 그의 고민은 바로 여기서 시작된다. 그리고 그는 예술가가 되었다. 예술에서 고정불변의 진리를 찾아내려는 것처럼 어리석은 것이 없다고 여기는 그는, 대신, 막 당도하고 빠져나가는 어떤 운동처럼 예술을 인식해야만 예술이 애초에 품고 있던 수수께끼와도 같은 성질을 조금이나마 실천해나갈 수 있을 거라고 생각한다. 예술이 의문의 자격을 상실하면 그것으로 끝이라고 믿기 때문이다. 이

제 그에게 예술은, 이 수수께끼와 같은 것들이 여기저기를 떠도는 회뿌연 성좌와 다름이 없는, 근본적인 인식의 대상이자 실천의 진원지가 된다. 그러니까 어떤 별 하나를 보려고 할 때, 별이 아니라 그 별과 근접한 다른 별들과의 거리가 그에게는 중요해졌다. 그는 좌표를 가늠하면서, 어떤 항성은 떠돌게 놔두어야 하고, 어떤 항성에는 좀더 손길이 필요하다는 사실을 잘 알고 있지만, 오히려 성좌 그 자체의 힘, 즉 항성들이 모여 함께 뿜어내는 잠재성을 포착하는 것이 훨씬 중요하다는 사실을 결코 잊지 않는다. 김경주의 네번째 시집 『고래와 수증기』는 세계를 떠돌고 있는 무정형의 자취들을 그러모아 삶의 잠재성을 일깨우기 위해, 감수성을 무기로 치러내는 통념과의 힘겨운 싸움이라고 해야 한다.

1. 일상적인 말을 일상적이지 않은 방식으로 되살려내다

김경주는 획기적인 언어를 고안하거나 신어(新語)의 탐구에 몰두하면서, 비문(秘文)의 성취에 사활을 거는 시인이 아니다. 언어를 뒤틀고 탈구하여 우리를 난독의 세계로 안내하는 '외계어'의 발명자도 아니다. 낭만의 외투를 입고서 신비주의의 바람에 몸을 맡기며 불가능성의 음악을 연주하는 시인도 아니며, 철학에서 취해온 난해한 개념들로 불구의 문법을 잣는 시인도 아니다. 사실 그의 시는 일상적이고 상투적이며, 때로는 전통적이거나 지나치게 서정적인 말들의 뭉치로 구성되어 있다. 따라서 그의 말들이 어떻게 교차하고 간섭하고, 왕복하고 포개지고, 흩어지고 모이기를 되풀이

하면서, 삶을 저 신기한 곡예로 넘나드는지 유심히 살펴보는 일은 김경주가 부리는 그 어떤 낱말도 고립되어 파악될 수 없다는 사실과 무관하지 않다. 백지 위에 말들을 배치하고 운용하는 그의 능력은, 아직 당도하지 않았거나 아직 떠나가지 않은 어떤 상태를 지금-여기로 끌고 오는 일에서 크게 빛을 뿜어낸다. 말을 운용하는 그의 독특한 방식은 사실 어떤 '태도'와도 연관이 있다. 가령, 언어를 도구화하거나 기존의 논리에 매몰되는 순간이 예술의 최후를 통보받는 순간이라는 저 인식은, 포착할 수 없는 곳을 주시하고 형언할 수 없는 것을 제 말로 담아내야 한다는 의지에서 연유하기 때문이다. 이 의지는 우선 부정성으로 표출된다. 「軸」의 전문이다.

그들은 결별해야 옳지만
그들은 아무것도 주고받지 않으면서
모든 것을 주고받는다

나침반 속에서 야생을 찾는
지혜가 그들에겐 수북하다

그들은 언제나 비밀을 가진
입술의 집무에 열중한다

그들은 우연히 어떤 자연을 배반할 수 없다
그들은 서로의 이름을 자연이라고
부르기 때문이다

그는 H이고 그는 S이고
그는 S이고 그는 J이다

이 해를
손을 들어 가린다고 해도
피하지 못한다
내가 한없이 밝게 그린
그림 속의 너는

"그림 속의 너"의 이야기의 이면에서 바글거리는 것은 시에 대한 비판적 물음들이다. 가령 그것은, 시는 왜 반듯한 것("나침반")에서 서정("자연")을 궁리하는가, 시는 왜 "야생"의 들판에서 홀로 모험을 감행하며 존재의 심연에 가 닿고자 하는 것이 아니라, 화려한 "입술의 직무"에서 제 뿌리를 더듬거리는가, 시는 왜, 이것은 저것이고 저것은 이것이라는 식의 타성적 "지혜"에만 안주하는가, 시는 왜 "우연"이 머금고 있는 잠재력에 가 닿으려 시도하지 않는가, "그들의" 삼단논법(① 그는 H다 ② 그는 S다 ③ 그는 J다 ∴ H는 J다)은 그러나 무사한가,와 같은 물음들이다. 협약처럼 주고받는 낡은 언어나 자명하다고 믿어온 논리적 추론의 과정들, 입술만 달싹거리며 실존을 포기한 달콤한 말들이 김경주에게는 끊임없는 부정과 의심을 통해 지워내야만 하는 무엇이며, 이때 시는 벌써 헐거운 이성에게 내미는 비판의 도전장과 다르지 않다. "누군가의 헛것"으로 "내 오류를 조금 돌"(「이토록 사소한 글썽거림」)보고자 하는 이 부정의 시학을 김경주는 "한없이 길고 지루한 행간"(「자백을 사랑해」)의 저 빈 곳들을 뒤적거려, 낯선 것들을 이접하는 작업을 통해 실현해나간다. 이런 의미에서, 제목 '축(軸)'은, 인간의 활동이나 물리적 회전의 중심을 의미하는 것이 아니라, 지워내야 하는 통념의 구심점이자 당대의 질서가 강제하는 관성적 습관의 중심이라고 해야 한다. 그렇다면 그의 시적 실천은 어떤 방식으로 전개되는 것일까?

2. 유동성의 세계에서 잠재성을 투시하다

이 세계에서 시는 어떻게 가능할 것인가? 시인은 어떤 존재인가? 막막하고 방대하여 추론에 경도될 위험에도 불구하고, 이번 시집에서 조금 더 불거져 나온 이와 같은 물음은, 시인과 함께 이 세계를 살아내고 또 살아가는 치명적인 물음이기도 하다. 시인의 내부에서 시시때때로 솟아나, 언제 어디서고 출몰하는 유령과도 같은 물음이기 때문이다. 그러나 김경주는 개념을 앞세워서 시에 선험의 무늬를 덧입히지 않는다. 오히려 그는 개념이나 추상과는 거리가 먼 것들을 지금-여기로 끌어와, 자기만의 개념을 궁굴리며 기묘하게 운용해내는 능력에서 고유한 목소리를 성취해낸다. 그가 시선을 드리워 무언가를 끄집어내는 대상이 구름이나 수증기, 눈물이나 물처럼 자주 유동적이거나, 섬광이나 천둥처럼 부지불식간에 번쩍이는 어떤 현상이라는 점에 주목할 필요가 있다. **동일성-단일성-확실성을 벗어난 실재**라고 부를 법한 이것은, 차라리 김경주에

게는 시의 조건인 동시에 시의 윤리이기도 하다는 말도 미리 적어
둘 필요가 있겠다. 「새 떼를 쓸다」를 첫 시로 배치한 것은 그러니
까 다분히 전략적이다. 전문을 인용한다.

　　　찬물에 종아리를 씻는 소리처럼 새 떼가
　　　날아오른다

　　　새 떼의 종아리에 능선이 걸려 있다
　　　새 떼의 종아리에 찔레꽃이 피어 있다

　　　새 떼가 내 몸을 통과할 때까지

　　　구름은 살냄새를 흘린다
　　　그것도 지나가는 새 떼의 일이라고 믿으니

　　　구름이 내려와 골짜기의 물을 마신다

　　　나는 떨어진 새 떼를 쓸었다

　"새 떼" "구름" "물" "살"은, 비교적 간결한 위의 작품에서뿐만
아니라, 시작(詩作)과 관련하여 시집 곳곳에서 강력한 은유의 체
계를 구축해내지만, 이 은유를 크게 가로지르는 것은 실상 "날아
오른다" "흘린다" "통과한다" "마신다"와 같이, 유동적인 운동이
나 행위와 연관된 술어들이다. "찬물"-"소리"-"새 떼"-"종아리"-

"능선"-"찔레꽃"-"내 몸"-"구름"-"살"-"골짜기"-"물"의 세로축
에 '씻다-날다-걸리다-피다-통과하다-흐리다-내려오다-마시다-
떨어지다-쓸다'의 가로축이, 먼 것을 지금-여기로 걸어 들어오게
하는 식으로 기이하게 결합되어, 행간의 보폭을 크게 벌리고, 순환
적인 이미지 하나를 부상시킨 다음, 거기서 생겨난 탄력을 '나'의
주관성("새 떼의 일이라고 믿으니")으로 살그머니 비끄러맨다. 장
면 하나가 채 사라지기 전에 다른 장면을 그 위에 포개어 피사체의
초점을 흐뜨리는 방식으로 각 행이 조율되고 있다는 사실도 빼놓
을 수 없을 것이다. 그러나 주목해야 하는 것은 "새 떼"가 사실상,
어떤 실체라기보다, 세상의 모든 실체들(이 작품에 국한하자면, "찔
레꽃"이나 "능선", "구름"이나 "골짜기")에 가 닿을 가능성을 제 몸
짓으로 (안에) 머금고 있는 존재라는 사실이다. "새 떼가 내 몸을
통과할 때까지" 내가 기다린다는 것이나 "나는 새 떼에 번졌다"
(「햇살에 살이 지나가네」) 같은 언술은 따라서 "새 떼"의 행위 잠재
성을 내 몸으로 오롯이 인식하고자 할 때, 비로소 시적 상태에 돌
입한다는 것을 말해준다.

이 잠재성은 "새 떼"가 할 모든 일과 "새 떼"가 갈 모든 곳, "새
떼"가 날아오르는 순간이나 내려앉을 때, 나아가 "수증기"나 "입
김", "물"이나 "구름" 같은 무정형의 산물들이 우리의 눈앞에서
펼쳐낼 일시적인 장면이나 그 장면들이 교호하면서 빚어낸 움직임
들, 그 움직임에 내장된 그들의 삶 그 자체다. "새 떼"의 잠재성은
그 어떤 규칙이나 질서에 속박되지 않아, 우리의 예상이나 추론에
서 빗겨서 있지만, 그렇다고 불가능성과 동일한 것은 아니다. 잠재
성은 오히려 '순간적인 것-불안정한 것-부유하는 것-이동하는 것'의 실

현 가능성을 끊임없이 타진하면서도, 결코 지금-여기를 벗어난 가정의 상태를 전제하는 법이 없기 때문이다. "새 떼"가 단수가 아니라 복수라는 점도 부기해둘 만하다. 그러니까, 이 시인은, 마치 성좌 위를 떠돌고 있는 자잘한 항성들이 서로 모이고 흩어지면서 빚어내는 파편적인 총체처럼, 반드시 복수의 형태로 존재하는 무엇, 헤아리기 어려운 무엇, 제 잠재력을 한껏 머금고 있는 것들에서 시의 젖줄을 끌어오는 것이며, 심지어, 이것들을 그러모아("떨어진 새 떼를 쓸었다") 간직한 상태를 제 시에서 보존해내고 현실로 끌어내야 한다고 생각하는 것이다. 시인이 유동적인 것에 자주 붙들리는 까닭이 여기에 있다.

구름이 밀려와

물방울 안으로

구름 속이 밀려와
저녁이 분다

나의 월간(月刊)에도
구름이 밀려 있어
새들이 팽창한다

구름의 수명을 닮은 문장
구름을 두근거리게 하는 단어

단어의 수명을
세어보는 아침
태양의 고요한 돌가루들
내 수명을 닮은 눈물은
사람이라 부르고 싶었다

그런 물방울은
사슴처럼
숨어 지내야 한다

저녁은
물방울이 지상의
가장 쓸쓸한
부력이 되지
아직 태어나지 않은 슬픔도
이동시키는 구름

물방울이 밀려와

—「고적운(高積雲)」 전문

　구름의 흐러가는 모양새나 뭉실뭉실한 이미지, 기차가 뿜어낸
증기나 강가를 흐르는 액체의 저 정박되지 않는 유동성은 대관절
무엇인가? 일시적인 것이 응고되어 잠시 보존되는 스냅 사진과도
같이, 나타났다가 사라지고, 가뭇없어졌다가 이내 다시 오롯해지

는 저 이미지의 행렬은 대체 어떤 구성력에 힘입은 것인가? 시인에게 그것은, 내면에서 들끓고 있는, '표현되지 않는 것-설명되지 않는 것-(기존의) 언어와 감성으로 포착하지 못하는 것-경계로는 분할되지 않는 것-(기존의) 질서에 포획되지 않는 것'을 세계에 사실처럼 등재하고자 할 때, 반드시 취할 수밖에 없는 필연적 매개였던 것은 아닐까. 유동성은 '딱딱한 것-정체된 것-몰려 있는 것'을 지워낸 자리를 시에 마련해주는 무엇으로서, 일시성과 우연성에 기대어 지금-여기의 다른 것을 지금-여기에서 일구어낼, 시적 고안물이라고 해야 한다. 보들레르가 인상파 화가들의 작품에서 눈여겨보았던 이 유동성이 보들레르 자신에게 가족이나 국가, 아름다움이나 사랑, 화폐나 상품, 당대의 제도나 지성, 문물이나 사상과 오롯이 포개어지지 않고 미끄러지는 어떤 사유를 담아낼 개념이었다면, 김경주에게는 당대의 질서와 통념으로는 포섭되지 않을 "지상의/가장 쓸쓸한/부력"이자, 형태를 미처 부여받지 못한 것들이 지금-여기에서 우리에게 말을 걸고, 우리가 있는 이 세계에 내려놓는(을) 것을, 감수성에 의지해 표현해낼 훌륭한 동인인 것이다.

　"구름"이나 "물방울", "비릿한 증기들"(「명창」)이나 "수증기"(「설맹(雪盲)」), "안개"(「자백을 사랑해」)나 "문장을 짓"는 "입김"(「시인의 피」), "누구의 일부라도 될 수 있는 물"이나 "흰 구름의 일부"(「아무도 모른다」)처럼, 시집 구석구석에 스민 '일시적인 것-빠져나가는 것-우연적인 것'은 이 시인이, 질서의 획일성이나 진리의 확실성, 아름다움의 정형성이나 기존 언어의 상투성의 딱딱한 껍질을 깨부수고서, 그 안에 웅크리고 있는, 심연과도 같은 속살을 보듬어낸 무엇인 것이다. 김경주는 바로 이 유동성을 무기처럼 그러줘고서 "내 살을 가진/어느 이슬들의 이름"(「詩作」)을 부르며, 당대의 질서와 당대의 통념에서부터 끊임없이 미끄러지려고 시도한다.

신문이 끊기자
나는 새들에게 싸였다

수도가 끊기자
나는 계곡을 내려오는
물이 되었다

사람이 끊기자
나는 해바라기에 내려앉는
비둘기가 되었다

이해가 끊기자
나는 대기권이 되었다

아침에 너는 내 몸에서
단어를 찾고
나는 너에게서 수증기를 찾는다

—「설맹(雪盲)」부분

"신문" "수도" "사람" "이해"를 각각, '정보' '문명' '사회' '소통'으로 바꾸어 생각해볼 수도 있겠다. 그러나 "끊기자"라고 발화하는 순간, '흩어져 있는 것("새들")-흐르는 것("계곡을 내려오는/물")-떠 있는 상태("해바라기에 내려앉는/비둘기")-떠도는 것("대기권")이 미끄러지는 운동 상태에 진입하며, 바로 이 운동이 시를 운용하는 조직이라는 사실을 기억해둘 필요가 있다. 김경주가 제 시에 주인의 자격을 부여하는 것은 바로 이처럼, 유동하는 것들, 그러니까 "수증기"와 같이 머무르지 않고 흘러가는 것들—분자처럼 흩어져 있는 것들이 함축하고 있는 무엇, 한마디로, 실재하지 않으나 존재하는 것들의 잠재성이기 때문이다. 그런데 물음은 좀더 근본적이어야 한다. 잠재성을 흔들어 일깨우는 일이 왜 그토록 중요할까?

지금-여기에 존재할 수도 있었을 무엇, 담아낼 수도 있었을 사유, 넘어갈 수도 있었을 경계, 발설할 수도 있었을 언어를 포기하는 예술가는 진정한 예술가가 아니라고 생각한 것은 아닐까? 실현하기 어려운 것들을 마치 실재의 사건처럼 표상해보는 일, 미지(未知)로 기지(旣知)를 일깨워 구체적으로 그 결과를 기록해보려는 모험에 시의, 아니 예술의 운명이 달려 있다고 말하는 것은 아닐까? 질서 위를 떠도는 무질서, 저 희미하게 늘어선 섬들의 고유한 논리를 찾아내기 위해, 그는 길들여지지 않은 "들개"가 되거나, 심지어 이 들개조차 "백치"("들개는 백치일 때/춤을 춘다"—「백치」)가 되어야 한다고 믿는다. "들개의 혀"로 발화할 때, 비로소 길들여지지 않은 말들이 움터 나오기 때문이며, 바로 이러한 (시적) 논리가 타당성을 확보하기 위해 필요한 것은 잠재성에 가닿을, 다른 눈이다.

3. 도착(倒錯)의 사각에서 세계의 잠재성을 흔들어 깨우다

김경주의 시는 잡힐 듯 잡히지 않는 것들과 완성될 듯 완성되지 않은 것들을 그대로 놓아두는 동시에, 그 상태를 깁고 있는 마디마디가 서로를 덧대면서 그려내는 주관적인 이미지의 운동성을 포착하여 제시함으로써, 세상의 심리 안으로 누구보다도 깊숙이 침투한다. 공중을 유영하는 손짓으로 복수(複數)의 다층적인 결을 남기는 그의 시가, 불투명한 언어의 뭉치들을 들고서 시의 중심에 타격을 가하며 비판적 작업에 임하는 것은 우연이 아니다. 이때 필요한 것이 바로 다른 눈이다.

> 너의 눈동자는 너무 추워서
> 다른 눈동자와 함께 지낼 수 없다
> 너의 눈동자는 밀입국자처럼
> 우리의 시야를 몰래 빠져나간다
> 우리가 추방해버린 시제에서
> 너의 시선은 세계를 밀매한다
> 그러나 밤이 되면 언제나
> 자신의 눈으로 돌아오게 되는 추위가 몰려든다
> 너의 눈이 보고 있을 우리의 시선은 늘 가였다
> 어디에 시선을 두어야 할지 모를 때조차
> 우리가 너의 눈동자를 똑바로 바라보지 못하는 것은
> 어느 시야에서도 우리의 눈이

마주칠 공간이 부족하다는 거다

아무도 너의 눈동자를 쉽게

비웃음으로 전락시키지 못한다

너의 눈동자는 애정의 대상이 된 적도 없지만

너의 세계는 우리의 시선으로부터 가장 멀리 있어

너의 눈동자는 우리의 시야에서

가장 자유로운 곳으로 움직인다

암묵적으로 동의를 구해놓은 시야에서 우리는 참혹하다

두 눈이 없이 태어나

평생 서로를 몰라보는 쌍둥이처럼,

한 눈씩 나누어 가지고 태어나

평생 서로의 몸을 그리워할 쌍둥이처럼,

우리는 늘 같은 방향을 보고 있지만

우리의 시선은 한 번도 같은 장소에 모여본 적이 없다

서로에게 가장 멀리 있는 것이 눈이 아니라

서로의 눈에서 가장 멀리 달아날 수 있는 것이

시선이라는 듯이

눈웃음을 친다

─「사시(斜視)」 전문

획일성과 결정성을 거부하는 눈짓으로 사랑을 속삭이거나 그리움을 불어넣으면서, 타인과의 관계를 살갑게 조절해내는 이 복화술은 대체 무엇이란 말인가? "어느 시야에서도 우리의 눈이/마주칠 공간이 부족하다"라는 언술은 '새로운 눈'으로 세상을 주시해야만 한다는 비평적 예각이지만, 오히려 주목해야 하는 것은, 함께 지낼 수 없는 것을 공존하게끔 붙들어 매는 시선, 바로 그 시선이 공존하는 방식에 의거해 시가 조직되어 있다는 사실이다. 단일한 것-단단한 것-고정된 것으로는 포착할 수 없는 어떤 상태를 주시해낼 눈이 바로 "사시"라고 생각할 수 있겠다. 그러나 김경주는 '보이는 곳'과 '보지 못하는 곳'이라는 흑백의 돌을 쥐고 그것 중 하나를 선택하여 "사시"의 운명을 결정짓지 않는다. 그렇다고 서로 어긋나는 a와 b의 개별성에만 주목하는 방식을 택하는 것도 아니다. 김경주에게 중요한 것은 "한 번도 같은 장소에 모여본 적이 없"는 시선과 "너의 눈이 보고 있을 우리의 시선"이, 서로에게서 끊임없이 어긋나는 활동의 과정, 그러니까 그 실패의 순간들을 잇고 있는 어떤 운동이기 때문이다.

김경주는 '있다/없다'라는 이항대립의 논리에 붙들려 서로 어긋나기를 반복하는 두 시선을 하나로 합하자는 식의 화해를 청하거나, 엇나감을 극단적으로 대비시키는 대신, 오히려 "사시"의 그 특성 때문에 서로 멀리 달아나게 되는 운동성에 좀더 중요한 가치를 부여한다. 다시 말해 그가 주목하는 것은 실체 그 자체가 아니라("서로에게 가장 멀리 있는 것이 눈이 아니라"), 지금-여기에서 이 두 실체가 어긋나며 빚어내는 운동("서로의 눈에서 가장 멀리 달아날 수 있는 것"), 그러니까 그 행위의 잠재성인 것이다. "암묵적으로 동의를 구해놓은 시야"로 포착해내지 못하는 이 "사시"의 잠재성은, 오로지 시선의 쉼 없는 어긋남을 통해서만 '존재하고 존재할' 실재의 세계에 속한다. 이 세계는 a와 b 두 시선이 헛돌고 갈라서고 마는 무(無)의 공간이 아니라, "가장 자유로운 곳"으로 쉼 없

이 달아나는 저 운동에서 a와 b가 제 정체성을 찾게 될 지금-여기
의 세계, 다시 말해 시선에 내재되어 있는 특성이지만 아직 발현되
지 않은 어떤 세계, 어떤 대상이 운동으로 제 정체성을 다시 궁리
하게 되는 미지의 세계다. 이 세계를 붙들기 위해 시가 무엇을 할
수 있는지, 이 세계를 그려내기 위해 시의 '붓'이 무슨 일을 수행할
수 있는지를 가장 잘 보여주는 시가 바로「굴 story」다.

> 화가가 수몰 지구 앞에서 화폭을 폈다
> 오래전 물에 잠긴 마을을 그림으로 복원하는 중이다
>
> 세필로 댐을 부순다
>
> 어떻게 그림 속으로 수몰된 마을을
> 다시 데려올 것인가
> 고민 끝에 먼저
> 그는 물에 잠긴 마을을 그린 후
> 그림 속에서 물을 점점 비워보기로 했다
>
> ─「굴 story」부분

　나는 화가다. 나는 "오래전 물에 잠긴 마을을 그림으로 복원"하
려 한다. 그러나 그렇게 할 수가 없다. 마을이 벌써 사라진 '이후'
이기 때문이다. 따라서 발상을 바꾸어야 한다. 그 결과 나는 "세필
로 댐을 부순다". 수채화의 방식을 버리고 유화의 그것을 채택할
때, 역순으로 색을 부리며 화폭을 하나씩 메워나가야 하는 것처럼,

나는 물을 저장한 "댐"을 터뜨리는 것이 우선이라고 여긴다. "세 필로 댐을 부순다"를 하나의 연으로 구성해낸 저 여백에 잠시 무 게를 둔다면, "댐"을 세밀한 "붓"으로 부수어 마을을 물로 채운다 는 발상이라고 볼 수 있으며, 이는 필경 예술가를 사로잡은 어떤 각성의 상태와 무관하지 않다고 해야 할지도 모르겠다. 그렇다면 "댐"을 부수어 이전의 마을이나 지금의 마을을 모두 쓸어낸 이후 에야 예술이 오롯이 제 꽃을 피울 수 있는 것일까? 당대의 질서와 통념에 총체적인 파국을 선언하는 것으로 모자라 모든 것을 쓸어 내고 지워버린 이후의 세계에서 무언가를 다시 착수할 때, 예술이 제 의문의 자격을 저버리지 않을 것이라고 믿는 것일까? "물"을 터뜨리는 '성스러운 폭력'의 알레고리로 모든 것을 쓸어냄으로써 우리는 과연 백지를 손에 쥐게 되었을까? "물속의 마을"은 이렇 게 새로운 화폭 위에서 제 모습을 드러낼 것인가? 아마 그렇지 않 을 것이다. 왜냐하면 댐을 부수어도 마을에서 물이 빠져나가는 것 은 아니기 때문이다. 통상 수몰 지구의 아래에 댐이 있다고 생각하 면, 댐을 부순다고 해서 마을이 오롯이 제 실체를 드러낸다는 생각 은 이렇게 모순을 낳는다. 여기에는 이 설명만으로는 충족되지 않 는 무엇이 있다. 김경주는 오히려 물을 머금고 있는 상태를 제 시 에서 보존해내고 그 양태를 기록하는 일이 더 중요하다고 말하고 있기 때문이다.

　　붓은 물속의 마을을 조금씩 화폭으로 옮겼지만
　　사람들 눈에 잘 드러나지 않았다
　　'이거 자꾸 그림 속에 물만 채우는 것 같군'

그는 그리는 것을 멈추고
그림 속 물이 마를 때까지 기다려보기로 했다
'마을이 드러날 때까지 말이야.'

—「굴 story」 부분

예술가는 응당 "붓의 장례"를 치르기도 할 것이며, "자신의 뼈"를 깎는 고통을 지불해야만 할 것이다. 그렇게 한다 해도, 그의 예술은 계속해서 실패를 거듭할 것이다. 이 실패의 과정에서 예술가는 자기만의 손길로 "마을"을 담아내고서("아무도 찾아오지 못하도록/몰래 밤을 하나 그려 넣어두었다"), 그 비밀을 남몰래 간직한 다음, 또 다른 실패를 준비하려 서둘러 길을 떠나야 할 것이다. 그렇게 마을은 끝내 제 모습을 드러내지 않을 것이다. 그런데 뭔가 허전하다. 왜 허전한 것일까? "수몰된 마을"을 자신의 붓을 놀려 그 터치 하나하나로 터치로 빚어내야 하는 매 순간들이, 실재하지 않지만 존재하는 어떤 상태에 대한 탐사처럼 작품 전반에서 조율되고 있기 때문은 아닐까. 마을을 그리는 행위와 그 실패의 되풀이 가능성이 아니라, 물에 잠긴 마을을 그려보고, 그리다가 잠시 멈추고, 잘 보이지 않아 물끄러미 주시하고, 모습이 드러나기를 기다려보고, 그렇게 다시 그림에 착수하는 저 행위의 재개(再改) 과정에서 사라진 것 같지만 결코 없어지지 않는 것들, 가루가 되었지만 결코 소진되지 않는 것들, 떠올랐지만 결코 떠오르지 않은 채 존재하는 것들, 말려보아도 늘 축축한 것들이 우리를 찾아오기 때문이다.

김경주는 불가능성이나 가능성의 이분법으로는 설명될 수 없는 어떤 세계, 우리가 잠재성이라고 말해온 이 '실재하지 않지만 존재하는 세계'를, 물에 빠진 상태를 화폭에 옮기고자 하면서 실패를 반복하는 화가의 우화를 통해 담아낸다. 따라서 제목의 '굴'은 어둡고 컴컴한 상태에 대한 알레고리이며, 'story'는 바로 그 상태를 이야기한다는 것을 의미한다. 이처럼 김경주는 드러나면 다시 어두워지고, 어두워지면 다시 모습을 조금 내비치는 어떤 잠재적 상태, 아니, 그 상태가 살아내는 삶과 그 상태가 머금고 있는 역사를 일깨우고자 자구와 자구, 행간과 행간을 더듬어나간다.

> 언제부턴가 신문지는 꽃잎이나
> 말리는 것으로 사용했는데
> 오래된 신문을 모아 햇볕에 놓아두면
> 습기도 날려버리고 소란도 옮겨 놓고
> 활자들도 구절초나 산국이나 쑥부쟁이처럼
> 향기도 기슭도 버리고
> 사나운 시절을 견딜 것 같아 모아두었다
>
> —「그냥 눈물이 나」부분

신문지의 잠재성은 신문지가 살아온 경험들을 시에서 보존하는 일로 모습을 드러낸다. 신문지 위에서 "구절초" "산국" "쑥부쟁이"가 살았던 흔적은 어디론가 휘발되면서 저 활자들이 바글거리는 "신문지"에 제 자취를 새겨놓는다. 김경주는 바로 이와 같은 잠재적 상태를 보존하면서("모아두었다"), 제 "사나운 시절"을 견딘다고 말한다. 그의 시집에서 '~때까지'가 빈번하게 등장한다는 것은 이런 점에서 주목할 만하다. 그것은 무언가 스며들고서 다시 사라질 때까지, 무언가 모습이 드러나서 다시 희미해질 때까지, 바로 그 시간, 예컨대, '지금-막-방금'의 순간에 거주하는 것이 바로 잠재성이라는 사실과 결코 무관하다고 할 수 없다. 방금 당도하고서 빠져나가는 무언가를 포착하여 세계의 이면을 주시하고자 하는 저 시도, 가능성-불가능성의 이분법에 매몰되지 않고서 '동일성-단일성-확실성'을 벗어나 있는 어떤 잠재적 상태를 포착해내려는 시도를 통해, 김경주는 제 시의 현재성과 현대성을 모색해나간다.

4. 잠재성은 모더니티가 선사한 선물이다

모더니티는 과잉의 상태에 가까운 모더니즘과 달리, 미끄러지는 어떤 특성과 연루되어 있는 개념이다. 현대성이 어떤 상태들을 관통하는 '특수성'에 가깝다면, 같은 어원에 뿌리를 둔 모더니즘은 이러한 특성들이 고여 차츰, 집단적으로 표출되는 현상을 의미한다. 그것은 따라서 불과 몇 년이 지나면, 엇비슷한 발현들의 구심점을 찾아내 균일한 집합을 추출해내고, 그 결과물에 정당성을 부여하면서 차츰 제 외연을 넓혀낸다. 그 과정에서 모더니즘은 당대의 질서와 통념에 기대거나, 아예 그것을 자청하기도 하면서, 가령, 분류될 수 없는 것을 명료하게 분류하고, 선명하게 구별해내기 위해, 이질적인 것-무정형의 것-포착되지 않는 것이 머금고 있는 잠재성을 부정하는 일에 착수하기 시작한다. 현대성이 잠시 머물고서 미끄러져 어디론가 이동한 자리에서 만개하는 것이 바로 모더니즘인 것이다. 모더니즘이 제 정체성을 강화해나가는 순간은 현대성의 특수성이 어떤 도식으로 환원되기 시작하는 순간이기도 하다. 물론 그 순간, 현대성은 이미 거기에 없다. 현대성이 떠나온 자리에 남겨지는 것은 이렇듯 동시대성뿐이다.

> 내가 가진 빈 봉투들은 춥다
> 너의 사옥은
> 門이 여러 개지
> 나는 하수도를 통해
> 너의 빛나는 정원에
> 도달하는 길도 안다
>
> 그러나
> 단 몇 초의 키스와
> 단 몇 개의 촛불과
> 단 몇 분의 비행은
> 나에게 전선(戰線)이다
>
> —「천둥」 부분

현대성의 저 빠져나가고 미끄러지는 성질을 우리는 문맥과 발화의 방식을 살펴 추적해볼 수 있을 뿐이다. 현대성은 이렇게 '방금'이나 '이제 막'과 같이 빠져나가는 표현들이나 어법, 그러니까 근접-과거와 근접-미래 사이에서 행해지는 운동성이나 유동성을 발화하는 징표를 통해, 모종의 미끄러짐을 수행한다. 현대성이 유동성과 불안정성을 오로지 운동으로 환원해낸다는 자격으로서만, 오로지 잠재성을 일깨운다는 조건하에만, 세상의 모든 '이즘ism'들과 통념에 맞서 싸움을 개진하는 것은, 끊임없이 미끄러지는 상태를 시에서 구현해내는 말들이 벌써 비판적이기 때문이다. 현대성은 정체되지 않고 어딘가로 미끄러지는 행위에서 제 비평의 징표를 얻어낸다. "단 몇 초"의 어떤 순간, "단 몇 개의 촛불"로 밝혀질 공간, "단 몇 분"을 날아오르는 몸짓처럼, '막 이루어진 무엇'(근접-과거)과 '곧 이루어낼 무엇'(근접-미래) 사이에서 시인은 미끄러짐의 수행자의 자격으로, 통념의 "사옥"과 저 "빛나는 정원"에 맞설 "전선"을 구축해낸다. 김경주의 시에서 자주 목격되는, 방금 도착하거나 막 떠나가는 행위를 통고하는 구문("새가 떠나버린 문장처럼"—「네 살을 만지러 갈 때」, "새가 내려앉기 전／전나무는 잠깐 뜬다"—「오로라」)이나 이동하는 양태를 담아낸 문장들("그는 모든 장소에 흘러 다닌다"—「시인의 피」), 부유하는 모습을 그리는 데 바쳐진 거개의 표현들이 바로 현대성의 징후이며, 그 중심에는 물론 유동성이 자리한다. 사라지면서도 없어지지 않는 것들, 소진하고 난 다음에도 회귀하는 상태, 비워내자 다시 채워지는, 이 현대성의 인장들은 김경주의 시에서 끊임없이 재개하는 미끄러짐의 운동으로 발현되면서, 전혀 예상하지 못한 세계로 우리를 데리고 간다. 「시인의 피」의 전문이다.

> 무대 위에서 그가 맡은 역할은 입김이다
> 그는 모든 장소에 흘러 다닌다
> 그는 어떤 배역 속에서건 자주 사라진다
> 일찍이 그것을 예감했지만

한 발이 없는 고양이의 비밀처럼

그는 어디로 나와

어디로 사라지는지

관객에게 보이지 않는다

입김은 수없이 태어나지만

무대에 한 번도 나타나서는 안 된다

매일 그는 자신이 지은 입김 속에서 증발한다

종일 그는 자신의 입김을 가지고

놀이터를 짓는 사람이다

입김만으로 행렬을 만들고자

그는 일생을 다 낭비한다

한 발을 숨기고 웃는 고양이처럼

남몰래 출생해버릴래

입김을 찾기 위해

가끔 사이렌이 곳곳에 울린다

입김은 자신이

그리 오래 살지는 않을 것이라며

무리 속에서 헤매다가

아무로 모르게 실종되곤 했다

사람들은 생몰을 지우면

쉽게 평등해진다고 믿는다

입김은 문장을 짓고

그곳을 조용히 흘러 나왔다

"어디로 나와/어디로 사라지는지" 보이지 않는 무엇, "수없이 태어나지만/무대에 한 번도 나타나서는 안" 되는 이 "입김"을 우리는 현대성의 수행자라고 불러도 좋을 것 같다. "자신의 입김을 가지고/놀이터를 짓는 사람" "입김만으로 행렬을 만들고자" 하는 사람은, 따라서 "일생을 다 낭비"할지언정, 한곳에 고이지 않는다는 특성과 한곳으로 수렴되지 않는 기질로 삶을 살아내는 사람이다. 그는 오히려 무엇을 만들고 나면, 끊임없이 그 상태에서 빠져나와 "입김"처럼 어디론가 흘러가야만 하는 사람, 제가 궁리한 것이 정체되어 새로움을 잃기 전에 서둘러 다른 곳으로 향할 채비를 서두르는 사람, 그러니까 그는 "문장을 짓고/그곳을 조용히 흘러나"온 사람이다. 그는 "교통을 유기체라 믿는 사람"이기도 하며, 결국 이 '유동성'으로 "백지에 도착"(「0시의 활주로」)하고 마는, 근접-과거를 주조하는 사람이다. 그는 잠재성의 세계를 주시하고자 끊임없이 시도하는 사람, 그러니까 거울 앞에서 입을 크게 벌리고 "언어가 피해갈 수 없는 저승"(「비어들」)을 들여다보려는 사람이자, "폭주하는 기관차"에서 "인부가 탄로를 열고 삽질을 하고 있"는, 저 활활 타오르는 "아가리"(「명창」)에 들어가는 자, 아직 시가 되지 못한 말들이 아슬아슬하게 매달려 있는 "내 입술 위의 벼랑 끝"(「내 입술 위 순록들」)을 위태로운 시선으로 좇는 자이자 "측량과 예측의 바깥에서" 제 시를 궁리하며 "비행과 몰락"(「0시의 활주로」)을 예감하는 자이며, "아직까지 본 적이 없는 내 문장"(「본적(本籍)」)으로 "아무도 도착하지 않는 장소" "이름이 존재하지 않는"(「0시의 활주로」) 저 미지의 세계에 발을 들여놓아 그것을 실재의 자격으로, 실재의 사건으로 이 세계에 내려놓으려 시도하는 잠재성의 수행자다. 그는 타자에 입사하려는 몸짓 하나로 세계를 잠재성의 공간으로 환원해내는 자다.

나의 이름은 목동, 나는 푸르고 긴 수염을 가진 소년, 가난한 나의 말발굽은 너희들의 발가락을 닮아 굵어졌다 내 말발굽은 여행을 하며 수많은 구름과 마을이 되었고 흑마술사가 되었고 아무도 모르는 딸들이 되었다 저녁이 되면 가난한 나의 말발굽은 내가 아는 가장 슬픈 나라의 문자가 되어 눕는다

—「양 한 마리, 양 두 마리」 부분

잠재성은 '그렇지 않다'와 '그렇다'를 오가며, 하나의 항으로 다른 항을 취소하는 부정-긍정이나 가능성-불가능성의 이항대립의 세계에 갇히지 않는다. 잠재성은 비개념적인 것의 개념들, 비의미적인 것의 의미들, 비질서적인 것의 질서들을, 실재가 아니라 실재의 사건과 순간들처럼 시에 붙들어 매는, 그 과정을 운동처럼 재현하는, 현대성이 선사한 선물이다. 김경주는 무수한 해답들이 배후를 떠돌고 있는 수수께끼의 어느 알 수 없는 골목으로 접어드는 미지의 경험을, 잠재성의 이름으로 한가득 우리에게 풀어놓았다. 당대의 신념과 당대의 언어와 당대의 사유를 의문의 비등점까지 끓어오르게 하는 일은, 이처럼 당대의 신념과 당대의 언어와 당대의 사유를 외면하거나 부정하는 것이 아니다. 그는 일상적인 말들을 일상적이라고 할 수 없는 방식으로 운용하여, 우리의 삶이 머금고 있는 지금-여기의 다른 것을 지금-여기에서 펼쳐내었다. 과연 "무슨

356

대화가 오고 간 것일까?"(「시인의 피 5」) 잠재성의 실험으로 가득한 그의 시집을 읽은 다음, 우리가 대면하게 되는 물음은 바로 이것이다. 우리는 김경주의 이번 시집이, 다 읽은 후에도, 결코 소진되지 않을 물음을 계속해서 소급해내는 힘을 머금고 있다는 사실을 곧 깨닫게 될 것이다.

(김경주 시집, 『고래와 수증기』 해설, 문학과지성사, 2014)

이상한 문답법
── 이경림의 시 세계

    확실성에 관해서라면, 아주 오래전부터 그토록 완성을 바랐던 철학자들의 사상을 참고하는 것이 나을지도 모른다. 세계, 우주, 존재, 시간 등에 대해, 그들이 의문을 갖고 다가가고자 노력을 기울였을 때, 변하지 않는 성질을 규명하려는 의지가 의문의 최전선에 자리한다는 사실을 우리는 모르지 않기 때문이다. 그러나 확실성은 추론의 과정에서 어쩌다 주어지는 아주 작은 가능성이자, 어느 정도까지 빚어지다 만, 거개가 찰흙으로만 우리에게 주어질 뿐이라는 사실을 덧붙여야 하겠다. 그러니까, 확실성은, 확실성을 담보하는 또 다른 개념들을 붙잡고 얼마만큼 그것을 빚어내고자 하느냐에 따라서, 제 자신의 얼굴이 결정되는, 어떤 관념인 것이며, 그 꼴이라고 하는 것도, 가만 살펴보면, 삶의 이면을 드러내는 죽음이나 존재의 유한성, 삶을 자잘하게 메우고 있는 어떤 순간들이나 무정형의 감정으로만 우리에게 고지될 뿐이다.

    시가 주목하는 것은 그러니, 확실성을 둘러싼 철학적 테제의 완성이나 확실하다고 믿는 것에 대한 집요한 기술은 아니다. 시는 추정을 거쳐 확실성을 재현하기보다, 오히려, 확실하다고 믿고 있는 것이 우리 삶에서 부리고 있는 그 위용이나 행티를 주관적으로 담아내고자 가끔씩은 삶과 운명을 걸고 내기를 한다. 이경림의 시가 순간에 펼쳐지는 관념에서 착상을 끌어오거나(「서쪽」「不立 혹은 不眠」), 한 장소에서 펼쳐진 행위(「기억」「풍선들」「토마토 혹은 只今」)[1]에 주목하면서 전개되는 것은, 우리 삶의 기저에 자리한, 저 부정할 수 없이 명백한 무엇, 이를테면, 죽음이나 존재의 근원을 (되)묻는 일로 조용히 일상에서(일상과) 싸움을 벌이고 있는 것과 무관하지 않다. 빈번히 출현한 물음들은 하염없이 대답을 기다리는 수동적인 행위가 아니라, 실존적 삶에 대한 탐구를 통해 예비되는 미지의 세계에 가닿고자 동원한 가짜 물음일 뿐이다. 「기억」의 전문을 살펴볼 필요가 있겠다.

골목이 시작되는 곳에 아이 하나가 서 있습니다
개나리꽃에 휘감긴 담장 아래입니다
개 한 마리가 오줌을 누고 있는 곁입니다

골목은 끊임없이 시작만 됩니다
아이는 끊임없이 서 있기만 합니다
개나리는 끊임없이 담장을 휘감기만 합니다
개 한 마리 끊임없이 오줌만 눕니다

1) 이 글의 대상 텍스트는 모두 『시산맥』 2013년 봄호에 발표된 시들이다.

벌써 반세기째입니다

왜 골목은 끊임없이 시작만 가졌습니까
왜 골목은 끊임없이 서 있는 아이만 가졌습니까
왜 골목은 끊임없이 담장을 휘감는 개나리만 가졌습니까
왜 골목은 끊임없이 전봇대에 오줌을 갈기는 개 한 마리만 가졌습
니까
아무도 묻지 않습니다

백발이 성성한 노파의 형상이 어른거리는
도무지 연대를 알 수 없는 그 유적에 대하여

"아무도 묻지 않"는 질문은 그러나 왜 끊임없이 세상에서(혹은
시에서) 제기되는가? "벌써 반세기째" 반복되어도, 녹아내릴 줄
모르는 이 의구심은 시에서 질문처럼 주어지지만, 그 질문은 시인
에게 대답의 몫을 오롯이 떠넘기는 것은 아닌데, 그 까닭은 살아
있는 인간("서 있"는 "아이")과 행위하는 동물("오줌을 누고 있는"
"개")과 고정된 사물("개나리꽃이 휘감긴 담장"), 이렇게 셋의 존
재 방식(서 있다, 아래에 있다, 곁에 있다)을 캐묻는 행위가, 항변조
의 의문으로 변해, 시를 끝까지 읽은 우리에게 어느새 부메랑처럼
되돌아와 꽂히기 때문이다. 이 세 가지가 하나가 되는 순간과 그렇
게 되기 위해 필요한 조건을 묻는 시인의 의문 역시, 현실의 시간
을 초월한 근원적인 시간, 예컨대 영원성이나 불멸과는 별반 상관

이 없다. 이 질문들은 되풀이 되는 힘("도무지 연대를 알 수 없는")을 알고자 하는, 그러니까 확실성에 다가가고자 하는 의지의 소산이 아니라, 오히려 확실하다고 믿어왔던 통념을 물리치고, 그 자리를 온전히 물음 그 자체로 남겨놓음으로써 제 희미한 완성을 바라는 물음들인 것이다.

이렇게 삶에는 획일적인 대답을 유보해야만 하는 사유가 있는 것이며, 이경림의 시에는 이러한 사실을 확인하려는 가짜 물음들이 바글거린다. 시가 취한 물음이라는 형식은, 따라서 대답을 상정하는 것이 아니라 오히려 크고 작은 문제를 제기하는 동기이며, 시인의 실존적인 외침을 이끌어내는 장치라고 보아야 한다.

바로 코앞인 것 같으나 만져지지 않았다
아주 먼 곳 같으나 코앞이었다
모르는 행성 같기도 했다

나뭇잎들 서쪽으로 서쪽으로 흔들렸다
그림자들 하나같이 서쪽으로 누웠다
집, 길, 햇빛, 사람, 나무, 하늘⋯⋯
하나같이 서쪽이었다

여긴?
돌아보는데 그녀 있던 자리 벌판이었다

—「서쪽」 부분

거기까지 그 안이 계속될는지 알 수 없다구요? 지금 안이라 하셨습니까? 무엇이 안이고 무엇이 밖입니까? 털실 보푸라기만 한 그 잠은 과연 안에 있을까요? 밖에 있을까요?

—「不立 혹은 不眠」 부분

그러니까, 물음의 형식을 취한 이 전언들이 죽음에 대한 메타포나 불확실성의 통보와 말 없이도 조응하는 것은, 거개의 물음들이 사실은 문제를 제기하는 데 소용되기 때문이다. '서쪽은 어디일까', '왜 잠을 이루지 못하는가'와 같은 구체적인 물음들이, 삶의 경험을 통해 체득한, '알 수 없는 것'이나 허무에 대한 연역적인 직관과 짝을 이루는 것도, 그것이 문제적인 물음이기 때문이다. 떠오른 해는 응당 지게 되어 있듯이, 모든 것이 흘러가고, 향해 달려가거나 또 제 몸을 드러눕히는 "서쪽"이라 해도, 시인은 "누런 이파리들이 춤추듯 날아"가고 "깡충깡충 한 뼘씩 가는", 생생한 삶, 바로 이 "쓰레기통 옆"과 "자동차 밑"과 "보도블럭 아래"에서 하루하루를 살아가고 살아내야만 하는 인간이라는 존재를, 그들의 운명을 저버릴 수 없다고 생각하는 것이다. 바로 이 삶의 현장에서 이경림 시의 밑동이 다져지고 있는지도 모르겠다. 확실하다고 믿어온 것들만으로는 세상이 채워질 수 없다는 사실을 벌써 알고 있었던 것일까? 우리는 모두 거인의 어깨 위에 올라앉은 난쟁이일 뿐이라는 사실을 깨달은 것일까. 죽음마저 귀엽게 흔들거리는 "버들개지"와도 같다고 말하는 것일까.

잠들지 못하는 자아는 이렇게 안과 밖, 육신과 영혼, 삶과 죽음으로 가지런히/간략하게 나누어지지 않는다는 사실, 나뉨을 명백히 주장하거나, 그 기준을 올바로 세울 수 없는 상태("不立")를 예고한다. 기준을 바로 세울 수 없는 상태가 우리의 의식을 깨어나게 한다는 역설을 통해서, 이경림은 누구나 미지 앞에서 겸허해질 수밖에 없다고 말하는 것은 아닐까. 시의 민주주의는 기왕에 명확성이나 확실성을 추구하는 행위에 기반하는 것이 아니라, 추체험으로 지어올린 확신들이야말로 삶을 제 편리대로 갈라놓는 불평등의 소산이라고 말하는 민주주의이며, 이경림이 이의 제기의 말투로 시에 들어차게 한 것은 바로 이 시의 민주주의가 울려나오는 목소리인 것이다. 그는 무늬를 부여하고 계급을 조장하는 삶의 형식보다, 일관되게 채워지는 그 알갱이가 우리의 삶에 가치를 부여할 거라고 생각한 것은 아닐까.

　　우린 오늘 풍선 들고 결혼할 거다 아니, 아니 아예 풍선이 될 거다
　　누구랑, 누구랑 그렇게 편파적으로 말고 빨주노초파남보
　　다 같이 할 거다. 보남파초노주빨
　　혼교할 거다

　　오장육부 따위 아예 없이
　　속에 바람만 팽팽한 풍선으로
　　풍선이 풍선을 낳고 풍선이 풍선을 낳으며
　　[……]
　　빨주노초파남보 그런 色 말고
　　보남파초노주빨 그런 色 말고

저기 에버랜드 문 앞에서

색색색 색색색……

풍선에 종일 바람 넣고 계시는

오오 하느님!

—「풍선들」 부분

　풍선에 불어 넣는 공기처럼, 삶을 가득 채우고 또 우리를 에워싸
고 있는 비정형—무정형—무가치의 형상들이나 존재들은 그러나 삶
에서 제 감정을 포기하는 법이 없다. 따라서 허무를 움켜쥔 듯한
문장 하나하나 어떤 결단의 소산으로 볼 수밖에 없다. 이곳은 아니
고, 저곳은 없다. 내면도 아니고, 바깥도 아니다. 여기는 지척간도
아니고, 멀지도 않다. 그러나 이 시인은 경계만을 고집하는 것도
아니다. 단계적 추이나 변화를 가장한 차별과 구분에 대한 비판으
로 제 어금니를 질끈 무는 것도 아니다. 모든 것을 밀어내고 지워
버린 "바람만 팽팽한 풍선"과 같은 저 상태, 만고에 평등한 낙원은
오히려 풍선 장수의 손길에 달렸다고 말한다. 시인의 목구멍에 걸
려 있는 이 무화(無化)의 의지와 그 목소리가 아름다운 이유는, 그
것이 시인이 기록한 것도, 타인이 새겨 넣은 것만도 아니기 때문이
다. 그것은 일상에서 반짝이는 어떤 순간, 시인의 눈에 들어온 일
상의 목소리, 세상의 모든 발화들을 불러내는 최초의 목소리이자,
세상의 모든 발화들이 터져 나온 이후, 그 사이의 균열을 봉합하고
자 솟구쳐 올라온 최후의 목소리이기 때문이다. 글을 매듭짓기 전
에, 리듬과 어법을 존중하면서 「토마토 혹은 只今」의 전문을 읽어

볼 필요가 있다.

　　옆집 토마토들은 지금 전쟁 중 토마토가 토마토를 던지는 중 퍽
퍽 퍽
　　토마토들 허방으로 날아가는 중 철퍼덕 뭉개지는 중 으아아
　　어린 토마토 우는 중 쨍그렁덩덩
　　어떤 토마토 산산조각나는 중 시뻘건 속
　　흘러내리는 중 던져 봐 던져 봐
　　덜 익은 토마토 악 쓰는 중

　　땡, 엘리베이터를 타고 아래층 토마토 올라오는 중 딩동 초인종
누르는 중 누구세요 아 네 아래층입니다 옆집 토마토 열리는 중 무
슨 일이죠 시침 뚝 따는 중 아저씨 제발 우리 아빠 좀 말려 주세요
어린 토마토 겁에 질린 중 아 선생님 많이 취하셨네 그만 하시죠 아
래층 토마토 빌붙는 중 당신 뭐야 뭔데 남의 집에 와서 감 놔라 배
놔라 하는 거야 아 요 아래층 토마톱니다 우리 집 토마토들이 잠을
못 자서요 아래층 토마토 들이대는 중 거 봐요 무슨 망신이야 마누
라 토마토 투덜대는 중 아래 위 토마토들 뭐라 뭐라 떠드는 중 미안
합니다, 부탁합니다 아래층 토마토 뚜벅, 뚜벅뚜벅 계단으로 내려가
는 중

　　그러나 옆집 토마토들 아직도 전쟁 중 무한 정적의 토마토 던지는
　　중 무한정적의 토마토 휙휙 날아다니는 중 뭉개지는 중
　　뭉개진 토마토 다시 뭉개며 무한 정적의

한 거대한 토마토 속에서
復活하는 중

　토마토는 얼마나 탐스러운가. 토마토는 또 얼마나 단단한가. 토
마토는 얼마나 무른가. 그 속은 또 얼마나 자잘한 입자들로 들어차
있는가. 얼마나 차지고 야무지고 탱탱하고 널름하고 물컹하고 흥
건하고 헐겁고 또 연약한가. 그래서 싸우고 다투며 악다구니를 쓴
다. 그러면서 뭉개지고 또다시 뭉개질 수밖에 없는 토마토는, 끊임
없이 치고받는, 저 갈등과 질투와 비겁함과 비루함과 비열함과 취
기로 물든 우리들의 삶이다. 우리는 너 나 할 것 없이 모두 뭉개지
는 중이다.
　아니, 삶이란 응당 그래야 또 마땅한 것이라고 시인은 생각할지
도 모른다. 이 작품은 부분을 강화하면서, 전체를 아우르는 힘을
보여주지만, 성급한 깨달음을 꺼내들거나, 추상적인 결론으로 치
닫지 않는다. 시의 민주주의라 할, 무정형의 무언가를 생성해내는
저 본령에 올라, 시인은 미지를 향해 경쾌한 약간의 발걸음을 옮겨
놓으며, 삶의 무거운 인장을 살짝 찍을 뿐이다. 그러니까, 단지 이
렇게 말할 뿐인 것이다. 우리는 모두 토마토인데도 싸운다. 싸우는
중이다. 그렇다면, 지금 다섯 편의 시를 마저 다 읽은 우리는 이렇
게 물어볼 수 있다. 이것은 근본적인 이의 제기일까, 개입을 배제
한 관찰일까. 그러나 그것이 또 무엇이건, 이경림이 던진 이 이상
한 물음들은 삶의 경험에서 울려나오는 사람들의 고만고만한 목소
리, 단호한 거부도 아니고 환대하는 포용도 아닌 상태와 그 상태에
줄을 매달고 또 그 위에 올라, 우리가 알 수 없는 것, 미지의 것, 아

직 다가오지 않는 사유를 손에 쥐고 아슬아슬하게 균형 잡힌 걸음
을 옮기는 비범한 능력에서 비롯된 것임에 분명하다.

(『시산맥』 2013년 봄호)

잃어버린 조카를 찾아 나선 공동체의 기투

─ 김근의 시적 이행과 그 용기에 대하여

*

늙어버린 이성과 메마른 논리에 타격을 가하는 시가, 제 자신을 어딘가에 붙들어 매놓은 고안의 실마리 하나도 감추지 않고서, 현실에서 바로 설 자리를 모색하는 법은 없다. 시가 은밀하게 줄을 대고 있는 곳이 텍스트의 내부에 따로 존재하는 것이라면, 언표의 차원에서 드러나지 않는 그곳은 대체 어떤 작위의 세계와 제 논리를 맞대고 있는 것인가? 단순한 이해의 자장 안에서 수렴되지 않는 시적 발화의 특이성과 선적 전개를 허락하지 않는 이야기, 마디마디가 탈구된 시간은, 비가시성의 가시성을 '만듦poiēsis'의 비밀스런 열쇠처럼 단단히 움켜쥐고서, 끝내 완성을 바라볼 것인가? 시가 태동할 미래의, 그러나 현실에 당도하지 않은 허구의 사건들을 그런데도 시인이, 저 현실의 단단한 밑감으로 삼으려 할 때, 시라는 제 자식을 근본적인 탄핵의 대상으로 삼을 권리가 시인에게는 어떤 근거로 주어질 수 있는 것일까? 김근이 감추어진 이름으로 시에 대한 근본적인 물음들을 제 작품 안에다가 조직해내려 할 때, 누구나 알고 있는 저 '만듦'이라는 시의 근원적인 의미를 다시 확인하는 일은 상투적인 반복이나 성찰 따위에 덜미를 잡히지 않는다. 시의 본령을 향해 힘겨운 발걸음을 내딛는 것은 새로움을 추구하려는 의지의 발로라기보다, 차라리 아직 다가오지 않은 미래의 말들에 제 정체성을 투신하는 아슬아슬한 모험을 대가로 찾아나선 불확실한 내기에 가깝기 때문이다. 이행(移行)의 필요성이 그만큼 절실했다는 것일까. 내게 주어진 연작시 다섯 편[1]에는 이행을 갈구하는 고통스런 흔적과 이행을 준비하는 자의 불안과 좌절, 이행을 모색하며 찾아오는 특유의 불확실성과 기투의 몸짓이, 물음을 만들어내며 세계 안으로 치고 들어온다. 잊지 말아야 할 것이 있다. 이행을 채비하는 김근에게는 이 모든 것이 단 하나의 물음으로 수렴되어 나타난다는 사실 말이다. 우리가 묻고 또 답해야 하는 물음은 결국 이런 것이 아닐까: 과연 시는 만들어질 것인가?

「조카의 탄생」 연작에서 "이모"와 "삼촌"과 "조카" 자신은 이와 같은 물음에 호응하는 제 각자의 역할을 부여받아, 기이한 상황을 연출하고 각자의 역할을 수행해나간다. 이들이 펼치는 상황극은 나머지 두 편의 시에서도 여전히 위력을 발휘하는데, 이 연극에 참여하는 우리에게 되돌아오는 것도 이 물음이다. 물음 뒤편으로 비평을 되돌아보게 하는 잔영이 드리워지지 않는 것도 아니다.

---

1) 이 시들은 모두 김근 시집, 『당신이 어두운 세수를 할 때』(문학과지성사, 2014)에 수록되어 있다.

김근의 시는 비평의 이성적 판단과 논리적 분석을 약화시키는 것으로 모자라, 인과관계를 짚어나가면서 비평의 체계를 구축해내려는 시도를 끝내 좌절로 이끌고 만다. 그러니까, 우리는 "조카"를 찾지 못할 뿐만 아니라, 이 "조카"가 대체 "우두커니씨"와 어떤 연관을 맺는지, 왜 하필 "조카"인지, 왜 "이모"와 "삼촌"이 "조카"의 탄생과 성장과 행동과 인물됨에 관여하면서, 제 정체성을 "조카"와 하나로 포개어 놓을 수밖에 없는지, 이에 대한 최소한의 대답조차 '언표'의 결만을 따져서는 그 이유를 파악할 수 없다. "이모"와 "삼촌" 이후 등장한 "부"와 "모"(「조카의 탄생—부 하고 모 하는 사이」)가 무언가를 창조한 조물주의 오롯한 지위를 누리지 못하는 까닭을 따져 물어야 하는 것도 아니다. "조카"의 장광설의 매력이 무엇인지에 대해서도 내려놓을 말이 궁해지기는 마찬가지이다.

그러나 바로 이러한 지점에서 비평은 시작된다. 비유의 복잡한 체계 속에서 비교적 간단한 코드의 변환만을 읽고자 하는 독서로는 건힐 리 없는 지뢰밭 하나를 건너려 할 때, 우리에게 필요한 것은 어쩌면 해석의 과감함일지도 모른다. 김근의 모험에 동참하려는 비평에게 시가 요구하는 것도 이것이 아닐까. 비유는 사실, 그 자체로 아무것도 아닐 수 있다. 비유의 비밀과 유추의 세계 속으로 과감히 파고들어야만, 우리는 환상이나 환각, 망상이나 초현실이라는 수식에 의존하지 않고서도, 시의 모험을 당당한 현실의 사건으로 마주할 단초를 발견할 수 있을 것이다. 메타의 논리에서 제 독서의 난해함에 대한 알리바이를 구해보려는 비평은 어쩌면 주어진 말이 지시하는 일차적인 해석의 세계로부터 시와 시인을 빼내올 위험도 감수해야 할지도 모른다. 현실 속에서 고민과 사투를 벌이는 현장의 주인공은 사실 시인이 아니라 시다. 김근의 시가 타자와의 관계 속으로 침투하는 것은, 현실을 포장한 환상의 경로를 통해서가 아니라, 그것을 읽어내고, 때론 포장을 벗겨내, 틀 자체를 무언가 엇갈리게 해버리게 마련인, 주관적인 시선, 타자의 시선, 공동체의 시선을 통해서이다. 우리는 논의를 여기서 시작해야 할지도 모른다. 김근은 "조카의 탄생"에 있어서 '왜'와 '어떻게'를 자신의 몫으로 고스란히 위임하지 않는다. 가령, 다음과 같이 시작하는 「조카의 탄생—이모의 말」의 첫 구절은 "조카"를 시로, 그 '만듦'의 주체를 "우리"로 여기게끔 유도한다.

> 우리는 매일 싸구려 옷가지들을 낳았단다
> 온종일 먼지를 뒤집어쓰고 집이라고 돌아와 보면
> 배는 애드벌룬만큼 커다래지고 아비 없는 옷가지들 꾸역꾸역
> 가랑이 사이로 기어 나오고 울음도 없이 아무렇게나 쌓여가고
> 밤새 우리는 그것들을 이어 붙여 너를 지었단다

이때 시는 완성되지 않은, 완성될 수 없는 시를 의미할 것이다. 문제는 "우리"라는 말의 사용에도 있다. "우리"는 시의 탄생을 주도하는 주체임으로 인해, 기존의 시에 대한 비판을 감수해야만 하는 당사자이면서, 그 비판의 주체로도 거듭나려는 의지도 저버릴 수 없는, 그러니까, 공동체이기 때문이다.[2] 김근이 "녹슨 쪽가위

---

2) 나는 이 공동체를 작게는 '불편' 동인 멤버들이며, 크게는 함께 매일 시를 쓰고 시적인 것을 궁리하고 있는 시인들이라고 생각한다.

를 부지런히 놀리면 너도 매끈해질 거야"라거나, "떼어내도 자꾸/돋아나는 보풀이 그것들의 싸구려 슬픔 같은 것이라고/너도 언젠가 이해하게 될 날이 올 거란다"라고 아이에게 내려놓은 조언 같은 대목에는, 기존 시에 대한 비판이나 시가 탄생하는 과정의 어려움에 대한 기술보다는, 오히려 실패를 마주할 수밖에 없는, 시가 근본적으로 실패의 산물이라는(혹은 그럴 수밖에 없다는) 사실에 대한 강력한 지지가 깔려 있다. "이어붙이고 덧대고 또 이어붙"여나가며 시를 실험하는 일에서 두려움을 떨쳐내기 위해, "우리"는 "네가 아주 다른 녀여도 결코 당황하지 말렴"이라고, 오히려 시에게, "우리의 사랑하는 조카"에게 실토해야만 했던 것일까? 실패한 시, 실패할 수밖에 없는 시, 화려하고 단아한 외피를 두른, 멀쩡한 시의 탄생을 목전에 두기는커녕, "싸구려 옷가지들"만을 낳았다고, "네 머리를 우리는 여태도 짓지를 못하고 있"다며, 제 실패를, 그들의 실패를, 우리의 실패를, 옷을 입히려다 시의 정신을 망각한 "이모"의 실패를 고백하고 있는가. 미적으로, 외관상으로 수려한 시, 수사에 강한 시, 화려한 낱말의 조작으로 쌓아올린 멋들어진 시는 우리들이 꿈꾸는 "조카"가 아니다. 「조카의 탄생—삼촌의 말」이 아래와 같이 시작하는 것은 따라서 우연이 아니라, 바로 이와 같이, 형식에 지나치게 치중한 시의 반대편에 존재할 또 다른 유형의 시에 대한 비판을 결부시키려는 연극에서 "삼촌"을 또 다른 비판의 배우로 선택한 것이라고 보아야 한다.

　　머리를 만들지 못한 건 이모들의 실수였다
　　우리는 네 머리를 만들기 위해 골몰했다

머리가 어떻게 만들어질까 고민하며 우리는
먼지 쌓인 책들을 뒤져보기도 하고 우리의
머리를 서로 떼어내 이리저리 굴려보기도 했다

"네 머리 만드는 일을 게을리하지 않았다"는 대목은 서정시에 대항할 힘을 만들어내는 일과 연관된다. 그렇다고 해서, "우리"가 서정시에서, 서정시를 읽으며, 그러니까 전통시를 공부하면서, 시의 존재 이유와 시라는 것의 정체성을 찾아보려 노력을 기울이지 않은 것은 아니며, 시의 자양분을 얻어내기 위해 서정시에, 전통시에, 시라는 외투를 쓰고 출몰했던 저 수많은 텍스트들을 들여다보며 도움을 요청하지 않았던 것도 아니다.

이따금 우리는 기타를 퉁겼다 혹 기타 소리가
없는 배들을 눈뜨게 할까 생각했지만 그런 일은
일어나지 않았다 우리는 온통 네 머리 생각뿐이었다
아카시아 향기가 달큰하게 번져가는 날이었다
웬 처녀 하나가 긴 머리를 찰랑거리며 배밭으로
걸어왔다 배밭이 수런거렸다 열매도 없이
배나무 가지들이 부딪치며 흔들렸다 열매도 없이
처녀는 옷을 벗었다 네 머리를 낳아달라고 할까
우리는 차례차례 처녀의 하얀 몸 위로 쓰러졌다
처녀는 매몰차게 가버렸다 우리는 버려졌고
그날 이후 배가 열리기 시작했다

부드러운 선율을 타고 울려나오는 시, 자연을 예찬하며 청순한 마음을 한바탕 풀어놓는 시, 아름다운 낱말을 공들여 고르고 조탁하여 유려한 자태를 뽐내는 시는 "열매도 없이" "배밭"을 뒤흔드는 일에 몰두한다. 가짜 시들, 시입네 하는 시들, 사이비 시들에 대항하기 위해서는, 우선 그것들을 몸소 겪어봐야만 했을 것이다. 그러나 세상에는 좀처럼 섞일 수 없는 것들이 엄연히 존재한다. 섞일 수 없음에 대한 시인의 에두른 표현은, 필경 시적 당파성에 대한 투철한 각오를 감추어놓은 주장이기도 할 것이다. 당파성은 마땅히 이데올로기를 관철시키려는 목적을 갖게 마련이지만, 김근이 이행을 준비하면서 꺼내든 이 시적 이데올로기는 김근에게, 편향된 선택의 결과물로 덩그러니 주어지는 무책임한 관념이 아니라, 언어 자체에 내장되어 있는 아직 확정되지 않은 힘에 대한 무한한 신뢰와 시적 언어의 주관성을 성취하고자 하는 의지와 맞물려 있다. 시인이 세상에 내놓을 시, 세상에 선보일 만한 시는, 결국 사투를 건 싸움으로 쟁취하는 시일 것이라는, 시 쓰는 자의 긍지 하나로 피워 올린 시일 것이라는 사유와도 맞물려 있다.

서정시와의 싸움으로부터 "배가 열리기 시작했다"고 적어놓은 것은 "조카"의 탄생이 이제 막 전조를 알리기 시작했다는 지적과 다른 것을 말하지 않는다. 그러나 탄생의 전조가 올곧은 성장으로 이어지는 것은 아닌데, 그것은 완성을 낙관할 수 없기 때문도 아니며, 열매에 "허드레 신문으로 만든 농약봉지"를 씌웠기 때문만도 아니다. 차라리 이행이 쉽게 이루어지지 않을 것이라는 사실을 염두에 두고서 이 싸움을 전개한다고 해야 할까. "머리가 어떻게 만들어질까 고민하던 우리"가 "눈앞에 펼쳐진 수많은 머리"를 보게 되었다는 것, 따라서 시의 정신이라고 할 만한 것이 우선 서정시에 대항하는 정신이라는 것, 전통시와의 사투를 통해 고구된 것이라는 사실을 말하면서도, 한편으로 기존 시에 대한 싸움에는 반드시 자기 자신과의 싸움이 선행되어야 한다는 자각도 감추지 않는 것으로 볼 수 있다. "유난히 풍작인 배를 모조리 내다 팔까도 생각했지만" 오히려 "우리"는 "머리 바꿔 다는 일"에 몰두할 뿐이었다. 그러니까, "조카"는 공동체의 산물이며, 만약, 그래야만 하는 것이라면, 서로 "다른 문장"을 가지고 "매번 다른 말"을 내뱉는 이 "조카"에게서, 시인이 제 속내를 감추면서도 희구하는 유일한 것이란 개인의 목소리 하나하나를 쓸어 담아 한곳에 투척할 미지의 "주머니"이다. 그런데 "우리"라는 공동체는 "조카"를 올바르게 키워낼 수 있을까? 개별화된 보편에 대한 성취의 열망으로 "조카"가 성장하기를 바라는 시인에게 요구되는 전제 조건은, 시인들 각각이 "조카"가 공동체의 보살핌 속에서 성장할 수 있도록, 각자의 방식으로 "조카"를 품고, 각자의 언어로 "조카"의 혈관에 피를 돌게 하고, 각자의 정성으로 "조카"를 돌보며, 서로간의 상호 침투의 과정을 일구어내야 하는 것일지도 모른다. 이 이행의 의지는 과연 관철될 것인가?

> 뱉어냈다 이따금 완성되지 못한 채 끊어지는 문장이나
> 알 수 없는 꼬부랑말을 발음할 때도 있었지만 네 수많은 머리가
> 지껄 지껄 지껄이는 말들이 우리는 신기하기만 했다
> 머리를 달자 네 몸이 비로소 부풀어 올라 일어섰다
> 걸을 때마다 때때로 무거운 머리가 굴러떨어지기도 했지만

걱정할 건 없었다 머리는 충분했고 버팀목도 충분했다
수없이 머리를 바꿔 달며 굴리며 의미 없는 말들을 주절거리며
네가 배밭을 떠나자 배는 더 이상 열리지 않았다
달큰한 아카시아 향기도 긴 머리의 처녀도
다시는 찾아오지 않았다 우리는 이제 더 이상
골몰할 일이 없어 과수원을 그만두었다 그래도 상관없었다
마침내 우리에겐 머리까지 달린 조카가 생겼으니 말이다

　인용한 구절은 「조카의 탄생─삼촌의 말」의 마지막 부분이다.
"이모"와 "삼촌"이 "조카"에게 해줄 수 있는 일은 이제 더 이상 없
는 것처럼 보인다. 그런데 그들은 "더 이상 열리지 않"아도 좋을
만큼, 충분히 궁리하였는가? 마침내 생겨난 "머리까지 달린 조카"
가 성장하는 데 "버팀목도 충분했다"고 말한 바를 사실로 믿는 일
은 가능한가? "머리까지 달린 조카"를 세상으로 떠나보내고서 이
공동체의 주인들은 과연 안심할 수 있을까? "그래도 상관없었다"
라고 말할 만큼, 제 "조카"에게 믿음과 확신이 생겨났는가? 시에
"머리"를 다는 일에 성공했다는 "삼촌"의 말은 얼마만큼의 신뢰를
주는가? 형식과 내용 가운데 하나에만 치중한 "이모"와 "삼촌"이
자기만의 방식으로 "조카"를 돌보았다고 한다면, 그 결과는 어떤
가. 김근에게 '만듦'을 실현한(할) "조카의 탄생"은 낙관을 전망하
고 희망을 불러낼 전조가 되지 못한다. 공동체의 의지와 지성으로
'만듦'을 실천해나가며 세상에 내놓은 당사자의 말, "조카"의 입에
서 터져 나온 말, 그러니까 시가 시에게, 시가 시인에게 하는 말에
주목할 차례이다.

헤헤헤, 나는 텅 빈 조카입죠 덕지덕지 팔다리가 붙어는 있으나 제멋대로 흔들거리기 일쑤이고 머리는 이리 기웃 저리 기웃 온통 덜렁거리는 통에 길은 눈앞에 온통 꾸불텅꾸불텅 펼쳐지다 말다 풍경은 또 물감을 뒤섞어놓은 듯 엄청시리나 어지럽고 거렁뱅이만도 못하게 노래도 한 소설 배워먹지 못한 주제여서 어디 한나절 허름한 주막에나 나앉아 시름시름 늙어가는 주모에게 추파 한 번 던져보지도 못하였거니와 그렇다고 어디 예쁘장한 총각이나 하나 꼬여 밤도망을 치지도 영 못하였으니 헤헤헤, 이건 뭐 사내라고도 계집이라고도 젊었다고도 늙었다고도 사람이라고도 짐승이라고도 살았다고도 죽었다고도 하기 어려우니 여보 이모 삼촌네들 내 모를 줄 아시오 시도 때도 없이 내 몸을 드나들며 당신네들이 밥도 먹고 똥도 싸고 그 짓도 하고 웃고 울고 내 몸을 서로 차지하겠다고 당신네들끼리 시비 붙고 찢고 발기고 싸우고 하는 꼴랑을 해도 헤헤헤,

조카가 말문을 열었다. 「조카의 탄생 ― 조카의 말」은 장광설이 아니라, 김근 특유의 말의 가락을 살리는 방식, 구성지게 펼쳐낸 소리의 잔치에 가깝다. 김근은 사투리를 단단하고 모던한 문장으로, 매우 세련된 방식으로, 특이한 가락으로 뽑어내는, 거의 유일한, 젊은 시인이다.[3] 그는 무엇보다도 낭송의 묘미를 알고 있는 시

---

[3] 나는 그간 두 권의 시집을 통해 김근이 선보인 사투리와 판소리 가락의 결합이 시인이 외쳐대는 모더니스트의 절규라고 생각한다. 현대문명 속에서 터져 나오는 이러한 모더니스트의 구성진 노래를 파고든 평문을 아직 보지 못한 것은 우리의 게으름 탓일 것이다.

인이며, 내가 아는 한, 가장 리듬을 잘 타는 시인이기도 하다. 조카의 말은 자학도, 풍자도, 비꼼도, 특히 과장도 아니다. 그것은 세상의 모든 발화들을 불러내는 최초의 목소리이자, 세상의 모든 발화들이 터져 나온 이후, 그 사이의 균열을 봉합하고자 솟구쳐 올라온 최후의 목소리이다. 그것은 시를 쓰는 주체와 시 사이의 경계를 허문, 존재 이전의 시가 구연(口演)할 수 있었을, 태초의 가락이며, 시가 행하고자 했던, 시가 행할 수밖에 없는 구술성orality의 구체적인 발현이다.

이 작품은 바로 이 가락을 조카와 나 사이의 교차 서술에 의지하여, "이모"와 "삼촌"이 두 가지 상이한 세계에 토대를 두고서 세상에 선보였던 시적 실천과 나란히 포개고, 서로 상이한 여러 갈래의 가락을 뒤섞어 한 군데로 엉키듯 풀어놓은 구술의 산물이며, 시의, 실패할 수밖에 없는, 그리하여 시 쓰는 자의 필패하는 운명의 저 비밀스러운 구석을 본능적인 감탄과 탄식으로 펼쳐놓은 매우 지적인 언술이자, 항상 다시 착수해야만 하는 시의 생리를 한바탕의 응어리진 말로 읊어낸 힘찬 가락이며, 숨결을 토해내듯, 그러나 조롱에 자기비판을 실어내면서 흐느낌으로 한없이 차오른 아이러니의 절규이자 외침이다. 우리는 모두, 시의 "몸을 차지하겠다고", 자신의 추상적인 관념과 화려한 기교와 일천한 경험에 기대어, 시의 창조자를 자처해왔다는 것일까? "예의 그 아귀다툼 후에 서로 눈치나 보다"가 아무도 시의 몸에, 그 본령으로 침투하지 못하고서, 낭패를 맛본 패배자들인가? 그러나 "느닷없이 얼기설기 시침질한 내 몸"은 시의 몸, 그러니까 "조카"의 몸을 의미하는 것만은 아니다. "흐엉흐엉 흐윽흐윽 아아아아앙아앙 꺼어이꺼어이 허어허어이 아

이고데고 후울쩍흐읍후울쩍 이런 개나발보다도 못한 소리였으니
나 안간힘을 쓰고 막고 막고 막고 막아를 보아도 허허 막으면 쏟
아지고 막으면 쏟아지고 당최 막아지지를 않았더래서 하루 온종일
땀을 뻘뻘뻘 흘리며 어찌할 바 모르고 쩔쩔쩔 매며 앉아만 있었는
데 해 지고 소리도 집디다"라고 말하는 주체는 벌써 시인, 시인의
몸, 시가 붙잡은 미지의 가락, 이모와 삼촌, 그러니까 우리들이자
우리들의 몸, 우리들의 가락, 공동체의 윤리를 말하는 시적 주체가
뿜어내는 구어이자 구연인 것이다. 시는 늘 다시 시작할 때만 오로
지 시인 것이며, '만듦'은 완성과는 거리가 먼, 그렇게 지난한 제작
의 과정일 뿐이다. 김근은 늘 다시 착수하는 시, 그렇게 끊임없이
"다시 텅 빈 조카"를 마주하는 일에서 제 이행의 근거를 찾아 나선
다. 이모와 삼촌이, 각각, 시의 형식과 시의 내용에 집착하는 시작
(詩作)의 화신이었다면, 부(父)와 모(母)는 어떤가?

　　지워지지는 전혀 않고 말들
　　이라고는 하지만
　　발음할 수는 전혀 없는 말들

　　나 당신의 이름 한번도 발음해본 적 없고
　　당신도 내 이름 한번도 발음해본 적 없다는
　　그 으스스한 사실을 문득 깨달을 때 태어나지 저것은
　　세상의 모든 발음할 수 없는
　　내 이름들과 당신의 이름들로 가득 차
　　세상의 모든 발음할 수 없는

말의 무늬를 짜내고만 있는 어긋나는 오직 새겨지기만 하는
　　　　　　　　　—「조카의 탄생—부 하고 모 하는 사이」 부분

　입에서 빠져나가면 이내 고정된 의미에 붙잡히고, 다시 달아나
버리는 속성을 시의 미덕이라고 여길 수밖에 없어, 우리는 이것을
'발화'라고 부르는가? 눈에 보이지 않는 이것은 대체 무엇이란 말
인가? "부"와 "모"는 시의 탄생에서 주인의 자리를 점령할 수 있
는가? 시는 무언가를, 무언가에 대해서 기술하지 않거나, 적어도
기술 자체를 목적으로 삼지 않는다. 시는 증언하지 않거나, 적어도
증언을 목적으로 삼지 않는다. 김근에게 시는, 어떤 목적하에, 누
군가에게 '읽힐 수 있는 것lisible'이기 이전에, "말의 무늬"를 무
정형의 세상에 새겨 넣는 독창적인 구술과 가락, 그것도 매번 "어
긋나는", 그러나 그 다채로운 무늬를 '새겨야 하는 것scriptible',
새겨 넣는 주체, 그 자체이기 때문이다. 시는 시인이 그 창작의 주
인인 동시에, 시 고유의 역사 속에서 면면히 이어져 내려오는 자율
적인 기원 속에서 제자리를 모색하는, "어쩌면 태어난 적도 아주
없는 것 같은", 그럼에도 "말들이 자꾸 기어 나와/말들이 무늬를
이루고 그 무늬 어긋나 헤아릴 수 없"는 무정형의 "주머니", 끊임
없이 말과 가락과 구술이 솟아올라 조직되는 무의식의 시원인 것
이다.
　시에 위임된 소임을 허구의 사건으로, 한편의 연극처럼 구축해
낼 때, 시적 발화의 독창성은 벌써 저 차이에서 빚어지는 이타성의
세계 안으로, 공동체 속에서 모색되는 개별화의 길로 걸어 들어간
다. 시가 타자의 존재 양식을 캐물을 수 없을 때, 자기 동일성의 견

고한 성곽을 부정하지 않고 살아가는 자들의 틈바구니 속에 시적 이행이 끊임없이 좌절에 부딪힐 때, 김근은 이타성이라는 거울을 들고서, "조카의 탄생"에 대한 끝없는 열망과 이 거울을 고스란히 포개어 놓으며, 이행의 힘을 고안하고자 사투를 마다하지 않는다. 시를 궁리하는 일은, 이행의 힘, 이행의 의지 속에서, 제 정체성이 오로지 타자에 의해서 모색될 희미한 가능성일 뿐이라는 사실을 인식하는 데 달려 있는 것이다. 타자가 내 정체성의 고유한 역사를 고안하는 밑거름이라는 사실을 김근은 독특한 비유와 설정을 통해서 우리에게 유기적인 환상 이야기처럼 펼쳐내었다. "조카"라는 이름의 미완의 시를 집주(集註)하는 장본인의 자리를 여러 갈래의 비판적 시선을 통해 모색해나가면서, 김근은 비약적 상상력에 통째로 서사를 내맡기는 모험을 감수하고, 비판적 시선을 견지해내면서, 결국 시적 주체에 대한 진지한 탐색을 통해 제 시의 이행 가능성을 모색하고자 하였다. 김근에게 시가 "소실점으로부터 자유로"운 "우두커니 씨"(「멈춘 사람 1」)인 이유가 여기에 있다. 「조카의 탄생」 연작을 마무리하면서, 김근이 마지막에 이 작품을 배치한 것은 「조카의 탄생」 연작에서 착수하여 「부 하고 모 하는 사이」에서 궁굴린 것만으로는 시라는 '만듦'의 세계에서 벌어질 고난과 실패의 과정에 헌정된 서사를 완성할 수 없다고 생각했기 때문이다. 미완으로 남겨진 것이 분명한 「멈춘 사람 1」의 마지막 대목을 인용한다.

그는 점점 배경이 되어 갔다 있지만 없는 것처럼
몇 해가 흘렀는지 알 수 없는 어느 날이었다

젊은 날 그를 발견하고 환호하며 그를 관찰하느라

시간을 다 보내고 나도 그만 늙어버린 어느 날

허공에 멈춰 있던 그의 한쪽 발이 지상에 닿았다 드디어

남은 한 발이 보도 위에 내딛어졌다 사람들은 여전히 흘러

가고 놀란 눈을 하고 나는 그의 발을 지켜보았다 저벽

저벽 그는 천천히 상점들 사이를 오가는 색색의 사람들에 섞여

거리 저편으로 걸어가기 시작했다 비로소 그의 시간이 천천히

흐르기 시작했는데 그때였다 내가 갑자기 그 자리에 멈춰 선 것은

당황할 틈도 없이 그는 멈춘 나를 한번 돌아 보지도 않고

사람들과 함께 소실점을 향해 사라져 가고 있었다 점점

점점 그는 이제 더 이상 우두커니씨가 아니게 되었다

전에 우두커니씨였던 그를 나는 멈춰 선 채로 우두커니

새로운 우두커니씨가 되어 바라보고만 보고만 있었다는데

　타자는 대체 어떤 확신을 갖고 공동체의 이상향을 소원하며, 제
시적 논리를 전개해나가는 주체가 될 수 있는가? 다른 이성과 다
른 논리에 시의 해석을 굴복시키는 일에서 실패를 연장해가며, 비
평은 복수성으로 떠받쳐지는 중의성을 지워내고서 제 임무를 수행
했다고 말할 수 있는가. 김근의 연작시는 '시란 무엇인가'라는 궁
극적인 물음을 끈덕지게 물고 늘어지면서, 비판적 이행을 꿈꾸는
데 오롯이 헌정된다. 여기서 이행이라는 말은, 시인이 더 이상 머
뭇거릴 수만은 없다는 자각에서 나온 것이 아니라, 시의 본질에 대
한 새삼스런(그는 벌써 등단 15년을 맞이한 시인이다) 고민을 통해,
시인으로 살아가는 저 자신에 대한 존재론적 탐색만으로 시의 자

긍심이 될 만한 것을 다시 모색하고 있기에 생겨난 것이다. 김근이 "우두커니" 이행을 준비한다.

*

황현산은 김근의 첫 시집 『뱀소년의 외출』(문학동네, 2005)의 해설에서 "같은 내용이라도 그것과 연줄을 대고 있는 시대에 따라 당연한 것이 되기도 하고 기묘한 것이 되기도" 한다고 지적하면서, 시적 서술이 제 말의 사실성을 드러내거나 감추는 것은 맥락에 따라 다르게 해석된다는 사실을 환기하고, "옛날에는 말의 변주를 헤치고 현실이 솟아올랐을 자리에서 이제는 현실을 제치고 떠오르는 말들의 자율적인 힘"을 보게 된다고 말한 바 있다. 김근의 시에서 판타지나 환상, 제의를 걷어내고서, 근본적인 물음들, 또 다른 의문들을 끄집어내야 할 때가 마침내 도래한 것은 아닐까.

그가 울려낸 가락의 힘은 분명 "말들의 자율적인 힘"에 대한 전폭적인 지지이자 미처 표현을 다 하지 못한 찬사에서 울려나올 것이며, 이 울림에는, 그의 가락에는, 시가 끈덕진 믿음을, 포기하지 않는 신뢰를, 포기할 수 없는, 제 실존의 이상으로 세계에서 거듭날, 거듭나게 하려는 원대한 꿈, 이행의 꿈이 자리한다. 논리를 점검하고 그 내용에 불합리한 면을 제거하며, 명백한 오류가 없는지를 확인하면서, 시를 따라 읽을 때, 시는 시인에게는 더 이상 필요하지 않은 쓸모없는 이성으로 남겨질 뿐이다. 김근의 시는 망상이 아니라 꿈, 그것은 고통스런 꿈이며, 따라서 자유로운 상상에서 솟구쳐 오른 활기찬 기술이 아니라, 각오와 절망 속에서 피워낸 긍지의 산물, 아직 우리가 모르는, 시에 관한 예지의 말들, 시인이 제가 처한 현실에 대해 들려주는 비밀스런 이야기이자 실존의 울림이다.

김근의 「조카의 탄생」 연작은, 자기 자신을 통째로 걸고 하는 내기, 시를 찾아가는, 그러니까 시가 무엇인지 묻고 또 되묻는, 시에서 머리가 무엇이며, 어떤 옷을 입혀야 하는지, 모호하고도 험난한 정신적 모험을, 그 모호하고도 험난한 바로 그만큼의 언어로, 그러나 이 모호하고도 험난한 세상에서 이행의 의지를 통해 구술해본 용기 있는 실험이다. 김근은 견딜 수 없이 시시각각 엄습해오는 시적 긴장감을 단박에 해소해버리고자 고유한 비유와 독창적인 가락을 시에 끌고 들어온 것이 아니라, 쓰러져도 지치지 않는 불멸의 의지로 타인들과 함께 시라는 자식을 잉태하고 또 출산하기 위해서, 세계와 나와 타자와 통념과 싸운다.

그는 이대로 머물 수 없다는 자각에서 비롯된 시, 형식에 눈먼 미학적 맹목과 턱없는 관념에 사로잡힌 내용 중심주의의 시를 비판적 시선으로 떨쳐내고자 분연히 자신의 내부에서 일어나는 공동체의 시, 다시 점검되는(하는) 시, 매순간 흐트러지는 시적 의식을 공동체의 이름으로 다시 붙들어 매려는 의지와 이행의 필요성에서 비롯된 시를 선보였다. 이렇게 되면 이야기는 완전히 달라질 수도 있는 것이다. 고아인 "조카"는 그러나 여럿이 돌보는, 공동체의 유령일 것이며, 시에 대한 궁극적인 물음은 (제) 시에 대한 격렬한 분노와 참기 어려운 자각, 자의식과 내적 번민에서 솟아난, 제 모습을 비추는 거울이기에, 차라리 성찰보다는, 도전이라는 말이 더 정확해 보인다. 시는 누구의 도움을 필요로 탄생을 목전에 두는 것이 아니라, 결국 자기 자신이 공동체를 통해 반추해볼 끈덕진 문제를 통해서 세상을 찾아오는 것이기 때문이다. 탄생의 순간을 목격하려는 비평가에게 남겨진 것은 위무의 말보다는 오히려 비장함에 대한 찬사일 것이다. 김근은 이행을 모색하며 제 시에 드리운 내면의 어둠을, 하나의 가능성으로 빚어냄으로써, 새롭게 탄생할 미래의 시의 험난한 길을 비출 작은 불빛을 시에서 걸머쥔다. 그는 지금 이 작은 불빛에 사활을 걸고 있다.

(『한국문학』 2013년 가을호)

어느 무정부주의자의 부조리극에 관하여
── 기혁의 『모스크바-예술극장의 기립 박수』

> 나는 이승에서 받은 상처들로 깊이 각인된 영혼을 나를 만
> 들었던 신을 향해 도로 던진다. 화재와도 같은 이 영혼을
> 돌려주기 위해서. 이 영혼이 신의 저 창조하는 나쁜 버릇
> 을 어서 그만 고쳐주기를!
>
> ──앙토냉 아르토

　기혁의 시는 잡힐 듯 잡히지 않는다. 개별 작품뿐만 아니라 시
집 원고를 받아 든 지금에도 그렇다고 말하려면 설명이 좀 필요할
지도 모르겠다. 잡히지 않는다는 것은 그의 시가 모호성의 세계를
임의로 선택했다는 것을 의미하는 게 아니라, 여럿으로 나누어 분
화된 세계를 한 작품에 포개어서 미지의 교집합을 산출하는 독특
한 방식에 의존해 무언가를 내려놓거나, 한 작품의 화자가 아직 당
도하지 않은 여러 갈래의 세계로 뻗어 나가는 감각적 화법을 구사
한다는 사실을 말하는 것이기에, 오히려 기혁 시 전반의 구성적 특
성에 가깝다고 해야 한다. 인과 관계가 자주 부정되고 탈구되어버
리는 맥락들, 이치를 따져 보아도 여간해서는 성립하지 않는 모양
새로 공존을 모색하는 개념들, 소실점을 바라보지 않는 의미의 항
(項)들을 그러모아, 기이하다고 말할 수밖에 없는 상태를 시라는
무대 위에다 하나로 펼쳐내려 시도하고 있는 것은 아닐까? 기혁
은 의미를 만들어가는 과정에 무게를 두고서 문장을 하나씩 채근

해 나가는 시인이 아니다. 그는 의미가 되지 않는 것들과 되지 않을 것들을 연결해, 결국 고유한 의미의 집 하나를 짓는 일에 몰두한다. 이야기할 것이 하나 더 있다. 기혁이 무대를 꾸미는 데 능숙한 시인이라고 한다면, 이는 두 가지 관점에서 그렇다고 해야 한다. 일관된 사건이나 배우들의 개성, 연출의 명료한 의도를 잘 흡수한 대사의 묘미를 시라는 무대에서 맛보리라 기대한 관객이라면 능숙하다는 말에 동의할 수 없을 것이고, 개연성이나 자의성의 자장 속에서 세계의 다발적인 화면들을 재구성한 환상극 한 편을 예상한 관객이라면 그의 퍼포먼스에 환호를 보낼 수도 있을 것이다. 우리는 그의 시가 펼쳐낸 이 기이한 무대를, 연결 고리를 상실한 장면들을 덧대어 인과성을 방기해 나가는 즉흥극이며, 관객의 불확실한 감정을 연출자의 서사에 동화시키는 대신 지속적으로 이화(異化)시켜나감으로써 낯섦을 체현하게 만드는 우울한 서사극이자, 편편히 분산된 이질적인 화면들을 한곳에 포개면서, 삶의 비극과 우수, 고뇌와 절망을 예상치 못한 극적 체험으로 되살려 내는 데 집중하는 한 편의 부조리극이라 부르려고 한다.

1. 미아의 무대—절망한 나날들의 기록

시간이 순간의 구조물일 뿐이라면, 사실 우리는, 매일을 착각 속에서 살고 있는 것인지도 모른다. 착각은 시곗바늘이 돌면서 꼬박꼬박 환기해 주는 커다란 원의 정박지만큼이나 교묘하고 형식적이라서 어지간해서는 벗어나기 어렵다. 시간을 배반하려면 동그라미

안에 네모를 그려 넣어 보려는 사유가 필요하다는 사실을 기혁은
언제부터 알고 있었던 것일까?

유년의 인디고 물감이 빠진 자리엔
상처마다 덧댄 물고기 패치가
아가미를 뻐끔거려.

엄마의 손을 놓친 것들은 왜 멋이 있을까?
서쪽으로 돌아 나온 것들은 왜
명찰이 없는 것일까?

유령처럼 미아가 되었을 때
우리는 청바지를 입고 있었지.

[……]

접어 올리지 못한 그림자의 밑단과
후렴뿐인 유행가의 이별도
뒷모습의 치수로만 슬픔을 표시한다지.

가장 아픈 곳은 사람의 손을 탄 곳일 텐데?

저마다 폼을 잡는 세계에서
이별은 가장 근사한 위싱의 방식.

타인의 상처가 옅어질수록

서로를,

바다로 알고 헤엄쳐 다니려 하지.

—「골드러시」 부분

시집의 첫 작품은 그러니까 사춘기의 꿈이 깨진 순간에조차 시인이 어른의 시간으로 입사하지 못한다는 점을 말하고 있기에 매우 상징적이다. "저마다 폼을 잡는 세계"는 사춘기에 흔히 목격되는 (감정적) 탈선이나 멋 부린 태도와 미묘하게 맞닿아 있지만, "청바지를 입고 있었다"는 저 시절의 은유는 그 천에 스며든 물감들과도 같은 삶의 자잘한 얼룩들을 지금-여기에서도 보존해내려는 기이한 의지를 오히려 시인이 돋우고 있는 것은 아닌가 하는 관점에서 작품을 읽게 만든다. 어른의 손을 놓친 것이 아니라, 내가 그 손을 자발적으로 놓아서 미아가 되려 한다는 사실에 주목할 필요가 있다. 그렇다면 "유령처럼 미아가 되었을 때", 미성숙의 성숙으로의 이행에 필요한 전 단계와 그때의 감정을 그는 왜 벗어나려 하지 않는 것일까? 그렇게 해야 비로소 볼 수 있는 세계가 있기라도 한 것일까? 그 시절의 추상적 체념과 현실적 좌절, 상실의 상념과 막연한 절망에서 벌써 그는, 성인이 된 이후 숱하게 마주하게 될 한없이 속되고 진부한 감정들의 조감도를 보았다고 말한다.

뭐라고 불러야 하지?

바람을 시련이라 배운 아이들이 커서,
연애를 하면
그 연애 때문에 보아야 할
바람의 핏줄이며
푸른 목젖의 울렁거림을

[……]

생애의 근대를 한 사람에게 내어 주는 일에는
또 어떤 풍문이 필요한 거지?

토네이도가 지나간 자리에
꼭 껴안은 인형의 주검이 보였어
빌딩과 자동차를 날려 버린 자연보다 더
지독한 풍문이
인형과 인형 사이에 버티고 있었어

바람을 배운 뒤에도
바람과 입 맞출 수 있었던
추운 플라스틱의 꿈결들아,

—「나비잠」부분

"바람을 시련이라 배운 아이들"은 "꼭 껴안은 인형의 주검"처
럼 죽은 채로 성인이 되었거나, 성인이 되어도 죽어 있을 뿐이어

서, 공히 '사후의 삶post mortem'을 살아갈 수밖에 없(었)을 것이다. 그런데 그것을 말하는 이 목소리는 왜 사춘기의 그것과 닮아야 하는가? 이상한 느낌이 들지 않는가? 기혁은 삶에 나침반이 될 수도 있었을 사상에로의 몰입("생애의 근대를 한 사람에게 내어 주는 일")을 통념에 의탁하여 수용하는 사춘기의 일을 불신하거나 매우 진부한 행위로 치부함으로써, 성장을 부정하는 것이 아니라 의식적으로 저버리려 한다. "토네이도가 지나간 자리"에 "인형의 주검"만이 보일 뿐이라면, 이 세계는 벌써 사망을 선고한 것이나 다름없으며, 결국 "지독한 풍문"은 맞서 싸우고 물리칠 대상이 아니라, (어른)의 세계에 대한 가차 없는 불신을 확정된 사실로 받아들일 수밖에 없는 고정 점처럼 시에 내려앉는다. 참혹함을 기정사실로 인식한 후의 풍경들로 꾸려진 무대를 서둘러 준비해야만 하는 이유가 여기서 생겨나는 것이라면, 이 무대가 어떻게 부조리한 성격을 저버릴 수 있을까.

하나의 원을 그리기 위해 필요한 건 편파적인 생애

매일 밤 수직의 고단함을 은폐하던 양초와
떨어진 후에야 벚나무의 내력을 각주로 덧붙이던 벚꽃처럼

외로움이란 연필심 묻어나는 모양자를 가져갈 뿐
변명의 궤도를 그려 오지 않는다
—「미아에게」부분

허공의 손을 미아처럼 붙들고,
미성년의 주파수로 바스락거리던

사람의 빈자리는 어떻게 침묵을 견디는가
—「그해 가을」부분

명사보다 동사가 많았던 페이지에선 또 다른
생애를 맞이하는 세계의
이면이 드러난다
—「밀림」부분

　"또 다른 생애를 맞이하는 세계의 이면"을 보았다는 말은 조숙
한 천재에게 간혹 목격되는 때 이른 절망과 흡사하다. 그러나 우리
가 미처 인용하지 않은 나머지 부분을 참조할 때, 그것은 오히려
주먹을 넣었다 뺐다 하는 어릴 적 놀이에서 벌써 이 시인이 구태의
연하게 반복되는(될) 세계의 지루함과 지리멸렬을 학습했다는 식
의, 조숙한 목소리를 시의 기본 어조로 삼고자 한다는 사실을 말해
준다. 기혁의 시가 때론 낭만적인 어투에 기대어, 때론 감정의 절
묘한 흐름에 몸을 맡겨 뱉어내는 목소리는 "동사가 많았던 페이
지"의 주인이었던 시절 벌써 마련되었다고 해야 할 것 같다. 그러
니까 "하나의 원을 그리기 위"한 이 "편파적인 생애"의 무대는 이
때 착수된 것이나 다름없으며, 그게 아니라면 적어도 무대의 연출
가는 바로 이 목소리의 주인공일 것이다.
　그는 이렇게 미아가 되거나 미아의 상태에서만 세계를 견뎌내고

바라보려 한다. 미아의 자격으로만 이 세계에서 돌려받을 수 있는 감정이 따로 존재하기라도 한다는 것일까? 기혁의 시 전반을 지배하고 있는 이 낭만적이면서 이지적인 목소리는 지금-여기의 세계를 의구로 들끓게 만들고 빈번히 시차를 어긋나게 하면서 "지구라는 푸른 경이(驚異)"(「미아에게」)를 내내 불편하게 재현하면서 무대 위로 끌고 올 것이다. "서로 다른 윤곽으로 맴도는 우주의 한 이름"인 "미아"가 "일생에 두 번 타인의 원주를 지나야만 한다"고 말할 때, 그것은 단순히 탄생과 죽음에 대한 메타포나 아포리즘에 의지한 경구가 아니라, 그 무엇과도 끝내 화해할 수 없는 고독, 끊임없이 엇나가는 타자와 나, 이 세계의 이해 불가능성을 재빨리 알아챈 자가 쏟아내는 절망적인 표현에 가깝다고 할 수밖에 없다. 사실, 누구나 그 시절엔 그랬기 때문이다. 그러나 어른이 되어서도 누구나 그렇게 하는 것은 아니다. "개종한 다음날에도 신발에 껌이 붙은 이유를/젖꽃판에 털이 자라는 것처럼 이해할 수 없었"(「사춘기 아침」)으며 "근본을 찾을 수 없는 이들에겐 유년의 자신이 무척 그리운 법"(「그해 가을」)이라고 말하는 이 시인에게는 지극히 일상적인 삶, 그러니까 사회를 살아가면서 겪게 되는(될) 거반의 일들 모두가 경이로운 것으로 비추어질 것이며, 역설적으로, 이 세계의 경이를 드러낼 유일한 조건이 바로 미아가 되는 길밖에 없는 것은 아닐까.

우리 내부에 우주가 있다는 말보다
무대가 있다는 말이 더 승산이 있다는 거.

당신을 기다리는 시간엔 제명된 명왕성이 궤도를 돌고
수명을 다한 인공위성도 빛을 낸다.
그런 하늘 밑으로 별똥이 떨어진다면
별똥을 보며 빌었던 소원은
입구와 출구가 동일하다는 거.

억지로 내뱉은 인사말이
실수로 내뱉은 대사보다 자연스러울 때
당신의 무대를 상상하면
나는 늘 분장실에 기거한다는 거.

—「외곽」부분

삐걱거리는 의자 위에서 유리관을 교체했다.
아르곤 가스를 채운 시간이 하얗게 빛나고 있었다.
골목마다 팡팡 깨트려진, 서른은 장난감 같다.

—「형광등」전문

　무대에 오를 차례를 기다리며 분장실에서 대기하고 있는 사람
은 누구인가? 이 무대는 누구를 위해 마련된 것인가? 무대란 제
멋대로의 꾸밈과 연출이 가능한 곳이며, 삶의 부조리한 단면들조
차 마음껏 펼쳐낼 작위와 상상의 장소가 아니었던가? 대본에 따
라, 연출에 따라, "나로 변하지 못한 짐승들의 울음"(「화이트 노이
즈 ― 속취(俗臭)와 아기(雅氣)」)이나 "자궁의 어둠 속에서 보았던
지구의 첫울음"(「파주(坡州)」)으로 지어 올린 "당신의 무대"를 우

리는 어떻게 상상할 수 있을까? "장난감" 같은 "서른"이 "하얗게 빛나"는 "시간"의 무대를 준비한다고 말한다. 문자로 만들어진 조명을 비추며, 배우의 가짓수를 늘리고, 그들의 역할을 복합적으로 분산시킨 다음, 난해한 대본 하나를 들고 미아의 목소리를 돋우면서 그는 우리를 부조리의 세계로 초대하려 한다. 난해함은 서로 다른 몇 개의 이야기를 동시에 궁굴리는 것과도 같은 방식으로 대부분의 작품을 기술하고 있어 필연적으로 발생하는 것이기도 하지만, 공존하기 어려운 것들을 한곳에서 펼쳐내려 해서 생겨나고 또 사라지는 그의 시 특성 전반을 말해주는 것이기도 하다. 이러한 사실을 염두에 두었다면, 당신은 이제 막, "세속의 주기도문을 경멸한"(「화이트 노이즈— 알바트로스의 새장에 눈을 들이다」) 미아의 이야기, "마술 고리처럼 검정 테두리"(「4월, 인사동」)로 둘러친 무대 위에서 "식힐 수도 태울 수도 없는 속내가 끓어넘치"(「동반작(同伴作)」)는 기이한 퍼포먼스를 관람하기 위해 필요한 티켓 한 장을 손에 쥔 것이나 다름이 없다.

2. 자의성과 개연성의 무대—환상통의 연출가

현실의 이면을 떠다가, 불확실성이라는 삶의 저 유령과도 같은 양상들을 포착해내려는 시인은 세계와 우주 사이에서 유비를 꿈꾸거나 추상이나 형이상학에 들떠 한없이 먼 곳을 바라보고자 하는 원시(遠視)의 열망에 사로잡힌 자가 아니라, 의미의 거주지에 안착하지 못하고 비명처럼 뭉쳐 있는 말들의 자의성(恣意性)과 행위의 우연성, 일어날 수 있을 법한 개연성의 세계를 기록하려고 캄캄한 도시 저 구석을 방문하여, 과거의 죽음과 현재의 죽음을 오롯이 하나의 무대 위에 펼쳐내려는 사람이다. 기혁은 이 세계의 자명함을 거부하고 예견할 수 없이 미끄러지는 불분명성에 주목하지만, 그 사유와 감정 사이사이를 맺고 연결해내는 느슨하고도 이상한 논리에도 귀를 기울인다. '아프다'고 크게 입을 벌린 내 앞에서 오히려 환한 미소를 보았다고 말하는 타자의 착시와 이명(耳鳴)을 경청하려 한다고 해야 할까?

서로 다른 관심을 가진 손가락으로부터
우리는 팽팽해지기 시작한다.
골목 구석구석 자리 잡은
점박이 개들의 목줄처럼
우리는 반대편 화살표에 대해 진지하다.
과거가 남긴 후유증을 혁명이라 부르면
손금의 방향으로 생사가 엇갈리기도 한다. 운명은
오차를 줄이기 위해 진화하고
신호 체계가 없는 고도의 식물성을 꿈꾼다.
평화롭게 앉아 죽은 벌레들이
동충하초가 되듯이
상하의 구분만으로 새로운 시간이 열린다.
왼손을 잡은 손이 왼손일 때와
오른손을 잡은 손이 오른손일 때
우리는 각자의 반대편에 선 얼굴들을

친구라고 부르다 남은 손을 쥐어 줄

누군가를 고민한다.

정확한 한 지점은 서로 다른 지점들을 내포하고

정남향의 집에서도 정북향의 기후가 섞인다.

오른손잡이의 왼발과 왼손잡이의 오른발,

한쪽 발이 올라가는 문제는

양발이 올라가는 것보다 긍정적이다.

경도와 위도가 달라도 동일한 의도를 지닐 수 있고

동일한 의도로 서로 다른 사랑을 나눌 수 있다.

굳게 쥔 주먹의 바깥쪽이

굳게 닫힌 가면의 안쪽만큼 평화로웠다.

─「링반데룽(Ringwanderung)」전문

　모든 것이 방향을 잃고 공점(空點)을 빙글빙글 맴돈다. "손금의 방향으로 생사가 엇갈"린다는 것은 그가 생각한 삶의 저 예기치 못한 허수인가, 아니면 이 세계의 진리인가? 왼손이 왼손을 만질 수 없고, 두 눈이 두 눈을 바라보지 못하는 것이라면, 최소한의 매개로 재현되지 않고서는 우주도, 사물도, 진리도, 순수도 결국 인간도, 사회도, 역사도 없는 것이 아니겠는가? 오른손으로 다른 손을 더듬거리거나 두 눈을 비추는 거울 앞에 설 때 비로소 드러나고 마는 우리는 그럼에도 거개가 자의성에 토대한 최소한의 여지만을 남기고, 또 이 여지를 붙잡고서 유약한 관계를 꿈꿀 자그마한 가능성으로만 서로가 서로에게 맺어질 뿐이다. "위도와 경도가 달라도 동일한 의도를 지닐 수 있고/동일한 의도로 서로 다른 사랑을 나눌 수 있다"는 것은, 말이나 판단, 언어나 세계 자체가 자의적인 특성에 의지해서 취약하게 연결되어 있으며, 오로지 이 자의성을 바탕으로 구동된다는 인식에서 비롯된 것이다. 이와 같은 사실을 인정할 때 비로소 연대나 전진, 분별이나 판단, 진화나 평화와 같은 개념을 타진해나갈 희미한 공점(共點)이 모습을 드러낼 것이라고 생각한 것은 아닐까? 예기치 못한 타자의 시선이 오히려 정직한 내 모습일 수 있다는 사실은, 이렇게 말과 말, 사유와 사유 사이의 간격을 느슨하게 벌려, 암시의 문턱을 조금 넘어선 정도의 추론으로만 다가갈 수 있는 시적 발화의 결과물로 환원되어 나타난다. 기혁의 시가 자의성을 두둔하는 무대의 부조리한 문법으로 궁굴려지는 것은 바로 이 때문이다. 그러니까 시니피앙과 시니피에의 자의성, 말과 언어의 자의성, 인간과 인간 사이 저 관계의 자의성, 세계와 우주의 자의성, 운명과 삶의 자의성은 완벽한 일치를 꿈꾸는 세계의 허구를 적발할 뿐만 아니라, 어떤 확신을 강력한 부정이나 의심의 대상으로 돌리고, 그렇게 탈구된 난맥의 상태 그대로를 무대 위에 올릴 수 있는 개념이자 그것 자체로 무대의 가장 중요한 소품이기도 한 것이다.

바로 이 무대 위를 "서로의 회의를 넘다 마주친 부재의 히스테리"가 활보할 것이며, "서로가 다른 의지로 스쳐가는 바람처럼"(「시니피앙」) 우리들의 모습이 드러나고 또 사라질 것이고, "늘 맥락만 사는" 저 "지구의 신념"(「호텔 팔라조 베르사체」)이 가끔 단역으로 출연할 것이며, "마침내 최초의 희생자가 자신이었음을 누설"하는 "한 가족"의 "편력"이 제 "완성"(「첸치 일가」)의 크기를 실험할 것이다. 긍정과 부정 가운데 하나를 선택하지 않으려 몸부림치며 커튼을 올린 이 무대 위에서 우리는 확실성과 명료함에서 "삐져나온 것들의 음계"(「4월, 인사동」)의 불협화음을 듣게 될 것이고, 검은 커튼을 열고 무대 안으로 들어오고 또 이내 "속이 하얗게 빈 플라스틱 통로를 따라"(「마네킹 스트리트」) 뒤편으로 사라지는 "행인들의 표정이 분주했다"(「무지개」)고 서로 귓속말을 주고받을 것이다. "'얘기하는 사람 1'과 '지나가는 사람 2'"의 "수군거림으로 명백해"지는 이 이상한 자의성의 무대에 초대된 우리는 결국 우리의 "두 눈을 예외로 만"(「사춘기 아침」)드는 일에 동참할 수밖에 없게 될 것이다.

최초의 조명은 문장,
명사와 형용사가 뒤엉킨 무대 위 음속의 빛.
원형의 테두리가 그어지고 희미하게나마
의미의 안과 밖을 구분하는 게 보였다.

〔……〕

태초의 흔적을 찾는 순례자들은 여전히
아이들의 혀를 짧게 만드는 기도를 올리는 중,
에덴에서 옮아 온 목감기를 부조리라 불러도 이상할 건 없다.
코맹맹이 목소리로 비로소 말뿐이었던 지상을 딛고 선
조물주의 '허세', '사랑'의 게스트하우스들.

말을 할수록 목이 아닌 심장이 아팠고,

쉴 새 없이 땀이 흘렀다.

오해 때문에 속옷까지 벗는 인종이 있을까요?

440만 년 전 인류의 긴 침묵은 사실주의다.
시니피앙이 입속에 머무는 동안 시니피에는 그림자를 매단다.
오직 방백을 통해서만 예언할 수 있는 인류가
'알락꼬리여우원숭이'보다 좀 더 외롭다는 사실을,
우리는 공연을 전제로만 반복한다.
　　　　　　　　　　—「태초에 빛이 있으라, 지상 최대의 토크쇼에 대한 모국어의
　　　　　　　　　　　　　　　　　　　　　　　　　　　　　진술」 부분

　바벨은 무너졌고, 언어는 분화되었으며, 사유는 가지런한 인식의 질서에서 빠져나와 이곳저곳에 난무한다. 왜곡과 오해에서 벗어날 수 없는 운명은 그러니까 이 세계에서 차라리 자명한 것이다. 신을 연기해야 하는 배우는 신이 신성해서 신인 것이 아니라, 처절하게 자의적인 우리 운명의 주권자이기에 신성함을 갖출 뿐이라는 사실을 알아차리는 일에 벌써 힘겨워했을 것이다. "문장"이라는 이름의 "최초의 조명"이 인류의 무대를 밝힌 이래로 그 무엇도, 그 누구도, 신이라는 주인공을 대신할 수 없는 것이라면, "명사와 형용사가 뒤엉킨 무대 위"로 신을 대신해 불려 나온 배우는 조용히 분장실에 앉아 차분히 시나리오를 읽고 제 순서를 기다려야 할 것이다. 그리고 세계의 기원을 소급하거나 존재의 의구가 일자(一者)로 환원될 수 있다는 희망을 버리는 연습으로 벌써 분주했을 것이

400

다. 무대 위에 등장하기 전, 이렇게 배우는 모든 준비를 마친다. 이 작품을 연극 대본으로 바꾸어 보면 어떤 결과가 주어질까?

제1막

최초의 조명은 문장, 명사와 형용사가 뒤엉킨 무대 위 음속의 빛이 비춰진다. 원형의 테두리가 그어지고 희미하게나마 의미의 안과 밖을 구분하는 게 보인다.

배우 등장.

배우 : *한번도 '새'를 발음한 적 없었습니다만 '새'의 한쪽 면은 어둡고 한쪽 면은 밝다는 것쯤은 눈치챌 수 있었죠. 수세기 동안 형용사로 길들여질 '짐승'이나 명사이길 거부했던 '엄마'도 그건 마찬가지였어요.*

(태양의 어두운 내장을 비출 수 있는 유일한 조명이 무대를 장식한다. 주제도 주인공도 소리 이외의 의무는 없다.)

배우 : *자궁 밖 목소리로 햇살을 떠올린 태아처럼, 조물주의 혼잣말을 믿은 건 저의 실수였어요. 도서관 가장자리에 잠든 사내의 꿈속을 배회하거나, 자살 직전 들려온 소음 때문에 저는 매번 변신에 실패하곤 했죠. 백열등에 드러난 폐경기 부인의 알몸처럼 무언가가 의심스러울 땐 사이즈가 다른 속옷을 껴입어야 했답니다. 저는 '태양'이 태양이 되고 '새'가 새가 되는 광경을 전 원하지 않았어요.*

(태초의 흔적을 찾는 순례자들이 아직도 아이들의 혀를 짧게 만드는 기도를 올리는 중이다. 에덴에서 옮아 온 목감기를 부조리라 불러도 이상할 건 없는 분위기. 배우는 코맹맹이 목소리로 말뿐이었던 지상을 딛고 선 조물주의 '허세'와 '사랑'의 게스트하우스들을 연기한다.)

배우 : (말을 할수록 목이 아닌 심장이 아프다. 쉴 새 없이 땀이 흐른다.) (코맹맹이 목소리로) *오해 때문에 속옷까지 벗는 인종이 있을까요?*

방백과 독백의 구분은 우리의 몫이라고 하자. 당신은 이 부조리극의 한 장면을 보고서 동조하거나 끝내 박수를 보낼 수 있겠는가? 자의성은 부조리극의 특성과 다르지 않다. 웃을 수도 울 수도 없는 상황을 조장하고, 그 사이의 틈새를 열어, 말의 풍성함이나 가능성을 제거하려는 저 획일적인 세상에 대한 비판의 고리를 만들어 내거나, 진리 환원주의자들과 의미고정주의자들, 단일성을 신봉하는 순수주의자들에게 일침을 가하지만, 이 역시 에두른 비유를 통해 관객들이 유추해 볼 수 있는 희미한 가능성으로 남겨질 뿐이다. 이들이 모두 조물주의 허세를 신봉하려는 자들이라는 연출을 긍정하기 위해서는, 확실성을 배제한 대사를 배우의 입에 물리려는 연출가의 전제를 무엇보다도 우선 알아차려야 한다. "오직 방백을 통해서만 예언할 수 있는 인류"에게 주어진 이 무대에는, 목적성이나 의도, 해석의 단일성을 끝내 오해의 산물로 전환해 버리는 부조리극의 좀처럼 예견할 수 없는 퍼포먼스만이 어울린다는 것일까. 한 편을 더 감상하기로 하자.

지구 반대편에서 발견된 팔이 누군가의 어깨를 감쌀 때
또 한 사람의 다리는 깊은 밤을 절룩거리며 꿈의 방향을 튼다.

'여기 나 있고 거기 너 있지'

세계는 환상통을 앓으며 만난다.

생각지도 못한 순간에 솟구쳐 오르는 머리통,
관중석의 환호와 시커먼 사유의 커튼콜.　　　—「토르소」 전문

　이 작품을 부조리극의 한 장면이라고 생각해 보라. 그럼에도 당
신은 배우는 물론, 마땅한 대사 하나를 떠올릴 수 없을 것이며, 독
백이나 방백, 혹은 대화의 구분에도 필경 실패하고 말 것이다. 그
러나/그럼에도 팔이 여기저기에서 튀어나오자 절룩거리던 다리가
갑자기 방향을 바꾸어 하늘로 날아오른다거나, 넋을 놓고 이 장면
을 바라보며 잠시 방심한 사이에 머리통 하나가 예상할 수 없는 엉
뚱한 곳에서 큰 소리로 때굴거리며 무대 위로 떨어지는 장면을 당
신이 잠시 떠올렸다면, 당신은 "세계"가 앓고 있는 "오체투지(伍
體投地)하는 삶의 감각"을 한 편의 퍼포먼스로 전환해 낸 "환상통"
(「고스트 라이터」)의 무대를 벌써 목도한 것이며, 이 자의성의 무
대 위에서 "아무도 없었지만 누구도 혼자서 방을 찾을 순 없"(「호
텔 팔라조 베르사체」)는 행위를 연기하고 있는 배우들의 몸짓을 이
해하고 있는 사람이다. 우리는 이렇게 "바람과 지하철의 공통점을

이야기"하다가 "이유 없이 울다가, 웃기도"(「두 단어의 세계」) 하
는, 자의성에서 발원한 그의 부조리극에 점차 익숙해질 것이다. 부
조리극의 핵심이 자의성인 것만은 아니다.

　　죽은 갈매기가 연기해 온 상징을 돛대에 묶는다. 배의 이름은 '피'
였다. 바람이 불자 '피'는 앞으로 나아가기 시작했다. 세이렌의 유혹
도 포세이돈의 바다 괴물도 '피'의 항로를 어쩌지 못했다. '피'는 아
라비아 반도를 지나 히말라야의 고산 14좌(座)와 5대양 6대주의 최
고봉을 지났다. '피'가 나아가는 자리마다 문명이 거셌다. 죽은 갈매
기의 상징이 숨 쉴 듯 퍼덕거렸다. '피'는 과거라는 담벼락과 미래라
는 오줌보를 지났다. 욕실이나 싸구려 술집에서 '피'를 본 건 그 무
렵이었다. '피'를 본 사람들은 자신의 운명 역시 비공식적이라고 느
꼈다. '붉다'는 형용사가 비좁게 여겨졌다. 타이(tie)였다. 빌헬름 텔
과 뉴턴의 사과를 지나 애플사(社)의 이빨 자국 난 사과를 끝으로
'피'는 밤하늘을 날았다. 화면 밖에서 '피'를 흔들던 스태프들이 보
였다. 초연(初演)이었다. 육중한 근육을 부풀리며 파도에 흔들리는
'피'를 공연하고 있었다. 그들의 노동도 한 무리 천사처럼 '피'를 이
고 날아올랐다. 아무 일 없었다. 사람들은 '피'의 행진이 디디는 어
둠을 천국이라 부르지 않았다. 바다였다. 수백억 별을 적시는 진짜
바다였다. 죽은 갈매기를 낳은 산 갈매기들의 서식지가 수평선 너머
어른거렸다. 그곳의 이름은 '아래로부터'였다. '피'는 그 섬의 실어
(失語)들을 모두 태우고 떠났다. 죽은 갈매기 대신 비글(Beagle)의
깃발이 펄럭였다.

　　　　　　　　　　　　　　　　　　　　—「오프 더 레코드」 전문

이 작품은 '피' 없이는 시연할 수 없는 잔혹극이자 인질극, 그러나 문명사를 관통하는 은유로 가득한 서사극이기도 하다. 그러니까 '피'는 어디론가 항해를 시작한 배의 이름이기도 하며, 무언가를 향해 나아가기 위해 지불해야 하는 모종의 대가라 할 '피'(血)이면서, 동시에 "상징을 돛대에 묶"어 펼쳐 낼 개연성probability을 암시하는 동시에 하나의 사유를 담아낸 명제 P이기도 하다. 논리학에서 명제 P는 문장과 문장 사이의 개연성을 생명으로 참과 거짓을 가름한다. 하나의 사유를 담는다는 명목으로 세계에 태어난 명제 P는 참과 진리 값을 증명하는 절차와 과정을 통해 결국 진리 값을 추정해야만 하는 운명에 처하게 된다. 이 작품의 '피'를 '개연성'으로 모두 바꿔 보면 과연 어떤 결과가 주어질까?[1] 중요한 것은, 너 나 할 것 없이 모두가 '피'를 "공연하고 있었"던 세계는 복합적인 연출의 가능성을 배제하지 않는 개연성의 무대일 수밖에 없다는 점이다. 보다 중요한 것은 의미의 연관성에서 풀려나온 문

---

1) '피'를 모두 '그러할 것이라는 추정'의 대명사로 삼아 변조했더니 이런 결과가 주어진다. "신이라는 상징을 문명 속에서 파악한다. 문명을 발전시킨 것은 개연성이었다. 계기가 주어지자 개연성은 확장되기 시작했다. 동화도 신화도 그 어떤 이야기도 개연성의 전개에 토대를 두었다. 개연성은 전 세계 구석구석을 지나 차츰 정점에 달해갔다. 개연성이 스며드는 곳마다 문명이 일었다. 이렇게 신이 다시 살아난다. 개연성은 과거의 기록과 미래의 예측 불가능성에 토대를 둔다. 일상 곳곳이 개연성에 물든다. 개연성을 믿는 사람은 자신의 운명 역시 정해진 것이 없다고 생각했다. 미개에서 벗어나 과학이 발달하자 개연성은 차츰 사라졌다. 세계의 밖에서 개연성을 제시했던 주체가 이제 보인다. 그들은 최초의 시연을 말했다. 그들은 타당성을 위협받고 있는 개연성이 중요하다고 역설한다. 그들의 설교는 개연성을 바탕으로 추상적이 되어갔다. 그러나 아무 일도 벌어지지 않았다. 사람들은 개연성의 확장이 불어온 비관적 전망을 구원이라고 생각하지 않았다 [……]."

장들을 여러 개의 사슬로 다시 묶어 낼 거의 유일한 개념이 개연성이며, 이 개연성을 추정하는 상태를 시인이 무대를 가장하여 펼쳐 보이고 있다는 사실이다. 여기에는 느슨한 비판, 그러나 해석하는 자의 자의성과 개연성에 도움을 청할 때, "죽은 갈매기 대신 비글(Beagle)의 깃발이 펄럭였다"와 같은 마지막 결구를 '신을 개에 비유하는' 대목, 그러니까 근본적인 부정이나 비판은 물론 조롱으로도 읽을 수 있다는 것이다. 기혁의 시에서 "우리가 차려 놓은 '만약'의 무게"(「서양식 저녁식사」)가 어떤 무대를 열고 또 닫는가의 여부는 이렇게 '피'와 P의 공집합을 어떻게 읽어내고 또 해석하는지의 여부에 달려 있는 것이다. 그 어떤 통념의 덫에도 걸리지 않고 무사히 빠져나와 주관성을 무대 위의 부조리극처럼 살려 내는 것만이 기혁에게는 시의 고유성을 보존해 내는 유일한 길이 된다. 이 "고스트 라이터"는 이와 같은 방식으로 낭만에 젖을 권리를 손쉽게 성취하여, 시공에서 자유롭게 풀려나와 여기저기 흘러 다니기를 자청할 수 있거나, (사이비) 유물론을 받아들이기도 물리치려 하기도 하고, (가짜) 신학과는 손잡을 수 없다며, 고뇌하는 사변의 포스로 세계와 우주를 기획한 자들을 무대 위로 불러 모아, 이들을 불신하고 교란하면서 자기만의 색깔로 연극 한 편을 세계에 바치려 한다. 이것은 상상의 결과라기보다 이 세계에서 할 수 없는 일이 더 없다는 생각 끝에야 나올 수 있는 일종의 퍼니 게임이자, 불가능성의 가능성을 시연하려 시도하는, 명백히 실패가 예견된 실험극 하나를 준비하겠다는 결의에서 비롯된 무엇이다. 아무도 살아남지 못하는 무대, 아무것도 아닐 수 있는 의미들이 모여 펼치는 저 난삽한 연기들, 끝내 기억되지 못할 대사들로 무대를 장식하고

자 시인은 망각으로 밀려난 시간의 편에 서서, 혹은 이 퍼포먼스의 무대 뒤에서, 혹은 대기하는 분장실이나 분주하게 색깔을 선별하고 실험하는 조명실의 의자 위에, 아니, 배우에게 "오래 저어도 흔적이 남지 않는 문장"(「동반작(同伴作)」)을 낮은 목소리로 끊임없이 속삭여주어야 하는 무대 저 아래에 숨어 있는 것일지도 모른다.

3. 무정부주의자의 무대—신을 거부할 용기

기혁의 부조리극은 신을 배제할 수 없는 상태에서 아무것도 할 수 없는 인간의 한계나 절망을 무의미하게 반복하며 하루하루 시간을 채우는 것으로 소임을 다했다고 말하지 않는다. 그는 사유의 가능성을 모두 열어놓아야만 하는 독서를 은밀히 채근하는 시적 구성을 통해, 이 세계의 근본적 실재가 정신이나 관념이 아니라고 우리에게 넌지시 말을 건네올 뿐이다. 세계에서 펼쳐진 온갖 사태들과 그 사태들에 쓸려 함께 당도한 감정의 결들은 물론, 그 내부에 도사리는 잠재적 실현 가능성조차 배제할 수 없다는 태도를 보여줌으로써, 기혁은 난독의 길을 열고 부조리의 현장을 그 길 위로 끌고 와 제 시에서 미궁을 설치해낸다.

중심을 향한 외침이 몸을 태우다
조그마한 돌멩이로 희석되고 마는,
누군가에게 혁명은 전위가 아니라 끊임없이
궤도를 이탈해 온 감정일 뿐

한 줄 사선의 내력을 설명하기 위해선
비껴 나간 소혹성의 소감도 읽을 줄 알아야 한다.

—「분신(焚身)」 부분

산업과 혁명이 서로를 유보하는 밤, 한 무리 인형들이 자정의 부
근을 지난다

별빛과 달빛의 노동이 미치지 않는 그곳엔
외눈박이 고양이의 눈알이 북극성으로 빛나고 있었다

[……]

왔던 길을 돌고 돌아 여전히 자정의 부근인 근대,
　유적만 남은 식민지인들이 그들을 꼭 닮은 유물을 찍고 계통수를
그리고 시세를 모의한다
　끝끝내 도래할 유일신의 장외거래에선 잘못 조립된 인형들의 단
추를 사고판다

인형 속 인형이 타인의 눈을 뜨고 만든 피라미드마다
태양을 입에 넣어 만든 설화 속 주인공들, 그들을 비호하는
내일이란 파라오가 기원전 몽상에 방부제를 덧씌운다

차곡차곡 땅을 일궈 핏빛 벽돌을 뿌리는 잔업과도 같이

도시를 미생물로 쓰는 현생 인류의 생태학

—「유물론」 부분

  그의 무대는 인간을 억압하는 온갖 관념을 부정하는 데만 제 역
량을 투입하는 것이 아니라, 가능할 수도 있었을 경우의 수를 헤
아리고, 추측의 가능성을 고려하여 "끊임없이 궤도를 이탈해온 감
정"을 비끄러매며 "중심"에서 이탈하여 손아귀에서 빠져나가는 것
들의 상실을 연출하는 데 보다 섬세한 주의를 기울인다. 그의 시
를 무정부주의자의 부조리극이 펼쳐지는 한 편의 무대라고 한다
면, 그것은 어떤 행위나 현상의 옳고 그름을 판단하기에 앞서 판단
의 대상에서 배제된 것들의 운명에 주목하는 어휘들, 공동체의 윤
리적 틈새를 때마다 열어보려는 현실주의자를 부정하는 구문들,
합일성이라는 열망에 들뜬 낭만주의자의 좁은 시각에 갇히지 않
는 대사들을 조합하여, 사물과 대상, 사회와 역사, 우주와 인간 사
이의 일 대 일 대응이 애당초 허망한 희망이라는 사실을 은유하고,
나아가 혁명이나 신의 도래, 기원의 회복 따위가 자본과 문명의 총
체적인 불안에 잠식되어 숨을 헐떡이고 있다는 사실을 암시하는
데 헌정되고 있기 때문이다. 이 부조리극의 암시적 특성과 사회 비
판적 성격은, 비유하자면, 베케트의 『고도를 기다리며』에 등장하
는 럭키의 대사와 그 구성과 목적의 측면에서 다소 흡사하다고 할
수 있다.

  럭키 : (단조로운 어조로) 프왕송과 와트만의 최근 공동 연구에서 밝
    혀진 바에 따르자면, 까까 흰 수염이 달린 까까까까 인격신은

공간의 시간 밖에 존재하고 있어 하늘의 무감각과 무공포와 침묵 위 높은 곳에서 몇몇을 제외하고는 우리를 사랑하는데 그 까닭은 모르지만 곧 알게 될 터이고 하늘의 미랑다의 본을 따서 고뇌와 불 속을 헤매는 자들과 함께 그 고통을 겪는데 그 까닭은 모르지만 시간을 두고 생각해 보기로 하고 […] 그 불과 불길은 조금만 더 계속되면 마침내는 대들보에 불을 지르게 될 것이 분명한데 다시 말하면 지옥을 하늘까지 들어 올리게 되겠는데 그 하늘은 오늘까지도 때로는 파랗고 너무나 고요한데 그 고요는 수시로 중단되기는 하지만 그래도 반가우니 속단은 금물이고 […] 인간의 계산에서 발생되는 오류 이외에 다른 어떤 오류의 가능성을 배제한 다음과 같은 이론이 설설설정되었으니 바꾸어 말하면 속단은 금물이나 그 까닭은 알 수 없지만 프왕송과 와트만의 연구 결과 명백하게 너무나 명백하게 밝혀진 바에 의하면 […] 요컨대 다시 말하거니와 인간은 왜소해지고 […] 왜 그런지는 모르지만 여위어 가고 오그라들어 […][2]

신은 인간에게 자신의 권리를 이행할 것을 오래도록 명령하지만, 그 권리가 전이되어 고갈되어버리는 줄은 미처 몰랐을 것이다. "끝끝내 도래할 유일신의 장외거래에선 잘못 조립된 인형들을 사고"팔아야 하는 배우는 고도Godot를 기다릴 수밖에 없는 상황에서 무의미한 대화를 나누며 시간을 보내야 하는 두 뜨내기 에스트

2) 사뮈엘 베케트, 『고도를 기다리며』, 오증자 옮김, 민음사, 2000, pp. 69~70.

라공과 블라디미르의 처지와 크게 다르지 않다. 미완성인 인간에게 제 존재의 실마리를 꿈꾸게 해줄 유일한 존재가 바로 신이며, 따라서 도래하지 않는다 해도 인간은 신을 완전히 부정할 수 없다. 오히려 신을 기다린다는 조건하에서만 현실을 살아내야 하는 인간에게 제 존재의 부조리와 현실의 부조리는 이 세계를 허용하는 유일한 조건일 뿐이다. 인용한 럭키의 대사는 따라서 단순한 장광설이 아니라 부조리한 사회와 문명에 대한 역설적 비판이라고 할 수 있다. 프왕송Poinçon이 티켓을 끊어주는 사람을 의미하며 와트만Wattman이 전철 운전수를 상징하는 이름인 것은 우연이 아니다. "인격신은 공간의 시간 밖에 존재하고 있어 하늘의 무감각과 무공포와 침묵 위 높은 곳에서 몇몇을 제외하고는 우리를 사랑"한다는 대목은 "그 모든 책임은 그리스도에게 있을지 몰라"(「서양식 의자 위의 저녁 시간」)라는 구절과 마찬가지로, 신에 대한 증명 불가능성을 전제한 암시이자 이성만으로 다가갈 수 없는 미완의 존재나 미지의 힘에서 자유롭지 못한 존재가 인간이라는 사실을 말해준다. 프왕송과 와트만으로 허용된 삶이 "인간의 계산에서 발생되는 오류 이외에 다른 어떤 오류의 가능성을 배제한" 논리로만 가능하기에 우리는 결국 "왜소해지고 〔……〕 왜 그런지는 모르지만 여위어 가고 오그라들" 수밖에 없는 존재임을 부정하기 어려워진다. 그러나 고도가 미완성의 인간에게 '기다림의 총체'인 것처럼 "미래를 예언하던 시절에도/우리의 구원은 초라"(「인상파」)할 뿐이라 해도, 우리의 "감정은 신이 아니"(「물질과 기억」)기에 신을 거부할 용기를 인간 스스로 갖추어야 한다고 시인은 말한다. 신을 배제할 수 없는 이 세계는 그들의 방식대로 부패했다기보다 "산업과 혁명이 서로를 유보하는" 캄캄한 공간에서 전혀 다른 방식으로 삶의 열망을 발산하고 있는 것은 아닐까?

　　맹인의 검은 동자가
　　미래를 예언하던 시절에도
　　우리의 구원은 초라하기 짝이 없었다.
　　기적이 일어나기 위해선 매번
　　어두운 주변이 필요하고,
　　손전등을 비추다 맞닥뜨린 진실은
　　노상강도를 닮아 가는 법.

　　　　　　　　　　　　　　　　　　—「인상파」 부분

　　몇 번의 눈사태와 크리스마스가
　　달궈진 아스팔트 아래 묻히는 동안,
　　독재자를 연기하는 배우를
　　지도자로 추대하기도 했네.

　　그 나라의 모든 병명은 비유였으므로
　　의사는 처방전 대신
　　시를 적어 내밀곤 했지.

　　엘리베이터를 천사라고 부르게 된 건
　　그 나라의 돌림병 때문이었네만
　　하늘을 나는 데

꼭 혁명이 필요한 건 아니었다네.

〔……〕

여름이 끝나고 드라마가 찾아오고 있다네.
천사가 지나간 자리는 모두
그들의 박수일 따름이었네.
　　　　　　　　　—「모스크바예술극장의 기립 박수」 부분

　기혁은 사랑과 협력으로 훌륭한 신세계의 창조를 꿈꾸는 공상
적 사회주의자의 맹목성에 진저리를 치며, 자신이 투척한 의구의
문장들 앞에서 독자들이 합당한 대답을 찾으려 하지 않기를 바라
는 부조리의 연출가로 남겨지길 원하는지도 모른다. 그의 시를 마
주한 우리는 "왔던 길을 돌고 돌아 여전히 자정의 부근인 근대"의
언저리에서 그의 "환영(幻影)을 만드는 기술"(「블랙 마리아」)을 뒤
쫓으며, "도시를 미생물로 쓰는 현생 인류의 생태학"의 무대 위로
잠시 초대될 뿐이다. 그의 무대를 관람하면서 우리가 "혁명을 꿈
꾸기 위해선 정말로 방을 바꿔야 한다"(「블랙 마리아」)는 그의 슬
로건에 동조하기 위해서는 오로지 오독과 연상에 의지해, 문자에
서 끓어올라 현실로 차고 범람해 오는 의미의 잉여 공간을 우리의
삶에서 꿈꾸어야 할지도 모른다. 애당초 "우리의 구원은 초라하기
짝이 없었다"면, "우리는 오독을 기다"(「열대야」)리는 존재로만 세
상에 덩그러니 남겨질 존재일 뿐이기 때문이다. 진실은 주사위 놀
이처럼, 우연에 기대어 아주 간혹 삶에 제 옷자락을 내려놓을 뿐

인, 그럼에도 끝끝내 부정하려고 우리가 애써야 하는 신의 불투명한 형상과 크게 다르지 않다는 말일까? 그의 연극은 "혁명을 신봉하지 않는 풍경" 속에서 살아가야 하는 "늘 기적의 뒤편에 서 있는 사람"(「출애굽」)의 이야기이자 "공상이 극에 달하면 간절한/무신론자가 되어 가는 작부"(「날고기와 핏방울」)의 입에서 흘러나온 기이한 신음들, "무허가의 모순이 합법적일 수만 있"기를 바라며 허용되지 않은 모순을 당당하게 전개하려는, 부조리하다고 부를 수밖에 없는 어떤 상태를 백지 위에서 기원하고 또 기원하려는 자가 쏟아낸 목소리로 가득하다. 그러니까 그는 "죽음"이 그 "어떤 염문에도 규칙을 어기지 않는다"(「무운시(Blank Verse)」)는 진리 앞에서, 구원의 가능성을 최소화하거나 희망의 비루함과 보잘것없음, "기적이 일어나기 위해선 매번/어두운 주변이 필요"한 이 세계의 부조리를 연출하려는 사람인 것이다. "여름이 끝나고" 우리를 찾아온 이 "드라마"를 읽으며 당신은 박수를 보낼 준비가 되었는가?

4. 연극이 끝나고 난 후—커튼콜의 침묵

의미와 맥락은 물론 아귀가 채 맞지 않는 문장들이 무대 위로 올라와 맑은 창문 하나를 내고 낭만적인 목소리에 젖어, 축축한 우리의 기억과 삶의 부조리를 연기하기 위해 한곳에서 어색한 화음을 조율한다. 그의 무대는 라이브 단막으로 끝나지 않는, 아니 그 끝을 예고할 수 없는, 끝을 예고하는 행위가 벌써 부조리하다는 사실을 알고 있는 무대와 같다. 이 무대 위에는 말을 구성하고 제어하는 이지적인 능력과 기이한 착안에서 당도한 섬뜩하리만큼 신선한 실험들이 자리한다. 그러나 무엇보다도 이 무대 위에는 아직 실현되지 않은 미래의 배우들과 무언(無言)의 사유들, 부정할 수도 긍정할 수도 없는 저 마음의 상태와, 옷을 입히고 입술에 루즈를 칠해놓은 마네킹처럼 도시 뒷골목에 빼곡히 늘어선 죽은 자의 영혼이 바글거린다. 기혁은 감성에만 의지해 저 자신과 필력을 오롯이 내맡기는 낭만주의자가 아니다. 그는 적절하고 필요한 만큼 감수성을 떠다 현재에 옮겨놓을 뿐, 감정에 매몰되어 사유를 놓치는 법이 없으며, 논리에만 함몰되어 제 감수성을 과거라는 이름에 희생시키지 않는다. 그의 시를 감성적 지성이라고 불러도 좋겠지만, 지성적인 감성이라고 부를 때 좀더 효과적인데, 그것은 그의 시가 이지적인 방식에 따라 구성된 부조리극의 대본에 가깝기 때문이다.

그의 부조리극은 그러니까 의미를 중심으로 갈라선 일정한 간격들을 취하할 것이고, 원근을 폐지하자고 부추길 것이며, 통념의 한복판을 무지르는 새로운 말로 배치된 낯선 감성의 질서를 두둔할 것이며, 시간을 고무줄처럼 늘렸다 또 줄이면서, 긴장하면 놓아주고 너무 놓았다 싶으면 다시 당겨오는 줄다리기와 같은 연출에 턱없는 지지를 보낼 것이며, 허공을 떠다니거나 바람을 타고 삶의 무덤으로 시나브로 가라앉기도 할 것이다.

바다 위 출렁이는
은빛,
사슬을 풀기 위해

파도가 쉼 없이
몸부림친다.

육지에서 밀려드는 자서(自序)가
두 귀를 통과해
녹아내렸다.

[……]

그러나 너는 좀처럼 죽지 않는 행간,
행간에 고인 슬픔의
폐쇄 회로.

햇살의 조차지 아래
은빛 사슬을 펄럭이는

배후가 없는 너,
4월의 재현 배우

—「무언극」전문

모든 의혹을 채무로 환산해 버린
애도의 사무실에서,
수족관 한가득 백상아리를 키우는

로맨티스트,

　　　　　　　　　　　　　　—「날고기와 핏방울」 부분

　그의 재능은 모든 것을 미완성의 상태로 환원하는 능력, 자의성
과 개연성에 적절한 무게를 달아 모든 것을 불완전한 상태로 만드
는 재기, 균등과 질서와 순수를 거부하는 지점으로 이끌고 가는 감
각적인 말을 굴려내면서 "모든 의혹을 채무로 환산"해내는 직관,
우리가 돌보지 못했던 부조리한 감정을 향해 질주하는 무목적성
의 미지에 내기를 걸 줄 아는 착안에서 크게 빛을 발한다. 현대-현
재는 오로지 주관성의 힘으로 바로 서야 하며, 그 과정에서 불투명
한 전망을 공유하는 것은 부조리한 이 세계에서 필연이라고 말하
는 것일까? 스스로의 규범을 만들고 어두컴컴한 방/밤 한가운데
미아처럼 우두커니 서 있는 그는, 그러니까 의미의 구심점을 붕괴
하고 그 방향을 자의적으로 잃고자 하는 사람, 가질 수 없는 지향
으로 강렬한 삶을 모색하는 실험가이자 연출가이다. 끊임없이 '환
상통'을 앓고, 앓아야 한다고 말하는 시. 그가 펼쳐낸 부조리한 무
대의 유일한 알리바이는 이것뿐일지도 모른다. 해석의 지평을 열
고 닫을 안전한 열쇠는 이미 망가졌거나 애초에 없었다고 여기는
편이 낫다. 맥락 없는 문장이 절묘한 감정의 사선을 타고 여기저
기 활보하며 당혹감을 한 움큼 풀어놓고자, 백지 위의 여기저기
에 난무하는 것은 이 시인이 자의성과 개연성에 대한 확고한 지지
가 있었기에 가능한 것이며, 여기에는 이 세계에 대한 그의 이지적
인 인식과 합리적인 판단이 자리한다. 그가 펼쳐낸 부조리의 무대
는 그러니까 말 그대로 자의적인 것은 아니다. 우주도, 세계도, 도

시도, 과거도, 아니 삶과 현실, 현재와 현대도, 과잉된 의미로 신음하며 자의성이라는 패러독스에서 벗어나지 못하리라는 그의 직관은 사실 지적인 절망을 갈구하는 열망에 제 뿌리를 내리고 있을 것이다. 그는 이 무대에서, 십자가 앞에 무릎을 꿇고 간혹 올리는 구원의 소망이 우리의 삶에서는 너무나 무책임하고도 헐거운 선택이며, 진리에 대한 확신이나 맹목적 추구가 불가피하게 자주 그 의의를 상실하거나 우리를 막다른 골목으로 데려가고 또 기만한다고 말한다.

> 나와는 손잡지 않으려던 눈들 사이,
> 월요일의 유리창 너머
> 눈사람을 찾아 두리번거릴 때
> 화장기 없는 너를 어루만질 때
>
> 눈사람과 눈싸움을 하면
> 피를 흘릴 수 있을까?
> 지문(地文)이 없어도
> 포옹을 할 수 있을까?
>
> 모스크바예술극장의 기립 박수를 떠올린다.
> 색색의 관객들이 두 팔을 벌린다.
>
> ―「비너스」 전문

연극이 끝났다. 사방이 캄캄하다. 길은 멀고 또 날은 저물어갈 것이다. 정신은 도대체 어디까지 제 황폐함을 용서할 수 있는 것일까? 진부하게 통념을 조합해내는 수많은 사람들 가운데 누가 사유를 고안해내는가? 그의 시는, 이정표를 잃어버린 난세의 질서를 퍼포먼스로 펼쳐내 끝내 인간의 윤리로 파고드는 부조리의 극이다. 인간이 신의 대치물이 될 수 없다는 사실을 인정하는 동시에, 그에 준하는 가치를 오로지 인간의 삶과 사유에서 엿보려는 의지가 세계 밖으로 죽음을 추방하지 않으려는 한 편의 부조리극을 우리에게 선사하였다.

세계는 단일하지 않으며 적은 사방에 있다. 밤의 컴컴한 거리, 저 허공에 잠시 반짝이며 화려한 궤적 하나를 그린 후 이 세계로 떨어지며 이내 사라져버릴 별똥별처럼, 그의 부조리극은, 한 젊은 시인이 세계에 고백한 낯선 감성이자 삶의 구석구석을 방문하여 힘겹게 지어 올린 의미의 집이며, 이지적인 개념의 텃밭이자 시간을 돌돌 감아쥔 처연한 눈빛이다. 지성이 불가해한 성질을 지니는 것이 아니라, 지성이 차마 미치지 못하는 세계가 여기에 있다고 그는 우리에게 말할 것이다. 그의 시를 읽다 보면 어느새 우리는 이질적인 것들이 엉켜 있는 도시의 어두운 골목이나 유년의 시선에 묻은 물기가 뚝뚝 떨어져 검게 얼룩진 바닥, 한 줌의 진실을 쥐고 우주에서 떨어져 그을음만 흔적으로 남기고 사라진 현대인의 무덤에 당도하게 된다. 여기는 마네킹이 숨을 죽이며 제 체온을 뺏기지 않으려 모피코트를 밤마다 훔치는 어두운 상점이자, 노동에 지친 두 어깨를 마주 잡은 얼굴 없는 영혼들이 잔업을 서두르는 고독한 서재이며, 개가 제 꼬리에 꼬리를 물고 빙빙 돌며 몸통을 끊어낸 도마뱀과 몰래 키스를 하는 곳이기도 하다. 감성이 닿을 수 있는 삶의 잉여와 상흔에 누구나 관심을 갖는 것은 아니었다는 말일까? 우리 앞에 펼쳐진 이 참혹하고도 당황스러운 공연 앞에서 우리는 우렁찬 박수를 보낼 수 있을까? 그의 무대가 커튼콜을 필요로 하지 않는다는 사실을 알아차렸다면, 우리에게 남겨진 것은 그의 무대에 참여해야 하는 우리의 운명을 조용히 수긍하는 일뿐일지도 모른다.

(기혁 시집, 『모스크바예술극장의 기립박수』 해설, 민음사, 2014)

직시(直視)에의 충동

── 강정의 『귀신』

　무협지에서 고수는 강한 사람이 아니라 유연한 사람이다. 유연한 사람이란 자기 힘을 분출하는 데 있어서 흐름을 제어할 줄 아는 사람이며, 그런 사람을 두고 우리는 흔히 '경지에 이르렀다' '도가 텄다'라고 말한다. 상대를 제압하는 기술이 여럿이듯, 마음에서 일고 있는 정념을 다스리는 데도 방식이 필요하다. 강정은 시집 전반에 흘러넘치는 힘과 에너지, 그 정념과 과잉을 삼계(三界)의 문법 속에서 절묘하게 분산시키고 교묘하게 다스려나간다. 이상한 말들이, 기이한 형상들이, 여기저기 떠돌아다니고, 자연도 아니고 문명도 아닌 곳에 죽음의 그림자들이 출몰하니, 또한 귀신에 들렸다고, 광인이 내지르는 괴성 같다고도 말해야겠다. 그의 시집에는 지금-여기에서 이후(以後)를 투기하며 예측을 전제한 말들, 이전(以前)으로 파고들어 걸머쥔 주관적인 시간의 숨결을 뱉어내는 문장들, 통념을 무력화시키면서 이 세계에 정념을 새겨넣은 현재의 이미지들이 사방과 허방을 번갈아 배회한다. 다시 태어나는 시간과 공간,

다시 태어나기 위해 절멸과 불멸에 입사해야 하는 백치와 짐승의 시간에서 헐떡이며 내려놓은 이 격렬한 보고서는 그럼에도 과잉과 낭비를 적절하게 분산할 줄 알아, 광기나 착란에 의지해 밀어붙인 우연과 배치의 산물이라기보다, 일종의 목적을 가지고 구축한 기획의 성과라고 해야 한다.

물은 더 붉게 흐르고
하늘 위까지 물이 넘쳐 밤의 언덕 너머,
물의 갑옷을 벗은 시간의 알몸이 뚜벅뚜벅 우리 앞에 섰다.
분명한 악당이었으나 밥을 해 먹여주고 싶은 슬픈 짐승이기도 하였을 거다
그나 우리나 겁에 질렸을 것이다 그나 우리나 많이 지쳤던 것이었을 거다
마지막 방사의 오령이거나 거대한 그리움의 가쁜 시종(始終)이기도 하였을 거다

삼계(三界)를 다 삼킨 빛이 다만,
어떤 사람의 액화(液化)한 몸이었을 뿐이라는 것
신들의 기계가 돌연 분란을 일으켜
이 세상이 저 세상의 진심을 새삼 알아버린 날의 묵극(默劇)이었을 거다

—「도깨비불」부분

시집에서 자주 출몰하는 '~였을 것' '~일 것' '~인 것'의 사용

이 정념의 과잉을 방지해준다고 해야 할까? 앞서 일어났던 일을 암시하거나 부연하는 거개의 이 명사 구문에서 '것'은 뒤에 '~이다'가 붙어서 서술어 역할을 수행하는 동시에 문장 전체에서 주어의 힘을 약화시키는 데도 일조한다. 예를 들어 "액화한 몸"과 "묵극"은 '것'을 수식하는 관형절의 한 부분일 뿐, '것'의 주어라고 말하기 어려울 뿐만 아니라, 오로지 앞서 실행되었던 어떤 미지의 경험을 보완하는 역할을 실행할 뿐, 최초의 정보를 오롯이 담아낼 수는 없기 때문이다.[1]

강정은 첫 시를 필두로 시집 곳곳에 이 명사문을 적절히 분배함으로써, 삼계의 세계를 백지 위로 걸어 들어오게 하고, 자기만의 이야기를 만들어내며, 시제를 자유롭게 넘나들 권리를 확보하면서, 무시무시한 정념과 거센 힘이 과하게 분출된다 싶을 때, 적절히 개입하여 제어할 줄 안다. 『귀신』(문학동네, 2014)은 "하고 싶은 말과/할 수 없는 말 사이"(「도근도근」)를 배회하면서 "피의 망토를 뒤집어쓰고 펄럭이는 말들"(「가시 인간」)을 집어들어 "미래의 기억을 다 토했다"(「최초의 책」)고, "명징한 말의 쓰임을/잊어버린 까닭"(「도근도근」)에 그러했노라 고백하는 시집이지만, 거기에는 항상 논리가 자리하는 것이다.

"우리는 그들의 마지막 남자이자 최초의 여자가 되었다"(「도깨비불」)는 첫 시의 저 선언과 같은 구절을 기억할 필요가 있다. 서술과 묘사와 대화에 얽매이지 않고, 이 세계, 이 우주의 시작과 끝, 내 몸과 타자의 몸의 끝, 삶의 어떤 순간과 순간에 대롱거리며 매

---

1) 고종석, 『고종석의 문장 1』, 알마, 2014, pp.169~81 참조.

달려 있는 죽음과 그것을 체현하는 찰나를 직시하기 위해, 나의 오감이 죄다 불려 나와야 하며, 나의 몸이 바스러지는 수밖에 없다고 믿기 때문일까.

　　드러누운 내 몸을 관통해 오래도록 벽을 쿵쿵 친다
　　소리의 그림자는 소리보다 더 무겁고 맹렬하다
　　벽의 안쪽으로 파행하는 소용돌이
　　구름의 미세입자로 부풀어오르는 시간
　　높이 뛰어올랐다가 하늘을 되튕겨 추락하는 기분이란 걸
　　시로 써보려 한다
　　그러려면 온몸이 소리가 되어
　　흔적없이 바스러져야 한다
　　　　　　　　　　　　　　　　　　　　　—「소리의 동굴」 부분

　　강정은 온몸으로 일순간을 포획하고, 그 순간의 충일(充溢)을 훔치기 위해 여자가 되거나 동성애적인 것으로의 자발적인 입사를 자신에게 과감히 허용한다. 『귀신』이 몸으로 쓴 시집, 몸의 속성에 내기를 거는 시집, 이 내기에 부합하는 언어를 찾아내려는 시집인 것은 이 때문이다. 철저하게 몸과 드잡이를 한 언어, 몸의 감각을 열정으로 받아낸 에너지와 열기에 투신하고, 제 몸에 총동원령을 내려, 불가한 감각의 가능성을 솔직하게 받아내는 기이한 시도를 통해, 중성적인 것에 대한 포착, 여성적인 것의 남성적 체험, 정사(情事)의 순간에 찾아드는 미지의 트임을 고안해낸다. 이러한 고안의 과정과 그 순간과 순간에 강정은 과연 무엇을 보았다 말하는가?

이 세상 것들은 모두 낯이 익은데,

마지막 말을 쓸어 담는 발 앞의 여울만 미망의 탑처럼 외려 드높
았다

거기, 새벽 새가 내려앉는다
죽음을 방연한 꽃과 나무 들이 박명의 이마에
새 울음의 반향을 수놓는다

현생 풍경 가운데 오로지 내게만 보이는 그림일런가

흠뻑 젖었는데도 물이 되지 않는 나
물의 영역 안에서 혼자 불이 되어 우는 나
공기 한줌 움켜쥐고 붓인 양 칼인 양
전생의 통증을 밝혀
해의 정수리에 뜸을 놓는다

—「물의 자기장」 부분

　삶이 허물어지는 찰나, 감정이 잦아들고 이내 빠져나가는 어떤
격함과 정념의 경험, 그러나 그것은 감정 자체에 매몰되는 것이 아
니라, 차라리 "죽어가는 순간일 수도/다시 깨어 다른 물체가 되
는 순간"으로 향하는 일로에 불과하다. 그것은 자신이 쏟아내었거
나 여성이 된 제 몸으로 받아낸 정액("웃고 있는 흰 꽃")을 앞에 쏟
아놓고 "꽃이 꽃이라 불리기 전에 태어났던 물고기들이/허공에

멎은 나"(「물위에서의 정지」)의 잔영을 비추어보는 일이며, "물속에 큰 집을 지어 달의 비문"을 읽기 위해 "어두운 정충들의 운동을 탐침"하는 데 바쳐진 기괴한 탐구이자, "이마에 빨간 볏"을 달고 "음경이 몸안을 쑤시고 들어"(「암청(暗聽) 1」)오는 것을 허용해야 열리는 미지의 감각에 투신하는 일이다. 강정에게 그것은 차라리 "한 생애가 무너지고 나서야 비로소,/전신으로 세계의 입구가 되는"(「유리의 나날」) 것, 반드시 그렇게 해야만 들어갈 수 있는, 그러나 아직 열리지 않은 진실의 공간이며, 산산이 깨져 뾰족해진 유리조각과 같은, 차마 형용할 수 없이 아픈 어떤 순간을 직시할 때, 기필코 그렇게 하고자 할 때 비로소 찾아오는, 그러한 고통에 대한 사유와 등가로 주어질 뿐인 세계의 체험이다.

"가까운 곳의 죽음을 만지느라 턱없이 어여뻐진 손"으로 "하늘의 뒷길"에서 열린 "폐허"(「밤의 은밀한 비행」) 위에서 강정은 그러나 이 세계의 암면(暗面)들을 무턱대고 방문하려 하는 것이 아니라, 차라리 죽음이라는 유일한 진리, 그러니까 제 전생이, 제 기억이, 제 영혼이, 언제 어디선가 필경 머물렀으며 또 살았을, 마찬가지로 앞으로 방문할 것이며 살아갈 사자(死者)들의 침투를 지금-여기에서 허용하고자 하는 의지를 가지고 시를 쓴다. 그는 이렇게 "흉곽 안쪽에서 죽은 자들"(「거미알」)이 내지르는 참혹한 소리를 들으려고 하며, 그것은 이 세계가 그에게 벌써 "무덤이었더랬다"(「암청 2」)는, 직관과도 같은 모종의 판단이 있기 때문에 가능한 일이 된다. 바로 그렇기에 그는 이곳에서 "첫 몽정의 당혹처럼 꼿꼿하게 일어선", 저 "말의 목을 쳐 지나온 미래의 풍경들"(「바다에서 나온 말」)을 엿본다고 감히 말할 수 있는 것이다. 죽어야만 살 수 있으며, 살아서 반드시 죽을 수밖에 없는 세계와 그와 같은 세계가 표정하는 진리는 물론 죽음과 함께 거주해야만, 지금-여기에서 과거와 현재와 미래가 공존하는 저 삼계, 그러니까 그의 표현대로라면, 귀신의 세계를 살아낼 수 있을 것이라는 어떤 직관에서 비롯된 것이다.

> 자신을 죽여 다른 이를 살리는 것이나
> 자신의 호기로 다른 것을 죽여야 하는 사명이
> 이토록 뜨겁게 부딪친 적 또 있었을까
> 나는 크게 숨을 내쉰다
> 목젖을 지나
> 허허로운 위장의 내밀한 질서를 토닥이며 낭심을 거머쥔
> 여인의 기운
> 콧구멍 속 큰 동굴의 잠을 열고
> 깊은 숨이 나가자 나는 쓰러진다
> 쓰러지는 반동으로 내처 어둠 속으로 뛰어든다
> ─「호랑이 감정」 부분

죽음에 대한 탄핵이나 죽음의 일회성과 죽음 앞에 선 인간의 무능에 질타를 가하거나 애처로워하는 것이 아니라, 마지막 말, 최후의 말이라는 종착지까지 죽음을 몰아붙여 강정은 일종의 묵시록적 파국의 영역에다가 자발적으로 시가 힘을 뿜어낼 수 있도록 한껏 몰아세운다. "최초로 모든 힘을 손끝에 모으는/벌거벗은 역사(力士)처럼"(「나무의 룰렛」), 몸을 찢고, 내장을 비워내고, 다른 눈으

로 세계를 정면으로 마주하고, 흘러가고 흘러드는 온갖 것들이 자신에게 내뿜는 기이한 기운을 온몸으로 받아들이려고 애를 쓰고, 다른 감각을 기이한 시간 속에서, 시계를 거꾸로 돌려야만 하는 저 충혈된 새벽에 맞이하는 것은 강정이 온몸 구석구석을 돌아다니는 타자의 체험을 기록해내는 불꽃같은 정념의 소유자이기 때문이다. "메울수록 더 넓어지는 침묵의 비명들"과 "뜨거운 것들이 남긴 빙산 같은 상처들"(「무대 위의 촛불」)을 "오래전 내 몸이었던 세상 속으로 낯선 말들을 깨물고 내달"(「큰 꽃의 말」)리게끔 추동하려고, 그렇게 해서, 소진되지 않는 무언가가 자신의 내부에서 걸어나와 무언가를 우리 앞에 옮겨놓기까지, 그는 수없이 많은 것들을 지워내야 했을 것이며, 수없이 많은 것들을 비워내야 했을 것이고, 수없이 많은 것들이 그의 몸과 정신을 관통해야 했을 것이며 그럴 수 있다고 판단될 때까지 마음속에 칼 한 자루를 품고 기다리고 또 기다려야만 했을 것이다. 현실의 시간들을 뒤섞어야 했을 것이고, 미래에 삼투하는 감각을 담아낼 문장들을 고안하려 물에 빠지고 불에 데고, 그렇게 눈이 멀고 혀가 뽑혀야 했을 것이며, 그렇게 해서 제 몸을 통과한 수많은 존재들과, 자신의 몸이 감당해야 했던 수많은 경험들이 내려놓은 순간의 미지, 우리가 흔히 착란이라고 부르는 어떤 것을 움켜쥐기 위해 피를 흘리며 자기만의 문법을 궁굴려야 했을 것이다.

그는 이렇게 죽어야 살 수 있으며, 살아서 죽는다는 사실을 누구보다 앞서서 속된 정념처럼 자기 시에서 받아내고자 한다. 그렇게 그에게 "절멸은 몸안에 숨은 눈을 다시 밝히는 일"(「봄날, 거꾸로 선 정오(正吾)」)이기도 했을 터이다. 죽음의 형식을 발견하기 위해서는, 필경 죽음의 말에 투기해야 했을 것이고, 죽음의 말이란, 결국 침묵을 넘어설 수 있는 유일한 말이기도 하여, 그는 삶의 양태를 모조리 바꾸어야 한다는 요청과 매 순간 마주할 수밖에 없었을 것이다. 그는 지극히 자유로운 사람이고자 했던 것뿐이지만, 시를 쓰면서도 지극한 자유가 방만을 기각할 수밖에 없는 이유에 대해 매일 밤, 시간을 거꾸로 돌리며 타자의 몸에서, 타자의 시선에서, 범속한 나무와 불어오는 바람, 유유히 흐르고 있는 강물이나 그 안에서 유영할 물고기의 꼬리를 잡고 함께 미끄러지는 일에서, 벌써 삼계의 말, 귀신의 어조, 죽음의 소리를 찾아내고자 했을 것이다. 난무하는 이미지의 격정을, 하나로 포개어지면서 터져나오는 기억의 반추를, 제 몸으로 투사하는 귀신의 이 싸움을 우리가 따라 읽으려고 애쓸 때, 우리의 삶은 반드시 어딘가, 무엇인가를 저당 잡힌 삶이고, 인간이란 어디에 제 머릿속 하나를 상실하고 사는 사람이며, 자연이란 그러니까 삶과 인간의 뒤에서 가만히 지켜보며 무언(無言)의 말로 진실을 고백할 뿐인 자연이라는 사실을 알게 될 것이다.

> 벽 속에서 처음 보는 남자와 여자가 몸을 엉킨 채 나타난다
> 남자의 몸에 여자의 그림자가 드리워진다
> 여자는 다시 벽 속으로 들어가며 더더욱 커지고
> 남자는 계속 작아져 성기만 남았다가 점이 되었다가
> 어두운 공명통 안에 잠긴 목청을 누인다
> 서로 닿지 않는 영역에서 전력을 다해 자신을 지우는 게 사랑이
> 다, 라고 나는 쓴다

소리는 그러나 그 어떤 말로도 씌어지지 않고
소리의 그림자는 씌어진 글자들을 지우며 넓어진다
저 홀로 그늘져 빗물을 피해 더 깊이 웅덩이가 되고
더 어두운 빛의 속살로 둥둥둥둥 제 갈비뼈를 우려
벽 속에 숨은 말들의 잔등을 두드린다
벽을 뚫고 나오려는 말
소리의 깊숙한 동굴에서 사람이 되어 무늬를 쥐어짜는 습기
다시 기타를 벽에 기대 세운다

—「소리의 동굴」 부분

　그의 시집은 발작하는 감각, 솟아오르고 명멸하는 이미지, 극지
(極地)에서 불러온 기억, 정념을 통고하는 시간, 알 수 없다고 할
수 없지만, 알고 있다고 감히 말할 수도 없는 존재들이 서로가 서
로를 덧대면서 널을 뛰고 그렇게 토해내는 목소리로 넘쳐난다. 남
자도 아니고 여자도 아닌, 물도 아니고 불도 아닌, 캄캄한 밤도 아
니고 동터오는 새벽도 아닌 그 무언가를 가지고 시적 태도를 결정
하고자 하는 이 중성의 시학은 가지런한 분류 속에서 안심하고 잠
자고 있는 언어-사유-감정을 일시에 전복하는 무시무시한 힘을
뿜어낸다. 물론 여자가 되어, 여자의 몸이 되어 겪고자 한 성적 체
험은 에로스의 순간이 죽음의 순간이나 마찬가지라는 사실만을 털
어놓기보다는 새로운 감각을 통해 방문하게 될, 저 표현할 수 없
다고 믿고 있는 세계를 발화하여 미지의 어디론가 달아나기 위함
이다.

이것은 목숨을 다한

직시(直視)에의 충동에 가깝다

흰 나방이 떠돌면서

흰 나방에서 벗어난다

흰 나방의 몸짓이 지워진다

발거벗은 미녀가 흰 붓을 들고

눈더미 속에서 깨어나는

검은 곰의 눈알을 색칠한다

이것은 눈의 최초 결정 속에서 목격한,

세상의 마지막 풍경

―「겨울빛」 부분

강정은 죽음과 삶, 정(靜)과 동(動), 남자와 여자, 불과 물, 나무
와 태양, 귀신과 사람을 통해 두 세계의 이형(異形)들을 자신의 감
정과 정념의 화약고로 전환하면서, 양쪽은 물론 그 양쪽의 성질 자
체를 뭉개는 정공법을 구사한다. 과연 "구음 검무에 몰두"하며 이
"태양과 싸우는 고아"는 "스스로 목을 찢어" "돌멩이 하나의 기
원"으로 "우주의 모든 페이지를 펄럭거리게 할 수"(「미스터 크로
우」) 있을 것인가? 그의 검무는 "목숨을 다한,/직시(直視)에의 충
동"이며, "세상의 마지막 풍경"을 그리고자 하는, 그러나 "악의 없
이 빗나간/영혼의 분침"(「겨울빛」)이다. "정념을 적출당한 아비
들"(「천둥의 자취 凸」)의 상실과 "수백 줄기 피의 소로(小路)가 열
리고/차갑게 닫히는/사랑의 통로들"(「애이불비, 까마귀」)이 당신
앞에 이렇게 열릴 것이다.

강정은 어떤 힘, 기이한 풍광을 그리고자 했으며, 그것을 쫓는 일에 제 오감을 충실한 신하로 부린 것뿐이다. 그것은 흡사 무협지의 한 장면, 그러니까 영롱한 달 아래, 날선 검을 들고 임하는 처절한 대결과도 같아 보인다. 이 대결이 무엇보다 말과 싸우는 대결이며, 기존의 말을 지워내고서 새로운 말을 부리려 온몸을 바다에 풍덩 던진 고수, 바람에 제 말을 쓸어버리고 다시 새로운 말로 현실을 뒤덮으려 삼계의 비법을 익힌 검객의 한판 승부와도 닮았다. 이 검객은 완고한 세계가 감추고 있던 또 다른 세상을 움켜쥐기 위해 제 힘을 과하게 부리기보다, 유연함으로 맞서며, 오늘도 어떤 패배하지 않는 결투와 같은 삶을 살고 있을 것이다.

(『문학동네』 2015년 봄호)

4부 타자의 역습

시민-시인의 자격으로 쏘아올린 물음들
— 김안의 『미제레레』

> 나는 타자인 것이다.
> —아르튀르 랭보

Prologue

플라톤이 시인을 공화국에서 추방했던 것은 무엇보다도 시를 위험한 말이라고 여겼기 때문이었다. "모방의 성격을 지닌 모든 종류의 시"[1]의 추방은 따라서 "매번 최고로 여겨지는 이성과 법률 대신, 쾌락과 슬픔"(X 607 a, p. 513)을 유포하는 저 시인이야말로 공화국의 이념에 위배되는 자이자, "진리의 시각에서 보면 하찮은 자"(X 605 a, p. 510)라는 판단과 정치적 필요성에서 비롯된 극단적인 조치였다. "말에 의해 생산된 것이 틀림없는 모든 것"[2]에 가장 주관적인 힘을 부여하고, 무한한 해석의 여지를 열어줄 자가 바로 시인이었기에, 합리와 이성의 철학자, 도달해야 할 이상향으

---

1) Platon, *La République*, traduit par P. Pachet, Gallimard, 1993, X 595 *a*, p. 491.
2) Aristote, *La Poétique*, texte, traduction, notes par Roselyne Dupont-Roc et Jean Lallot, Seuil, 1980, p. 101.

로 법률형 인간을 제시한 저 철인정치의 수호자의 눈에 그들은 가
장 위험한 존재로 분류되었을 것이다. 정치 공동체에서 가장 위험
한 말이 시였다는 것은, 역설적으로, 시인이 가장 정치적인 사람이
었다는 것을 의미한다. 그러니까 언어에 의해, 언어 안에서, 삶과
사회, 자연과 인간, 세계와 우주를 주관적-이차적-부가적으로 '재
현'해내는(단순한 모방이 아니라, 다시[再]-제시해내는), 사소해 보
일 수도 있는 시인의 저 능력이야말로, 이데아의 철학에 회복될 수
없는 균열을 야기하거나, 그 사상적 근간마저 부정할 치명적이고
도 위험한, 모종의 알 수 없는 힘이었던 것이다. 합리와 법률에 토
대한 현실정치의 허점을 들추어내고, 정치와 철학만으로는 성취해
낼 수 없는 일을 공화국의 시민들과 함께 도모할 잠재력이 시인에
게 있다는 사실을 플라톤은 그 누구보다도 재빠르게 간파했던 것
이다. 그래서 추방당할 운명에 처했던 것은 아닐까?

물론 쫓겨날 처지에 놓인 시인에게 변론의 기회가 주어지지 않
은 것은 아니었다. 그러나 거기에는 "시인이 아닌 사람에게 산문
으로 시를 변호하게 맡겨야 한다"(X 607 d, e, p.514)는 단서가 붙
어 있었다. 이러한 사실은 시인이 구사하는 말의 근본적인 위험성,
그의 말로 '재현'되어 세계 안으로 성큼 걸어 들어올 미지의 감성
과 사유의 위험성이, 사실상 시에 적재되어 있는, 시적 언어가 구
가하는 '최대치의 주관성'과 다른 것이 아니라는 사실을 알려준다.
제 성정과 신념, 공화국 내에서의 존재 이유와 자신의 고유한 세계
관을, 연민과 공포만을 불러일으키는 시가 아니라, 이해 가능하고
합리적인 언어인 '산문'으로, 그마저 타인의 입을 빌린다는 조건에
서 설파해야만 했던 시인의 기묘한 처지나 얄궂은 운명은, 따지고

436

보면, 오늘이라고 해서 크게 달라진 것은 없다. 시인은 과연 어떤 논리로 법률과 이성이 지배하는 이 세계에 맞설 것인가? 공화국에서 발붙이고 살아가기 위해 그는 어떤 말로 타인들을 설득해낼 것이며, 어떻게 시민의 자격으로 제 시를 선보이고 전개해나갈 것인가? 김안의 두번째 시집 『미제레레』에서 솟구쳐 나온 무시무시한 물음들은 지금-여기에서 시민-시인의 자격으로 삶을 살아나가야 하는 역설과 비극을 단단하고도 힘찬 어투로 되감아내면서, 시대의 고민 한복판으로 과감히 뛰어들고자 한 시인의 진지한 노력의 결실이라 할 수 있다.

1. 나는 어떻게 사람입니까?

시민의 자격으로 시를 쓴다는 것은 무엇인가? 시민의 의구심과 항변의 목소리, 자기와 일상을 반추하는 힘은, 시라는 형식을 통해 어떻게 울려 나오는가? 옛 가락이나 흥얼거리는 일로 제 소임을 다했다고 생각하는 시, 앙가주망을 외치면서 정치의 한 귀퉁이를 멋지게 돌아 나왔다고 생각하는 저 도덕률로 가득한 시, 허무의 늪에서 허우적대며 한없이 제 깊은 내면으로 파고 내려가 이러저러한 관념을 토해내고 그 텅 빈 표현들을 주워 실존을 덜어내었다고 자부하는 시, 그 시의 주인은 시민이 아니라, 전통에 사로잡힌 자, 선동가, 관념주의자다. 그들은 보수와 진보, 허무와 성찰을 시의 본령으로 삼지만, 그것 자체를 의심의 시선에게로 돌려놓는 법이 없다. 그들에게 전통-서정-도덕-허무는 좀처럼 부정할 수 없는 진리이기 때문이다. 그들은 세계를 활보하는 민낯을 보려 하지 않기에, 서툴고 뻐듬한 구문이나 성기고 서걱서걱한 문장에는 관심이 없으며, 성급히 분노하거나 서둘러 결말을 내려놓기 전에 모든 것을 의혹으로 마주하고자 힘겹게 제 손을 떠나 보낸 낯설고 힘찬 물음들을 좀처럼 이해하지 못한다. 개인과 사회, 다수와 소수의 나눔에 매몰되어, 세계를 큼직하고 대범하게 둘로 가른 후, 어디 어디에 속한다는 표지를 달고, 그 사실을 자랑스럽게 여기며 팔짱을 끼고 세계의 밖에 서서 고통의 소리를 간혹 흘려 보내지만, 결국 인간과 사회와 역사가 그런 자신들까지 포괄한다는 사실조차 그들은 알아채지 못한다. 그러니까, 시민과 시민 의식을 바탕으로 시를 쓴다는 것은, 바로 이런 부류에 속하지 않거나, 이런 부류가 되지 않으려는 노력 속에서 하루하루를 살아가고 그러한 제 의식에 합당한 언어를 궁리하며, 세계의 경이와 우울, 놀람과 실망, 악과 선, 신비와 상처를 이 사회의 풍경 속에서 열어 보이고, 거기에 덧대어 기필코 사유해내려는 행위를 의미한다. 김안의 경우, 그것은 거개가 사람의 일, 사람이 만드는 것, 사람의 사유, 사람일 수 있는 이유 등, 사람과 관련된 물음과 하나로 포개어져 나타난다.

사람,
저녁이 오면 퇴근을 하고, 퇴근을 하면 취합니다.
취하면 당신이 내 손을 잡아주시겠습니까?
이 손은 잡자마자 폐허입니다. 몸이라는 테두리도 사라지겠지요.
왜 사람이어야 합니까,
밥을 짓고 청소를 하고 사랑을 나누는 모든 것이.

왜 군중들은 범죄자에게

네가 사람새끼냐,

라고 외칩니까, 언제 한 번 사람인 적이 있었다는 듯이.

그들을 향해

노동하는 시체,

라고 말한 이는 아직 살아 있습니까?

이곳에서 만족하려면 쥐새끼보다 더 쥐새끼가 되어야 하지,

라고 말한 이는 쥐새끼입니까?

아직도 죽은 자들은 죽은 자들을 묻지 못하고

나는

다리 사이

포낭 속 모든 씨에

검정 꼬리가 생길 때까지

자위하고 확인할 뿐입니다.

가장 소란스럽고 가장 사나운 평화 속에

강은 썩은 모액(母液)으로 가득하고

나의 병은 더 이상

자라나질 않습니다.

—「사람」부분

이 시민-시인은 '사람'이 무엇인지를 묻는 말로 제 시집을 열었
다. 물음은 그러나 시작에 불과하다. 시집의 어느 곳을 열어도 저
바글거리는 '사람'에 관한 물음들이 곧 발견될 것이기 때문이다.
미리 말해두자면, 이 결기에 찬 물음들, 그러니까 "우리는 여전히

사람일까"와 "사람이었어야만 했나"(「우리의 물이 가까스로 투명
에 가까워졌을 때」) 사이를 오가는 제기들은 대답을 요구한다기보
다, 어쩔 수 없어 터져 나온 의구와 함성에 가깝기에 설의(設疑)와
물음의 중간 어디쯤에 위치한다고 해야 한다. 그러니까 김안에게
물음들은 그것 없이는 살아갈 수 없는 "가장 소란스럽고 가장 사
나운 평화 속"에서 흘러나온 정언이자, 그 자체로 "어제의 말, 오
늘의 말, 우리의 눈동자를 깨뜨리며 닥쳐올 말이/이 모든 말의 합
이/우리에게 일어났던 끔찍한 말의 기적들이"(「서정」) 만들어내는
의미의 덩어리이며, 개인의 자격으로 세상이라는 "전표에 기록되
어 있지 않는 수많은 허수들"(「마리포사」)을 공동체 속에서 발화하
고자 투척한 최후의 통첩인 것이다. 가령,

당신은 당신 자신에게 얼마나 실재합니까. 당신의 한가운데에는
어떤 허구의 악취가 진동합니까.

—「시취(屍臭)」부분

건전하게 神이나 배우며 사람을 연기할 수는 없을까

—「살가죽부대」부분

우리를 밟고 산책하는 저 가정의 단란함엔 어떤 혐의가 있습니까.
나의 이웃은 매주 어떤 죄의 목록을 고백합니까.

—「일요일」부분

안녕. 너와 나는 서로에게 선했던가.

440

우린 평등했던가.

너와 나는 이 불행을 함께 바라보고 있었던가.

―「선(善)이 너무 많지만」 부분

그렇다면 말에도 계급이 있다고 말하는 사람은 우리 중 누구입니까.

―「육식의 날들」 부분

   이와 같은 물음들은 단순히 의문의 범주에 귀속되는 것이 아니라, '사람'과 사람일 수 있는 가능성에 관해 꼬리를 물고 이어지는 제기와 청원이며, 항의와 비판이자, 기어이 문제가 되고 마는 어떤 세계로 우리를 초대하는 위문(慰問)의 신호이자 비의(秘意)의 초청이며, 문답의 소환이자 의미의 영장이라고 보아야 한다. 위에 일별해본 물음들은 한 사회에서 시민이라면 누구나 던질 수 있는 물음들이며, 시민이기에 마주할 수 있는 물음들이자, 시민이기에 평소에 자주 잊고 살아가는 물음들이며, 시민이 피곤에 절어 지하철 안에서 더께 긴 지(知)의 목록을 한 번쯤 뒤적이며 저 자신이나 사회를 향해 품어보았을 법한 물음들이자, 법과 질서, 이성과 합리를 토대로 구동되는 사회에서 하루하루를 보내면서, 가끔씩은 제 마음 깊은 곳에서 까닭 없이 차올랐을 수도 있었을, 바로 그런 물음들이다. 시민이 마땅히 품을 수 있는 물음들을 시의 자격으로 백지 위에 소환해내는 이 행위의 정당성은, 물음에 합당할 대답을 추정해보는 데 달려 있다기보다, 망각된 것, 사라진 것, "기억되지 못하는 것들"(「연흔」), 그럼에도 유령처럼 이 사회에의 어느 구석에선가 되살아나고 또 그렇게 "기억되는 악몽"(「이후의 삶」), 이 땅에서 "사람처럼 살기 위해" 필요한 "약간의 두려움과 다량의 망각"(「지상의 방」)을 지금-여기에 불러 모아, 그 상태를 보전해내고 그 의식을 포착하여 적나라하게 기록해내었다는 데 있다고 해야 한다. 김안은 이렇게 "서로 다른 진실이 기획되어 우리의 기억을 잡아먹"(「개미집」)기 이전에, 서둘러, 시민이라면 마땅히 품을 수 있는 온갖 의구심을 적어나가면서, 시인의 자격을 지금-여기에서 되묻고, 시의 필요성을 반추하는 일에 사활을 건다. 따라서 그의 일련의 질문에 '쓴다'는 자의식을 타자의 것으로 비끄러매려는 자리가 누락되는 것은 아니다.

당신이라는 쓰기로 도망쳐왔던 울음들이,
그 울음들 바깥으로 기어 나오는 벌레들을 눌러 죽이던 밤들이,
끝없이 맴돌던 그 밤의 후렴들이 편지합니다.
사람의 길을 걸어야 했던 주름과 신음의 나날을 지나
편지는 달려와 인사를 건넵니다.
당신이라는 쓰기의 바깥에서 서성이는 모든 주어(主語)들에게,
주억거릴 머리를 잃은 채 울고 있는 불구의 문장들에게,
사람은 안녕합니까?
주먹 쥐는 법을 아는 순간 나는 주어가 되어 두려움을 배웠습니다,
쓰기의 두려움을, 쓰기 바깥의 당신을, 당신이라는 쓰기를.
공포는 고요하고,
고요에 시달리면 시달릴수록 나는 쓰기에 가깝게 되었습니다.
나는 물질입니까?
마음의 노역입니까?

아니면 아무런 주장도 분노도 결말도 없는 선언입니까?

당신이라는 쓰기 속에서 나는 밤의 두려운 주먹질입니다.

시커먼 손톱 밑에서 밤의 후렴들에 맞춰 춤을 추는 벌레들은,

우울증을 앓던 두 번째 애인이 밤마다 입 바깥으로 내뱉던 얕은 신음과 무척이나 닮았군요.

사람이니, 당신은 주어가 됩니까?

—「복화술사」 부분

물음을 세계에 깊숙이 각인해내면서 그는 기존시의 문법을 바꾸는 일에도 도전장을 내밀고 있다고 해야 할지도 모르겠다. 김안의 시는, 신-진리-역사-선-악-혁명-윤리-시민-공화국-국가처럼, 이 세계에서 벌써 거대한 의미를 머금고 있는 것, 인간이 추구해야 할 가치로 판단되었던 '공공의 것res publia'에서 출발하여, 이것의 정체를 묻거나 실현 가능성에 의문을 제기하고, 그 의문을 담아낼 적절한 말과 형식을 차후에 고안해나가는 방식을 취하고 있기 때문이다. 다소 평범해 보이는 이 지적은 김안 시가, 가령, 말을 궁굴리며 의미를 찾아 나서는 과정 전반을 시의 몸통으로 안착시키는 시와는 완전히 반대의 형식을 취하고 있다는 사실을 알려주기에, 그 자체로 시의 특수성이라고 보기에 부족하지 않으며, 그것은 김안이 연역적인 사유에 기반하고 있기 때문이다.[3]

3) 그의 연역적 어법은 '~것'의 사용에도 달려 있다. 김안의 시에서 '~것'은 추측이나 예상을 나타내는 명사문을 만드는 데 할애되는 것이 아니라, 이미 알고 있는 사실을 부연하거나 확인하는 데 바쳐지는 경우가 상당수 존재하기 때문이다. 따라서 이 경우, 거개가, 무언가를 설정한 연역적인 사유에서 비롯된 명제들에서 출발하여, 거기

그러니까 그는, 진리-역사-혁명-선-악-윤리와 같은 의미(혹은 의미의 덩어리가 될 만한 것)가 '선험적'으로 노출되고 받아들여진 세상에서 살아가면 그만일 것을, 그 안으로 좀더 파고들어가고, 파고들어가는 그 과정에서 만나게 되는 예기치 못할 사유를 끈덕지게 물고 늘어지고서, '후차적'으로 이에 부합하는 구문과 어법, "의미가 없으면 없었을/당신의 문장들"(「나의 이데아」)을 고심하고 "이 문장의 진실은 어디에 있을까"(「소하동」)라고 물으며, 결국, 이 의미를 잔뜩 머금고 있는 덩어리 명제들에 호응하는 물음과 이 물음에 합당한 고민을 연차적으로 고안해내는 것으로, 제 시의 특수성을 성취해내고 있다. 따라서 그의 물음은 문제를 제기하는 형식이지, 문제를 해결하기 위해 서둘러 촉구하는 예정된 결구는 아니다.

비명이 혁명이 되는 것은 19세기적일 뿐이었지. 아무리 머리를 맞대어도 시제(時制)를 바꿀 순 없었어. 그래, 의미가 말(言)을 피해 도망치기 시작했지. 그저 소리라 불리는 것들. 말이 되지 못한 말들을 찾아 언제부터 내가 이곳에 있었는지 모르겠네.

　　　　　　　　　　　　　　　　　　　　—「문화당서점」부분

잉크가 없어
피로 마지막 줄을 적고 자살한 예세닌처럼

에 무언가를 덧대고 빼고, 부연하고 조절해나가면서, 사유를 증폭시키는 순서로 글이 구성되어 매우 특이한 어법을 일구어낸다. 김안의 시에서 '~것'은 이미 무언가를 '했던' 사실이나 이미 존재했던 무언가를 시에 결부시킨다. 이러한 특징이 고스란히 그의 고유한 어법과 시의 특수성을 이루는 것은 말할 것도 없다.

내 혀를 가지고 내 뺨 안에서
내 무덤의 비문을 읽으면
문장의 끝이 문장의 시작이 되고
의미의 젖꼭지에서 떨어지는 한 모금
오늘 밤, 당신은 누구의 비문입니까

—「비문」 부분

당신의 눈에 너무 가까이에 있어 흉측한 이것은 시시때때로 떠들고 있지 않습니까. 그 말들을 사람이 하는 말이라 부를 수 있겠습니까. 사람의 말이 아니라면 그 말의 관절을 꺾으시겠습니까. 그렇다면 난 지옥에서라도 몸을 팔겠습니다.

—「일요일의 혀」 부분

이 시민-시인이 쥐고 있는 유일한 무기는 철학이나 사상이 아니라, 말이다. 그런데 그는 말로 의미를 유보해나간다기보다, 벌써 의미를 이루고 있는 것들, 의미의 테제를 먼저 붙잡고 나서, 그것을 증명해낼 고유하고도 새로운 문장을 고안하는 데 오히려 무게를 둔다. "말이 사라지면 나도 너도 그저 고기로 태어난 고기일 뿐"이며, "의미가 멈추면 광기가 시작된다"(「사랑의 역사」)는 지적처럼, 자칫 역설로 비칠 그의 구문들은, 바로 이러한 생각에서 비롯된 것이기에 역설이라고 할 수 없다. 과거와 현재, 심지어 미래조차, 말로 물을 수밖에 없는 온갖 것들이며, 그렇게 해야 할 수밖에 없는 저 처지야말로, 시민의 자격으로 살아가는 시인의 삶이자 삶이 될 가능성이며, 시인이 될 수 있는 시민의 능력이자, 시민-

시인이 제기할, 최초이자 마지막일 수 있는 강령이기도 한 것이다. "세상의 모든 판관들의 주된 업무는〔가〕적을 심어주는 것"(「일요일의 혀」)이라면, 시인-시민의 법은 말이 구획하고 그 경계를 결정하는 법이며, 시민-시인의 가치도, 모래처럼 손가락 사이로 빠져나가는 사념들을 어떻게든 포착하려는 노력을 통해 주어질 세속적-공공적-시민적-일상적 가치이며, 시인-시민의 임무도, 타인을 속이지 않는 말을 고안하는 것임은 물론, 시민-시인이 쓰는 시 역시, 광장으로 깃발을 들고 달려 나가거나 아름다움과 고고함을 찾아 과거로, 자연 속으로 내빼는 대신, 제 골방에서조차, "책상에 앉아"(「마리포사」)서조차, "책상 아래"(「囊」)에서조차, "낡은 가죽 소파"나 "밤새 삐걱거리던 침대"(「측백」)에서조차, "이 문장의 진실은 어디에 있을까"(「소하동」)라는 물음을 지속적으로 제기하고, 폐기하고, 다시 제기하고 또다시 폐기하는 일련의 과정으로만 존재할, 개인적이면서 공동체적인 행위의 산물인 것이다.

2. 나는 타자입니까? 타자는 나입니까?

시민의 자격으로 선보이는 시는 따라서 "당신의 동공"과 "당신의 성대"(「비문」)에서 울려 나온, "밤새 흘러넘친 비명"이자, 타자의 입과 몸에서 흘러나온 말을 "내 혀를 가지고 내 뺨 안에서"(「비문」) 굴려 본 문(文)이며, 타자-말-사유-몸을 하나로 여기고서 고안되는 독창적인 물음을 통해서만 제 윤곽을 갖추어나갈 수밖에 없는 모험이다. 이렇게 김안에게 (시) 쓰기는 필연적으로 타자의 호출이자 미지의 징표일 수밖에 없는데, 그것은, '벌써' 타자인 "사람"만이, 오로지 그러한 자야말로, '쓰는 자'의 자격을 갖추고 있는 유일한 존재라는 믿음이 자리하고 있기 때문이다.

나는 내가 복무하고 있는 이 쓰기가 마뜩지 않네. 언어 바깥에서 존재하는 몽상과 내가 복무하고 있는 쓰기와 쓰기라는 복무함에게 요구되는 윤리들이 맞부딪히는 것. 결절과 관계되어짐과 사람처럼 사는 것이 뒤엉키는 것. 과연 그 이상일까? [……] 나의 쓰기라는 것은 이 싸구려 멜랑콜리와 바늘 하나 들어가지 못할 만큼 굳어져버린 당대의 심장 사이에 있는 것이라고 중얼거렸네. 하지만 그게 다 무슨 소용이겠나. 아내 몰래 바람을 피웠었어도, 책방에서 몰래 내 책을 훔쳤었어도 거대한 윤리 앞에서 나는 자유롭지 않은가. 딱딱한 밤 속을 부유하고 있는 수많은 사념들. 인형은 내가 걸으면 걸을수록 무거워졌네. 이 밤 나는 자네의 인형과 말없이 앉아 있네. 그리고 우리의 머리 위로 내가 복무하는 수많은 쓰기들이 붕붕거리네. 그것이 나의 사념인지 인형의 사념인지 쓰기의 사념인지 알 수 없지만, 나는 나의 쓰기가 완성되는 지점이 공중이라는 것이 마뜩지 않을 뿐이네. 왜 저 공중의 쓰기들이 물이 되어 내 귀에서 뚝뚝 떨어지고 있는가? 자네는 어디로 갔을까? 그리고 나는 어디로 온 것일까?
— 「메멘토 모리」 부분

시민-시인은, 저 혼자 쓴다고, 저 혼자 쓰고 있다고 생각하지 않는다. 그는 타자와 함께 쓰기에, 시가 무언가에 "복무"할 수 있다고 생각한다. 그는 이 "복무"가 개인적이며 공동체적일 수밖에 없다는 사실을 잘 알고 있다. 시인의 임무에서 중요한 것이 획일성을 거부하고, 형이상을 물리치는 일일 수밖에 없다는 사실도 그는 알고 있다. 그는 따라서 "쓰기와 쓰기라는 복무함에게 요구되는 윤리들", 이 "거대한 윤리 앞에서" 항상 좌절하고 패배하는 사람이지만, 그는 또한 "결절과 관계되어짐과 사람처럼 사는 것이 뒤엉키는 것", 그 전반의 양상을 바라보며, 오히려 개인과 타자, 삶과 사회의 윤리를 목도하고자 부단히 애를 쓰는 사람이기도 하다. 그는 억지로 결론을 내려 하지 않는 사람, 그 무엇도 쉽게 삼키지 않는(으려는) 사람, 따져 묻기를 포기하지 않은 사람이다. 그는 타자와 함께, 타자의 시선으로, 타자의 말로, 타자의 언어로, 타자의 시로, 그러나 개인의 자율성을 포기하지 않고서, "싸구려 멜랑콜리와 바늘 하나 들어가지 못할 만큼 굳어져버린 당대의 심장" 저 한복판에서, '공공'의 물음을 기필코 현실로 끌고 들어오려 언제나 노력하는 사람이기 때문이다.

그는 바로 이렇게, "나는 나의 쓰기가 완성되는 지점이 공중이라는 것이 마뜩지 않을 뿐"이라며, 형이상학을 거부하여 현실을 굳건히 지켜내면서, 오로지 타자의 자격("자네가 방 밑에서 기어 나와 내가 기록한 것들을 읊기도 하네"—「기억 후의 삶」)으로 시를 쓴다. 다시 말해, 시민-시인은 개인-공동체의 자격으로, 그러니까, 개인 안에도 공동체가 존재해야 한다는 사실과 공동체 안에도 개인이 거주해야 한다는 사실을 믿는 사람, 오로지 이와 같은 조건하에서만, 시를 쓸 수 있다는 사실을 굳게 신봉하는 사람인 것이다. 따라서 그에게 타자는 나이며, 나는 바로 타자이다. 김안의 시에 자주 등장하는 '자네'나 '당신'(특히 2부의 작품들은 거개가 자네에게 바쳐진다)은 단순한 이인칭 단수나 복수의 호명이 아니라, 내 안에 거주하고 있는 무언가가 나로부터 호출해낸, 나와 타자의 공통된 이름이며, 내가 거주하고 있는 무엇이 타자에게서 호출해낸 무엇이라는 사실을 우리는 곧 깨닫게 된다. 이것이 우리가 '주체sujet'라고 부르는 것이다. 김안에게, 쓰는 주체(시를 쓰는 주체)의 고안은, 결국 시민의 자격으로 시를 쓰는 사람이 될 사유의 고안이자, 이 사유에 부합하는 언어의 고안이며, 그것은 타자와 함께 쓴다는 것, 쓰는 행위를 지속해낸다는 다짐과 자의식을 타자와 함께 실천에 옮긴다는 것, 그러니까, "누구의 내면이 나의 입으로 당신에게 고백할까"(「미제레레」)를 묻고 제기하는 일과 다른 것이 아니다.

  아침입니다. 책상 아래입니다. 아침이면 사람들은 출근하고, 아기들은 울기 시작합니다. 당신이라는 쓰기의 등을 열어젖히고 그 속에 들어가 웅크립니다. 책상 아래입니다. 어둠의 속살은 무슨 빛깔일까요? 햇빛은 사람들을 달려가게 만듭니다. 어둠은 그 속살을 숨기기 위해 긴긴 동굴을 만듭니다. 하지만 당신이 탄 지하철은 이름 없는 동굴의 미로 속에서도 용케 길을 찾아 당신을 배달할 테지요. 하지만 이 안에 당신이라는 쓰기가 끝끝내 말하고자 했던 서정과 미래 따위는 없군요. 그런 것들은 대체 어디에서 시작되었을까요? 책상 아래입니다. 아침입니다. 마야콥스키의 권총이나 예세닌의 마지막 잉크를 생각하면서 난 자위나 줄여야겠습니다. 새로운 각오 속에서 당신과 당신의 마음의 노역과 곤욕스러운 이 가정을 버티고 있는 모국의 국기 색깔을 떠올립니다. 나의 국적은 어디입니까? 책상 아래입니다. 당신이라는 쓰기의 등을 열어젖히고 들어갑니다. 당신과 내가 세웠던 육신의 유적지들을 배회합니다. 하지만 아침마다 새파란 눈을 깜박이며 모르몬교도들이 자꾸만 찾아와 피안을 이데아를 영접을 말합니다. 용서와 사랑을 말합니다. 그런 것들은 대체 어디에서 시작되었을까요? 책상에 앉아도 이 아침은 끝나질 않습니다. 아기들은 울기만 합니다. 지구 따위는 멸망해버렸으면 좋겠습니다. 당신의 자궁을 기억하기 위해 웅크립니다. 나에게 더 가까워질수록 아침입니다. 책상 아래입니다. 어둠이 뚫어놓은 이 동굴은 나를 어디로 배달하고 있습니까?

―「囊」 전문

시민―시인은 무엇 하나 쉽사리 포기할 수 없다는 사실을 알고 있는 사람이다. 그는 자폐의 공간에서 상상을 즐기는 사람이 아니다. 그는 오히려 내가 모르는 곳에 존재하는, 그러니까 오로지 시로만 말할 수 있는, 오로지 시라는 언어의 형식을 통해서만 담아낼 수 있는 미지의 무언가에 과감히 손을 뻗으려는 자이며, 이 의지로 "당신과 내가 세웠던 육신의 유적지들을 배회"할 수 있는 사람이다. 그는 "책상에 앉아도 이 아침은〔이〕 끝나질 않"는다는 사실을 벌써 각오한 사람이다. 그는 "자네가 부러뜨린 내 손가락들이 사각사각 책상 위를 기어 다니네"(「기억 후의 삶」)라고 말할 수 있는 사람, 그러니까, 언제 어디서나, 타자와 함께, 무언가를 각성하고 사유하면서, 그것을 시라는 형식하에 적어내고자, 타자와 함께 불멸의 밤을 보내는 일로, 공화국에서 제 존재의 타당성을 모색해나가고자 하는 자이며, 이러한 행위를 통해서 존재의 이유를 묻고 가치를 찾아나서는 자이기에, 오히려 그는 공화국에서 제 고유한 언어로 시의 법을 입안하려는 사람일 수밖에 없다. 그는 "피안을 이데아를 영겁을" 전도하는 철학자의 유혹을 물리치고, 제 "국적"을 "책상 아래"라고 과감히 말할 수 있는 사람이다. 그는 "용서와 사랑"처럼, 커다란 덩어리로 주어진, 저 의미로 가득한 것을 사회에서 배워 익히 알고 있으나, 그것이 주장하는 바를, 시시각각 의문과 물음으로 되돌려놓으려는 자이며, "서정과 미래 따위"가 헛되다는 사실을 정확히 주시할 줄 아는, 그러니까 지독한 현실주의자이다.

이 시민-시인은 이렇게 "사람의 길을 걸어야 했던 주름과 신음의 나날"을 기록하는 일을 제 업으로 여기면서, "쓰기의 바깥에서 서성이는 모든 주어(主語)들"(「복화술사」)에게 공평한 손길을 주어, 시라는 백지 안으로 걸어 들어오게 하고, 시의 논리 속에서 제 자리를 돌려주려는 일로, 시민-시인의 목소리를 내고, 이 일로 개인-공동체의 가치를 확보해내려고 끊임없이 세계의 문을 두드린다.

> 서로 다른 신(神)들의 목소리로부터도
> 더욱 공평해지는 악들로부터도
> 눈을 감으면 당신은 이 방을 찾고 있겠지
> 나의 비겁과
> 나의 졸렬함과 변명들과 뒹굴다가
> 서로를 훔치다가
> 서로의 창세기를 온종일 들여다보던 서툰 골목의 시간들을
> 나는 더 익숙해져야지
> 나의 방의 사라짐으로부터

나는 나의 방을 숨 쉬며

온종일 눈을 치켜뜨고 창밖의 분노와 희망의 욕망을 곱씹으며

이제 당신의 얼굴조차 볼 수 없다고 해도

당신이

돌이켜줄 테지

—「이후의 방」 부분

　김안은 의미에서 출발하여 물음으로 향하는 저 역치(易置)의 길 위에서만 쓴다는 행위에 대한 당위를 발견하는 것이며, "이유 없이 以後가 없는 것"(「구주」)이라는 사실을 정면으로 마주하고, 그럴 때 세계와 마찰을 겪으며 제 몸 속으로 파고드는 기이한 물음들을 시를 통해 궁굴린 후, 다시 세계를 향해 제기하는 당당한 주체가 되어서, 그 길 위로 수많은 문제들을 소환해내는 데 성공적으로 합류한다. 이 길 위에서 그는 불분명하고 우연한 것, 상호작용과 반작용의 다양한 움직임 속에서만 존재하는 저 삶의 가변적인 양상들을 포착해내는 일로, 시민-시인의 자격을 제 스스로에게도 부여하고자 한다. 시민-시인이 되는 길은 고뇌에 찬 개인의 아포리즘을 뽑어내는 것이 아니라, 결국 타자와 함께 시를 쓰는 행위를 개진하는 일에 달려 있다. 따라서 그의 까닭 없이 차올라오는 물음은 오히려 아포리즘에 대항하는 단단한 자괴감이나 스스로에게 아쉬움을 남기지 않게끔 실존의 밑바닥을 완전히 연소하고서 내려놓은 절망들, 그 절망들을 끌어안고 살아야 하는 패자의 서투름과 상처가 울려내는 발화에 가까울 수밖에 없다. 그의 시에 일인칭은 없다. 그는 삶에서 가치가 있는 것들을 사유하기 위해 시시각각 견뎌

내야만 하는 악이나 선이 존재한다 해도, 이 양자는, 어느 하나에 확신의 무게를 내려놓을 수도 없는 사유의 대상이라고 생각하며, 모순이 공존하는 바로 그 모습이야말로 그에게는 "온종일 눈을 치켜뜨고 창밖의 분노와 희망의 욕망을 곱씹으며" 계속해서 기록해 나가야 하는 이 시대의 현실이자 시대의 정직한 모습인 것이다.

　그의 시는 타자의 손을 빌려 내려놓는 나의 재료이자, 타자의 입에서 튀어나온 나의 발언이다. 그는 혹시 자기만의 "방"을 갖기 위해서 시라는 "당신"의 자리를 계속해서 찾아 나서야만 하는 이 공화국에서, 그 누구도 제게 눈길을 보내지 않는, 몹쓸 운명의 주인이 되어 "머리 위로 펼쳐진 속죄의 목록들"(「미제레레」)을 낱낱이 헤아려보는 고단한 길을 걷기로 자청한 것일까. "나의 무사함이 죄가 됩니다"(「지상의 방」)라는 저 언명에는 "당신이라는 쓰기"(「복화술사」)의 주체로 거듭나기 위해, 공화국 안에서 당당하게 제 노동을 수행한다는 사실을 애써 공표하고자 하는 의지와, 시 쓰는 시민-주체에게, 국가가 마련해주지 않았던 고유한 자리를 내어주고 스스로 그 자리를 차지하기 위해, 통념과 싸워나가겠다는 확신이 서려 있다. 그는 이렇게 해서 삶이 조금은 변할 수도 있다는 불완전한 확신의 편에 설 때만, 시인이 될 수 있다고 생각하는 것은 아닐까? 시민(市民)이자 시민(詩民)의 자격으로 세계를 살아내고자 할 때, 느닷없이 찾아온 물음들이 '사람'에서 출발하여 '사람'으로 마무리되는 것은 이러한 까닭에서일 것이다. 그의 시에 자주 등장하는 "자위"는 따라서 自慰(자신을 스스로 위로하는 행위)이자, 自衛(그러니까, 이런 자신을 스스로를 지켜내려는 행위)이며, 自爲(다시 말해, 자신을 스스로를 인정하고 또 성취해내려는 행위), 오로지 쓰는 행위로 제 존재의 당위를 묻고 존재의 가치를 확인하고자 하는 몸짓이라고 볼 수밖에 없다.

3. 악이 평범하다면 선도 평범합니까?

김안의 물음은, 지금-여기에서, 사람은 무엇인가, 악(惡)이 평범해진 세계에서 신(神)에게 의탁하지 않고서, 어떻게 선(善)을 갈구할 수 있을 것인가, 윤리는 대체 무엇인가, 와 같은 커다란 사유의 거리를 우리에게 제공하지만, 우리가 그의 시를 읽으면서 예비해야 하는 것은, 오히려, 시는 개인의 발화인가, 시는 어떻게 공동체의 목소리가 되는가, 시는 어떻게 "슬픔이, 고통이, 살기 위해 기생해야 하는 묵종과 치욕 시간"(「치차의 밤」)을 지금-여기로, 타자의 말로 견인해 오는가와 같은 난제들이다. 이 자본주의 시대에, "그 어떤 신도 인간을 직접 만진 적이 없"(「홀로코스트」)는 폐허 위에서, 삶에 속했을, 삶이 표현하고자 했을 감정들과 정념들, 삶의 맹목들과 비극들을 지금-여기에 재현해내는 일은, 도드라진 하나의 진리에 편승하지 못하는 불가지의 논리들에 맞서서, 어떻게 제 희미한 실현의 가능성을 타진해나가는 것일까?

그는 저 자신에게 부과했던 죄의식과 세계에서 유령처럼 떠돌고 있는 온갖 관념들을, 자기 자신의 점진적인 파괴와 타자에 대한 점유로 이 세계에 환원해낼 때, 비로소 시민-시인의 자격을 성취할 수 있다고 생각하는 것인지도 모른다. 그렇다면, 이 척박한 삶에 뿌리를 둔 그의 시는 어떻게 타자에게서 비롯되어, 삶의 가지들을 점차 늘려가는, 쉬지 않는 성찰의 운동으로 거듭나는 것일까?

불행하게 태어난 아이들의
어찌할 수 없는 선함처럼 너를 믿었다. 증오한다.
기록된 것은 기억들보다 위대하기에
무덤들 위에 아무것도 모르는 집이 생기고
아무것도 모른 채 집은 불타고
부모를 잃은 아이들이 그 위에 누워 울다가 말라붙는다고 해도
나는 단지 너의 말을 내 몸에 받아 적을 뿐이다.
어느 미친 새들은 나무가 불타도 울지도, 그 나무를 떠나지도 않
는다.
그것은 때론 선함이고, 순수함으로 기록된다.
하지만 죽어서도
서로 다른 자세로 나무에 매달려 있는 이 검은 새들을 자세히 보면,
마치 어린 시절 돋보기로 불태우던 개미 같고
어느 미친 작곡가가 목매달기 전에 썼다던 악보 속 음표만 같다.
이 나무에 앉아
누가 노래할 수 있고 누가 비명을 지를 수 있을까.
그런다 한들 누가 밤의 흰 수염을 기르며
이 적막의 혀와 섞일 것인가.
안녕. 너와 나는 서로에게 선했던가.
우린 평등했던가.
너와 나는 이 불행을 함께 바라보고 있었던가.
중앙보훈회관 건물에 걸려 있는

당선 축하 플래카드를 바라보는 서로 다른 표정의 사람들처럼

나의 그림자는 너무 많구나

잠이 들면 나의 귀에서 줄줄이 너의 검은 벌레들이 기어 나와

나의 그림자를 불타는 나무 바깥으로 옮기고

무덤 속 사람들 머리카락 치렁치렁해지고

신문은 부음으로 가득해진다.

실성한 여자를 향해 돌을 던지는 아이들의 순수함처럼

모두가 선한 싸움을 할 뿐이다.

각자의 선함들이 만드는 것은 기껏해야 누군가에게는 악.

실은 미치지 않고서야 선할 수 없다.

그렇다면 너는 얼마나 미쳤기에 나를 밀칠까.

미치지 않고서야,

나는 여전히 너의 나무에서 말라붙고 있을까.

— 「선(善)이 너무나 많지만」 전문

　"기록된 것은 기억들보다 위대하기에"가 시 쓰기의 필연성에 대한 비유라고 한다면, 이 비유의 효율성은 "무덤들 위에 아무것도 모르는 집이 생기고/아무것도 모른 채 집은 불타고/부모를 잃은 아이들이 그 위에 누워 울다가 말라붙는다고 해도"를 시적 상상의 결과물로 읽게 해주는 데서 크게 빛을 발한다. 그러나 시에 겹겹의 층위를 설계해내는 김안의 재능은 이 정도 수준에서 그치는 것은 아니다. "나는 단지 너의 말을 내 몸에 받아 적을 뿐"은, 언술의 대상이 된 "불쌍하게 태어난 아이들의 어찌할 수 없는 선함"을 색다른 각도에서 접근하게 해주는 동시에, 타자를 통해, 오로지 타자

456

의 말을 딛고서, 바로 서는 상호주관성의 세계를 시에 결부시키고 있다는 점에서 벌써 문제적이다. 시는 여기서 단일한 해석을 방해하는 이중의 기술(記述)과 기술(技術)에 기대고, 글쓰기의 이 이중화 작업을 경유하여, 정직하고 순수한 삶에 대한 고집스런 기억과 시 쓰는 자의 자의식을 하나로 묶어내는 데 성공적으로 합류한다. 삶에서 "선함과 순수함으로 기록"되어온 것들에서 시인은 "나무가 타도 울지도, 그 나무를 떠나지도 않는" 인내의 세월을 담아내고, "미친 작곡가"의 고독한 삶을 "너의 나무"에 말라붙은 아주 작은 알갱이, 검고 단단한 하나의 점과도 같은 결정(結晶)체로 농축해낸다. 음표 같기도 하고 새가 타버려 쪼그라든 것도 같은, 어린 시절 태워 죽인 개미의 흔적이라고도 해야 할 이 작은 핵(核) 속에는 고통의 기억과 기억의 고통이 덩어리로 응축되어 있지만 정작 중요한 것은 발화행위 자체를 불가능의 영역으로 몰고 갈 만큼의 비극성이 그 안에 자리하고 있다는 점이다. 거개가 평서문으로 된 시에서 의구와 항변의 목소리를 비가시적 물음의 형식으로 이끌어내는 것은 바로 이 비극성이라고 해야 한다.

김안의 시를 통해 우리에게 찾아든 물음들은 오로지 또 다른 물음들을 야기하거나 인식의 문제를 제기하는 과정에서만 크게 빛을 발한다는 사실을 다시 상기하기로 한다. 가령, 이 작품이 우리에게 뿜어내는 설의-물음-문제는 바로 다음과 같은 것일 수 있다. "각자의 선함들이 만드는 것은 기껏해야 누군가에게는 악"이며 "미치지 않고서야 선할 수 없다"고 한다면, 인내가 무엇인지 알고 있는 저 "적막의 혀"로 우리는 이 세계에서 과연 이것은 저렇고, 저것은 이렇다고 감히 발설할 수 있을 것인가? 우리는 무엇을 기억했노라고 확신할 수 있는 것이며, 삶의 불투명한 기억으로부터 어떤 실천을 촉구해낼 것인가? "선한 싸움"은 과연 선할 수 있는가? 당신은, 나는, 일상에서, 이 세계에서, 과연 선했으며, 선했다고 말할 수 있는가? 그랬다고 한다면, 당신은 어떻게 악하지 않았다는 사실을 증명할 수 있는가? "순수"와 "선"으로 자신의 나날들을 지탱해왔다고 믿는 우리가 항상 동일한 지평을 바라보고 있었다고 당신은 확신할 수 있는가? 그 시선이 평등하다고 한다면, 그것은 또 무엇이며, 도대체 평등을 보장하는 기준이 존재하기는 한 것인가? 사소한 풍경조차 동일하게 바라보는 것이 아니라면, 아니, 그럴 수 없다면, 그럼에도 불구하고, "서로 다른 표정의 사람들"은 왜, 그리고 어떻게, 떨쳐낼 수 없는 나의 분신이 되어 나의 입술을 통해, 나의 목을 통해 세계에 제 존재를 드리우고 우리의 삶에 입사해야 하는가? 나의 내면에 잦아든 타자들은 왜 헤아릴 수 없을 정도로 많으며, 또 다양한가? "너무 많"은 "나의 그림자"가 고통스런 기억 바깥으로도 나를, 타자를, 공동체 안으로 이행할 수 있도록 도움을 줄 것인가? 세상에는 오늘도 망자(亡者)들이 흘러넘치고, 누군가 망자가 되었다는 소식들이 이곳저곳에서 창궐할 뿐이란 말인가? 새로운 물음들이 앞의 물음들을 한 번 더 비끄러매는 것을 막을 수도 없다. 이 "각자의 선함들"이 "누군가에게는 악"이 된다면, 선하다는 것 자체가 미친 것과 과연 얼마나 다르다고 말할 수 있는 것인가? 이러한 물음은 그 자체조차 단순하고 어리석은 것인가? 시는 물음이 끊임없이 꼬리에 꼬리를 물고 이어지면서, 타자를 끈덕지게 요청하고 공동체에 소환하려는 의문의 목소리로, 주관성의 포화 상태를 이룬다.

예외도 없이 선한 세상, 모두가 공평하게 적용되는 윤리의 세계는 오지 않을 것이며, 오로지 유보된다는 특성으로만 세계에 존재할 것이다. 김안이 쏟아낸 저 의사(擬似) 물음들은 개별성에 토대를 둔 보편적 가치의 성취가 거의 불가능한 상태로만 주어진다는 인식에서 비롯된 것은 아닐까. 그렇기 때문에 "거의 유령"(「회음」)이나 다름없는 이 세계에서 그는 "아직 나의 말이 끝나지 않았"다고 생각하는 것이며, 바로 그렇기에 "하루에도 수차례 낮과 밤이 반복되고" "다시 또 어느 날이 되어도"(「맹목(盲目)」) 오늘도 제 발걸음을 재촉하고 있는지 모른다. 김안에게 시는 따라서 명백히, 어떤 복무이며, 소임에 기반한 주관적인 행위일 수밖에 없다. 그가 일시적으로 산화하고 사라질 파토스적 해답의 총체를 갈구하는 것이 아니라, "방바닥 위에 납작하게 붙어버린 벌레들"(「연흔」)과 "우리가 씹어 삼키는 이 살덩어리들의 국적"(「육식의 날들」)처럼, 삶의 복부를 가르고 그 안에 도사리고 있는 거대한 욕망을 직접 들여다보고자 하는 것은 바로 이 때문이다. "더욱 공평해지는 악(惡)들"(「이후의 방」)의 세계에서 김안은 우리 삶에 흔쾌히 동의하는 가치들을 옹호하는 대신, 우리가 증오해온 사유, 기피해온 관념에 애초의 자유를 되돌려주는 일로부터 시작하여, 그 과정을 힘겹게 적어나가고, 그 과정에서 제기되는 의문들을 제 시의 형식으로 삼아, 시민들이 존중할 만한 시적 가치를 철학이나 법률과 대별되는 관점에서 고구해내는 작업을 통해 시민-시인의 임무를 수행하려 하거나, 그럴 수 있다고 믿는 것일지도 모른다. "이제 막 태어난 아이들의 악몽"(「불가촉천민」)과 "이제는 기억되지 못하는 것들"(「연흔」) 사이에서 쏟아져 나오는 수많은 의문들은 이제 우리의 몫이 아닐까?

　어제의 당신이 내일의 당신이지는 않을 것이다. 수많은 왕들의 목
을 자르고, 수많은 신도들을 불태웠어도, 새로운 시대는 늘 익숙한
맹신과 내세로밖에 스스로를 지키지 못한다. 지금이 아닌 모든 어제
들은 죄악이고, 지금이 아닌 모든 내일은 어제의 궁형(宮刑). 당신이
지금 여기에 있다는 것은, 지금의 당신은 나의 가장 강한 선(善)이
자 윤리. 거대한 자목련들이 들쥐들을 잡아먹듯, 나는 당신의 손을
잡고 나의 윤리, 나의 선(善)에게 이 늙은 입을 건넨다. 갈까, 우리
저 더러운 말의 세계로; 천장과 바닥 사이에 숨어 있는 어제의 책
들, 어제의 약속들, 어제의 깃발과 외침들로. 죽은 쥐의 꼬리를 들고
빙빙 돌리다가 벽을 향해 내던지는, 천사들의 이름만 같은 아이들의
순진무구함처럼 어제의 대기와 어제 흘린 피는 악의 없이 망각된다.
새로운 시대는 망각의 사업에 힘쓰고 창문 밖의 공포가 진실과 정의
들을 재생산하고, 침묵이 소비된다. 그러니, 우리 갈까, 저 더럽고도
시끄러운 말의 세계로.

—「국가의 탄생」 부분

　병(病)만 진보하네. 우리가 함께 외우던 이국(異國) 신들의 이름
들. 그 이름들의 평화 속에서 영혼은 그저 썩어갈 뿐이지. 정말 신비
스러운 것은 우리가 그저 늙고 그저 죽을 뿐이라는 사실이네. 우리
는 신비주의자. 우리는 비관주의자. 우리는 비겁한, 무지한. 이 피리
를 보게. 온몸이 구멍이네. 손가락이 모자라네. 이제는 다른 식으로
호흡해야 하네, 붉은 우리의 회색처럼, 폭설 속에 피어난 저 붉은 이

빨의 목련이 질긴 진실들이라 하더라도. 지겠지. 모두 지고 말겠지. 이젠 아무리 거울을 닦아도 내가 보이질 않네. 난, 보고 있네. 거울이 얼마나 느리게 깨어지고 있는지를. 거울 안에서 유황칠을 지우고 있는 내 손톱의 참담한 부드러움을.

—「검은 목련」 부분

시민-시인이 공화국에서 선보이는 시는, 질서에 복무하고 안녕에 이바지하는 시가 아니다. 그것은 "더럽고도 시끄러운 말의 세계"를 현실에서 열어 보이는 시라고 해야 한다. 시민-시인은 "늘 익숙한 맹신과 내세로밖에 스스로를 지키지 못"하는 "지금이 아닌 모든 내일"이나 "어제의 깃발과 외침들"을 "지금"의 사건으로 기억하는 것이야말로 시 쓰는 자의 책무라고 여긴다. 현실이라는 "거울이 얼마나 느리게 깨어지고 있는지"를 투시하기 위해, "거울 안에서 유황칠을 지우고 있는 내 손톱의 참담한 부드러움"을 말해야 한다는 것, 바로 이것이 시인이 세계에서 수행해야 하는 복무일 것이다.

시민-시인은 바로 지금-여기의 언어로, 과거에 상실되었거나 미래에 상실될 것, 현실의 불완전한 전망이, 끊임없이 교섭하고 서로 회전하면서 우리의 삶에 들어붙고, 우리 사회를 강타하며, 역사를 물들여가는 과정을 기록해가는 일이 결국에는 실패로 귀결되고 말거라는 사실을 아는 사람이다. 어쩔 수 없는 것들이 왜 어쩔 수 없는지를 물고 늘어지려는 일에서 늘 실패하는 시민-시인의 두 어깨 위에는 그러나 현실이, 현실의 아우라가 서려 있을 수밖에 없다. 시민-시인은 "악은 갈수록 평범해져간다"(「소하동」)는 사실을 증명하

는 데 급급한 것이 아니라, 그 상태에 부합하는 의식을 적나라하게
밀고 나가, 기록해내는 것을 중요하다 여길 수밖에 없는 것이다.

　　질서는 공포로 완성됩니다. 어떻게 한 줄로 세상을 바꿀 수 있을
까요. 두 줄, 네 줄, 그 어떤 문장의 질서로도. 앵커는 말합니다, 나
의 질서보다 더 큰 질서가 무럭무럭 방 안으로 차오를 거라고.
　　　　　　　　　　　　　　　　　　　　　—「지상의 방」 부분

　　어느 날,
　　나는 눈알이 파여 있었고
　　하지만 모든 이에게 나쁜 권력은 없기에 사람들은 서로가 서로에
게 거룩한 증오였고
　　집은 순결이 부패하는 자리였고
　　거대해지는 생활의
　　공포들이 이 공화국을 부강하게 만들고 있었고
　　어느 날부터인가 눈알이 파여 있었기에 우리는 서로에게 점점 더
잔인해질 수 있었고
　　굴종의 기억이 이 공화국의 질서를 이루었고
　　뚝, 뚝
　　나의 손가락이
　　가지런히 부러져 아무것도 쓰지 못한다는 것을 알지 못했고
　　죽기 위한 공장들은 평안하게 돌아가고
　　완벽한 죄악과 비둘기와 개종자들로 가득 찬 공화국은 영영 부패
하지 않고

하루에도 수차례 낮과 밤이 반복되고 있다는 것을 알지 못했고
어느 날,
그리고 다시 또 어느 날이 되어도 나는 눈알이 파여 있을 것이기에
모든 시작들은 이미 끝나버렸고
나는
얼마나 깊이 떨어져 있는지 알지 못하고

—「맹목」 전문

시민-시인은 시민을 궁굴리거나 묘사하는 데 만족하는 것이 아니라, 시민에 개입한다. 그가 시에서 지워낸 척도는 가령, 이 경우, 지금-여기의 바깥을 둘러치는 작업에 사로잡힌 거대담론들과 그것들이 뿜어내는 획일성이다. 시민-시인은 '시민다움'에 부합하는 목소리를 고안하고자 하고 현재의 삶에서 이행의 조건을 강구하지만, 이 시민-시인의 유토피아는 정치가 아니라, 비정치의 정치성을 추구하는 일과 맞닿아 있다. 정치가 사회에서 어긋나거나 도드라진 관계들을 합리와 이성, 법률의 질서로 바로 세우려는 의지인 반면, 시민-시인은 합리-이성-질서-법이 포괄하지 못하는 것들을 집결시켜 비끄러맨 미지의 공간을 사회에서 열어보려는 모험을 감행하며, 이 사회에서 솟구쳐 나올 수밖에 없는 (가짜)물음들과 추정 가능한(가능하지 않은) 대답을 집결시키는 언어를 고안하려 한다. 그는 개별화된 언어로 세계와 주관적인 관계를 창출하고자 노력하면서, 오로지 이 세계에 주체로 자리매김을 하는 일에 전념하는 것이다. 형이상학적 개념들, 커다란 의미를 머금은 테제들을 현실의 얼굴과 포개어 사유하고, 현실의 내부에 각인하기 위해, 김안은 반

드시 던질 수밖에 없는 물음을 발굴해내고, 기꺼이 이 물음들을 세계에 투척함으로써 주관성을 최대한 끌어올린 발화의 주인이 되고자 하였다. 우리는 김안의 시에서 "공화국의 질서" 속에서 빚어진 "굴종의 기억"들에 맞서는 방식을 목격하고, 야만에 대항하는 자가 내려놓은 비판의 목소리와 "완벽한 죄악과 비둘기와 개종자들로 가득 찬 공화국"에서 퍼져 나온 저 비통한 비극의 함성을 듣는다. 세상의 모든 불안에게 제 지위를 부여하고, 세상의 온갖 의문을 공화국의 한복판으로 끌고 들어와, 시민-시인은 비극의 운명으로 제 말을 받아내며, 미지를 타진할 앎(知)의 생존 방식을 고민하는 일을 게을리하지 않는다. 그의 시는, 미처 말이 제 형태와 모양을 갖추기 이전의 사유이자, 형태와 모양을 갖추어나가는 데 필요한 독특한 발화의 폭발로 우리에게 투척한 헌사이자, 감성과 이성의 임의적인 구분을 취하한 지점을 선취한 자가 뿜어낸 감성-이성의 목소리이며, 삶의 살아 있는 입자들의 폭발이라고 할 수 있다.

4. 우리는, 나는, 더 낮게 패배해야만 합니까?

김안은 매순간 망설이고 동요하며, 자신의 불안이나 혼란, 삶을 가득 채우고 있는, 저 까닭 없이 찾아오는 모순과 고통을 제 주관적인 물음의 무대 위로 올리는 일을 주저하지 않는다. 그는 자기 삶의 모순과 씁쓸한 제 꿈을 반사하거나 튕겨내는 나르시스의 거울 놀이에는 관심이 없다. 그는 물음을 던지고 나면, 다시 생겨난 또 다른 상처 때문에, 세계의 거울 앞에서 여전히 피를 흘리고 있는 제 추하고 비겁한 얼굴을 주시하는 일을 게을리하지 않는다. 그의 시는 "비겁함, 두려움, 공포, 증오, 모멸감"(「식육의 방」)과 "방바닥에 굴러다니는 공포들"(「회음」)을 손에 쥐고서, 보다 큰 말들, 큰 의미들을 탈신성화해내는 작업에 몰두하기에, 과거에 대한 까닭 모를 탐닉이나 현실에 대한 메마른 기술, 미래에 대한 턱없는 전망에 쉽사리 붙들리지 않는다. 증오가 이 세계에서 점점 제 파이를 늘려가는 것을 어떻게 막을 것인가?

김안이라면, 증오의 역사는 어김없이 사랑과 반성의 이름으로 자행된 인간성의 상실이나 희망과 욕망의 이름으로 지어올린 유토피아를 버팀목으로 삼아왔노라고 말할 것이다. 그는 단 몇 분이라도 자신을 포함한 사람들을 유심히 관찰해본 자가 어떻게 염세주의자가 되지 않고 견딜 수 있는지 의아해할 수밖에 없는 시간을 온몸으로 마주해야 한다고 우리에게 말할 것이다. 그의 시는 "우리의 방바닥이 무저갱 속으로 가라앉을 때까지"(「식육의 방」) "비참한 당신의 적막들과 창을 뒤흔드는 기억들과/끈적거리는 모든 것과/함께"(「실낙원의 밤」), 오로지 개인의 자격으로 세계를 읽어내고자 하는 개별화의 의지와 개인적 각성을 통해서만, 보편적이고 공동체적인 삶을 그려보고자, 더디고 서투르게 일보를 내딛는 고통스런 티켓을 우리에게 선사한다.

언제나 패배하는 사람이 있다. 언제나 도망치는 사람이 있다. 아름답고 더러워라, 승리만을 기록하는 사람도 있지만 현실은 이 모든 것들과 아무런 관계도 책임도 없다. 현실에서는 그 어떤 폭력도 눈물도 없다. 단 하나의 단호한 명명만이 있다. 단 하나의 거대한 입과 이렇게나 많은 찢겨진 입들이 있다. 이렇게나 많은 유령들이 또다시 거리를 배회하고 있다. 죽은 자들이 사라지니 신도 사라졌다. 하지만 나의 조국의 내부에는 여전히 구원이 있고, 구원의 쾌락이 있다. 빌어먹을 마녀가 있다. 그리고 그 뒤에는 이토록 나약한 말의 악몽이 있다; 언제부턴가 온 집 안의 수도꼭지가 잠가지지 않는다. 얕은 잠 속으로까지 물이 넘쳐 들어온다. 엄마를, 아내를, 애인을, 진실 속에서 익사한 사람들을 불러본다. 내게는 숨겨진 벗들이 있으며, 숨겨진 입들이 있으며, 숨겨야만 했던 유령이 있으며…… 숨겨져 있으니 내게 이 현실은 아무런 관계도 무게도 없이 영원히 출렁이며 고인 채 썩고 있다. 단단한 벽과 늙어 소리를 잃은 악기들, 창문으로 쏟아져 들어오는 실체를 알 수 없는 그림자와, 벌레처럼 울고 있는 형광등, 찢겨진 입과 매일의 유언; 그저 악몽을 창조하는 것. 기억되는 악몽만이 가끔 진실이 된다. 우리 중 기록될 악몽의 주인은 누구일까. 누구의 악몽이 구원을 받을까. 그리고 끝끝내 구원을 단념할 수 있을까, 이후의 악몽들을, 이후의 삶을.

—「이후의 삶」 전문

그의 시는 혁명이 완전히 사라져 안전해진 시대를 비겁한 역설로 구가하고자 하는 몸짓이 아니다. 삶의 자잘한 사안들을 디디고 솟구쳐 오르는 거대한 의미들을 붙들고, 그것에 이의를 제기하거나 항변하듯 날카로운 물음을 던짐으로써, 아직 그럴듯한 답을 쥐지 못하고 에둘러 회피해왔던 저 대의와 윤리를 고민하게 하고, 삶에서 더러 어설프게 들려왔던 미지의 목소리에 한 번 더 힘을 실어내면서, 결국 그의 시는 우리 모두를 이상한 곳으로 데려온다. 그는 물음을 잔뜩 들고 현실의 역장(力場)으로 뛰어들려고 하는 자, 따라서, 이상과 희망에 있어서, 패배하는 자, "언제나 패배하는 사람"이며, 오로지 패자의 자격으로, 거짓과 포장, 가식과 통념의 근간을 면밀히 검토하고 사유하려는 시인이다. 깔끔한 설명으로 그의 시가 우리에게 내려놓은 그림자를 거두어내기는 어려운 이유도 여기에 있다. 그의 시에 적재되어 있는 기이한 힘은 우리가 알지 못하는 삶을 현실의 과감한 입론처럼 우리 내부에 등재하며, 위력을 뿜어내기 때문이다. "만약이라면 / 어떤 혐의들로부터도 패악들로부터도 자유로울 수 있을까"(「미제레레」)라고 물어오는 이 미망의 유혹은 결국, 시민이 품을 수 있는 미지에로의 유혹이며, 이 시민-시인이 선보인 유혹은 말의 점정(點睛)이라고 할 만한, 언술을 운용하는 힘과 다르지 않다.

　　부끄럽고 무섭지만 따뜻한 날들이여
　　헛수고의 날들이여
　　무덤처럼 부풀어 오르다가 파헤쳐질 우리의 배여
　　냉장고 속에서 싹을 피운 감자처럼 유령의 발자국처럼
　　계절은 스무 번이나 바뀌었는데
　　적의 영토는 하루에도 수천 리씩 늘었다가도 줄어드는데
　　나는 무엇을 보고 있었던가
　　어제 나를 받아먹었던 만신이여
　　땅으로
　　물로
　　대기 속으로

내 발자국을 던진 이는 누구인가

물질과 도덕의 파멸의 일상을 수태하다가 나를 낳은 배여

나는 우리가 필요없습니다

나는 없습니다 애초에

나는 없었습니다 없고 싶었습니다만

보세요, 패배자에게도 단단한 입술이, 단단한 정신이 존재합니다

나의 이 헛수고들이여, 하루들이여

하루에도 수천 명의 사람들이 광장에서 사라지고

하루에도 수천 개의 감정들이 허구렁 속으로 가라앉지만

그 어떤 신도 인간을 직접 만진 적이 없듯

패배와 부재를 응시하는 눈이여

나의 안락한 헛수고들이여

나의 쓸모없는 지옥들이여

—「홀로코스트」 전문

　　김안은 "패배자에게도 단단한 입술"이 필요하며 "단단한 정신
이 존재"한다고 믿는다. 패자는 이 경우, 사회의 낙오자가 아니다.
그는 오히려 삶에서 자행되는 온갖 위선과 가식, 허위의식과 악행
의 근원에 귀를 기울이려는 자, 거기서 삶의 윤리와 선과 그것의
야누스와 같은 얼굴을 주시하며, 누군가 화려한 인생의 정원에 종
려나무 몇 그루를 심으며 제 삶을 위로하거나 안전한 종착지를 상
상하며, 양지바른 곳에서 살고 있다고 착각할 때, "이 현실은 아무
런 관계도 무게도 없이 영원히 출렁이며 고인 채 썩고 있다"는 사
실을 직시하며, 그러한 현실에서 삶의 진실과 마주하려, 쉼 없이

정열을 여투어두고자 노력하는 사람이다. 김안에게 패자는 매순간을 망설이고 매일을 동요하며, 삶의 구석구석에 스며들어 있는 알 수 없는 공포에 민감하게 반응하면서, 모순되어 보이는 명제들을 들고서, 과감히 삶 속으로, 현실로 뛰어드려는 자이다. 그에게 기댈 만한 이상향이나, 사상이 달리 있는 것은 아니며, 그는 시민-시인이라면 응당 사고할 수 있는 것들, 그러니까 불안이나 혼란, 삶을 가득 채우고 있는, 저 까닭 없이 찾아오는 모순과 그 모순이 야기하는 사유의 고통을 혁신적인 자신의 언어로 담아내고, 세계의 무대 위로 과감히 펼쳐 보이려는 사람이다. 그가 자신의 방에 홀로 갇혀, 책상 위나 혹은 아래에서, 무언가를 부둥켜안거나 희미하게 주시하면서, 삶의 패배와 배덕과 절망과 신비를 힘겹게 적어나갈 때, 그가 삶의 수많은 비극과 의문을 제 입술로 포개며 활활 불태우고 있을 때, 비평가가 움켜쥘 수 있는 앙상한 논리는 과연 시가 투척한 이 파멸의 유혹을 견디며, 시의 주관성에 공평한 시선을 분배했노라 자신할 수 있을 것인가?

Epilogue

시인을 추방한 공화국에서 시의 특권이 존재한다면, 그것은 필경 추방될 수밖에 없었던 시의 위험성에서 찾아야 할 것이다. 고립된 '나'나 어느 집단에 속한 '우리'가 아니라, 시가 나-타자로 남는 것을 두려워하지 않아야 하는 것은, 오히려 시가 물려받고 보존해낼 어떤 특수한 의식이며, 시가, 시라는 언어활동이, 힘들어 추구해나갈 현대사회에서의 가치일 수 있기 때문이다. 시인은 사실, 아무런 제한 없이, 어떤 질문이라도 세계를 향해 던질 권리를 갖고 있는 자라고 해야 한다. 혁명이 필요한 시대라고 해도, 혁명은 아예 오지 않거나, 다른 형태, 그러니까 비가시적인 형식으로 어디선가 더디게 진행되고 있을 뿐이다. 시는 세계 그 자체보다 세계를 구동하는 어떤 힘과 그 힘이 빚어낸 사태들에 개입하는 말이며, 세계를 합리와 법률의 질서 너머에서 책임지려는 주관적인 행위라고 해야 할지도 모른다. 진리의 전유(專有)를 포기해야 한다고 말하는 시, 확신에 대한 까닭 없는 애정을 줄여야 한다고 말하는 시, 열정의 사슬에 얽매이기보다 의문이 쏘아 올리는 두려움을 좀더 옹호하는 시, 자유나 평등, 권리나 의미처럼, 보편적이라고 알려진 가치를 이성의 계산기를 들고서 구체적인 윤리의 체로 받아보는 일에 크고 작은 거부감을 표출하는 시, 악의 평범함만큼이나 선의 지리멸렬함에 자의식을 드리우는 것이 공정하고도 사람다운 일이라고 당당히 말하는 시가 우리에게 도착했다. 그의 시는 애써 도달했다고 자부하는 이 시대의 합의와 관념에 부합하는 정답을 유도하는 질문을 내려놓는 것이 아니라, 과정에서 출발하고, 과정에 대한 탐색으로 거대한 합의들을 비판하고, 과정을 다시 자리매김하는 인식의 최전선으로 우리를 데려갈 것이다. 삶이 첫 선을 넘긴 후, 이미 되돌아갈 수 없는 것이라면, 김안의 시를 읽고 나서 우리는 어느덧 탄탄한 어둠과 힘찬 우울, 명료한 비탄의 세계에 당도한 우리 자신을 발견하게 될 것이다.

(김안 시집, 『미제레레』 해설, 문예중앙, 2014)

언령(言靈)을 따라나선 불확실한 이행

— 김이듬의 『히스테리아』

1. 시라는 검은 구멍으로

시 앞에서 날마다 허물어지는 영혼이 있는 것일까? 성취할 수
없을 것이라고 여겨진 것을 움켜쥐려 하거나 볼 수 없을 것이라고
분류된 것을 훔쳐보려 시도할 때만, 시가 시의 반열에 올라설 수
있다고 믿는 사람이 있다. 그는 제 삶에서 단 한 순간도, 아니, 삶
의 어느 귀퉁이를 돌아 나올 때나 어떤 일에 몰두하고 있을 때조
차, 시에서 벗어나지 못하며, 시를 내려놓지 못하는, 그러니까, 오
로지 시에 대한 궁리로 촘촘히 짜인 체 하나를 힘겹게 쥐고서 쉬지
않고 삶을 받아내고, 세계의 이면을 탐독해나가는, 한마디로, 시에
오롯이 사로잡힌 사람이다. 성취할 수 없으며 볼 수 없다고 여겨진
것을 나의 언어로 기록해내려는 이 의지는, 그러나 쉽게 망각되어
도 좋은 것은 아니다. 사유의 여백과 잉여의 문장을 지금-여기에
서 창출해나가는 과정 가운데, 시인이 발견하고 넓혀낸 저 검은 구

명과도 같은 공간이 우리 삶에서 허락되지 않는다면, 사실 시도, 시인도, 아니 우리 자신과 세계 자체도 온전히 제 존재의 정당성을 부여받지 못할 것이기 때문이다. 김이듬의 시집 『히스테리아』를 읽으며 우리가 겪게 될 기이한 경험은 이처럼 자기 동일성의 구심에서 이탈한 존재들이 바글거리는 바로 이 검은 구멍 안으로 자발적으로 입사하는 일에서 시작될 것이다. 자신의 모든 것을 삶의 구석진 곳곳에 매장해낸 후, 거기서 무언가를 다시 피워 올리려는 김이듬의 이번 시집을 통해, 우리는 계속해서 쓸 수밖에 없는 시인의 운명이란, 결국 어딘가에 버젓이 서 있을 표지의 안내를 받아 유순한 길 위에 제 첫발을 내딛는 것이 아니라, 온갖 통념의 방어기제를 풀어헤치고, 그것에 벌써 힘겨워하며, 매 순간, 그 탓을 저 자신에게로밖에 돌릴 줄 모르는 사람이 투신하는 범속하고 평범한 일상에서, 제 시의 꽃을 피우는 일에 달려 있다는 사실을 깨닫게 될 것이기 때문이다.

잠시라도 방심하면 그걸로 끝이라는 것일까? 김이듬은 평온 속에 내던지면 가차 없이 되돌아와 부메랑처럼 심장에 꽂히고 마는 문자의 반격을 견뎌낼 도리가 없다고 말한다. 시인으로 이 세계를 살아가는 경험은 벌써 이렇게 시련이고 자기 검열이다. 그런데 따지고 보면, 역사 속에서 경험은 언제고 시련이자 검열이었다. 시는 지고지순한 철학이나 단정한 관념으로 빚어진 세계, 결정체처럼 반짝거리는 삶의 순수한 공간에서 피고 지지 않는다. 더럽혀지고, 욕되고, 하염없이 겹쳐지며 풀려 나오는 범속한 삶을 휘젓고 나온 말이 아니라면, 시는 벌써 허방으로 내지른 공설에 불과하다는 것일까? 김이듬이 제 시에서 삶의 저변에 거주하는 모든 것들과 대면하려 시도하고, 이들을 다독이거나 이들에게 푸념을 늘어놓기도 하고, 이들과 쉴 새 없이 드잡이를 하며, 함께 울고 또 웃는, 오로지 이러한 방식으로 제 시를 궁굴리고자 하는 이유가 바로 거기에 있다. 되돌아보지 않겠다고, 눈을 감고 지나치겠노라고, 내부에서 모조리 덜어내었노라고 여긴들, 여전히 소멸되지 않으며, 소멸될 수 없는 저 조건 속에서 하루하루 비루한 삶을 연장해가는 검은 구멍의 거주자들이 있으며, 이들은 엄연히 실재하는 장소, 그것도 악취를 풍기는 장소의 주인일 수밖에 없다는 사실을, 이 시인은 감각과 직관으로 벌써 알고 있었던 것만 같다.

그러나 김이듬에게 이 블랙홀 같은 세계는, 절망과 암흑의 공간만은 아니다. 그곳은 무언가가 흘러나오고 무언가를 흘려 내보내는 생성의 장소이자, 자명해서 편리한 양분의 세계, 그러니까 약자와 강자, 우량과 불량, 밤과 낮, 지하와 하늘, 불구와 정상, 변두리와 중심, 버려짐과 돌봄 등이, 서로 살짝 찢어지면서 쏟아진 것처럼 우리에게 당도한, 우리가 아직 알지 못하는 미지의 비명이 흘러나오는 공간이기도 하다. 시인은 삶이 순환하며 토해내는 이 과정의 마지막 순간까지 시적 책임감을 느끼는 존재이어야 하며, 그 책임 의식에 걸맞은 언어로 그 수순 하나하나를 뒤좇아야 한다고 생각하고 있는지도 모른다. 그는 우리가 보고 싶지 않아 하는 것들을 사라지게 하는 대신, 들추어내 현실로 소환하는 악역을 맡은 사람, 그 일로 치러야 하는 대리전쟁을 자청한 사람이다. 그러나 그는 상실한 자가 아니다. 그가 제 시의 목소리를 얻어내는 곳도 바로 여기이기 때문이다. 미리 밝혀둘 것이 하나 있다. 김이듬의 시는 낯선 것에 대한 탐닉에 사로잡히지 않는다. 그의 시가 취하는 낯섦은 일상적이고 익숙하며 범박한 것이 뿜어내는 시적 영감에 포획되어, 그 안으로 걸어 들어갈 수밖에 없는 접사(接寫)의 결과로 우리에게 주어진 것이라고 해야 한다. 이번 시집에서 그가 자주, 자신의 시 쓰기를 비루한 존재들에서 착수하려 시도하는 것은 따라서 우연이 아니다. 그것은 오히려 시인이 제 삶을 정직하게 마주하려 했다는 말일 수도 있기 때문이다. 우연을 다투는 일에 뛰어들어, 그 결과를 기다리지만, 그러나 그 어떤 시적인 것도 좀처럼 제 얼굴을 내밀지 않아, 저 신경다발을 끊어낼 듯 팽배하게 들어선 자의식, 시를 갈망하여 삶의 굴곡진 위아래로 침전한 경험을 목도하고, 거기서 낯선 사유를 두 손에 쥐게 되었을 때조차, 낭비한 시간을 끌어안았을 뿐이라는 자괴감에 시달리며, 서둘러 다른 곳으로 벌써 이행을 준비하는 이 시인에게 우리는 대체 무슨 말을 건넬 수 있을까?

2. 희생양, 그리고 시라는 제의

누구나 다 알고 있듯, 한 사회는 질서를 통해서 유지된다. 이 질서의 체계 밖에는 크고 작은 차이로만 존재하는 '발가벗은 생명 nuda vita'들이 있다. 그들은 사회의 주류에 포섭되지 못하거나 중심을 이탈한 채, 사회의 주변부에 남겨진 '덤'이자 주위를 맴도는 '잉여'와도 같은 존재들이다. 그러나 이 '우수리'야말로 사회를 통합하는 잠재적인 힘을 머금고 있는 실재들이다. 사회 공동체는 질서의 체계를 붕괴시키거나 이데올로기에 균열을 가져올 수도 있

474

는, 사회의 내부에 도사리고 있는 잠재적인 폭력의 힘을 이 소수들에게 가하는 공동체의 집단적 폭력으로 표출하며 승화시키는 과정에서, 사회의 평화를 확보하고 유지하려 애를 쓰기 때문이다. 르네 지라르는 사회 공동체가 아(我)와 타(他)를 가르는 경계를 그으며 모종의 '결정을 감행하는' 배제의 논리[1]에 기반하여 가하는 집단적 폭력이, 공동체 내부의 갈등과 불안을 제거해내는 일련의 정화 과정이며, 이때 '우수리'는 거반이 희생양이라고 지칭해야 옳다고 말한다. 그러니까, 공동체의 평화는 희생 제의의 과정과 크게 다르지 않다는 것이다. 물론 이 희생양은 폭력의 행사 이후에도 사회에서 사라지는 법이 없다. 소멸의 길을 걷는 대신, 눈 밖에서 존재하는 길을 택한 그들은, 공동체의 문화적 무의식을 잠식하는 기저를 이루어, 오히려 자기 동일성과 전체주의적 획일성을 혁파하려는 본능과 같은 직감에 의지해, 언더그라운드에서 살아가며, 언제고 실행 가능한 잠재태가 되어 꿈틀거리고 있을 뿐이다. 「B시에서 일어날 일」에서 부분을 인용한다.

B시의 변두리에는 매춘부가 사는 골목이 있었어요. 소녀는 나처럼 중얼중얼거렸죠. 자신만 편애하다가 자기를 사랑하는 사람에게 질투를 느낀 애였죠. 그나저나 에이즈에 감염되어 북풍으로 가는 배 타고 떠났다고 합니다. 어쩌면 에이즈를 복음처럼 퍼뜨릴지 모르죠.

1) 라틴어로 '결정하다'를 뜻하는 'decidere'는 '희생물의 목을 자르다'를 의미한다. 르네 지라르, 『희생양』, 김진식 옮김, 민음사, 1998, p. 197 참고.

거기엔 때밀이 아저씨가 살고,

죽은 이를 기다리는 염장이 삼촌과 그보다 자부심 강한 무면허 의사도 살아, 내가 평상에 누우면 발가락을 공짜로 따줍니다. 나도 뭔가 퍼뜨려야 하지 않을까요?

다만 꼭 그래야만 한다면,
허무와 활기가 동시에
B시의 밑바닥에서 어지럽게 퍼져 오를 거예요.

상체보다 하체가 발달되어버려 내 푸른 스타킹이 터진다면,
녹슨 쇠줄에 감겨 올라온 소년의 손목 아대처럼
영화관 오징어마냥 내 다리도 좍좍 찢어야 할까요?

B시에는 C급 영화에 대한 격찬과 맹목도 없습니다. 그냥 뭉클한 게 싫은 작위적 기쁨과 달래, 민들레 뿌리처럼 거칠고 허연 나의 손발이 있습니다. 냉증을 앓아 서로 악수도 잘 하지 않는 이웃들.

새벽마다 누군가 꼭 운다는 것, 새벽 교회든 여관 입구든 마루 끝이든.
결혼식 피로연 식권처럼 지나면 쓸모없는 내가 반한
B시에는 순간온수기가 있고 선박 소음이 끊이지 않아,
어째서인지 걷잡을 수 없이,

꼭 그럴 필요도 없는데,

하나마나한 말을 하는 B시인이 있습니다. 비인간적이죠.

사회 공동체가 가한 폭력의 희생자들에게 고유한 질서를 회복해 내는 일은 욕망이 서로 부딪치고 충돌하며 빚어내는 상호작용 속에서도 이들이 제 앞가슴에 달고 살아가야 하는 저 차이의 표식을 걷어내지 않는 것이다. 이 우수리는 흔히, 미혼모, 창녀, 장애인, 이혼녀, 동성애자, 정신질환자, 거지, 가난한 노인 등이거나, 인종적으로 유대인이나 집시, 종교적으로 마녀나 이교도 따위의 이름을 갖고 있다. 그들은 모두, 사회에서 제 표지 때문에, 사회의 자기 동일성과 충돌하는 제 차이 때문에, 주변부로 밀려나 희생양으로 선택된 자들이다. 그들은 도시에, 도시로 가장한 사이비 도시에, 후미진 골목이나 컴컴한 마트에, 더러운 지방 도시의 네온사인 아래 신음하고 있는 온갖 종류의 구질구질한 장소에 거주하거나, 여기저기를 떠돌고, 기생하고, 끼리끼리 모여 살거나, 눈을 피해 숨어 살고, 하루하루를 연명하기 위해, 좌판에 껌이나 사과 몇 알을 올려놓고 파는 사람들, 밤이면 몰래 빠져나와 콜라텍에 가고, 먼 눈으로 타인에게 안마를 해주며 먹고사는 사람들, "늙고 병든 이민자들" "나보다 더 아프고 병든 사람"(「파수」), "경수로 안의 실험용 쥐"(「전위」) 같은, 시시각각 "더 심하게 찌그러질 수 있"(「교정」)는 존재들, "비상구"(「난초를 더 주세요」)가 어디에 있는지 항상 의식하고 살아가야 하는 사람들, "맨얼굴은 진짜 얼굴이 아니"(「드레스 리허설」)라서 가면을 써야만 타인을 마주할 수 있는 존재들이다. 김이듬은 이들의 삶을 제 시 안으로 끌고 와, 그 누추한 상황과 굴곡진 사연을, 묘사하거나 진술하는 데 매달리는 것이 아니라, 주관적인 목소리로 승화한 하나의 사건처럼 시에서 제시할 뿐이다. 김이듬에게 차이의 표식을 지워내지 않는 일은, 파편처럼 흩뜨리거나 퍼즐처럼 하나씩 주워 모으는 데 부지런한, 고유한 말을 찾아, 차이를 생성해내는 지대로 달려가고, 바로 이 고유한 말로 그곳의 이질적인 모습을 하나씩 꿰어내는 데 달려 있기 때문이다.

따라서 눈여겨봐야 할 것은 시인이, 자신 역시 "B시인"이며 "비인간적"이라고 말하고 있다는 것, 그러니까 여럿에게 확산된 증오의 대상이 되려고 시인이 자청하는 것처럼 보인다는 사실이다. 이 제스처는 겸양이나 객기의 귀결이 아니라, 자신의 삶과 사유, 자신이 생각하는 삶과 시뿐만 아니라, (제) 시의 윤리를 반영한 결과일 뿐이다. "더 아래로 좀더 후방으로 가면 내 뺨에 닿"는다고 말하는 시인에게 "B시는 비일비재한 시", 그러니까 바로, 시 쓰는 자기 자신의 모습이자 자신의 시이며, 그 "골목 끝"(「B시에서 일어날 일」)에 당도해서야, 비로소 제 시를 길어 올릴 수 있다고 믿는, 공동체의 입장에서 불편한 존재일 수밖에 없는 존재가 시인이라는 사실을 확인하게 되는 공간이다.

그렇다면 한 사회는 시인과 B급으로 대변되는 모든 존재들을 박해하면서 구성원 서로의 증오와 미움을 덜어낼 수 있을까? 공동체의 죄를 사하고자 하는 이 희생양을 통해, 우리는 마음의 평화를 얻어낼 것인가? 중요한 것은, 만인이 하나를 놓고 가하는 박해 속으로 자발적으로 들어가, 하나의 목소리, 그러니까 오로지 차이로만 제 존재의 개별성을 보장받는 우수리의 목소리를 통해, 시인 자신도 제 말을 부리는 특수성을 궁리하고, 그 주인이 되고자 한다는 데 있다. 중국집 "종업원"(「사과 없어요」)이나 "데스데모나 팥

쥐 애너벨 리 살아난 바리데기"(「아우라보다 아오리」), 칼갈이를 파는 사람(「세상에서 제일 잘생긴 칼갈이」)이나 탐욕스러운 눈빛의 침술사(「밤의 여행자 1 — 목구멍만 적신 브랜디」), "분실물보관소 카운터 직원"이나 "체중계와 거울 위를 손바닥으로 쓸며 청소하는 아줌마"(「밤의 여행자 2 — 그럼에도 불구하고 사력으로」) 등, 사회의 가장자리에서 하루하루를 살아가는 다양한 존재들을 제 시에서 불러낸 것은, 이들 삶의 편력과 고됨을 드러내거나, 저 노동의 가치를 섣불리 조망하려는 목적에 붙들렸기 때문이 아니라, 이들과 '함께', 그리고, 이들을 '통해', 자신의 내면에 거주하고 있을 시적 무의식을 끄집어내고, 그 과정에서 개별화된 언어를 고안하고자 하는 욕망이 있기 때문이다. 김이듬은 발화의 차이로 제 자신의 시적 체계에 고유성을 부여하려는 노력을 통해서만 시인의 자격으로 동질성과 획일성에 저항하는 고유한 형식을 이 세계에서 발견할 것이라고 믿는다. 이처럼 공동체가 "하찮아지고 보잘것없이 더 보잘것없어지"(「하인학교」)는 희생양에게 강요하는 자기동일성의 폭력에 시인이 맞서는 일은 쓰기의 실천을 통해 차이의 시학을 발명하는, 오로지 이러한 방식으로 어떤 대결의 양상을 꾸려나가는 데 달려 있다. 김이듬의 시에서 우수리의 운명이 종종 시 쓰기의 운명과 동일한 것으로 여겨지거나, 서로 공존을 모색하려는 시도처럼 부각되는 것은 우연이 아니다. 희생양의 삶이 어디에나 편재하는 바로 그만큼, 이 시인에게는 제 시의 대상도, 제 시의 장소도, 제 시의 목소리도, 이들과 함께 언제 어디에서나 존재해야만 하는 것이다.

나는 긴 목을 더 길게 빼고 들어가서 눕는다

목에서 허리에서 뼈 부러지는 살벌한 소리

내장을 터뜨리려는 듯 주무르다 압박

위는 딱딱하고 장은 다른 사람에 비해 아주 짧습니다

맹인 안마사의 부모는 젖소를 키웠다고 한다

형편이 어렵지 않았다는 뜻이겠지

나와 동갑에 미혼

고3 때부터 나빠지기 시작한 시력으로 이젠 거의 형체만 어슴푸

레 보인다는 말을

왜 내가 길게 들어주어야 하나

인생 고백이 싫다

시력 대신 다른 감각이 발달되었다는 말을 믿어주어야 하나

그의 눈앞에서 나는 손을 흔들어보고 혓바닥을 날름거려보지만

웃지 않는 사람

자신의 굽은 등을 어쩔 수 없는

논산에서 순천 가는 길의 서른 개도 넘는 터널에 짜증낼 수 없는

언제나 캄캄할 낮과 대낮

들쭉날쭉하는 내가 싫다

이미 누군가 다 말해버렸다 쓸 게 없다

가슴이 아프다

작아서

금천동 사거리 금요일 저녁 봄날

아무도 안 오는데 명성은 무슨
명성부동산 위층 명성지압원 간이침대에 엎드린 신세
잠들면 어딜 만질지 모르니까 정신 차리고
시를 쓴다
(화분에 씨를 심고 뭐가 될지 모르는 씨앗을 심고 흙에다 눈물을 떨
어뜨려요
눈물로만 물을 주겠어요 그런데 씨가 그러길 바랄까요,까지 쓰는
데)

뭐합니까 돌아누우세요
씨알도 안 먹힐 시도 되지 않고
야하게 꾸며 나가고 싶은 저녁이 간다
지압사에게 나를 넘긴다
눈멀어가는 남자가 인생에 복수하듯 나를 때리고 비틀고 주무른
다 이러다
변신은 못 하고 병신 되는 거 아닐까

─「변신」 부분

이 작품에는 복잡하게 이야기를 비틀어 심어놓은 난해한 독서의
부비트랩이 발견되지 않는다. 오히려 위트와 비애가 하나가 되어,
교차되며 움직이는 감각으로 절묘하게 빚어내었다고 해야 할 이
작품은, 심드렁하고 무관심한 태도에도 불구하고, 매우 정교한 방
식에 따라, 시인과 희생양이 하나의 목소리를 내고 있다는 사실을
잘 보여준다. "맹인 안마사"의 삶은 어쩌면 제 시의 삶, 그러니까

시의 운명과 다르지 않을지도 모른다. "나빠지기 시작한 시력으로 이젠 거의 형체만 어슴푸레 보인다는" 안마사의 "말"은, 듣기도 싫고, 성가시다는 화자의 고백에도 불구하고, 시 쓰는 자의 생리와 하나의 구심점을 이루며, 작품을 읽어나갈수록 아슬아슬하게 시인의 말과 조우한다. 앞을 볼 수 없어 "웃지 않는 사람"은 분명 안마사를 지칭하고 있지만, 김이듬은 바로 그 아래에 "자신의 굽은 등을 어쩔 수 없는"이라는 구절을 붙여놓아, "굽은 등"이 호출하는 대상을 나와 안마사에게로 동시에 연결되게끔 이중의 가능성을 열어놓는 일을 잊지 않는다. 두 행 사이의 연관 관계가 모호하게 처리되었음에도, 이 작품이 매우 느슨한 방식으로나마 시와 맹인 안마사의 운명을 하나로 묶어내고 있다고 봐야 하는 이유가 바로 여기에 있다. 결국 "간이침대에 엎드린 신세"로 전락하여, 묵묵히 안마를 받다가 문득 떠올린 시 구절("화분에 씨를 심고 뭐가 될지 모르는 씨앗을 심고 흙에다 눈물을 떨어뜨려요/눈물로만 물을 주겠어요 그런데 씨가 그러길 바랄까요")은, 감정을 최대한 덜어내고, 의도를 적절하게 감춘 상태에서, 제 시의 운명과 맹인이 된 안마사의 그것을 하나로 비끄러매고 만다. 이후의 구절들도 상황은 동일하다. "씨알도 안 먹힐 시도 되지 않"을 것이라는 제 생각과 "인생에 복수하듯 나를 때리고 비틀고 주무"르는 맹인 안마사의 행위는 느슨한 교집합처럼 한데 묶이면서 부분적으로 포개지고 만다. 이처럼 "변신은 못 하고 병신 되는 거 아닐까"라는 마지막 구절이 시 쓰는 자의 불안한 예감을 반영하고 있다는 사실을 우리가 알게 되는 순간은, 김이듬이 나와 타자를 통해 하나의 목소리를 울려내기 위해, 작품 전반을 능숙하게 조율해낼 줄 아는 시인이라는 사실을

알게 되는 순간이기도 하다. 이러한 구조는 여러 작품에서도 관철
되고 있다.

가령 「교정」 같은 작품도, "다시 돌아오지 못하는 사람들"의 이
야기로 시작했지만, 시인과 이들이 결코 따로 갈 수 없다는 사실이
명백하게 드러나 있다. 소외되고 억압된 자들의 삶을 투시하게 된
시인이 마지막에 이르러 내는 목소리, 가령 "철거 구역 골목길을
두리번거리며 오르는 코를 쥐고 쓰레기를 뒤집어보는 나는 무엇을
잃어버린 것일까"(「교정」)와 같은 결구는, 시인으로서 갖게 되는
자기반성 역시, 내가 입사한 타자라는 존재를 통과하여 발화된 말
과 다르지 않다는 사실을 알려준다. 벌거벗은 생명들이 살아가야
하는 세계가 그들만의 고유한 질서로 재건되거나 아예 새롭게 만
들어져야만 하는 것이라면, 그들의 세계에 뛰어들어 그들과 함께
울려내는 시인의 목소리는 벌써 속죄하는 자의 그것에 가까울 수
밖에 없다.

내 영혼은 중고품입니다 수거함에서 꺼낸 붉은 스웨터처럼 팔꿈
치가 닳고 닳은 영혼입니다 누군가 미처 봉하지 못하고 떠나보낸 기
억입니다 불현듯 바다에서 솟아올랐거나 화산에서 흘러내린 먼지입
니다

—「빈티지 소울」 부분

그러나 오늘같이 고요한 날
죽은 이의 숨소리가
이토록 가능한 건지 어디에서나 아무 데서나

지금 말하지 않으면 안 될 것 같아서
서서히 죄의식의 강도도 희미해져가서

　　　　　　　　　　　　　　　—「언령(言靈)이 있어」부분

　이제 내려간다. 나는 내려가는 그들을 물끄러미 본다. 〔……〕 셀
수 없는 탄환이 날아왔지만 수십억 별들이 빨려든 천궁처럼 관통된
구멍은 하나다.

　　　　　　　　　　　　　　　　　　　　—「밀렵」부분

　그 어떤 형태건, 타자를 부정하는 행위를 우리가 폭력이라고 부
른다면, 폭력은 배제라는 마법의 힘에 기대어 구체적으로 제 위력
을 발휘하기 시작한다. 버리고, 거부하고, 배제하는 행위로부터 자
유로울 수 있는 사람은 없다고 해야 한다. 사라짐은 매우 상대적이
고 인위적이며, 경우에 따라서는 그저 상징적 사라짐으로 고정되
거나 그렇게 망각되는 경우가 우리의 삶에서 너무나 자주 벌어지
기 때문이다. 누군가 양탄자 밑으로 더러운 오물과 온갖 잡스런 먼
지를 한꺼번에 쓸어 넣고 있을 때, 누군가 이 양탄자를 들추어낸다
면(아니 그러고자 한다면), 과연 무슨 일이 우리를 기다리고 있을
것이며, 들추어낸 자는 그 대가로 무엇을 지불해야 하는 걸까? 시
인은 한 사회의 구성원들을 생존 가능하게 해준 실질적 주체가 희
생을 치른 자들이라고 생각하고 있는 것은 아닐까? 사회에서 정
신의 주기를 가로지르려고 통념의 횃불을 손에 쥐고 구령을 외치
는 자들은 여전히 심연의 구렁 가장자리에서 그 구렁을 향해 최후

의 조치와도 같은 빛줄기 하나쯤을 던질 수 있노라고 다짐하고 있을지도 모른다. 그러나 그들이 던진 횃불로 어두운 세계가 환하게 밝혀질 거라는 믿음의 이면에는 발가벗은 생명을 언제고 쓸어낼 수 있다는 착각이 자리한다. 이 사회에서 이들을 격리하거나 크고 작은 단속이 불가피할 수도 있다는 믿음에 이미 그 믿음의 주체를 붕괴시킬 위험성이 도사리고 있다는 사실을 그렇다면 누가 감지하는가?

김이듬은 "이상한 구도의 그림 위에 입체적으로 올라앉은 고깃덩어리"와 같은 존재들을 마주하여, 오히려 그 "재를 뒤집어쓰겠어 죄투성이가 되게 해주세요"(「재의 골짜기 ─ 팔등신의 이야기」)라며, 한없이 낮은 곳으로 향하고 끊임없이 아래로 침몰하는 속죄양의 길을 택한다. 속죄의 주체가 되어 시라는 제의를 치러내지 않을 때, 혼란을 일으킬 수밖에 없는 어떤 에너지가 이 시인에게 내재하고 있는 것이 아니라면, 가족 이야기나 일상사에서 빚어진 지극히 평범하고 자잘한 사건을 밑감으로 삼아, 시시각각 흩뿌린 파편처럼 백지 위에 쏟아내는 그의 저 말들의 행렬을 어떻게 설명할 수 있을까. 그에게 속죄 행위는 의도적인 배제와 나태가 야기한 기만에 대항하는 형식의 하나이며, 한 사회의 폭력을 읽어내는 시인의 고유한 방식이자, 폭력을 기술하는 쓰기의 순간이며, 폭력에 침투하는 예기치 않은 기습이자, 폭력의 대상이 되어서만 토해내는 낯선 발화 행위와 무관하지 않다.

3. 이접(移接), 기이한 관대의 형식

김이듬의 시에서 충돌을 야기하는 구문의 배치와 낯선 것을 끌고와 하나로 붙여나가며 한 편의 시로 주조해내는 이접은, 어떤 구심점 안으로 끝내 병합되지 않는 삶의 이질적인 단면들을 그 상태 그대로 표현해내는 고유한 방식이다. 이접은 김이듬의 시에서 시적 화자의 특이한 심적 상태와 거기서 빚어진 기이한 사태와 그것을 보존해내는 어떤 순간을 기술하는 데 복무한다. 이접은 반대편으로 나아가려는 벡터의 향방을 마주 보게 해, 충돌시키려는 대결 구도를 만들어낸다. 따라서 서로 마주 보는 총구와 같은 구문과 통사의 배치를 주도하는 이접은, 정(正)과 반(反)의 거칠고 투박한 대립과 이 사이에 유지되는 팽팽한 긴장을 시에 내려놓으며, 쉽사리 합(合)의 도출을 낙관할 수 없는 현실과 정과 반이라는 자명한 구분 안에 안전하게 거주하며 대면을 회피해온 삶의 이면들과 사회의 무의식을 언술의 차원에서 실현하려는 의지의 소산이다.

가령 「아우라보다 아오리」 같은 작품은 '사과를 파는 노파를 순간적으로 주시하기'(1연, "사도 그만 안 사도 그만"), '버스를 기다리는 짧은 시간'(2연, "타도 그만이고 안 타도 그만") '버스 뒷자리에 졸기'(3연, "어쩐지 나는 무호흡의 깊은 잠을"), '평범한 연인과의 신의주 시내에서의 수영하는 꿈'(4연, 5연), '선잠에서 깨어남'(6연, "눈을 뜨네 나는/아우라가 사라지네"), '운전기사 쪽으로 굴러가는 푸른 사과를 보기'처럼, 연관 관계에서 벗어난 것들을 이접해낸 독특한 구성을 보여준다. 이 작품에서 군데군데 녹아 있어야 좀더 적절해 보일 대목이나 낱말을 지워낸 듯한 인상을 주는 구성은, 단순하게 기교를 부린 결과가 아니라, 불행을 견뎌내야 하는 삶과 "현실은 꿈 없는 예외적 시간"이라는 주제 의식으로부터 도출된 "가망 없는 도망"과 긴밀하게 호응하면서 특수성의 한 축을 담당하는 것이지 우연의 산물은 아니다. 현실에 대한 직시와 포기의 감정은, 문장이나 문단 사이의 논리적 흐름을 취하거나, 토막을 내고, 생략을 동반한, 한 박자 빠른 거침없는 서술로 되살아나, 시의 머리와 꼬리, 그 어디를 서로 이어 붙여도 연결이 가능하여, 독서의 복수성을 보장하는, 매우 현대적인 작법을 통해서만 표출되는 것이다.

김이듬의 시에서 자주 목격되는 이러한 문장들 사이의 낯선 접합과 단락 간의 이질적인 배치는 형식과 의미를 시에서 결코 따로 놀게 하지 않는, 독창적인 목소리가 솟아나는 원동력이다. 그러니까, 내용은 반드시 형식을 통해서만 제 가치의 실현 가능성을 시에서 타진할 수 있는 것이다. 예컨대, 서먹서먹한 분위기에 대한 기술은 이접을 통한 서먹서먹한 말의 운용을 경유해서만 우리에게 당도하는 것이다.

장 시인과 나는 서울 가는 길이다. 그가 운전하고, 나는 서먹하게 얻어 타고, 각기 다른 행사장으로, 다른 목적으로, 입을 닫고, 귀는 노루귀풀, 열성이라 눈이 와도 눈을 받을 수 없는, 참 안됐다, 그 풀은 무월리(撫月里) 뒷산에서 봤다, 무(撫)는 애무할 때 손은 버리라는 말일까, 손을 놓쳐 비틀거리며 쓰러지는 날이 잦다.

—「팬레터」부분

비교적 간단해 보이는 구성으로 짜여졌지만, 생각보다 독서는 단순하지 않다. 부자연스러운 분위기를 표현하기 위해, 직접화법이나 간접화법의 교차 서술은 물론, 자유간접화법마저 구사하고 있기 때문이다. 그러나 이것도 다가 아니다. 자세히 들여다보면, 구두점의 사용은 물론, 공론하기 어려운 온갖 화법들이 서로 이접되면서, 어정쩡하고 서먹서먹한 분위기를 담아내는 데 성공적으로 합류하며, 여기에는 우선적으로 문장의 구성적 차원에서의 노력이 자리하는 것이다. 우리가 미처 인용을 하지 않은 첫 부분을 잠시 참조하면, 이 작품은 교도소에서 복역 중인 어느 죄수에게서 팬레터를 받은 일과 그때의 어색한 감정을 모티프로 삼았음을 알게 된다. 이 작은 모티프는 맥락에서 탈구된 이후의 대목에 이르러도, 시인 자신의 위선과 가식을 되돌아보는 계기로 되살아나고, 나아가 여전히 탈구된 맥락 안에서, 시 쓰는 자의 허위의식과 시인 자신의 내면에 자리하는 무의식적 욕망이 시에서 솟아오르는 사건과 기이하게 연결되고 만다. 마지막 구절을 인용할 필요가 있겠다.

홀쩍거린다. 이상하게 쾌활해진다. 엉겁결로 가는 문간에서 나는 쓴다. 기분이 나쁜 날에는 그늘을 충분히 어둡게 둔다. 아무것도 보이지 않아서, 나에 대한 반동으로 나는 변할 것인가. 이렇게 시도 아닌 것을 적는 한여름 밤에는 지상의 모든 새가 울고 저놈 검은등뻐꾸기가 유별난 소리를 낸다. 시에 무슨 제재를 가하는, 바보 같은 짓, 제목을 붙이려면 죄목을 짓는 것 같아 두렵다.

문두에서 던진 물음을 다시 꺼내들 때가 되었다. 시 앞에서 날마다 허물어지는 영혼이 있는 것일까? 아주 작은 허위나 가식, 그것이 벌여놓은 해프닝이나 사소한 사건에서조차, 속죄의식에 사로잡히는 그는, 오로지, 오직, 시밖에 없는 삶을 온몸으로 받아내며 시인으로 살아가고 생존할 가능성을 타진할 수밖에 없는 사람이라고 해야 할지도 모른다. 이처럼, 또 하나의 빼어난 작품 「너라는 미신」에서 병상에 누워 있는 아버지와 수목원 나들이에서 만난 사람들의 이야기도, 다른 공간과 다른 시간에서 진행된 일을 들고서, 보란 듯이 서로를 엇세우고 이접해내면서 시인은 미안함, 죄의식, 속죄 의식을 자기 목소리로 담아내는 데 성공한다. 나들이 간다고 두고 온 "변을 비비는 아버지"와 거기서 만나게 된 "어디선가 본 듯한" "히죽히죽 어슬렁거리"며 "내게 다가"와 "먹다 남은 음식 좀 달라고" "연신 손바닥을 비비"는 걸인이 '비빈다'는 동사를 공통의 축으로 삼아, 서로 이접되어, 시 안에서 제시될 때, "반성수목원"이라는 알레고리가 모른 것을 하나로 수렴해내며 빛을 뿜어내기 시작한다. 이러한 과정을 통해 기이한 모습으로 시에 들어차는 것은, 그 어디에도 속하지 못하지만 그 무엇 하나 벗어날 수 없는 자신의 모습과 타자를 통해, 타자에게 느끼는 나의 죄의식이다. 마지막 구절을 인용한다.

동료든 아버지든 내 가슴속에서 도려내고 싶은 구역질 나는 미신 엉덩이 털고 일어나 나는 풀밭으로 뛰어간다 푸닥거리하듯 떡과 밥 사이로 쓰레기 오물과 웃으며 뒤집어지는 사람들과 배불러죽겠는 사람들과 걸신과 환자 사이로 펄쩍펄쩍 넘어 다닌다 얼추 미친년처럼 시의 첫머리에서부터 영문을 모른 채 불려나온 이질적인 존재들은 결국 결구에서 이질성을 보존하는 동시에, 서로 연결된 실체로 집결하여, 시인을 예기치 못한 환경과 조건으로 초대한다. 제 삶을 둘러치고 있는 각기 다른 준거와 소속, 거기에 마땅히 부합해야 하는 처지와 자신이 지켜야 하는 의무가 "반성 수목원"이라는 알레고리를 기점으로 기묘하게 모여, 시인의 다중적인 감정 상태를 절묘하게 표현해내는 데 크게 일각을 보탠다. 여기에는 물론 문장 성분으로서 제 역할이 모호해진 "나는"도 한몫을 거든다. 처음에 등장한 "나는"은 주어만이 아닌 것이다. 그것은 "구역질 나는"과 "나는", 이렇게 두 가지 이상의 상이한 기능으로 제 특성을 확장하면서, 아버지와 걸인을 하나로 포개어 생각해야만 하는 내 얄궂은 처지를 표현하는 데 더없이 훌륭한 역할을 수행해내는 것이다. "반성수목원"의 아이러니가, 작품에서 생생하게 살아나는 것은, 말할 것도 없이, 이접에 바탕을 둔 구성 때문이며, 이접을 알리바이로 삼아 작동하는 알레고리의 힘 덕분이다. 김이듬의 시에서 이접은, 이처럼 논리적으로 설명하기 어려운 어떤 상태를 시에 결부시키고, 이러한 상태를 가장 적절하게 담아낼 구문을 만들어내는, 그 자체로 시의 특수성의 한 축을 담당한다고 할 수 있다. 수없이 출몰하는 이 이접의 문법이 어떤 식으로 독서의 복수성을 견인해내는지, 「밤의 여행자 2—그럼에도 불구하고 사력으로」의 한 구절을 예로 삼아 살펴보기로 하자.

이 아무것도 아닌 저질의 빛이 곱지도 않은 삐뚤어진 속악한 누군가 보다가 구역질이나 할 나는 가짜라고 분류될 그 아무 가치도 없는 누군가 주워 갔다가 던져버릴걸 그 전에 내가 찾아서 없애버려야 해

어느 날, 어느 곳에선가, 나는 귀고리 한 짝을 잃어버렸다. 찾으려 애써보지만 그 귀고리는 "마트 지하 피팅룸"에도, "나무 깔개를 들춰봐도" 눈에 보이지 않는다. "하수구 뚜껑을 손으로 훑"어도 소용없다. 사방을 찾아 나는 헤맨다. "청소하는 아줌마"에게 물어보니, 그거 비싼 거냐고, 큰 거냐고 핀잔과 구분하기 어려운 대답만을 들을 뿐이다. 위에 인용한 구절은 그와 같은 일련의 소란이 있은 후, 시인에게 찾아온 어떤 의식의 상태를 표현한 것이다. 과연 어떤 복수의 해석 가능성이 열렸는가?

1. (이 아무것도 아닌) 〔,〕 (저질의) 〔,〕 (빛이 곱지도 않은) 〔,〕 (삐뚤어진) 〔귀고리.〕/(속악한 누군가) 〔그 귀고리를〕 (보다가) (구역질이나 할) 〔귀고리〕/(나는) 〔,〕 (가짜라고 분류될) 〔귀고리를〕 (그 아무 가치도 없는) 〔귀고리를 찾아다녔다〕/(누군가 주워갔다가 던져버릴걸) 〔그랬을 귀고리〕/(그 전에 내가 찾아서 없애버려야 해)

2. (이 아무것도 아닌 (저질의 빛이 (곱지도 않은 (삐뚤어진)) 속악한)) 누군가)))/(보다가 구역질이나 할 나는)/(가짜라고 분류될 그 아무 가치도 없는) 〔나는.〕/(누군가 주워갔다가) 던져버릴걸))/(그 전에 내가 찾아서 없애버려야 해)

3. (이 아무것도 아닌 저질의 빛이)/(곱지도 않은 (삐뚤어진 (속악한 누군가)))/(보다가 구역질이나 할) 〔귀고리〕/(나는 가짜라고 분류될 (그 아무 가치도 없는 누군가)) 〔이다.〕/〔누군가〕 (주워갔다가)/〔아무렇게〕 던져버릴걸)/(그 전에 내가 찾아서 없애버려야 해.)

4. (이 아무것도 아닌)/(저질의 빛이 곱지도 않은)/(삐뚤어진) 〔,〕(속악한 누군가)/(보다가)/(구역질이나 할)/(나는 가짜라고 분류될 그 아무 가치도 없는)/(누군가 주워갔다가 던져버릴걸) (그 전에 내가 찾아서 없애버려야 해)

* (/ = 통사 구분의 대단위, ( ) = 의미의 단위, 〔 〕 = 삽입한 구절)

임의로 제시해본 위의 네 가지 방식 외에도, 독서의 가능성은 사실상 좀더 늘어날 것이다. 그럼에도 이 대목은 시인이 마음대로 줄이고 늘리며 첨삭을 가한 자의적인 조작의 결과가 아니라, 문어(文語)와 구어(口語)의 경계를 현란하게 교란하고, 결국 이 양자의 구분을 취하하고 붕괴한, 김이듬에게 고유하고 특수한 글쓰기의 한 형식이라고 해야 한다. 형식과 의미가 서로 분리될 수 없는 관계에 놓여 있다는 생각이 없었더라면 구사하기 어려운 문장이기도 하지만, 이 대목은, 파편처럼 뒤섞인 이접의 글쓰기를 통해, 제가 당도한 마음의 상태를 적어내고자 했다는 사실과, 그러한 시도 자체가 김이듬에게 벌써 지난한 시적 모험이라는 사실을 알려준다. 앞의 두 연에서, 시인은 잃어버린 귀고리 한 짝을 찾기 위해 "7층부터 지하까지 뛰어다"니며, 온갖 사람들을 만나고 그들과 부딪쳐야 했으며, 그러한 과정에서 우연히 방문하고 목격하게 된 온갖 풍경들을 그리고 있다는 사실을 염두에 둔다면, 우리가 독서의 가능성을 넷으로 확장해본 대목은 바로 이와 같은 상태, 그러니까 귀고리를 찾아 헤매는 저 짜증 나는 과정과 그 과정에서 겪게 된 기이한 (경험 속에서 직접) 보고 들은 모든 것이 시인의 뇌리 한구석에 잔상처럼 남겨져 떠돌고 있는 바로 그 상태를, 문장의 구성을 통해 적시해내고자 한 의지가 창출해진 결과라고 해야 한다. 만약 우리가 여기서, 의미-논리-통사의 질서를 존중해 이에 따라 경계를 나누어서 제시한 앞의 세 가지 경우보다, '나에 대한 처벌'을 감행한 대목으로 읽으려 시도한 네번째 제안을 선택해야 한다면, 그것은 이 네번째 제안이 '잃어버린 하찮은 귀고리'를 찾아 헤맨 독특한 경험이 '나'와 교집합을 만들어내고, 결국 내 목소리를 통해 그 경험을 받아들여 표현하고 있는 구성이라는 인식하에 감행한 독서이기 때문이다. 김이듬의 시에서 우리가 주목해야 하는 특수하고도 중요한 지점은 바로 이것이다.

아아 모든 면에서 겹쳐 보인다 나의 난시는 불안에 떠는 시
들킬 정도로
재가 된 골짜기로
심장을 그을렸다 사라진 재의 문장으로
　　　　　　　　　　　　　—「재의 골짜기—팔등신의 이야기」 부분

"내게 다른 이의 명찰을 붙여도 재밌어"(「범람」)라는 말은 따라서 위선이나 허세가 아니다. 김이듬의 이접은, 버려진 것, 잊힌 것,

소홀히 한 것은 물론, 생활에서 마주치게 된 세상의 모든 우수리에게로 직접 다가가는 문법이며, 거기서 겪어낸 경험을 직접 반영하고자 특유의 말과 감성을 바탕으로 시인이 제 시인으로서의 존재 가능성을 타진해나간다는 사실을 알려주는 고유한 표식인 것이다. 김이듬에게 이 이접은 물론, 알레고리와 불가분의 관계에 있다.

4. 알레고리, 여전히 알레고리

이전의 시집과 마찬가지로 김이듬의 이번 시집에서도, 우리는 거개의 시들에서 뿜어져 나오는 알레고리의 힘과 그 기묘함을 목격하게 된다. 그는 가만히 무언가를 주시하고, 그 성찰의 결과로 삶의 지혜를 길어 올리는 시인이 아니다. 그는 우연히 길을 지나가다가 무언가를 보고, 자신이 보거나 자신의 눈에 비친 무언가가, 자신을 어디에론가 이동시킨 예기치 못한 이행에 자신의 몸을 내맡길 줄 알며, 그렇게 마주치게 된 모든 것들을 그러모으고 담아낼 적절한 구문을 고안할 줄 아는 몇 안 되는 시인이다. 그의 시가 '무시간의 시간대'에서 날아오르고, 과거의 풍경이나 아직 당도하지 않은 것들을 바로 그 무대 위에다가 서로 섞고 흩뜨리는 방식을 통해 제시해낼 수 있는 것은 알레고리 덕분이다. 백지 위로 끌려 나온 것들은 연결되기 어려운 것들이 단 몇 초 사이에 이합하고 집산하며, 아주 짧은 시간의 기억을 압축적으로 풀어놓은 모양새를 하고 있는데, 이 역시 알레고리 덕분이다. 중요한 것은, 이때 세계가 바뀌고, 미지의 경험이 선사한 자유로움을 적어나가는 그 힘에 우리가 모종의 충격을 받게 된다는 데 있다. 시간-공간-사건이 시에서 주관성의 몸놀림을 통해 새로운 질서를 예비하는 것도 바로 알레고리를 통해서이다.

「빈티지 소울」이나 「못」 「운석이 쏟아지는 밤에」나 「치명적인 독」 같은 작품은 김이듬이 예나 지금이나, 빼어난 알레고리의 시인이라는 사실을 잘 보여준다. 「빈티지 소울」을 먼저 살펴보자. 물건을 주문했다. 그런데 주문한 카메라는 오지 않고, 포장된 박스 안에 벽돌 한 장이 달랑 들어 있다. 사기를 당한, 실제로 겪었을 법한 이야기이다. 그런데 시인은 "사소한 사기가 삶이었지요"라고 운을 뗀 후, 엉뚱하게도 "예전엔 나귀 가죽하고 밀가루를 교환하다 시비가 붙어 칼에 찔려 죽을 뻔했"다며, 본인이 읽은 게 분명한 (프랑스) 소설을 참조해 과거의 어딘가로 홀쩍 이동해버린다. 그렇게 해서 "금화 몇 닢 받은 후 양피지를 보내지 않은 적도 있"다는 진술을 불러낸 후, 태연하게 현실로 되돌아온다. 그러나 내가 소포를 받은 곳으로 회귀한 것은 아니다. 그곳은 벌써 사라지고 없다. 이번에는 수직이 아니라 수평으로 이동을 감행한다. "저 교회 벽돌도 내가 붙인 것 같습니다"라는 말처럼, 그곳은 지금-여기의 어느 지점이 분명하지만, 연결고리는 사기 사건과 "벽돌"밖에 없어, 그마저 확실하다고 말할 수조차 없다. 그러나 이동은 이 정도 수준에서 끝을 바라보지도 않는다. "벽돌"은 모든 이질적인 것을 이접해내는 알레고리가 되어, 나를 "오래전 애굽에서 벽돌을 구워내던 노예"가 되게도 하고, "무너지던 벽돌 더미에 깔려 죽"은 누군가로 둔갑시키기도 한다. 그러자 이번에는 '사기'를 알레고리로 삼아 무언가를 궁리하기 시작한다. "사기 치다가 걸려 톱니바퀴에서 고

문당하던 상인"과 "콩고 강 하류에 던져진 번제물", "언덕 꼭대기 대성당에서 목탄으로 모작을 그리던 인부"와 "들판에서 나뭇잎으로 성기만 가리고 누워 행인을 기다리는 창녀"가 자기 자신이었을 거라고 말하는 근거는 '사기'라는 알레고리 외에는 없는 것이다.

이러한 방식으로 김이듬은 역사 속에서 제가 처할 수 있는 모든 가능성과 그 모습을 현실에서 겪은 제 소소한 경험과 충돌시키면서 중첩의 가능성을 최대한 늘려나간다. 그러자, 시는, 흩뿌리듯 소환해내는 이 과정을 통해, 어느덧 시인의 알 수 없는 운명과 불확실한 삶을 고지하는 기이하고도 독특한 이야기로 둔갑해버린다. 김이듬이 "사용한 어휘 가운데 그 어떤 낱말도 단번에 하나의 알레고리가 되도록 예정되어 있지 않"으며, "낱말은 경우에 따라, 문제의 내용에 따라, 정탐되고 포위되고 점령될 차례를 맞이한 주제에 따라, 그 알레고리의 임무를 받아들"일 뿐이다. 시인은 이와 같은 방식으로 자신에게 "시를 의미하는 기습을 위해 자신의 고백조 이야기 속에 알레고리들을 투입"[2]하는 것이다.

중요한 것은 이러한 연상 작용이 구체적인 경험에 뿌리를 내리고 있다기보다는, 그 경험의 불똥과도 같은, "벽돌" 하나에서 착안된 결과에 불과하다는 것이다. 이렇게 시에 불려 나온, 알 수 없는 역사 속의 저 운이 없었던 주인공들은 논리적이고 합리적인 의미의 연관 망에서 벌써 벗어나, 미지를 현실로 견인해 오는 주체가 된다. 알레고리를 통과하여 현실로 다시 돌아온 나는, 그러나 이

---

2) 발터 벤야민, 『보들레르의 작품에 나타난 제2제정기의 파리』(발터 벤야민 선집 4), 김영옥·황현산 옮김, 길, 2010, pp. 173~74.

미 이전의 내가 아니다. "벽돌" 하나를 기점으로 나란히 포개어진, 서로 낯선 경험들을 끌어안고서 세상을 바라보는 나는, 이미 '벽돌 사기'를 체화한 나, 그러니까 제아무리 현실로 되돌아왔다고 해도, 이미, 노예와 창녀와 사기당한 상인과 인부의 삶을 내재한 나, 그들이 내는 크고 작은 미지의 목소리로 내 시를 잣는 주체가 될 수밖에 없다. 타자들과 섞이는 이 과정에서 "중고품"이 되어버린 "내 영혼"은 "수거함에서 꺼낸 붉은 스웨터처럼 팔꿈치가 닳고 닳은 영혼"과 "누군가 미처 봉하지 못하고 떠나보낸 기억", "불현듯 바다에서 솟아올랐거나 화산에서 흘러내린 먼지"와 마찬가지로, 알레고리의 화신, 알레고리의 결과, 알레고리의 주재자가 된다. 김이듬은 이러한 방식으로, 우수리의 삶을 자발적으로 제 시 안에서 끌어안고, 그들이 겪었을 경험에 자의 반 타의 반 입사하여 체득한, 의사-목소리에 기대어 현실의 삶을 살아갈 수밖에 없는 운명을 짊어지려 한다. 부연하자면, 이 시에서 알레고리는 이 정도의 사태에서 마무리되는 것도 아니다. "벽돌"과 "사기"는 역사 속에서 운이 없었던 사람들, 그러니까 우수리 같은 존재들을 지금-여기에 불러내고, 결국 그들의 흔적을 간직한 장소에서 내가 시를 새긴다는 알레고리로 거듭나기 때문이다.

때때로 나는 처음으로 근사한 말을 떠올리지만 그 문장은 이미 내가 사막에서 벽돌을 굽다 지루해서 돌 위에 새겼던 말입니다 어딘가 처음 가보아도 언젠가 꼭 와서 살았던 곳 같습니다 내게 처음은 없지만 매 순간 처음처럼 화들짝 놀랍니다

— 「빈티지 소울」 부분

이처럼 김이듬의 시에서 알레고리로 포착된 것은 "일상적인 삶들의 연관성에서 분리되어 다른 질서 안에서 포섭"되며, 그것은 또한 "분쇄되는 동시에 보존되는데", 그 이유는 "알레고리가 잔해를 붙잡"[3]고 있기 때문이다. 작은 사건 하나에서 시작하여, 이야기를 하나씩 덧붙여나간 이 작품에서 알레고리는, 예민하고 애매하며, 때론 정황을 상실해 난삽하다고 말할 수밖에 없는 풍경을 기습적으로 내려놓으면서, 서로 다른 기억과 경험되지 않은 의사 체험, 실제로 경험한 시련과 그 감정을 몽타주처럼 중첩시킨다. 그 언어는 파편적이어서, 어떤 시점을 취하는지, 어디서 제 이야기가 시작되는지, 그 여부를 파악하기 어려운 경우가 대부분이지만, 그럼에도 일방적으로 논리와 이성에 기댄 지적 판단을 유보하는 알 수 없는 목소리의 세계로 우리를 안내하고 만다. 다른 작품들도 알레고리에 붙들리기는 마찬가지이다.

무엇인가에 박혀 있는 단단한 못, 무언가를 고정시키는 못의 저 성질에서 착안하여, "아무 취미도 없이 퇴근하면 못을 빼고 휴일에도 못을 빼고 달밤에도 못 뺐다고 한""삼촌"과 "고집스런 나의 못을 빼는 재미를 누렸을""내 부모"를, 할머니의 장롱에 대한 추억을 불러내고, 그 과정에서 "목숨이 붙어 있는 사물들"과 "가슴에 오목하게 팬 작은 못에서 드디어 피라미만 하게 놀던 내 영혼"을 서로 이접시켜낸 작품 「못」을 지탱하고 있는 것도 바로 이 모두를 수직으로 관통하는 '못'이라는 알레고리이다. 「드레스 리허설」

3) 발터 벤야민, 『아케이드 프로젝트』, 조형준 옮김, 새물결, 2005, p. 786.

에서도 "피겨 퀸은 빙판 위에／댄싱 퀸은 콜라텍에" 가는 두 명의 등장인물을 대비시켜 이끌어낸, 이질적인 두 가지 "쇼"를 서로 충돌시켜, 공존할 수 없을 것만 같은 상태를 시에서 나란히 병치시켜 나간다. 그렇게, 시의 시간과 공간을 한없이 벌려놓고, 벌어진 그 틈 사이에 자신이 "스톡홀름"에서 겪었던 이야기, "눈앞의 투명 프롬프터를 읽듯 대사를 전달"했던 낯선 경험을 기습적으로 내려 놓는다.

　알레고리는 김이듬에게 과거와 현재를 교차시키는 충돌인 동시에, 이로 인해, 알 수 없는 시제를 시에 결부시켜 예기치 않은 결과를 만들어내는 게토이며, 시인 자신이 시인 자신을 처벌하는 일종의 제의를 통해서만, 시인이 시인이라는 자격으로 세계를 살아낼 수 있다는 사유를 실천해내기에 가장 적합한 시적 형식을 부여해주는 것으로 보인다. 이성적이고 합리적인 시선 저편 건너에, 나 모르게 휘감겨 타오르는 불확실한 감정이, 우리 기억의 주변에서 아우라가 되어 떠돌고 있을 때, 김이듬은 이 아우라를 알레고리에 의지해 지금-여기로 불러내면서 "예술, 사랑, 쾌락, 후회, 권태, 파괴, 지금, 시간, 죽음, 공포, 슬픔, 악, 진리, 희망, 복수, 증오, 존경, 질투, 사념"[4]에 관한 걸출한 목록 하나를 만들어내고, 이 목록 위에 자신의 감정을 덧붙여내며, 벌거벗은 생명들과 시 쓰는 자아를 이 목록의 주체로 등재하는 일을 잊지 않는다.

　네번째 운석이 마을 개울에서 발견되던 날 아침

4) 발터 벤야민, 같은 책, p. 786.

대기권에서 낙하한 유성체 파편이 내 머리에 박혔다 나는 비틀거리며 주저앉아 검찰이 시키는 대로 검찰청 홈페이지에 접속하여 해당 공소장을 확인하고 보안카드 내역을 입력했다 불타는 행성처럼 만신이 뜨거웠다 두 시간 넘는 힘겨운 통화 후에 대포통장 피의자 혐의에서 풀려났다

사건신고서를 썼다 보이스피싱에 낚이는 사람이 바보라고 이해가 안 된다며 혀를 차는 사람들 속에서
나는 땅을 보고 걷는다
내 곁에 황금이 내려와도 축구공만 한 운석이 떨어져도 나는 모른다
들소처럼 밟고 지나가겠지

그 며칠의 햇빛은 나를 조롱하고
날린 돈이면 오로라도 볼 텐데
별이 빛나는 밤이 계속되었다 그리하여 이렇게 소름이 돋는 동안 운석도 날벼락도 지속적으로 떨어질 것이다
　　　　　　　　　　　　　　—「운석이 쏟아지는 밤에」 부분

김이듬의 시에서 "알레고리적 직관의, 분쇄하고 분열시키는 원칙이 관철되고 있다"[5]고 한다면, 그것은 상징을 이루는 의미의 연관성으로부터 비교적 자유로운 구성과 구어와 문어의 혼용에 기반

---

5) 발터 벤야민, 『독일 비애극의 원천』, 최성만·김유동 옮김, 한길사, 2009, p. 311.

한 문장 절반의 구성이나 운용을 통해, 작품 곳곳에 새로운 통로를 내고 있기 때문이다. 상징이 단호하고, 견고하며, 기원에 도달하려는 열망으로 제 정체성을 시에서 관철시키려 한다면, 알레고리는 산만하고, 어지럽고, 이질적으로 자신의 겹을 늘려내며, 타자의 그림자를 붙잡는 일에 관심을 둘 뿐이다. 상징이 항상, 기다리는 답을 어딘가(우주-자연-서정)에 숨겨두고 있다면, 알레고리는 예측할 수 없는 미지의 답을 우리로 하여금 (미지의 현실에서) 추정하게 만든다. 달을 가리키는 것이라면 응당 달을 봐야 한다고 주장하는 것이 상징이며, 가리키는 손가락의 모양새를 향해 우리의 시선을 분산시켜, 세상에 드리운 달빛 각각의 편린들을 어수선하게 펼쳐놓으려는 것이 알레고리인 것이다. 알레고리의 시선에는 큰 부분이 보이지 않는다는 사실은 크게 중요하지 않다. 알레고리의 시인들은 작은 것을 놓치지 않는 것이 삶과 세계의 좌표를 만들어낸다고 생각하기 때문이다. 이렇게 알레고리의 시인들에게 적절한 물음은 처음부터 준비되는 것은 아니다. 파편적이고 단편적인 사고가 모여 집합을 이루어내는 과정에서, 미지를 향한 질문 하나가 도출될 수도 있기 때문이다. "우리 동네에 운석이 떨어졌다"라는 첫 문장에서, "보이스피싱" 사건을 돌아 나오는 동안, 이질적이고 다채로운 사유들이 하나로 모이고 다른 곳으로 흩어지며, 새로운 말의 활로를 뚫고 우리를 앞을 향해 전진하게 만드는 질문을 선사한다면, 그것으로 이미 충분한 것이다.

　알레고리의 시선에 포착된 세계에는 자기 부정을 통해 감싸 안는 존재들로 가득하며, 이 부정하는 알레고리의 시적 삶은, 어쩌면 현대의 문화적 특수성을 결정하는 중대한 사건일 수도 있다. 삶이 자기를 부정하는 양상을 드러내는 일은, 고유한 목적을 지닌 일체의 분석이 밝혀낼 수 없는 이질적인 미지를 향해 이행하기 때문이다. 그것은 내재하는 삶이자 구체적인 삶이지만, 그 자체로 감각의 확장 가능성을 매몰차게 저버리는 것은 아니며, 특별한 존재의 가치를 옹호하는 것도 아니고, 특정 대상의 진리를 숭상하는 몸짓을 선호하는 것도 아니다. 그것은 그 자체로 삶의 주관성에 발을 디디고 있는 모든 가능성을 백지 위로 불러 모으는, 텍스트 이전에는 존재하지 않는 현장, 삶의 부정이, 정확하게 말하자면, 결국 삶의 한 방식이라는 사실을 알려주는 표식이다. 알레고리로 마주하게 되는 이 표식은 특히 삶의 우수리와 같은 존재들에게 드리운 시인의 희생 제의를 통해 보다 도드라질 것이다. 타락해가는 세계의 구체적인 얼굴을 볼 수 있는 것은 여기가 아닐까? 폭력이 관철되어나가는 과정에서 고통을 겪거나 고통을 부여하는 사회의 기만적인 행위는 과연 오롯이 폭로되었다고 말할 수 있는 것일까? 완성이나 초월과는 거리가 먼 우리 세계의, 있는 그대로의 민낯과 발가벗은 생명들의 실존은 파편적인 기억에 의존해 재구성될 수밖에 없는 것은 아닐까?

5. 실패의 무의식, 실패라는 나의 무의식

시는 아주 조금만 존재할 수도 있는 것이다.

이접으로, 알레고리로 터져 나온 말은 나를 비추는 거울이자, 주체할 수 없는 시인의 기질과 그 기질을 끌어안고 살아야 하는 자의 운명을 말해주는, 특수한 말의 폭발이기도 하다. 김이듬은 자기 삶의 모순을 되비추거나, 쓸쓸한 제 꿈을 반사하거나 튕겨내는 나르시스의 거울 놀이에는 관심이 없다. 그는 물음을 던지고 나면, 다시 생겨난 또 다른 상처 때문에, 세계의 거울 앞에서 여전히 피를 흘리고 있는, 제 추하고 비겁한 얼굴을 주시하는 일을 감행하려 한다. 상실되었던 것, 불완전한 전망이 끊임없이 회전하면서, 우리의 삶을 흠뻑 적시고, 사회를 강타하며, 역사를 참칭해나가는, 저 어쩔 수 없는 것들이, 왜 어쩔 수 없는지를 물고 늘어지다가 실패하는 언어가 바로 시적 언어일 것이다.

> 내 마음의 기생은 어디서 왔는가
> 오늘 밤 강가에 머물며 영감(靈感)을 뫼실까 하는 이 심정은
> 영혼이라도 팔아 시 한 줄 얻고 싶은 이 퇴폐를 어찌할까
> 밤마다 칼춤을 추는 나의 유흥은 어느 별에 박힌 유전자인가
> 나는 사채 이자에 묶인 육체파 창녀하고 다를 바 없다
>
> 나는 기생이다 위독한 어머니를 위해 팔려 간 소녀가 아니다 자발적으로 음란하고 방탕한 감정 창녀다 자다 일어나 하는 기분으로 토하고 마시고 다시 하는 기분으로 헝클어진 머리칼을 흔들며 엉망진창 여럿이 분위기를 살리는 기분으로 뭔가를 쓴다
> [……]
> 부스스 펜을 꺼낸다 졸린다 펜을 물고 입술을 넘쳐 잉크가 번지는 줄 모르고 코를 훌쩍이며 강가에 앉아 뭔가를 쓴다 나는 내가 쓴 시 몇 줄에 묶였다 드디어 시에 결박되었다고 믿는 미치광이가 되었다

눈앞에서 마귀가 바지를 내리고
빨면 시 한 줄 주지
악마라도 빨고 또 빨고, 계속해서 빨 심정이 된다
자다가 일어나 밖으로 나와 절박하지 않게 치욕적인 감정도 없이
커다란 펜을 문 채 나는 빤다 시가 쏟아질 때까지
나는 감정 갈보, 시인이라고 소개할 때면 창녀라고 자백하는 기분
이다 조상 중에 자신을 파는 사람은 없었다 '너처럼 나쁜 피가 없었
다'고 아버지는 말씀하셨다
펜을 불끈 쥔 채 부르르 떨었다
나는 지금 지방 축제가 한창인 달밤에 늙은 천기(賤技)가 되어 양
손에 칼을 들고 춤춘다

—「시골 창녀」 부분

시인으로 살아가는 삶은 어떤 삶일까? 시인의 운명은 어떻게 스
스로가 부과한 죄의식으로부터 생성되고 또 결정되는 것일까? 저
자신 스스로에게 형벌을 내린 자만이 시인이라는 것일까? 요설은
아니다. 그의 시에 흐르는 이상한 혈류는 속죄 의식, 그러니까 우
수리와 더불어 치러내는, 어떤 희생 제의에 가깝다. "늙은 천기(賤
技)가 되어 양손에 칼을 들고 춤춘다"는 말로 시인이 제 시를 마감
하려 할 때, 시인이 제 손에 쥐고 있는 것이 펜이라면, 시인의 피에
흐르는 '기생'과 '창녀'가 고요해지고 잠들 때까지, 계속해서 써 내
려갈 때만, 비로소 시인이 될 수 있다는 믿음도 함께 쥐고 있는 것
은 아닐까?

504

이러한 물음은 이제 사치에 가까울 수도 있다. 계속 시를 써내려 갈 힘은, 세련된 양식과 눌어붙은 통념을 거부할 때 주어지는, 그러한 일로 현실의 기저로 파고들어 벌써 기이한 방식의 사실주의를 노정할 때 생겨난다는 사실을 김이듬의 시집을 읽고 우리는 알게 되었기 때문이다. 이것이라고 믿으려 하는 순간, 그의 시는 벌써 다른 곳으로 이행을 서두르며, 저것이라고 무언가를 확정지으려는 순간, 지금-여기의 폭과 깊이를 확장하는 일에 우리는 어느덧 동참하게 된다. 그의 시에서 사유는 제 깊이를 잃은 적이 없는데, 그것은 이 '사유'를 이끌고 나가는 말이 날렵하면서도 진지하고, 경쾌하면서도 묵직한 운동 속에서 쉴 새 없이 갱신되고 있기 때문이다.

아아, 나에게는 말해야 하는 최후의 것이 없다, 누가 있겠는가, 누가 누구의 문을 끝없이 두드리겠는가.

—「해변의 문지기」 부분

그의 시집은 누가 주체이고 누가 타자인지 면밀히 캐물으며, 중심을 이전하는 운동을 만들어내는, 변두리에서 그려낸 우리의 일그러진 초상화이자, 산술적으로 더해진 언표의 차원에 제 말의 가능성을 묶어두는 것이 아니라, 문장을 곱해나감으로써 새로이 개척해내는 감수성의 발화이다. 김이듬에게 시인이란, 내 존재 밖에 위치한 타자와 우리 안에 있는 타자를 발견하는 일을 게을리 하지 않는 자이며, 그 과정에서 내 안의 나와 대면하려는 용기를 꺼내든 자이다. 타자에게 기대를 건다는 것은 타자에게 내기를 건다는 것이며, 저 알 수 없는 내기에서 김이듬만큼 힘차게 밀고 나간 시인도 많지 않을 것이다. 일상의 삶들을 일상적이지 않은 방식으로 투척한 독특한 방식이 김이듬 시가 보여준 활력이자 새로움이라면, 그 중심에는 이접과 알레고리를 통해 구축해낸 구문의 모험과 그 특수성이 자리한다고 우리는 말했다. 그의 언어는 삶에서 일어나고 있는 근원적인 체험들을 시련으로 환대하기 위해, 삶의 저변을 파고든, 깊이의 소산이자, 그 너머와 아래를 탐사하기 위해, 우리가 모르는 곳까지 말을 끌어 올리거나 하염없이 낮추며, 그 가능성을 확장해나간, 고갈되지 않는 현실의 샘물이다. 그의 말은 제 자의식을 확장해나가는 바로 그만큼 미지의 형상을 우리 곁에 내려놓을 것이다.

(김이듬 시집, 『히스테리아』 해설, 문학과지성사, 2014)

아침이 밝아올 때까지

─ 김소연의 『수학자의 아침』

[시인 김소연] : **개괄**─마음을 분류하고 감정을 섬세하게 다룰 줄 안다. **상세**─내면의 흐름을 하나하나 따져 정확한 논리를 세우고 각각에 깊이를 더해 독특한 시적 공간을 창출함. **주제별**─슬픔의 끝 간 곳까지 밀어붙인 깊이의 시인. **추가**─선명한 이미지는 말할 것도 없고 행간과 여백을 활용하여 삶의 페이소스와 감정의 아이러니를 백지 안으로 성큼 걸어 들어오게 하는, 아니 그 마디와 마디를 깔끔하게 조절할 줄 아는 빼어난 문장의 소유자.

그러나 그의 시와 관련되어서는 사실, 어느 하나 간단해 보이지 않는다. 무슨 말인가를 추려내려고 궁리를 하면 사유가 고이는 즉시 어디론가 빠져나가버린다. 시 한 편 한 편을 읽을 때 고개를 끄덕이다가도 다시 눈을 들어 찬찬히 뜯어보면, 모든 게 모순적이라 할 정도로, 구문이 지극히 복잡하며 문장이 무언가를 잔뜩 품고 웅크리는 듯하고, 낱말의 움직임이 예사롭지 않아, 가지런한 논리적-통사적-의미론적 질서가 된서리에 파밭 뭉개지듯 하여, 원만하게 작동하는 법이 없다. 이렇게, 읽는 자가 착잡한 감정에 사로잡히는 것을 막아낼 길이 없다. 깊은 절망에 사로잡힐 때, 그러나 이 고유명사 '김소연'에 대해 아직 하지 않은 말을 내려놓고자 차오르는 까닭 모를 충동도 막을 길이 없어 보인다. 쯧쯧. 오독을 감내하기로 한다.

『수학자의 아침』(문학과지성사, 2013)[1]은 자기 이야기라고 할 만한 것을 크게 내세우지 않으면서도 결국에는 모든 것을 자기 이야기로 만들어버리는 기이한 시집이다. 시는 낯선 공간과 낯선 사람들, 이국적 여행의 체험에서 지금—여기 삶의 고통스런 절규가 터져 나오는 저 광장이나 노동의 현장에 이르기까지, 타인들이 거류하거나 부유했던 곳곳에 다양한 시선을 드리운 듯하지만, 이러한 시도에서 고유한 목소리가 결여되었다고 믿는 것은 어리석은 일이다. 무지한 것은 그러니까 주관성을 새겨 넣는 그의 방식을 모르는 우리다.

1. 육어(肉語)의 조용한 반란

사선을 넘지 못해 겨우 연명하는 사람들, 패배한 사람들, 위태로운 삶 속에서 매일 불가능한 희망을 붙잡을 수밖에 없는 사람들의 이야기. 김소연은 이들과 살며, 제 감정을 매김하고, 사유의 범주를 설정하며, 문장의 한계와 영역을 조심스레 다져나가, 시라는 미완의 형식을 우리 앞에 불쑥 내민다. 분류가 불가능하다는 통념은 그에게는 통념일 뿐이다. 시의 난해성은 바로 이, 감히 할 수 없었다고 믿어왔던 문(文)의 활력을 조절해내는 도전에서 비롯된다. 조심스럽다. 그러나 조심은 소심이 아니다. 용기의 소산, 결기의 귀

1) 이 글의 대상 텍스트는 모두 이 시집에서 가져왔다.

결, 절망 이후의 각성, 현실과 타자에 대해서는 조심스러울 수 없는 사유의 촉수를 말에 과감하게 뻗어대, 타자의 거처에서 길어 올린 낯선 결과를 날라줄 뿐이다. 그의 언어도 조심스럽다. 감정이 항시 우리 의식을 배반하고 기화하듯 어디론가 쉬이 빠져나가는 것이라면, 그 성질에 부합하는 언어로 그것을 날것 그대로 붙들어 매며, 사유의 영역 안으로 끌고 오는 것이, 바로 이 '시인-수학자'의 일이라고 일단 적어두기로 한다. 표현을 최대한 분류하고, 낱말을 촘촘히 배치하여, 우리가 삶에서 방기하거나 추방했던, 그러나 지극히 일상적인 저 지평 아래 가라앉아 부표 위로 떠오르지 않았던 문장들로 알려지지 않은 것을 캐내는 작업에 몰두하기. 무언가를 지워내는 쉼 없는 목소리, 무엇이 무엇과 서로 조응하는지 판단을 잠시 유보해야만 한다고 말하는 저 구문들, 큰 흐름에 맡겨 독서를 진행할 수밖에 없다고 묵묵히 시위하는 시. 사실 시인은, 표면으로 드러난 말, 그러니까 언표나 문법적 질서, 가지런한 의미의 단위를 투명하게 분절한 통사의 뭉치가 아니라, 알게 모르게, 주관성의 발현을 추동하는, 보이지 않는 주체의 목소리로, 온 사방과 허방으로 뻗어나갈 모종의 힘을 늘 염두에 두었을 것이다. 첫 작품 「그늘」에서 일부를 인용한다.

거미처럼 골목에 앉아
골목에 버려진 의자에 앉아
출발도 없이
도착도 없이

벌거벗은 햇볕
벌거벗은 철제 대문
그늘에 앉아 젖은 무릎을 말리네
해빙도 없이
결빙도 없이

북극여우와 바다코끼리와 바다표범과
흰 무지개와 흰 운무와
쇄빙선도 없이
해협도 없이

버찌는 잠시 돌 옆에 머물겠지
개미는 버찌를 핥겠지
혓바닥도 없이
사랑도 없이

　다음과 같은 물음은 사소해 보이지 않는다. '～와'로 연결되어
반복을 유도하는 구문은 대관절 어디에 제 하중을 실어놓는가? 이
런 물음도 사소해 보이지 않는다. '～없이'로 마감되는, 그러니까
어김없이 반복의 격자 속에서 구동되는 대목들이 가리키는 지평은
어디인가? '없이'는 "햇볕" "철제 대문" "버찌" "개미"가 가지고
있지 못한 것뿐만 아니라 나의 결핍도 결부시킨다. 지속적으로 무
언가를 지우는 행위와 계속해서 나의 상실도 함께 끌고 오고야 마
는, 그러니까 저 나열을 빙자한, 그래서 특이한 구문은 시에다 보

이지 않는 목소리를 입히는 주인이다. 따라서 이 시적 공간의 주인은 화자 '나'가 아니다. 미리 말해두지만, 김소연의 시에는, 일인칭 '나'의 자리를 지워내면서 주어가 대상이나 사물과 하나로 수렴되고 마는 시적 발화가 있을 뿐이며, 그 궤적들, 우리가 주관성의 흔적이라고 부를 이 목소리는, 가지런히 제 이빨을 드러내거나 얌전히 속내를 털어놓는 법이 없다. 그 대신, 타자들을 불러 세우고 그곳으로 나아가는 일에 전념하며 고유한 어법과 리듬을 고안하느라 여념이 없다. 나를 지워내는 작업은 오로지 타인에게 헌정된, 그러니까 그 무슨 봉사나, 그 흔한 제의의 발로일 수는 없다는 것일까? 우리는 차라리 이것을, 이해의 자장에 머물며 소통할 수 있다고 주장해온, 목에 잔뜩 힘을 돋운 강령이 아니라, '나'와 '모든 사물들'이 공히 묘사의 대상이 되고 기술의 주어가 되는 육어(肉語)의 실천이라고, 그러니까 오로지 무형(無形)의 운동, 시의 내부에서 유령처럼 떠돌아다니는 불가시의 목소리라 불러야 할지 모른다.

아픈 말[馬]을 사람들은 고기라고 부른다고

치킨을 나눠 먹으며 나는 고기로 앉아
헐벗어가고 있었다

현관에서 신발을 정리하며 한 남자가
작별 인사처럼 해준 말이었다
직장에 다닌 시간보다
해고된 채로 농성을 하고 있는 시간이 더 오래되었다며

벌거벗은 채로
나는 겨우 신발을 신었다

—「평택」부분

그 애는
두 발을 모으고 기도를 한다 했다
잘못 살아온 날들과 더 잘못 살게 될 날들 사이에서
잠시 죽어 있을 때마다

그 애의 숟가락에 생선 살을 올려주며 말했다
우리, 라는 말을 가장 나중에 쓰는
마지막 사람이 되렴

내가 조금씩 그 애를 이해할수록
그 애는 조금씩 망가진다고 했다
기도가 상해버린다고

—「백반」부분

　김소연은 효과적으로 사건을 담아낼 경제적 장소로 시를 환치하
여, 비극 앞에 자주 엎드리는 것이 아니라, 비극을 직접 수행하는
말들, 사건에 갇히지 않고, 일시에 모여 폭발하고 또 잦아들 비극
의 파편들을 낯설게 투척하는 목소리 하나를 궁리하는 데 오히려
사활을 건다. 우선 "벌거벗은 채로"를 눈여겨볼 필요가 있다. 왜냐

하면, 누구를 지칭하는지가 모호하고, 고작해야 간접 경험을 털어놓으며 일상에 제 감정을 입히는 사소한 역할에 국한되는 것 같아도, "해고된 채로 농성을 하고 있는 시간"을 수식하는 문법적 기능을 저버리고, 누군가의 비극 안으로 직접 들어가는 주체를 추동하는 것이 바로 "벌거벗은 채로"이기 때문이다. "벌거벗은 채로"는 이렇게 일시에 화자-자아-타자-대상의 차이를 붕괴해버린다. 행과 연의 배치와 여백의 활용은 모호함에 기대어 판단을 흐리는 것이 아니라, 자칫 이 비극을 고립되고 개별적인 것으로 타자화하는 독서가 되지 않도록 전념하는 일에 일조한다.

김소연이 섬세한 시인이라는 것은 바로 이런 의미에서다. 그러니까 그는 비극을 묘사하거나 재현하는 행위가, 아주 적절치 못하며, 그렇게 하면, 비극을, 한번 사용하고 버리는 크리넥스처럼 소비해버릴 위험성마저 지닌다고 여기는 것이다. 그는 비극의 주인을 자청하며 슬픔과 절망을 엄벙덤벙 발설하는 것은 비극에 대한 예의가 아니라고 생각하는 사람만이 구사할 법한 '그런 말'로 제시를 궁굴린다. 그는, 오로지 그렇게 해서야만 "사람을 만난 날"의 감정-마음을 제 시에서 기록해낼 수 있다고 믿는다. 이러한 그의 태도는 재현 불가능성의 가능성을 모색할 최소한의 방식과 타자와 자아 사이에 깊이 파인 이분법을 무화해낼 유일한 길이 오로지 이렇게 해야만 열릴 수 있다는 사유에서 비롯된 것이다. 그는 희망할 수 없으며, 희망해서는 안 된다고 말하며, 실제로 희망하지 않는다. 그는 공감한다고 발설하지 않으며, 실제로 공감한다고 발설하지 못하고, 차라리 그래야 한다고 믿는다. 타자와 타자의 삶, "고기"가 되고 "살"이 되어 낯섦을 온몸으로 받아내는, 그러니까 좀처럼 가능하지 않은 어떤 불안정한 방법을 고민하고, 이러한 고민 속에서 불가능성을 표현해낼 가능성을 타진하는 문장과 특수한 구문, 연과 연이 서로 마감되지 않고 이어지는 리듬의 결과물을, 이 삶에 대해 드리워 마땅한 제 고민과 마찬가지 크기의 질량으로, 시에 내려놓는 일을 주저하지 않는 것뿐이다. 이해나 공감, 공동체는 모두 거짓, 기만, 허상일 수 있다. 누가 누구를 감히 이해한다고 함부로 말하는가?

「백반」에서도 "잠시 죽어 있을 때마다"에 주목할 필요가 있다. 매듭짓지 않는, 마감을 유보하는 배치와 그 이후의 여백으로 인해, "그 애"가 이 표현을 그대로 움켜쥘, 단일한 해석의 가능성을 적절하게 방기한 어떤 흐름이 시 전반을 이끌고 있다고 해야 할까? 자아를 물리친 시적 목소리로 "풍경이 되어가는 폭력들"에 감정-마음의 무늬를 입히는 김소연만의 독특한 작업은 바로 이러한 방기의 틈새를 시에서 열어, 연과 연의 마감을 부정하고, 주어와 대상의 연관 관계를 이중으로 늘려 나가면서, 조심스레 성공의 가능성을 타진한다. "잘못 살아온 날들과 더 잘못 살게 될 날들 사이에서/잠시 죽어 있을 때마다"는 이렇게 "두 발을 모으고 기도"를 한 "그 애"만을 수식하는 데 제한되는 것이 아니라, "그 애"는 말할 것도 없고 다음 연의 "그 애의 숟가락에 생선 살을 올려주"는 '나'도 하나로 묶어내는, 정확히 말해, 자아-타자의 이분법을 취하는 시적 주체화의 징표인 것이다. 주부와 술부의 엇나감 역시, 단순한 기교가 아니라 김소연에게는 주관적인 목소리를 새겨 넣을 시적 거점과 다르지 않다.

단식을 감행했다 내가 아니라 내가 아는 한 사람이 저 먼 제주도
에서
아침은 그렇게 지나갔지만 많이 아팠다 내가 아니라 저 먼 시베리
아에서 내가 아주 좋아하는 친구가

[……]

도착한 것들이 날갯죽지를 접을 땐 그림자가 발생한다 바로 거기
에서
나무가 있었다면 새소리를 들을 수 있을 텐데 사람이 아니라 저기
빈자리에서 나무 한 그루가

―「그런 것」 부분

주부와 술부 사이에 존재하는 이상한 교환이 이 세계에 흘려보
내는 어떤 목소리가 들리지 않는가? 아주 조금 열린, 저 주관성의
문틈에서, 김소연은 개인이 아니라 오로지 주체의 자격으로만 이
세계를 제 시에 받아낼 권리를 확보하려 애를 쓰는 것인가? "많이
아팠다"는, "내가 아니라"에 의해 수식을 받는다. 따라서 '나는 아
프지 않았다'고 말하고 있는 것만 같다. 그러나 주부와 술부 사이
에 행해진 역순의 배치 덕분에, "많이 아팠다"는 바로 앞 "아침은
그렇게 지나갔지만"에도 의미의 고리를 살짝 걸어놓게 되어, "내
가 아주 좋아하는 친구"만을 자신의 주어로 섬기는 것이 아니라,
일의(一意)의 해석 가능성을 접고, 문법의 질서 그 이상의 목소리
를 시에 가져다 놓을 특이한 문장의 움직임을 생성해낸다.
　이렇게 문법이 조금씩 긁히고, 이해의 경로에 하나둘 미궁이 생

겨난다. 김소연의 시에서 자주 목격되는 통사적으로 도치된 구문들, 예컨대, '아침은 그렇게 지나갔지만 내가 아니라 저 먼 시베리아에서 내가 아주 좋아하는 친구가 많이 아팠다'로 표기해야 올바르다 할, 그러나 정작 "아침은 그렇게 지나갔지만 많이 아팠다 내가 아니라 저 먼 시베리아에서 내가 아주 좋아하는 친구가"로 표기한 저 문장의 조합들, 그러니까 아주 단순한 도치로 의미의 견고한 질서를 조금 교란하고자 시도하는 구성이 한편으로 중요한 까닭은, 바로 이 도치를 통해 열린 틈을 타 '나'를 지워내는("내가 아니라") 동시에, "아침이 그렇게 지나갔지만"의 주어인 나를 '아침을 아픔으로 보내는 나', 즉 아픔을 실행하는 주체로 환원해내기 때문이다. 이것은 모호성을 유발하는 우연의 결과가 아니라, 통사의 섬세한 짜임이 불러낸 주관성의 표식, 특수한 리듬의 운용에 가깝다. 어느 시인을 우리가 섬세하다고 부르려면, 무엇보다도 우선, 말을 배치하고 조절하는 섬세함, 그렇게 해서 독창적인 목소리를 창출해낼 줄 아는 능력을 따져야 한다. 바로 이와 같은 의미에서만 김소연은 매우 섬세한 시인이다. 그러니까 김소연에게 "아침은 이런 것이다". 아침이 밝아올 때까지, 그는 시적 화자 '나'를 죽인 채, 타자와의 공감이라는 불가능성의 가능성을 타진하기 위해, 오로지 타자에게로, 그 내부로 직접 들어갈 발화의 잠재력을 실험하는 데 몰두하고 있는 것이다.

2. 불구(不求)의 타자 안으로 들어가는 말

"아침에만 잠시 반짝거리는 수만 개의 서리"는 "하루의 절반/나머지 절반" 내내 시인이 무언가를 지켜보고, 무언가 평범한 일을 치르고, 무언가를 생각할 때, 그렇게 찾아오는 "어떤 절규"(「장난감의 세계」)의 소산이다. 이 차분하고 조용한 목소리는 그러나 사실, 죽고자 하는 목소리, 죽어야만 낼 수 있는 목소리, 자아를 죽여야 타자의, 그 무정형의, 그 무의식의, 아직 알지 못하는, 그러니까 공동체라는 미완, 세상에 난무하는 저 구호 따위에 갇힌 공동체가 아니라, '공동체적'이라고 우리가 상정할 수 있는, 흐릿하면서 보일 듯 말 듯한 무엇, 그러나 개인을 배제하지 않고 그 개별성을 말소하지 않는 미완의 공동체, 그러니까 현실에서는 그저 유령처럼 떠도는 공동체, 오로지 다가올 무엇으로만 지금-여기에서 사유할 수 있는, 그렇기에, 지금은 잡히지 않고, 보이지 않는, 오로지 그렇게 말할 수밖에 없는 공동체에 고스란히 바쳐진 목소리이다. 그것은 기묘한 단호함과 차가운 응시, 명징해서 감정적이고, 감각적이라서 간결한 상태, 오로지 '낯설다'고밖에 표현할 길이 없는 저 주관적인 정념의 목소리, 주체의 목소리, 일상과 기억의 틈바구니에서, 아주 평범한 것들, 평범한 풍경들, 평범하다고 말할 수밖에 없는 존재들을 통해서만, 통과해서만, 겪고 또 목도하게 되는, "생각이 깊어 빠져 죽기에 충분했다"(「장난감의 세계」)고 말할 수밖에 없는, 깊이를 헤아리기 어려운, 그렇게 깊은 그의 목소리는 항상 누군가에게 바쳐지는 목소리, 바쳐지고자 하는 목소리다.

아무도 살지 않던 땅으로 간 사람이 있었다
살 수 없는 장소에서도 살 수 있게 된 사람이 있었다
집을 짓고 창을 내고 비둘기를 키우던 사람이 있었다

그 창문으로 나는 지금 바깥을 내다본다
이토록 난해한 지형을 가장 쉽게 이해한 사람이
가장 오래 서 있었을 자리에 서서
[……]

아파요, 살고 싶어요, 감기약이 필요해요,
살고 싶어서 더러워진 사람이 나는 되기로 한다

더러워진 채로 잠드는 발과
더러워진 채로 악수를 하는 손만을
돌보는 사람이 되기로 한다

그럼에도 불구했던 사람이
불구가 되어간 곳을 유적지라 부른다
커다란 석상에 표정을 새기던 노예들은
무언가를 알아도 안다고 말하진 않았다

그 누구도
조롱하지 않는 사람으로 지내기로 한다

위험해, 조심해, 괜찮아,

하루에 한 가지씩만 다독이는 사람이 되기로 한다

아무도 살아남지 않은 땅에서 사는 사람이 있다

살 수 없는 장소에서도 살 수 있게 된 사람이 있다

집을 짓고 창을 내고 청포도를 키우는 사람이 있다

―「여행자」 부분

   이상하게 들리겠지만, 이 작품은 여행의 경험이나 묘사에 할애
된 서술과 그다지 상관이 없다. 여행지의 풍경이 곳곳에 배치되
어 있고, 그때의 경험이 저리 버젓한데도 그렇다고 한다면? 중요
한 지점은 벌써 다른 곳에 있다. "나는"의 저 배치는 어딘가 이상
하지 않은가? 그저 실수일까? '왜'를 따져 묻는 일보다 중요한 것
은 이러한 배치가 어떤 목소리를 창출하여 시를 조율하는지를 캐
묻는 일이다. 수학자처럼 구문을 분절해보자. ① "아파요, 살고 싶
어요, 감기약이 필요해요," ② "살고 싶어서 더러워진 사람이" ③
"나는 되기로 한다." 그렇다. 아프다고 외치는 사람은, '살고 싶어
서 더러워진 사람'과 '나'라는 논리적 귀결은 자명하다. 나는 이렇
게 타자를 상정한다. 그런데 이 방식은 좀 기묘하다. 이 타자가 나
인지, 내가 타자인지 그 구분을 스스로 취하해내는 섬세함이 시에
서 문제가 되기 시작한다. 다음의 물음은 필연에 가깝다. 다음 연
으로 오면? '나'를 완전히 지워버렸다. 그렇게 해서, 나와 타자의
구분은 완벽하게 지워지고 만다.
   이 시의 실질적 주어는 그러니까, 나와 타자, 나와 하나가 된 타

자, 타자와 하나가 된 나라고 볼 수밖에 없다. 왜? 낯선 배치와 화자의 간단한 제거가 결국 타자-나가 하나된 목소리를 내게 요청하기 때문이다. 상황이 이렇다면, 우리 역시 이렇게 생각하는 수밖에 없다. 내가 타자에게로 입사할 가능성은 오로지 이와 같은 방식, 그러니까, 다짐이나 맹세가 아닌, 어떤 각오에 대한 표현도, 그 무슨 깨달음을 고지하는 발설도 아닌, 오로지 낱말의 배치와 문장의 운용, 그 특수한 배려에서 발생하는 아(我)와 타(他)의 접사(接辭)를 통해 모색되는, 그런 다음 접사에서 통합으로 나아가는 모종의 과정을 겪어야만 타진해볼 수 있는 희미한 가능성인 것이다. 왜? 김소연에게 타자의 고유성과 개별성은 개인적 판단을 통해 함부로 자아 안으로 구겨 넣을 수 없기 때문이며, 그는 그게 올바른 일이 아니라고 생각하기 때문이다.

타자를 위한다고 말하는 사람은 김소연에게는 이렇게 거짓말쟁이다. "만약 피노키오가/지금 내 코가 커질 거야/라고 말한다면 코는 어떻게 될까"(「거짓말」)라는 물음처럼, '참'을 말하면 '거짓'이 되고 '거짓'이면 '참'인 "크레타 사람들"의 패러독스가 이 세계 여기저기를 너무나도 자주 활보한다. 김소연에게 타자는 오로지 이 패러독스에 대한 명확한 직시와 냉정한 수긍을 통해서만 바로 설 수 있는 그런 타자이다. 사실 누굴 위해 무언가를 해준다는 나의 말은 그것이 대부분 공설로 귀결되어 허무한 것이 아니며, 무엇 하나 제대로 보장하지 않기에 문제가 되는 것이 아니라, 거개가 거짓말이기 때문에 절망을 낳는다. 인용한 시 「여행자」로 되돌아와 말하자면, 타자는, "그럼에도 불구했던", 덤으로 주어진 것, 그럼에도 거부할 수 없는 무엇이다. "그럼에도 불구했던 사람"은 불구

(不具)의 몸이 된 사람이 아니라, 불구(不求)의 타자인 동시에 결국 시인 자신일 수밖에 없으며, 이와 같은 사실은, 김소연이 "부른다"의 주어 자리를 "그럼에도 불구했던 사람", '보편적인 우리', 그리고 '자신', 이렇게 셋의 몫으로 돌려놓았다는 것을 말해준다. "그 누구도"의 기능과 이와 크게 다르지 않다. 앞의 "무언가를 알아도 안다고 말하진 않았다"의 주어 역할을 담당하면서, 내가 "조롱하지 않는 사람"의 목적어를 수행하기도 한다는 사실을 눈여겨봐야 한다. 문자와 낱말의 가지런한 질서, 문법적 범주를 벗어났다고 말할 수는 없지만 그럼에도 그 질서에서 살며시 튕겨 나온 상태 안으로 접어든 주관성의 말들로 빚어낸 타자의 자리가 김소연의 시에서 쉴 새 없이 고안되고 있는 것이다. "그 누구도" 이후에 우리는 어쩔 수 없이 여백을 읽어야만 할 것이다. 그러니까, 숨을 고르고, 잠시 쉬어가야만 하는 것이다. 숨을 내려놓으며, 읽게 되는 것은 "그 누구도 〔 〕"이며, 이때 우리가 귀 기울여 들어보려고 애써야 하는 것은 〔 〕이 우리를 향해 뿜어내는 미지의 목소리일지도 모른다. 시적 주체가 숨을 쉬는 곳, 개별화된 타자의 목소리가 들끓고 있는 곳, 자아라는 시적 화자의 범주를 이탈했지만 오롯이 타자의 것만은 아닌, 나-타자의 어떤 공동체의 목소리, 나-개인-자아와 너-집단-타자의 이분법을 일시에 붕괴해버리는 시적 공간이 여기서 발생한다. 대별된 양자 각각의 이질적인 항들이 포섭해내지 못하는 유령 같은 '정동affect'의 공간이 바로 여기에서 창출된다. 이 미완의 목소리, 완성될 수 없다고 말하는 목소리가, 역설적으로 '~있다'라고 자신 있게 제 결구를 마감하는 이 작품 속 세 문장의 진정한 주어인 것이다.

3. 비-이분법적 주체

『수학자의 아침』을 읽고 또 읽다 보면, 우리는 이 시인이, 타자들인 것, 타인에게 속한 것들, 타자들에게 속할 것, 타지의 낯섦을 노래한다는 사실을 알게 된다. 말은 '~다'로 끝맺는 경우가 대부분이며, 함께 배열된 문장들 역시 간결하고 선명하다. 이러한 구성은 자체로 차가움의 표출이 아니라 오히려 단호함의 발산에 가까우며, 더러 비명과도 같은 정념을 잔뜩 머금은 채, 정지하여 어딘가를 바라보고 있는 듯한 인상을 준다. 시인은 어디에 거주하는가? 시의 바깥에 있는가? 내부와 외부를 번갈아 배회하는가? 여기서 강조해야 할 것은 김소연이 화자의 사건으로서의 시가 아니라, 주체의 발화가 어떻게 고유한 목소리로 자리 매김할 수 있는지를 끊임없이 궁리하는 시인이라는 것이다. 목소리, 보이지 않으면서도 제 몸과 감정과 기억을 시에 새겨 넣는 목소리, 저 고독의, 저 슬픔의 목소리는 언어의 속내이자 발화자의 안쪽, 말이 꼬리와 꼬리를 물고 늘어지며, 걷잡을 수 없이 늘어나는, 확정된 의미를 조금씩 유보하고 때론 방기하기도 하며, 미완의 무엇을 내려놓는, 차마 매듭짓지 못하는 말의 연쇄에서 울려나오는 주관성의 흔적, 정동의 숨결이다. 새로운 감각의 지평이 여기서 열린다. 그것은 구심점을 무너뜨렸기에, 이해 가능성을 전제하는 화자에게서 이탈할 때 성취할 수 있는 개인적이고도 공동체적인 목소리, 즉, 주체의 목소리라고 할 수밖에 없다. 자아에 매몰된 화자가 시에서 자주 폭력적이라면, 그것은 결국, 이 화자가 개인적이기 때문이다. 그러나

522

그 "반대말"일 공동체나 타자 역시, 개인과 자아를 저버린다면, 그 저 반쪽짜리일 수밖에 없다. 어느 하나만을 상정하는 행위가 폭력적이기는 마찬가지라는 사유가 그의 시 여기저기를 돌아다닌다.

불타던 것들이 흔들린다
흔들리며 더 많은 단어들을 모은다
추처럼 흔들리다 흔들리다
내일쯤엔 더 세차게 흔들릴 수 있다

〔……〕

사각의 광장에는 사각의 가오리가
탁본 뜨듯 솟아올라야 한다

그래야 지느러미처럼 커튼은
헤엄을 칠 수 있다 더 넓은 바다로 가려고
가서 비천하게 죽든 궁핍하게 살든
끝장을 볼 수 있다

내일은 우리
가엾은 물고기에게도 그림자를 그려주자
멀리서부터 불빛이 드리워진 양
자그마치 커다랗게

— 「광장이 보이는 방」 부분

'주체'는 개인적인 동시에 공동체적일 수밖에 없다. 주체는 '주'(主)가 되는 무엇, 자신과 타인, 이 양자 모두를 상정하기 때문이며, '시적 주체'는 이런 점에서 '시적 화자'와는 근본적으로 상이하다. 그간 우리의 입에 자주 오르내린 이 현대 시학의 우두머리 개념이, 그럼에도 실천의 반열에 오른 적은 그리 많지 않다. 우리는 그간 개인-사회, 아-타, 개별-공통이라는 분리를 공고히 하는 어느 순간의 선택 속에서 시가 제 목소리를 결정해버리는 경우를 너무 자주 목격해왔다. 하나에 매몰되면 사실, 이해가 쉽고, 그것으로 최선을 다했다고 착각을 할 수 있다. 그리고 그게 더 안전하다. 독자들 곁으로 다가갈 요령이기도 하고, 이해와 소통이라는 환대의 품에 포근히 안기는 길이기도 하다. 난해성이라는 무덤에서 시를 구해내는 길이기도 하다. 그러니까 이 길은 너무 손쉬워서 사랑받는다. 그러나 이 길은 미완의 무엇을 상정하며 미래를 향하는, 모르는 것에 도전하는 말을 부리지 않는다. 언어를 문법과 언표의 수준에 정박시키고, 시인의 의도를 캐묻는 곳에 시와 비평을 붙잡아 두는 일에 몰두할 뿐이다. 이 길은 개인의 자의식을 덜어내는 정도에 따라 찬란한 완성을 예고하고, 타자에 대한 판단을 유보하는 법이 없으며, 사건을 소모하고 감동을 조장한다. 김소연이 제 시에서 부정하고자 하는 것이 있다면 바로 이것이며, 그의 시에서 우리가 손에 쥐게 되는 것은, 요약될 수 없는 문장들, 단일성을 저버리는 특수한 말의 힘이다. 따라서 지극한 슬픔이나 침잠, 무관심은 물론, 그 반대편에서 터져 나오는 어떤 함성들, 그러니까 용산이나 평택과 같이, 현실 속에서 추정이 가능한 사회 공동체의 고통을 조망한 대목들을 그의 시에서 찾아낸다 해도, 이것이 무엇을 표상하는지 진위를 가늠하거나 그렇게 그 실체를 포착했다고 생각해 버리면 몹시 난망한 일이 되어버린다.

표현할 수 없다고 생각했던 것, 사유를 끝까지 밀어붙일 때만 열리는 어떤 극점에 이르러서, 세계를 움직이거나 구획하는 말의 수장이 자기 자신이라고 주장하는 것이 아니라, 나 자신이 모르는 세계로 나를 이끌고 가도록 매번 갱신을 요청하는 하는 말에 투기하기에, 김소연의 시는 두렵기도 하고, 모르기도 하는, 그래서 기지(旣知)에 포섭되지 않고, 이해의 자장을 벗어나는 것과도 같은, 그러나 모호함이나 우연의 결과가 아닌, 특수한 목소리의 발화이다. 그는 이렇게 "흔들리며 더 많은 단어들을 모은다"고 말한다. 이 목소리는 쉽게 설명되지 않으며, 응당 그래야 하며, 오로지 그러하다는 이유에서만, 이 사회에 대해, 정의에 대해, 세계에 대해, 이 세계의 공포와 비극을, 부당하고 부패한 사건들을 일시적으로 소비하거나 선동과 참칭을 통해 광고하지 않을 수 있으며, 감정과 마음의 편폭을 감동과 정화의 도식으로 대신하지 않을 수 있다고 믿는다. 오로지 그렇게 해야만, "비천하게 죽든 궁핍하게 살든/끝장을 볼 수 있다"고 생각하며, 김소연은 바로 이렇게 시인의 권리를 그 누구에게도, 그 어떤 사상에게도, 그 어떤 실체에게도, 그 어떤 이데올로기에도 위탁하지 않고 자기 스스로, 자기의 말로 감당하려 한다. 그의 시의 새로운 지평은 이렇게 낯선 곳에서, 타자의 어깨에 내려앉은 뽀얀 먼지와, 시시각각의 시름과 경험, 그들 삶의 언저리에서 열리지만, 타자를 타자화하지 않기 위해, 또한 타자를 자아의 그림자로 덮어 함부로 지워내지 않기 위해, 그러고자 할 때 찾아올 경이와 두려움의 상태를, 오로지 이 경이와 두려움에 부합할 문장을 고안하는 작업에 내기를 걸 때 열린다고 해야 할까.

사실 시인은 이러한 사실조차 명료하게 설명하려 하지 않을 것이다. 행과 행, 연과 연, 낱말과 낱말의 간격을 넓히거나 촘촘히 좁히고, 해석의 단일한 질서에 안주하는 대신, 이합하고 집산하는 통사의 스펙트럼에 몸을 내맡겨, 자아와 타자의 경계를 무력화할 때까지 이 시인은 그저 우직하게 밀고 나갈 줄 안다. 우리가 언어의 '정동'(精動)이라 불러야 하는 주관성의 표식은 김소연의 경우, 삶의 구석구석에서 활보하는 비-이분법적 주체의 목소리이며, 이 목소리가 바로 시적 주체인 것이다.

4. 표표(漂漂)함과 유령의 목소리

가장 주관적인 말이 시를 쓰고, 시를 쓰게 한다. 이 삶의 비극과 불합리함의 아이러니와 슬픔을 표현하고자 한다면, 발화의 순간을 매번 감시하는 말로, 비극과 불합리와 슬픔을 손쉽게 소비하지 않는 말로, "최대한 입을 꽉 다문 채" 꺼낼 수밖에 없는 최후의 말로 기록한 고통의 흔적을 남기는 수밖에 없으며, 이 최후의 말로 감행하는 기록은 어떤 의미에서 "최대한 급진적으로"(「혼자서」) 감정과 분노와 비극과 사건을 발화한 기록이기도 할 것이다. 『수학자의 아침』은 따라서 슬프지 않다. 까닭 없이 차오르는 슬픔에 자주 머문다고 말하기에는 좀더 독하고 단호한 말들이 바글거리기 때문이다. 김소연은 슬픔 자체가 아니라 슬픔의 밑바닥까지 치고 내려가 힘겹게 건져 올린 단단한 말들, "너를 표현하는 너의 것에도 반대말은 없다"라고 확신할 때까지 따져 물으며, 말의 한계까지 밀어붙인 낱말들, "마침내 끝끝내 비로소, 이다지 애처로운 부사들에도 반대말은 없다"(「반대말」)라고 생각할 때까지, 감정이 다 닳아 뾰족해진 부분을 더듬으며 움켜쥔 문장들로, 삶을, 마음을, 감정을, 이 세계와 현실을 구분하고, 분류하고, 정리(定理)하려 시도하기 때문이다. 그는 이렇게 구분-분류-정리의 저 이성적이고 논리적인 아귀들을 적절히 배치하고 분산하고, 최대치의 주관성으로 환원해내면서, '아'와 '타'의 구분이 무장 해제되는 상태를 하얀 종이 위로 조용히 끌고 온다.

필요한 말인지
불필요한 말인지
알 길이 없는 이 말은 하지 않기로 한다

빗방울의 차이에 대해 말할 줄 아는 사람과 마주 앉아 있다
빗방울이 되어 하수구에 흘러가는 사람이 되어서
　　　　　　　　　　　　　　　　　—「사랑과 희망의 거리」 부분

다만 꽃처럼 향기로써 이의 제기를 할게
이것을 절규나 침묵으로 해석하는 건
독재자의 업무로 남겨둘게

너는, 네가 아니라는 이 아득한 활주로, 나는 달리고 너는 받치고

나는 날아오르고 너는 손뼉을 쳐줘 우리는 멀어지겠지만 우리는 한
곳에서 만나지 그때마다 우리가 만났던 그 장소들에서, 어깨를 겯는
척하며 어깨를 기댔던 그곳에서

　　　　　　　　　　　　　—「오키나와, 튀니지, 프랑시스 잠」 부분

　우리가 느끼는 것은 슬픔인가? 고독인가? 차이인가? 사랑, 혹은
희망인가? 사랑과 희망이 누구나 원하는 것이라고 한다면, 누구나
착각을 하거나, 누구나 누군가의 희생으로, 무엇인가를 담보로, 잠
시 손에 쥐었다는 착각과 더불어, 사랑이니 희망이니 하는 것들이
가능해지는 것인지도 모른다. 이해나 소통과 같은 개념도 마찬가
지다. 이해 불가능성과 소통 불가능성의 한계를 벗어나는 일은 타
자와 나 사이에 존재하는 거리를 일시에 취하려는 화해의 제스
처를 통해 가능한 것이 아니라, 타자와의 차이를 확인하고 그 선연
한 다름을 인정하고, 그래서 잦아들 수밖에 없는 절망과 슬픔의 당
당한 개별자가 되어, 오로지 그렇게 한다는 조건하에서만 희미하게
드러날 보편성의 지평을 나와 타자 위로 열어두는 데 있을 것이다.
그럴 때 비로소 희망을 말하고 사랑을 사유할 수 있다고 그는 생각
한다. 희망과 사랑에 당당해지는 방법은 이 길밖에 없다는 것일까.
"나는 먼 곳이 되고 싶다"(「미래가 쏟아진다면」)는 말에서, 우리는
이곳에서 차고 넘치는 슬픔과 절망의 암울한 기운이 아니라, 한계
바깥으로 단단한 슬픔의 힘을 뻗쳐내려는 어떤 의지를 본다. 김소
연은 "이미 이해한 세계는 떠나야 한다"(「식구들」)고 입을 굳게 다
문 채 말하면서 그렇게 문득, 자기 아닌 영역, 자기가 모르는 영역,
자기가 모르는 언어까지 나아가려 한다. 그의 시는 행과 연이 있는

이유를 시 자신에게 증명해 보이는 시이며, 문장을 찢어 얻어낸 틈새에 제 구문의 고유한 발자국을 찍어나가는 특수한 통사의 시이자, 여백을 만끽하며, 도치를 활용하고, 주어를 적절히 분산할 줄 아는 정교함과 구성력에 한없이 힘을 보태는 시라고 해야 한다.

5. 슬픔의-슬픔이라는 윤리

김소연은 세번째 시집 『눈물이라는 뼈』(문학과지성사, 2009)의 마지막을 이렇게 마감하였다.

대화는 잊는 편이 좋다
대화의 너머를 기억하기 위해서는
외롭다고 발화할 때
그 말이 어디에서 발성되는지를
알아채기 위해서는

시는 모른다
계절 너머에서 준비 중인
폭풍의 위험수치생성값을
모르니까 쓴다
아는 것을 쓰는 것은
시가 아니므로

―「모른다」 부분

시라는 것, 시일 수 있는 것은, 결국, 미완의 문장-미지(未知)의 말로 앎의 통념-기지(旣知)를 비판하는 말이다. 김소연이 의미의 차원에서나 통사의 차원에서 표표(漂漂)함에 투신하는 것은, "모르니까 쓴다"는 사유에 가장 적합한 시적 실천의 가능성을 바로 이 표표함에서 찾았기 때문이다. '~를 하지 않겠다'는 자발적 결정을 반어의 어투로 읽을 수 있게 암시해놓은 「오, 바틀비」나 '이미'의 세계에서 '아직'의 세계로의 이행을 상정하고 있는 「식구들」과 같은 작품들은 물론, 여백과 같은 언외(言外)의 차원에서조차 주관성의 통로를 열려 하는 그의 수많은 작품들은, "외롭다고 발화할 때/그 말이 어디에서 발성되는지를/알아채기 위해" 마음과 경험과 감각을 한계까지 밀고 나가 얻어낸 고독하고도 독창적인 발화의 결과물들이다. 김소연은 무언가 다른 것을 끌어내게끔 소통과 이해의 불충분성을 드러내는 행위를 조율하면서, 슬픔이 아니라, 오히려 슬픔이 말라버릴 때 남겨진 어떤 상태를 적시하는 데 성공하였다. 이렇게 그에게 슬픔은 슬픔이 아니라 차라리 슬픔의 윤리라고 불러야 할 만한 것이 된다. 혼자 감당하는 삶의 항로를 슬픔의 물기를 뺀 건조함과 명징함으로 한껏 밀어붙인 작품 「그래서」에서 부분을 인용한다.

꿈속에선 자꾸
어린 내가 죄를 짓는답니다
잠에서 깨어난 아침마다
검은 연민이 몸을 뒤척여 죄를 통과합니다

바람이 통과하는 빨래들처럼
슬픔이 말라갑니다

잘 지내냐는 안부는 안 듣고 싶어요
안부가 슬픔을 깨울 테니까요
슬픔은 또다시 나를 살아 있게 할 테니까요

　김소연의 슬픔은 감정을 최대한 지우는 일, 그렇게 해서 남겨
진 것, 그와 같은 상태에 도달해야만 가질 수 있는 어떤 상태이며,
그것은 아픔과 닮은꼴이 아니라, 타인을 최대한 비워낼 때까지 기
다려 사유하여, 타인을 이해하는 것이 아니라 타인에게 입사할 가
능성으로 타인을 남겨두는 행위, 그리움을 죽이고, 매일, 매순간,
"어디에서도 목격한 적 없는 온전한 원주율을 생각"하며 "나 잠깐
만 죽을게"(「수학자의 아침」)라고 말할 때, 바로 그렇게 할 수 있을
때, 비로소 갖게 되는 슬픔이다. 슬픔은 혼자 말하고, 혼자 들을 때
만 주시할 수 있는 창백한 피부와도 같은 것이며, 눈물이 메말라가
는 시간, 그러니까 「낯선 사람이 되는 시간」, 그 시간을 치열하게
견디며 체현해야만 찾아오는 슬픔이다. 슬픔은 고립이 아니다. 당
당한 개인이고자 할 때 반드시 밟아나가야 하는 필연적 절차이며,
평등이나 평화와 같은 공동체적 가치를 사유하기 위해 반드시 동
반되어야 하는 이 세계의 윤리이다. 김소연에게 슬픔은 타자에 대
해 최소한의 예의를 갖추기 위해, 지금-여기의 삶에서 반드시 데
리고 살아야 하는 인간의 조건과도 같다.

그럴 수 없는 일이
모두 다 아는 일이 될 때까지
빗방울은 줄기차게 창문을 두드릴 뿐입니다
창문의 바깥쪽이 그들의 처지였음을
누가 모를 수 있습니까

　　　　　　　　　　　　　　　　—「주동자」 부분

우리는 같은 사람을 나누어 가진 적이 있다
같은 슬픔을 자주 그리워한다

내가 누구인지 도무지 알 수 없을 때마다
나를 당신이라고 믿었던 적도 있었다

지난 연인들이 자꾸 나타나
자기 이야기를 겹쳐 쓰려 할 때마다
우리는 같은 사람이 되어간다
[……]

우리는
두 개의 바다가 만나는 해안에
도착해 있다

늙은 아기가 햇볕에 나와 앉아 바다를 보고 있다
바다가 질문들을 한없이 밀어내고 있다

532

우리에게 달라진 것은 장소뿐이었지만
어느새 우리들 기억이 달라져 있었다
나는 다른 사람이 되었다

　　　　　　　　　　—「누군가 곁에서 자꾸 질문을 던진다」 부분

　그렇게 슬픔으로 "나는 절규의 편"에 서고 "유서 없는 피부"와
"움직이지 않는 모든 것을 경멸"한다. 나는 그렇게 슬픔의 "이 통
증을/선물로 알고 가져"(「주동자」)간다. 이 선물은 기꺼운 자산
이 아니라, 삶에 주어진 '덤'이며 '우수리'와도 같은 것이거나, 그
런 것으로 존재해야 한다. 그러나 슬픔이 '덤'이기 때문에 이 삶에
서 무언가를 행하거나 행하지 않을 수 없다고 말하는 것은 아니다.
"창문의 바깥쪽이 그들의 처지였음/누가 모를 수 있"겠는가? 뻔
히 아는 것을 반복해봤자 말짱 소용없는, 일시적인 자위이자 위무
일 뿐이라는 인식에서 차라리 슬픔의 필연성이 생겨난다. 그의 시
는 슬픔으로 경계한다. 삶을 주시하는, 타자를 향한, 타자의 고통
에 대한 "절규"는, 늘 통념을 경계하는 슬픔을 통과해서야 그에게
당도할 것이다. 그러니 슬픔은 "다른 사람이 되"기 위해 갖추어야
하는 제 삶에 마련된 또 하나의 절차이기도 할 것이다.
　세상에 "같은 슬픔"은 존재하지 않는다. 그러니까 이해한다고
말하면서 서로가 서로에게 가하는 폭력의 메커니즘을 감시하는 일
도 슬픔의 몫이다. 그러니까 슬픔 없이 그는 아무것도 할 수 없을
것이다. 슬픔은 무언가를 실천하기 위해 갖추어야 하는 최소한의
윤리이며, 시인이 가질 수 있는 최대치의 감정이자 가장 정교한 사

유이며, 용기 있는 행동이자 처절한 실존일 것이다. 진실은 우리가 생각하는 것만큼 제 모습을 드러내지 않는다. 진실과 관계된 사람들의 일이나 서로 부딪히며 경험이 쌓이는 만큼 찾아드는 믿음은, 그러나 신뢰 자체를 보증해준 것은 아니었다고 김소연은 말한다. 슬픔이 윤리인 까닭은, 대화로 주고받는 손쉬운 약속으로는, 수없이 반복해온 이러한 협약으로는, 타자도, 공동체도, 심지어 나도, 지금-여기에 바로 서지 못할 것이라는 직시가 바로 슬픔이기 때문이다. 오히려 손쉬운 믿음과 편리한 화해와 아름다운 조화와 따뜻한 관심과 우애 깊은 배려, 그 배면에 감추어진 논리와 의도를 경계할 힘이 슬픔에서 생겨난다고 해야 할까? 김소연의 시가 우리가 아직 잘 모르는 것, 겪지 못했던 일들, 체험하지 못했던 감정, 삶의 뒤편에서 엉뚱하게 풀려 나왔지만 좀처럼 들여다보지 못한 것들을 분류하고, 조사하고, 배열하고, 헤아리고, 구분하고, 정리하는 일을 감행했다고 한다면, 이때 그의 손에 들려 있는 것은 어떤 척도나 기준이 아니라, 차라리 윤리라고 해야 한다. 이 윤리가 바로 슬픔이다. 그는 슬픔의 언어로, 슬픔에 가장 근접한 발화로, 매일 밤, 잠시 죽음 속으로, 기억 속으로, 타인 속으로, 낯선 공간으로 문을 열고 들어가, "너의 질문에 대한 나의 질문이 시작되는 아침"(「낯선 사람이 되는 시간」), 그 아침이 밝아올 때까지, 들리지 않는 타자의 함성을 들으려 하고, 보이지 않는 미래의 유령을 보려 한다.

(『현대시학』 2015년 3월호)

정념의 수난, 수난의 정념:
자기 처벌로 죽음을 끌어안는 진혼가에 관하여
—이태선의 「손 내밀면 미친 사람」

마음 깊숙이 나 모르는 곳에서 매일 불쑥거리며 솟아오르는 감
정의 덩어리가 있다. 우리가 정념이라고 부를 이것이 그러나 현실
의 삶에서 매번 수난의 옷을 입고, 알 수 없는 곳으로 우리를 데리
고 가, 아직 경험하지 못한 세계를 벼락같이 내려놓고서 사라져버
린다면, 당신은 얼마나 자주 이와 같은 경우를 보았다고 말할 수
있겠는가? 내가 겪은 시련이 씻기 어려운 상처를 내면에 새겨 놓
아, 열화와도 같은 감정에 나를 입사하게 만든다고 고백하는 사람
이 있다. 그는 이렇게 생겨난 격정의 에너지가 그러나 오롯이 휘발
되는 법이 없으며, 부메랑처럼 항시 한 자리로 돌아와 저 자신에게
로 되감길 때마다 몸서리를 치면서, 매번 새로운 출발을 예비해야
한다는 사실도 벌써 알고 있다. 그의 이 바람은 과연 이루어질 것
인가?

1. 비극의 기원, 저 블랙홀에 관하여

정념과 수난은 서로 다른 것이 아니다.[1] 이태선의 두번째 시집
『손 내밀면 미친 사람』(천년의시작, 2014)은 같은 곳에 뿌리를 둔
이 두 단어가 기묘하게 상생을 모색해나갈 때, 비극의 탄생을 예
고할 단 하나의 조건이 성립한다는 사실을 그려내고 있다는 점에
서, 독자들에게 적잖은 파문을 안겨줄 것이다. 수난이 정념의 동력
이 되고, 정념이 다시 수난을 생성해내는 저 환(環)의 문법을 통해
이태선은 빼어난 비극 하나를 이 세상에 흩뿌린다. 수난과 정념이
뒤엉키고 서로 경합을 벌이면서, 우리를 어느 낯선 세계로 안내하
지만, 그러나 여기에 하나의 뿌리라 불릴 만한 저 기원이 누락되어
있는 것은 아니다. 첫 작품이 「키스」인 것은 우연한 배치의 결과가
아니라, 시 세계의 출발점을 지시하고 있다고 봐야 할지도 모른다.
전문을 인용한다.

　불이 가득 찬 날

　물속으로 깊이 잠수한다
　어느 심연에서 머리칼은 자라 나오나
　철가교는 왜 울리고 있나

---

1) 정념이나 수난으로 번역될 'passion'은 욕정이나 분노, 공포나 기쁨, 증오나 연민 등
에서 야기된 감정, 파토스pathos와 외부에서 주어진 고통이나 시련을 의미하는 파스
코pascho에서 비롯되었다.

개새끼의 허밍은 왜 자욱한지
부서진 유리들은 애벌레처럼 기어 다니고
코 꿰인 돌멩이는 죽어 가고
대낮에 플래시 불은 왜 켜져 있나
가로등은 누굴 비추며 꺼지지 못하나
하염없이 모래를 게워 내며
바닥에 박힌 썩은 나무토막을 밀친다

칡뿌리처럼 캄캄한 서쪽

감정이 열려 있는 채 죽은 물고기

  당신은 이 작품에 흐르는 이상한 기류를 감지했는가? 할 말이
아예 없거나 모든 말을 다 토해냈다고 여기는 사람에게서 풍겨 나
올 법한 어떤 태도가 작품을 뒤덮고 있는 것 같지 않은가? 무언가
불처럼 타오른다. 그러나 그것은 차라리 감당하기 어려운 것이어
서, 나에게는 찬물이 필요하다. 어두컴컴한 저 심연에서도 이상하
게 무언가가 자라난다(그것은 세숫대야에 얼굴을 깊이 담가 부표를
향해 위로 떠오르려는 머리카락이기도 할 것이다). 깨져 흩어진 유리
조각에도, 나는 생명, 차라리 구차한 생명을 본다. 그런데 이 태도
는 어딘가 좀 이상하다. "허밍"은 왜 "개새끼"의 것이어야 하며,
신체의 일부는 왜 죽은 "돌멩이"의 것이어야 하는가? 생명에 대한
이 애착은 말 그대로의 애착이 아니기 때문이다. 우리가 여기서 마
주하게 되는 물음은 이런 것이다. 그는 왜 수동(受動)의 화신이 되

었을까? 행위의 실행자 자리를 그는 왜 포기할 수밖에 없었던 것일까? 그것이 무엇이건 간에, 이태선에게 '살아 있음'은, 부정해야 하는 것이면서도 부정할 수 없는 것이다. 불같은 감정("불이 가득 찬 날")도 내가 원해서 갖게 된 것은 아니다. 더구나 내 안에 스며든 이 격정을 나는 버거워하고 있는 것만 같다. 왜 그럴까?

마지막 두 문장에 주목할 필요가 있다. "칡뿌리처럼 캄캄한 서쪽"을 시인이 바라보거나 위치한 곳이라 한다면, 사실 이 구절은 문두에 배치되어야 적절했을 것이며, 작품의 그 어떤 술부와도 호응하지 못한다는 점에서 "감정이 열려 있는 채 죽은 물고기"는 시의 실질적인 화자, 그러니까 죽음을 디디고서 죽음과 함께 살아가는 단 하나의 시적 화자에 가깝다고 봐야 한다. 비로소 이때, 수난과 정념은 하나가 되고, 공존의 이미지 하나를 우리에게 쏘아 올리면서 시에 큰 울림을 내려놓는다. '죽음'("죽은 물고기")과 정동(精動)("감정이 열려 있는")은 바로 이렇게 해서 수난과 정념의 상징으로 자리 잡는다. 이 둘을 '굳이' 하나로 연접해놓은바(그러니까, '감정이 열린 채'나 '감정을 열어놓은 채'라고 적어놓은 것이 아니다!), 우리는 '아가미를 뻐끔거리며 죽어가는 물고기'가 아니라, '큰 충격을 몰고 온 죽음'이나 '정념에 사로잡혀 있지만 현실에서는 죽은 것이나 다름없는 나'로 읽어야만 하는 것이다. 이태선의 시가 시작되는 최초의 지점은 바로 여기이다. 시(시집)의 유일한 화자도 바로 이것이며, 시집 전반에서 죽음을 끊임없이 소급해내는 저 기원도 바로 이것이라고 해야 한다. 이 기원은 어떻게 등장하는가?

건너편 남자가 나를 힐끔힐끔 쳐다본다
나도 그의 눈빛을 훔쳐보다 마주친다
회색도 푸른빛도 아닌 저 눈빛의 개울
나는 아까부터 발 적시며 어슬렁거린다
밀밭 가에 앉아 노는 어린 그를 보다가
텃새 소리 들리는 목조 테라스에 서서
양귀비 고요히 피어 있는 그의 여름을 보다가
다시 힐끔거리는 그의 눈빛을 따라 또 떠내려간다
태초에 그는 추운 바다 기슭에 밀려와
저 의자에 뼈를 곧추세우고 앉아 있기까지
지녔던 육신들 저 몸통에 빼곡히 들어차
자작나무 삭는 냄새 피워 올린다
나는 몽롱한 그의 구릉과 설원으로
그의 이름은 알렉세이 혹은 세르게이
목울대에 늘 울음을 묶어 두고 있는 이름일까
덤불 같은 이름일까
그 덤불 그늘에 염소 떼 풀어놓고
햇볕에 익은 소년이 저녁쯤에
풀어논 염소 몰러 가도 되는 이름일까 생각하다
급물살 그의 눈빛에 나는 또 휙 끌려서
헤엄쳐 오는 정어리 떼를 만나고
야옹야옹 그늘을 할퀴며 노는 고양이를 지나치는데
그가 의자에서 벌떡 일어나 걸어간다

배낭에 달린 종이 사방 천지 혼돈의 시그널을 달아 놓는다
—「슬라브족의 공항 의자에 앉아 있는 동안」 전문

공항에서 얼핏 본 "회색도 푸른빛도 아닌 저 눈빛"의 외국인은 사실 시인을 붙들고 있는 기원 하나를 불러낼 계기이자 소품일 뿐이다. 그의 눈 색깔과 엇비슷한 빛의 "개울"이 시 안으로 걸어 들어오면, 어느새 나는 그 개울에 발을 담그고 주위를 둘러보면서 이상한 상상에 젖어 재빨리 어디론가 이동한다. 이렇게 과거의 어느 지점으로 날아들고, 현재의 풍경과 그곳에서의 기억을 교대로 포개놓으며, 현재와 과거의 일에 공평한 시선을 배분한 서술 같지만, 이 모든 것은 사실, 내가 항상 붙들려 있는, 그러나 현재에서는 가끔 잊고 살아가고 있는 "목울대에 늘 울음을 묶어 두고 있는 이름"을 불러내는 데 헌정될 뿐이다.

이 이름은 필경, 이태선에게는 단 하나인 이름일 것이다. 또한 그것은 상이한 기억과 시간, 이질적인 경험들이 수없이 왕래하고 서로를 엇대면서 생겨난 굵은 자국의 누빔점 같은 것이 아니라, 오히려 모든 것이 그곳으로 빨려 들어가는 동시에 모든 것이 거기서 샘솟아나는 원천을 상징하는 고정점으로 보아야 한다. 따라서 "배낭에 달린 종이 사방 천지 혼돈의 시그널을 달아 놓는다"로 시를 마무리하는 것을 지켜보며, 우리는 이 "이름"이 지금은 부를 수 없는 이름, 그럼에도 자주 나타났다가 "만날 사라지는 것"(「모래 쇼핑」)의 이름이자, 의지와 상관없이 내면에서 불쑥 튀어 올라 나를 언제 어디서고 "절벽으로 낭떠러지로"(「우울의 잉여」) 몰고 가는 단 하나의 이름이라는 사실을 알게 된다. 이 이름은 "항상 어딘가

의 뒤에 있"는 "너"의 이름이며 언제나 "내 눈물은〔을〕 거기로 흘러"가게 하는 이름, 내 "마음속 더운 씨들"(「스토커」), 그러니까 내게 정념을 부여하는 이름이면서, 내 마음의 근간을 차지하고 있는 이름일 것이다.

2. 슬픔을 뚫고 솟구쳐 오르는 주관성의 세계

문제는 이태선이 어떤 결론이나 답을 쥐고 있는 사람처럼 말을 구사하고 구문을 운용한다는 데에 있다. 행복과 평안, 고요와 즐거움 등, 쾌와 복을 바랄 수 없는 상태, 그와 같은 감정이 존재한다는 사실을 경험으로 익히 알고 있음에도 그럴 수 없다는 것, 정확히 말해, 행복에 겨운 삶이 마침내 사라지거나 헛되다고 생각하는 것이 아니라, 반드시 사라져버려야 한다거나 헛된 것이 되어야만 한다는 그의 사유가 오히려, 제 자신이 그렇게 하지 못할 때, 자신을 처벌해야 한다는 의식을 불러내며, 시시각각 이 의식에 사로잡히는 근본적인 이유가 된다는 것이다. 이태선의 시가 자주 빚지고 있는 상징은, 그것이 무엇을 감춘 것이든 간에, 죽음을 부정할 수 없는 과거의 한 시점으로 시인 자신을 데려가며, 기이하고도 특수한 언어로, 죽음에 늘 붙들려 벗어나지 못하기에 스스로에게 내리게 되는 처벌의 몸짓과 결국 자기를 희생해야만 견딜 수 있는 어떤 제의를 피워올리게끔 추동한다.

비상구 계단에 흙먼지가 쌓여 갈 때나

죽은 화분에 물을 주고 있는 봄날 오후나

태양이 태양 아닌 적 없듯이

아이스크림을 먹고 있는 너의 입속 달콤함에
고양이 등을 쓰다듬는 네 손바닥 차가움에

한 잎 흔들림 그 옆에 있는 것이다
돌탑 육중함 그 둘레에 있는 것이다

짓무른 달의 살점이 너의 눈 속으로 흘러들 때
하품 이파리 창문에 돋아날 때
멍텅구리 한 마리 멍텅구리 두 마리 울다가 저문다

　　　　　　　　　　　　　　—「꿈에서 꿈까지」 전문

　장중하고 유려한 슬픔의 목소리가 죄의식 이상의 순결함을 시에
비끄러맨다. 슬픔이나 절망, 울음은 아니다. 오열도 아니다. 그것
은 오히려 슬퍼서 아름다울 수 있는 가능성, 슬픔의 경이로움이 뿜
어내는 찬란한 미광, 욕망이 사그라진 저 의식의 밑바닥을 지키고
있는 절망에서 흘러나오는 조용한 함성과 크게 다르지 않다. 이 시
의 이미지 가장 아래에는 슬픔의 강물이 흐르고 있지만, 시를 읽는
우리는 이 슬픔의 말들을 그럼에도, 오롯이 단일한 해석의 몫으로
환원해낼 수 없으며, 한 덩어리의 이미지로 작품을 전유할 수조차
없다. 오히려 이태선 시의 놀라운 점은 화자와 대상을 한 가지 해

542

석의 틀에 붙들어 매는 것이 아니라, 시 전반을 강력하게 지배하며 이끌어나가는 다성적인 목소리의 주인공으로 주조해낼 줄 안다는 데 있는 것일지도 모른다.

가령 "한 잎 흔들림 그 옆에 있는 것이다/돌탑 육중함 그 둘레에 있는 것이다"와 같은 구절을 읽은 후, 우리는 어쩔 수 없이 작품을 처음부터 다시 읽어야 하는 처지에 놓이게 되며, 그 결과, 이 구절이 슬픔을 서둘러 표현하고자 무언가를 객관적으로 기술하고 마는 수준에 그치는 것이 아니라, 시 전체를 장엄하고도 진지한 고통의 목소리로 전환해내어 힘겹게 애도의 문턱으로 진입하는 데 헌정되고 있다는 사실을 알게 된다. "한 잎 흔들림"과 "돌탑 육중함"은 이렇게 어떤 상태의 묘사나 특정 장소 하나에 귀속된 표현이 아니라, 그 장소를 포괄하면서도(그것은 필경, 무덤일 것이다) 화자의 그림자도 함께 쓸어 담아, 이후의 구절 "그 옆에 있는 것이다"와 "그 둘레에 있는 것이다"에 대한 해석에 최대치의 주관성을 부여한다. 그러니까 '~것이다'는 무덤 주위로 살랑거리는 나뭇잎이나 무덤을 지키고 있는 육중한 돌탑을 명사화하며 매듭지은 종결어미일 뿐만 아니라, 흔들리는 **동시**에 무거운 내 마음, 다시 말해, 일상의 그 어떤 순간이나, 이 세상 그 어디에 있더라도, 너의 죽음이 나를 흔든다는 표현이면서, 영원히 너와 함께하겠다는 나의 '육중한' 의지도 함께 담아내고 있는 것이다. 그러니까 그것이 자기희생의 표식, 즉 나의 삶에서 그것이 당연하다는 사실을 강조하는 당위의 끝맺음인 것은 "한 잎 흔들림"과 "돌탑 육중함"이 나 자신도 지칭하는 자기-지시적 표현이기 때문인 것이다.

중요한 것은, 이때, 죽은 존재가 세계의 구석구석, 일상의 순간

순간, 자연 그 어디에도 편재해야 한다는 이 당위의 맺음으로 인해, 시인이 제 자신을 처벌하는 모종의 형식에 입사한다는 것이다. 죽음은 이태선에게 이처럼 정해진 단순한 사실이 아니라, 반드시 어딘가에 존재해야만 한다는 제 의지를 붙들어 매는 시적 주관성의 발로인 것이다. 이태선에게 죽음은 결국 물리적인 죽음이 아니라, 정념의 발화이자 수난의 사건으로 거듭나며, 독창적인 언어의 운용으로 지어올린 주관성의 표식으로 우리에게 다가오게 된다. 바로 이와 같은 방식으로 이태선은 죽음에 스며들고 죽음이 스며들게끔 제 자신을 허용하고, 그렇게 함으로써, 고유한 목소리, 주관성이 적재된 시적 발화로 세계를 가로지르는 비통과 애도의 서사를 창출해낸다. 우리에게 남겨지는 것은 물론 그로테스크한 이미지나 과도한 감정의 분출이 아니라, 말할 수 없음과 표상할 수 없음을 뚫고서 솟아오른 애도의 목소리이다.

3. 진혼곡의 문법

이태선의 시는 말할 수 없음에 도달하여 포화 상태에 이르고, 끓어오르는 감정을 주체할 수 없어 다시 자신을 처벌하는 식의 수난을 겪게끔 제 자신에게 허용하는, 그리고 나면, 말할 수 없음의 끓어오르는 비등점에 도달하여 다시 채워진 포화 상태로 되돌아오기를 반복하는 회전의 고리를 놓치지 않는다.

활활 대는 입술

주유소 주유기로 스윽 문지르겠다
담장 유리 파편에 문질러 식히겠다

정육점 칼날과 찡긋 윙크하며
비보이들 따라 거꾸로 돌다
그들이 침 뱉고 쏘다니는 뒷골목
민들레 속에 피어 있을란다

지하철 바퀴와 레일 사이서 짓이겨지며
쾅 닫혀 버리는 화약 공장 철문 불티 속에
조용히 조용히

늙은 바위가 문득문득 새끼를 낳고
몸 다 풀고 온데간데없어질 때까지

                                   —「불」전문

    식힐 수 없는 슬픔이 마음에 고여 타오르는 덩어리가 되었는가?
정념을 이 세계에서 활활 불태울 수만 있었다면 수난은 애당초 그
의 몫이 아니었을지도 모른다. 아니다. 수난이 제 그림자를 늘려가
며 정념을 오롯이 가둬두어, 어떤 폭발을 서두르고 있다고 해야 할
지도 모른다. 활활 끓어올라 현실로 범람하려는 저 에너지를 주체
할 수 없다. 그런데 끓는 솥과 같은 마음의 상태는 왜 저주와 증오,
분노와 원망이 아니라, 그저 "조용히 조용히" 자기 처벌을 준비하
는 데 바쳐지는 것일까? "늙은 바위가 문득문득 새끼를 낳을 때까

지" 수난의 길을 걷겠다는 자기 처벌이 차라리 고통스럽다기보다 멈추지 말아야 한다고 말하는 저 이상한 의지는 어디에서 비롯되었는가? 시집 전반에 그 원인을 덜 감추어 놓은 것은 아니나, 그의 언어가 안내하는 세계를 천천히 뜯어보며 우리가 마주하게 되는 것은, 정념을 꽁꽁 가두어두고 그 상태를 감당할 때 찾아오는 수난의 언어로부터 새어나와, 어느덧 차고 넘치며 현실로 범람하는 기이한 풍경이다. 그것은 상처와는 다른 것이며, 죽음을 끌어안고 세계를 정면으로 마주하면서, 죽음과 함께 생을 통째로 살아내려 할 때, 그러한 결기 속에서만 가까스로 피어오르는 순결한 비극에 가깝다.

그제는 눈먼 가수의 목소리가 나를 안고 자작나무 숲 속을 날아다녔다
매캐한 눈이 내리고
반년치 두꺼운 밤이 숲을 결박하고 있었다
어둠을 화형시킬 수 없었다
돌멩이가 그 속에 빠져 있었고
격정이 몰아치고 있었고
그대를 향해 뻗은 길은 짐승의 머리통에 달려 있었다
독처럼 단호히
얼마 가지 않아 그 길은 공중에서 끊어지고
골똘한 잿빛이었다
눈 쌓인 숲길은 어디에도 닿지 않으려 했다
새벽이 와도 꿈쩍하지 않았다

간혹 어둠의 휘파람이 장막을 치고 나무들은 바깥에다 마른 제 가
슴 몇 잎을 달아 놓고
천지가 시퍼렇게 흘러갔다
그대는 보이지 않고 나는 손에 든 돌멩이에 대고 입김을 불었다
돌멩이는 미동도 없이 그대의 지지부진한 멸망을 한 층씩 쌓고 있
었다

─「툰드라」 전문

정념 때문에 수난을 겪고, 수난이 다시 정념이 되어갈 때, 시 쓰
는 자는 제 죽음을 끌어안고서 어디로 우리를 데려가, 자신의 책무
를 내려놓는 것일까? 장엄하고도 순결한 이 진혼곡에는 사실 덧붙
일 말이 몹시 궁하다. 무엇을 덧대도 사족이 되겠지만, 진혼곡인
까닭을 잠시 이야기해야겠다.

나는 음악을 듣는다. 컴컴한 숲이 떠오른다. 내가 듣고 있는 음
악이 시에서 부여받은 역할은 여기까지일지도 모른다. "어둠을 화
형시킬 수 없었다"는 구절은 컴컴한 숲의 이미지가 나에게 불러낸
암흑으로부터 기필코 내가 빠져나오지 않겠다는 필패의 의지를 말
해준다. 이태선에게 그것이 의지가 된 까닭은 "돌멩이가 그 속에
빠져 있"기 때문이다. "돌멩이"는 생명이 없는 것, 그러니까 죽음
의 상징이다. 나에게 "격정이 몰아"친다. 그러나 나는 죽은 자에게
갈 수 없거나(당연한 일이다) 오로지 내 자신을 벌 준 다음에야 그
길이 열릴 것이라고 믿는다. 그것은 그러니까 이성이나 논리로 할
수 있는 일이 아니다. "그대 향해 뻗은 길"이 "짐승의 머리통에 달
려 있었다"고 말하는 까닭이 여기에 있다. 죽은 자에게 갈 수 있는

길이 "얼마 가지 않아" "공중에서 끊어"졌다는 것은, 아직 죽은 자를 떠나보내지 않았거나 그에게 갈 수 없다는 사실을 벌써 내가 알고 있다는 것을 **동시에** 말해준다. 나는 현실에서 저승으로 이 죽음을 떠나보낼 준비를 모두 마친 것이 아니기 때문이다. 다음, "골똘한 잿빛이었다"는 구절. 이러한 내 마음은 "골똘"하다. 즉, 이 마음이 정념이 된다는 것. 정념 자체가 "잿빛"으로밖에는 존재할 수 없다는 것. 그러니까, "골똘한 잿빛"은 죽은 자에게 가는 길이 끊겨 내가 바라본 어느 하늘이면서, **동시에**, 시적 화자 자신을 이르는 말이다. "어디에도 닿지 않으려" 하는 "눈 쌓인 숲길"은 다시 음악을 듣고 있는 현실로 되돌아와 느낀 감정을 적어 놓은 것처럼 보인다. 그러나 이와 **동시에**, 죽음과 함께 보내고 있는 나의 이 세월이, 어떤 목표를 지닌 곳에 가닿지 않을 것이며, 그렇게 하기 위해 가지런히 하나로 모일 수도 없다고 말하고 있는 것은 아닌가? 아니, 이러한 사실을 말하는 **동시에**, 눈송이만큼이나 많은 사람들이 그토록 죽음을 망각하라고 그를 종용하는 것으로 읽을 수도 있지 않은가? 생략되었다고 주어가 아주 없어진 것은 아니다. 어느 작품이건, 이태선의 시에서 발화의 중의성을 놓쳐버리면 비극의 문법을 읽을 가능성도 함께 사라져버린다. 새벽까지 나는 상념에 젖어 있다. 그러나 나의 삶은 죽음을 저버리지 않는다. 그렇게 "천지가 시퍼렇게 흘러갔다". **동시에** 음악도 멈추었다. "그대는 보이지 않고"의 "그대"는 죽은 자인 **동시에** "눈먼 가수"이기도 하다. 그러나 시는 여기서 종결을 고하지 않는다. 바로 아래에 "나는 손에 든 돌멩이에 대고 입김을 불었다"라고 해놓은 구절이 사실 시의 핵심이기 때문이다. 죽은 자는 과연 살아날 것인가? 그럴 리 없다는 사실은 자신도 잘 알고 있다. 이제 내가 죽어야 할지도 모른다. 그래서 나도 "돌멩이"가 되어야 한다고 말하는 것일까. 저 마지막 구절 "돌멩이는 미동도 없이 그대의 지지부진한 멸망을 한 층씩 쌓고 있었다"에 이르러, 우리는 이 작품이 장엄한 하나의 절창, 숭고한 비창이라는 사실을 겨우 깨닫게 된다. 이 "돌멩이"는 죽은 자와 나의 영혼을 하나로 간직하고 있는 "돌멩이"이며, "그대의 지지부진한 멸망" 역시, 언제 어디서고 함께 지상의 삶을 이리로 끌고 저리로 쓸고 다닌, 죽은 자와 나인 "그대"를 동시에 말하고 있기 때문이다. 죽음이 꼼짝 않고 나를 가두는 것이 아니라, 내가 죽음이 되는 과정을 이태선은 "그대"라는 경어로 표현하며, 절제를 갖추어서 빼어나고, 함성으로 들끓어서 절제된 한 편의 진혼곡에 크게 방점을 눌러 찍는다. 그는 바로 이러한 의미의 확장 작업을 통해, 제가 감추고자 하는 바를 절실하고도 절제 있게 표현해내는 것이며, 제 자신이 감추어놓은 것(감추고자 하는 것)을 매우 경제적으로 발화해내는 것이다. 이태선 시의 시적 경제성과 주관성은 바로 이것이며, 바로 이러한 방식으로 이태선은 매우 빼어난 수난의 진혼곡과 정념의 비가(悲歌)를 우리 앞에 펼쳐놓는다.

이태선의 시집 여기저기에서 목격되는, 가령, "붉은 것은 압정에 꽂힌 계집애 너덜너덜한 소용돌이"(「원숭이 엉덩이는」)나 "쇠망치로 살을 한 점씩 피도 없이 내리찍는다"(「석공 얼굴을 하고 저녁이」)같이, 그 까닭을 짐작하기 어려운 언술들은, 따라서 그로테스크한 이미지를 성급히 쏘아 올리려 급조해낸 작위의 산물이 아니라, 죽음과 함께 삶을 살기 위해 자신을 징벌하는 저 수난의 과정에 입사하여, 말의 긴장감을 한껏 끌어올린 다음, 뿜어낸 주관성의 표출이다. 예컨대 "나는 나에게 쓰러지는 세상을 이루고 있다"(「뱀」) 같은 표현은 세심하게 돌보지 않아 등장한 비문이 아니라, '죽은 자가 나에게 쓰러지며 생겨난 세상으로 내 삶이 가득하다'는 사실도 표현해낸 말, 그러니까 매우 정확하고도 몹시 정직한 말인 것이다. 중요한 것은 이러한 문장이 논리적·문법적 차원(언표의 차원)에 제 이해의 길을 묶어놓는 것이 아니라, 오로지 '시적'이라고 말할 수밖에 없는, 독서의 복수성을 보장하는 주관성의 발화의 세계로 우리를 안내한다는 사실이다. 이태선이 "연속으로" 들이닥치는 "문짝 떨어진 그런 날들"(「고장 난 라디오」)을 죽은 자와 함께 온몸으로 살아내며 얻게 된 대가는 바로 이것일지도 모른다. 시집 곳곳에서 쉴 새 없이 뿜어 나오는 도저한 자기 처벌의 의지는 따라서 상처를 서술하고 제 역할을 거두고 마는, 그저 처절한 표현들이라기보다, 충격으로 인해, 한없이 그 자리에 붙들리게 되어 유령처럼 찾아든, 세상을 한 번도 방문한 적이 없는 심적 상태를 정직하게 기술하고자 한 의지의 언어적 소산이자 정념으로 낯선 세계에 내민 도전장인 것이다.

이태선은 바로 이 새로운 언어로 끊임없이 현실로 범람하고 세계를 금이 가게 한다. 그러니까 이 특이한 언어는 현실에서 발생한 어떤 사고를 사실로 받아들일 수 없어서 야기된 것이 아니라는 점을 놓치지 말아야 한다. 자서에서 그가 밝혀놓았듯, 그것은 "자학을 지불하거나" 나를 없애는 과정("그렇게 나는 없다")을 통과해서만 오로지 현실로 범람한("아니 범람한다") 그런 언어인 것이다. 중요한 것은 무언가 타격을 가해 일시에 멈춘 그렇게 분절된 저 격정의 순간에서, 삶을 스타카토의 리듬으로 무시로 끊어내게 만든

폭격을 담아낸 말들에 이태선이 시의 옷을 입혀 세상에 내보인 결과, 순결한 비극의 언어, 아직 목도하지 못한 언어, 언표의 차원을 단박에 괴멸시키면서 독창적인 발화의 세계로 초청하는 진혼곡의 언어가 우리에게 찾아왔다는 사실이다. 그것은 "물과 불이 있는 협곡을 지나/얼음을 번식시키며"(「그 여름의 보츠와나」) 생겨난 충돌의 말, "아무것도 붙잡히지 않는 날들"(「질량 불변」)을 죽음과 함께, 죽음을 애도하며, 몸으로 체험해낸 말이며, "얼음덩어리 저글링을 하며/더운 자목련 목구멍을 헤매며"(「이봐! 바람 군」) 힘겹게 우리 앞에 토해낸 비극의 말, 그러나 좀처럼 이해할 수 없다며 무시당하기도 한 "드릴의 성질을 닮은 문장"으로 힘겹게 지어 올린, 오롯이, "전부 몸부림"(「이봐! 바람 군」)인 그런 말인 것이다. 이 말은 죽은 자와 함께 길어 올린 말이기에 시제를 무력화시키는 말이기도 하다. 죽은 자는 이렇게 편재한다.

> 철길 옆에 세워 두고
> 데리러 가지 못하고
> 부슬비가 오면
> 또 부슬비 속에 세워 두고
> 여름 아침 문득
> 등꽃 냄새 사그라지고 있어
> 등꽃 그늘에 세워 두고
> 전나무 길을 달리다
> 떨어지는 잎들 브러시로 밀어내고
> 밀어낸 잎잎 그 사이사이에 또 세워 두고

현관문이 덜컹이는 저녁
골목에는 어둠을 타는 잡풀들
담벼락 그림자 그 속에 세워 두고
창밖을 어제인 듯 그제인 듯 내다보는데
네가 내 옆에 그대로 서 있고

—「바윗돌 깨뜨려 바윗돌」 전문

제목이 말해주는바, 단단하고 죽은 것을 현실에서 깨트려도 다시 단단하고 죽은 것이 생겨난다. 죽음은 늘 재탄생하는 죽음이다. 비극은 반복을 추동하는 정념, 반복을 조장하는 수난으로 세상 어디고 구석구석 찾아가, 삶의 순간순간에 스며든다. 죽음은 과거가 현재로 쳐들어와 현재의 나를 현재의 이면으로 데려가기도 한다. 이러한 죽음의 급습은 이태선의 시에서는 오히려 미래라는 시제로 달음질치는 시간의 저 직진하려는 관성을 방해하거나 아예 시제의 구분을 존재하지 않게 해버리고, 미래의 삶조차 죽음이 지배하는 현재로 단단히 붙들어 매면서, 회귀하는 서클, 영원회귀의 몸짓 하나를 창조해낸다. 죽음은 이렇게 "파닥거리다 사라진다 후년 오늘 날아와 또 그러고 있"(「하염없이 내륙」)는 것이다. 과거-현재-미래의 구분을 무용지물로 만들며 일시에 순간의 사건으로 그 흐름과 순리를 무력하게 제압해내는 것은, 반복해서 되돌아오는 기원, 즉, 죽은 자이다. 그것은 또한 시나브로, 무람없이 온다.

한 마리 두 마리 엉덩이를 뒤뚱이며 온다 늙은이 등에 얹힌 햇살을 따라 천천히 온다 나비 떼처럼 한 움큼씩 공원의 레몬나무 그늘을 지나온다 무슨 기척처럼 없다가 있다 세수하고 집을 둘러보면 버섯 종 테두리에 둥글게 내려와 있고 거울 속의 벽은 波瀾을 묵독 중이고 한 아름씩 한 방울씩 집 귀퉁이를 헹구며 심심한 여자에게 귀히 온다

— 「눈물」 전문

그것은 "식은 죽 같은 내일이 창문에 엎질러져 있는 것"(「불멸」)이다. 죽음은 결코 죽지 않는다. 죽음은 불멸이다. 그것은 "식은 죽같이 고요하다가도/빗발치는 총알같이"(「일말의 고백」) 나를 일시에 그것도 무람없이 꿰뚫는다. 그것은 "포도 알과 파인애플 조각 사이 또아리 튼 뱀"(「덩굴」)처럼 어디에나 웅크리고 있다. 그러나 그것은 "귀히 온다". 죽음이 귀하다는 것일까? 죽음에 둘러싸이는 일이 귀하다는 것일까? 귀한 죽음, 나를 찾아옴으로써 모든 것을 귀하게 만들어버리는 죽음, 시간과 사유의 마모를 견디게 해주는 죽음이 이태선에게는 자기 처벌의 결곡한 절창을 울려나오게 하는 동력이자 힘이다.

4. 이제는 다만 저 때늦은 죽음을 위하여

칸트는 정념에 복종하면 의심할 여지 없이 영혼의 병이 생긴다고 말한 바 있다. 그러나 그는 정념이 외부에서 찾아온 무엇이며 (아리스토텔레스나 데카르트 역시 정념을 수동의 산물이라고 말했다), 정념이 찾아든 자는 제 가치 판단에 커다란 변화를 몰고 온다

고 말한 사람이기도 하였다. 우리는 외부에서 찾아온 이 정념이, 수난과 하나가 되어, 아름다운 시, 빼어난 진혼곡이 될 수 있다는 사실을, 이태선의 시에서 보았다. 이태선에게 정념은 일시적인 병의 원인이 아니라, 근본적인 수난으로 이어지는 알 수 없는 에너지이다. 그에게 정념은 이성의 반대편에 위치한 마음의 일시적인 고양이나 흥분의 상태가 아니라, 죽음과 함께, 죽음에 의해, 삶의 저알 수 없는 골목들 하나하나를 돌아들어가 그곳에서 지금-여기로 길러온 정직하고 순결한 몸짓을 우리에게 펼쳐 보여주는, 기이한 비극적 에너지에 가깝기 때문이다. 이태선은 「열망의 사과나무」에서 제 시의 지형도를 "절뚝거리던 암캐 이야기 부지런히 정확한 분노 냉혹한 시계 이야기"라고 말한다. 세 개의 명사구 사이에 해석의 중의성을 심어놓았지만, 이것을 이태선의 시를 구성하는 세 가지 중심점으로 보기에 부족하지 않을 것이다. 다만 "절뚝거리던 암캐"는 비하가 아니라, 자기 처벌의 결과라는 전제하에 말이다. 이태선은 이렇게 터무니없는 깨달음을 내려놓은 시인이 아니라, 정념과 수난으로, "절뚝거리"며 "정확한 분노"를 마주하려는 사람이며, 자기를 지켜내는 길은 자기가 만들어낼 수밖에 없으며, 그럴 때 열릴 것이라는 사실을 알고 있는 시인이다. 그리고 그는, 그렇게 하기 위해, 홀로 이 "냉혹한 시계"를 정면으로 마주하려 한다. 이태선의 시는 "우리를 다 내어놓"(「질량 불변」)을 수밖에 없는 참혹하고 낯선 곳으로 우리를 안내할 것이다. 이제 마지막 시를 읽으려고 한다.

갑시다

폭풍이 오는 쪽을 향해 제단을 짓고 제를 올리고 동굴을 지나 모
래 폭풍을 맞으며 사마리아 여인마냥 모랫길 전신에 두르고

돌밭에는 큰 돌이 작은 돌에 기대 오래 말라 간다
굴러 온 돌이 한밤중에 울어 대고
울며 입맞춤하는 소리 들리고

주점의 노천 테이블 위에 땡볕이 쏟아진다 얼룩 드러난다
가로수 밑동에 누가 침을 뱉는다 장맛비를 다 맞아 버리자 치욕을
소독하자

갑시다

이유 없다 다리의 힘이 시킬 것이다 마당에 자지러지고 있는 노을
을 두고 무너지는 저녁은 후추나무에 묶어 두고

엄마가 살며시 문 닫고 나간 방에 잠든 아기처럼 한 티끌 흉터도
없는 가슴으로 당신이 할 수 없는 말을 내가 들을 수 있을 때까지
　　　　　　　　　　　　　　　　　　　　—「큰 돌이 작은 돌에 기대」 전문

　내 앞을 서성이며 기습하듯 나를 낚아채, 이상한 곳으로 안내하
는 저 시련의 주인공은 제 삶의 조건으로 죽음을 벼려낸 지금, 다
만 때늦은 저 뒤안길에 죽음을 묻어 두고, 어디론가 떠나갈 수 있
을 것인가. "큰 돌"에 기대어 죽음에서 벗어날 수 있을 것인가. 꼬

리에 꼬리를 물고 엄습해오는 뱀 한 마리 앞에서 미동도 하지 않을 용기를 타인에게 요청할 수 있을 것인가. 그는 딱딱한 돌이라서, 아니, 돌멩이일 수밖에 없어서, 여전히 제 감정의 주인을 찾지 못해 어딘가를 헤매고 있는 것인가. 그 길 위에서 혼신을 다해 무언가를 잣고 길어 올린 그는 이제 정념과 수난의 저 순환하는 면류관을 벗어던질 시간을 부둥켜안을 것인가. 결핍을 끌어안은 상태 그대로를 제 삶에서 확인한 그의 피 맺힌 기억은 이제 다른 곳으로의 이행할 채비를 서두르고 있는지도 모른다. 이태선에게 저 청유형의 소망은 현실에서 실현 가능성을 타진해나갈 것인가? 그러니까, 큰 돌은 작은 돌에 의지해 제 출애굽의 소원을 성취해낼 것인가? 사람들아, 미안한 말이지만, 이것은 시에 내려놓은 물음이기도 하지만, 우리의 삶에 관한 이야기이도 하다.

(이태선 시집, 『손 내밀면 미친 사람』 해설, 천년의시작, 2014)

556

바벨의 후예, 비애의 기원
─조정인의 시 세계

신은 죽은 것이 아니라 인간의 운명 속에 편입되었다.
─발터 벤야민[1]

*

바벨탑이 붕괴된 폐허 위에서 살며시 눈을 들어 먼 곳을 바라보며, 삶의 비애를 집요하게 쓸어 담고 그 뿌리를 더듬어보려 애쓰는 시가 있다. 이 참담한 세계를 바벨 이후의 언어로 살아낼 수밖에 없는 운명이라면, 이 사실을 잘 알고 있는 시인에게는 바벨탑을 쌓으며 인간이 가닿으려 한때 꿈꾸었던 형이상의 세계가 지금-여기에서 어떤 비의를 머금고서 재현되는 것일까? 혹시 그는 바벨 이후의 언어로 바벨 이전의 세계를 살아내고자 하는 것은 아닐까? 조정인의 시는 인간이 신을 배제하고서 어떻게 자연과 사물, 인간 존재의 경이와 이 세계에서 펼쳐지는 신비를 사유할 수 있는지, 한

1) 발터 벤야민, 「종교로서의 자본주의」, 『역사의 개념에 대하여/폭력비판을 위하여/초현실주의 외』(발터 벤야민 선집 5), 최성만 옮김, 길, 2008, p. 123.

없이 솟아나는 의문을 비등점까지 몰고 가 계속해서 우리에게 물음을 던지지만, 물음을 던지는 이 행위는 시인이 삶에서 시의 실존을 찾아보려 시도한 희미한 가능성과 크게 다르지 않다. 그는 벌써 사과나무 한 그루를 보며 "뿌리 밑에 스며 있"는 "신의 의중"을 궁금해하고, "그의 의중이 재채기처럼 튀어나가 주렁주렁 나무의 문전성시를 이루"(「사과 따기」, ①)[2]는 과정에 주목하면서 모든 사물(여기서 피조물이라는 단어가 더 어울릴 것 같다)의 기원을 일찍이 궁금해 했던 시인이었다. 과도를 들고 껍질을 벗기려 홍옥 한 알을 왼손에 살며시 쥘 때조차, 그는 이 자연의 산물이 여기 존재하게 된 경위에 생각의 자락을 내려놓으며, 아무도 주목하지 않아 신비할 것이 없어 보이는 사과 한 알의 비루한 삶과 그 기억 속으로 깊숙이 파고 들어가려 했던 시인이기도 했었다.

미량의 크로뮴을 품은 돌, 누가 이 빨강의 비명을 홍옥이라 불렀을까? 투명한 돌멩이의 구심에서 외곽까지 구석구석 원소의 메아리가 쟁쟁하다

왼손은 생각에 잠긴다―연두와 빨강 사이 '스미다, 번지다, 휘다, 견디다'에 대해 어둡게 흐르는 물소리와 한 굽이씩 붉어지며 솟는 물마루와 골, 그 위대한 조증과 울증과 평정에 대해 그러므로 씨방의 기억이 밀려나간 꽃과 육과의 외연, 4월에서 9월을 단번에 벗기

---

2) 이 글의 대상 텍스트는 신작시들을 제외하고 조정인의 시집 ①『장미의 내용』(창비, 2011)과 ②『그리움이라는 짐승이 사는 움막』(천년의시작, 2004)에서 가져왔다.

는 일은 폭력이다 칼날을 천천히 눕힌다, 사과의 괄약근이 꿈틀 진 저리친다 과육에 고인 햇살의 파장 중 빨강의 맥박이 돌올하게 짚인다 칼을 쥔 오른손은 사려가 깊다

　왼손은 거듭 생각한다─방금 이름을 벗어던진 칼날 위의 홍옥은 얼마나 향기로운 소멸인가 얼마나 홀가분한 배반인가, 천천히……
오른손이 왼손 약지에서 빨강의 정점을 내려 쟁반 위에 놓았다 딸각, C는 그와의 결별을 굳혔다

　　　　　　　　　　　　　　　　　　　　　　─「홍옥(紅玉)」(①) 전문

　지금─여기 내 손아귀 안에 사과 한 알이 놓이기까지 사과는 무슨 일을 겪어야 했던 것일까? 사과가 겪은 신비한 경험을 하나하나 헤아리고, 사물을 명명하는 언어 행위 이면에 자리한 사연마저 섬세한 감각으로, 그렇게 애처로운 눈길로 바라봐야 한다고 생각했던 것은 아닐까. 그러니까 조정인에게 이 세계에 풀려나와 "위대한 조증과 울증과 평정"을 겪으며 살아가는 세상의 모든 피조물들은 벌써 "머리 위로 원반처럼 날아다니는 초월의 힘"(「성체」, ①)에서 빚어진 무엇일 것이다. 시인은 지금─여기에 존재하는 사물이 제 "씨방의 기억"을 간직한 채, 한없이 척박하고, 예측할 수 없는 현실의 운명을 견뎌내고, 결국 "향기로운 소멸"의 길로 접어드는 추이를 홍옥을 쥔 채 쫓아간다. 그렇게 "구석구석 원소의 메아리"를 헤아리고 "씨방"의 기억들과 그 삶에 눈길을 보낸 이후에야 시인은 애초 생명의 기원이었던 '씨'("C")가 비로소 시인 자신과 "결별"을 할 수 있다고 적는다. 이렇듯 이 폐허 위에 존재하는

모든 것이 "영(靈)의 통일성이 점유하는 세계"에서 비롯된 것이라고 믿는다면, 바벨이 붕괴된 이후, 어떻게 이 사물들이 척박한 이 땅에서 제 시원(始原)을 회복하려고 웅크린 채 저마다 존재의 가치를 발산하고 있는지 성찰하려 시도하는 것은 어쩌면 당연한 것으로 보이기도 한다.

　조정인에게 시가 도달해야 하는 순일한 정신의 언저리가 있다면 그것은 바로 여기일 것이며, 이는 그가 "망각하는 우리의 저 도저한 습관"을 물리치는 유일한 길이 바로 이러한 성찰과 그것의 기록이자 실천인 시에 의해 열릴 것이라고 믿기 때문이다. 세상에 존재하는 모든 것이 태초에 자리한 어떤 의지의 산물이라면, 시인에게 지금-여기에서 펼쳐지는 삶은 어쩌면 그 자체로도 충분히 신비한 혁명처럼 비추어질 수도 있었을 것이다. "조용하게 출렁이는 햇살"을 받아 자라난 저 사과 한 알도 시인에게는 사실 "하느님의 붉은 혁명"(「서쪽을 불러들이다」, ①)일 수밖에 없기 때문이다. 내 두 눈에 보이는 것의 이면에 어떤 의지가 숨어 있는 것이라면, 우리 눈에 보이는 다양한 형상들과 이들이 누리는 삶과 그 존재의 양식은 벌써 이 시인에게는 그 자체로 신비로움일 것이다.

　그러나 신비로운 그곳에는 고통과 슬픔, 고독과 비극이 함께 자라나고 있다. 바벨이 붕괴된 이후이기에, 이 세계는 비극의 몸짓으로 구성되는, 그렇게 슬픔으로 오밀조밀하게 채워진 공간, 그러나 비극과 슬픔의 원인을 캐묻는 일을 망각할 수도 포기할 수도 없는 미지의 수수께끼이자, 되풀이하며 복잡한 이 퍼즐의 열쇠를 찾아 내려 개진하는 성찰의 대상이며, 그럼에도 숱한 추정의 노력 속에서조차 그 기원이 좀처럼 제 모습을 드러내지 않는, 일자(一者)에서 비롯된 인과성의 총체적 산물이기 때문이다. 따라서 시인에게 중요한 것은 지금-여기 우리 삶 곳곳에 스며든 비의(秘意)를 해석해내는 일이자, 바로 그 과정에서 수없이 마주하는 세계의 비극과 삶의 경이로움을 사유하는 작업이며, 그 숱한 관념의 세계를 기술하는 것 자체가 시인에게는 시의 커다란 몸통이자 줄기를 이룬다. 어쩌면 시인에게 시는 바벨 이후의 존재와 사물, 추방 이후 하나에서 여럿으로 분화되어 더 이상 서로 소통이 불가능한 상태로 주어질 여러 언어의 공존 상태와 마찬가지로, 단일하게 수렴되지 않아 까닭을 찾아내기 어려운 인간과 사물의 존재 이유와 존재의 기원에 대해 묻고, 또 그러한 물음들 속에서만 이 세계를 자기의식의 산물로 만들어나가는 철학적 발견의 기회이자 사유의 실험 과정일수도 있겠다. 「파종-벌어진 입」은 앞선 두 권의 시집을 통해 힘껏 궁굴려보았던 이러한 문제의식을 총체적으로 담아내고, 시의 터닝 포인트로 삼아 한 발 앞으로 내뻗으려 한 기획의 소산으로 읽힌다.

*

「파종-벌어진 입」은 창세기 신화를 변형한 것과 같은 인상을 주기에 벌써 충분하다. 작품은 창조 신화를 배경으로 삼아, 에덴에서 '인식의 과일'(우리가 흔히 '선악과'로 번역해온 것)을 취하고 난 후, 인간이 주체적으로 무언가를 의식하고 판단하는 존재가 된 계기를 이야기의 첫머리에 담는 것으로 시작한다. 언어와 호명, 기억과 우연, 문명 속에서 인간에게 깃든 감정을 시적 모티프로 삼아, 인류사를 재구성하려는 듯, 사유의 주요 지점들을 비유를 통해 짚어내며, 오늘날 차가운 문명 속에서 살아가는 바벨의 후예의 눈에서 흘러나오는 비애를 표현해내는 데 성공한다. 이 과정에 시인 자신의 목소리가 배제되어 있는 것은 아니다. 차라리 시인은 이야기를 이 끌어나가는 시 외부의 전지적 시점에서 종종 이탈하여, 시에서 벌어지는 행위를 직접 수행하는 화자의 자격으로 시의 내부로 파고들어, 고유한 시선을 드리우고 시를 마무리한다는 점에서도 우리의 주목을 끈다. 첫 연을 인용하여, 이 작품이 왜 이 인류사적 발달사에 대한 전유(傳諭)이자 완곡한 비유인지 살펴보기로 하자.

불멸이 포갰던 입술을 떼자 그가 천천히 눈을 떴다. 빛에 대한 기억의 밀물이 그를 적셔왔다. 둘러보렴, 저 궁륭을 무엇이라 했더냐? 불멸이 물었다. 하늘… 그가 입을 열었다. 그의 입속엔 말들의 씨앗이 물려있었다. 때가 무르익어 형상에 맞춤한 이름을 준비한 씨앗들은 저마다 호명을 기다리고 있었다. 하늘…그것은 봉인된 빛에 대한 첫 발설. 말의 첫 사람인 그가 발설한 나무는 나무라는 기억의 날개를 퍼덕여 곧장 나무에게로 날아 앉았다. 망각의 바위를 깨트리고 나온 사물들은 첫, 말의 빛으로 눈이 부셔서 어쩔 줄 몰랐다. 그는 고원과 사막, 목초지를 돌며 움직이는 것들을 일일이 방문했다. 그의 방문을 받은 움직이는 것들은 망각의 우리를 뛰쳐나와, 빛의 지시대로, 이름을 얻어 뿔뿔이 흩어졌다. 사자, 라고 불리자 네 발을 활짝 펼쳐 우리를 뛰쳐나가는 수사자의 금빛 포효를 잊을 수 없다. 일테면 그는 말의 사제. 일테면 깜깜한 사물들의 정수리를 내리치는 빛의 망치를 가진 자.

"불멸"은 신의 다른 이름일 것이며, "입술을 떼자"는 신이 인간을 자신과 분리한 순간을 말하는 것이기도 하지만, 무(無)에서 우주를 창조하는 요한복음의 첫 문장 "태초의 말씀이 있었다"와 다른 것을 말하는 것도 아니다. 그렇게 해서 피조물인 "그가 천천히 눈을 떴다". 그에게는 "기억"이 생겨났고, 신은 문답법을 통해 이 피조물에게 "하늘"이라고 대답하게 유도하면서, 인간의 주위에 존재하는 사물을 명명하는 행위를 인간에게 직접 가르친다. 인간은 이렇게 해서 말을 할 줄 아는 존재가 된다. 이 피조물의 언어는 사물과 말하는 자의 정신을 직접 매개하는 성격을 지닌 언어일 것이다. 사물에 이름을 붙이는 순간, 사물이 '의미의 세계'로 바로 안착하는 것은, 피조물이 구사하는 말에 "씨앗", 그러니까 거기에 신의 의지가 담겨있기 때문이다. 그것은 "형상에 맞춤한 이름"을 애초에 갖고 있는 사물이기에, 이렇게 "말의 첫 사람인 그"('아담'이라고 해야 할지도 모를)가 입에서 무언가를 발화하면, 긴 잠에서 깨어나듯, "나무는 나무라는 기억의 날개를 퍼덕여 곧장 나무에게로 날아 앉"는다. 즉, 발화와 동시에 세계에서 사물은 제자리를 찾고 역사를 갖게 되며, 기억을 간직한 존재가 되어 제 존재에 오롯한 의미를 부여받는다. 그는 바벨이 붕괴된 이후 주어진 저 소통이 불가능한 언어가 아니라, 아담의 언어, 말이 곧 진리인 언어의 소유자인 것이다.

이렇게 발화되기 이전에 이미 존재하고 있었던 세상의 사물들은, 이제 말로 인해, 명명한 자와 직접적인 관계를 맺게 되며, 그것을 시인은 "망각의 바위를 깨뜨리고 나온 사물들은 첫, 말의 빛으로 눈이 부셔서 어쩔 줄 몰랐다"라고 적어놓았다. 이윽고 인간은 제 말로 의미를 부여받게 되는, 제 말로써 궁굴려질 이 세계를 "일일이 방문"했는데, 그가 호명하면 "움직이는 것들은 망각의 우리를 뛰쳐나"오고, 빛처럼 눈부신 말의 세계에 포획되어 세상의 존재들은 제 "이름을 얻어 뿔뿔이 흩어졌다". 신으로부터 탄생한 인간은 사물을 호명하면서 사물에 기억을 되돌려주고 사물과의 주관적인 관계를 창조해내는 신의 매개이다. 그는 아담의 언어를 구사하는 자, 오로지 "말의 사제"의 자격, 그러니까 애당초 언어로 신의 의지를, 신의 판단을, 신의 섭리를 세계에 매개하는 존재, 그럴 자격으로만 인간일 수 있는 존재이며, 조정인은 인간과 말, 말과 사물의 관계에 대한 이 성서적 해석을 "깜깜한 사물들의 정수리를 내리치는 빛의 망치를 가진 자"와 "사자, 라고 불리자 네 발을 활짝 펼쳐 우리를 뛰쳐나가는 수사자의 금빛 포효를 잊을 수 없다"라고 마무리해놓아, 여기에 시인 자신이 연루되지 않는 것은 아니라고 표시해두는 일도 잊지 않는다. 물론 이 말하는 존재인 인간이 수평의 세계에서 살고 있다고 생각하면 오산이다.

그가 다니는 길목에 매복한 '우연이라는 때'가 쉬고 있는 그에게로 다가와 먹음직한 어둠을 내밀었다. 어둠의 과육을 한입 베어 문 그는 이내 깊은 잠에 빠져들었다. 잠의 수로를 따라 그는 불멸의 신전에 들었다. 옥좌에서 그를 기다리던 불멸이 기념으로 검은 열매를 건넸다. 불멸의 의중을 알 리 없는 그가 덥석 받아 쥔 그것은 죽음. 그것의 다른 이름은 망각. 또 다른 이름은 유예된 빛. 지독하게 짙은, 알 수 없는 것에 대한 향수와 허기를 불러일으킬 뿐인 한 주먹 검은 열매를 받아 그는 잠에서 깼다. 배고픔을 모르던 그에게 첫 허기가 찾아왔다. 허기를 메우기 위해 쥐고 있던 열매를 주워 먹었다. 그것은 결코 줄지 않는 열매. 허기는 도처에 싹을 틔워 매일매일 무성한 잎사귀를 피웠다. 어깨에 돌도끼를 둘러맨 그는 허기의 숲을 뒤졌다. 그에게 수(數)에 대한 식별이 찾아오자 그가 부여한 모든 이름은 욕망의 표적이 되었다.

그는 "우연"에서 자유롭지 못한 자, 그러니까 이 세계에서 시간의 굴레 속에 갇힌 자이며, 시간이 존재한다는 것은 이렇게 인간이 생로병사의 부침 속에서 살아가게 되었다는 것을 의미할 것이다. 모든 것이 계시의 말투, 신화의 문법, 비의를 기록하는 어법에 의지에 시에서 공교로운 사유의 대상으로 살아난다. 예컨대 이 시인의 비유는 매우 성서적이며 구약은 물론 요한복음이나 욥기에 직접적으로 맥이 닿아 있는 것이다. 여기서 성서적이라는 것은, 그의 시가 깨달음을 고지하는 잠언투의 문장과 부비트랩을 숨겨놓은 것처럼 복잡한 상징의 체계 속에서 구동되고 있다는 것을 의미한다. 그러니까 구절구절이 그렇지만, "깊은 잠에 빠져들었다"는 것도 인간이 죽음을 알게 되었다는 것과 크게 다르지 않다. 또한 죽음을 반복할 수밖에 없는 삶을 경험적으로 터득하면서 인간이 "불멸의 신전에 들었다"는 것도 태초에 떠나온 신의 세계, 바벨이 붕괴되기 이전의 세계가 지금-여기에 살고 있는 인간에게 반드시 그 출입이 금지된 곳은 아니라는 사실도 암시하고 있으며, 인간은 이 신전에서 신이 제게 건넨 "검은 열매"를 받아먹고도, "죽음"을 강제하며 신이 인간을 필멸의 존재로 만들려는 의지의 열매인지, 때가 되면 제 숨을 거두어 가려는 칼날인지 알지 못한다. 이렇게 필멸의 존재가 된 인간은 "허기"에 시달리며 매번 이 "검은 열매"를 반복해서 섭취해야만 하는 처지에 놓여, 먹을 것을 구하기 위해 "돌도끼를 둘러"메고 사방으로 사냥을 해야 하는 운명을 견뎌내야 한다.

물론 이러한 과정 속에서 인간은 "수(數)에 대한 식별" 능력을 갖추게 되었으며, 이제 인간은 태초에 신의 의지에 따라 제가 이름을 부여한 세계의 모든 피조물들을 "욕망의 표적"으로 삼는다. 아마 태초에 수(數)는 필요하지 않았을 것이다. 거기에는 욕망도 존재하지 않았을 것이다. 무한의 세계에서 내쫓긴 자, 우리 인간은 이렇게 계산 능력을 갖춘 다음, 그렇게 욕망하는 존재가 되어, 시간 속에서 제 능력에 의지해 세계를 살내야야만 할 것이다. 사물을 헤아리기 위해 만든 수가, 그것을 필요로 하지 않던 신전(神殿)에서와는 달리, 인간의 삶에서는 사뭇 복잡한 의미를 가질 수도 있는 것이다. 이렇게 눈에 보이지 않는 것을 헤아리기 시작하면서 인류는 관념의 세계로 진입하였다. 논리적으로 따지자면 이 수의 세계는 사실 나비를 잡는 것만큼이나 간단해 보일지도 모른다. 그러나 그 수의 세계에서 인간을 기다리는 것은 욕망이며, 욕망은 성취할 수 있거나 성취할 수 없음으로 인해, 인간을 감정의 화신으로 만들어버리며, 그러나 이조차 신이 인간에게 부여한 어떤 능력, 문명을 발전시키고 사회를 일구어나갈 재능임에 분명할지도 모른다. 그러나 조정인에게 이것은 비극의 기원이기도 한 것일까? 이 메타시의 마지막을 조정인은 바로 이 문명 세계에 대한 비극적이고 비판적인 비유로 장식한다.

수렵의 어느 날, 동굴 깊숙이 잠든 슬픔을 발견했다. 반듯이 누워 깊이 잠든 슬픔을 흔들어 깨운 건 단연코 그의 업적. 슬픔의 정수리를 내리쳤다. 아아아, 돌이킬 수 없이 벌어진 입에서 신음이 새어나왔다. 슬픔의, 퍼들대는 살점들이 탄식하며 곳곳으로 튀어 셀 수 없는 그를 복제했다. 슬픔은 그의 어미, 그의 DNA. 슬픔에게서 흩어진 그들은 서로의 심장을 표적물로 삼아 철기시대를 발명했다. 은총처럼, 머리 위로 금속비가 쏟아졌고 그들은 이제 완벽하게 서로를 잊은 철의 장승들이 되었다. 쇠 냄새에 굶주려 쇠 비린내 나는 빵을 뜯었다. 덜컥거리는 쇠혀로 쇠의 말을 지껄였다. 말들의 디아스포라… 외딴 막사, 누군가 침묵을 질겅거리며 칼을 집어 들었다. 누군가는 무릎이 꿇렸다. 무릎 꿇린 자의 턱이 들리고 녹슨 칼이 들어왔다. 세계라는 대형화면을 기이한 실루엣이 천천히… 지나간다. 화면 가득 묵음의 비명이 번진다. 돌이킬 수 없이 벌어진 입, 검붉은 깊이에서 참혹의 내장이 흘러내린다. 도처에 뭉클뭉클 피어나는 참혹. 누군가는 한 아름 참혹을 꺾어다 화병에 꽂는다.

인간이 "슬픔을 발견"했다는 사실과 "깊이 잠든 슬픔을 흔들어 깨운" 것이 단연코 "그의 업적"이라고 말하는 까닭은 무엇일까? 우리는 "슬픔의, 퍼들대는 살점들이 탄식하며 곳곳으로 튀어 셀 수 없는 그를 복제했다"는 구절을, 인간이 외로운 존재이며 (그래서) 종족을 보존하게 되었다는 내용의 시적 치환으로 읽을 수 있을까? 이 "슬픔"을 인간의 "어미, 그의 DNA"라고 여긴다면, 우리는 이 구절을 감정을 느낄 수 있는 인간 존재의 특성을 빗댄 것으로 봐야 하는 것은 아닐까? 이와 같이 읽을 때 우리는 "서로의 심장을 표적물로 삼아" "발명"한 "철기시대"를 살아내는 이 슬픔의 존재 인간을 이해하게 될 것이며, 이후의 대목들도 "철"로 대변되는 문명에 대한 비판의 알레고리로 읽을 수 있을 것이다. 중요한 것은 조정인의 목소리가 계시자의 그것에 가깝다는 것이다. 그에게 인간은 수를 헤아리고, 그 능력을 발전시켜 "쇠 비린내 나는 빵을 뜯"게 된 인간들이며, 이들은 더 이상 진리의 말, 아담의 말, 신의 말을 재현하는 존재가 아니라, "쇠혀로 쇠의 말을 지껄"이는 존재일 뿐이다.

이러한 인식에서 우리는 바벨 이후, 바벨이 붕괴된 세계에 놓인 한 영혼의 비애를 목도한다. "말들의 디아스포라"는 소통이 불가능한 언어들만이 혼돈 속에서 공존하는 곳에서 우리가 살고 있다는 것이며, 세계는 이렇게 하나의 중심에서 이탈한 말들이 비루한 감정의 외투를 입고 여기저기 배회하는 곳, 단일한 진리가 파괴된 곳, 오로지 상징의 체계 속에서만 존재하는 사물들이 모여 있는 모호한 세계를 의미할 것이다. 이곳이 폐허임을 알게 된 상실감, 기원의 뿌리를 송두리째 부정해야 하는 세계에서 느끼는 비애, "세계라는 대형화면"에 진리가 있어, 진리의 말이 있어, 우리를 어떤 구심점으로 인도하는 것이 아니라 "기이한 실루엣"만이 어른거리는 세계만이 덩그러니 주어질 뿐이다.

이 세계는 조정인에게 매 순간, 아무리 많은 말들이 솟아나고 대화가 오간다 해도, 결국 아무 말도 하지 않은 세계, 오로지 "화면 가득 묵음의 비명"만이 차고 넘치는 세계일 뿐일 것이다. "도처에 뭉클뭉클 피어나는 참혹"만이 흥건한 세계라니! 그러나 이것은 상실감이나 허무에 대한 표현이 아니라, 한 개인이 인식하고 받아들인 세계관에서 빚어진 것이다. 시는 바로 이런 세계에 거주하며,

"한 아름 참혹을 꺾어다 화병에 꽂는" 지난하고 고통스러운 행위라는 것일까? 이 한 송이의 꽃에도 신의 섭리가 담겨 있는 것이며, 이 꽃의 성스러움을 그러나 우리는 잘 보지 못한다. 우리 삶이 "참혹"한 이유도 바로 여기에 있으며, 그러나 시는 우리가 보지 못하고 듣지 못하는 신의 의지를 담아낼 시원에 가닿을 것인가?

*

조정인은 전체 속에서 부분을 사유하고 부분을 통해 전체의 퍼즐을 맞추려는 시, 예측에서 벗어난 경우의 수를 배제하지 않으려는 의지를 담은 말들로, 바벨이 무너진 이후의 언어, 방언들에 가까운 언어로 기원의 실루엣을 스케치해나간다. 그것은 신의 품을 떠난 인간의 기구한 운명에 바쳐진 헌사가 아니라, 인간 사회를 구성하는 온갖 신비한 사유의 재료들을 뒤적거리고 일자(一者)라는 기원에서 쏟아져 나온 핏자국을 확인하고, 피를 뒤집어쓴 채 살아가는 자의 슬픔을 복원해보는 일에 더 가깝다. 이 누더기가 된 옷의 씨실과 날실을 유심히 뜯어보면서 조정인이 확인하려는 것은 상실된 아담의 언어의 복원이 아니라, 지금-여기에서, 무엇으로도 요약되기 어려운, 지칭하기 곤란한, 묘사하기 불가능한 상태라는 조건하에서만 우리를 방문하는 실존의 무늬들이다. 생각해보라. 태초에 일자와 같은 무언가가 모든 것의 시조라고 한다고 한다면, 이 일자의 의지가 인간의 삶에서 투명하고 맑게, 밝고 명료하게 재현될 수 있겠는가?

마음의 우방(友邦)이여. 이것은 누구의 요청인가. 누구의 돌연한 개입인가. 나는 네가 몹시 아프다. 그는 y의 눈꺼풀을 느리게 쓸어 내렸다. 손바닥 가득 타인의 눈꺼풀이 들어온다. 눈꺼풀 속 겹겹 감지 못한 눈꺼풀이.

—「Angel in us」 부분

이마에 재를 받고 돌아와 손끝에 비벼보는 침묵의 무늬들: 달리는 것만이 저를 사수하는 것인 줄 아는 겁 많은 것들아, 뒹구는 돌멩이야, 비닐봉지를 걷어차며 골목을 지나는 바람아, 자꾸만 생겨나는 바람의 자식들아. 어제는 발아래서 샴 새끼고양이가 푸시시 꺼지고 있었지. 새까맣게 탄 허기를 물고 쓰레기통 옆에서 작은 턱이 굳어 갔었지. 고양이를 안아 올리지 못한 빈손을 내려다보네. 꽃가루보다 섬세한 숨결이 손가락 사이를 빠져나가네. 드러나는 동시에 사라지는 나의 눈물고인 것들아. 이 모든 배치를 '있다'라고 치자. 거대한 아버지의 희미한 기억으로부터 불어온 나의 상심한 애인들. 재의 꽃잎들.

—「기념하는 사람들」 부분

고독과 권태와 슬픔을 캐치하는 언어로만 태초에 영혼이 꿈틀대던 곳으로 거슬러 올라갈 수 있다고 믿고 있는 것일까? 나의 감각을 점령하고 내 의식 안에 살아 떠돌아다니는 어떤 존재의 모습은 차라리 모든 개인들의 심상에, "무너진 사원 뒤뜰, 깨어진 제대 위"(「수요일의 금잔화」)에서, 간혹 얼굴을 내비치는, 그러나 이 세계의 모든 피조물들을 관통하는, 통일된 무엇일 것이다. 재현의 논리가 파괴된 곳에 스며들어 있는 진리의 흔적들은 오로지 "폐허가 된 옆얼굴"로, "침묵의 무늬들"로만 표상의 가능성을 타진할 것이며, "비애의 아름다운 옆얼굴을 담은 샤갈의 창문들"(「말」)을 통해 여기에 잠시 내비치고 사라지는 순간으로만 우리에게 주어질 것이다. 이는 "거대한 아버지의 희미한 기억으로부터 불어온"(「기념하는 사람들」), 저 기원의 뿌리에 가닿은 무엇이기 때문이다. 조정인은 일상에서 얼굴도 형체도 없이 혁명처럼 기습해오는 비애나 고독의 순간을 제 시에 포착하는 일을 삶의 이면에 반짝이고 있는 진리의 목소리에 귀 기울일 계시를 필사할 기회로 전환해내면서, 이 세계와 이 세계의 미지에 맞서 외로운 싸움을 전개한다. 한때 목숨을 갖고 살았던 것들, 그것들의 흔적, 그것들 위에 내려앉았던, 그러나 목숨이 없는 것, 제 존재의 무게를 모두 비워내었으나 한편으로 존재를 한 번쯤 잉태하고 있었던 것들이 조정인의 시에서 실존의 소리를 토해내는 것은 우연이 아니다. "먼지의 방식에 가담하여 먼지의 첫, 숨에 관한 기억을 더듬으려는 자들"의 이야기와 먼지의 "잔향(殘響)"에 대한 시 「기념하는 사람들」 역시, 이전에 발표했던 「먼지야, 그때 너 왜 울었니?」(①) 같은 작품과 동일한 지평에 있다고 봐야 한다. 전문을 인용한다.

벽과 창틀이 만나는 구석, 밀교의 행자처럼 정적에 든 쐐기나방 날개의 갈색 파도무늬, 먼지로 짠 섬유에 새겨진 정교한 비문(秘文)이 나를 창가로 불렀을 것이다

─네 사랑을 펴봐

그대에게 내민 빈 손바닥 같은, 햇살 비낀 허공이 사금처럼 떨고 있는 하오

물병은 견고한 묵음으로 창가에 있다 낡은 정형외과 병실 흰 커튼은 침묵의 추종자, 물병 속에는 수평선이 걸쳐져있다

재(灰)의 수요일, 사제는 이마에 재의 성호를 그었다 재를 받고 자리로 와 손끝에 묻혀본 부드러운 침묵

오래전 먼지의 내부 열점 하나가 나를 꿈꾸었다 하는, 없는 것의 자질이 번식하는 허공이다

―내 어디에 자리를 내드려야 되겠습니까?

나는 울먹이는 진주조개처럼 부드러운 속살 가장 안쪽을 열어 그 큰 음성을 껴안으려 했다

조개에게서는 사라져간
두 팔의 변형으로, 사라져간
두 귀의 변형으로

신작시 「말」 역시 "깊은 새벽, 마사(馬舍)였다"로 시작되는 「목격」과 연장선상에서 있다. 조정인은 "자신의 창조와 피조를 동시

에 견디는 중"인 "그"(「하느님의 오후」, ①)에 대한 사유를 한 순간도 포기한 적이 없으며, 사물과 언어, 신과 인간, 사회와 문명에 대한 단단하고 뿌리 깊은 성찰로 이 세계의 참혹을 해명하고, 자신의 내부에 자리한 심연의 사건으로 그 고통과 비의를 환원해낼 줄 아는 시인이다. 그는 이렇게 사방에 흩어져 주인을 잃은 신성의 흔적들, 바벨이 붕괴된 이후 슬픔으로 넘실대는 저 문명의 세계에서 나날이 욕망하며 살아가야만 하는, "매일매일 죽는, 실패한 아버지를 기념하는 사람들"(「기념하는 사람들」)의 모습을 섬세한 언어와 반짝이는 상징을 통해 표현해봄으로써, 아예 세계 자체의 문양을 다시 짜고자 하는 것인지도 모른다. 바벨이란, 결국 붕괴된다는, 아니 붕괴되었다는 의미에서만 바벨일 뿐이라는 것일까? 바벨탑이라는 무모한 야망이 있기까지 하나로 되어 있던 최초의 언어를 복원하려는 시도는 사실 불가능한 일일 것이다. 붕괴되어 기원을 상실한 언어, 감정의 노예가 되어 진리를 잃고 한없이 제 욕망을 채우기 위해 여기저기를 서성거리는 사물과 생명들의 파편적이고 고통스런 모습을 관통하고 있는 미지의 무엇, 그러니까 도래한 것이 아니라 오로지 도래할 가능성으로만 사유의 대상으로 주어지는 미지의 메시아가 바로 시를 가능하게 해주는 동력인 것일까. 그러니까 그는 달을 가리키는 그 손가락 하나하나와 그 손가락을 내밀어야만 하는 존재의 슬픔과 절망을 헤아려보지 않은 채, 달이 존재한다고 무턱대고 확신할 수 없었을 것이다. 조정인 시의 고통도 그 미덕도 여기에 있다.

(『문예바다』 2014년 겨울호)

백치의 꿈

— 세 명의, 예술가와 광대

> 광대는 악의 없이 사물을 있는 그대로 본다.
> —존 팔머

1. 모두 미쳐 있을 때, 바보가 차라리 행복한 존재인가?

떠돌이 음유시인, 익살꾼, 어릿광대, 늙은 곡예사, 피에로에게 살아갈 집을 마련해주었던 자는 누구였던가? 타고난 바보들이나 기형적인 난쟁이, 미치광이를 애완동물처럼 가두고 길렀던 것은 벌써 로마시대에서 행해졌던 관습 중 하나였다. 노예시장에서 이들이 거래될 때, 가격의 높낮이는 바보스러움이나 기형의 정도를 잣대로 결정되었고, 즐거움을 얻어내고자 조직적으로 이들을 관리하는 일은 중세에 이르러 절정에 달했다. 이후, 저주받은 이들의 운명은 부르주아 계급과 사제의 감시에서 벗어나지 못했고, 공교롭게도 그 역할에 있어서 사제와 자주 비교되곤 하였다. 광대의 이미지가 호의적이지 않았던 것은 당연한 일이었다. 15세기 말, 세바스티안 브란트 작품 『바보의 배Das Narrenschiff』는 기독교에서 금지하는 탐욕과 오만의 화신으로 광대를 등장시켜 조롱과 비판

574

의 대상으로 삼았는데, 그것은 광대가 사제와 대립되는 우둔한 인간들 가운데 으뜸으로 여겨졌다는 것을 의미하는 것이었다. 광대와 사제를 둘러싼 이 절묘한 입장의 전도는 기독교에 대한 인문주의적 풍자가 움트기 시작한 16세기 초엽, 에라스무스의 『광우예찬 *Encomium Moriae*』에서 일어난다. 어리석은 사회에서는 차라리 바보가 현인이 될 수 있다는 사실을 에라스무스는 광우여신(狂愚女神)의 입을 빌려, 빼어나고도 신랄한 문체로 풀어놓는다. 무능한 왕, 부패한 사제, 지식인, 정치인, 의사, 부자 등은 말할 것도 없이, 제 미모나 지식에서 지나치게 교만한 자, 허영심이 강한 사람을 포함하여 시민들조차 광기에 가득한 존재로 묘사하는 이 풍자문은 사회 구성원들이 제 결점과 잘못을 깨닫지 못하는 미친 시대에 광기folie가 오히려 이성의 노릇을 대신한다는 믿음을 바탕으로 한바탕 독설을 내려놓는다. 모두 미쳐 있을 때, 오히려 바보가 행복한 존재란 말일까?

그러나 여기에는 좀 다른 것이 있다. 사제가 절대적인 진리를 숭배하는 자였다면, 광대는 안정되어 보이는 사회의 근간을 뒤흔들고, 반박의 여지가 없어 보이는 인식론적 패러다임에 이의를 제기하면서 사유의 모순을 드러내는 악역을 담당했기 때문이다. 광대는 통념을 조롱하면서, 궁극적이고 절대적인 것의 불합리와 변화의 가능성을 폭로했지만, 광대를 필요로 한 자들이 그들에게서 추구한 것은 오로지 그들의 행동이나 말이 상궤를 벗어날 때 발생하는 웃음과 쾌락뿐이었다. 우스꽝스러워 보여도, 불경과 모욕, 멸시와 천대라는 위험을 무릅쓰고서 제 궂은일을 수행하는 그들의 바보스러움에는 이성이 지배하는 세상에서는 설명되지 않는 고유한 힘이 내재되어 있었다. 광대의 비극과 아이러니가 여기에 있다. 중세 이후, 19세기 전후로 자본주의사회가 가속화되던 서양에서 그랬던 것처럼, 그들의 기괴한 외모와 엉뚱한 행동과 거친 언변은 그들 자신에게 천진성이나 부(무)-의도성이라는 특이한 이미지를 결부시켰고, 그것은 사실, 외모가 일그러진 기형과 불구들에게만 해당된 것이 아니라, 사지가 멀쩡하고 얼굴이 말끔한 광대들에게도 마찬가지로 덧씌워진 허상이었다. 그들은 얼굴을 감추거나 분장을 해야 하는 강압에서 자유로울 수 없었던, 가면 뒤에다 제 정체성을 숨기고 살아가야 하는 존재였던 것이다. 그러나 광대가 순진성-순수함으로 대변되었다고 해서, 이들을 앞에 둔 사람들이 조롱과 경멸만을 표출했던 것은 아니었다. 연민과 동정을 드리우는가 하면, 두려움이나 심지어 경외감마저 지니고 있는 경우도 적지 않았는데, 그것은 이들의 말과 행동이 진실을 꿰뚫어보는 예기치 못한 힘을 내재하고 있어, 일상에서 예외성을 촉발시키는 발화의 근원이라는 사실을, 겉으로는 표현하지 않았음에도 누구나 알고 있었기 때문이다.

동서양을 막론하고, 엉뚱한 상상력으로 알아듣지 못하는 요설을 뱉어내는 떠벌이들, 우스꽝스런 몸짓으로 꾸미기를 좋아하는 요술쟁이들, 그럴듯한 화법으로 모호한 전언을 풀어놓는 예언가들, 제게 주어진 가면을 쓰고, 분을 바르고 치장을 하고서, 광대라는 이름으로, 장터에서, 궁정에서, 극장의 무대 위에서, 제 연기를 펼쳐내었던 이들은 사실 예술가와 광인의 경계에 있기도 했다. 자본주의사회의 가속과 더불어 서커스단이 곳곳에서 생겨나고, 도시의 변두리에서 무리지어 조직적인 활동에 들어가면서 직업인으로 자리매김하기 전까지, 떠돌아다니며 구걸을 해야 했던 그들에게 양식을 주고 거처를 마련해준 것은 왕이었다. 그들이 맘껏 떠들어대면서 제 재주를 뽐낼 공간은 궁정이었고 그들의 관객은 귀족과 부르주아들이었으며, 궁정의 광대들은 왕의 권위를 조롱하고, 권력의 허망함을 노래하는 자들이었지만, 왕과 귀족들로부터 조롱을 받아야만 살아갈 수 있는 존재였기에, 선천적인 결함이나 순진한 바보라는 이유로 그들의 무례함과 천박함, 우스꽝스런 행동과 거친 직언들은 어떻게든 면죄부를 얻을 수 있었다. 광대는 모든 것을 허가받은 자인 동시에 현실과 꿈의 경계를 넘나드는 존재, 정확히 말해, 현실의 것인지 꿈의 것인지, 과거의 것인지 앞으로 다가올 전조인지 구분하기 어려운, 자유롭고도 변덕스런 제 말과 언변, 연기와 익살로 특권을 쟁취한 존재였으며, 이들이 갖고 있던 특권은 터부 없이 모든 주제를 발설하고 연기할, 그러니까 일종의 '허가'에 가까웠다 할 수 있다. 셰익스피어의 시대에도 사정은 마찬가지였다. 아니, 누구보다도 셰익스피어는 자유로운 행위와 상상 가득한 표현을 허가받은 광대의 존재를 높이 평가했고, 제 작품에서 광대를 상당히 중요한 인물로 등장시킨다.

2. 왕과 운명을 함께하는 '현명한 바보광대'

『리어 왕』에는 왕이 하지 못하는 말들을 부분적으로 대신 수행하는 광대가 등장한다. 왕은 자신을 진실로서 대하는 이 바보광대에게 작은 위안을 받기도 한다. 단순한 말로 예리함을 벼려낼 줄 알았기 때문에 바보광대의 언어는 실상 초현실주의의 시구를 닮기도 했다. 예를 들어, 큰 딸 고네릴이 바보광대를 안하무인으로 몰아붙이며, 제 아버지에게 조잘거리며 같잖은 충고를 늘어놓을 때, 바보광대는 이런 말로 둘 사이의 대화에 무례하게 끼어들 수조차 있었다.

> 바보광대 : 왜냐면, 알잖아, 아저씨,
> 바위종다리는 뻐꾸기를 너무 오래 먹여서
> 뻐꾸기 새끼한테 머리통을 뜯어 먹혔네.
> 그렇게, 촛불은 꺼지고, 우리는 어둠 속에 버려졌지.[3]

바보광대는 왕의 처신에 간섭을 하거나 단점을 지적하고, 왕이 저지른 과오를 깨우치려 노력한다. 바보광대는 사악한 정신이 왕에게 미칠 악영향을 경고하며, 앞으로 다가올 미래의 재난이나 외부로부터 닥쳐올 환난에 대비한, 일종의 방패 구실을 하려 애쓰지만, 그의 본업은 무엇보다도 왕의 처신에 대고 충고를 늘어놓거나 비판을 가하면서, 왕을 각성시키는 존재로 제 역할을 소화해내는 데 있었다.

> 바보광대 : 잘 들어, 아저씨
> 그대 외모보다 더 많이 갖고 있어라,
> 그대 아는 것보다 적게 말해라,

---

3) 윌리엄 셰익스피어, 『리어 왕』, 김정환 옮김, 아침이슬, 2008, p. 43.

그대 가진 것보다 적게 빌려 줘라,
그대 걷는 것 이상으로 타고 가라,
그대 믿는 것 이상으로 들어라,
단 한 번 주사위에 모든 걸 걸지 마라,
버려라, 술과 창녀를,
그리고 방 안에 짱박혀 있어라,
그러면 그대 갖게 되리라,
20에 20 이상을

켄트 : 아무것도 아니잖아, 바보야.
        [……]
리어 : 신랄한 바보로다!

    첫째와 둘째 딸에게 쫓겨나 광야를 헤매며 차츰 광인이 되어가는 리어 왕의 곁을 끝까지 지킨 것은 켄트 경(卿)과 그의 바보광대뿐이었다. 켄트에게 말하는 척하면서 왕의 어리석음을 깨치려는 바보광대의 대사를 두고서 셰익스피어 연구자들은 그를 '현명한 바보광대wise fool'로 평가한다. 『리어 왕』의 광대는 왕의 몰락이 목전에 다가와도 끝까지 곁을 떠나지 않는 헌신적인 인물이었으며, 저 자신의 말처럼 "리어의 그림자", 그러니까 왕의 무의식이자 잠재의식, 한마디로 왕의 또 다른 자아이기도 했던 것이다. 그는 이 착하고 늙은 왕 곁에서 알쏭달쏭한 말로 앞날을 예언하고, 지혜가 담긴 대화를 구사하지만, 그렇다고 해도 공상과 비유에 한껏 젖은 독백의 주인공일 수밖에 없는 백치이자 얼간이라는 특성을 벗어날 수는 없었다. 중요한 것은 왕과 바보광대가 서로 뗄 수 없는 관계이자, 비극을 함께 체현해내는 드라마의 실질적인 주체였다는 사실이다. 바보광대를 예술가에 비유할 수 있는 것은 그가 초현실의 언어를 부리는 화자이자, 왕의 고통을 함께 나누며 비극의 서사에 필요한 예지의 언어를 뿜어내는 존재이기 때문이다. 오로지 비의(秘意)로 제 생각을 표현하거나 우의(寓意)에 빗댈 뿐, 『리어 왕』의 바보광대는 극의 갈등구조 안으로 완만하게 편입되지 않으며, 극의 전개에도 크게 영향력을 행사하지 않는다. 그는 다만, 작품의 해설자 역할을 맡아 시대의 지혜를 드러낼 통로를 터주는 사람, 다시 말해, 왕과 공존하는 형태의 예술가, 왕의 곁에서 왕과 그의 운명을 함께 나누어 갖는 예지의 언어 마술가였을 뿐이다.

3. 왕-권력에 맞서 대결하는 광대 / 패배하는 예술가

광대는 좋건 싫건 궁정에서 제 터전을 확보하며, 예술가의 지위를 누린다고 우리는 말했다. 광대는 선천적 백치가 타고나게 마련인 단순함과 예리함의 기이한 결합체였기에 고유한 자유를 누렸으며, 현실에서 벗어나 웃음을 촉발하거나 난해함 뒤로 제 의도를 숨기는 화법의 소유자로, 거슬리는 비위에도 용인될 말을 내뱉는 실질적인 주인공이었다. 그러나 19세기 대도시 파리에서 광대는 사회의 주변부로 내몰리고, 정치권력과도 공존할 수 없는 처지로 전락한다. 광대는 대도시의 변두리에서 기생하는 예술가로서, 자본주의사회의 효율성에 부합하지 못하고, 부르주아 고유의 직업윤리나 이성적이고 분석적인 시대의 사상적 줄기 안으로 편입될 수 없는, 그렇게 사회의 발전과 문명의 진보에 도움이 되지 않는 잉여와 같은 존재로 전락하고 만다. 한마디로 19세기 자본주의사회에서 보들레르가 묘사하고 있는 광대의 처지는 셰익스피어의 그것과 아주 다른 것이다.

보들레르의 산문시집 『파리의 우울*Spleen de Paris*』에 실린 작품들 가운데 「어릿광대와 비너스」 「늙은 곡예사」 「비장한 죽음」은 모두 예술가와 광대의 문제를 다루고 있으며, 광대와 예술가의 관계는 또한 보들레르가 활동하던 프랑스의 제2제정 전후의 대다수 작가들에게서 목격되는 멜랑콜리나 권태라는 주제와 밀접히 관련된다. 보들레르의 시에서 등장하는 광대와 예술가의 위상은 1848년 노동자 혁명의 실패를 전후로 사회주의의 쇠퇴와 몰락 이후에 겪게 된 새로운 정치적 상황에도 영향을 받으며, 프롤레타리아 혁명의 거듭되는 실패와 파시즘의 출현, 기술복제시대에 생산양식의 변모에 따라 등장한 새로운 삶의 양상(예컨대 대도시나 군중의 출현)과 크게 연관되어 있다. 팽창일로의 대도시 파리에서 힘차게 팡파르를 울리며 퍼져간 과학적 실증주의와 진보 이데올로기의 행진에서 파시즘의 본질을 폭로하는 목소리는 오히려 군중에 속하지 못하는 몰락한 예술가를 통해 풀려나온다. 「늙은 곡예사」의 마지막 부분을 인용한다.

그 끄트머리에, 바라크[4]의 대열 맨 끝에, 마치 부끄러워서 이 모

---

[4] 허름한 가건물 막사. 이후, 본문에서 인용한 산문시는 모두 황현산이 번역한 『파리의 우울』(문학동네, 2015)을 따른다.

든 찬란함으로부터 자신을 추방해버리기라도 한 것처럼, 가련한 곡 예사 하나가, 허리가 굽고 시들고 늙어빠진 인간의 폐허 하나가, 자기 오두막의 말뚝기둥 하나에 등을 기대고 있는 것을 나는 보았다. 가장 몽매한 야만인의 오두막보다도 더 비참한 오두막 하나, 그 궁핍을 두 도막의 촛불이, 촛농을 흘리고 그을음을 피우면서, 너무나도 환히 밝히고 있었다.

어디에나 기쁨과 돈벌이와 낭비, 어디에나 내일을 위한 빵의 보장, 어디에나 생명력의 열광적인 폭발. 여기에는 절대적인 빈곤, 끔찍함을 한 꺼풀 덧씌우기 위해, 희극적인 누더기를 괴상하게 걸친 빈곤, 그 결핍이 예술적 기교보다도 훨씬 더 효과적으로 대조를 도입하고 있었다. 그는 웃지 않았다, 이 불쌍한 사내는! 울지 않았다, 춤추지 않았다, 몸짓을 하지 않았다, 소리를 지르지 않았다, 즐거운 노래도 슬픈 노래도, 아무런 노래도 부르지 않았다, 애걸하지 않았다. 그는 침묵하고 움직이지 않았다. 그는 단념했다, 포기했다. 그의 운명은 끝났다.

그러나 얼마나 깊고 잊지 못할 시선을 그는 군중과 불빛 위에 던지고 있었던가! 그 움직이는 파도가 그의 메스꺼운 빈곤의 몇 걸음 앞에서 멈춰버리곤 했다. 나는 히스테리의 무서운 손아귀에 목이 졸리는 느낌이었고, 떨어지지를 원치 않는 저 성가신 눈물로 눈앞이 흐려지는 것만 같았다.

어떻게 해야 하나? 그 불우한 사나이에게, 어떤 신기한 것을, 어떤 기적을, 그 악취 풍기는 어둠 속에서, 그 찢어진 커튼 뒤에서, 보여 줄 것인지 물어 본들 무슨 소용인가? [⋯⋯]

그래서 집에 돌아가면서도, 그 광경이 머리를 떠나지 않아, 내가 느낀 그 갑작스런 고통을 분석해 보려고 애를 쓰다가 이내 나는 생각했다 : 내가 방금 본 것은 일찍이 자신이 찬연한 인기를 누리며 즐거움을 안겨주었던 세대보다 더 오래 살아남은 늙은 문인의 영상, 친구도 없고, 가정도 없고, 자식도 없는, 자신의 빈곤과 대중의 배은망덕으로 퇴락하여, 잊기 잘하는 세상 사람들이 이제 그 바라크에도 들어가려 하지 않는 늙은 시인의 영상이었구나!

19세기 중후반 파리에서 문학과 예술의 유용성을 두고 일기 시작한 회의는 정치적 좌절에서만 비롯된 것은 아니다. 떠돌아다니는 보헤미안, 서커스단의 늙고 몰락한 곡예사, 도시 변두리에서 우스꽝스런 퍼포먼스로 대중들에게 일용할 양식을 구걸하는 광대 등의 모습에서 목격하게 되는 것은 정치적 좌절보다 오히려 예술가의 운명이었기 때문이다. 시인과 곡예사의 서로 닮은 운명이 시에 삼투되었다는 지적만으로 설명이 충분한 것은 아니다. 예술가는 군중이라는 집단에서조차 제자리를 찾지 못한다는 데에서 그 추락을 동정어린 눈으로 바라보아야 하는 존재였던 것도 아니다. 군중이라는 집단이 새로이 대두되면서 예술가의 사회적 역할의 변모를 되묻는 일도 크게 중요한 것은 아니다. 중세의 떠돌이 곡예사나 미친 광대, 셰익스피어 시대의 바보광대, 16세기 이탈리아의 코메디아 델라르테Commedia dell'arte에서 연유한 피에로나 아를르캥Arlequin의 전통을 따라 보들레르에게 나타나는 예술가의 위상, 그 변화와 굴절을 헤아리는 일이 필요하겠다.

광대들은 부르주아의 사치와 궁정의 가식에 반대하며 거리와 장터를 택했고, 세속의 품안에서 제 예술가로의 삶을 싹틔우는 행위로 사명감을 가졌던 존재였다. 그러나 광대의 터전이자 제 삶의 전부라고 할, 이 "휴일을 맞은 민중들"의 소란하고 흥겨운 축제에서조차, 그들은 "그 끄트머리에, 바라크 대열 맨 끝"에서 머물 수 있을 뿐이다. 예술가-광대를 둘러싼 사회적·물질적 토대의 상실은 정치적 좌절과 자본주의에 대한 환멸과 더불어 광대가 권력과 기이한 싸움을 전개할 수밖에 없는 결과를 낳았다고 말해야 할까.

이런 점에서, 「비장한 죽음」에 등장하는 광대 팡시울은 예술가와 정치권력의 관계가 어떻게 새로운 국면으로 접어드는지 잘 보여준다. "찬탄할 만한 광대" 팡시울은 "국왕의 친구 가운데 하나"였으나, 음모에 가담하여 사전에 발각당하고 만다. 그러나 "어느 다른 왕보다 더 착하지도 더 악하지도 않았지만, 지나친 감수성"의 소유자이자 "미술을 열렬히 사랑하는 사람이고, 게다가 뛰어난 감식가"였던 국왕은 "모반음모자들에게 은사"를 내리기로 결정을 하고, 마지막으로 팡시울에게 조건을 하나 제시하는데, 시의 화자는 왕의 이 결정에 대해 이렇게 말한다.

국왕이, 사형 선고 받은 사나이의 연극적 기량을 평가해보려 했다고 보는 편이 이루 말할 수 없이 훨씬 더 그럴 법했다. 그는 이 기회를 이용해, 치명적 흥미가 걸린 생리학 실험을 하여, 한 예술가의 평소 재능이, 이상한 상황에 처했을 경우, 그로 인해 어느 정도까지 변질되거나 변조될 수 있는지 확인하려 했던 것이다. 그 이상으로 그의 마음속에는 다소간에 확고한 관용의 의도가 존재했을까?

무대가 열리고, 왕과 대신들, 군중들이 지켜보는 가운데, 그의

"연극적 기량을 평가"하는 "대망의 날", 광시울은 혼신의 힘을 다해, 제 목숨을 걸고 예술 활동을 펼쳐낸다.

광시울은 그날 저녁, 완벽한 이상의 구현이어서, 그 이상화가 살아 있다고, 가능하다고, 현실이라고 생각하지 않는 것이 불가능했다. 이 어릿광대가 오고, 가고, 웃고, 울고, 경련을 일으킬 때, 그의 머리에는 깨뜨릴 수 없는 후광이, 아무에게도 보이지 않으나 나에게는 보이는, **예술**의 광채와 **순교**의 영광이 기묘한 아말감을 이루고 어우러진 후광이 감돌았다. 광시울은, 무엇인지 알 수 없는 특별한 은총으로, 가장 기괴한 광대놀음에까지 신령한 것과 초자연적인 것을 끌어들였다. 나는 잊을 수 없는 이날 저녁의 일을 여러분에게 묘사하려고 애쓰고 있는 동안에도, 펜이 떨리고, 가실 줄 모르는 감동의 눈물이 두 눈에 솟아오른다.

광대가 자기 예술의 절정에 오른 순간의 장엄함을 묘사하는 위 대목에서 보들레르가 '후광-순교-예술'이라는 낱말을 사용하고 있다는 사실에 주목해야 한다. 현세에는 존재하지 않는 "신령한 것과 초자연적인 것"에 흠뻑 젖어 몰입하는 광시울의 연기를 구경하던 국왕은 "조신(朝臣)들의 박수에 자신의 박수를 섞어 넣"으며 찬사를 보내면서도, "전제군주로서의 권력에서 패배했다고, 사람들의 마음을 두렵게 하고 정신을 마비시키는 그 기술에서 자신이 모욕을 당했다고, 자신의 희망이 좌절되고, 자신의 예상이 우롱을 당했다고 생각"한다. 그리하여, 이 광대-예술가가 제 퍼포먼스에 완전히 취해들어 세상사를 잊고 "순교의 영광"을 피워 올리며 절정으로 향하려는 순간, 국왕은 시동에게 "날카롭고 길게 끌리는 휘파람" 소리를 내게끔 지시를 한다. 평소에 아무것도 아닐 휘파람 소리가 무아지경에 몰입한 팡시울에게 과연 어떤 영향을 끼쳤을까?

팡시울은, 충격을 받고, 제 꿈에서 깨어나, 처음에는 눈을 감더니, 거의 그 순간 눈을 다시 뜨고, 엄청나게 크게 뜨고, 이어서 입을 열어 발작하듯 숨을 쉬려는 것 같더니, 약간 앞으로, 약간 뒤로 비틀거리다가, 이내 굳은 몸으로 마룻바닥에 쓰러져 죽었다.

"휘파람이 정말로 한 자루 칼처럼 날쌔게" 예술가의 숨통을 끊어버렸다. 『곡예사의 모습으로 그려진 예술가의 초상』에서 스타로뱅스키는 이 작품을 두고 "예술가-희생자나 사형집행인-왕의 대결 구도에 국한되는 것이 아니라, 시인이 직접 그 장면 안으로 들어간다"[5]고 지적한 바 있다. 예술에 재능이 있고 감수성이 뛰어난 왕과 권력을 쟁취하고자 모반의 음모에 뛰어든 광대는 서로 닮은 면모를 지니지만, 그렇다고 이 몰락하는 예술가의 상황이 시인 보들레르의 운명과 오롯이 포개어지는 것은 아니다. 오히려 보들레르가 이야기 전반을 '분석적 이성-왕'과 '예술적 퍼포먼스-광대' 간의 대결의 알레고리로 치환해내었다는 사실에 주목할 필요가 있다. 우화와 마찬가지로 알레고리는 인물이나 장면과 관련된 배치에도 적극 개입하기 때문이다: 벤야민이 지적하듯, 알레고리가 "육화되어버린 미덕과 악덕들이 가득한 막간극들에서 정점에

---

5) Jean Starobinsky, *Portrait de l'artiste en saltimbanque*, Flammarion, 1970, p. 94.

달하"며, 따라서 "왕, 궁정신하, 광대와 같은 인물이 형성하는 일련의 유형들이 알레고리적 의미를 갖는다는 점"[6]을 염두에 두면, 우리는 낭만주의 시대를 지나오면서 차츰 걷히기 시작한 예술가의 "후광"이 19세기 후반에 어떻게 완전한 상실을 경험하게 되는지, 예술이 제 후광을 벗어버리게 된 이후, 어떻게 또 다른 출발점에 서게 되는지, 그 징후를 읽어내게 된다. 예술의 아우라는 이제 "형편없는 시인"이 "그걸 주워서 뻔뻔스럽게 쓰고 다닐"(「후광의 상실」)뿐이라고 보들레르가 말한 것은 바로 이러한 광대의 몰락과 고리타분한 기존 예술의 폐기, 즉, 이상적 숭고가 아니라 지독한 현실 세계에서 제 존재의 이유를 찾아 나서야 하는 예술가의 운명을 직시하고 있기 때문인 것이다. 이제부터 예술의 숭고는, 끝없이 추락하는 숭고, 기존의 낡은 예술이 뿜어내는 후광을 벗어버릴 때 모색할 수 있는 숭고, 더럽고 누추한 현실에서 피워내는 숭고, 권력과 맞서 영웅적으로 몰락한 자의 고뇌에 잠긴 표정에서 솟아나는 숭고이며, 또한 이 영웅적인 고뇌의 숭고는 광대의 행위 예술이 정치에 가할 위협으로부터 생겨난, 정치적 압박에 맞서 싸워나갈 때 탄생하는 숭고이다. 대도시의 한복판에서, 군중들의 품안에서조차 제 자리를 확보하지 못한 예술가는 이제부터 몰락을 경험한 광대의 운명을 따라, 아직 도래하지 않은 미래에 거는 불확실한 기대에 제 자신의 운명을 투척할 수밖에 없다. 예술은 부패한 정치에 맞서 승리를 쟁취하려고 현실에서 싸움을 개진하는 것이 아니라, 새로운 예술을 추구하기 위해, 오로지 새로운 방식의 예술을 고안하기

6) 발터 벤야민, 『독일 비애극의 원천』, 최성만·김유동 옮김, 한길사, 2009, p. 285.

위해서 현실과 싸울 뿐이다.

4. 세상을 초현실의 꿈으로 여는 투명한 눈의 백치-광대

　대도시 한복판에서 각성된 눈으로 도시 구석구석의 풍경을 주시하면서, 광대의 운명을 실현하려는 시인이 있다. 서대경 시집 『백치는 대기를 느낀다』(문학동네, 2012)에서 광대는 "일정한 법도와 절차"(「정어리」)에서 벗어나, 오히려 자신만의 방식으로 세계를 읽어내고자 무관심의 언어로, 초현실의 언어로, 제 시를 무장하는 일에 몰두한다. 광대는 몇 편의 시에 등장하는 소재이지만, 시집 전반을 강렬한 주제의식 하나로 꿰뚫어내는 핵이기도 하다. 광대의 능력은 백치의 그것처럼, 우선, 사물과 세계를 왜곡 없이, 그러나 자기 관점으로 주시하는 데도 달려 있다.

　「무엇보다 그 그림은 반인간적인 눈알의 미덕을 보여줍니다. 눈알. 눈이 아니고 눈알이지. 그게 중요한 거야. 그렇지 않아요? 사막에 눈이 퍼붓고 거인은 홀로 서 있어요. 거대한 눈알을 향해 온몸이 집중된 채로. 그리고 웅웅거리는 거예요. J양. 눈알이. 무엇보다도 그 눈알이. 그렇지 않아요?」

　　　　　　　　　　　　　　　　　　　　　―「그것이 중요하다」 부분

　나는 창가에 팔꿈치를 괴고 어둑어둑해지는 백야의 길거리를 내려다본다. 그가 다시 나를 찾아와줄까? 세상엔 내가 이해할 수 없는 것들이 있다. 그리고 나는 사람이란 이해할 수 없는 것만을 진정으로 이해할 수 있다는 사실을 알고 있다. 내가 왜 이럴까? 오늘따라 내 방은 왜 이리도 끝없이 슬퍼 보일까? 오늘 밤에도 그는 광대 모자를 쓰고 눈가에 붉은 물감을 칠한 채 어느 어두운 밤거리의 축축한 열기 속을 걷고 있을 것이다.

—「상트페테르부르크의 여름」 부분

각성된 눈, 그것은 "내 눈 속의 비명을 바라보"(「사랑」)는, 아니, 바라보고자 하는 눈이다. 시인은 시선을 한곳에 고정시키고, 그 시선의 줌zoom 안으로 들어온 모든 것들이 내는 소리에 귀를 기울일 줄 안다. 서대경이 고즈넉함의 아름다움을 팽창시켜, 현실에서 일종의 환각을 만들어내는 것은 바로 이때이며, 선명한 이미지를 텍스트 안으로 걸어 들어오게 하는 순간, 문장과 문장이 잇대고 있는 고리가 느슨하게 풀리면서 의미를 차츰 약화시켜나가는 시가 제 완성을 바라보게 된다. 그런데 그는 어디서 보는가? 그는, 차라리 어디 있는가?

변두리 도시의 지저분한 거리 위로 눈이 내린다. 좁은 도로 양옆으로 낡고 더러운 간판들이 다닥다닥 붙은 상가 건물들이 늘어서 있고, 건물 사이 좁은 골목으로는 붉은 깃발을 내건 무당집과 세탁소, 전당포 들이 어둡게 웅크려 있다. 허공엔 추위, 그리고 어지러이 얽혀 뻗어가는 전깃줄의 소리.

—「목욕탕 굴뚝 위에 내리는 눈」 부분

서대경의 시는 대다수 한곳에서 무언가를 응시하는 것으로 시작한다. 주시하는 자는 움직이지 않는다. "내 애인은 검은 늑대가 되어 공장 지대의 뒷골목으로 사라졌다"로 시작하는 「검문」의 경우를 꼽을 수 있겠지만, 그의 작품 가운데 상당수는 응시하는 시선 하나가 현실에 꽂히고 나면, 상상에 기대어 이 첫 구절에 이어붙인 나머지 문장들로 밑그림을 완성하는 형식을 취한다. 하나의 시점과 동일한 공간에서 착수하는 시, 시인이 멜빌의 『바틀비 필경사』를 패러디한 아래 구절은 하나의 시점과 공간에서 착수하는 서대경의 시 전반이 어떤 정서로 물들여 있는지 살펴보기에 부족함이 없다.

　도시 외곽의 공장 지대 지하로부터 검붉은 파이프들이 뻗어나온다. 눈 녹은 물과 공장 지대를 둘러싸고 있는 겨울 숲의 차가운 빛이 거미줄처럼 뻗어 있는 파이프들의 통로를 따라 뒤섞인 걸쭉한 검은 액체가 되어 도시의 중심부로 흘러들어온다. 도시의 지하엔 거대한 기계의 수많은 톱니바퀴들이 맞물려 돌아가면서 액체를 빨아들였다가 내뿜으며 열기를 만들어낸다. 뜨거운 검은 물이, 걸쭉하고 부글부글거리는 검은 물이 그가 앉아 있는 사무실로 공급된다. 그것은 벽 속을 타고 흐르면서 건물의 외벽에 쌓인 눈을 녹게 하고, 온수가 나오게 하며 사무원들로 하여금 서류를 검토하게 한다. 쥐들은 지하의 파이프 근처에서 새끼들을 낳고 파이프에서 새어나오는 증기를 따라 이동한다. 그것들은 꼽추들과 예언자들과 쥐인간들로 붐비는 지하 시장을 가로질러 간다. 그곳에서는 도시가 자라나는 소리가 잘 들린다. 그리고 시장 모퉁이의 어둠 속에 그가 앉아 있다. 그는 벽에 기대어 두 무릎을 세운 채 가늘게 실눈을 뜨고 있다. 한복판에 세워진 단상 위에서 모자를 쓴 쥐인간들이 무슨 말인가를 큰 소리로 부르짖는다. 박수 소리. 거대한 톱니들이 맞물리는 소리. 뱀의 혀처럼 날름거리는 증기의 쉭쉭대는 소리.

—「바틀비」부분

"나의 반복되는 꿈속"에서 "우울한 마음으로, 내가 타고 가는 기차가 통과해갈 그 익숙한 수많은 철교들을 생각하며"(「철도의 밤」) 시인은 하루하루를 보낸다. 무관심이 얼마나 위대한지를 보여주거나, 무관심이 현실에서 내고 있는 수많은 소리에 귀를 기울이는 것만이 시의 목적은 아니다. 그렇다고 존재의 딜레마에 처한 수많은 근대 주체들에게서 일종의 역설적 윤리를 구하려드는 것에 관심을 두는 것도 아니다. 그는 멜빌의 소설에서처럼 법률사무소의 필경사 노릇을 하다가 '어떤 일이든 안 하는 편을 하겠다'고 선언하고서, 식사도 거부하고, 꼼짝 않고, 죽을 수 있다고, 실제로 생각한다. 그걸로 끝이다. "나는 내가 죽었다는 걸 알고 있다"고 말하는 만큼, 그는 그럴 수 있다고 믿고 있는 것이다. 현실에서의 나를 죽인 다음에 새로 열리는 경이로운 순간이라도 있다는 말인가? 순간과 순간의 고리를 붙잡아 기록해내는 냉정한 시선을 갖고 있기에, 세계는 그에게 꿈의 단속적인 연결이라는 것 이외에 달리 설명할 도리가 없어진다.

그는 자유롭다. 그러나 그는 자유롭지 못하다. "빌어먹을 꿈들 정신을 차려보면 나는 또다른 꿈속에 있었"(「여우 계단」)기 때문이다. 들어가 열고 빠져나왔다고 생각하면 이내 다시 갇히고 마는 꿈의 미로 속에서 "눈을 뜨면 꿈이 시작"되는 것이 문제가 아니라, "눈을 감으면 유령이 시작"(「골렘」)된다는 사실이 더 끔찍하다. 삶과 꿈의 경계를 붕괴해야만 제 고독과 슬픔을 지펴낼 수 있다고 믿는 근원이 여기에서 생겨난다. "나를 나의 문법에서 이탈시"(「동지(冬至)」)켜야만 한다는 믿음은 그의 시에 소실점이 없다는 사실을 말해준다. 전체를 하나로 빨아들이는 서사의 중심이 붕괴된 것이 아니라, 이야기가 완전히 다른 방식으로 구축되었다는 것을 의미한다. 서대경의 광대-백치는 오히려 깊어지는 것, 제 시에서 감정이 눌어붙어 겹겹으로 포개지는 것을 경고라도 하듯, 구문의 나열과 연접에 몰두한다. 따라서 그의 시는 낱말의 깊이를 헤아리는 일보다, 문장들이 배치되는 순서를 따라가며 문장과 문장 사이 벌려놓은 간격에서 환유의 질서를 읽어내는 게 훨씬 중요한 일로 부각된다. 한자리에서 무언가를 주시하면서, 주시하고 있는 지점으로부터 상상적 이미지를 덧붙여가는 기록은 시 전반에서 그로테스크한 기묘함을 불러일으키며, 한편으로 서대경에게는 이 모든 것이 오로지 환상의 사실적인 묘사를 통해서만 구현 가능한 세계인 것이다. 꿈의 관점에서 세상을 기록하기는 세상의 관점에서 꿈을 적어내기와 짝을 이루며, 반복과 병렬, 서사의 동시다발적 진행, 구두점으로 문장을 토막내어 나열하기에 탄력을 받아 시에서 구심점을 흩뜨리는 힘이 되는 것이다. 중심 이탈은 문장을 강제로 끊기(「죽은 아이」의 마지막 연), 단속적인 리듬으로 사물을 둘러싸기(「차단기 기둥 곁에서」에서 "풀"을 둘러싼 쉼표의 반복적 사용), 꿈과 현실의 경계를 지우기, 직접화법의 과감한 삽입, 호흡의 조율에 따른 행갈이의 운용을 통해서, 시집 전반을 오로지 이미지의 운동으로만 존재하는 초현실의 텍스트로 구축해내는 동력이다. 그러나 그렇다고 해서, 상상과 현실이 그의 시에서 서로 갈라서는 것은 아니다. 허공을 뚫어보는 투시자의 눈이 그 경계를 아예 지워버렸다고 해야 할까?

'악의 평범성'으로 물든 세계의 절망감을 제 시에서 감추는 법이 없지만, 서대경은 저항이나 분노의 목소리를 돋우는 것이 아니라, 현실을 한편의 꿈으로 재편하려는 담담한 시도에 운명을 걸고 있다고 해야 한다. 그것은 거리두기도, 각별한 성찰도 아니다. 텍스트를 집결해내는 방식에서 독특한 면모를 지닐 뿐, 오히려 모호함이 배제된 상태의 낱말을 선택하고, 선별된 낱말들로 구성된 문장들을 정갈하게 배열하는 데 오히려 몰두한다. 문장들이 서로의 자율성을 존중하는 형태로 텍스트 전반에서 중심 이탈이 가동하기 시작하면서, 이해의 자장에서 서서히 벗어나는 기묘한 리듬을 바탕으로 목소리의 볼륨이 차분히 조절되어 나타난다는 점이 중요하다. 허공을 주시하고, 허공을 그러쥐고, 허공을 베어내어, 담담하게 시의 질료를 만들어낸다고 해야 할까? 흑백의 필치임에 분명하지만 또렷한 입체감을 담아내는 것은, 서로 다른 이미지를 포개어 놓은 탓이기 때문이겠지만, 문장 자체가 리얼리티의 기조에서 어긋나지 않는 구성만으로도 기묘한 판타지의 세계로 우리를 안내하는 데 성공하기 때문이라는 사실을 반드시 기억해야 한다. 이 꿈과 판타지, "공장 폐수 위로 일렁이는 가을빛. 공장 지대와 숲 지대의 경계를 가로지르는 마른 강바닥에 잿빛 낙엽"(「죽은 아이」)을 밟으며, 우리를 인도한 폐허의 도시 입구에는 광대가 마중 나와 있다. 예술가의 자의식을 처분할 수 없었던 것일까. 서대경의 시에서 광대는 보들레르의 그것처럼 도시문명 속의 예술가라는 알레고리에 단단히 붙들린다.

꼽추 광대는 몸을 떨며 사다리를 기어오른다. 어두운 불빛 기둥이 광대의 허옇게 분칠한 얼굴 위로 쏟아진다. 「밧줄이 보이지 않으니, 이상한 일이구나.」 광대는 난간을 붙잡은 채 잠시 허공 속에 몸을 옹크린다. 광대의 입에서 허연 입김이 뿜어져나온다. 관객들의 웃음소리가 발밑 어둠 속으로 박쥐처럼 떠돈다. 「이상한 일이구나. 한참을 올라도 사다리는 끝나지 않고, 보이는 건 불붙은 쇠테 곁에 도사린 사자뿐이구나. 오늘 밤은 고되구나. 오늘 밤은 무섭구나. 가련한 꼽추 광대의 줄타기를 위해 사다리가 이렇게 높으니, 관객들의 야유소리만 더욱 요란하구나.」 「떨어져라, 꼽추 새끼, 떨어져버려라.」 단장이 내리치는 채찍 소리가 잿빛 연기 사이로 어둡게 번뜩인다.

광대는 다시 사다리를 오르기 시작한다. 관객석이 아득히 멀어져갈수록 사다리는 점점 더 가늘고 푸르러진다. 광대의 머리 위로 검은 밤이 펼쳐진다. 검은 밤은 드넓고, 고요하고, 냉혹한 추위가 별들을 송곳니처럼 번뜩이게 한다. 광대는 먼 곳의 공장들을 본다. 도시의 불빛과, 번쩍이며 질주하는 기차들을 본다. 광대는 눈을 감는다. 「이상한 일이구나. 모든 것이 맥박처럼 고동친다. 저 불빛들, 건널목을 건너는 사람들, 공장 굴뚝 위로 번쩍이는 눈 더미들, 터널을 통과하는 기차들. 일생일대의 밤이로구나. 잊을 수 없는 서커스의 밤이로구나.」 광대는 그 순간 자신의 발 앞에 놓인 밧줄을 발견한다. 그것은 어둠 속 멀리, 아득하게 빛나는 기차역을 향해 뻗어 있다. 광대는 밧줄 위로 발걸음을 내디딘다. 형광빛 네온사인 불빛이 허옇게 분칠한 광대의 얼굴 위로 물든다. 입가에 칠해진 붉은 물감 속에서 그의 검은 입술이 달싹인다.

「이상한 일이다. 모든 것이 예정되어 있던 것처럼. 기차가 연기를 뿜으며 나를 기다리고 있구나. 그리고 내 손에는 운명처럼 검은 가방이 들려 있구나. 도시의 불빛이 고동친다. 출발을 알리는 기적소리가 들린다.」 광대는 가방에서 모자를 꺼내어 쓴다. 광대의 손등에 돋아 있는 잿빛 털이 질주하는 기차 불빛에 드러난다. 발밑으로 드리워진 앙상한 꼬리가 드러난다. 광대는 밧줄 위로 몸을 웅크린다. 그것은 서서히, 서커스 무대를 굽어보는 모자 쓴 원숭이의 검은 형상을 이룬다. 관객들의 외침 소리가 들려온다. 어두운 불빛의 동그라미가 추락하는 광대의 몸을 고요히 뒤쫓는다.

—「서커스의 밤」 전문

이 작품에서 꼽추 광대는 제가 펼친 예술에서 절정에 이르지 못한다. 한없이 위를 향하는 것 외에 할 수 있는 것은 더 없지만, 오르고 있는 사다리의 끝이 보이지 않으며, 사다리는 갈수록 점점 더 좁아질 뿐이다. 저주에 가까운 "관객들의 야유 소리"와 "웃음소리"에도 그는 포기하지 않고 다시 사다리에 오른다. 문제는 "관객석이 아득히 멀어져갈수록 사다리는 점점 더 가늘고 푸르러"지고 "광대의 머리 위로 검은 밤이 펼쳐진다"는 구절이다. 예술의 세계, 그러니까 제 시에 벌써 아우라가 없다는 것을 알아차렸거나, 혹은 그래야 한다고 생각하는 것은 아닐까. 따라서 새로움을 위해 한

번 더 시도하라고 광대를 재촉하는 대신, 대지로 내려와 "저 불빛들, 건널목을 건너는 사람들, 공장 굴뚝 위로 번쩍이는 눈 더미들, 터널을 통과하는 기차들"을 주시할 뿐이다. 마치 예상하고 있었다는 듯 내뱉은 "일생일대의 밤이로구나"라는 탄식의 문장은, 싸우는 광대나 현명한 바보로서의 예술가가 아니라, 투명한 눈으로 천진하게 세계를 바라보는, 백치-예술가의 목소리에서 울려나온 것에 가깝다. 이 탄식에는 비애나 절망, 고난과 투쟁의 의지가 배어 있지 않다. 그는 숭고한 예술의 주인노릇을 할 마음 따위는 애초에 없었던 것이며, 맑은 눈으로 제 앞에 펼쳐진 것을 바라보는 당사자로서의 시인, 백치의 눈으로 제 앞을 똑바로 바라보며, 우리가 이미 알고 있는 사실조차 다시 확인하듯 반복하여 말하는 주체인 것이다. 사다리를 타고 수직으로 상승하는 것이 목적이 아니라, 수평으로 달리는 기차에 연결된 "밧줄 위로 발걸음을 내디"디는 광대는 예술적 완성을 추구하는 이상적 자아의 총아가 아니라, 현실을 다르게 주시하는 진흙 속의 자식이다. 예술가의 몰락이나 실패에 방점이 놓이는 것도 아니다. 경이로움이 사라진 지상에서 주관적으로 점령해낸 말의 주인이 되는 일에서 이 백치-광대가 초현실을 현실로 입사하게 만든다는 것이 중요한 것이다. 새로움이 없어진 곳, 회색의 대기와 공장 폐수로 축축한 대지가 부정할 수 없는 현실이라면, 예술가는 투명한 눈으로, 그러니까 상상력이 증폭된 안목 하나에 의지해 제가 뿌리를 내리고 사는 이곳을 묵묵히 담아내는 자인 것이다. 초현실의 언어는 이처럼 투명한 눈에서만 포착되는 성질을 지닌 것일까. "모든 것이 예정되어 있던 것"처럼 서커스 쇼는 끝이 났고, 그는 여전히 예술가인 광대, 백치인 예술가로 우리에게 남겨진다. 지친 몸을 기차에 싣는 것으로 일탈을 꿈꾸는 백치의 언어는 그래서 더 쓸쓸하고 환상적이고 아름답다. 기차를 타고 이 지긋지긋한 세계에서 일탈을 잠시 꿈꾸어볼 뿐, 사라진 예술의 아우라는 아무래도 좋은 것이다.

서대경의 시에서 광대와 예술가의 알레고리는 "방청객의 규칙적인 환호성이 터져나"오던 시절, "하얗게 분칠한 너의 얼굴"을 보면서 "카페에서" 문학을 논하던 일을 그린「문청」같은 작품에서 보다 명백해진다. 아래 전문을 적어놓은「플랫폼」역시 예술가의 아우라가 상실되었다는 모티프에도 불구하고, 우리가 당도하게 되는 곳은 보들레르의 그것과 기묘하게 탈구된 어떤 지점이다.

원숭이가 어두운 계단을 오른다
모자를 비껴 쓴 원숭이가
서커스단의 붉은빛
허리가 움푹 조여든
조끼를 입고

번쩍거리는 기차들이 계단 아래로 질주한다

썩은 사과 냄새가 풍겨오는
손풍금 소리
자정 치는 소리
소매가 검은
형광빛의 원숭이가 신문을 판다

나는 가방을 바닥에 내려놓는다
원숭이들 얼굴에 흘러내리는 형광등 불빛
환하게 밝혀진 허공의 먼지들
이토록 환한 밤
기차를 기다리는 밤

비껴 쓴 모자가
잘 어울리는 밤
옆 원숭이들과 눈인사를 하며
얼굴 위로 식은
화장 분을 느끼며
기차를 기다리는
밤

창밖 어둠 속으로
잿빛 눈은 내리고
기차들은 번쩍거리며
질주한다

이토록 환한 밤

천 개의 형광들이
켜져 있는 밤

  광대가 오르는 계단이 어둡다는 것은 예술가가 아우라를 상실했다는 것을 의미하는 것이 아니라, 벌써 아우라가 상실된 세계에서 예술가로 살아가야 한다는 사실을 말해준다. "원숭이"가 펼쳐냈어야 할, 저 예술가의 공연에 크게 관심을 두지 않는 것은 따라서 자연스럽다. 원숭이와 예술에 대한 알레고리가 파괴된 자리에서 시인은 탈주를 꿈꾸며, 물끄러미 플랫폼의 "천 개의 형광들이/켜져 있는 밤"을 바라보는 일에 주목한다. 세상을 대낮처럼 환하기 비추는 플랫폼이 공연을 마친 광대를 기다리는 공간으로 부각될 때, 광대의 어두운 무대와 기묘한 대조를 이루어내면서, 초현실의 빛이 시에서 반짝하기 시작한다. 서대경의 작품을 지배하는 중심이 탈은 동시다발적으로 진행되는 서너 가지 일들을 하나의 초점에서 출발하여 산발적으로 그려내는 데에 있으며, 바로 여기서 초현실의 목소리가 새어나온다. 문장의 분산적 배열을 통해 사건을 파편으로 조각내기에 시에서 핵심을 이룰 중심 사건이 사라지는 것이며, 시집 전반이 무채색의 어두운 톤으로 물들고 잿빛 서정으로 장식되는 것은 이렇게 파편화된 문장들이 현실을 탈구시키고 마는 환상적 이미지를 텍스트 안으로 걸어 들어오게 만들기 때문이다.

  서대경은 삶의 파편성을 존중하는 방향으로 문장을 조직해낼 줄 아는 시인이자, 단어의 선택에서 말의 흐름을 조절하는 것이 아니라, 파편화된 구문을 조직적인 운동의 흐름을 통해 담아낼 줄 안다. 그는 아무것도 없는 곳에서 새로움을 고안하는 방식으로 시를 쓰는 것이 아니라, 문장 하나를 빼어 물고서 이 문장이 내려놓은 의미를 차츰 지워내는 방식으로, 또 다른 문장들을 배치해나가면서, 제 시를 완성한다. 끝이 아예 존재하지 않는, 이미 주어진 절망 속에서, 광대-백치의 시선으로 삶의 잔해를 붙잡는 순간, 서대경의 시에서 현실은 초현실의 훌륭한 존재론이 되고, 초현실은 현실의 단단한 언어가 된다.

그는 상처의 단순한 봉합을 위해 시를 쓰지 않는다. 그는 침묵으로 도드라질 수밖에 없는 일상을, 관찰의 형식을 빌려, 상상의 지평을 시 쓰는 자의 책무처럼 고안해내고, 전개된 이야기와 이것을 다시 한 번 등가물로 치환해내면서, "억압된 무의식의 외화된 형체"(「가을밤」), "물고기처럼 신선한 내면의 움직임"(「목소리」)을 투사하는 꿈의 언어, 즉, 저 광대-백치의 투명한 눈을 통해 걸머쥔 상상력의 초현실적 발화의 발명가가 되는 일에 좀더 주의를 기울인다. 그가 우리에게 보여준 이 광대-백치는 "잠에서 깨어날 순간"(「겨울 산」)을 지금도 기다리고 있을 것이다. 서대경의 광대는 백치의 눈을 가진 광대이며, 이 광대는 절망과 슬픔의 변주를 통해, 세계와의 인연을 세상이라는 저 낭만의 마지막 방어선 위에 펼쳐놓는다. 그는, 아니 백치-광대는, 있는 그대로 삶과 풍경을 주시하는 연습에서 게으르지 않으며, 개인과 세계를 어디론가 끌고 가면서 왜곡하는 이상적 세계관에 갇혀 있는 것이 아니라, 가장 투명하게 현실을 주시함으로써 아우라가 상실되어 무채색으로 존재하는 삶과 문명의 결들을 읽어내려는 시도만으로 초현실과 꿈의 세계로 입사할 언어의 주인이 된다.

자서에서 서대경이 "나는 내가 없는 곳으로 갈 것이다"라고 말한 바로 그곳이 현실인 꿈, 꿈인 현실인 자리라면, 보들레르가 제

광대들과 함께 도달하고자 한 「Any where out of the world!」는 절망 속의 자본주의사회를 아예 벗어나는 다른 곳이었으며, 리어 왕이 바보광대와 함께 갈 곳이 없어 광야를 헤맬 때 그들이 소망하는 곳이 없었던 것은 아니었다는 사실을 기억해야 한다. 이 광대-백치가 세계의 주인공은 아니겠지만, 그의 시의 주인인 것은 분명하다.

(『문학들』2013년 가을호)

5부 어떤 작위의 세계

이야기꾼의 자질과 지혜의 경험

― 박판식의 시 세계

> 이야기꾼의 재능은 자신의 삶, 자신의 품위, 즉 자신의 전
> 생애를 이야기할 수 있는 능력이다. 이야기꾼은 자기 삶의
> 심지를 조용히 타오르는 이야기의 불꽃으로 완전히 태울
> 수 있는 사람이다.
>
> ― 발터 벤야민, 「이야기꾼」[1]

*

시인이 때로는 타고난 이야기꾼이기도 하며, 심지어 이야기꾼
의 재능으로 제 시의 고유성을 성취해낸다고 말한다면, 좀 이상하
게 들릴지도 모르겠다. 시인과 이야기꾼은 잘 어울리지 않는 한 쌍
처럼 보일 뿐만 아니라, 시에서 이야기의 가치를 헤아리는 경우도
퍽 드물기 때문이다. 여기에 이유가 없지는 않을 것이다. 이야기의
기원을 신화에서 찾거나, 주인의 자격을 주로 소설에게 주어버리
는 일은 어쩌면 당연한 것으로 비추어질 정도로 보편화되었고, 시
가 이야기에서 어긋나거나 이야기를 아예 저버릴 때, 오히려 시적

---

1) 『서사(敍事)·기억·비평의 자리』(발터 벤야민 선집 9), 최성만 옮김, 길, 2012, p. 419.
   인용은 괄호 안에 쪽수만 표기한다.

인 상태에 돌입하여 제 무늬를 얻어낼 수 있다고 믿어온 까닭이다. 그러나 이야기의 매혹은 고독한 독방에서 소설가가 정제된 언어로 사건을 조직하고 플롯의 극적인 전환을 주조하며 간혹 우리의 저 뿌리 깊은 곳에서 비장함을 샘솟아나게 하는 데 달려있기도 하겠지만, 시인이 지금-여기로 걸어들어 오게 하는 낯선 경험을 통해 크게 빛을 뿜어내기도 한다. 박판식은 이야기꾼의 탁월한 재능을 갖고 있는, 매우 드문 시인이다. 그는 이야기꾼의 자질을 진작에 물려받은 재능이라고 말한다.

> 〔······〕
> 양친은 내게 천진함과 더불어
> 견딜 만한 불행을 속주머니처럼 내 몸통에다 달아 주었다
> 나는 물 밖으로 나오기 싫은 구름을 끄집어내 손바닥 위에 올려 놓는다
> 운명에 재빨리 반응한 것이 가장 먼저 증발한다
> 손바닥은 뜨거워지고 나는 생기를 얻는다
> 모두 죽어간다, 하지만 크게 앓고 난 인간은 마치
> 한 번도 손대지 않는 불꽃처럼 다시 살아난다
> 본래 있던 자리로 되돌아가는 구름
> 그러나 영원히 끝나지 않을
>
> ―「토르소」 부분

 평범한 말로는 번역될 수 없는 신비한 경험을 우리에게 들려주는 사람이 시인이라고 한다면, 박판식에게 이야기가 샘솟는 원천

은 제가 물려받았다고 말하고 있는 "속주머니"일 것이며, 이 속주
머니에서 박판식은 "견딜 만한 불행"을 "손바닥 위에 올려" 이리
뒤집고 저리 움직여 이야기꾼의 재능을 맘껏 발휘한다. 사실 이야
기꾼이 우리에게 펼쳐 보이는 저 이야기에는 기원을 캐묻기 힘든
미지의 경험들이 자리한다. 그러나 같은 것이라도 그것이 끌어다
대고 있는 시간과 시대가 상이하다면, 박판식의 시에서 이 "크게
앓고 난 인간"이 들려주는 이야기들은 매우 기묘한 탈을 쓰고 나
타나는데, 어떤 것은 과거의 알 수 없는 왕의 측근에서 착수되기도
하며, 어떤 것은 조금도 비범할 것이 없는 일상으로부터 불쑥 솟아
나 우리를 방문하는가하면, 그런 가운데 또 어떤 것들은 지혜와 맞
닿아 있는 기이한 말로 마무리되기도 한다. 어느 것이 되었건, 박
판식의 시는 "공간적으로 먼 곳의 이야기나 시간적으로 먼 과거의
이야기에 정통해 있"(419)는 것으로 보이는데, 그것은 그가, 입에
서 우리의 귀로 흘러드는 모종의 "경험을 나눌 줄 아는 능력"(417)
의 소유자이기 때문이라고 말해야겠다. 첫 시집 『밤의 피치카토』
(천년의시작, 2004)에서 작품 하나를 불러내 읽어보자.[2]

제비들은 전깃줄을 뛰어넘어 바닥에 닿을락말락 경주를 하고 있
었다
나는 무척이나 진지하고 열성적인 소년이었다
쏟아지는 졸음을 견디며 새벽길을 걷고 있을 때

2) 이 글의 대상 텍스트는 『나는 나와 어울리지 않는다』(민음사, 2013)와 『한국문학』
2014년 가을호에 시인이 발표한 신작시 5편에서 가져왔다.

멋진 갈색의 외투를 볼썽사납게 몸에 두른 참새 한 마리를 발견
했다
팔을 내뻗어 여름밤의 별을 쥘 때 기분이 그럴까
피로와 공포에 찌든 참새는 창문 홈에 붙박여 있었다
나는 참새를 손안에 넣었다 여행에 지친 나그네가
마른 건초더미를 발견하듯
따뜻한 모래사장 속에 피로한 두 발을 깊숙이 찔러 넣듯
새는 내 손안으로 기어 들어왔다
그리고 새는 손바닥의 새장 속에서 꼼짝도 하지 않았다
우쭐한 마음과 소영웅 심리에 도취되어
나는 용기를 내어 새장의 문을 열었다
새는 필사적으로 날아올랐다 날개를 움직이지도 않고 마치
멎었던 심장이 다시 꿈틀거리듯 튀어 올랐다
상실감? 천만의 이야기다 새는 혼신의 힘을 다했던 거다 나는 아
직도
새의 반발력을 오른편 손바닥에 소중히 간직하고 있다.
                                        —「인생의 전진」 전문

이 작품을 빼어난 입담에 의지해 누군가가 당신에게 들려주는
한 편의 이야기라고 생각해보자. 여기에는 영웅담도 있다. 짤막하
여 잘 드러나지는 않지만, 위트가 생략되었다고 할 수도 없으며,
서사 또한 물 흐르듯 유려하게 전개된다. 사연에 가깝다고 할 사건
과 감정의 서술도 빼어나며, 어떤 결심에 대한 정념의 표시를 먼
곳의 이야기, 그러니까 비유를 통해 되감아내는 능력을 결여하고

있는 것도 아니다. 물론 이것은 과거의 이야기에서 시작해 과거 자체에 매몰되는 이야기가 아니다. 옴니버스 식으로 구성된 자잘하고 산발적인 이야기의 번잡한 모음도 아니다. 탁월한 이야기꾼이 '새'에 얽힌 사연을, 겪었던 당시의 정황에 매몰되지 않고, 지금-여기의 개인과 하나가 된 특이한 경험으로 되살려내며, 당신의 귀를 홀리면서 당신을 어떤 마력의 세계에 빠져들게 하려는 의지가 보이지 않는가? 마치,

> 나 어릴 적에는 말이야, 제비들이 땅바닥에 닿을 정도로 아슬아슬하게 날곤 했단 말이지. 그때 내가 진지하고 열성적이었다고 말해야 할까. 어느 날 새벽에 길을 가는데, 마침 갈색 참새 한 마리가 길바닥에 쓰러져 있지 뭐야, 그런데 몹시 지쳐 보이는 그 외로운 참새가 덜덜 떨면서 내 손아귀 안으로 기어들어오는 거였어, 난 지금도 그때의 느낌을 생생하게 온 몸으로 기억하고 있다고. 아니 적어도 내 손바닥은 아직도 그걸 느끼고 있다니까, 무슨 말이냐고? 이제부터 내 사연을 한 번 잘 들어보라고,

라고 운을 떼는 것과도 같다고나 할까? 말의 강도를 조절하고, 그 흐름을 살려 구연(口演)을 하듯 이야기를 펼쳐내면서, 박판식은 어릴 적 경험을 시를 쓰게 된 최초의 경험, 설명하기 어려운 신비한 체험으로 전환해낸다.

이 작품은 절정의 순간을 이야기의 특성으로 전환해내는 일도 잊지도 않는다. "상실감? 천만의 이야기다"라고 말하는 대목은, 날아오르려는 새의 필사적인 몸짓, 그 "혼신의 힘"이 오늘날 시인

이제 붓을 놀리게 하는 근원적인 힘이 되었다는 사실을 절묘하게 빗대놓은 이야기꾼의 재능으로 보기에 부족함이 없다. 이 이야기의 클라이맥스는 이렇게 경험이 시대를 무지르는 독특한 구전의 절정이자, 시가 이야기를 통해서 자기의 고유한 자리를 넘보는 클라이맥스이기도 한 것이다.

> 꽤 이른 저녁에 초면의 산귀신이 나를 찾아왔다
> 귀신 달래고 꾸짖는 글귀 하나를 아는 중에게서
> 종잇조각에 얻어온 날이다
> 나는 꿈속에서 꽤나 많은 이름을 갖고 있었는데, 그 중 무목
> 이라는 이름을 아무렇게나 골라 들고
> 장안과 북경과 만주 등지를 떠돌고 있었다
> 때로 나는 비적의 칼에 복부가 찔리면서 죽어갔고
> 굶주려 수수밭 도랑에 머리를 처박은 채로 죽어갔고
> 구덩이에 빠져 모래 파도와 싸우며 죽어갔다
>
> 지금은 작은 반도에 사는 42세의 범부가 되어
> 하루 종일 무례하고 간사한 사람들을 상대하다가
> 작은 느티나무 책상에 팔꿈치를 기댄 채 졸고 있다
>
> 자신이 하던 일을 잊은 채로 문득
> 하늘을 바라본다는 것은 얼마나 행복한 일인가
> 귀신에 섞여 또 인간에 섞여
> ——「종이부채로 얼굴을 가리고」 전문

떠돌아다니는 자아와 정착해서 글을 쓰는 자아가 꿈을 통해 상이한 경험을 공유하는 세계로 나란히 걸어 들어간다. 이 시에 등장하는, '칼잡이'와 '서생'에 비교할 수 있는 두 사람은 서로 다른 이야기의 주인이지만, 그 운명이 서로 다르다고는 할 수 없다. 전자는 "장안과 북경과 만주 등지를 떠돌"며 "비적의 칼에 복부가 찔리"거나 "구덩이에 빠져 모래 파도와 싸우며" 죽어가는, 강호에서나 겪을 법한 험난한 모험과 시련의 주인공이며, 후자는 "하루 종일 무례하고 간사한 사람들을 상대"하면서 그 이야기를 적는 일로 피곤에 젖어 "작은 느티나무 책상에 팔꿈치를 기댄 채" 졸고 있는 "범부"다. 박판식이 이 둘을 "꿈"이라는 전제 하에 하나로 연결해낼 알리바이를 고안하는 순간은, 이야기꾼이 단순히 지식을 늘어놓는 사람이 아니라, 오로지 이야기를 통해 빚어낸 추체험을 통해, 자신의 행복을 찾을 수 있다고 믿는 사람이라는 사실이 드러나는 순간이기도 할 것이다.

타고난 이야기꾼의 운명은 이렇게 "떠돌아다니는 도제"와 "정착하고 있는 장인"이 "같은 공방에서 작업"(419)을 하는 것과도 같이, 자신이 풀어놓은 두 개의 이야기를 하나로 봉합내해면서, 그 봉합의 지점에 '지혜'를 내려놓아야만 하며, 그와 같은 제 소임을 저버리지 않는 화자의 역할을 수행해야 하는 것에도 달려 있다. 그러니까 이 작품에서 강호를 떠도는 저 먼 곳 사람의 모험과 제 골방에 처박혀 글을 쓰는 범부의 일상은 이야기꾼이 "귀신에 섞여 또 인간에 섞여" 들려준 낯선 경험의 두 가지 상이한 재료인 동시에, 이야기꾼이 우리에게 "자신이 하던 일을 잊은 채로 문득/하늘을 바라본다는 것은 얼마나 행복한 일인가"라고, 자신이 펼쳐놓은 이야기를 매조지하며 토해내는 '지혜로운 말'의 젖줄이자 구체적인 경험이기도 하다. "행복이란 나로 태어나 나를 하나씩 벗어던지는 일"(「오후 4시 51분 15초」)에 달려 있다고 생각했던 것일까? 이야기꾼이 이야기 도중이나 그 끝에 우리에게 날라다주는 '지혜'는 박판식의 시에서 어떤 형태로 나타나는가?

*

박판식의 시에서 이야기가 진행되다가 불쑥 등장하는 어떤 구절들의 패턴과 그 역할에 주목할 필요가 있다. 앞서 진행된 이야기를 비끄러매는 몇몇 구절들은 그 자체로 이야기의 진행에 필요한 퍼즐이면서 이야기의 단위를 형성하는 클리셰이기도 하기 때문이다. 가령 "운명은 원하는 대로 움직여 주지 않는다. 돌이켜보면 그게 낫다"(「결별의 불」)과 같은 대목은 "자신의 운명과 가장 먼 곳"을 내달리는 일련의 이야기들을 마감하기 직전에 이야기꾼이 우리에게 들려줄 법한 무엇을 대신하고 있으며, "대부분의 인생은 이미 마침표를 얻은 법칙들입니다"(「발가숭이들의 거짓말」) 역시, 이미 종결을 고해, 더는 반전을 기대할 수 없는 상태를 다시 확인하며 이야기꾼이 다음 이야기로 넘어가고자 잠시 내려놓는 경구와도 닮아 있다. "잠자는 것만으로 만족하지 못할 때 사람은 비로소 죽습니다"와 같은 대목도 "형이상학 과잉"의 "서울"에서의 비참한 삶, "언제나 죽음과 치열하게 싸우며/어제 하루 시내 교통사고 상황, 부상 144명, 사망 0명"을 기록하는 숨 가쁜 삶의 아이러니를 경어

612

로 표현한 것이라 할 수 있으며, "가까이 다가갔다고 해서 해후라고 말할 수는 없다/우린 여전히 발음되지 않는 무르고 끈적거리는 형제일 뿐이니까"(「옷장 속 거울」) 같은 대목 역시, 기대치를 배반하는 결과로만 우리에게 주어지는, 인과관계가 전복된 우리의 예기치 않은 삶을 이야기하면서, 이야기꾼이 제 이야기를 마무리하고 다른 이야기를 찾아 서둘러 어디론가 이행하고자 뱉어낸 장치로 이해할 수 있겠다. 물론 이러한 대목들이 시의 복잡성을 해소해주는 것은 아니다. 오히려 이 이야기꾼은 이야기의 선적 전개나 전반적인 흐름을 방해하여, 어떤 미지의 공간을 우리에게 열거나, 우리가 모르는 낯선 곳의 경험을 이야기의 일부로 풀어놓고, 여기서 생겨나는 '지혜'나 '조언'을 이와 같은 경구 형식의 구절들을 덧붙임으로써, 계속해서 기발한 이야기를 풀어놓아야 하는, 저 이야기꾼의 임무를 충실히 수행하면서 차라리 우리를 이상한 경험의 세계로 데리고 갈 입구를 모색하고 있는 것인지도 모르겠다.

> 그는 으르렁거리며 그에게 덤벼드는
> 대략 200킬로그램쯤 나가는 거구의 불안을 죽여
> 자신의 작업대 끝에 목을 매달아놓았다
> 앞날에 대한 두려움이라곤 전혀 없다는 듯이 그는
> 느긋하게 담배를 한 대 핀 후 가죽 잠바를 입고 칼을 뽑아들었다
> 무슨 근사한 세계라도 그 안에 숨겨져 있다는 듯이
> 그는 불안의 피부를 벗겨내고
> 시간과 우울로 분리해 나갔다
> 무서울 게 없다면

하늘조차도 깊이가 아니라 하나의 얇은 막에 불과하지 않은가

평범하고 속된 것이 골목을 배회하다 문득 길을 잃었다는 생각에
주저앉아 울고 있네

소가 죽어 그 소 때문에 세상이 어두워지면
그것이 옛날이야기라 하더라도 마음에 괴로움이 생겨나듯이
그의 오지랖에서 떨어져 나와
피를 토하고 죽은 그 물체가 차디찬 용서였을 수도 있겠지
이미 그에게는 없는 것, 자신에게서 없어졌다는 것도 모르는 채로
살아가는 그것
　　　　　　　—「사랑, 그것은 포근한 털 속의 지방덩어리처럼」 전문

　그의 이야기는 오히려 사방에 흩어져 있는 수많은 사건들 그 자
체가 아니라, 그것에 얽힌 기억을 담아낸 이야기, 기억된 삶에 대
하여 이야기하는 시, 삶이 살아가는 모습에 일일이 터전을 내린 입
담의 형식을 띠고 있는데, 그것은 그의 이야기가 말을 직접 전달하
는 듯한, 이야기를 실감나게 실현하는 사람의 어법에 매우 충실하
기 때문이기도 하다. 자신을 괴롭히던 불안을 잠재운 어떤 사내가
마침내 불안을 걷어내고, 불안이 감추고 있던 시간과 우울을 구분
해내는 것을 골자로 삼고 있지만, 박판식은 이것을 누군가에게 생
생하게 들려주듯 이야기의 형태로 우리 앞에 내려놓을 줄 안다.
　커다란 서사의 뼈대에다가 덧입혀놓은 그의 말들은 이렇게 매
순간 살아 숨 쉬는 듯하며, 그 어법은 매끄러운 동시에 힘차게 말

의 마디마디를 연결하는 데 집중하고, 사이사이 들어선 연결어들은 긴 호흡 하나로 서사를 끌고나가며, 제가 내려놓은 이야기가 광채를 뿜어낼 수 있도록 유도해낸다. 어떤 사내를 내내 괴롭히던 불안을 "으르렁거리며 그에게 덤벼드는/대략 200킬로그램쯤 나가는 거구의 불안"이라고 이야기하는 사람을 당신은 얼마나 보았나? 마침내 불안을 잠재운 것을 "자신의 작업대 끝에 목을 매달아놓았다"는 효과적인 비유를 통해 제 이야기를 이어갈 때, 고조되는 긴장감은 어서 나머지 이야기가 전개되기를 기다리며 고조된 우리의 기대치와 비례해서 상승하며, "담배"와 "가죽 잠바"와 "칼"이 디테일을 제공하듯, 이 사내의 행위를 상세하고도 생생하게 우리에게 들려주고 나면, 이야기를 듣는 사람은 "무슨 근사한 세계라도 그 안에 숨겨 있다는 듯이"라는 구절에 이르러, 그만 넋을 놓고, 이 시인이 구연한 이야기의 세계 안에 어느덧 빨려 들어가고 만 상태에 놓여 있는 자신을 발견하게 될 것이다. 그런데 이 이야기꾼은 불안을 죽여 "시간과 우울로 분리해"낸 사내의 이야기를 차지게 풀어 놓은 다음, "무서울 게 없다면/하늘조차도 깊이가 아니라 하나의 얇은 막에 불과하지 않은가"라고, 이 역시 이야기를 들려주듯, 그러나 반전의 뉘앙스를 풍기며 자기의 판단을 내려놓는 일을 잊지 않는다. 바로 이 구절이 이야기에서 "드러내거나 숨긴 채로 유용한 무언가"를 지니고 있는 부분이라고 할 수 있을 것이며, 이 유용성은 그러니까 "어떤 때는 도덕이기도 하고, 또 어떤 때는 실제적 지침이기도 하며, 또는 속담이나 삶의 격률"(421)의 그것과도 닮아 있는 것이기도 할 것이다. 그러나 그것이 "어떤 물음에 대한 대답이라기보다 (방금 전개되고 있는) 어떤 이야기를 계속 이어가는 것과 관련된 어떤 제안"(422)이라는 사실을 잊으면 곤란하다. "평범하고 속된 것이 골목을 배회하다 문득 길을 잃었다는 생각에/주저앉아 울고 있네" 역시, 다른 이야기를 이어가기 위한 제안, 이야기가 아니라 이야기꾼의 제안(이 문장의 주어는 "평범하고 속된 것"일 수도 있지만, '나'라고 하겠다)인 것도 마찬가지이다. 이야기꾼이 토해놓은 유용한 말(벤야민은 이것을 '지혜'의 말이라고 표현한다)의 가치는 따라서 위에 인용한 작품의 마지막 연을 우리가 읽은 다음 주어지는 사유의 대상이기도 한 것이다. 이 마지막 대목이야말로, 앞서 진행된 이야기의 연속인 것은 물론, 이야기꾼이 "살았던 삶의 직물 속에 짜"(422)여, 우리에게 풀려나온, 어떤 고안의 말에 해당되기 때문이다. 이러한 사실은 「화풍감우(和風甘雨)」 같은 작품에서도 잘 드러낸다. "왕"과 "고기잡이 명수인 늙은이", "노래 부르는 여자"들의 이야기와 "어린 아이를 업은 엄마"와 "고아원 여선생"의 야야기를 교차로 서술한 다음, 박판식은 작품의 마지막을 다음과 같은 말로 맺는다.

　　슬픔은 언제라도 자신의 문을 활짝 열고
　　뜨내기 손님을 기다린다

　박판식의 시에서 자주 유지되어 나타나는 '~가 있었다', '누가 ~을 했다', '~로부터 ~에 이르기까지, 이러저러했다'와 같은 이야기의 구조는, 공동체로부터 비롯된, 그러나 아직 우리가 체험하지 못한 무언가를 시의 백지 위에 활보하게 하면서, 구술(口述)의 어법에 충실한 이야기를 주조해내는 격자나 다름없다. 그러나 이 딱딱한 골격에 혈류를 흐르게 하고 살점을 덧대는 것은 서로 엇대고 포개지고 교차되는, 이야기들을 매듭짓고 새로운 이야기를 이어나가는, 마치, 전개된 이야기에서 반추해낸 자기 이야기, 제안과도 닮아 있는 주관적인 이야기, "체험한 사람의 흔적"(431)을 담고 있는 이야기, 그러니까 주관성을 한껏 머금고 있는 이야기 속의 이야기이다.

이 이야기 속의 이야기가 중요한 까닭은 그것이 앞의 이야기들을 종합해내기 때문만은 아니다. a가 이러했고, b가 저러했다는 식의, 그것도 전혀 다른 a와 b의 이야기를 서로 번갈아가며 누군가 하나의 이야기로 구연하고 있는 현장에 우리가 있다고 가정하고서, 위에 인용한 마지막 구절을 '그러니까 말이야, 슬픔이라는 건 언제라도 자신의 문을 활짝 열고 뜨내기 손님을 기다린다는 거지'라고 제 이야기를 끝맺는 말처럼 우리가 읽는다면, 이 대목은 새로운 이야기의 제안이자, 앞의 이야기에서 비롯된, 그것으로부터 우리가 유추할 수 있는 '지혜'의 말이며, 그것의 해석도 말하는 자가 아니라 오히려 우리의 몫으로 남겨진다는 사실을 어렵지 않게 짐작하게 될 것이다. 박판식의 시는 이렇게 소설이 추구하는 "삶의 의미" 너머로, 이야기가 성취해낼 "이야기의 모럴"(443)이 어떻게 시에서 낯선 경험들의 이질적 결합의 형태로 나타날 수 있는지를 잘 보여준다. 그러니까 이야기꾼의 탁월한 재능이란 사실, 무언가를 끊임없이 촉발하고 제안하는 이야기로 마무리하며, 무한에 가까운 경험과 사유를 이야기에다가 결부시켜내는 능력, 그렇게 해서 아직 알려지지 않은 '미지의 경험을 나누어 갖는 능력'에 달려 있는 것이다.

벤야민은 중세에 가장 중요한 구전의 한 형태였던 이야기가 몰락의 길을 걷기 시작한 시기를 지구상에서 일어난 사건들의 소식을 매일 아침 신문을 통해 알게 된 시기, "본질적으로 책에 의존"하는 소설이 부흥하기 시작한 시기, "새로웠던 순간이 지나면 그 가치가 소진"(427)되는 '정보'가 일파만파 확산되고 공유되기 시작한 시기와 다소간 겹쳐 있다고 말한다. "인간의 삶을 서술할 때 타인과 공유할 수 없는 고유한 것을 극단으로 끌"(423)고 나가는 소설은 즉각 검증되는 것, 그렇게 그럴듯해 보이는 것, 지식과 정보로 쌓아올린 퍼즐과도 같은 세계를 추구하기에, 이야기처럼 시공간적으로 멀리 위치한 '지혜'를 지금—여기에서 구현해낼 수 없으며, 낯선 경험을 공동체 안에서 나누어 갖는 일에도 소홀할 수밖에 없다고 벤야민은 지적한다. 소설을 쓰는 자도, 그것을 읽는 사람도 독방에 홀로 있기는 마찬가지라는 것이다. 이야기가 차츰 소멸되는 것은 따라서 소비사회에서, 경험이, 경험의 공유가, 미지의 세계로 입사하는 일이, 그만큼 가치를 상실했거나 구현하기 어려워졌다는 말이기도 하다. 이야기를, 요약할 수 없으며, 보고하지 않고, 사실을 기록하지도 않는 어떤 공동체적 경험의 기록을 통해 삶의 지혜를 구하고 조언을 청해듣는 매체로 인식하여, 먼 것과 가까운 것, 과거와 현재, 인간과 사물, 세계와 신화의 관계를 새롭게 설정하고 해석하는 것은 어쩌면 이제 시가 감당해야 하는 주된 일 중의 하나가 되었는지도 모르겠다.

돌아보면 내 과거는 천사들의 한숨이 구름으로 비유되던 날들이
었다
　쾌청한 밤의 천둥소리, 부패한 수정들이
　마구 쏟아져 내리는 여름밤이었다
　나 이외에 또 누가 이런 꿈을 꾸었던가
　환생을 믿지 않는 뭉게구름이 굉음을 내며 흘러가고
　별로 새로울 것 없는 입술을 열어 석고의 새들은 노래 불렀다
　교배를 거듭하여 야성을 잃어버리고 아름다워지기만 하는 반인
반수
　그러나 우리는 모두 태어나는 두려움을 참은 자들
　창백한 바다, 다산하는 말미잘, 잠을 두려워하는 꿈
　당신을 기쁘게 하려고 내가 태어난 게 아닙니다
　껍질을 깨고 나온 색깔 없는 팔색조가 고통으로 울지만
　인생은 벌써 알록달록한 아홉 가지 색깔을 마련해 두었다
　나는 더러움과 덧없음을 빨아들이는 구름의 구멍
　자음으로만 우는 새
　하지만 수많은 회랑과 덧문을 빠져나오면서
　하늘을 나는 꿈과 신경쇠약의 어머니와도 작별하면서
　　　　　　　　　　　　　　　　　　　　　—「전락」전문

　이야기꾼은 이렇게 "수많은 회랑과 덧문을 빠져나오면서" 우리
가 죽음에 임박해서나 보게 될 저 찰나의 이미지처럼 우리 앞에 스
쳐지나갈 파노라마로 펼쳐지는 이야기를 우리에게 계속 들려줄 것

이다. 이 이야기꾼이 우리에게 들려주는 이야기는 "죽음이 그 앞에서 때로는 안내자로 나타나기도 하고 때로는 마지막에 오는 가련한 낙오자"가 되기도 하는 이야기, 그럼에도 "한자리를 차지하고 있는 피조물들의 행렬이 움직이고 있는 저 시계 숫자판에서 벗어나지 않"(439)으려 애를 쓸 것이며, 그렇게 과거와 현재와 미래의 삶을 하나로 묶어내려고 노력할 것이다.

그의 이야기는 어느 신화의 그것처럼, 우리를 하늘로 날아오르게 하는 것이 아니라, 다소 기이하다고 말할 수밖에 없는 구전 동화처럼, 세속의 풍경을 저버리지도 않으면서도 예기치 못한 이야기가 우리를 기다리는 미지의 숲으로 우리를 데려 가는 일을 잊지 않을 것이다. 그가 풀어놓은 이야기의 숲에서 우리는 "창백한 바다"와 "다산하는 말미잘"의 사연에 귀를 기울이게 될 것이며, "천사들의 한숨이 구름으로 비유되던 날들" 속에서 흘러나온 정처 없는 꿈을 하염없이 쫓아가기도 할 것이다. "더러움과 덧없음을 빨아들이는 구름의 구멍"을 손가락으로 가리키면서, 우리는 이야기의 숲을 돌고 나올 나침판 하나를 얻어, 그것으로 아직 경험하지 못한 세계를 경험하려고, 미처 완성되지 않은, 완성될 수 없는 이야기꾼의 지도 한 장을 펼쳐들기도 할 것이다. 박판식의 시에서 우리는 "아주 놀라운 고집으로/자신을 자존심의 왕자라고 여겼"던 "어느 신발 노동자의 아들"이 건네는 끊임없는 이야기들을 만나, 낯선 경험과 조우하고 또 헤어질 것이며, "매일 밤 자신을 죽임으로써 아침마다 어려"[3]지는 이야기꾼-시인이 구술처럼 들려주

---

3) 박판식, 「자서(自序)」, 『나는 나와 어울리지 않는다』.

는 이야기의 향연에 초대받아, 우리는 이 시대에 이야기가, 이야기 꾼이 제 아우라의 심지를 어떻게 시를 통해, 제 삶에서 조용히 타오르는 불꽃으로 태워나가는지, 긴장을 늦추지 않은 채 가만 숨을 죽이고서, 그 옆에서, 끊이지 않고 이어질 그의 이야기를 경청하려 할 것이다. 그나저나 시인은 저 자신이 뛰어난 이야기꾼이라는 사실을 알고는 있으려나?

(『한국문학』 2014년 겨울호)

언어의 마블링과 현실 속의 현실들:
우리는 이 시의 라이프 스펙트럼 & 리얼-드림을
리커그나이즈하는가?
── 유형진의 「우유는 슬픔 기쁨은 조각보」

유형진의 시는 경박한가? 진솔한가? 현실을 동화로 재현한 것
인가? 컴퓨터 중독자의 자폐적 기록과 다르지 않았던 그러니까 벌
써 고유명사가 된 '모니터 킨트'의 비관적인 고백이었는가? 그러
나 유형진은 세상의 가벼움만을 성급히 빨아들이고 오물거려 다시
뱉어낸 외계어의 소유자가 아니었다. 그는 자아의 고독한 완성을
꿈꾸며 자기 주변의 모든 것을 키치의 제물로 삼아, 환상으로 쌓
아올린 메타시의 발현에 제 운명을 위임한 시인도 아니었으며, 그
런 방식으로 문명비판의 메스를 그어대며 페시미스트의 낭만적 코
트를 한쪽 어깨에 걸치고 어디론가 떠나자고 권고하는 시인도 아
니었다. 그는 제 삶의 가장 가깝고도 다소곳한 곳을 찬찬히, 침착
하게, 그러나 독특한 시선으로 돌보는 일에서, 먼 곳의, 우리가 미
처 알지 못했던 낯섦의 거처를 현실의 평면 위로 살며시 솟아나
게 하여, 차츰 독창적인 오두막 하나를 손수 짓는 일에 매우 진지
한 열정으로 몰두해왔다. 삶의 이면을, 지금-여기 살아 숨 쉬는 생

생한 말들의 풍경과 그 잔치 속으로 성큼 걸어 들어오게 하면서 때
론, 모국어에 대한 당장의 통념으로는 넘볼 수 없는 길을 하나 열
고, 오로지 그 길 위에서만, 제 작품이 제 삶과 일상에 모종의 기
반을 이루어내는, 그런 시를 들고 나와, 결국 리얼리티의 지평이라
고 인정할 수밖에 없는 세계 하나를 기록하러, 매일같이 굳게 닫힌
현실의 문을 노크하고 또 열어보려 하였다. 자신의 삶이, 저 둘도
없는 시의 가능성 속에서 오묘하게 되살아날 때, 이리저리 활보하
며 펼쳐놓은 미지의 세계를 목전에 두고서, 우리는 금방이라도 사
춘기소녀의 천진한 마음속으로 빨려 들어가는 것 같다거나 기발한
위악으로 구축한 슬픔의 난해한 질서 속에 입사한다는 메시지들을
나누어 가졌지만, 이와 동시에 그가 어떤 작위의 공간에 계속 머물
며 나이를 먹지 않기를 바라면서, 그의 시에서 받은 당혹함이나 무
지의 예감을 떨치려 환상과 탈주를 가장 적절한 수식어로 그의 시
에 붙여놓고 비평의 알리바이를 확보했다고 믿으려 했는지도 모르
겠다. 그러나 그의 시는 낭만적 환상에로의 탈주에 동참하지 못한,
소수라고 말할 수밖에 없는 독자들의 미간을 찌푸리게 하거나, 그
골을 좀 더 깊게 패게 하는 대신, 고루한 꾸밈의 버릇을 없애고, 표
현을 신성시하려는 태도를 항상 경계하는, 그래서 타당하다고 할
수밖에 없는 확신과 시시각각 사변을 떨쳐내려는 자신감 가득한
구문을 발랄하게 실현하면서, 삶의 다채로운 결들에 상상력을 덧
입힐 줄 하는 자가 공들여 펼쳐낸 칼레이도스코프의 세계로 우리
를 초대한다. 그러니까 유형진은, 역설적으로, 매우 역설적으로,
시가 미증유의 장대한 허구가 아니며, 믿을 만한 허구를 설계하는
데 헌정된 것도 아니라고 말하고 있는 것은 아닐까. 그의 시는 무

엇보다도, 현재 우리가 쓰고 있는 지금-여기의 언어에 대한 고찰에서 시작한다.

1. 언어의 마블링

> Watermelon Sugar: 수박당이라는 뜻의 단어인데, 이 단어는 이 책 안에서 어휘의 뜻 그대로 수박당을 나타내기도 하고, 동시에 이 비극적인 사건들이 일어나는 장소의 이름이기도 하다.
> ―리처드 브라우티건, 『워터멜론 슈가에서』[1]

유형진의 시는, 흔히 말하듯, 언어의 모험이라는 지적으로도 충분히 설명되지 않는 지점에 당도해서 오히려 성공을 모색한다. 그의 시를 우리는 모험의 모험, 모험의 완고함과 고리타분함마저 경계하는 모험, 그래서 매우 낯설고 기이한 모험이라고 부르려한다. 소통의 수단이기 이전에, 언어가 항상, 기습하듯, 이 세계의 감정과 삶의 저 무늬들, 그 섬세한 결에 하나하나 상응한다는 사실을 잠시 환기할 필요가 있겠다. 가령, 프랑스어에서 과거를 표현하는 시제가 여럿인 것은 과거를 사유하는 방식이 여럿이라는 말과 다르지 않으며, 한국어에서 특히 형용사나 부사가 다양한 위치에서 변주되고 다채로운 용법을 허용한다는 것은, 형용사나 부사가 궁굴린 만큼의 감정을 실현하는 세계 속에서 우리가 살아간다는 것

---

1) 최승자, 「옮긴이 후기: 자연과 문명, 인간과 사회의 이야기」, 비채, 2007, p. 241.

을 말해준다. 이때 모국어는 누군가에게는 보호와 수호의 성전이
자, 방어의 마지노선인가 하면, 누군가에게는 지금-여기 인간의
다양한 활동 속에서 시시각각 제 경계를 확장하거나 조절하며, '생
산된 것ergon'의 집합인 언술에 대해 '생성 중인 것energeia'이 지
속적으로 간섭을 하는, 그러니까 이미 완성된 실체가 아니라 작동
그 자체의 잠재력으로 인식될 것이다. 전자가 모국어의 훼손이나
타락을 경계하며, 모국어를 권력의 본령에 올려놓으려 한다면, 후
자에게는 우리가 지금-여기에서 사용하고 있으며 한창 현실의 경
계를 넓히거나 변형시키고 있는, 가끔씩 우려의 시선을 드리우기
도 하는, 저 독특하고 특이한 활용과 모험을 배제하지 말아야 지
금-여기의 삶도, 그 미지와 잠재의 결들도 상실하지 않을 것이라
는 직관적 판단이 자리한다. 유형진은 배제에 반기를 드는 차원이
아니라, 적극적인 확장은 물론 오히려 그것의 실천적 기투(企投)에
서슴지 않고 뛰어드는 길을 택한다.

> *아무르파티의 아*
> *무라노의 무*
> *도일리패턴눈꽃송이의 도*
>
> 아무도 각설탕의 각이 어떤 각인지
> 정확한 설명을 할 줄 아는 사람이 없다는 것,
> 이것이 이 세계의 가장 큰 비극인데
> 사실 비극은 너무 천차만별이고
> 이 세계는 너무도 세심하게 갈라져 있어서

그 틈 사이에 사는
난쟁이 배우들이 생겨날 수밖에

나는 그들과 밤마다 만난다
만나서 꿈의 계산서를 받아 온다
그들은 각설탕의 각을 지나치게 꼼꼼하게 계산한다
심지어 사막에 사는 염소, 아라비아오릭스의 뿔까지도
너무 잘 계산하고 있어서
나는 그들을 사랑할 수밖에 없다
난쟁이 배우들은 사실
보통의 사람들보다 키가 훨씬 크다는 것,
그들이 각을 정확히 계산하는 데 있어 이 점은 매우 유효하다

주관적으로 생각하면 그렇다고 말하기 전에
어떤 정서를 실험하던 그 값을 객관화하여
누런 표지를 자기수첩에 꼼꼼히 기록하는 버릇,
그런 마인드가 있어야 시를 쓸 수 있다

*아무르파티*는 지도에 이름도 나오지 않은 소읍에서 벌어진 사건
이고
*무라노*는 유리공예점이 많은 베네치아 근처의 작은 섬이고
*도일리패턴눈꽃송이*는 어제 우리 집에 찾아온 손님이었다
                                    —「아무도 모르는 각설탕의 角」 전문

"아무르파티""무라노""모일리패턴눈꽃송이" 같은 시어는 별
도로 존재하는 삶의 어떤 개별적 층위에서 생겨난 감정의 산물인
가? 고립된 특정 장소에서만 쓰이는 표현인가? 그래서 당신에게
는 매우 낯설고 유치한 표현일 뿐인가? 이 물음에 일관되게 '그렇
다'고 대답한다면 당신은 아마 유형진의 시를 읽을 수 없을 것이
다. 주위를 한번 둘러보자. 우리는 모두, 이런 낱말들이 시시각각
활개를 치고 있는 삶의 한복판에서 살아가고 있다. 특정 장소도 특
정인도 아닌, 어떤 의미에서 우리 모두 그 말의 주인이라고 한다
면, 응당 일상의 주인이기도 한 저 표현들을 그저 타자의 몫일 뿐
이라 여겨 외면하는 일은 정당한가? 유형진은 특정 소수가 전유한
다고 여겨진 말들, 특정 계층의 몫으로 이해되어온 표현들, 지나치
게 감상적이거나 가볍다고 폄하되어온 발화, 지극히 일상적이라고
생각하고 지나쳤던 표현들은 말할 것도 없이, 그 어법이 지닌 고유
하고 새로운 가치에 대해 "정확한 설명을 할 줄 아는 사람이 없다
는 것"이 오히려 "이 세계의 가장 큰 비극"이라고 말한다. 물론 그
는 이러한 사실을 지적하는 수준에 머물지 않는다. "너무 천차만
별"인 "이 세계는 너무도 세심하게 갈라져 있어서" "그 틈 사이에
사는/난쟁이 배우들이 생겨날 수밖에" 없다는 사유에서 그의 시가
탄생하고 고유한 빛을 발산하기 때문이다.

매듭짓기 전에 다시 언급하겠지만, 언어와 사물, 세계 사이에 존
재하는 틈입이나 결여는 유형진에게는 추상적 관념의 대상이 아니
다. 그러기는커녕, 그는 그 틈새에 거주하며 삶 속에서 차오르거나
삶에서 갑작스레 빠져나간 추이들을 그 모습에 제 각각 호응하는
말로 집요하게 수집하고 궁리하여 그러모은 후, 제 방식대로 배치

해보고 이상한 이접(離接)을 허용하는 작업에 몰두하면서, 아무도 밟지 않고 드나들지도 않았던 세계를 이 삶에서 창안하는 데 몰두하기 때문이다. "나는 그들과 밤마다 만난다/만나서 꿈의 계산서를 받아 온다"라는 대목은 이 시인이 아주 대담하고도 단단한 확신을 갖고서 자신의 언어-문화적 실천에 임한다는 사실을 알려준다. 그에게 "아무르파티"는 "지도에 이름도 나오지 않는 소읍에서 벌어진 사건", 다시 말해, 엄연히 우리가 사용하는 말이자 어디선가 실천되고 있는 행위(그러니까 그것은 '사랑파티'와는 다르다!)를 담고 있지만, 모국어를 방어하려는 통념의 "지도"에서는 지워졌거나 심지어 흔적조차 목격되지 않을 뿐이다. "도일리패턴눈꽃송이는 어제 우리 집에 찾아온 손님이었다"와 같은 구절 역시, "도일리패턴눈꽃송이" 자수를 배웠거나 그 무늬의 컵 받침이나 테이블보 따위를 구입했다는 단순한 차원을 넘어, 저 표현이 날라다준 새로움을 목도하고 받아들일, 투명하고도 맑다고 해야 할, 편견 없는 눈에서 시가 착수되었다는 사실을 알려준다. 층위가 다양하다고 흔히 말하지만, 현실에 존재하는 독특한 감정을 담아낼 시적 언어가 그 섬세한 삶의 결 하나하나에 부합하는 것은 아니었다는 사실을 유형진만큼 잘 알고 있는 시인이 있을까? 「춤추는 플라밍고—아무것도 가르쳐주지 않지만 모든 걸 배울 수 있는 〈에뛰드 하우스〉에서」의 부분을 인용한다.

네가 정말 올까? 설레임의 시작이야. 내 심장은 춤추는 발레 슈즈처럼 뛰었어. 어느새 나의 두 뺨은 청순한 딸기 시럽처럼 달콤해져서 그 흔한 사랑 노래도 이왕이면 다홍치마라고 미스 디스코 퀸이었던 내가 불러야 하지. 그래야 사랑노래의 진정한 완성. 가을의 인사처럼 창밖에는 비가 올랑 말랑해. 그날이 생각난다. 꽃 피는 봄이었지. 사랑은 비를 타고 폴 인 러브 하던 그날. 우린 벤치 데이트를 했지. 새벽 라디오를 들으며 레이디얼 그레이의 아침을 지나서 우린 만났어. 넌 말이지 베이지 같아. 피기 핑크 같은 입술을 오물거리며 넌 말했어. 우리는 핏빛 피플 러브 퍼플. 그녀를 바라보는 그를 보라. 두근두근 라일락의 보랏빛 몽상과 망상. 지난 유성쇼에서 빌었던 별똥별 소원이 이루어진 거야. 와이 와인을 마시며 파이어 뱀파이어의 밤을 맞이하며 우린 뽀글뽀글 파도거품의 여름바닷가로 놀러 가기도 했지. 흩어지는 조개껍데기와 꼬물꼬물 불가사리를 줍던, 그 눈부신 해변에서 우리는 마치 춤추는 아기해마들 같았어. 비키니 핑크에이드를 마시며, 서핑 웨이브를 즐기고 휘파람 허밍을 불렀지. 여기는 서퍼스 파라다이스, 살구 펄 시럽을 넣은 달콤 쌉쌀 자몽주스와 탱글 탠저린과 애플 아임 쏘리를 섞은 칵테일. 이 해변에 쏟아지는 햇살은 너랑 나랑 노랑! 하늘에 걸린 풍선은 마음으로 그린 꿈, 너와의 키스는 칵테일 키스 같아. 치약보다 달콤한 민트, 나이스 민트 유! 이것은 선글라스 낀 밤에 먹는 얼음 빙수야. 실버 스푼으로 은빛 물방울을 섞으며 비밀의 정원을 떠도는 줄리엣 키스야. 우리는 밍크 민트 티셔츠를 입고 빈티지 데님을 입고 아쿠아리움에도 갔지. 꼬리치는 돌고래와 옹기종기 노랑열대어들을 구경하며 우리는 영혼 없는 그레이의 터널을 지나왔잖아. 그런데 여기가 어디야, 도대체 우리 얼마나 온 거야? 우리의 목적지는 파자마 파티였는데. 미러볼 댄스를 추러 호박마차 램프에 불을 켜고 파이어 워크, 파이어 워크, 하면서. 파자마 이브닝드레스에 프롬퀸, 스윗 봉봉 하면서.

그러나 아무리 해도 하트 투 하트는 할 수 없는 세계에 살아서. 아무리 노력한다 해도 우리는 페어리 픽셀 같은 핑크 플랑크톤일 뿐이어서. 아무리 아무리 아모레 미오, 로맨틱 핑크 피치를 깨물며 앤틱 민트를 씹어봐도 그래. 자, 퍼플 젤리피쉬 여러분, 평화로운 피지 섬에서 만나요. 그 신기한 우주바다에서. 지금까지 퍼프로즈만 잔뜩 들어있던 판도라의 상자 속 은하수 여행이었을 뿐입니다. 그러니 예수가 살아 돌아오기 전에 미리미리 미리 뿅, 미리 메리 크리스마스!

지금 나는 "〈에뛰드 하우스〉"에 있다. 진열대 위의 수많은 화장품을 본다. 특히 눈길을 사로잡는 것은 한국어와 그 국적을 따지는 일이 무색해진 외국어를 혼용해서 표기해놓은 상품명이다. 신기하여 그 이름들을 하나하나 메모하다 주위를 돌아보니 여고생들이 주로 이곳에 온다는 사실도 알게 된다. 샘플로 제 손톱에 색깔을 입히고 머드팩을 만지작거리는 교복 차림의 그들은 제 얼굴에 화장품을 바르거나 입술에 루즈를 칠해보기도 하면서, 이 구석 저 구석 서성이며 수다를 나누다 전화를 받고 급히 숍을 빠져나간다. 이러한 풍경이 시인의 마음에 오래도록 남았을 것이다. 이 작품에 등장하는, 외래어를 음차한 저 수많은 낱말들, 가령, "핑크밍크코트" "벤치 데이트" "뽀글뽀글 파도거품" "레이디얼 그레이" "피기 핑크" "핏빛 피플" "러브 퍼플" "보랏빛 몽상" "와이 와인" "파이어 뱀파이어" "비키니 핑크 에이드" "살구 펄 시럽" "탱글 탠저린" "애플 아임 쏘리" "너와의 키스" "나이스 민트 유" "줄리엣 키스" "핑크 민트" "그레이 터널" "미러볼 댄스" "호박마차 램프" "파이어 워크" "이브닝드레스" "프롬퀸" "스윗 봉봉" "하트 투 하트"

"피어리 픽셀" "핑크 플랑크톤" "아모레 미오" "로맨틱 핑크 피치" "앤틱 민트" "퍼플 젤리피쉬" "퍼프로즈" 등은 놀랍게도, 모두 네일아트 상품명이다. 고개를 잠시 갸웃거린 후에야 그 뜻을 이해할 수 있을 저 이름들은, 우리에게 비록 낯설지만, 명백히 이 세계에 존재하며 무언가 의미하고자 애쓰는 말들이다. 그러니까 이 낱말들은 모두 필요성의 산물이자, 이 시대의 감수성과 정서를 반영하며[2] 나름의 고유한 뜻을 품고서 제 삶의 터전을 모색하고, 생존의 방식을 궁리한다. 시인은, 낯설고 유치하다고 말해온, 이 음차된 낱말들을 백지 위로 끌고 와, 음차의 속내를 하나씩 헤아리고, 나아가 인접성을 최대한 살려 기발한 방식으로 풀어헤치고 절묘하게 되감아낸 다음, 한 차례 더, 그러니까 통사적 차원에서 예컨대, "꼬리치는 돌고래와 옹기종기 노랑열대어들을 구경하며 우리는 영혼 없는 그레이의 터널을 지나왔잖아"나 "아무리 해도 하트 투 하트는 할 수 없는 세계에 살아서. 아무리 노력한다 해도 우리는 페어리 픽셀 같은 핑크 플랑크톤일 뿐이어서"와 같은 '참신한' 문장으로 재구성해낸다. 소녀들의 정서에 가장 부합하는 발화의 한 순간을 고안해서만 오로지 제가 받은 그 순간의 감정, 그 세계의 느낌을 기록해야 한다고 시인은 믿는다. 그는 이렇게 대상과 삶, 말과 감정을 저 위에서 팔짱을 끼고 굽어보지 않는다. 유형진 시의 새로움은 오히려 기발하다고 말할 수밖에 없는 언어의 조합을 통해, 강렬한 주제 의식으로 하나로 시 전반을 꿰뚫어내는 그의 재능에 달

2) 궁금해 〈에뛰드 하우스〉를 직접 찾아가보았다. 그러자 내가 단 한 번도 상상해본 적이 없는 말들의 신세계, 말들의 진풍경을 목격하게 되었다.

려 있다고 해야 한다. 작품의 첫 대목을 인용할 필요가 있겠다.

매일매일 밤샘통화를 하다 다시 꺼낸 바람막이를 입고 테라스의 칼바람을 맞이하고 있었어. 그때 내 발 아래로 단풍 나무잎 한 장이 떨어지더라. 아, 얼굴이 너무 건조해지는 계절이야. 나는 **쫀쫀 모공 머드팩**을 하고 잘 거야. 찬바람이 좀 더 불어준다면 나는 **핑크밍크코트**를 입고 너의 **야상의 품안**에서 잠들고 싶어. 공원에 나가보니 **바람맞는 카멜 트렌치**를 입은 여자가 **바스락 낙엽 소리**를 내며 지나가는데 나는 갑자기 **따뜻한 뱅쇼 한 모금**이 간절했어.

우리가 고딕체로 표시해놓은 대목은 아래 캡처 화면에서 목격할

머리 위 산타 양말 (젤리) / 매일매일 밤샘통화 (페인트) / 다시 꺼낸 바람막이 (페인트) / 테라스의 칼바람 (페인트) / 단풍나무잎 한 장 (페인트)

쫀쫀 모공 머드팩 (페인트) / 야상의 품안에서 (페인트) / 바람맞는 카멜 트렌치 (페인트) / 바스락 낙엽 소리 (젤리) / 따뜻한 뱅쇼 한 모금 (페인트)

수 있듯, 모두 네일아트의 상품명이다. 눈여겨봐야 할 것은 물과 기름이 반발하듯이 새겨진 대리석의 무늬와 같은 효과, 그러니까 서로 반발하는 데도 어울려 야릇한 무늬를 만들어내는 저 문장들의 조합이다. 이질적인 것들을 하나로 섞어놓아 예기치 못한 아름다움을 뿜어내는 마블링 효과를 창출해낸 이 언어적 재편은 무엇을 말하기 위함인가? 당신은 소싯적, 친구와 밤새 통화하며, 내일 만나게 될 미팅 상대에 대한 기대감에 부풀어 제 피부의 윤기를 잠시 걱정한 적이 있을 것이다. 이러한 마음을 담아내는 데 가장 적합한 말은 무엇인가? 우리가 흔히 부정적인 어투로 '보그병신체'[3]라고 부르는, 거개가 그 남용을 경계하는, 그러나 일상 곳곳에 퍼져, 사실 그 누구도 피해갈 수 없는, 매일같이 우리의 대화와 삶 속에서, 상상력과 꿈속에서, 끊임없이 생성되고 살아 숨쉬는, 그래서 우리의 정서와 습관, 우리의 이데올로기를 반영한다 해야 할 저 파편적이고 이질적인 낱말들과 그 낱말들로 조직된 문장들은, 결국 우리의 언어이자 말의 가능성, 우리의 삶이자 일상, 우리의 자화상인 것이다. 이 기이한 언어들은 그것 자체로 존중되어 마땅하고 고유한 문화적 감수성과 고유한 풍경, 현실 속의 현실을 담지하고 있는, 넓은 범주에서는, 우리의 언어, 지금-여기의 말이자 이 말이 보장하는 삶이다.

3) 『보그』라는 잡지의 언어 사용에서 빗댄, 가령 '머스큘러하고 텐션이 있는 보디라인을 살려주는 퍼펙트한 써클 쉐입, 버닝하는 열정을 보여주면서 잔근육 같은 디테일이 살아 숨쉬는 템테이셔널' 같은 문장들. 이 외에, 외국어를 음차해서 개념어를 그대로 섞어 쓰는, 가령 '노마드라는 컨셉에 관한 프러블럼을 메인 테마로 테이크해서 심포지움을 열고 디스커션했다' 같은 인문병맛체나 이 외에 휴먼졸림체, 오덕병신체, 의학마비체 등에 관해서는 인터넷 검색을 권고함.

유형진이 재능을 맘껏 발휘하여 시의 밑감으로 삼은 것은 이러한 말들이 빚어내는, 아주 미묘한 차이로만 존재하는 고유한 세계라고 해야 한다. 그에게 '워터멜론 슈가'와 '수박당'은 서로 같은 말도 아니며, 동일한 세계에 속하는 것도, 같은 삶을 꿈꾸는 것도 아닌 것이다. 그는 이 신조어에 가깝다고 해야 할 말들이 모국어와 충돌하며 빚어내는 섬세한 차이를, 집요한 관찰과 끈질긴 고안의 결과라고 해도 좋을 빼어난 상상력으로 최대한 밀어붙이면서, 현실의 경계를 한껏 확장해낸 풍경, 현실 속의 현실을 우리에게 선사한다. 그러니까 〈에뛰드 하우스〉를 드나드는 소녀들의 공허함과 그들 소비의 일회성을, 그들의 어법에 맞추어 대담하고 발랄하게 그려내며 그들에게 느낀 일말의 안타까움조차 오로지 그들의 감성에 의지한 언어로 포착해내려는 저 태도에 주목할 수밖에 없는 것은 아닌가.

장식이나 화장, 치장의 덧없음이나 무용함, "두근두근 라일락의 보랏빛 몽상과 망상"처럼, 저 네일아트 숍을 꽉 채우고 있는 말들을 다채롭게 조합하고 최대한 활용하여 그들의 설렘을 풀어낸 작업의 가치가 바로 여기에 있다. 그 자체의 속성을 고스란히 반영한 완벽한 자기-지시적 표현으로만 담아내고자 한 세계를 그려야 한다는 이 시적 태도는 사실 매우 당당하고 용기 있는 것이다. 훈계나 깨달음을 고지하는 말이 아니라, 시적 대상의 언어 세계로 직접 침투한다는 점에서, 우리는 유형진이 항상 그들과 동등한 위치에 서고, 그렇게 그들과 공정한 게임을 하려 한다고 말할 수밖에 없다. "그러나 아무리 해도 하트 투 하트는 할 수 없는 세계", 즉 제 마음과 마음을 다해 살아가는 게 불가능한 지금-여기 현실의 절망

을 그가 네일아트의 언어와 마블링을 하듯 하나로 묶어내는 데 성
공할 때 현실 속의 현실이 우리를 찾아온다. 구절과 구절을 이어
주는 영화 제목("사랑은 비를 타고 폴 인 러브 하던 그날")이나 광
고 문구("그녀를 바라보는 그를 보라")는 물론, 마지막 결구에 등장
한 아이유의 노래 「미리메리크리스마스」("미리 메리 크리스마스")
는 결코 우연적 배치의 결과가 아니다. 생생한 언어의 실천적 현장
〈에뛰드 하우스〉에서 시인이 목격한 저 아이들의 이어폰에서 흐르
고 있을 확률이 가장 농후한 노래가 이것 말고 또 무엇이겠는가?[4]
중요한 것은 유형진의 시가 마블링과 같은 언어적 실천을 통해, 기
존의 시, 기존의 언어, 낡은 세계와 통념에 비판을 가한다는 사실
에도 있다.

어떤 문들은 안에서 잠겨 있어요
안에서 열고 나오지 않으면
바깥에선 열 수 없습니다

등 뒤로 점점 커지는 열기구
한쪽 귀에서는 푹푹 눈 내리는 소리
자판을 두드릴 때마다 벌새가 날개 펄럭이는 소리

---

4) "하얀 눈이 내려올 때면/온 세상이 물들을 때면/눈꽃이 피어나 또 빛이 나/눈이 부
신 너처럼/Yeah girl/you should know that/That my heartbeats like/Huh Huh
Huh Huh/From the bottom of my heart/I thank god I found you……"(아이유,
「미리메리크리스마스」, 1절)로 시작하는 이 노래를 들으며 작품을 다시 읽어보라! 당
신은 전율을 느끼게 될 것이다.

누군가 고막을 찌릅니다 톡톡톡,
다리미,
스테이플러,
조각케이크,
트레비폰타나,
표범의 눈물자국,
코스모스의 벨벳 같은 꽃잎과,
무희들의 저 디저트 같은 꽃술.
그리고 여덟 개의 초가 달린 난청의 밤

문을 열면 우리는
와하하하 웃거나 웁니다
문은 길과 숲과 같습니다
어쩌면 저 지글거리는 태양하고도 같습니다
얼음 같은 달과도 같습니다
그러나 아시다시피

고문실이 아니라면 모든
문은
안에서 잠기지
바깥에서 잠기는 문은 결코 없습니다

—「雲井 3」 전문

우리는 모두, 시는 항시, 모국어라는 "고문실"에 갇혀 있지는 않은가? "안에서 잠겨 있"는 "어떤 문"을 열어야 한다는 필연성이 시의 존재 이유 중에서 우리가 꼽아볼 하나는 아닐까? "다리미" "스테이플러" "조각케이크" "트레비폰타나" "표범의 눈물자국" "코스모스의 벨벳 같은 꽃잎" "무희들의 저 디저트 같은 꽃술" 같은 표현을 매일 접하고 살지만, 이들이 하나로 어울려 뿜어내는 미지의 소리와 다채로운 무늬5)를 듣지도 보지도 못해 우리 모두 "난청"에 시달리고 있는 것은 아닌가? 외국어가 더러 섞여 있다 해도, 사소하고 일상적이라고 해도, 이 말들은 현실의 언어, 현실이 매일 토해내는 언어, 내가 무언가를 보고 타자의 말을 듣고 살아가는 공간을 떠다니는 아름다운 말들이다. 이 말들을 어색하다며, 이해하기 어렵다며, 겉멋이 들었거나 유치하다며, 알게 모르게 모국어 보호의 무의식적 강박에 사로잡혀 삶에서 솎아내거나 추방해야 한다는 편견에 우리 모두 갇혀 있는 것은 아닐까? 유형진은 이렇게 걸어 잠근 통념의 빗장을 풀어헤치고 말의 내부로 들어가야, 기쁨과 슬픔이 살아 숨 쉬는 세계, 그렇게 리얼리티의(인) 세계, 현실 속의 현실이 열릴 것이라고 믿는다. 이 문은 (시의) "길"이자 (시의) 삶이기도 한 "숲"이며, 열어야 만 비로소 "지글거리는 태양"과도 같은 열정과 "얼음 같은 달"과도 같은 냉정의 세계를 만날 수 있는, 마음속에서 우리가 걸어 잠근 통념이다. 마지막 연이 통념에 대한 강력한 비판이자 시의 조건으로 읽히는 이유가 여기에 있다.

---

5) 낱말들을 한 음절씩 늘려나가 결국 케이크와 같은 모양을 만들어내고 그 위에 촛불을 꽂아놓았지만 아무도 그것을 듣지 못한다는 사실을 암시한 것 역시 이러한 의도의 소산이라 하겠다.

지금-여기 현장에서 살아 숨 쉬는 말들의 추방이야말로 "고문실"에서 암암리에 벌어지는 모종의 행위와 닮은꼴이지 않던가. 시가 세상의 모든 '꼰대 짓'을 거부하는 참신한 시도라면, 시는 시의 엄숙함이나 시의 권위에도 저항해야 한다고 말하는 것은 아닐까? 고유한 세계를 찾아 나서면서 스스로 안에서 닫은 세계가 아니라, 외부의 압력에 의해 언어의 실현 가능성을 무참히 봉쇄해버리면, 시는 "무엇 때문이라고/도대체가 말할 수 없는 이 속상함들/속상함의 결정(結晶)들"(「눈물 쌓이는 밤」)을 보지 못하며, "어디에서나 동시에 일어나곤 하는 사건"(「사소한 이야기 둘─불면증에 걸린 블랙체리 씨」)을 풀어낼 수 없고, "마음속에 먹구름으로 칠해진 부분"(「로코코 여인의 검은 구멍」)으로 깊이 파고 들어가지도 못할 것이며, "깨진 유리구슬의 단면 같이 찾아온 슬픔"(「피터 판과 친구들─에피소드 5: 〈옷걸이요정〉의 깨진 유리구슬의 단면같이 찾아온 슬픔」)을 세세히 살피지도, 그 섬세함과 이질적인 파편들을 표현해내지도 못할 것이다. 유형진의 언어관과 세계관, 시를 바라보는 관점은 바로 여기에 뿌리를 내리고 있다고 말하려고 한다. 그러니까 "허니밀크랜드"와 "젖과 꿀이 흐르는 땅"(「피터 판과 친구들─프롤로그」) 사이에 존재하는 미묘한 차이, 그 어감은 물론, 이 양자가 마찰하며 빚어낸 충돌과 이로 인해 현실로 짓치고 들어온 미지의 세계, 그러나 엄연한 일상이자 현실이라고 부를 수밖에 없는, 저 독특하고 개성 가득한, 현실 속의 현실을 기록해보는 모험에 시의 존재 이유와 그 가치가 놓여 있다고 말하고 있는 것은 아닐까?

누구의 것인지 알 수 없는 머리카락, 형광연두색 금붕어, 리시안

셔스, 라넌큘러스, 프리지아, 검은 안경, 돼지 모자, 갸우뚱 거리는 고개, 얌체, 숟가락 받침, 스머프 마을, 로렐라이, 아르페지오, 접시 닦이, 구두 코, 빈 라덴, 조각보, 두근거리는 심장, 반쯤 마시다 만 얼 그레이 홍차 잔, 너는 왜, 수수깡, 시름시름 앓는 병아리, 뉴햄프셔, 아그리콜라, 미친 흰 수염 고래, 오로라, 스웨덴, 별모양 설탕과자, 지리멸렬, 한 번도 말해본 적 없는, 바람 빠진 고무풍선, 유리구슬 세 개, 바둑알, 나르시즘, 급진주의자, 대륙횡단열차, 작설차, 우롱차, 현미, 오누이, 배꼽 피어싱, 피겨스케이팅, 나이팅게일, 오리무중, 플라이 투 더 문, 간이역, 그게 전부가 아닌데 전부라고 믿는 병신 쪼다들, 가시 박힌 이마, 소경, 트라팔가 광장, 이태리 폰타나, 코인라커 베이비, 툰드라, 참나무 숲, 난쟁이, 야구공, 너의 예상을 빗나가게 해주지, 중학교 국어 선생, 삐뚤어진 입, 오르골 소리, 깜박깜박 조는, 유월의 심학산, 장마, 깨진 저그, 폭설, 이랑, 장미, 적란운, 하얀 목련이 필 때, 아로마 캔들, 베르가못, 비옷, 개미가 줄줄이 따라오는, 골목길, 나쁜 여자, 카르마, 라흐마니노프, 트럼프, 집시 바이올린, 물이 마른 계곡에 처음 보는 돌맹이, 반려자, 지하보도, 개구리 뒷다리, 피구, 벼룩의 춤, 나는 오늘, 로 시작하는 그림일기장, 평화를 위해서라며 불평등 조약서에 낙관을 하고 악수를 청하는 손, 흰 손, 사라방드, 차가운 발, 함흥, 돗자리, 모닥불, 소라게, 하늘, 꽃, 눈, 비, 그리고.
　　　―「허니밀크랜드의 털실로 짠 호수에서의 플라잉 낚시―우산꼭지
　　　　　　　　같은 버섯기둥이 낚아 올린 것들」 전문

당연한 말이 되겠지만, 이 작품은 낱말들의 단순한 나열이 아니

다. 쉼표로 이어지는 저 구성은 "지리멸렬"한 단어들을 무작위로 연결한 것이 아니다. 그것은 "한 번도 말해본 적 없는" 현실, 그 언어적 재편을 감행하려는 의지의 산물이자 독특한 조합에 가깝다. 이렇게 쉼표는 단일한 기능에 종속되지 않는다. 쉼표는, 나열이나 분절, 접속이나 배치의 역할을 수행하는 것은 물론, 의문의 강조("너는 왜, 수수깡"), 주저의 표현("한 번도 말해본 적 없는, 바람 빠진 고무풍선"), 양태의 부각("깜박깜박 조는, 유월의 심학산") 등으로 제 기능을 차츰 늘려가며, 언어의 혼재 양상을 다각도로 실현하는 데 바쳐진다. 공존하기 어려운 관념적-구체적-일상적 낱말들을 하나로 모은 이 기획에서 유형진은, 책 제목("플라이 투 더 문")이나 보드 게임 이름("아그리콜라"), 클래식 음악 제목처럼, 우리가 발음을 그대로 차용하여 표현할 수밖에 없는, 오로지 그런 상태에서만 존재하고 있는 지금-여기의 낱말들도 삽입하여, 그들에게 제 몫과 정동을 돌려줌으로써, "그게 전부가 아닌데 전부라고 믿는 병신 쪼다들"이 "삐뚤어진 입"으로 내뱉는 구태의연한 언어-시-감성을 "너의 예상을 빗나가게 해주지"라며 신랄하게 비판한다.

    사실 무엇이건 〈정확히 안다〉는 것은 불가능하기에
    어떤 사실이 왜 그렇게 되었는지 파헤치고 연구하는 사람들은
    가능하지 않은 것을 향해 날아가는
    〈풍선머리조종사〉와 같다고 할 수 있습니다.
      ─「피터 판과 친구들─에피소드 8: 꿀이 흐르는 헝겊인형과 젖먹이
                                              〈정말 아기〉」 부분

640

피터 판과 친구들은
우리의 마음속에 언제나
우리의 마음속에

평화와 행복은 멀고
우울과 짜증은 가깝다
별빛은 멀고
무덤은 가까운 것처럼

어딘가에 있다는 거대한 수조 속에 사는
현자 거북에게 디스커션 하는 스토커 토끼처럼
별빛과 달빛은 밤낮없이 우리에게 말해주는 바,

우리는 영원합니다.
　　　　—「피터 판과 친구들—에피소드 10: Peace-8-11-2 〈달빛과 별빛
　　　　　　　　　　　　　　　　　　은 우리에게〉」부분

　차라리 물음은 이렇게 주어져야 한다. 왜 '피터 팬'이 아니라
"피터 판"일까? 'Peter Pan'을 그는 왜 "피터 판"이라고 적어놓았
나? 물음이 서툰 것 같다. '피터 팬'과 '피터 판'은 본질적으로 서
로 같지 않다고, 그 차이를 보아야 한다고 말하고 있기 때문이다.
이러한 설정은 'Peter Pan'='피터 팬'식의, 저 당연해 보이는 기
계적 등치에 대한 반사적 기대감을 저버리면서, 이 두 가지 표현의
어긋난 이음새에서 시가 펼쳐진다는 사실을 말해주는 동시에, 널

리 인정받아온 '피터 팬'과 '피터 판'이 충돌하며 빚어내는 차이의 중요성과 필연성도 강조한다. 영어식 발음에 익숙하지 않은 사람들에게 오히려 자연스러울 수 있는 "피터 판", 그러나 실수로 치부되는 "피터 판"은 통념('Peter Pan은 '피터팬'이어야만 한다')과 위엄('이렇게 읽어라')이 지배하는 현실에 대한 저항의 상징이며, 현실이 감추고 있는 현실을 길어 올릴 조건이자 언어이기도 한 것이다. 유형진 고유의 '보그병신체' 이데올로기는 여기서 빛난다. 이 시적 공간의 고유성은, 모국어의 강박을 거부하려는 노력만이 결국 모국어를 풍성하게 한다는 사유가 있었기에 가능한, 언어 실천의 산물이기 때문이다. 거개가 잘못된 것이라고 말해온 '피터 판'이라는 표기, 이 오식(誤植)의 세계야말로 유형진이 현실에서 자주 마주하는 세계이며, 획일성과 통념을 빗겨나 고유한 가치를 창출하는 일상의 공간이자, 맘껏 꿈을 꾸고 상상을 펼쳐내고, 끝없이 삶의 절망을 체험하거나 슬픔과 고통의 정확하고도 현실적인 모습을 그대로 담아낼, 그러니까 가장 리얼한 일상, 현실 안에 거주하는 현실인 것이다.

억압되어온 세계의 이면과 배면에 흐르고 있는, 그럼에도 납득할 설명도 없이 제거나 추방의 대상이 되었던, 그러나 자유롭게 이 세계를 뛰놀고 떠돌아다니는 저 오묘한 말들의 세계는 유형진에게는 우리가 정동이라 부르는 감정의 운동을 조절하고 주관하는 마블링과도 같은 언어의 낯선 배치와 특수한 조직을 통해서만 회복될 수 있는 현실의 원형인지도 모른다. "평화와 행복"이 멀다고, "우울과 짜증"이 오히려 가깝다고, 매일같이 보고 듣는, 현실이라는 이름으로 우리를 시시각각 압박해오는 공간에서는 결코 드러나

지도 보이지도 않고, 들을 수 없으며 다가갈 수 없는 어떤 세계, 그러나 결국 현실인 세계에 대한 열망을 붙잡고 그는 칼레이도스코프와 같은 현실 속의 현실들을 피워 올린다. "허니밀크랜드", 그곳은 환상이나 공상으로 지어 올린 허구가 아니라, 무엇보다도 우선, 언어의 차원에서 자행되고 있는 편견과 권위, 가식과 통념을 떨쳐낸(내고자 한), 자유로운 상상력의 공간이며, 짐짓 폼 잡는 말들을 벗어나, 일상 저 구석구석에서 발견하고, 그렇게 곧장 달음질을 친, 시의 시원이자 시의 공간이기도 할 것이다. 유형진은 "피터 판"의 꿈을 오히려 현실에서, "어떤 사실이 왜 그렇게 되었는지 파헤치고 연구하는", 그래서 현실적이라고 말할 수밖에 없는 언어, 결국 "현자 거북에게 디스커션 하는 스토커 토끼"의 집요한 발화로 기록해낸다. 중요한 점은 유형진이 불가능을 인정해버리는 '가능하지 않은' 말에 의존하는 것이 아니라, 진행형으로만 존재할 "가능하지 않는"("는"에 주의하자) 말, 즉 지금-여기에서 항시 실현 여부를 타진하는 말, 그렇게 가능-불가능의 이분법에 붙들리는 것이 아니라 그 사이에서 끊임없이 진동하며 부유하는 말을 고안해낸다는 데 있다. 그에게 상상이나 꿈이 현실의 일부일 수 있는 가능성은 이렇게 타진된다. 우리는 이러한 시도를 "가능하지 않는 것을 향해 날아가는" 지금-여기의 가능한 말들의 실천이라 부르려고 한다. 그의 시에서 이 불가능한 것의 가능성을 허용하는 것은 바로 꿈과 이야기이다.

2. 버그의 꿈—페넬로프의 뜨개질

마법의 감수성을 타고난 사람들—모든 것이 자신의 능
력 안에 있다고 느끼고 꺾을 수 없는 저항이란 없으며 넘
을 수 없는 장애물이란 없다고 생각하는 사람들, 그들은
얼마나 행복하겠는가!

　　　　　　　　　—에밀 시오랑, 「마법과 숙명」[6]

　그러니까 그는 기존의 언어-문화에서 언어-문화의 다른 현실을
착안한다. 무언가 그의 섬세한 시선에 잠시라도 들어온다면, 무언
가 그의 세심한 마음을 살짝 긁기라도 한다면, 무언가 흥미로운 사
안이 포착되기라도 한다면, 그는 거기서 출발한 후, 하나씩 제 기
록을 늘려나가며, 이곳과 저곳, 이 경험과 저 경험, 이 세계와 저
세계를 하나로 비끄러매는 일에 열중하기 시작한다. 그의 시는 하
나의 생각을 따라가다 보면 또 다른 것들이 따라오는 식의 이야기
를 통해 우리를 어디론가 초대하는데, 이는 유형진의 시에서 이야
기가 어떤 착상의 산물이며, 거개가 제 주변에서 시작됨에도, 더
이상 딸려 나올 줄기가 없어질 저 극단까지 제 구상을 밀어붙여,
결국 낯선 것, 저 미지를 현실로 물고 들어오기 때문이다. 꼬리에
꼬리를 잇고 퍼즐처럼 구성된 이야기는 가령, 이런 식의 직조를 허
용한다.

---

6) 에밀 시오랑, 『절망의 끝에서』, 김정숙 옮김, 강, 1997, p.103.

어떤 할머니가 있어

할머니의 이름은 미미

깜깜한 것들을 덮어주는 아주 근사한 할머니 미미

안경은 썼지 나이가 들면 노안이 오는 것은 당연하니까

인디언 핑크의 바탕에 쑥색 깨꽃무늬가 그려진 치마를 입고

(치마 속엔 삼단 핀턱 레이스 속곳은 꼭 챙겨 입어야지)

버건디색의 니트 카디건을 받쳐 입고 있어야 해

니트 조끼엔 주황색 호박 단추가 달려 있겠지만 한 개만 채워야지

(할머니는 스타일이 중요하니까. 스타일 없는 할머니는 영혼 없는
좀비)

할머니 미미는 지금 남편도 잃고, 아들도 먼 외국에 가서 살고
있고

손자들은 공부하느라 바빠서 명절에도 오지 않아

할머니의 집은 용인이나 안성, 아니면 화성 어디엔가 작은 시골

저녁에 전등불을 끄면 별만 빛나는 곳

할머니 미미는 기름 값을 아끼기 위해

낮 동안 동산에 올라가 모아 온 솔가지들을

화목난로에 집어넣으며 생각하지

젊은 날 사랑했던 남자들을

새로 넣은 솔가지에 불이 붙고 소나무기름이 타닥타닥 타는 소리

할머니 미미는 낮에 뜨다만 블랭킷을 집어 들지

블랭킷 뜨개 바구니 옆에선 고양이 나비가 미야~옹

난로의 불빛에 일렁이는 나비 눈동자엔 졸음이 가득해

할머니 미미는 나비의 머리를 세 번 쓰다듬고

접혀진 블랭킷을 무릎에 덮고 그 위로 계속, 계속 뜨개질을 해

미미의 블랭킷은 끝이 없는 밤을 덮어주려고 뜨는 것처럼

끝나지 않아 그 블랭킷은

톨스토이와 카프카와 밀레나와 오르한 파묵을,

파울 첼란과 잉게보르그 바하만과 도스토프예스키를,

에밀 아자르와 로맹 가리(장난 같은데 그들은 결국 같은 사람),

그리고 다자이 오사무와 미야자와 겐지, 보르헤스와 파블로 네루
다를,

백석과 김소월과 윤동주와 정지용을……

할머니 미미는 덮어주고 또 덮어주었지.

—「할머니 미미」 전문

　유형진은 직물처럼 짜인 전체를 가늠하여 각 부분을 읽어야 한
다는 고백을 우리에게서 받아내는 시인이다. 머리인 동시에 꼬리
인 한 덩어리의 자격으로, 시에서 모든 것이 함께 움직인다. "블랭
킷"의 원료는 실을 사용하며, 그 "조직·사이즈·색무늬 등은 천차
만별"이고 "가로 이중이나 능직, 평직, 이중직으로 짜낸 후 축융하
여 양면 기모시켜 길고 조밀한 보풀을 세워"[7] 만든다. 이러한 원리
는 유형진에게 자기 독서의 경험을 시에서 실현해낼 중요한 방식
이기도 할 것이다. 그러나 이것이 우리가 이 작품에 대해 말할 수
있는 전부는 아니다. 시인은 어떤 인형 세트를 보았거나 가지고 놀

7) 네이버 지식백과: 블랭킷[blanket](패션전문자료사전, 1997. 8. 25, 한국사전연구사)

앉던 경험이 있다. "미미"라는 인형 세트를 잠시 떠올려보자. "할머니 미미"는 벽난로가 있는 방에서 흔들의자에 앉아, 누군가에게 이야기를 들려주며 뜨개질을 하고 옆에는 고양이 한 마리가 웅크리고 있다. 여기까지를 시의 착상 단계라고 하면 어떨까. 시인은 애초의 경험에 무언가를 하나둘씩 덧붙여나간다. "할머니 미미"는 "스타일이 중요"한 사람, 나이가 들고 늙어도 "인디언 핑크 바탕"의 치마를, "치마 속엔 삼단 핀턱 레이스 속곳"을 입고 겉에는 "버건디색의 니트 카디건"을 두르고 있다. 실제 '인형'의 디테일한 묘사에 바쳐진 이 '보그병신체'의 실현에서 어떤 감정의 공간이 만들어진다. 이 공간은 곧 현실로 이전하여, 실제 존재했을 "할머니 미미"의 이야기와 뒤섞여 차츰 융화되기 시작한다. 현실 속의 현실들을 미묘한 감정을 통해 창출하는 데 일각을 보태고 있는 일련의 낯선 언어군(群)들(가령, 옷의 이름들)은 상세한 묘사의 과정을 지나면서, 인형에 얽힌 개인적인 경험을 현실의 사태로 전환해내는 데 일조하고, 나아가 제 독서 체험으로 이 이야기 전반을 되감아내면서, 시가 하나의 덩어리로 움직이는 데 크게 힘을 보탠다. 이렇게 중심은 벌써 인형에 대한 소소한 기억이나 동화를 들려주는 "할머니 미미"가 아니라, 이야기를 시작할 때 미처 알 수 없었던 감정들을 이접하여 기억—현실의 한 뭉치로 붙잡아매고, 미리 그 대답을 청해 들을 수 없었던 기묘한 감정들을 낯선 공간 속에서 고스란히 자기 독서의 산물로 환치하는 연출에 놓인다.

이와 같은 그의 시적 언어의 특이성에 주목하기 시작하면 우리는 다소 기이한 상황에 처하게 된다. 이것은 직접적인 체험인가? 무언가에 빗댄 경험인가? 과거의 회상인가? 현재, 아니 미래의 이야기인가? 환상적인 이야기인가? 상상의 산물인가? 동화인가? 우화인가? 문제는 시를 다 읽고 난 다음, 우리가 어느덧, 이와 같은 작위적인 구분이 어느새 무화되는 지점에 당도하게 되었다는 데 있다. 이야기의 최초 대상과 분리되지 않은 채, 디테일한 묘사를 통해 생겨난 미묘한 감정에 탄력을 받아 "끝이 없는 밤을 덮어주려고" "블랭킷"을 쉴 새 없이 잣는 자, 즉 시 쓰는 자의 저 되풀이하게 될 운명과 시 쓰는 자의 독서 체험을 하나로 묶어낸 것은 아닌가? 유형진은 이렇게 기억-체험, 현실-상상, 화자-청자, 쓰는 자-읽는 자, 과거-현재-미래, 말하는 자-듣는 자, 주체-대상 등에 존재하는 구분을 취하하는 기이하고도 신비로운 이야기 속에서, 순간의 구조물로 직조된 현실의 공간을 다시 구축해내면서, 사소함-진지함, 미시-거시, 고급한 언어-경박한 언어, 모국어-외국어, 시의 외부-시의 내부, 독자-시인의 경계도 함께 허물어뜨리고 만다.

　세상에서 "먼지는 바위보다 무겁다는 것이 함정"(「기라는 남자 무무라는 여자」)이라는 사실은 이러한 과정에서 크게 설득력을 얻는다. 가볍다고 여겨진, 사소하다고 생각한, 그러나 유의미한 세계의 사태들, 이 현실 속의 현실들, 저 디테일을 시에서 실현하려면 이러한 방식의 이야기가 시인에게 필연적이었던 것일까? 시인의 눈에 비추어진, 시인이 귀를 기울인, 리얼리티이자 시의 고유한 공간이 바로 이런 방식으로 세계를 방문한 것은 아닐까? 지극히 일상적인 소재나 소소한 사연들, 소품에서 착안한 대상들, 각별한 삶의 순간들이 서로 뭉치고 흩어지며 토해낸 이야기를 통해, 유형진이 제 시의 고유한 문법을 선보였다고 한다면, 그것은 바로 활달하게 뛰노는 지금-여기의 언어로 지금-여기의 현실에서 다른 현실들을 담아내고자 했기 때문이다. "누구에게나 말하고 싶지 않지만 말할 수밖에 없는 이야기", 저 "새벽의 단꿈"과도 같은, "희미해지긴 하지만 끝내 사라지지는 않는"(「無言歌」) 이야기는 이질적인 것들이 연속해서 뒤섞이고, 일순간에 결국 하나가 되는, 마치 끝없이 "선회하는 세계"(「선회하는 옥수수 치통의 세계」)처럼, 매일 실을 감고 다시 풀어야 하는 페넬로페의 베틀처럼, 그의 시에서 술술 풀려나와, 독창적인 세계를 펼쳐내는 일을 멈추지 않을 것이다.

충치맛 비가 내리던 저녁
사람들은 서둘러 사랑하는 사람의 집으로 돌아간다
돌아가지 못한 사람들은 국숫집에서 소주를 마시고
잡히지 않는 버그에 대해서 생각한다

돌아갈 시간을 잃어버린 사람들
시간의 구멍을 잊어버린 사람들
영원히 빗속을 헤매는 벌을 받은 사람들

우리는 버그를 얼마나 싫어하나
화단에는 이제 벌과 나비 대신
작은 날벌레들이 꽃들의 수분을 돕고
비가 오는 날엔 날벌레들은
비를 맞으며 잠을 잔다

사랑하는 사람이 돌아오지 못한 집에서
기다리는 사람은 미싱을 돌리고
윗실과 아랫실의 장력을 맞추지 못해
바늘땀은 자꾸만 뜨고
끝내 바늘은 부러진다

새벽엔 소리 없이 철쭉이 떨어지고
떨어진 철쭉은 분홍 설탕처럼 녹아
비와 함께 검은 흙 속으로 스민다

빗소리에 초침도 조용히 리듬을 맞추는
충치맛 비가 내리는 안개 아침
현관문을 열어보면
허니밀크랜드의 우유배달부가
우유 대신 시를 한 편씩 놓고 갔다
— 「허니밀크랜드의 안개 아침」 전문

이러한 그의 시 세계를 우리는 "버그"의 꿈, 혹은 꿈의 "버그"라
고 부를 수 있겠다. 물론 '버그'='오류/오작동'이라는 도식은 성
립하지 않는다. 유형진에게 이 '버그의 꿈'은 공고한 언어의 질서
로는 미처 포괄할 수 없는 지점으로 시가 뚫고 들어갈 계기이자,
그 상태에서만 실현될 우리들의, 시의 삶이기도 하다. "돌아갈 시
간을 잃어버린 사람들" "시간의 구멍을 잊어버린 사람들" "영원히
빗속을 헤매는 벌을 받은 사람들"이 필경 지금도 이 사회에 어디

에선가 끝내 헛발을 디디고 바닥에 쓰러져 고통에 시달리고 있을 것이다. 우리의 오늘은 항상 신음하는 삶을 살아야 하는 오늘일 것이다. 온갖 고통과 쾌락, 기쁨과 슬픔, 우울과 환희로 뒤발된, 온갖 비극과 좌절인 삶 속에서 미지의 감정들이 꿈처럼, 버그의 꿈처럼 여기저기를 표류하고 있을 것이다.

유형진에게 "버그"와 같은 세계, 그것은 "어떤 통증들이 안으로, 안으로 똘똘 뭉쳐 구를 만들어 투명한 유리구슬이 되었다가/반으로 깨져버렸을 때, 그 단면에 보이는 무늬 같"(「피터 판과 친구들—에피소드 5: 〈옷걸이요정〉의 깨진 유리구슬의 단면같이 찾아온 슬픔」)은 것일지도 모른다. '버그의 꿈'은 현실이라는 시스템의 오작동이나 현실의 결핍에 대한 보상으로 구하려 하는, 결여된 자의 심리에서 솟아난 꿈이 아니다. 그의 시는 꿈을 빌미로 어디론가 도피하려 하지 않는다. 오히려 "버그"는, 현장의 언어로, 생생한 말들로, 반듯한 질서와 합리로 포장된 이 현실의 표면을 뚫고 들어갈 작은 틈이자, 그렇게 해서 열릴 공간에서 바글거리는 어떤 감정들이지, 희망의 부재에서 일시적으로 찾아온 순간의 대리 보충도, 비극과 절망에서 반사적으로 도출된 도피의 출구가 아니다. "버그"는 오히려 현실의 이면과 배면을 동시에 바라보게 하고 현실 속의 현실들이라는 저 동시성을 직시하게 해주며, 직시한 만큼의 섬세한 말로 그것을 담아내고자 할, 오로지 꿈의 형식으로 짓고 또 헐어내기를 반복할 뿐인 현실의 무늬들이다.

유형진의 시에서 꿈은, '버그'라는 저 말들이 제 이상을 실현하고자 욕망하는, 그러나 부재하는 현실의 언어적 실현이며, 따라서 현실은, 버그의 꿈을 통해, 은밀하게 머금고 있거나 벌써 스며든

제 감정들의 겹겹과 속살을 드러낼 가능성을 타진할 뿐이다. 여기서 해석의 순서를 바꾸지 말아야 한다. 언어의 마블링은 시인이 현실을 달리 보려는 매순간, 현실의 시련과 슬픔에 부딪칠 때, 현실의 예기치 못한 곳을 제 언어로 점령해낼 때, 그럴 때 비로소 우리 눈에 들어오고 혈류가 흐르기 시작하는 독창적인 세계이며, 유형진의 시에서 꿈을 가능하게 해주는 '원-상태archi-nature'인 것이지, 그것은 현실도피의 수단도, 불안과 슬픔, 비극과 절망의 망각을 위한 인위적 피안도 인공적인 표현들로 박제된 환상의 공간도 아닌 것이다.

어떤 나무가 나오고
나무엔 꽃 하고 잎 대신
구슬이 달려 있었어
연말에 거리를 밝히는 전구같이
조그만 구슬들이

무슨 말을 하더라
구슬 한 개에 글자 하나
한 개씩 한 개씩
떨어지며 소리를 내더라
그것을 음악이라고 할까
시라고 할까
하나하나 떨어지며 내는 글자들의 소리를
나는 받아 적었던 거야

　이 버그의 꿈, 마블링의 언어는 끊임없이 재개(再改)되고 재개(再開)되는 이야기 속에서 무한히 실현 가능성을 타진해나갈 것이다. 시인이 열리기를 욕망하는 소원은 크리스마스트리를 보고 잠든 '이리 사나이'의 그것과 같은 것이 아니다. 그가 일상에서 본, 잠든 그의 꿈속에 등장한 트리에서는, 실현하지 못한 욕망이 아니라, 시가 구슬이 되어 대롱대롱 매달려 있고, "하나하나 떨어지며" 소리를 낸다. 우리는 이 나무에서 "하나하나 떨어지며 내는 글자들의 소리"에 귀를 기울일 때, 기이한 환희와 슬픔, 삶과 세계에서 그가 품었던 사랑이 그의 시 행간에서 솟아오르는 것을 볼 수 있을 것이다. 그는 절망을 억지로 희망 곁으로, 슬픔을 기쁨 곁으로, 상상의 상태로 현실에 존재하는 것을 정연한 논리 곁으로 끌고 오려 하지 않으며, 오로지 다양한 감정들이 공존할 수 있는 상태를 제시에서 기술하는 것만으로 이 세계와 대면하고, 삶의 다면과 암면(暗面), 후미진 골목과 낯선 장소 여기저기를 오늘도 누비고 다닐 것이다. 그는 이렇게 일상이자 세계의 이면인, 현실인 저 민낯의 시적 실현 가능성을 꿈꾸는 일로 결국 제 자신도 돌본다.

　　그녀는 사랑이 깨지는 순간을 본다
　　아무도 주목하지 않는 순간을
　　그녀는 자주 목도(目擊)한다

　　사랑이 어떻게 깨지는지

깨진 사랑이 어떻게 가루가 되는지
가루가 된 사랑이 어떻게 녹는지
녹은 사랑이 어떻게 질척해지는지
그 질척한 사랑이 그리는 마블링을
목도한다

녹아도 녹지 않고
깨져도 깨지지 않는
어떤 알갱이들이 만들어주는
그 오묘한 무늬를
체크무늬 코끼리
그녀는 본다

사랑의 마블링을 볼 줄 아는 그녀는
그래서 슬프고 아름다운데
정작 그녀를 아무도 볼 수 없다는 것이
이 세계의 비극

하지만 이 세계의 비극은 이것 말고도
몇 개는 더 있는데
더 큰 비극은 그 비극을 이야기하기에 시간은
산장에 사는 검은 고양이의 털 만큼
셀 수 없다는 것이다

—「허니밀크랜드의 체크무늬 코끼리」 전문

하나로 작동하는 그의 꿈-언어-이야기는 그러니까, "목도"의 저 잘못 표기된 한자 "目擊"처럼, 미완으로 남겨질 사랑, 현실에서는 늘 깨지는 사랑, 완성을 유보할 수밖에 없을 만큼 깨져 가루가 된 채, 그러나 바로 그 상태로만 현실 속의 현실'들'에서 존재할지 모를 미지의 사랑이자 가루가 된 파편들을 힘껏 궁굴린, "체크무늬 코끼리", 그러니까 마블링을 실현한 자의 시적 소산이다. 그는 저 현실의 시시각각 조각난 사랑을 볼 수 있는 제 밝은 눈과 거침없고 발랄한 언어의 곡예를 통해, 섬세하고 기발한 상상력과 고안 속에서, 좌절 속에서도, 몰인정 속에서도, 우리의 비루한 삶에서, 우리의 일상에서 "사랑의 마블링"을 무한히 반복해야 한다는 사실을 잘 알고 있다. 과연 누가 말이, 우리 언어가 삶과 불가분의 관계를 맺는다는 사실을 실천해내는 일에 이런 용기를 꺼내들 수 있을까?

피터 판과 친구들은 가끔 두려운 생각을 하곤 합니다.
우리는 어디서 왔을까? 어디서 와서 여기에 있고,
어디로 가는 것일까?

뜬금없이 이어지는 이 질문놀이는
여섯 살부터 시작되었는데요.
여섯 살, 열여섯 살, 스물여섯 살, 그리고 서른여섯 살…….
이렇게 주기적으로 찾아옵니다.
이런 식으로 마흔여섯, 쉰여섯, 예순여섯……. 이렇게 이어지다
백스물여섯에도 이 질문놀이를 하고 있을까봐 무섭습니다.

얼른 그 대답을 찾아야 이 두려움이 사라질 것 같기 때문에
대답을 찾기 위해 피터 판과 친구들은 어디든지 갑니다.
필요하다면 어디로든 공간 이동을 하는 것이지요.
　　　　　　　　　　　　　　　 ─「피터 판과 친구들─에피소드 6:
　　　　　　　　　　　　　 사라진 꽃잎들은 어디로 가나」 부분

　그의 시는 지금-여기의 세계에 밀착한 저공비행의 언어로 현실
을 되감아내며, 생활과 그 생활의 언어를 배제하지 말아야 한다는
결심에서 솟아난 정동(affect, 情動)의 진지한 실천이다. 벌써 오래
전에 우리에게 당도했으나 그 시의 매력과 고유성, 그 가치를 보고
또 읽어내는 데 우리가 게을렀거나 종종 실패했던 것은 아닐까. 당
연하게도, 묻지 않아도, 우리의 일상은 각자의 힘으로는 바꾸는 게
힘든 모종의 기쁨이나 까닭 모를 슬픔을 안고서, 고장 났지만 멈출
줄 모르는 기계처럼 계속해서 돌아간다. 이러한 비극적 일상과 비
루한 삶 속에서 나는 누구인가, 나는 어디에서 왔는가, 나는 왜 여
기에 있는가와 같은 존재론적 물음을 앞에 두고, 독창적인 대답을
궁리하면서, 그는 시곗바늘에 모종의 추를 걸어 우리를 신비한 세
계로 초대한 시인으로 기억될 것이다. 그의 시는 성장을 거부하는
자아에서 출발하는 것도 아니며, 환상을 제 종착역으로 삼는 것도
아니다. 그의 시는 동화의 단순한 재현도, 탈주를 꿈꾸는 미성년의
몸짓도 아니다. 그의 시는 어떤 길을 하나 내고, 그 위에 우리의 삶
을 통째로 담아내려, "뜬금없이 이어지는" "질문놀이"를 주저하지
않으며 거침없이 홀로 앞으로 나아가는 '비(非)성년'의 사투라고
해야 할지도 모르겠다. 캐릭터를 만들어내는 것이 자아의 몫이라

면, 유형진이 만들어낸 이야기 속의 캐릭터들은 오히려 미지의 발화 속에서 신비로운 목소리를 뿜어내면서, 스스로 움직이며, "피터 판과 친구들은" "대답을 찾기 위해" 이렇게 그와 함께 "어디든지" 간다.

시인은 이 마블링의 놀이와 같은 언어의, 사랑의, 감정의 실험이 마음껏 펼쳐질 장(場)을 하나 제공할 뿐이다. 먼 나라로 훌쩍 날아가는 것이 아니라, 그는 캐릭터를 고안하여, 삶을 제 편으로 돌려놓고, '한층 깊은 곳에 뿌리를 내린─한층 얕은 곳에 부유하는 말'을 그 누구도 흉내 낼 수 없는 방식으로, 마치 귀신처럼, 훑어내고 풀어내고 다시 되감아내면서, 막힘없이 흘러나오는 이야기로 이 세계에서 저만의 현실의 베틀을 잣는다. 그러니까 그는 정말, 자신이 본대로, 느낀 대로, 삶의 독특한 층위에 스며 있는 그 어투 그대로, 제 주변을, 우리의 삶을, 하나의 세계를, "필요하다면 어디로든 공간 이동을 하며" 기록하고 있는 것인지도 모른다. 다만 보고 느낀 것이 진실된 것이 아니라면, 그는 그 진실되지 못함을 다각도로 파고들고, 일상에 편재해 있지만 드러나지 않아 상상력을 발휘해야 한다면, 그는 기꺼이 그 순간까지 제 언어로 미지의 세계로 짓치고 들어가, 빈손으로 돌아 나오는 법이 없이, 무언가를 한껏 길어 올리려 했을 뿐이다. 그래서 우리가 현실의 다면이나 이면이라고 말하거나 아예 현실을 벗어나는 공상이나 환상의 결과라고 이해해온 그의 시는, 사실 현실을 벗어난 적이 없다. 차라리 현실의 구겨지거나 접힌 주름들을 시인이 주관적으로 펼쳐내거나 그렇게 한 다음, 다시 고유한 언어로 되접을 뿐이라고 해야 할지도 모르겠다.

현실의 시적 변주는 따라서 주문을 외우는 것과 흡사한 말들의 잔치 속에서 어딘가로 빨려 들어갈 수밖에 없는 운명 속에서 항상, 다시, 늘 새롭게 태어나는, 현실 속의 현실들일 수밖에 없을 것이다. 그에게 시는 우리를 구속하고 있는 현실적인 제약들을 다시 갱신할 가능성이자 조건이기 때문이다. "허니밀크랜드"나 "피터 판", 아니, "피터래빗"이나 "랜드 하나리"는 그러니까, 현실과 동떨어진 세계의 무분별한 차용을 기반으로 한 시적 실현이 아니라, "흙탕물과 폐유가 뒤섞여 흐르는 여름날의 어떤 아스팔트에" 살고 있는 지금-여기 현실을 주관적인 목소리로 연장하고 변주해나가는 선험적이고 직관적이며, 필연적이고 일상적인 조건이며, 그는 항상, 지금도, "당신이 나와 처음 계약한 그곳"에서 "우리의 계약을 떠올"(「피터 판과 친구들—프롤로그」)리며, 새로운 현실을 꿈꾸고 있을 것이다.

　　(유형진 시집, 『우유는 슬픔 기쁨은 조각보』 해설, 문예중앙, 2015)

시는 산문의 외피를 입고 어떻게 시임을 주장하는가

─ 최정례의 『개천은 용의 홈타운』

> 시인일 것, 심지어 산문으로라도.
> ─샤를 보들레르

산문이 시가 될 수 있을까? 산문은 어떻게 시의 탈을 쓰는가? 산문은 무엇이며, 시는 산문의 외피를 입고서 어떻게 시임을 주장하는가? 낯설 것도 없는 물음들이다. '산문시'라는 장르를 알고 있다고 믿기 때문이다. 산문시는, 그러니까 저항이나 의문 없이도 흔히 선택되었던 시의 보편적인 형식이자 벌써 한 갈래인 것이다. 행갈이 없이 문장과 문장을 이어붙인 시라고 여기면 고민은 벌써 끝나야 했을지도 모른다. 인쇄활자의 배열 방식과 연관된 용어이지만, 산문시의 정의와 관련되어 '타이포그래피'가 기준이 되는 것은 불가피한 측면이 있다. 시의 관점에서 접근하면 산문시는 그저 행갈이 없이 문장을 이어붙인 단락 구성에 충실한 시이고, 산문의 눈으로 바라보면 산문의 틀 안에서조차 시적 기미를 보이는 글 정도일 것이다. 시도가 없었던 것도 아니다. 최남선은 산문의 외형을 운문으로 위장한 일련의 계몽시를 선보였고, 주요한은 타오르는 정서와 끓는 마음을 "오오 다만 네 확실한 오늘을 놓치지 말라"

(「불노리」)라고 어설프게 마무리하면서도, 한편으로 "장안의 거리를 東西로 흘러가는 葬事 나가는 노래"(「눈雪」)를 산문(의 형식)으로 읊고자 했는데, 이는 프랑스에서 건너온 상징주의의 일본식 변용에서 크게 영감을 받은 것이었다. 둘 다, 보들레르 이후의 산문시, 즉 시와 산문의 대립적 관점을 근간부터 흔들어대며 파격을 모색하고, 시의 이론과 그 가능성을 캐묻는, 그러니까 시적인 것이 무엇인지를 따지고 파고드는, 비평의 공간에서 "영혼의 서정적 약동에, 몽상의 파동에, 의식의 소스라침에 적응할 수 있을 만큼 충분히 유현하고 충분히 거친 어떤 시적 산문"(보들레르의 산문시집 『파리의 우울』의 서문)을 창출하고자 시도한 결과는 아니었다는 말이다.

산문prose은 'prosa'를 어원으로 한다. 똑바로 앞을 보고 나간다는 말이다. 산문은 로고스의 질서를 구축하려 하염없이 전진을 꾀하는 글이다. 산문시가 등장하기 전까지 시와 동의어로 여겨진 운문verse은 'versus'를 어원으로 삼는다. 지속적으로 되돌아온다는 뜻이다. 그럼, 산문시는? 직진하는 산문에서 어딘가로 되돌아오는 시의 속성을 담보해낸 경우, 더욱이 그 되돌아옴이 운문의 규칙성이 아니라 산문의 전진을 멈추게 하거나, 직행하는 그 속도와 곧고 바른 산문의 품에서 독특한 회전의 고리를 만들어낸다면 운문과 산문, 시와 산문을 대립시키는 이분법의 망령에서 잠시 빠져나올 수 있을 것이다. 시의 뮈토스는 이때 산문적 질서, 즉 로고스의 억압 아래서 기각되는 것이 아니라, 새로이 창출되어야 하는 시적 징후이며, 이런 의미에서 『개천은 용의 홈타운』은 산문시의 이상에 부합하고 그 이상의 실천에 근접한 경우로 봐야 할 것이다. 흔히 산문시는 낯선 장르가 아니라 모두 그 주인이며, 누구나 써왔던 시라고 생각하므로 최정례의 근작이 발표될 때마다 우리는 갱신을 거듭하는 그의 힘겨운 몸짓을 좀처럼 감지하지 못했다. 그러나 여기 우리 앞에, 기획의 산물일 뿐만 아니라, 시적 의식을 확장하고 넓혀내고자 한 사투의 결과라고 말할 작품이 당도했다. 문제는 간단하다. 그의 산문이 어떻게 시가 되는지를 해명하는 일.

1. 시작에서 끝으로, 끝에서 다시 시작으로, 회전하기

우연을 다루고 또 다투는 방식에 관해 말하기 전에, 최정례에게 우연은 거개가 알레고리의 화신이라는 사실을 언급해야 한다.

> 서류 문제로 미국의 휴 페레와 이메일을 주고받았다. 그런데 내가 '원고'를 첨부한다는 말 대신에 '궤도'를 첨부한다고 써 보낸 것이다. 뒤늦게 정정하는 메일을 보냈다. 내 허술한 영어를 이해해달라고 뭣 때문에 이를 혼동했는지 알 수 없다고 덧붙였다. 답장이 왔다. 오늘 인공위성이 지구로 돌아왔는데 그 옆에 빈자리가 하나 있더라. 아마 네가 예약한 자리였나보다.
>
> ─「원고와 궤도」 부분

착오로 잘못된 문장을 적어 보낸 영문 메일에 재미있는 답장이 온다. 묘미는 "원고(draft)"를 "궤도(orbit)"로 적어 보낸 내 실수에 있는 것이 아니라 유머에 충만한 상대의 답신이, 텍스트가 종결을 고하고 이야기의 막을 내린 후에도 한없이 되돌아오는 파장을 만들어낸다는 데 있다. 결론부터 말하자면, 시를 다 읽고 난 다음에도 처음으로 되돌아오게 강제하는, 그러니까 글이 직진하지 못하게끔 방해하는 어떤 장치가 작품의 서두에 이미 마련되어 있다고 해야 한다. 회전의 얼개는 이렇다. 메일의 답신을 보고 '나'는 "빈자리"에 앉힐 "실수로 생겨난 인물"을 상상하게 되었고 상상의 인물 "제니"가 "자라나며 말하고 뛰고 사랑하고" 자유롭게 날기를 바란다. 그러나 현실은 "제니"에게나 "제니"에게 투사된 나에나 형편과 처지가 야릇하다. "제니"는 "고집스럽게 지지대만 붙잡고 뻗어"갈 뿐이다. 그러나 마지막 연에 이르러 "제니"에게 피력해놓은 소소한 희망은, 나의 의지와 상관없이 직장이 나를 규정하는 모순으로 가득한 현실의 '룰'에 대한 반발감과 서로 충돌한다. 이 얄궂은 처지와 기묘한 심정은 곧이어 "능소화"가 보내오는 조소에 가까운 "눈짓"으로 전이된다. 문제는 이와 같은 수준에서도 회전이 종식되지 않는다는 데 있다. 이윽고 "제니"의 이야기로 되돌아오기 때문이다. "제니는 말하자면 잠깐 왔다가 침몰한 순간의 돛배였다"라는 대목이, 첫 구절 "그 옆에 빈자리가 하나 있더라. 아마 네가 예약한 자리였나보다"와 공명하면서, 저 "빈자리 하나" "실수로 생겨난 인물" 한 명, 고단한 내 현실의 빈 곳, 이 셋을 하나로 묶어내는 뛰어난 알레고리가 탄생한다는 사실을 놓치면 이 시의 매력은 사라지고 만다.

알레고리로 시 전반이 단단히 붙들리기 시작하면, 산문은 더이상 직진을 고집하지 못하게 된다는 사실에 주목해야 할 필요성이 여기에 있다. 독서도 마찬가지이다. 앞서 읽었던 지점으로 어쩔 수

662

없이 되돌아갈 수밖에 없는 처지에 놓이게 될 때, 산문의 직진성이 청구하는, 저 예정된 이해의 수순에서 벗어나게 될 때, 논지의 널름한 전개로 깔끔하게 마무리되는 독법은 시에서 한치도 허용되지 않는다. 되돌아가야 하는 지점이 그렇다고 여운만을 남기며 시나브로 사라지는 것도 아니다. 다시 원점으로 회귀하는, 그러니까 시쳇말로 '빠꾸한다'고 할 때의 저 성기고 강력한 회귀의 운동이 독서 전반을 제어하면서 고유한 어법으로 자리를 잡는 것이며, 이와 같은 순간을 맛보고 나면 우리는 최정례의 저 "빈 자리"가 기실, 회귀나 회전의 뮈토스이자, 산문의 직진에 맞서 역행할 반역의 고리로 기능하면서, 산문 자체의 어원적 특성을 기각시키는 독특한 장치라는 사실을 인정하고 말게 된다. 말하자면, 이 회전의 고리는 조직적으로 산문의 논리에 반발하는, 그러나 산문에서 시를 모색하게끔 도움을 주는 역발상의 진원지이자, 산문의 정연한 체계와 가지런한 질서를 교란하여 그와 같은 지경에다가 우리를 위치시키는 역할을 수행하는 것이다. 최정례의 산문시는 대부분 교란과 방해의 전파를 뿜어내는 이 레이더 장치를 통해 산문의 시로서의 가능성을 타진하는 데 바쳐진다. 이러한 산문시의 고유성을 상세히 살펴볼 필요가 있겠다.

폐기물이 된 인공위성이 지구를 향해 떨어지고 있었다. 어디에 떨어질지 모른다. 아메리카, 유럽, 아시아 어디쯤인지, 한국은 작은 나라라서 그 확률이 적다고 한다. 휴, 다행이다. 그러나 버스만 한 크기라고 했다. 버스만 한 쇳덩이가 공중에서 달려오고 있다.
몇분 전에는 새해 복 많이 받으세요라는 문자를 받았다. 이상하다, 지금은 9월이고 오늘은 28일인데, 너무나 바빠서 새해가 된 것도 모르고 있었단 말인가. 그러고 보니 늘어선 가게들이 문을 닫고, 떠도는 공기가 냉랭하고, 사람들의 발걸음이 몹시도 빨라졌다. 어느새 해가 바뀌었단 말인가. 내가 뭔가 착각하고 있는 것 같다. 지나가는 사람에게 물어보았다. 오늘이 며칠인가요? 그는 나를 아래위로 한번 쳐다보더니 그냥 가버린다. 폐인공위성이 떨어지면서 갑자기 이상한 시간이 도래했는데, 모두들 다 무사한 것처럼 살아간다.

  폭설 다음 날 흔적도 없이 사라졌던 눈처럼 시간이 뭉텅 사라져버렸다. 망가진 인공위성이 공중을 달려오는 사이 나는 전에 살던 사당동 708번지를 지나고 있었다. 집은 온데간데없고 거기엔 이수역 7번 출구가 서 있다. 그럴 리 없다. 내 기억이 고집스럽게 그걸 인정하지 않고 있다. 기억은 직조하듯 잘 나가다가도 느닷없이 움찔한다. 그 집은 가압류당했다가 결국 날리지 않았던가, 벌써 수십 년 전 얘기를 마음이 짜나가다가 찢는다. 전철 문이 스르르 열려 사람들을 뱉어놓고 다시 닫힌다. 근처를 지나던 블랙홀 속으로 나의 일부가 뭉텅 빨려들고 있다.

―「이수역 7번 출구」 전문

주목해야 할 것은 "폐기물이 된 인공위성"이 작품의 첫 구절이자 마지막 구절을 예고한다는 점이며, 단순한 반복이 아닌, 회전과 회귀의 운동을 통해 응축된, 텍스트 전반을 조율하는 모체matrix로 기능한다는 사실이다. 이 "인공위성"은 "확률" "떠도는 공기" "우연한 문자 메시지" "이상한 시간이(의) 도래" "어떤 착각"을 차례로 빚어내면서, 궁극적으로는 시 전반을 조율해나가는 공통의 핵이자 동력이라고 봐야 한다. 우연을 다루는 최정례의 뛰어난 능력은 바로 이 모체를 통해, 한 치의 오차 없이 이야기를 제어해나가는 데 있다. 텍스트의 여기저기에서 모체에게 교신을 보내는 답신과도 닮은 신호를 보게 되는 것은 시의 첫 구절에 이미 마지막의 운명이 예고되어 있기 때문은 아닐까? "온데간데없"는 현실을 인정하지 않으려는 저 태도와 바뀌기 전의 제 모습을 지금이라는 농축된 시간에 불러내는 "기억"이 하필 "직조하듯 잘 나가다가도 느닷없이 움찔"하게 만드는 것도 간과할 수 없다. 이는 반드시, 가압류를 당했던 쓰라린 경험 때문만도, 더구나 이 경험이 "폐기물"같이 쓸모없어졌기 때문만도 아니다. 중요한 것은, 우연 이외에는 설명할 길이 없는 "지구를 향해 떨어지고" 있는 "인공위성"이 작품 전반을 제어하는 모체로 기능하면서, 작품에 제시된 술어나 종결어미, 예컨대, "떨어진다" "~했다" "이상하다" "빨라졌다" "가버린다" "사라진다" "지나고 있다" "그럴 리 없다" 등을 비끄러매고 마침내 하나로 운집시키는 힘을 발휘한다는 것이다. 우연은 따라서 '열림'과 '닫힘'처럼 2분의 1의 확률 중 하나에 내기를 거는 방식으로 다루어지지 않는다. "수십년 전 얘기를 마음이 짜나가다가 찢는다"라며 한껏 고조된 감정을 내려놓고, "전철 문이 스르르 열려 사람들을 뱉어놓"는다는 구절을, 태연을 가장하여 기술해놓은 바, 오히려 최정례는 찢고 열리는 한 순간의 으스스함을 공포로 배가시키는 솜씨로 "인공위성"의 알리바이를 되살려내는 데 성공하는 것 아닐까? "다시 닫힌다" 이후에 "근처를 지나던 블랙홀 속으로 나의 일부가 뭉텅 빨려들고 있다"고 덧붙여 시인은 지금까지 끌고 온 산만한 이야기를 결집시키는 동시에, "폐기된 인공위성"

의, 하강하며 폭발하는 이미지도 한 차례 더 고조키는 것이다.

최정례의 시에서 산문의 시로서의 가능성이 타진되기 시작하는 것은 바로 여기이다. 산문은 잡다한 주제를 가지고 출발하여, 이러저러한 이야기를 풀어놓고, 무언가를 묘사하여, '흩어진 글'(散文)이라는 어원을 다각도로 구현하는 것 같지만, 오히려 모체의 부름을 받아 끊임없이 원점으로 되돌아가고 흩어짐을 구심점 하나에 붙들어매는 저 시적 특성이, 뻗어나가려는 직진의 관성을 분산시키면서, 로고스의 질서 안으로 이야기를 편입시키는 관성에 최대한 제동을 걸고 있는 것이다. 기획의 소산이라고 볼 수밖에 없는 이 시집 그 어디를 뒤져도 결과는 매한가지이다. 산문은 결국 말 그대로의 흩어진 글이 되지 못하며, 그렇다고 하염없이 직진을 꾀하는 이야기를 덜컥 움켜쥐지도 못한다. 이렇게 해서, 산문은 바로 시의 경지를 넘본다. 산문시의 고유성을 위해 고안된 것은 운문의 규칙성을 산문의 형태 안으로 이식하는 행위가 아니라, 로고스의 질서를 무너뜨리는 회전-회귀의 알레고리인 것이다.

2. 이질적인 것을 한곳에 머금어 집결시키기

『개천은 용의 홈타운』은 시의 성립 가능성을 산문에서 타진하기 위해 던진 새로운 출사표인가? 되돌아오는 장치를 고안하여 흩어지는 산만함을 한곳에 결속시키기 위해 이 산문시가 알레고리를 필요로 한다는 사실을 다시 언급해야 할 것만 같다. 직진하는 산문의 운동성에 브레이크를 거는 일은, 이야기의 흐름을 방해하거나 이야기 안에 다른 이야기를 끼워넣는 식의, '메타디에게시스'와 같은 서사 기법을 의미하는 것이 아니기 때문이다. 기억-과거, 일상-경험이 파편과도 같은 이야기 속에서 독특한 방식으로 되감기면서, 이질적인 것을 한곳에다가 가두어놓으려는 어떤 순간을 만들어내면, 끓고 있는 밥솥의 압력과도 같은 긴장이, 아주 짧다고 해야 할 그 순간에 한껏 차오르고 만다. 느슨하게 전개되던 이야기에 조금이라도 틈이 생기면 그 틈을 파고들어 지뢰를 심어놓고, 다소간 전개를 허용한 이후, 이 지뢰를 다시 하나로 끌어모은다. 이 지뢰들이 제각각 터지면서 로고스의 질서를 금가게 하고, 흩어진 지뢰의 파편들을 한곳에 담아두려는 순간은 시에서는 최대치의 주관성을 분출하는 순간이기도 한 것이다. 예컨대 상이한 이야기를 담고 있는 듯한 각 연이, 하나로 수렴되면서, 예기치 않은 매우 짧은 순간의 긴장감을 우리 앞에 펼쳐놓는 이 독특한 방식은 최정례가 산문시의 이상을 실현하기 위해 고안한 것이다. 무슨 말인가?

꿩을 먹어본 적이 없다. 그런데 이상하게도 꿩고기를 먹어본 것만 같다. 오늘은 푹푹 찌는 날이다. 밖에서 요란하게 잔디 깎는 소리가 들린다. 하필 오늘 같은 날 잔디를 깎는담, 너무 더워 창문을 닫을 수가 없는데 아파트 화단에서 풀 깎는 냄새가 7층까지 올라온다.

목적도 모르고 차를 타고 달렸던 날이 있었다. 갑자기 소나기가 억수로 쏟아졌다. 아무리 와이퍼를 빠르게 작동해도 앞이 보이지 않았다. 차창에 퍼붓는 비가 차 안을 아늑하게 했다. 그는 묵묵히 운전 중이었고 나는 길가에서 그 비를 맞고 서 있는 '자고새 농장'이라는 간판을 보고 있었다. 그때 붉은 흙길 위로 튀어오르던 비 냄새가 왜 코끝에 생생한지 모르겠다.

　이 냄새는 짓뭉개진 풀에서 나는 초록의 피 냄새다. 꿩고기를 먹어본 적은 없다. 자고새, 자고새, 자고새는 꿩이 아니다. 자고새가 화살에 꿰인 채 피 흘리는 그림을 본 적이 있다. 그것이 꿩과 무슨 상관이란 말인가. 언젠가 어느 식당에선가 꿩을 넣었다는 꿩만두를 팔고 있었다. 꿩만두 속에 푸릇푸릇했던 그것, 무슨 목적으로 돋아났던 풀이었을까, 망각의 나라에서 그 초록 풀들 일제히 돋아나는 날 있을 것이다.

　기차역에서도 무조건 기다리기만 하면 기차는 온다. 그 푸릇한 기억 기다릴 테니 달려와 일렬로 서보라. 꿩고기를 먹어본 적은 없다. 아니다. 나 꿩 먹어본 적 있나? 다시 꿩 귀 먹은 소식에게 물어봐야겠다.

―「망각의 풀밭에서」 전문

　작품의 첫 이야기는 "꿩을 먹어본 적이 없다" "잔디 깎는 소리가 들린다" "풀 깎는 냄새가 7층까지 올라온다" 이렇게 세 구절을 근간으로 한 현재를 배경으로 진행된다. 두번째 이야기는 "차를 타고 달렸던 날이 있었다" "소나기가 억수로 쏟아졌다" "'자고새 농장'이라는 간판을 보고 있었다" "흙길 위로 튀어오르던 비 냄새가 왜 코끝에 생생한지 모르겠다"를 골간으로 한 과거의 경험일 것이다. 문제는 거개가 묘사에 해당된다고 해야 할 셋째 연, 즉,

세번째 이야기에서 발생한다. 첫 연의 잔디 "냄새"와 둘째 연의 비 온 후에 번져나온 "냄새", 이 둘이 충돌하면서 '합'이라고 할 어떤 지점이 도출된다. 이윽고 어느 "냄새"를 지칭하는지 구분이 묘연한 상태에서, 베어나간 풀-짓뭉개진 풀-초록-피-꿩-자고새-잔디-붉은 흙길 등이 하나로 뒤엉키면서, 지금-여기에서 열리는 '순간의 시간'이 작품을 물들이기 시작한다. 시제의 측면에서나, 경험의 강렬함에서나, 주제의 특성으로 보나, 이질적이기 그지없는 요소들이 "자고새가 화살에 꿰인 채 피 흘리는 그림" 한 점 안에 일시적-순간적-압축적으로 담겨, 물과 기름처럼 섞이기 어려운 것들을 뒤섞은 다음, 꼼짝 못하게 한곳에 가두어놓음으로써 긴장의 최대치를 조성해내는 것이다.

최정례가 '기획'한 산문시의 저력과 고유성이 여기에 있다. 시제는 이제 중요하지 않을 뿐만 아니라 인과나 추이도 견인할 수 없게 되며, 묘사가 압권인 듯해도 사실 시의 무게중심은 벌써 이질적인 것의 버무림, 그 혼재하는 상태로 이전한 이후이다. 섞일 수 없는 것들의 하나 됨을 꿈꾸며 넘나본 새로운 지평은 이렇게 그림 한 점에 오롯이 농축된 상태에서 열리고 만다. 현재와 과거가 충돌하는 무(無)시제의 공간이 생겨나, 산문의 전진하는 시간(즉, 흐름에 충실한)을 부정하는 일에 착수하면, 시의 지금-여기는 이질적인 것들을 잔뜩 머금고 어떤 폭발을 준비하는 하나의 그림처럼 재현되어, 산문이 미처 대비하지 못한 예기치 않은 사태를 조장해내는 것이다. 물론 그곳이 종착지는 아니다. 이러한 긴장감 속에서 맞이한 마지막 연을 보자. 기억이라는 알레고리가 작품 속의 다양한 소재들을 다시 한 번 하나로 엮어내는 순간이 바로 마지막 연에서 도래하기 때문이다. 모든 것을 기억의 문제로 치환해내는 행위가 이와 같은 수순과 절차 속에서 진행될 때, 이 기억을 우리는 시간에서 자유로운 기억, 이야기의 기억과는 상이한 기억, 예컨대, 지금-여기에서 되살아난 "푸릇한 기억"이라고 부를 수 있을 것이다. 그럼 산문을 방해하는 회전의 고리는? 여기까지 읽은 독자를 기다리는 것이 다시 등장한 "꿩"이라는 사실을 간과할 수는 없는데, 그것은 이 "꿩"이 첫 연의 그것으로 되감기는 듯해도, 이미 동일한 "꿩"이 아니기 때문이다. 이 "꿩"은 상이한 기억들이 공존하는 근원의 "꿩", 아파트의 "풀 깎는 냄새"와 "피 흘리는 자고새" "흙 길위로 튀어오르던 비 냄새"의 기억을 머금은 상태에서 시인이 일상에서 행해지는 "망각"에 대항하고자 주조해낸 "꿩"으로써, 이질적인 사물, 이질적인 기억, 이질적인 경험, 이질적인 풍경을 한곳에 그러모은 후, 텍스트 전반을 다시 배치하고 조율해내는 알레고리로서의 제 기능을 유감없이 발산한다. 그런데 우리는 대체 어디쯤 와 있는가? 첫 연의 서두, 즉 "꿩을 먹어본 적이 없다"로 어느새 되돌아온 것은 아닌가? 최정례의 "망각의 풀밭"은 이렇게 "꿩궈 먹은 소식"이 되어 한없이 텍스트의 구석구석을 떠돌아다닌다. 그러면서 전진하려는 산문의 의지를 꺾어버리고, 산문의 순차적인 시제를 저버리며, 주제를 한없이 흩뜨리는 산문 고유의 특성을 실현한 후, 상이한 경험들로 채워진 기억 하나로, 이 흩어진 것들을 주관적으로 재편한다. 이제 우리는 어느덧, 산문이 시가 되는 문턱에 당도하였다.

「나는 짜장면 배달부가 아니다」 같은 작품에서도 압권은 텍스트 전반을 지배하는 모체로 기능하는 "부르기도 전에 도착할 수는 없다"라는 마지막 구절이다. 무슨 말일까? "짜장면 배달부"는 제아무리 빨리 달린다 해도, 누군가 그를 부르지 않으면 달릴 조건을 부여받지 못한다. 이러한 발상은 "내가 그리려는 그림은 늘 누군가 이미 그렸다"라는 구절과 정확히 호응하며, 우리가 사는 현실이 그러한 아이러니로 채워진다는 시인의 생각을 반영한다. "부름을 받고 달려가면 이미 늦었다"는 것은 따라서 "짜장면 배달부"의 운명이나 직업의 한계를 표현한 것이기도 하겠지만, 텍스트 전반에서 '나도 그렇다'는 주장을 뒷받침해주는 알리바이이기도 하며, 물론 바로 이러한 사실을 깨닫는 순간 시인은 자그마한 불편을 느낀다. 예컨대 이 구절은 시인의 현재와 시인의 과거를 하나로 묶어내는 단단한 전언인 것이다. "짜장면 배달부"의 운명과 하고 싶은 일을 포기해야만 했던 자신의 심정을 적어놓은 도입부의 "대학 때는 국문과를 그만두고 미대에 가야 한다고 생각했다"는 구절이 시의 마지막 대목, "나는 짜장면 배달부가 아니다" 이후에 되살아나, 예의 그 회전의 고리를 창출해낸다는 데 있다. 현실에 상존하는 모순이건, 개인적 절망이 배어 있는 과거의 경험이건, 최정례의 작품에서 유심히 살펴야 하는 것은, 작품에 등장하는 모든 주제들이 곳곳에서 빙빙 돌면서, 그러나 유기적으로, 하나의 강력한 주제의식으로 관통되어, 산문의 직진성을 배반하고 로고스의 질서를 붕괴하려는 양태와 그 추이이며, 산문의 외형에 갇혀서도 시적 뮈토스의 고안에 봉사하고 있다는 점이다. 마치 산문에서 시적 기미를 성취해내는, 자신만의 감추어진 노하우가 있다는 듯이.

3. 서로 다른 것을 나란히 배치하며 근원을 넘보기

이질적인 것들의 공존에 관해서, 아니 그것들의 합으로의 도출 과정에 대해서도 말을 아끼기 어렵다. 최정례의 산문시에서 시적인 기미는, 가령 「한짝」에서처럼 전혀 연관이 없는 두 주제를 나란히 연접시켜, 아무도 예상할 수 없는 지점을 고안할 때, 성립 가능성을 타진해나간다. 장갑 한짝을 잃어버린 일과 펭귄의 처절한 생존기를 다룬 다큐멘터리가 각각 이야기로 들어선다. 애당초 다른 이 두 이야기가 서로 텔레파시를 주고받기라도 한 것일까? 이 둘을 연결해줄 단서는 사실 "한짝"밖에 없다. 이질적인 두 덩어리를 이어놓으면 무슨 일이 생기는 것일까? 생소한 잔상이 우리 앞에 도출되는 순간, 산문의 성립 조건이 차츰 삐걱거릴 것이라고 생각했던 건 아닐까? "장갑 한짝"을 잃어버린 매우 사소한 일과 "목구멍에서 먹이를 토해 부화한 새끼의 입속에 넣어줄 짝을 기다"리는 펭귄의 절박한 투쟁기를 절묘하게 이접시킨 이 작품에서도 중요한 것은 이접 자체가 아니라 여전히 산문시의 알레고리이다. 서로 상관없는 이야기들이 '잃어버린 짝'이라는 일상적인 상실의 사소한 계기 하나로 나란히 곁에 놓일 때, 산문 안으로 시가 침투할 힘도 마련된다고나 할까. 최정례에게 원형의 복원을 꿈꾸며 기원으로 거슬러 올라가고자 하는 의지가 자리한다면, 이는 "쓰레기통에서 커피 찌꺼기, 쭈그러진 종이컵, 비닐봉지"처럼 사소한 도시의 파편들로부터 "그곳이 어디인지 자신이 무엇인지" 캐묻는 물음으로 표출되지만, 이 의지가 보다 주관적이고 독창적인 목소리로 울려나오는 것은 작품의 내부에서 이질적인 것들이 끊임없이 교신하며 미지의 연결고리를 창출할 때이다. 『개천은 용의 홈타운』은 이처럼 생명에 대한 진지한 고찰과 "간판들, 창문들, 지붕들, 헐벗은 가로수들"로 가득한 현대 도시의 흔한 경험을 한곳에 불러 모아, 두 가지 이상의 기이한 언어, 두 가지 이상의 생경한 풍경, 두 가지 이상의 이야기를, 기이한 문법으로 서로 연동시켜, 충돌과 절충의 지대로 우리를 안내할 것이다. 최정례는 바로 이렇게 산문으로 시인이 될 가능성에 도전장을 내민다. "시인일 것, 심지어 산문으로라도"라는 보들레르의 주문은 최정례에게 산문의 시로서의 실현 가능성을 타진하는 꾸준한 시도이자 원대한 기획이 되어 되살아난다. 이렇게 그는 산문의 시적 전이를 꿈꾼다.

4. 아이러니와 중심 이탈로 시적 징후를 고안하기

예상할 수 없는 삶의 가혹한 기획에 대해 우리가 할 수 있는 일은 어쩌면 존재하지 않을지도 모른다. 그러나 이 현실이 여기가 끝은 아니라는 생각이 무언가를 고안할 계기가 되는 시인도 있다. 최정례가 산문시를 통해 우리에게 던지려는 물음은 그렇다고 봐야 한다. "뭔가를 기다리지만 기다릴 수 없다"(「나는 짜장면 배달부가 아니다」)는 역설, "난 널 혐오해, 네가 싫단 말이다, 꺼져버려"(「릴케의 팔꿈치」)라고 소리를 질러도 그와 동침을 해야 하는 아이러니, "금반지, 다이아몬드, 사파이어 따위의 돌멩이들은 어찌나 차갑고 딱딱하고 덜그럭거리던지 정말 귀찮았다"며 쥐가 뱉은 말을 "팔찌, 목걸이, 선물받은 애들 돌반지"(「쥐들도 할 말은 있다」)를 잃어버린 상황과 포개어 놓아 비판의 화살을 무관한 제삼자에게 겨누는 에두르기 등은 최정례의 시에서 현실의 깊이를 궁리하고 폭을 넓히는 데 바쳐진다. 삶의 본질이 바로 이런 것이었다고, 바로 여기까지였다고, 우리의 기대는 늘 빗나간다고, "시간과 시간의 꿈은 마주 볼 수도 없"(「시간의 상자에서 꺼내어 시간의 가장 귀한 보석을 감춰둘 곳은 어디인가?」)다고 생각한 것일까? "너무나 낯설어 여기가 어디냐고 묻고 싶은데 물어볼 사람이 없"(「코를 골다」)다고 말하는 시인에게, "문득 정신을 차리고 보니 입구는 거기가 아니었다"(「입구」)라며 애써 제가 찾은 길을 반복해서 부정하는 시인에게, "부르기 전에 도착할 수도 없고, 부름을 받고 달려가면 이미 늦었다"고 말하며, "서성일 수밖에 없다"(「나는 짜장면 배달부가 아니다」)고 고백하는 시인에게, 우리는 무슨 말을 할 수 있을까? 그는 아름다운 꿈, 역설과 고통이 없는 삶은 그저 환상에 불과하다고, 그것을 부정하고자, 반듯하고 무탈한 산문에 제동을 걸면서, 하지 못했던 것, 하고 싶었던 일, 아름다운 풍경이 되지 못하는 척박한 현실을 제 붓끝에 담아 산문에서 시적 가능성을 탐색하는, 그러나 잘 알아주지 않는 모험의 길을 나선 척후(斥候)가 되고자 하는가.

삶에서 의도와는 다르게 진행되는 것들, 기다림, 사고, 사소한 오해, 너무 이르거나 지나치게 늦을 수밖에 없는 일상, 문밖에서 서성일 수밖에 없는 이유에 관해, 자신의 사념을 포함하여, 이 모든 것을, 실제로 있었던 일이나 몸소 겪은 경험을, 곧이곧대로, 아니 그대로 적어놓았다고 말해야 하는 걸까. 엮어놓았다거나, 차라리 불편하게 묶어 우리 앞에 '툭' 던졌다는 것이 더 타당할 이 어색한 조합은, 죽음을 대가로 해서만 다시 살아나는 아이러니를 다룬 「회생」 같은 산문을 시로 '회생'시킨다. 죽은 자를 대상으로 장사해, 제 삶의 터전을 일구어내야만 하는 사람들을 다룬 이 평범한 이야기는, "성수기"와 "비수기", '살기'와 '죽기'가 거꾸로 맞물려 발생하는 아이러니를 통해, 산문의 문턱을 넘어 시로의 이행을 꿈꾼다. 산문에서 시의 가능성은 제목 '회생'이 아이러니의 '모체' 역할을 수행하면서 본문을 지배해나갈 때 타진되기 시작한다. '회생'은 그 무슨, 기업회생, 법인회생, 개인회생처럼, 망해가는 회사를 되살리거나 신용불량 상태의 개인을 구제해준다는 일종의 법률 용어이다. 그런데 작품에서는 이 용어가 양가적인 모습(죽은 자를 살리기/기업회생)을 감춘 채, 망해가는 장례식장의 '회생'이라는 측면에서만 진행되었다는 점에 주목해야 한다. 우리는 그저 영문을 모른 채, "장례식장" 운영자의 암울한 사업 전망을 쫓아갈 뿐이다. 그러나 작품을 끝까지 읽은 후, '회생'(제목을 제외하면, 마지막에 등장한다)이 무엇일까 골몰하며 추정해보는 순간, 산문은 그간 묘사와 전개의 틀을 벗어나기 시작한다. 이 순간은, 되돌릴 수 없는 삶이나 죽음이 뿜어내는 이율배반의 세계로 진입하는 순간이기도 하다. 이렇게 우리는 다시 문두로 되돌아가, 제목에 대해 궁리해야 하는, 회전의 고리를 체험하게 된다. 그렇게 하는 동시에 '회생'은 사실 양가적이지는 않다는 사실도 명백해진다. 양가성은 아이러니에게 제 자리를 양보하여, 제 가치를 상실하게 되고, 산문의 가파른 전개와 구어 투에 힘입은 간결한 진행은, 비판적 시선을 통해 견인될 진지한 사유의 공간 저 뒤로 물러나 앉아, 차츰 주춤거리기 시작하는 것이다. 이 작품에서 눈여겨봐야 하는 것은 결국 산문, 바로 그 이후에 남겨지는 무엇인 것이다.

산문에서 시를 고안하려는 시도는 「흔들렸다」의 경우처럼, 중심 이탈의 이미지를 쏘아올려 독특한 심상을 끌어내는 실험에 기대어 제시되기도 한다. "티롤이라는 까페"에서 아는 사람을 우연히 발견하고서 '나'는 그에게 말을 걸어보지만, 그는 내가 생각하는 그 사람이 아니라고 자신을 부정한다. 그러나 그의 변한 외모에도 불구하고, 나는 그에게 "변하지 않은 모습이 더 많이 남아 있었다"는 확신을 갖고 있다. 변하지 않았다는 내 믿음이 흔들리기 시작하는 기미는 산문 안에서는 제 모습을 드러내지 않는다. 흔들림은 문제의 그 사람이 앉아 있는 광경을 바라보는 내 시선에 의해 다각도로 제시될, 여전히 희미한, 하나의 가능성일 뿐이다.

무릎 위에 꼭 쥔 주먹이 분명 그의 손이었다. 유리창 밖에서 갑자기 비둘기가 날았다. 그의 어깻죽지에서 솟았다. 시간이 오래 지났다고는 하지만 그가 왜 자기 이름까지 잊고 있는지, 왜 자신이기를 거부하는지 이해할 수 없었다. 꽝 소리가 났는데 세상은 멀쩡했고 어떤 사람은 자기가 아니라며 이름까지 잊고 있었다.

―「흔들렸다」 부분

피사체 하나(여기서는 "재인"이라 불리는 그)를 조망한 것 같지만, 초점은 다른 곳에 가 있다. 오히려 그 배경에 초점을 두고자 하는 기술 방식은, 중심에서 시각을 이탈시키는 동시에 시선을 두 곳 이상의 방향으로 분산시킨다. 내 굳건한 믿음이 흔들리는 것에 대한 반어적 비유를 중심이 탈구된 이 이미지가 견인해낸다는 데 시의 비밀이 감추어져 있다. 내가 주시하고 있던 그 사람 뒤 카페의 유리창 밖에서 "비둘기" 한 무리가 날아오른다. 내가 보고 있는 그의 모습과 이 갑작스레 날아오르는 비둘기 떼가 포개어지면서, "비둘기"와 "그"의 합이라 할 충돌의 이미지, 즉 "그의 어깻죽지"가 도출된다는 사실에 주목해보자. 합쳐진 이미지로 우리의 초점이 옮겨지는 그 순간은 한편으로는 산문을 배반하는 징후가 목격되는 순간이기도 하다. 예컨대 (영화 용어를 빌리자면) 이 탈프레임 효과는 단순한 기법으로 기능하고 막을 내리는 것이 아니라, 산문을 읽는 우리의 독법 자체를 흔들어놓는 고유한 발상에 가깝다고 보아야 할 것이다. 이제, 이후의 구절을 어떻게 읽을 것인가? 인물에게만 집중하는 대신, 배경과 인물을 중첩시켜 중심을 사라지게 한 이중 포커스 장치 덕분에, 우리는 다음 구절을, 사실에 대한 확인과 강조가 아니라 반어적 효과를 창출하며 전개된 역설적 표현의 일종, 즉 아이러니로 읽어야 하는 입장에 놓이게 된다. 예컨대, 세상은 결코 멀쩡하지 않은 것이며, "아무 일도 없"이 지나가는 세상 따위는 결코 존재하지 않는다는 것, 사람들은 심지어 자기 자신의 존재조차, 아니 그 뿌리조차 거부하는 삶을 살아가고 있다는 시인의 감추어진 생각이 이 작품의 진정한 주어인 것이며, 중심이탈 장치는 이 감추어진 부분을 드러내는 시발점이다. 이렇게 아이러니는 작품의 '산문' 속에는 애당초 흔적을 남기지 않았던 것이며, 시인이 산문에 작위적인 메스를 가한, 기획된 목적성 하에 끄집어낸 무엇, 그러니까 산문에서 시적 효과를 도출해내기 위해 감행한 실험의 소산인 것이다.

최정례에게 산문시는 로고스에서 뮈토스를 창출해내려는 고민의 결과라고 보아야 할 것이나, 그렇다고 3부 「있음과 있었음의 사이에서」와 같은 장시에 대해 할 말을 다 내려놓은 것은 아니다. 보이지 않는 대상과의 치열한 싸움, 그것을 밝혀내고자 혼란의 세계로 자발적으로 파고들어 기억을 지금-여기로 끌어오고 현재화된 기억에 새로운 질서를 부여하려는 이 작품에서 우리는 장르의 구분을 취하한 자리에서 출발한 새로운 글쓰기의 기투를 본다. 고통이었던 것을 고통의 현재로 전화해내며 의식과 무의식을 오가는 독특한 재현의 기록으로 흥건히 물들이고 있는 이 작품을 마주하여 우리는 아이러니하게도, 이 시인이, 나아가려는 산문과 회귀하려는 시의 경계를 허물며, 산문시의 유토피아를 꿈꾸는 원대한 기획에 참여하고 있다는 사실을 확인하게 된다. 장중하고 유려한 어법으로 시간과 존재에 대한 성찰을 전개한 이 작품은 사실 시집의 다른 작품들, 예컨대 "도로변에 떨어뜨린 아이 신발 한짝"과 "응급실"에 있는 사람이 보내는 요청, "데모하다 끌려갔던 감옥"에서 나온 과거 일을 "바람 불어 나뭇잎들 하나하나 뒤집히는 날"의 이야기로 묶어내며, "영혼"과 존재에 대한 사유를 독창적으로 풀어낸 「거처」나 시간의 주관적 해석 가능성을 이사 이야기를 통해 담아낸 「그 시간표 위로」 등을 '번역'한 것이라고 보아도 무방하다. 현재의 '있음'과 과거의 '있었음'이 서로 무관한 것이 아니라고 말하는 이 작품은, 아직 현실에 당도하지 않은 미지의 의문들을 우리 곁에 풀어놓은 이 시집의 상당수 작품들을 제 씨앗으로 삼고 있는 것은 아닌가. 의식과 무의식을 오가는, 고통으로 점철된, 그러니까, 산문도, 시도 아닌 상태에서, 고유한 산문시, 산문시의 고유성을 꿈꾸는 이 원대하다고 말하지 않을 수 없는 기획에 대해서, 우리가 언제까지 침묵하고만 있을 수는 없는 노릇이다.

5. 나는 산문, 시인이다

산문이 전진하는 힘을 머금고 있다는 사실을 가장 먼저 포착한 사람은 플라톤이었다. 산문의 이 힘으로 세상을 기획할 만큼 플라톤은 산문의 위력과 효율성을 누구보다 신뢰하였고 그 특성을 꿰뚫어보았지만, 동시에 그는 시를 가장 두려워했던 사람이기도 했다. 법률을 근간으로 질서를 유지하기 위해, 가장 먼저 공화국에서 추방해야 했던 자들은 바로 '연민'과 '공포'를 조장하는 시인이었다. 추방을 명하기 전에 변론의 기회가 주어졌지만, 시인들에게 얄량하게 주어진 이 변호에 어떤 단서가 붙어 있지 않은 것은 아니었다. 공화국 질서의 근간이기도 한, 법률적·합리적 언어, 즉 산문을 사용하여, 더구나 시인이 아닌 자의 입으로, 시인이 제 정체성과 신념, 거주의 이유, 그러니까 존재의 근거를 마련해야 했던 기묘한 처지는, 19세기 후반 막 출간한 제 작품이 미풍양속을 해친다는 이유로 법정에 서야 했던 시인 보들레르가 맞닥뜨렸던 정치적 상황과 근본적으로 동일한 것이었다. '*피고인, 변론의 기회를 주겠소. 그 무슨, 되도 않는 시 같은, 그런 알쏭달쏭한 말로, 말도 되지 않는 말을 늘어놓지 말고, 알아듣기 쉽게, 누구나, 모두, 이해할 수 있게, 산문이라는 합리적인 언어로 변론을 해보시오.*'[1] 물론 보들레르는 한마디도 할 수 없었다. 땅! 땅! 땅!

플라톤이 이성-합리-법률의 언어로 규정했던 산문은 그렇다면 어떻게 시의 경지를 넘보는가? 산문의 외형을 부수지 않고서도, 그 견고한 상자 안에서 참호를 파고 흠집을 내며 제 시를 구현하고자 전개한 이 각개 전투를 우리는 무엇이라고 부를까? 산문의 로고스와 자명한 진리를 시의 뮈토스와 무정형의 정념으로 흔들어대는 잘 알아주지 않는 모험을 누가 개진하고 있는가? 최정례가 기획의 일환으로 우리에게 투척한 이 산문시집은 과연 "거대한 도시를 빈번하게 왕래하고, 그 수많은 관계와 교섭하는 가운데" 제 "끈질긴 이상(理想)"(보들레르, 앞의 글)을 실현해낼 것인가?

산문시는 로고스의 질서 속에서 로고스 자체를 되묻게 하는, 모종의 되돌아오는 힘을 만들어낼 때, 시로서의 성립 가능성을 타진할 것이라고 우리는 말했다. 최정례의 시적 변화는 아이러니의 발명, 회전하는 문법, 이접이나 알레고리를 통해 폭발적인 순간을 창출하기, 중심 이탈의 이미지를 구축하여 동시다발적인 심상을 담아내는 작업 등을 통해, 전진하는 산문에 역행하는, 산문이라는 외형 안에서도 끊임없이 되돌아오고 회전하고 되감기며, 산문의 정체성에 금을 가게 하는 시적 징후를 마련해내면서, 이성과 감성, 산문과 시 사이에 자리한 이분법을 부정하는 시적 언어를 발견하려는 기획의 산물이라고 하지 않을 수 없다. 그러니까, 최정례가 선보인 이 산문시가 시가 되는 순간은 어떤 결단의 소산이기도 한 것이다. 예컨대, 이 시인은, 시에서 이야기를 거머쥔 대가로 무언

---

1) 1857년 8월 20일 열린 『악의 꽃』 공판일지는 검사나 변호사 공히 산문으로 시를 설명할 것을 요구했다고 기록한다.

가를 지불해야 한다고 줄곧 생각해왔던 것이다. 먼 곳을 바라보고자 하는 원대한 열정을 실현하기 위해서라면, 사실 가까운 곳에 대한 성찰과 내 안으로 침투해오는 타자의 몫을 두려워하지 않고, 예측 불가능한 것들을 평범한 일상에서 도출해내는, 저 시적 모험에 내기를 걸어야 한다고 생각한 것은 아닐까?

이 현실이, 여기가 끝은 아니라는 생각이, 최정례에게 무언가를 고안하기 위해 위험을 감수해야 하는 모험의 계기가 되었다면, 우리는 그의 고안을 산문시의 발명에 바쳐진, 누구나 시로 여기지만 누구나 의문을 갖는 산문시의 본령을 확인하기 위해, 숱한 고심 끝에 내디딘 의구심의 실천적 헌사로 읽어야 할지도 모른다. 산문시의 실천으로 시인이 우리에게 투척하고자 하는 물음에는 이 시대에 시인으로 살아갈 수 있는 자격과 그 희미한 가능성에 대한 진지한 모색과 시 자체를 겨냥한 비판적 화살도 내재되어 있다고 볼 수밖에 없다. 시는 이렇게 시와도 싸울 수밖에 없으며, 산문이 시가 되는 고유한 방식에 대해서라면, 여전히 우리에게 남겨진 미지의 몫이 존재하는 것이다. 최정례에게 산문시는 제 시의 양식을 구해올 텃밭이자 시의 새로운 길을 찾아 나설 싸움의 터전이다.

(최정례 시집, 『개천은 용의 홈타운』 해설, 창비, 2015)

트랑스trans의 사건, 연애의 마음
—유진목의 『연애의 책』

> 현대는 정말 춥다. 혼자서는 불을 못 피운다.
> 바람을 막으며 손바닥만 한 얼음 위에 불을 피우려면 두
> 사람이어야 한다.
>
> —최인훈, 「가면고」[1]

1. 미끄러지고 비끄러매고

　사랑은 이질적인 경험들을 머금은 채, 수없이 왕래하고 서로를
덧대면서, 굵은 자국으로 도드라지고 마는 두 사람의 누빔점과도
같은 것이다. 그렇게 점점이, 순간순간에 존재하는 얼룩을 붙잡
는 일과도 닮아 있다. 우리는 이제부터 '당신'이라는 대상을 자신
의 시간과 공간에 조응할 수 있도록 잠시 붙들어 매는 일에 전념하
는 시인을 만나게 될 것이다. 삶에 정념을 불어넣기도 하고, 추억
을 꺼내들어 잠시 슬픔에 잠기거나, 어느 순간을 아쉬워하면서, 그
는 불꽃같이 산화하는 제 마음을 연애라는 이름으로 풀어헤쳐, 다
양한 목소리를 울려내고 숨 가쁜 표정을 지어 보인다. 사랑이 항상
우리를 빠져나가고 우리 또한 결국에는 사랑(의 감정)을 서둘러 빠

---

1) 『크리스마스 캐럴/가면고』(최인훈 전집 6), 문학과지성사, 2009, 제3판, p. 235.

져 나올 수밖에 없는 운명이라는 사실을 이 시인은 벌써 알고 있었던 것일까? 사랑이 그로 하여금 어떤 형태의 감정을, 몸의 체험을, 알 수 없는 관념을, 그 사유의 자락들과 마음의 허용을, 그 순간 어디론가 미끄러지고 마는 이상한 경이와 요동치는 마음의 울림을 받아내게 하고, 기록을 하게 하는 것일까. 배꼽에 잠시 고인 정액이라면 또 모를까, 사랑은 좀처럼 고여 머무는 법이 없다. 그것은 무형의 운동과도 같으며, 이 운동이 내 안에서 그리움을, 내 안의 그리움을 불러낸다. (정액도 시간이 지나면 흘러내릴 것이며 사라질 것이다.) 그런데 이 사랑은 같이 있을 수 없는 사람이나 만나면 안 되는 사람, 그러니까 만난 후 곧 떠나갈 당신과 함께하는 그런 사랑이다. 유진목은 시집의 첫 작품을 이렇게 연다.

아침에 일어나 아침을 보았다

한 사람이 가고 여기 움푹 패인 베개가 있다

당신은 나를 사랑하게 될 거요

이대로는 안 된다
돌아갈 때는 금방일 텐데

그러나 여기 한 사람이 오고 반듯한 베개가 있다

저녁에는 일어나 저녁을 보았다

나는 당신을 죽일 거예요

아침에 일어나니 아무도 없었다

금방 또 저녁이 오고 있었다

—「신체의 방」 전문

'오늘'을 분실하는 '어제'가, '지금'을 상실한 '금방'이, '여전히'
의 뒤로 스며드는 '아직도'가 그 사람의 등 뒤에 아로 새겨진다.
"당신을 죽일 거예요"는 따라서 중의적이다. 내 마음에서 그를 지
워나가겠다는 조용한 다짐이기도 하기 때문이다. "당신은 나를 사
랑하게 될 거요" 역시 '그'가 하는 말이라고 보아야 할 것 같다.
'될 거요'가 반증하는 이 관계는, 한 사람이 주도권을 쥐고 전개해
나가는 사랑과도 닮아 있다. 사랑이라는 이름의 풍경 속에서, 서로
를 그리워하고 성애를 나누었던 사람들, 이 둘의 관계, 저 관계 지
움이, 애초에 없었던 것들의 교집합이거나 앞으로 없어질 수도 있
는 것들의 공집합이라는 사실을 유진목은 부인하지 않는다. 그러
나 삶은, 함께한 순간과 순간은, 지워지지 않을 것이다. 몸에 새겨
지거나 기억 속에 잔존하기 때문이다. 그렇게 사랑이 사라지려 하
거나 이별을 잠시 허용하려 하는 순간, 역설적으로 마음에서는 무
언가 솟아난다. 그에게 아무것도 아닌 것이었다면, 나 혼자 그를
죽이고 살리기도 하는 이 관계는, 그러나 애당초 없었던 것보다 나
은 것인가? 시인은 오히려 "갓 지은 창문에 김이 서리도록 사랑하

는 일"을 "어떻게 적을까요"(「잠복」)라고 되물어, 사랑의 자취와
행위, 그 순간 피어오른 제 마음을 적는 데 오히려 몰입하는 것처
럼 보인다.

당신은 곧 열두 시가 된다

차가운 보리차를 마시고
사과를 한입 베어 물었다

선풍기의 회전 버튼을 누르자

삐걱인다
열두 시를 지나며

정오에서 자정으로 바람이 분다

사과를 깨물면 딸이라는데

아침에 일찍 일어나
맑은 물에 그릇을 부셨다

나는 곧 열두 시가 된다

보리차를 끓이고

미역을 불렸다

오이는 싱싱하다

아이의 이름을 생각하고
양치를 하고
쪼그려 앉아 밑을 닦았다

천정이 무너진다

그런 뒤에도 시계는 조금 더 갔다

—「사이렌의 여름」 전문

시인은 회문(迴文)의 형식을 취해, 당신과 나 사이 저 정사의 시간을 이중으로 배치한 풍경 속으로, 정사를 채비하는 마음과 그 이후를, 밀어 넣는다. 그 여름, 아름다운 노랫소리로 당신들을 유혹하여 결국 난파시킬 수 있을 것인가? 여진처럼 남겨진 저 마음이 계속해서 '사이렌'처럼 울리고 있는가? 은밀하게 암시되는 정사에 대한 과묵한 표현들이 유진목의 시에 굵은 감정의 무늬를 아로새긴다. 열두 시가 되면 무슨 일이 일어나는가? 초침과 분침이 하나로 포개어진다. 나는 "이제 곧 열두 시가 된다"는 표현은 그러나 성애에 대한 농밀함에만 복무하는 것이 아니라, 단아와 고요 속에서 내 바람으로 연장되어 나타나는 제 사랑의 징표와도 같다. 이렇게 사랑은 마음의 약속이며, 어떤 예기치 못한 시간의 방문과 아직

다가오지 않은 일을 상상하도록 허용한다. 이 사랑은 타인의 풍경, 제 바람의 상징이기도 한 것이다. 그러나 이 사랑은 병을 앓는 자의 사랑, 불꽃같은 사랑, 활활 타오르는 사랑이기도 하다.

　　우리가 정답게 나누어 마신 병 그리고도 남아서 두고 보는 병 어쩌다 그렇게 독한 병을 서로에게 기울였는지 병을 마시고 병에 취하고 상한 속 붙들고 키들거리면서 예 한 시절 한 없이 즐거웠지요 그런 말은 피차 하지 말지요 다른 건 모르겠습니다 하 수상한 게 생각이라 없는 게 약이라구요 그래도 삶은 사랑은 낡아진 속옷 모양 푹푹 뜨거워지니 너무 오래 붙들었나요 사랑은요 무슨 불에 얹어둔 빨래가 넘는다구요 예 예 가봐야지요 아니요 가지고 계세요 지금은 묻지 않겠습니다

—「부재중통화」 부분

　　이 연애는 그러니까 "방 안은 열기로 가득하고 빛과 어둠이 만나 서로를 만드는 중"(「호텔 니케로」)인 저 성애의 순간 찾아드는 느낌과 몸에 대한 기억으로 살려내는 연애이며, 그걸 붙들어 매려는 마음으로 임하는 사투와도 같다. 그는, 당신은, 내 바람에서 자꾸 빗겨난다. 내 욕망을 채워주지 않는다. 그래서 연애는 좋은 것도 나쁜 것도 아니다. 다만 하지 않을 수 없는 어떤 상태에 입사해서, 그만큼 어루만지고, 어루만지는 공간을 보고, 표현할 수 없을 것 같은 마음을 기록해보고, 거기에 자신의 마음을 내려놓고, 그렇게 타자를 소유하거나 소유될 것 같은 감정 속에서, 자기 자신을 돌보고 비판하고 꾸짖고 좋아하고 위로하고 달래고 원망하고 격려

하고 상상하는, 그러한 일을 가능하게 해준다. 그는, 당신은, 내 욕
망의 좌표 위로 올라오거나 나를 위해 복종하지 않는다. 그는 흔적
으로 존재하는 사람이기 때문이다. 그는 미끄러진다. 그는 흔적 속
에 나를 파묻고, 내 몸에 흔적을 남기는 사람, 그렇게 내가 남긴 흔
적을 보존하고 지지하기를 바라는, 유일한 다수, 유일한 타자, 무
한한 자아, 무한한 마음이다. 그러니까 그것은 기울기의 문제였을
까? 중심의 문제였을까? 흔들림의 파동인가? 아니다. 그런 것이
아니다. 감각적 질서를 새롭게 벼려내는 몸의 사건인가? 그런 것
도 아니다. 그럼 무엇이 이 연애를 가능하게 해주는가?

물음은 연애 상태를 규명해야만 하는 심적 기제에 대한 논의를
촉발시키는 대신, 이 시인의 경험, 이 시인의 감정, 이 시인이 타자
와 함께하는 것들, '하다' 동사의 촉지들이 뻗어나간 궤적들을 돌
아보며, 그의 연애의 본질과 이 연애가 끌려가고, 끌고 오고, 끌림
을 당하고, 끊고, 잇고, 덧대고, 돌아눕고, 돌아서고, 헝클어지고,
어지르고, 높아지고, 낮아지고, 잔잔한 그늘 막에 거주하려 하고,
타들어가고, 원망하고, 바라고, 바라고, 또다시 바라는, 그렇게 저
얼룩과도 같이 번지고 지워지는 추이와 양상을 들여다보는 일에
있다. 연애를 보고하는 것이 아니다. 연애를 까발리는 일이 아니
다. 텍스트와 연애하는 일을 독자들에게 위임하는 일이다. 연애하
는 시에 대해, 연애하는 시가 미끄러지는 것, 미끄러지고 붙잡히고
다시 미끄러질 수밖에 없는 저 마음의 발화를 우리는 고백으로 읽
어야 할지 모른다.

  여기가 어디니?

나는 너를 사랑하고 있구나 持病처럼

봄날 꽃 다 지고 떠도는 기침처럼

내려앉을 자리도 없이

온통 짓무른 꽃잎 투성이구나

한 잎 환하게 또 한 잎 썩어가고 있구나

어둔 구석에 서서 너는 오줌을 누고

허술한 담장에 기대어 몰래 듣는 꽃잎들

흠뻑 두들겨 맞는 소리

단단히 일어서는 꽃망울이 맨 처음

조그만 입을 벌렸을 때

나는 잔뜩 오무린 채로 아주 꽉

바람은 쉬이쉬이 하고

白髮처럼 늙어버린 벚꽃나무

후두득 꽃 버리고 온몸을 터는

아름답지?

너는 성큼 걸어 나오고

불컨 기억처럼 사방에 진동하는 좀

어지러워

쉬었다 갈까

어쩌다 이렇게 많은 꽃을 터뜨렸을까

부끄러울 사이도 없이

발기발기 흩어지는 분홍의

근데 너는 누구니?

무더기로 쏟아지는 꽃잎

까르르 웃는 봄날처럼

—「벚꽃 여관」 전문

이 정사는 평등이나 자비에는 관심이 없다. 사랑은 세심한 배려나 감정의 공유 같은 것에도 관심이 없다. 한 사람이 주도권을 쥐면 나머지는 따라간다. 한 사람이 가하면 한 사람은 받는다. 마주치는 손뼉은 서로 강도가 다르고, 힘을 준 세기가 다르고, 시선의 각도와 신음의 열정이 벌써 다르다. 나무와 꽃잎은 서로 다른 일을 한다. "발기발기 흩어지는 분홍"이라는 저 말은 치명적이다. 한 사람이 애태우면, 한 사람은 저만치 있다. "어쩌다 이렇게 많은 꽃을 터뜨렸을까" 그것은 첫 정사에 대한 기억이었던가? 둘 사이의 팽팽한 긴장은 어디에도 없다. 팽팽한 줄다리기처럼 보인다 해도, 거기에는 늘, 불균형과 부조화와 치우침이 감추어져 있기 때문이다. 어느 한 시점에 고정되는 순간이 있고, 거기서 합일하고 다시 헤어지는 몸이 있을 뿐이다.

우리는 젖었고
점점 거세졌다

언덕 위에는 아무도 없었다
거기서 잠시 멈추었다

멀리 이동하는 짐승들의 무리가 보였다
어디로 가는지는 몰랐다

우리는 둘이 되어 손을 잡고 내려왔다

—「동산」 부분

그러나 그는 얼마 안 가, 잡은 손을 내려놓을 것이다. 그러니까 사랑은 몸과 마음의 벌어진 간극을 좁혀주고, 별도의 윤리나 도덕도 없이, 원래 하나였다고 긍정하면서 둘을 결속시키는 데 성공적으로 합류하지 못하는 것이다. 유진목의 시를 읽다 보면, 우리는 그 일이 생각보다 쉽사리 합의를 목전에 두거나 확신을 장담할 수 없다는 사실을 발견하게 되는데, 이는 사랑의 극한 충동에서 야기된 섹스가 몰고 올, 저 아린 상처나 흔들리는 감정의 파동이나 몸의 반응보다, 오히려 그와 같은 상황에 돌입하고서만 열리는 순간에 이르러 죽음과 탄생을 비추어보게 된 시인이 사랑의 기원과 잉태의 원류를 찾아 나서기 때문이다.

2. 사랑의 기원

가령 「망종」이나 「울음의 순서」「밝은 미래」 같은 작품들이 그렇다. 정사를 통해 씨를 뿌리는 행위를 전제하는 것이 바로 사랑이자 섹스라고 말하지만, 꿈의 언어로 그것을 표현하면서, 그는 어머니를 만나고, 어머니가 되어 아이를 갖고, 산고의 아픔을 공감하고, "잠결에 어렴풋이 일어날 수 없는 일이 일어나려 하고 있다"(「망종」)고 생각하며, 사랑의 감정, 사랑이라는 행위의 감정이 파생한 기원을 정교하게 짚어낸다. "다른 사람이 꾸는 꿈"처럼 자신을 느낀다. 이 꿈에는 사랑하는 남자와 어머니가 있다. 태아가 되어 어머니를 바라보고, 어머니의 산고를 느껴보고, 아마 새벽에 있었을, 그러니까 얼마 지나지 않아 다시 시작되었을 정사를 "누군가 거칠게 문을 두드리는 소리"라고 비유적으로 암시하며, 그 "짧고 날카로운 통증"을 치통과 산통과 사랑의 경험, 그 하나로 비끄러맨다. "한 여자의 몸 속에 있"는 태아가 되어, "만삭의 여자"(「울음의 순서」)를 경험하거나, 마치 노인이 된 것과도 같은 심정으로 세상을 바라보는 시인의 타인을 대하는 태도에 삶과 죽음에 대한 성찰이 없다고 할 수는 없다. 사랑을 할 수 있는 것은 "수많은 죽음이 있었기 때문"이라고 시인은 말한다. "우리는 죽음에 빚지고 살고 있"으며, "다만 거기에 있는 것으로 인생에 답하고 있"다고 말하는 시인의 감정은 얼마나 공소한 것인가? "여기에 다만 조금 더 머물러 있어도 되겠습니까"(「밝은 미래」)라고 묻는 그는 또 얼마나 작은 마음의 소유자인가?

이 사랑 이야기는 사랑의 역사도, 그 비극도 거느린다. 내 탄생의 역사 역시, 사랑의 소산이기 때문이다. 상투적인 방식으로 이 소사(小史)를 그리지 않기 위해 그는 시간을 하나로 포개고 입체적인 서사를 쌓아올린다. 나는 "일천구백팔십일년"에 "나와" 삶을 살고 있다. 거슬러 올라가면 "쇼와 일천구백오십구년"에 시작된 일이었다. 그렇게 쇼와(昭和) 시대에 살았던 할아버지를 '아버지'의 화자로 삼는다. "어머니 이이가 영영 집으로 돌아가지 않으려고 했대요"(「아버지와 소와 어머니와」)는 그러니까 어머니가 할머니에게 한 말이다. 유진목은 화자를 갈아타며, 사랑의 소산인 제 탄생에 관련된 삼대(三代)의 이야기를 퍼즐처럼 구성해내면서, 독특한 풍경들, 사랑의 자국과 상흔을 "맨 처음 아기집에 들 듯 오래전 따로 떨어져 나온 땅의 상처 같은 배꼽"(「배꼽 부근」)에 얽힌 일과 하나로 묶어내는 일을 놓치지 않는다. 시에서 이야기가 강점이 되는 순간이 이때 마련되며, 여기에는 심지어 능숙하다고도 해야 할, 그래서 우리가 예기치 못할, 저 젊은 시인의 성숙한 지성과 예지도 모습을 드러낸다. 사랑의 흔적을 더듬어 세월을 주조해낸다고 할까? 물론 이 세월은 사랑, 탄생, 연애, 죽음, 고통으로 꿰뚫은 소사(小事)이자 역사이며, 그가 지나온 '저기-삶'을 '여기-현실'로 붙들어 맨 장면들이자, 그 장면과 장면에 배어 있는 감정을 탁월하게 연출한 결과로 주어진다. 이질적이며 독립적인 컷과 컷을 덧대어, 독특한 신scène을 하나 창출해내는 그런 장면들이 유진목의 시에서는 주된 시적 문법으로 자리하는 것과도 같다고나 할까. 자신의 죽음을 영화 속의 장면처럼 기록하며, 제 삼자의 시선으로 그것을 비추어 보며, 자신을 발가벗겨 전시하면서 감행하는(「미선나무」) 저 죽은 자의 위무는, 살아 있는 것 자체가 우리가 받아야 마땅한 영벌(永罰)이라고 말하기 위함일까? 이 삶의 고통은 사랑의 고통이자, 감정의 고통이자, 살아 있음 자체에 빚지고 있는 고통이며, 그럼에도 사람이 행하는 감정들이 야기한 순간들의 사건이다. 그것은 연애가, 사랑이, 생각하게 해주는 독특한 일로 변주되어 나타나는 삶이며, 연애를 통해 입사하게 되는 타자의 풍경, 개인의 체험, 가족의 이야기이기도 할 것이다. 유진목이 늙은 목소리, 앳된 목소리, 성숙한 목소리, 고통 어린 목소리, 애절한 목소리, 쓸쓸한 목소리, 슬픈 목소리, 자명한 목소리, 단단한 목소리, 병든 목소리를 멋지게 변주해내면서, 아직 우리에게 존재하지 않았던 연애 시를 써 나갈 수 있는 것은 바로 이 때문이다.

3. 둘의 사건

결국 둘이다. 사랑은 둘의 사건, 둘이 한 무대 위에서 펼치는 사건이다. 늘 둘이 맺는, 둘에게서 비롯되는 이 사랑에서 그런데 주도권을 쥐고 있는 자는 누구인가? 사랑은 둘의 평등함을 보장하기는커녕, 이기적이라서 차라리 처절한 전투, 그 전투에서 빚어지는 마음들일 것이다. 아이러니하게도, 균형보다는 불안정을 택하고, 평화보다는 상처를 원할 때, 사랑에, 사랑이라는 드라마가, 환상이 생겨난다. 드라마 없는 사랑은, 그러니까 시련이 없는 사랑은, 다시 말해, 우여곡절이 없는 사랑은, 부연하자면, 상처 없는 사랑은, 타협이자 거짓이며, 착각에 불과할지도 모른다. 완벽한 불균형과 부조화의 산물이 사랑이기에, 사랑은 달콤하기보다는 쓰고 짜며, 아름답거나 고귀하다기보다, 소소하고 축축한 감정을 주거나 받으면서 전개될 뿐이다. 예외 상황을 선포할 수 있는 자가 반드시 사랑하는 자는 아니지만, 이와 반대로, 누군가에 의해 선포된 예외 상황에 말려드는 자는 분명 사랑에 빠진 사람, 사랑하고 있다고 믿는 사람, 사랑에 적어도 목숨을 걸 수 있다고 생각했던 사람이다.

매일같이 당신을 중얼거립니다 나와 당신이 하나의 문장이었으면 나는 당신과 하나의 문장에서 살고 싶습니다 몇 개의 간단한 문장 부호로 수식하는 것 말고 우리에게는 인용도 참조도 필요하지 않습니다 불가능한 도치와 철 지난 은유로 싱거운 농담을 하면서 매일같이 당신을 씁니다 어느 날 당신은 마침표와 동시에 다시 시작되기도 하고 언제는 아주 끝난 것만 같아 두렵습니다 나는 뜨겁고 맛있는 문장을 지어 되도록 끼니는 거르지 않으려고 합니다 당신이 없는 문장은 쓰는 대로 서랍에 넣어두고 있습니다 당신을 위해 맨 아래 칸을 비우던 기억이 납니다 영영 못 쓰게 되어버린 열쇠 제목이 지워진 영화표 가버린 봄날의 고궁 입장권 일회용 카메라 말린 꽃잎 따위를 찾아냈습니다 이제 맨 아래 서랍이라면 한사코 비어 있길 바라지만 오늘도 한참을 머뭇거리다 당신 옆에 쉼표를 놓아 두었습니다 나는 다음 칸에서 당신을 기다립니다 쉼표처럼 웅크려 앉는 당신 그보다 먼저는 아주 작고 동그란 점에서부터 시작되었을 당신 그리하여 이 모든 것이 시작되는 문장을 생각합니다 당신이 있고 쉼표가 있고 그 옆에 내가 있는 문장 나와 당신 말고는 누구도 쓴 적이 없는 문장을 더는 읽을 수 없는 곳에서 나는 깜빡이고 있습니다 거기서 한참 아득해져 있나요 맨 처음 걸음마를 떼는 아이처럼 당신,

—「당신이라는 문장」 전문

사랑은 마법을 부린다. 세상으로 퍼져나간다. 사랑은, 당신은 편재한다. 당신을 쓰는 문장은 세상을 당신으로 기록하는 문장이며, 어디 어느 곳에 있어도 당신의 흔적을 더듬거리는 한 줄, 한 페이지다. 그는 "아무도 모르게 둘이서만/다른 곳으로 갈 수도 있을 것"(「사랑의 방」)이라고 믿는다. "당신이 있어 내가 있고 당신이 없고 내가 없"(「시월 병동」)다고 말하는 사랑, "뚝 뚝 끊어지던 시

월 낙엽처럼 떨어져 바닥을 쓰는 생활" 속에서 함께 아파하고, 슬픔에 잠겨 꿈속에서 "시퍼렇게 시뻘겋게 흐드러지는 유리창"에 대고 제 손목을 그으며, 피를 뿌리며 그를 붙잡아야 하는 저 사랑은 무엇인가? 그리움은 대저 무엇이란 말인가? 사랑을 나눈다는 것은 대관절 무엇인가? 이 신열 같은 시는 또 무엇이란 말인가? 애절함의 정도를 넘어서, 방언을 하듯, 토해낸 사랑의 발화들은 어디로 향하는 것인가? 서로가 서로에게 병이 될 때, 그것을 우리는 사랑이라고 부를 수 있을까? 그것은 차라리 지병이었다. 아니 신음이었다. 신음의 마디와 마디였다. 사랑했던, 사랑하는 사람과 함께한 풍경을, 모두 간직할 수 없기 때문이다. 그러한 사실을 제가 알기 때문이다. 이 시인은 사랑하는 남자의 머릿속 생각조차 샅샅이 알고 싶어 하며, 그런 언어를 구사한다. 그러니까 그는 연애에서 "아주 확실한 문장을 원한다"(「지상의 피크닉」). 그러나 그것이 가능하지 않다는 사실도 안다. 연애의 풍경에는 내가 오롯해야 한다. 그러나 이 풍경은 곧 지워지고 일그러질 것이다. 그 사실도 안다. 그는 떠나가고, 나는 잊히고, 시간은 흘러갈 것이다. 이러기를 반복할 것이다. 그를 사랑한다고 한 사람, 그가 사랑하는 사람, 그와 섹스를 하고, 밥을 먹고, 거리를 거닐고, 어두운 자취방에 잠시 머물고, 모텔에 갔던, 그 사람은, 애인이 있거나 사랑하는 다른 사람이 있었던 것일까? 그들은 그렇게 스스로의 사랑을 잠시 고백하고, 향유하고, 욕망을 발산하고, 함께 꿈을 꿔보고, 방에 누워 나란히 귤을 까먹고, 그런 뒤, 차를 마시고, 제 사랑이 잠시라도 채워지면, 그곳을 떠나와야만 했던 것일까. 시인은 이 이별 앞에서 괜찮다고 말했을까. 아니다. 그들은, 시인이 이렇게 말을 하기 이전에 이미 그 말이 사실이라고 믿어왔을 뿐인지도 모른다. 이 순간에 대한 지독한 탐닉과 공포가 유진목에게 시를 쓰게 한다.

4. 트랑스를 겪으며 사는 일

유진목은 '그리움'이라고 부르기에 부족한, 그 어떤 말로도 표현하기 어려운, 특이하고도 독특한 시적 순간을 연애의 사건으로 시로 만들어낸다. '그리움'은 오히려 생활에서 표현된다. 생활을 꿈꿔보는 것, 지위를 가져보는 것, 타인에게 의미를 부여하여 상상을 해보는 것, 이 과정을 소박한 말로 펼치지만 청승도 넋두리도 체념도 아닌, 독특한 추체험의 과정을 기록하는 일이 우리의 눈을 이리저리 바쁘게 하고 우리의 호흡을 조절해나간다. 눈동자에 눈물을 고이게 할 뿐, 흐르거나 넘치지 않게, 가슴이 저리지만, 찢어짐을 허용하지 않는 문법이 시를 읽는 연애의 뛰어난 리듬을 만들어낸다. 그는 감정에 젖어들게 우리를 안내하지만, 그러나 자연스레 저 과장을 방지하는 호흡으로, 때론 문장과 문장의 격렬한 운동으로, 연애와 그 마음을 비끄러매는 작업으로, 마음과 글이 서서히 좁혀나가는 그런 시를 쓴다. 아주 농밀하면서 처연하고, 침착하면서 애잔하며, 격렬하면서 절박한 연애시가 여기서 탄생한다.

유진목은 결코 허약하거나 무기력하지 않은, 다 읽고 나서야 비로소 커다란 덩어리가 되어, 어느새 우리를 다른 곳으로 데려다놓고, 다른 곳을 보게 하는, 그런 시를 쓴다. 때론 애가(哀歌)의, 때론 비가(悲歌)의, 때론 매우 빼어난 서정시의 외투를 입고 우리를 방문하는 저 감정과 마음의 뭉치를 들어 그는 팔색조 같은 시를 쓴다. 그러나 무수히 포개어지는 저 풍만하고 푹신한 구름과도 같이 포개어지며, 그는 대담한 문장으로 섹스를 하기도 한다.

시옷에서 이응까지 선채로 포개었다가 아득히 눕는 이야기 보드라운 바람이 창문을 넘어오고 눈부신 커튼이 사샤 서셔 소쇼 수슈 스시 우리는 동그랗게 아야 어여 오요 우유 으이 가느다란 입술이었다가 오므린 입술이었다가 벌어진 입술로 누워 있는 사이 속옷을 아무렇게나 벗어서 발끝에 거는 사이 까르르 속삭이고 웃어버린 이야기 상처난 상처도 오해한 오해도 너는 쉬쉬 하고 나는 엉엉 울고 붉어진 이마를 쓸어주는 저녁에도 거기서 우리는 석양을 마주 보는 사이 소원을 말하고 들어주는 사이 서운한 게 많아도 꾹 참는 사이 어쩌다 새옷을 입으면 멋지다고 말해주는 사이 말하자면 별게 다 근사하고 별걸 다 기억하는 사샤 서셔 소쇼 수슈 스시 서서히 멀어지다 아련히 돌아눕는 시옷에서 이응까지 아야 어여 오요 우유 으이 소인처럼 찍혀 있는

—「사이」 전문

사랑은 보편적 가치를 저버리며, 오로지 그럴 때만 사랑이다. 사랑은 평소에 할 수 없었던 행위를 감행할 용기를 주며, 나도 모르는 이상한 상황에 나 자신을 통째로 내맡길 기이한 에너지이자, 예기치 못한 감정의 경험으로 이접하는 사건이다. 또한 그러한 세계로 나를 몰고 가게 하는, 때론 절박한, 그러나 아슬아슬한 병, 함께 앓기로 작정한 타자의 병이기도 하다. 그것은 삶에서 우리가 겪는

비극들과 수많은 감정들을 표현해낼 계기를 만들어주기도 한다. 우리는 유진목의 연애시가 울려내는 회한과 신음, 외침과 헐떡거리는 소리를 따라 읽으며, 혹은 그 광경을 그려보면서, 개인적이며 생생하고 은밀하며 열정으로 가득한 경험을 이 삶의 지평선 위로 접사하는 그들의 땀내를 맡아보거나, 그들이 나누는 성애를 오로지 'ㅅ'과 'ㅇ'의 사건, 그러니까 '사이', 그러니까 '트랑스'의 사건으로 발화하며 지켜볼 뿐이다. 사랑은 사람을 가만 놔두지 않는다. 사랑은 사람을 먹고, 마시고, 빨고 씹고 핥고, 그렇게 소비한다. 감각에 따라 의미를 조절하며 배치해내는 마음의 저 고즈넉한 떨림과 정념을 기록해내는 일, 그 일은 애인의 흔적을 어루만지고, 거기에 자신을 놓는 일이며, 그와 나의 '사이', 그 시간과 공간의 '사이', 말과 말의 '사이'를 만들어내는 일이다. 이렇게 사랑은 유사(類似)가 아니라 상사(相似)와 상사(想思)의 사건이기 때문이다. 순간에 접사하는 체험의 기록은 그러니까 육체-말, 말-육체의 사이라고 해야 한다. 미끄러지고 비끄러매고, 비끄러매고 미끄러지는 저 감정과 몸이 서로가 서로를 트랑스trans하는 이 사건은, 원형을 필요로 하지 않거나 기원을 소급하지 않는다. 사랑에 정답도 본질도 있을 수 없는 까닭이다. 규칙과 질서, 형식과 법칙을 만들어도 사랑은 지속을 허용하지 않는다. 그것들을 발견하거나 애써 축조한다 해도, 본질과 구조를 노정하지 않는, 순간에 붙잡힌, 순간을 붙잡으며 생겨난 일시적·일탈적·유동적·경험적인 사이의 형식일 뿐이기 때문이다.

사랑은 변하지 않는 고정점을 바탕 삼아 규칙적으로 움직이는 것이 아니라, 고정점에 나를 잠시 붙들어 매는 일시적 감정의 형식이며, 이 감정의 형식이 오히려 주인이 되어 고정점을 흔들거나 좌표를 이동시킨다. 그러니까 사랑에서 고정점은 변화나 바뀜을 조장하거나 소급하는 누빔점들의 연속일 뿐이다. 사랑의 아이러니는 고정점을 장악하려 하고, 점유하려 하는 속성을 바탕으로 바로 이 고정점을 부정해야만 한다는 데 있다. 그것은 소유욕이 아니다. 차라리 형식을 갖추려는 지극히 인간적인 행위이며, 형태를 부여하고자 하는 애처로운 일말의 시도이자, 자신이 주관적으로 부여한 만큼 끌고 오거나 끌려가고자 작심을 하는, 그러나 불가피하게 되는 의지의 행위, 까닭을 정확히 알고 있다고 말할 수 없음에도 분명한 원인에서 촉발된 것처럼 수시로 위장되는, 그래서 단호해 보이지만 잠시 무르며, 그래서 폭력적으로 보이지만 때론 불가피하며, 그래서 자유로운 것 같지만 항상 구속을 전제하며, 그래서 영원할 것 같지만 한편으로 덧없는 '사이'의 일이기도 하다. 유진목은 바로 이러한 세계에서 허우적거릴 뿐, 돌아 나오거나 빠져나올 생각을 해본 적이 없다.

새벽을 기다리다
늦도록 지루해진 골목길에는
잠시 텅 빈 틈을 타고 담벼락이 눕기도 하네
나는 닳고 닳은 골목길
자꾸만 떠나려는 너를
아귀가 맞지 않아 뻐근한 쪽문을 열고
놓아주네 휘어질 듯 졸던 담벼락이
문소리에 놀라 한번 크게 소스라치고

깨어나네 일제히

起立하여 네가 가는 길을 가만히

열어주네 내 흐린 시선이

가 닿을 수 없는 골목의 저 편

모퉁이를 돌다 말고 가던 길 돌아보던 네가

길 지우는 저녁마다 푸른 영혼으로 꺾어진

담벼락에 스미네

—「푸른 모서리」 전문

    그는 사랑을 본령으로 삼는, 사랑을 행위의 반열에서 직접 수행하는 시를 연애라는 기묘한 상태의 마음과 바로 그 기묘한 상태에 부합하는 문장들을 고안하여, 낯설지 않은 몸짓처럼, '툭' 하고 우리에게 던진다. 흠뻑 취해야 했을지도 모른다. 빠져나가듯 돌아가는 그의 뒷모습에 온 풍경이 슬픔으로 화답을 한다. 이 이별가는 슬퍼서 아름답다는 말로는 부족하다. "푸른 영혼으로 꺾어진/담벼락"에 드리운 시선은 차마 거두어들일 수가 없었을 것이다. 그러라고 말할 수도 없다. 세상이 온통 애잔한 감정으로 젖어든다. 돌아가는 그의 뒷모습, 그렇게 빠져나간 흔적을 붙잡고 그는 내내, 아니 계절을 통째로 견뎌야 했을지도 모른다. 시린 겨울, 따뜻한 방구들에 앉아 이불을 함께 덮고서 귤을 까먹는 일은 그래서 이 시인에게는 평범하다기보다, 벌써 감정으로 뒤덮인 하나의 사건으로 재현되는 것이며, 밖을 내다본 창문은 그의 입김으로 가득하나 아직 오지 않았거나 왔다가 간 후, 방금 떠난 '사이'의 행위로 각인되어 나타날 뿐이다. 방금 내 의식 안에 안착했던, 그러나 아직 무형의 형식으로 머물고 있는 주관성의 인장에 그를, 당신을, 너를, 사랑을, 감정을 담아 매번 저 풍경 속에 깊이 눌러 찍는 일을 그는 아무도 흉내 내기 어려운 말로 백지 위로 끌고 온다. 저 감정의 두께 속에서 살아 있는, 그럼에도 자취조차 잡을 수 없는, 그를 향하는 마음의 표현들은, 통상 우리가 그리움이라 부르는 것이 지나치게 헐겁거나 촘촘한 허사(虛辭)일 수도 있다는 사실도 알려준다. 그의 언어는 그리움보다 더 깊고, 더 넓게, 아무도 없는 방에서 타인과 천천히 연애의 몸짓으로 퍼져나가거나 사라지는 추이와 양태에 민감하며, 그렇게 벌써 편재하는 타인의 풍경을 섬세하게, 격렬하게 담아내고, 섬세한 만큼, 격렬한 만큼, 고통스레 향유하고 있기 때문이다.

그의 심장으로부터 가을이 왔다 낙엽처럼 바스락거리는 어둠을 펼치고 이제 그는 내가 모르는 체위로 사랑을 한다 나는 앙상해진 심장 가까이 나침반을 대어본다 침묵이 극점을 향해 기우는 때 일어나, 나뭇잎 하나 없는 심장이 무엇에 흔들릴 수 있겠니, 바람이야, 바람이 우리를 보고 있어, 먼길 펄럭이는 바람을 타고 나뭇잎 묻은 영혼이 온다

—「당신의 죽음」 부분

떠나려는 사람, 이미 거취가 있는 사람, 사랑의 소실점을 상실한, 그러나 내가 사랑한 사람이 이별의 칼을 높이 치켜든다. 목을 빼고서 그 처분을 기다려야만 하는 사람, 그러한 감정을 그러쥐고 토해내지 못하고는 견딜 수 없는 사람, 그와 같은 운명을 벌써 예

감하는 사람은 분명, 연애하는 사람, 사랑하는 사람이다. 그는 "이토록 많은 어제"의 "수없이 많은 비문들"(「어제」)을 기억하고 기록하는 사람이다. 목을 내리치는 것도 사랑일 수 있을까? 하나 확실한 것은 유진목의 시를 읽으며 우리가, 이 순간, 그러니까 비끄러매고, 미끄러지기를 반복하는 저 사랑의 당사자들이, 죽음의 그림자를 길게 빼물고 그 위를 걸어 다니며, 삶의 긴장을 잠시 풀고 감정을 내려놓은 얼굴의 주인공이 된다는 사실이다. 상대방을 독점하거나, 서로가 서로에게 넘쳐 충만한, 서로가 서로에게 끊임없이 범람하는 잉여의 불사조가 되고, 과잉 그 자체로 거듭나는 행위를 우리는 타자와 나의 교집합이라고 부를 수가 없을 것이다. 사랑에 덧셈은 있을 수가 없다. 사랑은 애초의 원 두 개를 완전히 지우는 것이며, 지운 다음, "미래로 전혀 다른 시제로"(「교대」), 전혀 기대하지 않았던, 전혀 알 수 없었던, 이상한 형태의 도형 하나를 만들어내는 것이기 때문이다. 연애의 실패담은 여기서 찬란하게 빛나고, 아주 높은 보폭으로 상승하거나, 저 아래로 우리를 끌고 가며 눈부신 도약을 한다. 사랑은 고정된 것이 아니라, 수식어에 의해, 발화에 따라, 크기와 질량과 부피와 질감을 달리하는, 매우 가변적이며 복합적인 감정의 총체로 표현되어, 삶 자체를 끌어안는다.

우리는 이 시집에다가 무언가 군말을 덧붙이는 것이 별반 소용이 없다는 사실을 이제 알아차려야 한다. 어서 시를 읽어보라고, 독촉을 하는 수밖에. 이 연애 시집은 차분하고 조용히 빛난다. 그 빛남으로 폭발한다. 고백을 하자. 사실 남의 연애를 훔쳐보는 것처럼, 타인의 사랑을 들추어내며 그 양상과 과정을 보고하는 일처럼 바보 같은 일이 또 어디 있겠는가? 그래도 좋다. 이 시집에 실린 시들은 대부분 읽는 게 너무나 좋은, 그런 시들로 가득하기 때문이다. 어떤 시는 입술에 머무르고 어떤 시는 조금 고인 눈물 속에 담기고, 어떤 시는 체위의 저 밖에 위치한다. 어떤 시는 청승도 재능이라는 사실을 알려주며, 어떤 시는 아예 끝장을 내려 한다. 유진목의 시가 우리에게 살짝 내비쳐 보여주는 것은 바로 삶의 저 슬퍼서 찬란한 어두움이며, 삶의 저 즐거워서 컴컴한 빛이다. 그것은 차라리 역설이 아니다. 한 사람이 타인에게 입사하여 얻어올 수 있는 감정의 최대치이자 타인에게 줄 수 있는 몸이며, 타인과의 트랜스로 빚어진 유동하는 것들에 대한 진지하고도 아름다운 기록이다. 유진목은 여기서 상징을 어루만지며, 타인을 호명하는 방식에 각별한 의미를 부여할 줄 안다. 이 상징의 자리에 당신을 놓아두고, 신체에, 풍경에, 경험에, 감정 모두에 당신을 비끄러맬 줄 안다. 이 시집은 그러니까 매우 뛰어난 방식의 사랑에 대한 기술(記述)이자 연애의 마음을 눅눅하게 받아 적은 필사의 기록으로, 끝내 당신을 죽이러 밤마다 당신의 방을 노크할 것이다.

(유진목 시집, 『연애의 책』 해설, 삼인, 2016)

어떤 작위(作爲)의 세계
── 정익진의 『스캣』

도대체 이 세상에서 무슨 일들이 일어나고 있는 것일까? 나비가 내 눈앞에서 날개를 펄럭일 때, 지중해 어디쯤에서는 파도가 넘실거릴 것이며, 어느 후미진 골목 어귀에서 총소리가 울려 퍼질 시간에, 누군가는 제 이마 위로 굵은 땀방울을 흘리며 고단한 하루 노동의 시간을 마감하고 있을 것이다. 어디선가 비가 내리고 있을 지금, 또 어디선가는 수류탄이 사람들의 머리 위를 붕붕 날고 있을 것이며, 바로 그 시간에 누군가는 제 목에 끈을 감고 어딘가에 매달아 그리 길다고 할 수 없을 제 삶을 마감하기도 할 것이다. 물론 바로 그 순간은 아이들이 천진하게 사탕을 쪽쪽 빨거나 신혼부부가 손님을 맞을 준비로 한창 분주하게 식탁을 차릴 순간이기도 할 것이다. 누군가 책을 읽는 시간에 누군가는 노래를 할 것이며, 누군가 헐떡이며 섹스를 할 때, 누군가는 누군가를 속여먹을 궁리로 시간을 보내기도 할 것이다. 지금 이 순간, 이 세계에서, 누군가는 하품을 하고 누군가는 베개에 머리를 묻고서 코를 골고 누군가는 죽음을 애도하고 누군가는 공설을 내뱉는 일로 제 소임을 다했다고 착각을 하며 누군가는 삶을 저주하거나 예찬하고 누군가는 TV를 보며 발가락을 만지작거리고 누군가는 한 치 앞도 사방도 분간할 수 없는 암흑 같은 절망 속에서 체념의 지혜를 터득하고 있을지도 모른다. 이렇게 동시다발적인 일들이 무작위로 조합되어 무한에 가까운 행위의 가능성을 저 나름대로 실천에 옮기고 있는 바로이 입체의 시간과 공간에, 우리는 붙박인 제 위치에서, 제 경험을토대로, 저만의 세상을 일구고, 세계에서 일어날 이 행위 잠재성의희미한 귀퉁이 한 구석에서 사막의 모래 한 알과도 같은 크기의 삶을 영위할 뿐이다. 그런데 누군가가 이 무한한 행위의 가능성에 대해 끝내 침묵하지 않기로 결심하고서, 그것을 끌어와 제 삶과 긴밀한 커넥션 하나를 만들어내고자 한다면, 그는 어떤 방법으로 그와같은 상태를 재현해내는 것이며, 왜 그렇게 하고자 하는 것일까?정익진의 세번째 시집 『스캣』을 읽으며 우리는 이 두 가지 물음에대답해야 할지도 모른다.

1. 큐브: 동시다발성의 체현

큐브를 이리저리 돌려보았는가? 어떤 공식을 외우지 않고는 한가지 색으로 각각의 면을 이루고 있는 이 정육면체의 첫 모양을 복원하기는 쉽지 않다. 몇 번 돌리면, 아홉 개로 이루어진 동일한 색의 사각형 각각이 흩어져 어느새 다른 색깔의 그것들과 한 평면에서 공존하게 된다. 정익진의 시를 읽다 보면, 바로 이와 같은 상태,

즉 서로 다른 것들이 동시다발적으로 재현되는 세계를 백지 위에 나란히 펼쳐놓으려고 시도하려는 것은 아닌가 하는 생각을 하게 된다. 그는 어떤 사실을 확인하러 모험의 길을 떠나는 것이 아니라, 시를 통해 후차적으로 주어질 저 미지가 뿜어내는 공포를 마다하지 않으려는 것처럼 보인다. 「얼굴의 반격」의 전문을 인용한다.

> 얼굴 하나가 꿈속에 잠겨 있는
> 그 시각, 다른 얼굴 몇몇은
> 아침 햇살을 받으며 깨어난다.
> 그들 얼굴이 여름의
> 빨랫줄에서 말라가는 동안
> 다른 얼굴은 바다 깊은 곳에서
> 생각에 잠긴다.
> 우리들 얼굴 속의 또 다른 얼굴을
> 신뢰할 수 있겠는가.
> 햇볕 때문에 더욱 침울했던 얼굴들,
> 얼굴은 얼굴을 잊을 수가 없다.
> 얼굴에서 총알이 발사된다.
> 얼굴에서 수류탄이 날아온다.
> 얼굴 속에 가득한 무관심이
> 다른 얼굴들에 칼자국을 낸다.
> 길바닥에 떨어진 탄피와
> 유리 파편, 그리고 살과 뼈들
> 바람이 불고 마른 얼굴 껍데기가 굴러간다.

바닷물이 빠지고 퉁퉁 불은

얼굴들이 눈을 뜬다.

　정익진은 삶의 이면들 (그러니까 다시 큐브에 비유하자면) 한 면
을 이루고 있는 정사각형의 정체성 각각을 규명하는 일보다, 한 차
례 이상 조작을 감행한 큐브에서, 서로 색이 다른 각각의 조각들이
공존하게 될 때 비로소 열리는 인식의 가능성에 주목하고, 이때 발
생하는 어떤 사태를 펼쳐낼 방법의 고안에 오히려 사활을 건다. 세
상에는 얼마나 다양한 "얼굴"들이 공존하고 있으며, 그 "얼굴"이
행하는 일이란 또 얼마나 우리의 예측과 통념을 벗어나는가? "얼
굴"의 다채로운 경험과 행위의 가능성은 단일한 공간에 갇히거나
시간의 추이 따라 이치에 맞게 진행되는 법도 없다. 따라서 "얼굴"
은 신체의 부위가 아니라, 세계의 잠재성을 실현하는 데 필요한 행
위의 주체로서, 낯선 세계를 백지로 끌고 올 장본인이기도 하다.
　그러나 제 시가 몰고 올 이 사태를 두려워하지 않는 시인의 이
와 같은 태도가 부지불식간에 찾아든 우연의 산물이라고 생각하
면 커다란 오산이다. 첫 행과 마지막 행을 유심히 볼 필요가 있다.
"얼굴 하나가 꿈속에 잠겨 있는"이라고 운을 뗄 때, 그 얼굴은 물
론 시인일 것이며, 그러나 "꿈속"은 얼굴의 처지를 규정하는 표현
이라기보다, 불가능한 것들을 현실에서 끌어안을 일종의 장치라는
사실을 우리는 곧 알게 된다. 이 첫 구절은, 혼자가 아니라 낯선 얼
굴들과 함께 꿈에서 깨어난다("얼굴들이 눈을 뜬다")는 마지막 구
절과 짝을 이루어, 비현실적인 경험을 오롯이 제 것으로, 즉 현실
의 사건으로 환원해내는 작업에 정당성을 부여해주기 때문이다.

정익진의 시에서 동시다발적인 행위는 이처럼 독특한 구성력에 기대어 실현의 가능성을 타진하며, 이는 사실 정교한 조작을 통해 어떤 작위의 세계를 구성하려는 시인의 의지를 설명해준다. 가령, 아래와 같은 대목들은, 저 구성에 있어서 벌써 문제적이다.

　　뒤통수로 혓바닥을 토해낸다
　　어깨를 실룩이더니 창문을 만들어내고
　　발을 흔들어 비둘기 떼를 불러 모으기도 한다.

　　겨드랑이에서 눈동자를 떨어뜨린 사람들
　　머리를 흔들어 허공을 지우고 있다.

—「합창단」 부분

　　앵그르의 화폭 속에 그려진
　　풍만한 여성의 육체와 겹쳐지면서
　　눈앞에 어른거리는 엉덩이 지느러미

　　훌라후프 시곗바늘이여
　　제 꼬리 씹어 삼키며 빙빙 도는
　　뱀들이여

—「훌라후프 생각」 부분

　합창단을 실제로 본 적이 있는가? 서너 줄로 나란히 간격을 맞추어 손에 악보를 들고 사람들이 몇 줄로 늘어섰다. 위 줄이 노래를 한다. 크게 입을 벌리고 목청껏 외친다. 그들의 혀는 얼추 머리 크기 하나로 내려선 아래 줄의 똑같이 입을 벌리고 있는 사람들의 뒤통수에 닿을락 말락 한다. 그러니까 시선은 윗줄과 아래줄 각각의 절반을 이어 붙인 낯선 곳을 보고 있는 중인 것이다. 이번에는 전체를 보려고 시선을 돌린다. 맨 윗줄 뒤편에 커다란 유리창 하나가 나 있다. 비둘기 한 무리가 유리창 너머로 날아오르는 모습에 초점을 맞추면, 착시가 생겨날 정도로, 중심이 된 피사체가 흐려질 위험도 생겨난다. 각각의 줄이 서로 반쯤 어긋나게 섰을 가능성도 배제할 수 없다. 박자에 맞추어 좌우로 몸에 추임이라도 넣고 있는 경우라면, 아래 줄 사람들의 눈동자가 위 줄에 선 사람들의 겨드랑이에 붙었다 떨어지기를 쉴 새 없이 반복하는 모양새를 보는 일도 가능해질 것이다.

이번에는 집 안이다. 거실에서 훌라후프를 돌려본 적이 있는가? 소파 위에는 필경 앵그르의 그림 한 폭이 걸려 있을 것이다. 아주 간단하게, 정익진은 훌라후프의 몸동작만을 보려 한 것이 아니라, 그 배경에도 눈길을 살짝 준 것뿐이다. 가만히 그 상태를 유지하다 보면, 빙글거리는 당사자가 그림 속 여인의 풍만한 가슴인지, 훌라후프인지, 그림 위에 걸려 있는 시계인지 분간하기 어려운 지경에 이르게 될 것이다. 결국 이 모두가 동시다발적으로 움직인다고 생각하는 순간은 우리가 어느덧 정익진 시의 감추어진 구성적 비밀 하나를 알게 되는 순간이다. 이렇게 클로즈업된 부분만으로는 그 경계가 모호하지만, 전체 속에서 조명하면 그 위치가 다시 확정되어, 부분이 전체를, 전체가 부분을 향하는 기이한 운동 하나를 목도하게 되는 것이다. 이 경우, 큰 틀은 주로 작은 틀의 행위 가능성을 실현하는 데 기여하며, 작은 틀은 개체로도 움직이는 동시에 전체의 틀에서도 제 역할을 수행하는, 다시 말해, 동시다발적인 운동 속에 놓일 수밖에 없게 된다. 상호간의 왕복 운동에 주목하여 행위의 동시다발성을 글로 표현하는 작업은 물론 "아직 정신이 들지 않았다"(「합창단」)고 시인이 말해놓은 어떤 상태나 "왠지, 쓸쓸해지네요"(「훌라후프 생각」)라고 지적해놓은, 그러니까 고즈넉한 제 심정을 표현하기 위해 필요하다고 판단되어 감행된 어떤 지적 조작에 해당된다.

꽂혀 있는 책들이 모두 모여
온전히 한 권의 책이 될 때까지 기다려야 한다
책 속으로 머리를 담근다

느릿한 음악이 가늘게 이어지고
식물원과 같은 고요 속에서 간간히 들려오는
발자국 소리, 커피 잔 달그락하는 소리

그리고 먼지 한 톨을 오랫동안 응시하는 시선의
힘으로 생각을 넘긴다

책 밖으로 천천히 지느러미를 저으며
지나가는 물고기들,
여기는 가라앉는 중이다

가라앉는다, 가라앉는다
바닥에 닿으려고 허우적대는 발들

간혹, 저쪽 테이블에서 말소리가 들려온다
천문학과 건축에 관한 용어들이다

책과 책들의 상호연관성 혹은 적대관계를
생각한다 천장에 붙어 있는
다리들이 허우적대고 있다

책 속에서 머리를 뺀다

—「북 카페」전문

둘 이상의 행위를 서로 포개면서, 어느 하나를 다른 하나의 배경
으로 삼거나, 중첩되어 어색한 상태를 그대로 유지한 채 이야기로
끌고 나가는 것은 정익진의 시가 매우 구성적이기 때문이다. 내가
책을 읽으러 들어간 카페에는 커다란 수조가 있다. 그것뿐이다. 책
을 골라 자리를 잡고 앉은 내 의자의 바로 뒤에 이 수조가 있다고
가정할 때, 비로소 시의 낯선 풍경 하나가 눈에 들어오기 시작한
다. 그러니까, 이 작품은 내가 펼쳐든 책과 물고기가 지나가는 것
을 한 장면으로 연결한 조작을 통해, 조용하고도 따분한 느낌과 잔
잔한 침묵, 책에 대한 알 수 없는 두려움을 책을 읽는 제 감정처럼
위장한 다음, 그 분위기에 젖어(깜빡 졸았을 수도 있다), 내 몸이 의
자 아래로 서서히 미끄러져 내려가는 그 추이와 양상을 표현한 것

이다. 중요한 것은 정익진의 시가 이러한 탈프레임 장치에 의지하여, 일관되게 행동하지 못하는 사람들의 이야기를 그 주제에 부합하는 구성을 통해 보여주고, 선뜻 납득을 하지 못하는 어떤 상태를 그 상태에 가장 잘 어울리는 작법을 통해 실현해낸다는 데 있다. "책 속에서 머리를 뺀다"는 마지막 구절은 그러니 얼마나 적절하며 또 절묘한 결구인가. 쓸쓸하게 고립되어 고독 속에서 살아가야 하는 현대인의 자화상을 담아내기 위해, 이 시인에게 필요한 것은 강렬한 주제의식이나 기발한 소재의 발명이 아니라, 그러한 상태를 깁고 덧대고 덜어내거나 때론 추가하고 분리할 구성력과 그 효과를 적절히 배가시켜줄 문장의 배치 능력인 것이다. 정익진은 늘려야 할 때 늘릴 줄 알고, 순서를 바꾸어야 할 때 과감히 뒤집을 줄 알며, 적당히 숨겨야 할 때 위장할 줄 알고, 적나라하게 뿜어내야 하는 순간에 누구보다도 과감히 정념을 쏟아낼 줄 아는 시인인 것이다. 문제는 이때, 세계를 주시하는 우리의 시선과 경험도 늘어나고 줄어들거나, 뒤바뀌거나 폭발한다는 사실이다. 물론 사유는 말할 것도 없다.

옥상 물탱크 옆에 서서 구름을 바라본다
오늘의 구름 속에는 다행히 무기는 없었다
구름을 바라보며 하는 양치질, 상쾌해
점심을 먹을 때도 구름은 식당 한쪽 구석에서
세수하는 하마 표정을 하고 있어
R마트… 카트를 끌고 아내의 뒤를 졸졸 따라다니는데
아내의 엉덩이에 붙어 있는 분홍색 구름 귀여웠어

—「구름 과자」 부분

아내의 발치에 떨어진 빵 조각을 주워 먹는다
부풀어가는 허구는 위험한 짐승, 길들일 수 없다
식빵처럼 부풀어가는 소파, 실내 슬리퍼, 까르르 물병,
추추 시계 따위들,
식빵 하나를 다시 뜯어 먹기 시작하는 아내,
창밖의 가로등이 푸른 유리 파편을 뱉어낸다

—「식빵」 부분

　"아내의 엉덩이"에 "분홍색 구름"이 붙어 있다는 것은 치마의 무늬만을 이야기하는 것은 아니다. 떠다니는 것을 상상하면서 여기저기에서 목격한 어떤 상이한 경험들을 하나의 이야기로 묶어 한 편의 시로 엮어낸다. 그래서인지 이 작업에는 시간에 대한 인식이 결여되어 있다. 옥상에서 비행기 한 대도 지나가지 않는 하늘을 보며 안도하는 제 마음이 먼저인지, 식당의 저 창문 너머로 본 구름이나 구름처럼 푸근하게 생긴 누군가를 보았다는 구절이 앞의 일인지, 아내와 쇼핑을 간 것이 전체 이야기의 첫머리인지 좀처럼 알 수 없게끔, 인과관계를 지워버리고 대목과 대목을 모호하게 처리한 것은, 구름 자체의 성질을 표현하려는 고민과 이에 부합하는 문장의 구성을 통해 구름의 특성을 담아보려는 노력의 결과이며, 이러한 방식은 마치 카메라의 줌처럼 늘이고 줄이기를 반복하여 손에 쥐게 된 어떤 이상한 사진 여러 장을 편집해놓은 것 같은 작위적인 이미지를 만들어낸다. 줌을 늘렸다 줄인 것이라는 전

제가 있어야, 우리가 인용한 작품 「식빵」의 구절도 이해의 자장 안으로 포섭된다. 아내가 빵 조각을 흘렸다. 나는 그걸 주워 먹는다. 그러다 잠시, 이스트를 넣고 부풀려 이렇게 보드랍게 부풀어 오른 것이 "식빵"이라는 생각에 잠시 젖어들고, 거기서 "부풀어가는 허구"라는 발상이 발현되기 시작한다. 이 허구는 길들일 수 없는 것이며, 시의 창조적 성격은 이렇게 "위험한" 무엇을 감행하는 데 있다는 사실을 시인은 잘 알고 있다. 이러한 생각 끝에 시인은 제 눈의 조리개를 과감하게 줄였다 늘이기 시작하고, 어떤 풍경 하나를 끌어당기고 되밀면서 주어진 결과를 적기로 결심한다. "소파" "슬리퍼" "물병"을 차례로 당겼다. 다시 이 모든 것이 하나의 풍경 안에 자리 잡을 정도로 제 시선을 한껏 밀어냈다. 그러니 시계도 앵글 안으로 들어오게 되었다. 시선은 각도를 옮기는 것이 아니라, 줌인 작업을 통해 "아내" 쪽을 확대했다가, 부엌의 유리창 너머로 보이는 풍경 전부를 포괄해내는 곳으로 이내 달음질을 친다. 동시다발성을 담아내기 위해 탈프레임의 공간 안에서 모든 것이 조율되었다고 생각하는 순간, 우리는, 각각의 시선을 늘이거나 당기면서 발생한 어긋남과 그 결과를 나열하듯 적어내면서 정익진이 '어떤 작위의 세계' 하나를 만지려 한다는 사실을 깨닫게 된다. 작위의 세계를 실현하려는 그의 의지는 제 시를 튜링 테스트의 대상으로 삼는 동기가 되기도 한다.

> 당신의 환희에 대해서는 궁금한 점이
> 한두 가지가 아니지요
> 〈밀려오는 파도〉+〈946〉

길이 끝나는 지점에서 뒤돌아보면
저만치 서 있는 379, 또한
〈655〉-〈오렌지〉와 같은
…그런 말들을,

—「거인」 부분

정익진은 룰렛과 같은 무작위적 우연의 체계를 도입하여 인간 사고의 변덕스러움을 담을 기계 하나를 만들려 시도했던 앨런 튜링의 이야기를 변형하여, 불운했던 튜링의 삶과 비극적인 그의 죽음에도 불구하고 실험에서 그가 느꼈던 "환희"를 높이 기리며 제시의 동기를 찾는가 하면, "슈타인" 교수의 "하지 않을 말"과 환경미화원 "비트겐"의 "하지 않았던 말"을 대비시켜가며, 사회적으로 죽은 것이나 마찬가지의 비루한 상태에서 제 삶을 꾸려나가야 하는 후자의 편에 서겠다는 조심스런 고백("네가 홀로 증발하지 않도록, 약속하마"—「비트겐슈타인」)을, 암호를 해독하려는 자세로 시를 쓴다는 제 각오에 덧대어서, 언어학자 비트겐슈타인에 대한 오마주와 하나로 포개어놓는다. 작위의 세계는 바로 이렇게 세상에 몸을 내민다.

2. 프리즘: 억압을 풀어내기-전이(轉移)를 지지하기

애초에 던졌던 두번째 물음을 꺼내들 때가 되었다. 그렇다면 그는 왜 작위의 세계를 궁굴리기 위해, 동시다발적인 현상에 주목하고 그에 합당한 문장을 고안하려 하는가? 현실이 고통스럽다면 누구나 그 고통스런 현실에서 벗어나려고 한다. 그러나 쉽사리 어디론가 달아나기 전에, 그 원인을 따져보는 일이 필요하다고 생각하는 사람들이 가끔 있다고 해야 할까. "전생에 먹었던 혹은 죽음 이후의 메뉴 정도는 개발"(「외식업계」)되어야 한다고 시인이 말하는 까닭이 여기에 있다. "신기루가 사라지고 난 뒤"나 "사자에게 물려 가기 직전"(「외식업계」)처럼, '~의 이후'나 '~직전'의 일들을 '캡처'하듯이 도려내는 작업, 상반되고 모순된 이 모습들을 서로 끌어당겨 하나로 배치하는 일, 그러니까, 그는 오로지 실현이 불가능한 상태들을 이어 붙이는 이러한 작업에 의존해서만, 현실을 재구성해낼 수 있다고 생각한 것은 아닐까.

    아침 햇살을 애완견처럼 데리고 들어온 세 명의 여중생,
    개나리 짬뽕, 진달래 볶음밥, 목련 잡채밥을 시킨 다음,
    책가방에서 노트를 꺼내어 국어생물학, 수리관상학, 영어기계학
숙제를 한다.

    중국집 문이 열리고 아침햇살 마시며
    야채 아줌마가 들어선다. 당근 모양의 감자, 양파 맛 오이,
    검은색 토마토, 오렌지 맛 대파를 내려놓고
    오토바이 소리와 함께 사라진다.

    잠시 후, 슈퍼맨 복장을 한 푸줏간 아저씨가 입구와 함께 등장한다.
    커피 맛 돼지고기, 카바레용 닭고기, 눈물 젖은 소고기,

기타 치는 오리고기를 바닥에 부려놓고,
봄바람과 함께 퇴장한다.

학생들이 주문한 음식 아직도 나오지 않았고,
저녁노을 번져가는 창밖, 겨울 나뭇가지에 피어난
요리 한 접시.

—「마지막 장면」 부분

주목해야 하는 것은 "학생들이 주문한 음식 아직도 나오지 않
았"다고 말하는 대목이다. 정익진의 관심은 이처럼 정신분석학에
서 말하는 억압의 저 메커니즘에서 벗어나려, 삶의 해방을 서둘러
촉구하거나, 광기의 편을 들어 초현실의 세계를 넘보는 데 놓여 있
는 것이 아니라, 비현실적인 풍경들의 묘사를 통해, 현실을, 아직
실현되지 않은 잠재적 상태로 남겨놓거나, 과거의 어느 시점에 붙
들려, 그때 차마 하지 못했던 것들을 자유롭게(다시 말해, 작위적으
로) 표현해봄으로써, 현실을 여전히 당도해야 할 무엇, 확정되지
않은 무엇, 유보해야 할 무엇, 끊임없이 반추하고 성찰하고 추정해
야만 비로소 다가갈 수 있는 불투명한 대상으로 남겨놓는다는 데
있다. 정익진의 시에서 자주 등장하는 '아직'과 '여전히', '직후'와
'이후'나, 이 양태 부사가 앞이나 뒤에서 감싸고 있는 구문들은 현
실의 "또 다른 가능성을 확인"(「거울」)하는 일이 오로지 작위적인
구성에 의지해서만 가능할 것이라는 사실을 말해준다. 함정은 바
로 여기에 있다. 현실에서 "정체불명의 희망에 시달리고"(「철거 지
역」) 있다고 해도, 아니, 여전히 "폐허 같은 이곳에서… 산송장이

되고 싶지 않아"(「투어가이드」) 발버둥 칠 수밖에 없는 운명이라고 해도, 재앙에 대한 거부나 현실에 대한 부정보다, 더 중요한 것은 '여전히'-'아직도'-'막' 벌어지고 있는 일들에 주목하는 행위인 것이다. 바로 그러한 상태는 현실이라고 부르기 어려운 모습들, 즉 그로테스크한 모습으로 재현된다. "귀가 뚫려, 코가 뚫려, 누구는 입천장이/뚫려"있는 존재이며 그렇기에 "바닥에 닿지 못하고/어쩌다 중간에 걸려 대롱거리는"(「푸줏간」) 존재에 주목하는 것은 바로 이 때문이다. 그는 우리 모두 삶의 막장에 내몰렸거나 벼랑 끝에 서 있는 것이라고 제 입으로 말하는 대신, 현실이라는 이름으로 그토록 오랜 세월 단정하게 우리 주변에 불려 나왔던 확실성의 세계, 확신에 대한 믿음으로, 불안한 이성으로 지탱되어온 세계에서 결락되었던 관계들과 그 관계들의 얽히고설키는 성질, 그것의 동시다발적 양상을 장면과 장면을 캡처하는 방식으로 담아내는 일이 훨씬 소중하다고 생각한다. 시인은 이렇게, 발생할 가능성이 있는 일과 발생한 일, 상상 가능한 일과 이미 상상되었던 모습들이 바글거리는 세계, 온갖 추체험들이 서로 공존하는 그 상태 그대로를 가지고, 어떤 임의의 풍경 하나를 구축하는 데에 제 시의 운명을 의탁한다. 따라서 이러한 작업에서, 엉뚱해 보이는 결합이나 낯선 것들을 서로 이어 붙인 연상 작용은 우리가 그 세계로 입장하는 데 없어서는 안 될 수단이자, 상상력에 기대어 현실을 골똘하게 사유하게 만드는 근본적인 원인이 된다.

한번 벗어나면 도저히 일어설 수 없는,
어둠과 위스키의 원액을 섞어놓은 듯한,

독수리 한 마리, 비 한 줄기,
피아노 두 대가
녹아나는 이런 분위기

이봐, 그렇게 어이없는 짓을 하다니
무작정 큰 파도에 휩쓸리는 것보다
나뭇가지에서 닭 볏이 돋아나는 풍경이 훨씬 어울리지
숟가락이나 포크는 이젠 쓸모가 없어졌어

—「이런 분위기」 부분

살바도르 달리의 그림 한 편을 보는 듯한 이 풍경은 확실성이나
단단한 것을 부정하기 위해서라기보다 "서로가 표백될 것 같은"
(「이런 분위기」) 어떤 삭막한 세계를 거부하려는 의지의 발현으로
볼 수 있겠다. 쓸쓸함이나 외로움, 좌절이나 허무, 절망이나 환상
을 제 시의 알리바이로 삼는 것은 아니다. 그는 오히려 의미 연관
을 찾기 어려운 것들, 가령, "군함과 굴참나무 숲"이나 "꽃다발과
공중전화 부스"처럼 서로 인과성의 맥락을 찾아보기 어려운 낱말
들을 양손에 들고 "한쪽엔 비 내리는 포구, 한쪽에는 킬리만자로"
를 달 듯, 말의 무게를 "저울질"(「저울의 시간」)하는 실험을 통해,
현재와 과거, 지금의 이 순간을 서로 접목시키고, 여기와 저기, 그
러니까 지금의 공간과 상상의 공간을 서로 연접하면서, 자신의 내
면과 그 내면의 복잡성을 형상화하는 방식을 택한다. 현실과 비현
실 사이를 반추하는 과정을 제 내면의 사건으로 각인하는 그의 시
는 기묘한 성찰의 뉘앙스를 풍기며, 나라는 존재란 결국 이 시간

저 시간에, 이곳과 저곳에서, 내가 맺었던 타자의 흔적을 통해 제
성립의 가능성을 타진할 수밖에 없다고 말하는 고백과도 같다.

　　　지금 대구에서 나를 생각하는
　　　사람을 비춰보면서
　　　지금 파리에서 나를 기억하는
　　　사람을 추억하면서
　　　아직까지 종로에서 나를 찾아 헤매는
　　　그녀를 떠올리며
　　　또 다른 가능성을 확인한다
　　　색다른 서스펜스를 기대한다
　　　거울을 몸속에 지니고 다니면
　　　반사 신경이 날카로워진다
　　　너의 이마에서
　　　굴절되는 나의 심장,
　　　도마뱀 꼬리가 기어간다
　　　매의 한쪽 날개가 날아간다
　　　두더지의 앞발이 땅속을 파고든다
　　　거울을 볼 때마다 구름의
　　　넓이만큼 부풀어가는 나의 얼굴,
　　　풍경 속에서 튀어나온 손 하나
　　　거울 속으로 들어가며
　　　나의 머리를 쓰다듬는다
　　　거울 앞에 서 있다고

모두가 다 거울에 반사되지는

않을 것이다

—「거울」 전문

　그것은 그러니까, 꿈이었던가? 그가 만들어낸 이 작위의 세계를
바라보는 우리가 꿈을 꾸고 있는 것일까? "바닷속으로 가라앉는
꿈을 꾸었다"(「하, 허리가 없다」)라는 전언을 해석할 필요가 있겠
다. 연결고리가 제거되어 이질적으로 겉돌고 말 것들을 서로 이어
붙여 독창적인 작위의 세계 하나를 창출하고자 하는 그에게 필요
한 것은, 엉뚱한 상상력이나 허황된 환상이 아니라, 억압의 기제를
최대한 벗어버리려는 언어적 사투, 전이의 양상들과 그 양상들이
펼쳐낸 다채로운 세계로 현실을 물들여보려는 의식적 실험일 것이
다. 그가 이미지를 중첩시키거나 빈번히 피사체를 늘리고 줄이는
이유, 하나의 이미지를 다른 것의 배경으로 삼거나, 배경이 되어야
마땅한 이미지를 소도구처럼 환원하는 까닭이 바로 여기에 있다.

　여기, 있는 그대로의 세계를 받아들이라는 말씀과

　어묵 두 쪽

　저기에, 오토바이와 차가 정면충돌할 때 튀어 오른 빵 한 조각

　　그림자만 탁자 위에 두고…

　잘린 도마뱀의 문장을 이끌고 가는 힘겨움

나의 체온…점점 차가워진다

—「얼룩들」 부분

미치기로 결심했는가.
왜 이 바닥은 아직도 출렁이질 않는가.
창조할 수 없다는 그 무시무시한 공포.

—「요트와 같은 기분이 들 때까지」 부분

세계는 너무나 견고하다. 지금 "있는 그대로의 세계"는 속박된 세계이자, 너무나도 따분한, 너무나도 고루한 단면적 세계, 하나와 하나를 기계적으로 합해놓은 단순한 합산에 불과한 세계, 잉여의 공간과 결핍의 가능성을 모두 제거해버린 세계, 상상력의 날개를 달고 날아오를 때 펼쳐질 이상과 기약을 꿈꾸지 않는 세계이다. "사물의 핵심이 보이나요?"(「적성검사」)는 따라서 물음이 아니라, 근본적인 불신에 가깝다고 해야 한다. 이 단호한 세계에 맞서 싸운다는 불안과 두려움은 그 세계에서는 "창조할 수 없다는 그 무시무시한 공포"를 이기지 못한다. 그는 한없이 출렁이는 세계, 예고 없이 요동치는 세계, 계속해서 미끄러지는 세계, 동시다발적으로 무정형의 것들이 꿈틀거리는 세계로 향하기 위해, "잘린 도마뱀의 문장을 이끌고" 힘겹게 발걸음을 옮기는 전진을 택한다. 이 시인은 바로 이런 방식으로, 꿈의 알리바이를 확보해내며, 언어의 자의성을 시에 결부시킬 근본적인 이유를 확보해낸다.

3. 아, 아, 점점 더 벌어진다: 언어의 자의성을 회복하기

왜 언어의 자의성이 문제가 되는 것일까? 언어가 대관절 어떤 속성을 기반으로 세계를 반영하기에 시인들은 언어의 저 모험적 특성에서 제 시의 가능성을 타진하는가? 가능성이라는 말이 적절하지 않을 수도 있다. 물음을 바꾸자. 왜 시인들은 의미가 형성되는 과정 자체를 주목하고자 하는가? 오로지 그 과정을 드러내는 작업으로만 삶의 뒤틀림과 존재의 불안정성, 대상이 가지런하지 못할 때 찾아드는 그로테스크한 이미지를 반영할 수 있다고 생각하는가? 언어의 이데올로그가 되고자 하는가? 말은 그 자체로 모국어와 외국어의 성질을 동시에 지니고 있다. 표기가 의미의 안정을 보장하는 경우, 언어는 특히 시에서는 단순한 수사나 가지런한 이해의 수단으로 전락할 뿐이다. 정익진은 인접성의 세로축(A가-B를-C한다)과 유사성([그가[내가[그녀가[개가]]]]-[말을[운동을[세수를[놀이를]]]]을 [씹는다[먹는다[때린다[짖는다]]]]한다)의 가로축의 변폭을 줄이거나 늘리는 정도에 따라, 바로 그만큼의 고저로 세계가 요동을 치고, 정념이 꿈틀거리며, 걸어 들어올 수 없다고 믿었던 어떤 작위의 세계가 실현될 것이라는 사실에서 제 시의 희망을 발견한다.

어둠이 기억을 잃어버린 동안,

잠든 나를 아무리 깨워도 깨어나지 않았지만

내가 묻는 말에 잠든 우리는 이상하게 꼬박꼬박 대꾸한다.

'발자국'하고 물으면 '나뭇가지에서 떨어지는 눈송이들'
'언덕길'하면 '롤러코스터에서 태어난 아기'
'물고기 떼'라고 물으면 '노을의 모자'
'트롬본' 하면 '빛나는 그림자들'이라고 고민한다.

그 사이 파리에서 모스크바로 달려가는
말발굽 소리에 깨어난, 나는 다시
우리가 묻는 말에 꼬박꼬박 숫자를 설계한다.

—「Q&A」 부분

　인접성을 최대한 축소시키려는 조합은 유사성을 제거하려는 조
작의 산물이기도 하다. 말의 무게를 재고, 구문을 조직하는 시인
의 능력에 따라, 세계의 암면, 꿈의 공간에서 소진되었던 "기억"
을 회복할 길이 우리에게 잠시 열리기도 한다. "랑그파파파랑파파랑
빠빠롤링끊임없이미끄러지"는 원리에 의거하여 말을 선택하고, 음성
적 유사성에 근거하려 그 말을 결합의 축으로 투사하는 식의 이 말
놀이는 "의식의 흐름 기법처럼 관능적"이지만, 그것은 한편 단순
한 유희가 아니라, "폐허에 가득" 떠도는 "불안, 광기, 공포"를 표
현하고자 한 방법, "수천 통의 편지를 부쳤지만 되돌아오지 않는
목소리"(「스캣」)를 담아낼 수 있는 유일한 방식, 꿈의 세계와 과거
의 악몽을 현실에서 표현해낼 단 하나의 문법인 것이다. 말놀이는
단순한 말놀이에 갇히지 않는다. 시의 꿈, 세계의 잠재성, 동시다

발성을 비로소 현실의 욕망, 현실에서 충족되지 않는 집념, 현실의 언어로 변형할 수단이며, 이때 끝까지 신경을 곤두세워야 하는 것은 언어의 조직, 말을 부리는 특수한 방법일 수밖에 없다. 그의 시에서 목격되는 거개의 말놀이는 그러니까, 절망을 담아낼 단 하나의 방식이자, 절망 자체의 속성을 기술해낼 언어적 실천인 것이다.

> 흩어져버린 발자국들과 함께
> 앞뒤가 토막나버린 구절들;
>
> …피아노를 메고…
> …향수도 없이…
> …접시 위에 떨어진 그 여자의…
> …꼬리를… 쓰러져…
> …더욱 독해진…
> …불타는 안경이…
> …폭설…
> …우산이 먹어버린…
> …곤충에 매달려…
> …물속으로…에서…
> [……]
> 한 토막은 절망에 두고
> 한 토막은 남부민동에서… 또 다른
> 한 토막은 습관처럼… 돌고, 돌아
>
> ―「도마뱀」부분

문장 그 어디를 잘라 아무렇게나 이어 붙여도 결국 몸통이 되고 마는 말의 행렬, 꼬리와 꼬리를 연결하여 무한으로 늘어나는 말의 순열, 그것은 바로 꼬리도, 머리도, 몸통도 없는 말인 동시에 절망과 단절의 말이자, 절망과 단절의 속성을 표현하는 말이기도 하다. 꼬리에 꼬리를 물고 이어지는 이 말들의 행렬에서 "앞뒤가 토막나 버린 구절들"은 그 자체로 순일한 의미 안으로 포섭되어버리거나 견고한 추상의 영역으로 초대받는 것이 아니라, 파편처럼 흩어지고 여기와 저기를 떠돌면서 서로가 서로를 덧대며 이어지고 있다는 측면에서, 삶의 저 동시다발적 발생 가능성을 파편적으로 그려내는 데 오롯이 헌정된다고 보아야 할 것이다.

　문장들과 낱말들과 음성과 자구 하나하나가, 회전하고, 요동치고, 분기했다 사라지고, 서로 부딪치면서 멀어지거나 가까워지는 저 다채로운 모습을 꿈의 알리바이로 환원해내고 그 수위를 적절히 조절해내면서 정익진은 어떤 작위의 세계 하나를 우리에게 선보였다. "말 속의 광맥을 찾아 말을 갈고닦아"내거나, 아예, "말의 뿌리를 송두리째 뽑아 눈으로 말하"(「이명」)려는 시도를 통해, 잘라내도 다시 자라나며, 떼어버려도 어느 틈엔가 우리 곁에 당도하여 우리의 주변에서 빙빙 맴돌고 있는 말의 뭉치들을 적시해낼 때, 오로지 말의 이와 같은 속성에 기대어 서면 제 설득력을 갖추고 생명을 부여받는 작위의 세계가 우리를 찾아온다. 정익진에게 시의 특수성은 구문이 조직되는 특성에서 설득력을 얻을 것이고, 문장이 결합하는 독특한 방식에 전적으로 의탁할 것이며, 의미 그 자체가 아니라, 의미를 유보해나가는 과정을 주관적으로 조직해내는 정도에 따라 결정될 것이다. 정익진의 시는 이렇게 의미의 무한성을 조준하며 한없이 미지의 세계로 달려가는 것이 아니라, 가장 자유로운 세계, 꿈의 세계와 현실을 마주하게 하는 일에서 크게 성공을 거둔다.

그래서… 하지만… 그런데…

'그러나'의 꼭대기에서 날아가는 술 취한 녀석
'그리고'의 선착순에서 멀어져가는 그녀의 모습
'그러므로'에서 출발하는 기차 여행
'왜냐하면' 너의 명령은 가방으로 탈색되었기에
'그전에' 주어와 동사는 풍향계와 함께 밤새웠지
'만약에'에서 의심스러운
달의 변명을 뒤로하고
하나, 여섯, 바다, 열다섯, 이방인에서,
새둥지로 이동하려 할 때,
너의 허파는 언제 파열하는가
'그래서' 날개를 접어야 될 시간이야
'하지만' 일을 접는다고 해서 사건이 끝나는 것은 아니지
'그런데,' 이것 참
의외의 결론에 도달해버렸군
아무리 체조를 해도
대명사가 되기 어려워, 누구도 대신할 수가 없어
'그래서', 하지만… 그런데…

시선을 확장시켜 세계나 세계의 이면조차 달리 보려는 이 시도는 그러나 언어를 기계적으로 트레이닝한 결과 우리에게 당도한 것은 아니다. 오해하지 말아야 할 것은 정익진의 시가 언어의 자유로움이나 무책임성, 도구적 한계를 드러내는 데 봉사하는 것이 아니라, 언어의 자의성에 주목하여, 인과성에 비추어 최대한 낯선 구문을 조직하는 일이야말로, 세계의 저 저변, 세계의 동시성, 이 세계가 머금고 있는 잠재력을 현실에 불러낼 유일한 방법이라는 사유의 소산이라는 사실이다. 작위의 세계는 이처럼 현실-환상, 사실-상상의 단순한 이분법에 토대를 두고 어느 하나를 지지하는 것이 아니라, 오히려 우리가 탈프레임이라고 부른 구성력과 꿈의 현실로의 전이, 이에 부합하는 구문의 고안을 통해, 동시적인 장면들로 겹쳐지며 우리를 찾아온 결과물일 뿐이다.

시적 드라마의 창출은 쉽게 예상이 가능한 인과의 축에 기대어서는 결코 만개할 수는 없는 것이다. 그것은 어느 한 순간을 기점으로 삼아, 다른 장면으로 빠르게 도약하고 마는 시선의 날렵함, 과거-현재를 무작위로 오가는 비약의 날개 속에서 제 꽃을 피운다. 언어가 언어를 물고 늘어지는 양상이나 말놀이에 토대를 둔 문장의 조직은 페이소스나 풍자의 격자를 벌려놓거나, 블랙유머의 공간으로 우리를 초대하는 데 소용되는 구성의 산물이며, 이는 삶과 세상의 근원에 대한 의문을 마지못해 털어놓는 미숙한 조합이나 말장난과는 아무런 상관이 없다. 그의 시는 한참 동안을 삶의 이 골목 저 골목을 돌아 나와야만 비로소 거리를 유지할 수 있는 경험의 소산이자, 나이의 두께로 다소 부풀어 오른 체념의 시선에서 빚어진, 아니, 달관이라는 형식으로 삶을 포장하기 전에 한 번쯤 거주하기 마련인 크고 작은 체험들이 선사한 삶의 귀납적 선물이며, 경쾌하고 날렵한 어법으로 우리의 내부를 치고 들어온 놀람이다.

덧붙일 말이 있다. '큐브', '프리즘', '아, 아, 점점 더 벌어진다'는 내가 받은 정익진 시인의 시집 초고의 제목들이었다. 그러니까 시인은 이 셋 중에 하나를 제목으로 여기고 있었던 것이다. 나는 왜 그가, 이 세 가지 제목 사이에서 망설였을까, 곰곰이 생각해보았다. 그러다, 나는 이 각각이 동시다발성, 꿈의 전이, 언어의 자의성을 상징한다는 결론을 내리게 되었다. 아마 나의 착각일 수도 있겠다. 그러나 제목의 후보군이었던 이 셋은 "어떤 작위의 세계"(물론 정영문의 소설에서 차용하였다)를 표현하는 데 더없이 훌륭한 모티프가 되고 있으며, 사실, 그것으로 충분한 것이다.

(정익진 시집, 『스캣』해설, 문예중앙, 2014)

커서와 나침반 : '문장-이미지'의 타자들
― 김현서의 『나는 커서』

    시가 실제의 삶, 그러니까 저 현실의 삶 속에서 오롯이 살아나고 살아갈 수 있을까? 무한에 가까운 기억과 연동되며, 잡다하고 다망한 경험에서 빚어지는 현실에 비해, 오히려 시는 현실을 촘촘하고 압축적이며 간결한 형식의 언어로, 때론 현실에 지나치게 헐렁할 것이 분명한 저 문장들을 부려가면서, 포괄적인 하나의 현실이 아니라, 현실의 어느 일순간을 재현한다. 시 한 편 한 편은 그렇게 무언가 새로운 것을 시도하는 과정에서 현실의 이면(異面)과 암면(暗面), 다면과 내면을 우리에게 초대하는 일시적이고 고유한 꿈에 가깝다. 김현서의 두번째 시집 『나는 커서』를 읽은 당신은 그러나 특이하다 할 만큼, 이 시인이 자주, 현실에서 제 시를 갈구하고 또 강구해나갈 조건을 타진하며, 시 하나하나를 유기체처럼 구축해 현실과 일상 전체를 비끄러매려 자주 망설이고 주변을 투명한 눈으로 주시하는 일에 고통을 지불한다는 사실을 발견하게 될 것이며, 그렇게 할 수 있는 자의 자격을 일상에서 확보하려 전념한다는 사실도 목격하게 될 것이다. 어쩌면 그는, 이러한 과정 자체를 제 시의 밑감으로 삼아, 각 시마다 낯선 비유를 끌어다 쓰고 독자적인 공간에 입사하여, 삶에서 시의 가치와 존재 이유를 확인하고 구축 하여 현실을 갱신해내려는 것인지도 모르겠다.

시의 삶을 현실의 삶과 하나로 포개려는 저 불안한 욕망 하나로 일상을 자기 편으로 돌려놓으려는 고된 작업을 감행하고 있다고 해야 할까. 현실로 범람하는 시, 흘러넘치는 저 잉여와도 같은 에 너지들을 붙잡아 현실과 시를 봉합하려는 이 의지는 대체 무엇인 가? 결여된 현실을 시로 받아내야 한다고 여기는 저 결심은 왜 필 연의 산물인가? 무엇이어도 좋겠지만, 이러한 물음에 답하는 과정 은 단순하지 않다고 해야 하는데, 이는 시인이 그 의도를 덜 감추 었다고 보기 어려운 다양한 비유와 낯선 장치로, 어긋나 있는 일 상과 시를 하나로 포개려 끊임없이 노력한다는 이유에서 그렇다 는 사실을 우선 지적해두기로 한다. 과정은 순탄치 않으며, 시인도 그 사실을 잘 알고 있다. 달아나고 휘발되는 시, 보이지 않는 시의 조감도와 청사진은 일상과 기억의 시간을 지금 여기에서 다각도의 시선으로 조망하여 매 순간의 사건으로 전환하는 작업을 요청했을 것이며, 그러기 위해서는 복합적인 발화의 실천자들을 조력자로 필요로 했을 때가 적지 않았을 것이다. 현실에서는 해결되지 않고 제기되지 않을, 그러나 현실보다 결코 덜하다고 말할 수는 없는 긴 장이 그의 시를 지배하는 까닭과 그 방식을 묻기로 한다.

1. 인칭들의 구멍

시에서 자주 불려 나오는 저 타자들은 누구인가? 이미지는 어떤 방식으로 시와 현실 이 둘을 하나로 봉합하는 데 주력하는가? 현실과 시가 하나이기를 소원하는 그의 바람은 과연 이루어질 것인가? 첫 시집 『코르셋을 입은 거울』(천년의 시작, 2006)에서 보여주었던 폭발적인 에너지는 어떻게, 그리고 왜, 숨을 죽인 채, 그렇게 숨을 고르면서, 자주 긴장에 붙들려 파동과 미동의 섬세한 감각으로 환원되어 나타나는 것이며, 자그마한 내면의 무늬가 현현될 때, 그 틈새로, 그리 자주 다른 모습으로 출몰하는 것인가? 시의 주어가 여럿일 때, 그래서 주어가 아닐 때, 우리는 무슨 말을 할 수 있는 것일까? 이는 필시 저 호칭(인칭)이 안내하는 지점과 사뭇 다른 곳을 시가 바라보고 있다는 것을 의미할 것이다. 아니 그 쓰임을 측정하고 환원하는 작업은 차라리 언표의 차원에서는 불가능할 것이며, 그래서 오히려 우리는, 고유하다 할, 그러니까 시적 발화가 생성되는 기원이나 미지의 목소리가 흘러나오는 원인을 따져 묻게 된다.

또 가고 있다 갈비뼈 사이로 터벅터벅

토요일, 나는 벽에 박힌 햇살을 세고 그녀는 낑낑거리며 화분을 옮긴다

일요일, 나는 그녀가 옮겨놓은 화분에 사료를 던져주고 그녀는 긴 혀로 의자와 나를 엮어놓는다 나는 오른손을 흔들어주고

월요일 아침이면, 그녀는 시계의 배를 가르고 홍수에 휩쓸린 꽃을 꺼내 햇빛에 말린다 밤이 되자 꽃의 배란이 시작되고

화요일, 나는 내 자신에게 쫓기고 그녀는 824번 출근버스에 쫓기고

목요일 저녁, 사채업자가 방문했을 때 그녀는 제 몸을 뜯어 지불하고 나는 국을 끓인다

금요일, 장미는 담장을 기어오르고, 붉은 신호등이 켜지기 전 육수가 된 그녀와 육수를 들이키는 나

또 가고 있다 갈비뼈 사이로 터벅터벅
        —「붉은 신호등이 켜지기 전」 전문

현실과 시는 대결 구도 속에서 그려지지 않는다. "그녀"와 "나"는 충돌하지 않으며 차마 그럴 수 없을 것이다. 하나에서 분열되어 나온 각각의 존재도 아니다. "그녀"는 누구인가? "그녀"는 나다. "나"는 누구인가. 나는 "그녀"다. 그럼 왜, 서로 다른 인칭의 탈을 쓰고 다른 일을 행하는 것처럼 기술했는가? 아니다. 다른 일을 하는 것이 아니며, 다른 일을 할 수조차 없다. 무슨 말인가? 단 하나

의 시적 주어가 있을 뿐이며, 이 주어는 현실 수행자의 자격으로 시를 "들이키는" 행위를 통해서만, 제 존재의 타당성을 확인해낸다. 김현서는 현실을 벗어난 공간으로 시를 이동시키지 않아야 한다는 사실을 직관적으로 알고 있으며, 그것이 가장 정직한 자신의 모습이라고 믿는다. 정직하다는 말은 이 경우, 시적 자아와 현실적 자아의 분리될 수 없음을 고지하는 일에 고통스러워하기 때문만이 아니라, 현실과 시를 이질적으로 생각하면 시가 추상의 길을 걷거나 감상의 나열에 불과할 수 있다는, 저 두려움에서도 비롯된 것이다. 김현서의 시는 현실과 시를 대면해야 할 무엇으로 여기지 않으며, 하나를 망각하고 하나에 몰두하거나, 하나를 저버린 대가로 성취하게 될 무엇으로 이 각각을 몰고 가지 않는다. 현실과 동떨어진 피안을 제 시심으로 붙잡아 두지 않으려는 기이한 노력은 가령, "그녀는 긴 혀로 의자와 나를 엮어놓는다"고 말한 것처럼, 아니 "시계의 배를 가르고 홍수에 휘말린 꽃을 꺼내 햇빛에 말"리는 "그녀"의 행위로부터 "밤이 되자 꽃의 배란이 시작"된다는 발화에서 엿볼 수 있는데, 이는 시라고 부를, 모종의 궁리와 고안이, 오로지 일상에서 착수되어야만 한다는 사고가 시인에게 있기 때문에 가능한 상상력의 소산이기 때문이다.

시를 궁리하는 일은 어떻게 제 실현 가능성을 타진하는가? "검은 풍경들을 먹을 시간"(「네펜테스믹스타」)을 일상에서 확보하는 일은 어떻게 가능할 것이며, "먹어도 먹어도 채워지지 않는 이 새파란 허기"(「폭식가 K양의 멈출 수 없는 입」)는 또 어떻게 달랠 것인가? 시를 위해, 시를 쓰기 위해, 자신의 주변과 기억을 백지에서 대면하는 일은 차라리 이 시인에게는 자신이 임해야 하는 최소한의 시적 윤리이자, 시 그 자체이기도 할 것이다. 시집에서 나는 '아이'이기도 하고, '아내'이기도 하며, '어머니'이기도, '딸'이기도 하지만, 이 '나'는 그 어디에 속한다고 말할 수 없으며, 이와 동시에 그 어디에서도 벗어나지 못하는 '나'라고 해야 한다. 이 각각의 교집합의 내가 시를 쓰는 주체라는 사실을 명확히 인지한 상태에서조차, 김현서의 시는 쉽게 붙잡히지 않는데, 이는 어느 한 시간대에 집중하여 딸-어머니-아내가 하나로 맞물린 상태를 고지하거나, 기억과 미래를 모두 담지한 단 하나의 시적 시간 속에서, 최소한 삼분된 자아가 등장하여, 하나의 일을 도모하려 하기 때문이다.

> 너는 얼룩무늬 환약을 먹고 매일
> 강박증 피아노를 친다
> 노랑나비가 노란 꽃 속에 제 피를 넣어 문병 온다
>
> *색안경 쥐들―허기진 빵조각의 색깔―본색*
>
> 초승달이 안개를 데리고 산책한다 템포에 맞춰
> 풍경을 감춰버리는 거리
> 뭉텅뭉텅 뜯겨나간 집과 사람과 나무와
>
> *진홍 하늘―다져놓은 진통제―금방 놓아준 늑대의 울음*
>
> 어둡다기에 불을 끄고 본다 너의 푸른 심장
> 이제 발로 으깨는 일만 남았다

너는 밤이라는 조명을 켜고
나는 새로운 경로를 설정한다

누군가 물려준 오선지를 따라
디카포를 지나 크레센도로 달리고 달리는

매연과 먼지의 리듬 사이
너와 나 사이
이미 지나버린 자유로 같은 쉼표가 서 있다

너의 눈엔 폭염이 있고
심장이 떨리는 본능이 있고
모든 진동을 흡수하는 악상을 떠올린다

—「음역을 이탈한—질주」부분

  김현서의 시집에는 이렇게 모든 연령대의 인물이 되어, 그렇게
자기 자신(최소한 자신의 삶의 일부)인 자아들의 그림자가 되어, 이
그림자와 분신들의 세계를 경험하면서, 하나로 그러모아, 시적 조
건들을 타진해내고, 고유한 목소리를 고안하기 위해 힘겨운 싸움
을 은밀하게 전개하는 주체가 자리한다. '너'는 이인칭이 아니라
타자들의 다른 이름인 것이다. 바로 이 타자들과 함께, 타자들의
시간과 기억과 공간과 더불어, 시인은 물리쳐야 할 것은 물리치고,

받아들여야 할 것은 받아들이는 것이며, 기억해야 할 것은 기억하고, 수긍해야 할 것은 수긍하며, 비판해야 할 것은 비판한다. 시라는 세계, 시적 자아 하나로 이 세계의 파장을 모두를 받아내야, 시 쓰는 자의 저 책무에 당당할 수 있으며 시를 써야 하는 이유를 정당화해낼 수 있을 것이고, 시를 쓸 힘을 얻어낼 수 있을 것이다. 이 타자들과 함께 "이미 지나가버린 자유로 같은 쉼표"를 보고, "모든 진동을 흡수하는 악상을 떠올"리며, "강박증 피아노"를 치는, 바로 그런 일을, 저 불가능한 일을 김현서는 굳건하게 해낸다. 그의 시가 이렇게, 타자들을 받아들이고 물리치면서, 그들과 함께 매 시간과 매 기억의 고비를 돌아 나오고, 지금−여기의 세계, 그러니까 외부와 일상의 견고한 벽을 뚫어 열린 작은 공간을 기록하는 일에 전념하는 것은 "한때의 격정으로 평생을 흔들리는 그네"(「그 여자」)를 멈추지 않고 지금−여기서도 연장해낼 유일한 방법이 이것밖에 없기 때문이다.

나는 판화를 찍고
그는 모기처럼 내 주위를 맴돈다
판화 속에는 윤곽이 사라진 물고기가
밤마다 새로운 물길을 만들고
나는 어항의 물을 쏟아버린다

그는 판화 속에서 버둥거리는
노란색 물고기 빨간색 물고기 파란색 물고기
아가미를 그리고 등줄기를 그리고

나는 물고기 한 마리 달고 외출한다

그는 언제나 어딜 가냐고 묻고
나는 보라색 나무 한 그루를 내민다
보라색 나무에는
아프고 지친 잠자리가 날아와 노래를 하고
그는 나이테를 깎아 구두를 만들어
내 발에 신긴다

해가 질 무렵 잠자리는 날아가고
내 발엔 균열이 생기고
피가 묻은 구두에 끌려 집으로 돌아온다

8시가 되자 그는
라디오의 볼륨을 높이고
일주일치의 포장품을 뜯는다
나는 이어폰을 꽂고
쏟아진 어항의 물로 밥을 짓고
비린내 나는 식탁에 앉는다

우린 울지도 않고 웃지도 않고
우린 잠깐 잠깐
죽은 듯이 엎드려 있다가
밤이 되면 눈이 없는 인형처럼 서로를 잠재운다

방송이 끝난 TV는 지지직거리고
우리의 여덟 번째 밤이 깊어간다
메마른 꿈이 깊어간다

—「방문객」 전문

　김현서는 복합적이고 다층적인 시적 언어에 휘말린, 그렇게 백지 위에 초대된 자들과 제 삶의 운명을 함께하며 시를 쓴다. 시를 쓰는 행위는 비단 인칭대명사의 이중적 화법에서 발생한 모종의 효과에 이 시인이 기대를 걸고 있다는 것이 아니라, 차라리 타자에게 위탁하거나 타자를 받아들이고, 타자와 함께 성취해내어야 하는, 일종의 당위에 가깝다. 시적 성취의 열망이 현실에서 결핍의 형태로 드러나는 것은, 일상이 늘 바쁘고 힘겨운 사안들로 구성되기 때문만은 아니다. 그렇다면 타자와 시적 자아, 이 양자 간의 괴리는 과연 어떤 방식으로 상쇄되는 걸까?
　시가 절망과 상처를 밀고 나가 섬세하게 포착하는 과정에서 치열함을 드러낼 때, 실제의 삶은 꿈이라는 형태로 열리는 삶의 구멍이 되기도 할 것이며, 이때 시적 자유의 길이 살짝 열리기도 할 것이다. 김현서는 오히려 어떤 충격을 받아 그 충격을 표현하는 것이 아니라, 꿈의 완성을 위해 타자와 함께하는 길을 모색한다. 나와 너의 저 양각을 기록하면서, 서로의 차이를 변별하고, 각자의 행위에 서로 협조를 구하는 과정에서 도출된 "우리"는, 결국 "메마른 꿈"을 이 삶에서 추방하지 않으려는, 그럴 수 없는 "우리", 즉 시적 주체인 것이다. 시는 이렇게 "메마른 꿈"이며, 이 꿈은 타자

("그")와 함께 꾸는 꿈이다. 너무나 많은 빛, 너무나도 찬란한 빛이 오히려 제 발등을 컴컴하게 한다는 것일까? 그렇지 않을 것이다. 그것은 오히려 결핍과 부재의 삶, 고단한 우리 삶에서 하루하루, 너와 나의 양각을 매개할 고리를 발견하려는 의지로 시를 쓰고 있다고 말하는 시인의 힘겨운 고백에 가깝다.

　　하루는 내 발목을 놓아주지 않는
　　하루는 노을이 깔린 잔잔한 파도
　　하루는 멀고 먼 불길 속의 북극성
　　너무 늦게 나를 깨워주는 야윈 손

　　하루는 옮겨 심어야할 모종
　　불길한 연기
　　하루는 내 실명한 웃음이 끓고 있는 냄비
　　쭉 저녁 무렵처럼
　　나와 한패

　　　　　　　　　　　　　　　　　　　　—「음역을 이탈한—하루」 부분

　바로 이 타자들과 함께 겪어내는 삶이 나를 살게 한다. 삶은 내가 살아가는 것이 아닐 수도 있다. 시는 내가 쓰는 것이 아니라, 삶이, 저 타자들과 함께하는 삶이 쓰게 해주는 것일 수도 있다. 이러한 사실은 두 편의 「숲이 앵무새를 가꾼다」에서 등장하는 비유의 체계 속에서 강력하게 암시되어 나타난다. 독해가 쉽지 않은 이 연작시를 방금 읽은 당신의 머릿속에서는 이런 물음들이 떠돌고 있을지도 모른다. 앵무새가 숲속에 있다? 앵무새? 중얼거리며 반복하는 존재? 숲? 나무들이 빼곡한 커다란 풍경? 배경? 일상? 삶? 가벼운 연상을 바탕으로 당신이 던진 이 연속된 물음은, 말을 운용하는 시인의 어법에 당신이 이윽고 눈길을 줄 때, 더 이상 물음이 아니라, 비유의 체계 속에서 시 전반이 기획되었다는 사실을 확인하는 절차와 만나게 될 것이다. 앵무새에게 살아갈 에너지를, 제터를 주는 것은 숲이다, 앵무새를 '다시' 살게 해주는 것은 이렇게 숲이다, 라고 시인은 말하는 것이 아닐까? 시를 고안하고 실천하려 애쓰는 어떤 상태에 대한 비유가 숲과 앵무새의 은유 속에서 표현되고 있는 것은 아닐까? "털갈이가 끝나면/숲은 앵무새의 몸에 빨대를 꽂는다"와 같은 구절은, 숲을 이루고 있는, 어느 나뭇가지 하나에 올라앉은 앵무새의 모습을 그린 것이지만, 반복되는 시작(始作, 詩作), 그러니까 우리가 시상이라고 말하는 저 무형의 덩어리를 제 착상의 언어로 빚어내며 이 세계, 이 일상, 이 삶을 자신을 향해 돌려놓아야 하는 자의 (시적) 책무에 관한 비유는 아닌가? 이 책무가 어떤 주기 속에서 꾸준히 시인을 찾아온다는 사실을 암시하는 것은 아닐까? 시집 전반을 지배하고 있는 강력한 모티프 하나가 여기에서 도출되는 것은 아닐까. 다시 말해, 내 안에 있는 시적 에너지를 발현하기 위해서 일상의 틈입을 찾아내야 하고, 이 틈입을 열고 들어가, 나만의 공간과 시간과 기억과 풍경을 기록하려 필사의 노력을 기울이는 행위, 그러나 결국 타자와 함께 이루어낼 수밖에 없는, 가령, "딸의 꿈속"에 "등장"(「누가 아서를 키울까」) 하는 나, "내 가슴에 하얀 기둥을 박아대는 당신"(「서치라이트」) 이 나와 함께 "사방연속무늬로 번져가는 기억"(내가 진짜로 웃기

742

전에」)을 살려내는 일, 그러니까, 타자를 통해, 타자에 의해, 타자와 함께, "밤인 듯 낮인 하루가 가고 하루가 시작"(「폭설」)되는 순간을 맞이하고, "생활이 흔들리고 죽음도 흔들흔들 웃는" 순간을 "잇몸을 드러내며"(「10시 27분 버스」) 겪어내고, 본능적으로 "내 발이 먼저" 알고 있는 "열기의 순간"에 입사하여 "바닥에 깔린 당신의 눈물"(「바닥에 깔린 스테이크」)을 직접 맛보는 일이나 "오전과 오후 사이의 거울 속으로 날아가는" 저 "사라지지 않는 악몽의 종소리"(「관점」)를 듣는 일처럼, 김현서에게 시란 결국 타자와 함께 치르는 일상의 전쟁이다.

> 그 자와 이 자는 몇 세기에 걸쳐
> 같은 노래를 불렀다
> 시간은 불 속에서 방금 꺼낸 군고구마
> 사랑은 구멍 난 종이봉지
> 손을 대면 화르르 타오르는 장작불 속의 공포
>
> 그 자와 이 자는 몇 세기를 걸쳐
> 서로를 부정하다 손을 잡았고 다시 부정했다
> 그 자와 이 자는 실패를 반복했고
> 그 때마다 직업과 주소를 바꾸고
> 몸의 길이를 바꿨다
> 새로 맞춘 옷을 입고
> 그 자와 이 자는 누군가 흘려보낸
> 마른 강물소리를 들으며 건기를 보냈다

그 자와 이 자는 앞을 볼 수 없었지만
몇 세기를 걸쳐 새로운 발성법을 익히고
새로운 눈을 찾아 이자를 점점 늘려갔다
저녁이 오기 전에 식탁을 차려놓고
그 자가 예치한 이자를 복제해서
새로운 저자를 내게 덧붙여 주었다

이 자는 내게 노래하는 아침을 주었다
나는 노래하는 아침을 탁자에 올려놓았다
액자에 끼워 넣었다
오븐에 넣었다
건조대에 널었다
창문에 붙였다

몇 세기가 흘렀지만 나는
그 자와 이 자가 공모해서 죽인
저 자의 얼굴을 또렷하게 기억한다
나와 동시에 살아갈 또 다른 나의 얼굴
　　　　　　　　—「『낮과 밤』, 저자의 얼굴」 전문

　저자(著者)의 지위는 어떻게 확보되는가? "같은 노래"를 불렀던 "그 자"와 "이 자"는 "서로의 존재를 부정하다 손을 잡았고 다시 부정"하는 과정에서, 그렇게 "실패를 반복"하였지만, "몇 세기를 걸쳐 새로운 발성법"을 고안한다. "이자"(그러니까, 利資)는 나에게 "새로운 발성법"을 발화할 수 없게 가로막는, 그렇게 주어진, 생활을 짊어져야 하는 모종의 임무를 부여했을 것이다. 그렇게 생활의 책임자가 된 나는 "새로운 저자"가 되었다. 이게 끝일까? 그렇지 않다. 시인은 "나와 동시에 살아갈 또 다른 나의 얼굴"을 "또렷하게 기억한다"는 말로, 제 시를 마감하고 있기 때문이다. 시는 이렇게 김현서에게 "그 자와 이 자가 공모해서 죽인" 무엇, 그러나 "새로운 눈을 찾아" 함께 그 덩치를 불려낸 "이자"와도 같은 것, 그렇게 제 삶에서 빚진 무엇, 제 주변에 아무것도 남아 있지 않았을 때, 기댈 것이 모조리 사라져버렸을 때조차, 그럼에도 타자와 함께 제 삶을 통째로 걸고 임하는, 그렇게 쏘아올린 한 줄기 광채와도 같은 것이다.

2. 문장-이미지의 변주

김현서의 시집 전반에 등장하는 다양한 화자들은 이렇게 거개는 가족의 울타리를 벗어나지 않으며, 문법적으로 서로 상이한 격(格)의 소유자이자 시에 다양한 목소리를 입혀내는 다수의 화자이기도 하지만, 시를 생활에서 실현하고, 생활이 시가 될 수 있게끔 제 언어로 삶을 붙들어 매기 위해 반드시 등장해야 하는, 오로지 그런 방식으로만 현실과 시를 하나로 봉합하는 데 없어서는 안 될 필연의 존재들이며, 결국 나의 화신, 나의 분신, 나라는 일인칭의 목소리 속에서만 제 존재의 자격을 얻는, 그러니까 단 하나의 시적 주어일 것이다. 모든 인칭은 김현서의 시에서 이렇게 일인칭의 목소

리를 내거나 적어도 그렇게 되기 위해 협조를 하며, 이때 중요한
것은 바로 이런 방식으로, 과거와 현재라는 물리적 시제를 하나로
꿰뚫어내고, 안과 밖이라는 공간의 구분을 무화시키며, 대상과 화
자의 경계를 무너뜨리고, 시각에서 촉각으로 관점의 전환을 요청
하는 '문장-이미지'의 시학을 완수하는 데 몰두한다. 시집의 첫 작
품 「화요일 오후」의 전문을 인용한다.

> 내 스웨터를 걸친 그림자가
> 조용히 매장을 돌고 있다
>
> 라일락 향기처럼
> 그가 남긴 흔적들이 햇빛을 받아 반짝인다
>
> 팝콘의 고소한 냄새 숨소리 스트라이프 무늬 카페모카
>
> 그에게 서서히 중독되어 간다
>
> 쇼윈도 너머로
> 나 같은 마네킹이 휘청거리며 걷고 있다
>
> 햇빛에 눈물이 탄다

　나는 "내 스웨터를 걸친 그림자"를 바라보고 있다. 이 "그림자"
는 "그"로 표현되지만, 삼인칭의 "그"가 아니며, 그러한 독법은 시

746

에서 좀처럼 허용되지 않는다. 하나의 시점이 둘 이상의 대상에게로 뻗어 주변을 벌써 다르게 재편하고 있기 때문이다. 시각은 오히려 촉각의 문을 열게 해주는 착시의 효과를 자아내는 데 일조한다. 시를 읽는 우리가, 재편된 주변, 그러니까 "팝콘의 고소한 냄새 숨소리 스트라이프 무늬 카페모카"에 젖어 어느새 시각에서 차츰 벗어나게 되는 것은 이 때문이다. 바로 이 순간, 이상한 감성의 세계 속으로 빨려가 "그에게 서서히 중독되어"간다는 사실에 잠시 주목하면, 결국 "나 같은 마네킹"이 저편에서 "휘청거리며 걷고 있다"와 같은, 나와 그의 분리는, 인칭이 구속하는 문법의 장력에도 불구하고, 시에서 좀처럼 허용되지 않는다.

주관적인 시적 세계는 이렇게 조용히 열린다. 이러한 관점을 견지하면서 시집을 쫓다 보면, 우리는 얼마 안 가 이 시인이, 연작의 형태로 시집 전체를 구성하려 했다는 사실을 알게 된다. 구성 방법은 기이하고도 절묘하다. "햇빛에 눈물이 탄다"로 마감한 첫 시의 촉각적 감성은 두번째 작품 「10시 27분 버스」로 넘어와, 약간 변형되어 펼쳐진다. 가령 "노인이 탄다 죽음이 뒤따라 타고 임산부가 탄다 빛이 탄다 내 몸을 통과한 시간이 탄다 까맣게 탄다"(「10시 27분 버스」)처럼, "타다"라는 동사의 잠재력을 십분 활용하며 동사의 단일한 쓰임을 정태적·행위적 기능 전반으로 넓혀내, 결국 시의 다의성과 복합성, 중의성과 복수성의 목소리를 시에서 빚어내는 데 성공한다. 앞 작품의 수동적 주시의 감각을 버스를 타는 행위로 변형하여 독특하게 연장해내는 것이다. 이것이 끝이 아니다. "길바닥에 핏덩이를 떨어뜨리고 도망치는 저 매정한 엄마"로 마무리되는 이 두번째 작품 역시, 다음 시 「칸나의 뿌리」에서 또 다른 방식으로 되살아나기 때문이다. 마지막 두 연을 인용한다.

　　아직 동이 트기 전
　　칸나는 간신히 엄마의 뱃속에서 나왔지

　　엄마의 저린 손에서 눈물로 짠 새 한 마리
　　달빛 속으로 날아갔지

　　물론 이렇게 마감되는 이야기는 다음 시 「영산홍」에서도 고스란히 이어진다. "이른 봄 몸속에서 꺼낸/붉은 고통 한 송이/도마 위의 물고기처럼 파닥거리며/웃네"로 시작하여, 앞선 작품을 아우르면서, 시집 전반을 매우 복합적인 이미지와 감각으로 묶어낸다. 이와 같은 방식으로 김현서는 연관성을 바탕으로 서로가 모종의 관계 속에 배치해, 낱말과 문장 사이의 간격을 크게 벌리고, 화려한 수사를 배제한 다음, 잡다한 서술을 최소한으로 줄여 생겨난 여백을 시에서 창출하고, 이 여백을 통해 "말해진 것과 말해지지 않은 것 사이의 관계"[1]를 표현하는 '문장-이미지'의 독특한 공간을 만들어낸다.

　　이렇게 되면 시의 '문장'은 뜻을 풀어 해석을 덧붙이는 일이 쉽지 않은 '말할 수 없음'의 순간에 봉착하게 되고, '이미지'는 더 이상 '보다'의 기계적 파생물 수준에 정박되지 않는다. 김현서의 시에서 문장-이미지는 서로 분리될 수 없을 뿐만 아니라, 문장과 이

1) 자크 랑시에르, 『이미지의 운명』, 김상운 옮김, 현실문화, 2014, p. 86.

미지 각각이 앞을 다투어 서로가 서로를 보조하고 지탱해낸다는 전제하에서만 가능한 독서를 우리에게 선사한다. "칸나"나 "영산홍"의 저 꽃의 이미지, "어둠 속에서 서로의 아픈 뿌리를 어루만"졌던 "모두 어둠에 묻혀"지내던 시절의 저 "살아 움직이는 꽃들"(「칸나의 뿌리」)과 "너무 캄캄해서/금방이라도 터질 것 같은 붉은 꽃"(「영산홍」)이 서로 호응하며 도출된 이미지는, 보는 행위나 말하는 행위 각각의 개별적 소산이 아니라, 이 양자의 경계를 붕괴한 관점에서만 접근이 가능한 독서를 작품 전반에 요청하고 만다. 따라서 시 하나하나는 독립적인 단위를 넘어서 '문장─이미지'의 작동 방식에 지배를 받으며, 결국 연작은 하나의 덩어리로 읽을 수밖에 없게 된다. 이렇게 다섯번째 시 「탱고라 불리는 상자」의 "죽은 아이 곁에 피어 있었"던 저 "노란 머리핀을 닮은 꽃들"은 오로지 앞 작품들과의 연관성 속에서만 제 독서를 우리에게 허용한다. 이와 같은 사실은, 김현서의 시 각각과 시를 구성하는 문장들 각각은 시집 전체를 헤아려 접근할 때만 고유한 의미의 영역을 여투는 발화의 순간을 창출하며, 단순한 시각 이상의 감각적 차원에서 복합적인 이미지의 형성에 전념한다는 사실을 말해준다.

치유될 수 없는 상처를 남기며
담장의 갈라진 늑골을 따라 조깅하는 자

죽음의 홍등을 들고
안개가 두런거리는 무대 위에서

—「넝쿨장미」 전문

가방은 무겁고 새벽 두시의 침묵은
막대사탕처럼 달고 아프다
오랫동안 졸음을 참으며
철심교정기를 낀 강가를 걷는다
매끈하게 빗어 넘긴 물풀 사이로
어둠으로 색칠한 간판들이 보인다
아름다운 불빛들이 삐걱거리는 거리
그의 다리와 내 다리를 합치면
완벽한 테이블이 된다

―「칸타타 사탕 가계」 부분

　김현서의 시는 이렇게 시각의 익숙함에 경고를 내린다. 「넝쿨장미」에서 보는 행위는 벽의 입장에서 취해진 것이라 하겠다. 장미넝쿨이 벽을 기어오르고 있는, 비교적 단순하다 할 장면을 벽의 시선을 따라가며 표현해낸 이 작품은, 그러나 몇몇 이질적인 장면들의 중첩이나 의도적인 포개기뿐만 아니라, 단 한 차례의 보는 행위(영화의 '숏'에 해당되는)나 동일한 시간과 장소에서 이루어진 자잘한 사건에 대한 묘사(영화의 '신scene'이라고 할)도 하나로 합쳐놓았다고 해야 한다. 더구나 장면의 프레임 자체를 아예 조깅하는 자의 시선에서 구성했을 가능성도 배제할 수 없다. 언젠가 시들고 말 장미 하나가 고개를 들고 담벼락에 매달려 있는 모습을 "죽음의 홍등"이라 표현하여, "상처"와 "죽음"이 "조깅하는 자"의 운동의 이미지와 느슨하게 하나로 묶이면, 시 전반에서 시간의 장벽도 서서히 허물어지고 만다. 안개가 자욱한 어느 날 아침, "조깅하던 자"
가 퍼뜩 떠올린, 플래시 백과도 닮아 있다고 할, 저 "치유될 수 없
는 상처"와 같은, 문장-이미지가 오히려 "두리번거리는 무대"의
주인일 수도 있는 것이다. 또한 "바닥에 떨어진 불빛들이/주르륵
내 발을 타고 올라온다"(「칸타타 사탕 가게」)고 헤드라이트 불빛의
운동성을 표현해내었지만, 그 시점은 "어둠으로 두 뺨이 불룩해진
사탕가게 앞"이거나, 고된 일을 마치고 뒤늦게 귀가하는 길의 저
철교 아래에서 다소 어색하게 맞이한("철심교정기를 낀 강가") 산
책이 있은 후, 집에 돌아와 식탁 위("테이블") 마주 앉아 산책의 파
트너를 앞에 두고 혼자 떠올려보는 회상을 문장-이미지로 구성해
본 것일 수도 있다. 김현서의 시에서 초점은 복합적이며, 시점은
시간을 무지르고, 문장은 서로 거리가 멀어, 매우 특수한 인과성
을 시에 결부시킨다. 김현서의 시는 이렇게 집약하면서 분산하는
이미지들과 시간의 주관적 사유를 추동하고 여백을 창출하는 문장
들이 이미지-시간-장소와 협연을 하면서 뿜어내는 고유한 발화의
운동성, 아슬아슬한 긴장과 미세한 떨림으로 지어올린 의미의 구
조물이다.

3. 내면의 무늬들

'문장-이미지'는 타자의 화법, 타자의 말들, 타자들과 공유한 경
험과 기억으로 시인이 제 시집의 커다란 밑그림을 그렸으며, 이는
첫 시집 『코르셋을 입은 거울』(천년의 시작, 2006)에서 시인이 보
여주었던 폭발적인 에너지가, 이번 시집에서는 다소 조절되어 나

타난다는 사실도 말해준다. 그의 시는 시각을 벗어났다고 말할 수 없지만, 시각으로는 접사할 수 없는, 차라리 촉각에 가까운 세계, 촉각적 인식을 요청하는 세계에 맞닿아 있는, 깊숙이 가라앉은 내면의 저 아이스버그의 조금만 돌출된 부분과도 같다. 김현서의 시를 읽고 난 다음, 우리는 어느덧 다른 곳에 도착하게 되는데, 이는 보는 행위로 촉지가 가능해지는 순간들을 만나게 되기 때문이다. 이렇게 그는 긴장과 떨림의 아슬아슬한 균형을 감각적인 언어로 조절해내는 데 성공한다. 시에서, 시를 통해, 아주 조금만 드러내야 한다고 생각했던 것은 차라리 제 마음의 무늬는 아니었을까? 마음속 깊이 새겨진 "검은 문신"과도 같은 것, "환영 같은 물결을 새겨 넣은"(「티투아티스트」) 마음의 문양들, 시간이 검열을 하고, 현실이 억압을 하여, 좀처럼 꺼낼 수 없었고, 꺼내는 일이 허용되지 않았던 것들, 그러나 세계를 보다 단단하고 확실한 감각을 통해 마주할 수 있고, 섬세하고 세밀한 자기만의 방식으로 그려낼 수 있다고 믿는 무엇을 백지 위로 조심스레 걸어 들어오게 한 것은 아니었을까? 그렇게 미지의 실현이라는 열망, 저 성취되기 어려운, 불가능성의 가능성의 실현에 이 시인은 긴장과 떨림으로 조심스레 내기를 걸고 있는 것은 아닐까?

나는 커서 눈 밑의 반점
나는 커서 선물상자
나는 커서 빨강 머리 소녀

나는 커서 잠이 깼을 때

나는 커서 죽은 지 6년 된 굴참나무
나는 커서 밑동에서 자라난 독버섯
나는 커서 방문을 열고 나갔지

나는 커서 깜빡거리는 별똥별
나는 커서 피아노
나는 커서 외발 당나귀와 길을 걸었지

나는 커서 눈을 감고 생각했지
나는 커서 까만 털에 붙어 사는 이상한 벌레
나는 커서 초가 꽂혀 있는 조그만 케이크
나는 커서 천 번도 넘게 맞춰본 퍼즐
나는 커서 참 재미있었지

나는 커서 알게 되었지
나는 커서 사라진 토끼

—「나는 커서」 전문

김현서의 시는, 미완의 시간 속에서 제 삶을 살아가고, 또 살아낼 것이다. 잘 조절하지 않으면, 붙잡아두지 않으면, 금방 다른 곳에 가 있거나 눈앞에서 이내 사라져 어딘가에 숨어버리는 커서 cursor, 그러나 결국, 흔들리면서 방향을 잡아나가는 커서처럼, 아주 작은 충격에도 달아나버리는 삶의 저 여파와 여진에도 불구하고 그는 제 중심을 찾아나갈 것이다. 세계는, 현실은 그에게 늘 흔들리는, 그렇게 흔들림 속에 감추어진 꿈이었지만, 그 꿈은 이상하고 엉뚱한 꿈이 아니라, 차라리 오래전부터 실현해야 할 꿈이었을 것이다. "깜빡거리는 별똥별"은 성장한 이후, 자신이 되고자 했던 어릴 적 소망을 지시하지만, 어린 나의 저 소망은 모든 것이 깜빡거리는 지금-여기에서, 그 모습 그대로, 성장과 떨림이 하나의 동체가 되어 이 세계에서 제 좌표를 설정하고, 바로 잡으면서 쫓아나가야 하는 실천의 대상이 되었을 것이다. 시인은 불안한 모습으로 살아가고 있는 모든 존재들과 그들의 절룩거리는 삶이 이루지 못했던 꿈, 경이로운 감정을 불러일으키는 무언의 대상들이 언어의 손길로 깨어나려 매일 꾸는 꿈과도 같은 삶 이외에 다른 삶을 꿈꾼 적이 한 번도 없다. 그는 저 내면 깊숙이 가라앉아 다시 떠오르지 않을 무엇에 대해, 더러 그 상실을 염려하고 자주 고통스러워하면서, 지금-여기로 이 미지의 덩어리를 꺼내보려는 힘겨운 몸짓으로 제 시의 잘 보이지 않는 이정표를 더듬어나갈 수 있는 시적 용기를 꺼내려 언제-어디서나 채비하고 있었던 것은 아닐까? 절망의 랩소디에 가까운 그의 시는, 현실에서의 좌절이나 삶이 무시로 폭격을 가하는 환멸의 사건들을 하나로 그러모으는 것이 아니라, "열수도 없는 저 창으로/나는 무엇을 보려 하는가"라는 '시인의 말'의 한 구절처럼, 차라리 절망적인 현실에 맞서, 제 시적 자아를 확보하려 애쓸 때 흘러나온, 그렇게 단단한 시의 "창"을 내야 한다는 역치와 역설의 목소리는 아닐까?

지금 두 손을 모으고
새로운 씨앗을 모으고 있어요

새로운 말을 모으고 있어요

나는 더 교묘하게

나는 정전기처럼 빛나는 알약이에요

나는 더 완벽하게 시시각각 표정을 바꾸는

나는 참 다루기 힘든 나침반이에요

—「빈 꽃병」부분

그렇게 흔들리는 "나침반"처럼, 아슬아슬하게 긴장을 유지하면
서 제 삶을 마주하고 삶을 살아내며, 그럼에도 "연필에 침을 바르
고 지도를 꺼"내, 세계를 자신의 주위로 돌려놓고자, 그 좌정에서
찾아오는 좌절과 절망을, 삶의 좌절이나 절망과 하나로 붙들어 매
며, "부러진 연필심처럼" 그는 시 쓰기에 몰입하고 있는 것은 아닐
까? 그래서 차라리 "둘러보면 아무것도 없는/방과 방 사이 안개를
배양하는 저 여자"(「107동 202호」)가 되고, "유리가루 같은 햇빛을
뭉쳐 내게 던지며/페르시아 장미를 만들던 그 시간"에 대해 "모든
건 설정이었을까"라고 모종의 의혹을 품으면서도, 절규하듯 "나는
아직도/네가 준 관광지도 속에서 길을 읽고 헤매고/물고기가 보
이지 않는 바다와 싸"(「간격」)우고 있다고 말할 수 있었던 것은 아
닐까? "언제나 열려 있는 검은 무덤"을 주시하기 위해 "골목 입
구"에 서서 "골목 끝에서 시작되는 또 다른 검은 골목"(「네펜테스
믹스타」)을 맞이하고 있는 것은 아닐까? 자신을 방해하는 모든 것
들을 거부하려는 용기로 삶과 일상에 고여 있는 감정들과 삶과 일
상을 구성하는 미지의 대상들에게 주체의 자리를 내주면서, 객관
적이고 수동적인 문법으로 조심스레 그들의 가치를 기록하는 일을

실천하고 있는 것은 아닐까? "내가 일어나기 전 상자"가 "이미 와 있"다면, 아니 이 "상자"가 "육면의 이른 새 벽"(「택배」)이라고 한다면, 벽에 둘러싸인 이 시인은 무언가를 착수할 '새벽'의 꿈을 실현하기 위해 어떻게 제 싸움을 전개해나갈 것인가? "새벽"과 "새벽", "어느새"(「어느 새」)나 "비만 한 집"(「난 비만 한 집」)처럼 띄어쓰기의 활용을 통한 의미의 복수성을 상정하기, 동사-명사의 복합적 활용("판다"—「판다」)을 통해 의미의 중심을 분산하기, 명사와 지시형용사 사이의 중의적 활용("슬픔 한 가닥이 이 사이에 끼여 빠지지 않네"—「저녁식사」)을 통해 감정의 파고를 조절하기, 주어를 동사로 전환하여(「오직 날 뿐」) 욕망의 수위를 조절하기, 수량형용사의 소유격화("네 시간 간격으로 너는"—「네 시간」)를 통해 주어의 감정을 시간화하기, 고정된 통사구 하나를 반복하여 맥락을 조절하고 의미의 중심을 분산시키기 등등, 시집 전반에서 자주 등장하는, 같은 말의 다른 해석을 유도하는 어법의 사용은, 연관성을 지니고 있는 낱말을 일시에 시 안에서 끌어내 발화의 에너지를 증폭시키고 마는 단순한 기교가 아니라, 오히려 자아의 과도한 분출을 억제하여, 차분하고 중립적인 시선에 기대어 고유한 시적 문법을 발견하려는 의지의 소산이라는 사실을 여기에 부기한다.

김현서의 시선은 이렇게 다양한 시각에 기대어 다채로운 풍경을 물들이거나 감각을 끌어 모아 일시적으로 폭발시켜 굵직한 사건 하나를 만들어내는 데 주력하는 것이 아니라, 오히려 타자와의 균형을 유지하려 할 때 발생하는 기묘한 긴장과 떨림을 살려내는 데 전념하며, 그 긴장으로 고유한 시적 자장을 분출하고, 목소리의 수위를 다채롭게 조절해낸다. 밖을 향해 쏟아내는 환멸과 절망의 폭발적인 발화의 힘으로 독자들에게 적잖은 충격을 주었던 첫 시집에 비해, 이번 시집은 형식과 구조는 물론, 목소리의 측면에서 잔잔하고 정갈하지만, 오히려 내면의 깊은 곳에 가라앉아 있는 무늬를 간헐적으로 조심스럽게 꺼내는, 그렇게 건조하고 절제된 방식을 취해와 미세한 문장-이미지의 실현에 승부를 거는 까닭이 여기에 있다. 시선을 차분히 쫓으며 타자들의 발화에 귀를 기울이지 않으면, 아니, 이 양자의 결합 방식을 놓치면 우리는 미로를 헤매게 될 것이다. 또렷하게 하나로 수렴되는 지향점을 제시하는 대신, 그는 불안한 균형이나 조금만 충격을 주어도 흔들리며 중심을 잡아가는 위태로운 상태를 적시하는 일로 제 시의 근원을 살피는 일에 몰두한다. 그의 시에서 동요와 불안은 저 삶, 제 삶에 찾아든 필연일 것이다. 중요한 것은 그 파장과 진폭이 광대하게 퍼져나가는 것이 아니라, 흔들거리는 그 상태 자체를 잘 짜여진 문장-이미지로 빚어, 하나로 그러모을 때 발생하는 긴장이 시집 전반을 위태롭게 지탱하고 있다는 사실이다. 동요는 아니다. 파국도 아니다. 파멸이나 환멸이나 절망이나 좌절은 더욱 아니다. 그것은 타자와 함께 하는 고통과 그 필연성을 발화하고자 할 때 취할 수밖에 없는, 그렇게 민감한 촉지처럼 반응하는 반사적인 감각의 소산이다. 일상의 주인인 자가 취해온 저 날카롭고 예민한 눈을 따라, 백지 위로 걸어 들어온 그의 제어된 시적 세계를 우리는 '커서와 나침반의 시학'이라고 부르려고 한다. 시집을 읽으며 우리는 긴장을 언어로 감각하고 이미지로 독특하게 기억하는 법을 배우게 될 것이다. 그렇게 오래, 다른 방식으로 기억되는 삶을 하나씩 더듬어나가면서, 무시로 끊어지는 스타카토의 삶과 그 삶의 고랑에 고인 슬픔의 저 긴장하는 떨림을 우리는 보게 될 것이다. 그의 '커서'와 '아서'는, 그의 꿈과 열망은, 지금도 진행 중이며, 그는 단 한 번도, 삶이라는, 시라는, 타자라는 지도의 조각들을 그러모으고, 그 위에서 방향을 타진해나갈 제 나침반을 내려놓은 일은 적은 없었다고 해야 한다.

(김현서 시집, 『나는 커서』해설, 문학동네, 2015)

보론

시와 알코올

— 시인의 술자리, 술에 전 글의 자리

*

쉽게 일어날 수 없는 자리가 있다. 시인을 만나는 자리, 특히 그들과 나누는 술자리가 그렇다. 술의 힘을 빌려 걸작을 만들어내는 것이 아니라, 시가, 시 쓰는 자가 받아들여야만 하는 운명과도 같은 것이 오히려 술을 들이켜게 한다고 해야 할까? 술에서, 아니 알코올의 함량과 그 농도가 짙어질수록, 어느 한계에 도달해서야 비로소 찾아오는 낯선 감각이 별도로 존재하기라도 하는 것일까? 즉흥적으로 포착되는 이미지와 순간에 분출되는 무엇, 광적인 내면의 솟아남이나 섬세한 마음의 결들, 그 무엇 하나라도 놓치지 않기 위해, 시인들은 술을 그토록 가까이 하는 것일까? 술 자체가 강제하는 취기를 제 글에서 드러내거나, 술의 힘을 빌려 어디론가 훌쩍 도피해버린다고 하는 것은 그러나 죄다 옛말이다. 오히려 현대사회를 살아내야 하는 그 힘겨움을 토해내고, 현대사회가 저버린 것들과 등지고 있는 것들, 그 가장자리에서, 그러나 엄연히 현대사회의 이면에 존재하는 것들, 그 쓸쓸한 삶의 귀퉁이에 골똘히 시선을 고정하거나, 그것이 제 심연에 내려놓은 형용할 수 없는 상태를 면밀히 들여다보기 위해서, 그저 알코올을 홀짝거리는 게 아니라 시인은 차라리 시를 마시고 있는 것은 아닌가 하는 생각이 들 때가 종종 있다.

시인들과의 술자리에서 내가 기다리는 것은 물론 그들의 말, 끝내 흘러나오는 몇 마디 말, 이어지다 끊어지고 끊어지다 이어지는 말이다. 어김없이 새벽까지 이어지는 자리, 날이 훤하게 밝아올 때까지, 옆에 지키고 앉아 얻어듣게 되는 그 몇 마디 말이 내겐 항상 귀해 보였다. 자신들이 살아가는 이 삶에서 척지고 돌아선 공백들, 현대사회의 난감한 사태들과 까닭 없이(혹은 너무나도 분명한 이유로 인해) 차오르는 분노를 견뎌내야 하는, 슬픔과 좌절을 감당해야 하는 자가 시인이라는 사실을 가장 직접적으로 체험하는 일은, 그들과 함께한 술자리에서, 거개는 파장이 가까운 무렵에 일어났고, 나는 이때 그들의 목소리를 통해 잠깐 입사하게 된, 어떤 경이로운 순간을 맛보았던 것 같다. 그 순간에 내가 성심껏 섬겨 들었던 말들은, 취기와 그것이 불러일으킨 광기, 광기를 부리는 그들의 저 번뜩거리는 천재성의 발로가 아니라, 상처로 가득하고 비통한 심정에서 우러나온 고통의 목소리였다.

사는 것보다
살려고 마음먹는 일이 더 어렵다는 걸
강력하게 주정하기 위해

포장마차는 망하지 않고 있어요
반은 무직 반은 외상객,
다 웬수의 단골들이죠

콩자루에서 쏟아져나오는 콩알들을 놓치는 손끝처럼
생은 대략, 난감한 것이지만
난감의 모세혈관들이 아토피같은 마른 몸에 번져가도
편안한 삭신을 꼼짝도 하기 싫은
전사 직전이지만

여기, 슬픈 독이 있어요
들어가 태우면 어디선가 덜덜덜
쓰레기 같은 힘이 솟구치는,
불의 잔이 있어요

우린 우릴 졸업했어요
우린 우릴 닦쳤어요, 그렇지만
이따위로 살면 안돼
살면 안돼
고함치는 곳
여기, 슬픈 발광이 있어요

열심히 살고 있다는 것
패잔병들도 전쟁중이라는 것

그러니까, 사는 건 결코 어렵지 않아요
살려고 마음먹는 것보다는
살아보려고 마음먹을 때까지 생이
받아주지도 버려주지도 않는 것보다는

곤충처럼 팔팔한 포장마차가 폭삭 망해
불을 끄고,
불을 뿜으며,
잠든 황야로 질주해가는 것보다는

—이영광, 「포장마차」 전문¹⁾

어떤 "슬픈 독"이 있어, 그걸 마시면, "쓰레기 같은 힘"이 솟구
친다고 시인은 노래하지만, 우리는 그의 노래에서, 알코올이 예술
을 꽃피우는 발아(發芽)라거나 예술을 부추기는 자연적인 요소이
자 그것의 발화(發話)라는, 알코올과 예술 사이에 전제되었던 어
설픈 인과성을 들추어내기보다, 무진장 애를 쓰며 누구나 "열심히
살고 있다는 것", 대도시의 삶에서 "패잔병"으로 취급받고, "받아
주지도 버려주지도 않는", 이 "반은 무직 반은 외상객" 같은 사람
들이, 날마다 치르고 있는 "전쟁"을 몸소 감내하면서, 제 삶의 이
유도 함께 찾아 나가고자 하는 시인의 "고함"을 듣는다. 계속해
서 삶이 지속되어야 하는 이유에 대해 그 누구도 오롯한 대답 하나

1) 이영광, 『아픈 천국』, 창비, 2010.

를 발견하기 어려운 것처럼, "살려고 마음먹는 일이 더 어렵다"고, 이영광은 실존에 고스란히 포개어, 삶의 여기저기에 내려앉는 근본적인 의문을 저버리는 법이 없음에도, 그러나 그의 목소리가 이 "대략, 난감한" 삶을 견뎌내야 하는, 우리 모두에게 공통인 그런 임무를 내려놓고 있다는 사실을 우리는 모르지 않는다.

　술은 기발한 영감을 불어넣는 바쿠스의 묘약도, 우리를 파멸로 안내하고야 마는 디오니소스의 독약도 아니다. 아무리 술 없이 못 살 것만 같아 보이는 시인들도, 일상에서 벗어나 편견과 고독에 사로잡힌 자들은 아니며, 현실에서 탈주하여 예외적 상태를 향유하려는 외골수도, 광기에 천착하며 퇴폐 일로의 삶을 집요하게 파고들며 고집스레 무언가에 천착하는 기인도 아니라는 말이다. 음주를 전적으로 예술의 발로, 창작을 위해 반드시 입회해야 하는 의례처럼 생각하는 시대는 지나갔으며, 그렇게 여기지 않는다면, 동시대를 살고 있는 시인들의 음주에 대해, 우리는 여전히 낭만주의의 마지막 자락으로 붙잡고 있는 것이나 다름없을지도 모른다. 음주는, 적어도 (내가 아는) 시인들에게는, 성찰에 필요한 제의, 삶에서 또 다른 삶을 들여다보기 위한 단순한 계기, 그러니까, 자아의 내면에 자리한 타자와 대면하는, 그것을 불러내는 기회이자, 여전히 미지의 것인 무엇, 물음 투성이의 삶을 물음의 형식으로 정직하게 마주하는 순간이라 해야 할지도 모르며, 그 무게를 감당하기 위해 시인들은 기꺼이 오늘 밤에도 새 술병을 따는 것을 주저하지 않을 것이다.

*

    잃어버린 무언가를 채워달라고, 시인이, 시를 통해 요청해올 때, 어떻게든 해보려는 그들의 시도는 사실 위대한 면모를 지니고 있다. 시인이 알코올로 감각의 극대화를 간절히 원한다고 해도, 그것이 흐물거리는 낭만적 감상이나 비적거리는 취기에 의존해서가 아니라, 오히려 알코올을 통해, 예지와 이성을 일깨우는 일에 달려 있다는 사실을 시인들은 모르지 않는다. 알코올은 자연적인 힘을 우리 내부에서 가동시키는 주체가 아니기 때문이다.

    나는 알코올이라는 자연성분이 압도적인 어떤 힘을 지니고 있어, 우리의 내부에서 무언가를 새롭게 변화시키는 것이 아니라, 우리 안에 벌써 자리 잡고 있지만 잘 모르고 있는 의식이나 감각, 그것의 열림을 도와주는 인공적인 도구에 불과하다고 생각하는 편이다. 보들레르가 "시간의 학대를 받는 노예가 되지 않기 위해" 대도시의 권태로부터 벗어나기 위해, "쉴 새 없이 늘 취해 있"(「취하시오」)을 것을 권고했다면, 그것은 알코올의 자연적인 힘에 대한 턱없는 지지나 그 힘으로 의탁하며 목도하게 될 세상 너머의 피안을 현실보다 더 신뢰했기 때문이라기보다는, 결국 자신의 잠재력을 세계로 끌어내, 그 눈으로 세상을, 세상의 다른 면을, 세상에 두 발을 굳게 디디고서 주시하고자 했다는 사실을 말해줄 뿐이다. 흔히 압생트의 취기에서 랭보가 소유하게 되었다던 투시자voyant의 저 반짝거리는 눈도, 제 영혼과 육체에서 무언가를 끄집어내는 데 알코올이 자그마한 계기가 되었다는 것이지, 알코올 자체의 자연적인 힘이 시인 랭보에게 세계를 꿰뚫어 투시해내는 영험한 비법을 가르쳐주었다는 사실을 의미하지는 않는 것이다. 그는 이렇게 거대한 영혼, 괴물 같은 힘, 형용할 수 없이 뿜어 나오는 광기로 제시를 하나씩 물들여나갔지만, 이 투시자의 시는, 파리의 현실과 정치적 역경, 사회적 변동과 혁명의 소란을 바라보는, 열여섯 어린 소년의 저 마음속 깊숙한 곳에 감추어져 있던 기이한 잠재력을 외출시켜, 너무나도 독창적인 말로 그 상태를 적어낼 신비로운 재주에서 비롯된 것이다. 알코올이 알리바이를 얻어내는 것은 '독창적'(계기가 되어 열리는 특수한 순간의 산물)이라는 형용사이며, 그럼에도 알코올은 '재주'(그것을 운용하는 근본적이고 항구적인 힘)를 부릴 주인의 자리를 점령하지는 않는 것이다.

알코올이 추동할 것이라고 말해온 이 독창적인 계기는, 사실 충동적 글쓰기나 광기의 분출과도 크게 상관없어 보인다. 사실 우리는 술에서 길어 올리는 무엇, 즉흥적이고 순간적으로 포착되는 무엇, 쉴 새 없이 줄줄이 새어나오듯, 백지 위로 솟아오른 말들 가운데, 초현실주의자들의 '자동기술법écriture automatique'마저 포함하여, 그 무엇 하나 알코올과 연관되지 않은 것은 없다고 지적해왔다. 그러나 즉흥적이건, 독창적이건, 무언가를 지어낼 능력은 알코올에 전적으로 의존하는 것이 아니라, 시인이 소유하고 있는, 언어를 다루는 사람의 원대한 꿈이자 그 인증이기도 한 저 신비한 능력에 의해 빚어지는 것이다. 자기 글의 리듬이 이끄는 대로 몇 시간이고 쉬지 않고 써내려갈 수 있는 힘, 그 마디마디마다 윤활유와 같고, 그 구절구절마다 연결어와 같은, 쉬어야 할 때 달음질치고 내달아야 할 때 한 걸음을 늦추는, 저 엇박자와도 같은 특이한 자구들의 조합은, 알코올의 매력에 시인들이 기대를 거는 자그마한 계기일 수는 있어도, 그 자질 자체는 아닌 것이다. 알코올은 이렇게 글자가 점령한 자리에서 오히려 제 빛을 뿜어내는 액세서리, 즉, 보조물과도 같은 것이다.

타인을 만날 때마다 나는 도망쳐요
며칠을 앓고 나니 가슴에 불길이 타올라요
이것을 어떻게 끄죠 타오르는 불을 끄기 위해
독한 술을 들이마셔요 헛살은 내 삶을
어떻게 꺼야 할까요
그들의 말 한마디가 나에게 와서
혈액 속에 꽃이 피듯 천천히 독으로 퍼져요
독을 뿜지 않기 위해 혓바닥을 입속에 말아넣어요
온몸에 퍼진 독을,
밤마다 불같은 글을 종이 위에 휘갈기면
아무리 지우려 해도 꺼지지 않는 글자들
고통이 달아날 때,
내 글을 읽으면 모든 것이 무력해진다고
글자마다 독한 술이 절어 있어
타오르는 불길을 들이마시며 웃는 사람들
천천히 죽어가며,
눈물을 흘려 고통의 불을 꺼야 해요
가슴을 쳐 죄의 불을 꺼야 해요
술이 깰 때마다 종이에 흩어진 글자들을 보면
징그럽게 꿈틀거리는 내 손을 돌로 찧고 싶어요

책을 읽으며,

바닥을 기어다니며 우는 사람들

같은 종족을 확인하듯 흘끔거리며

그들 또한 이제 병으로 세월을 견뎌야겠죠

—김성규, 「중독자」 전문[2]

　"글자마다 독한 술이 절어 있"다는 것은 "헛살은 내 삶"에서 시인이 주시하는 '타자-세계-나'에 깊숙이 각인된 "고통"을, 술의 힘으로 대면해낸 놀라운 경험을 우리에게 말해주지만, 그의 경험은 "바닥을 기어다니며 우는 사람들"과 "병으로 세월을 견뎌"야 하는 세상의 모든 이들에 대한, 오히려 그들의 운명에 대한 지지나 공감과 크게 맞닿아 있다. 김성규는 알코올에 힘입어 "밤마다 불 같은 글을 종이 위에 휘갈기"지만, 그의 시는 알코올에 대한 찬양과는 거리가 멀다. 고통의 세계로 뛰어드는 데 필요한 계기가 알코올임에도, 알코올에 마냥 의존해, 세상의 온갖 어두운 그림자를 망각하거나 지워내는 대신, "아무리 지우려 해도 꺼지지 않는 글자들"로 "눈물을 흘려" 꺼야만 하는 "불"의 "고통"과 세월의 "병"을, 피안으로 달음질치지 않고 붙잡아 매면서, 결국에는 우리의 "죄"를 지금-여기, 우리가 사는 현실 속에서 고통의 산물로 기록해낸다. 이때 그의 시는, 알코올이라는 알레고리 하나로, 육체에 깊숙이 각인된 상흔을 끄집어낸 영혼의 산물, 다시 말해, "글자마다 독한 술이 절어 있"는 시, 그러니까, 몸소 살아내고 체험한, 온

2) 김성규, 『천국은 언제쯤 망가진 자들을 수거해가나』, 창비, 2013.

몸으로 밀어붙여 손에 쥔 언어의 세계로 진입한다.

흔히 우리는 시인에게 알코올이 그들 자신 안의 괴물을 꺼내는 일, 파악이 불가능하지만 내재하는 것이 분명한 잠재력을 끌어올릴 기회, 삶을 통제하고 조절해내는 이성적 질서의 어두운 이면과 폭력적 억압의 구조를 투시해내는 행위조차 가능하게 해준다고 말해왔다. 알코올은 인간이라는 건강하고 버젓한 신체기관에 자그마한 균열을 일으키고 혼란을 야기해, 정신과 육체에 찾아들 교란의 상태를 우리에게 고지하면서, 예기치 못한 영감을 불러내거나, 자신을 추론해내는 조건 전반에 기이한 변수를 투척한다고 생각하거나, 내친김에, 이러한 일을 도모하는 데 없어서는 안 될, 감각의 극대화에 필요한 조건처럼 여겨져왔던 것도 사실이다. 알코올은 타자의 목소리를 내 자신의 입으로 발화하는 일에서 제 임무를 완성하는 것으로 여겨지거나, 주체의 내면에서 일어나는 변화를 외부에 투사하는 신비한 도구처럼 보일지라도, 그것은 시인이 알코올과 맞바꾼 낯선 느낌을 손에 쥔다는 조건 속에서 몰입하게 되는 피안의 세계는 아니다. 시인이 감각의 극대화를 통해 자신의 이성을 예민하게 벼려내, 현실을 새롭게 조망하는 데 열거할 수 없을 정도의 수많은 노력이 필요하다면, 알코올은 아주 자그마한 계기이자, 조력자의 조건으로 시와 기이한 관계를 맺을 뿐이다.

*

이영광 시인은 한 이틀을 제외하고, 일 년을 거의 술을 마시며 보냈다고 한다. 어쩌다가 그를 만나게 된 자리(공적인 기회를 제외하면 대여섯 번 정도)는 어김없이 술로 시작되었다. 새벽, 아니 아침에야 지친 몸으로 집에 돌아왔지만, 내가 빈손으로 늦은 잠자리에 든 것은 아니다. 김현이 「몸 이야기」라는 글에서 말한 바 있는, 대학시절 읽었던 구절을, 나는 지금도 생생하게 기억하고 있다.

삼십대 후반 몇 년 동안을 나는 매일 술을 마셨다. 내가 살고 있는 반포의 한 조그만 통닭구이 집에서, 무엇엔가 들린 듯이 마시던 시절에는, 사람들과 사람들이 서로 맺는 관계, 그리고 사람들이 쓰는 글 등이 내 관심의 대상이었다. 나는 사람들을 이해하기 위해 술을 마셨고, 사람들과 관계를 맺기 위해 술을 마셨으며, 사람들이 써내는 글과 그것이 야기하는 효과를 알기 위해 술을 마셨다. 아니다. 어쩌면 시대가 술을 마시게 했는지도 모르고, 젊음이 술을 마시게 했는지도 모른다. 왜 술만 마셨겠는가.[3]

그러니까 한 삼 차 정도, 그것도 자리를 파할 무렵에, 이영광 시인은 강한 억양의 특유한 목소리로, 사물이 말하는 소리에 보다 귀를 기울이기 위해 술을 마신다고 하기도 하고, 삶에서 찾아오는 아주 사소한 의문들이 머릿속에 계속 윙윙거리는데, 좀처럼 이 물음들을 떨쳐버리기가 너무나도 힘들다고, 또 언젠가는, 손가락을 깨작거려 시를 쓰지 않고 몸으로 시와 대면하기 위해 노력한다고(노력해야 한다고), 그게 사실은 너무 힘들다고, 또 어느 땐가는, 자신은 말을 힘껏 터뜨려서 쓰는 시인이 아닌데, 요즘 시인들은 거개가

3) 『우리 시대의 문학/두꺼운 삶과 얇은 삶』(김현 문학전집 14), 문학과지성사, 1993.

말을 크게 터뜨리는 재주가 있다고, 그래서 신기하기도 하지만, 자기는 좀처럼 그렇게 하지 못한다고, 그렇게 스승에게서 배우지는 않았다고 말하기도 한다. 그의 입에서, 오로지 술자리에서, 술에 취해야(물론 그는 좀처럼 취하지 않는다), 얻어듣게 되는 이 말 때문에, 나는 자리에서 일어나지 못했고, 앞으로도 그럴 것 같다. 어디에나 쉽게 일어날 수 없는 자리가 있다.

(『시인수첩』 2013년 여름호)

시와 담배

홉연에 매료되어 그 알 수 없는
마력으로 제 글을 썼노라고 한번쯤
생각했던 모든 별자들에게,

그러니까 지금-여기에서
담배를 피우며 시를 쓰고
있는 시인들에게.

*

담배가 모든 곳에서 비난을 받고 있다는 사실을 모르는 사람은 없다. 지구 어느 곳에서도 담배는 위협에 처해 있으며, 특히 한국 같은 나라에서 홉연은 문명세계에 어울리지 않는 야만적 행위로 취급받는다. '간접홉연 더는 참지 마세요'라는 문구가 버스 정류장에 등장한 몇 해 전에 베란다 층간의 홉연 문제로 다투다 지쳐 소송을 준비한 집이 여럿이었을 것이다. 한적한 거리에서 담배를 빼어 물은 부주의한 사람들이 행인들의 증오 가득한 눈초리와 힐난을 감내하는 동안, 아버지들은 병자요 의지 박약가가 되어 어린 자식들에게 동정의 대상이 되고, 또 바로 그 순간 여성들의 홉연은 여전히 안티 페미니스트들의 좋은 변명거리로 전락한다. 공익광고가 통상 '불편해도 조금씩 양보하는 사회'처럼, 거개가 인내와 협조를 강조하는 것에 비추어, 유난히 이 담배 관련 광고만이 가히 충격적이라 할 메시지를 담고 있다는 사실은 그러나 그 성격의 분명함과 달리, 어느 누구 하나 기이함을 지적하지 않는다. 그럼 어쩌라고? 발로 차거나 욕이라도 퍼부으라는 것일까? 가로수 가지라도 꺾어 두들겨 패기라도 하라는 말일까?

어느 시기에도 담배의 해로움을 경고한 것은 의사가 처음이 아니었다. 도덕적 차원에서 폭넓게 진행된 시류의 압박이 흡연을 금지하고 터부시한다. 그리 오래전이라고 할 수 없는 어느 시절에 가열되었던 검열이나 탄압의 열기와 같은, 안방의 안전을 지키고 정신 건강을 보호한다는 명분하에 진행된 이데올로그들의 과잉 친절과 삐뚤어진 청결의식의 소산, 불필요한 간섭과 교묘한 폭력이 담배에도 고스란히 적용되고 있는 것이다. 청결한 근대, 잘사는 사회를 외치며 집집을 감시하고 사상범의 고발을 종용했던 그 무슨 사회운동과도 같은, 그러니까 시기마다 등장해 사람들을 때려잡고 궁지로 모는 일로 제 밥벌이를 하고, 충성을 다짐하며, 자랑스레 완장을 차고 도덕 재무장 운동을 입으로 씨부렁거리며, 불시에 남의 집을 방문하고, 함부로 안방 문을 화들짝 열어젖혔던 정신병자들의 발광이나 난동과 근본적으로 닮아 있는 모종의 담론들이 오늘날 담배를 가장 손쉬운 표적으로 삼는다. 저 해로운 담배로부터 우리 시각과 고결한 정신을 보존할 수 있다는 믿음이 뿌연 담배 연기처럼 스크린에 희뿌연 칠을 마구 해놓는 식으로 계속되는 매 순간, 깨끗하고 긍정적이며 사회에 이로운 사람으로 다시 태어나야 한다는 이상한 신념의 주사도 함께 맞아야만 하는 것이다.

그러나 담배는 그렇게 해서 우리 곁을 떠나지 않을 것이며, 그런 방식으로 우리 곁을 떠나서도 안 된다. 무익하기에 유용하다는, 오로지 무익함으로만 제 유용성을 보장받는다는 어느 학자의 말마따나,[1] 담배는 우선 건강에 해로움, 그러니까 그 무용함에 입사하여, 예상치 못한 삶의 면면을 주시하고 되돌아보게 만든다. 담배의 유익성은 부정적인 쾌락, 그러니까 어둠의 숭고함, 파괴의 매혹을 끌어안을 때 찾아오는, 위안이나 여유, (어둡거나 밝은) 삶을 잠시 되돌아보게 하는 부가적 기능, 지친 사람이 제 처진 어깨를, 없던 힘을 짜내 정신 바짝 차리자며 퍼뜩 끌어올리는 것이 아니라, 차라리 그 상태에 보다 유연한 이완을 부여해주는 능력, 그러면서 시간에 대한 일시적 일탈과 지금-여기의 고뇌에서 다른 곳으로 이행을 준비하는 망상의 자유를 자아의 한가운데로 잠시 끌고 오는 데 있다.

> 그랬으면 좋겠다 살다가 지친 사람들
> 가끔씩 사철나무 그늘 아래 쉴 때는
> 계절이 달아나지 않고 시간이 흐르지 않아
> 오랫동안 늙지 않고 배고픔과 실직 잠시라도 잊거나
> 그늘 아래 휴식한 만큼 아픈 일생이 아물어진다면
> 좋겠다 정말 그랬으면 좋겠다
>
> 굵직굵직한 나무등걸 아래 앉아 억만 시름 접어 날리고
> 결국 끊지 못했던 흡연의 사슬 끝내 떨칠 수 있을 때
> 그늘 아래 앉은 그것이 그대로 하나의 뿌리가 되어

---

1) 리차드 클라인, 『담배는 숭고하다』, 허창수 옮김, 페이퍼로드, 2015.

나는 지층 가장 깊은 곳에 내려앉은 물맛을 보고
수액이 체관 타고 흐르는 그대로 한 됫박 녹말이 되어
나뭇가지 흔드는 어깻짓으로 지친 새들의 날개와
부르튼 구름의 발바닥 쉬게 할 수 있다면

좋겠다 사철나무 그늘 아래 또 내가 앉아
아무것도 되지 못하고 내가 나밖에 될 수 없을 때
이제는 홀로 있음이 만물 자유케 하며
스물두 살 앞에 쌓인 술병 먼 길 돌아서 가고
공장들과 공장들 숱한 대장간과 국경의 거미줄로부터
그대 걸어나와 서로의 팔목 야윈 슬픔 잡아준다면

좋을 것이다 그제서야 조금씩 시간의 얼레도 풀어져
초록의 대지는 저녁 타는 그림으로 어둑하고
형제들은 출근에 가위 눌리지 않는 단잠의 베개 벨 것인데
한편에서 되게 낮잠 자 버린 사람들이 나지막이 노래 불러
유행 지난 시편의 몇 구절을 기억하겠지

바빌론 강가에 앉아
사철나무 그늘을 생각하며 우리는
눈물 흘렸지요
　　　　　　　　　　—장정일, 「사철나무 그늘 아래 쉴 때는」 전문[2]

---

2) 장정일, 『햄버거에 대한 명상』, 민음사, 1987.

담배는 그러니까 마치 시와 같다. 사라지고 흩어져 좀처럼 잡을 수 없는 희망이 신기루처럼 아른거리는 바로 그만큼, 담배 역시 아주 짧은 순간이나마 시간의 선적 개념을 삶의 밖으로 내몰거나, 거꾸로 진행하게 방해를 하기도 한다. 담배는 세상의 모든 시계 바늘을 연기로 휘감아 거기에 모종의 추를 걸어놓는다. 흡연은 이렇게 시와 마찬가지로, 정신과 육체가 함께 도모하는 종합적인 제의에 가깝다. 불을 댕긴다. 손끝에 매달린 자그마한 불똥이 어두컴컴한 세계에서 하늘로, 사방을 향해 아주 작은 불빛을 뿜어낸다. 이걸 희망이라고 불러도 좋겠다. 펜을 쥔다. 한 낱말, 두 낱말, 이 문장 저 문장을 백지위로 토해내고 다시 지워내는 행위가 아주 작은 사유로 단단한 현실에 또 다른 현실의 침투를 유도한다. 이걸 고안이라 해도 좋겠다. 폐 속으로 깊숙이 연기를 들이마신 후, 허공을 향해 다시 뿜어내는 행위가 손끝의 힘을 빌려 오로지 입으로만 하는 예술의 정념, 몸으로 대면하는 삶의 다면들을 실현한다. 낱말을 중얼거리고, 문장을 소리 내 읽으며 허공을 향해 뱉어내는 시의 구절구절이 아직 완성되지 않은 사유의 조각들을 말로 벼려내는 구술(口述)의 과업이요, 음절 하나하나를 분절하며 그 마디와 마디를 울려내는 공명을 몸으로 받아내며 삶에 투척한 이상한 모험이다. 뿜어낸 연기가 무한의 작은 형체와 무정형의 미립자가 되어 대기로 날아오르는 순간이 벌써, 시인이 토해낸 낱말들이 텍스트라는 무한의 체계를 완성하기 이전, 소소한 퍼즐로 이곳저곳을 탐색하는 순간과 다르지 않다. 흡연이 천박하다는, 불쾌하다는, 이해할 수 없다는 온갖 모독과 구박에도 불구하고, 그 무엇에도 의존하지 않고 외로이 제 실존을 이 세계에 날려 보낸다면, 시는 매끄럽게 읽히지 않는다는 항의와, 이상하고 사소한 온갖 주제를 다룬다는 핀잔과, 너무 어렵다는 통념과 무지 속에서, 그럼에도 하얀 밤을 지새우며 한 줄 한 줄을 적어낸 에너지, 그러나 그 가치를 잘 알아주지 않는 행위이다. 흡연이 목적이 불분명하고, 건강에 지독히 해로우며, 타인에게 피해를 주는 이기적인 행위라고 비난을 받는다면, 시는 한줌의 양식이 되지 못하는 불필요한 시도, 무고한 시민들에게 까닭 없이 연민이나 슬픔을 조장하고, 긍정적인 사회에는 부정성의 검을 자주 빼들고, 또한 제멋대로 휘둘러 자본주의에 역행하는 시대의 상처를 어루만진다는 자위와 감각으로 휘발된 자축의 퍼포먼스라며, 시대착오적인 우스개 짓거리로 폄하된다. 맞는 말이다. 그러나 흡연이나 시의, 바로 이 무용해서 유용한 가치가 바로 여기에 있다.

감정이 확장되어 감정의 무한에 당도할 때도 감정 공산주의는 태동하지 않는다. 해상의 수평선과 지상의 지평선에 당도했을 때 나의 생각이 그러했다

나는 자생적 감정 공산주의자

감정의 무한을 많은 사람들과 나누려는 것은 나의 본질적 욕망일 뿐 소립자의 세계사 그 어느 페이지에도 감정 공산주의는 기록된 바 없다

담배를 피워 물고 저녁마다 감정의 확산을 꿈꾸는 나는 자생적 감

정 빨치산

잠이 오지 않는 깊은 밤마다 온 세계를 나의 감정으로 물들이려는
나는 극렬 감정분자

확장된 감정이 끝내 무한의 감정에 당도했을 때에도 나의 감정 공
산주의가 한 일은 별을 향해 센티멘털 로켓을 발사한 것

그러니 언젠가 그 로켓이 또 다른 별에서 감정의 동무들을 데리고
지구로 귀환하리라는 걸 안다

본질적 고독이 세계를 물들이리라는 것을 나는 안다
— 박정대, 「감정 공산주의」 전문[3]

모두가 입을 모아 잊어버리라고, 망각하라고, 무시하라며, 눈감
고 지나치기를 바라는 삶의 저 암면(暗面)들에게 웃음을 지어보이
는 것은 시밖에 없다. 흡연이 삶의 비애와 초조를 돌보는 일로, 아
직 경험하지 못한 세계의 문턱에 당도하여 새하얀 연기를 뿜어낸
다면, 시는 우리를 꼭두각시처럼 매달아 놓은 무수한 통념과 관습
이라는 이데올로기의 저 질긴 줄 하나하나를 끊어내는 일로 자아
를 발가벗기고, 그 앞에 자기를 되비출 언어의 거울 하나를 내려놓
는다. 흡연을 예찬하기 위해, 시를 예찬하기 위해, 별도의(지금처

3) 박정대, 『모든 가능성의 거리』, 문예중앙, 2011.

럼!) 상상력이 필요하다면, 그것은 흡연과 시가 그만큼 사회에서, 부정적인 무엇, 잉여의 무엇, 기생하는 무엇, 무가치한 무엇, 피상적인 무엇, 어두운 무엇, 파괴하는 무엇, 조롱하고 비판하는 무엇, 그러니까 원대한 야망보다는 체념과 허무라는 "본질적 고독"을, 잘 짜 맞추어진 계획의 실행보다는 우연성과 비효율에 모종의 내기를 거는 "감정의 무한"을, 믿음과 복종으로 충전된 맹목보다 비판과 부정에서 연원한 근본적인 의심을, 운명론보다는 실존에 관한 사유를, 투명성보다는 난해성을, 타인과 나누어 갖는 계산된 영토보다는 서로를 뒤섞는 불분명한 경계를, 지속을 보장하는 암기나 안전을 약속하는 공설보다는 파편의 미지를 숭배하는 순간적 지성과 직관의 편을 들어왔다는, 바로 그와 같은 이유 때문에 그런 것일 뿐이다. 시와 관련된 것이 어느 하나 간단치 않은 것처럼, 담배와 관련된 것도 그렇다고 해야겠는데, 그것은 이 둘이 이중적-모순적-심미적인 성격을 지니고 있기 때문이다. 시가 감정을 끌어올리거나 절망을 움켜쥐기도 하는 바로 그만큼, 흡연도 그러하며, 시 쓰는 행위가 상상력의 정수를 보여주는 실존의 발화인 바로 그만큼, 아니 현실에 대해, 그 무엇도 흉내를 낼 수 없을 디테일과 감수성의 세계로 시가 입회하는 바로 그만큼, 담배는 이 상상력과 감수성을 매개할 유용하고 적절한 도구이기도 한 것이며, 시가 고도의 집중 속에서 순간에 폭발하는 언어의 몽치들을 비수처럼 내리꽂는다면, 바로 그만큼 담배는 순간과 집중을 견인해낼 치명적인 도구이며, 시가 심오한 사유와 추체험의 가장 직접적인 경로를 궁리해내는 바로 그만큼, 담배 역시 심오하고 추상적이기는 마찬가지여서, 이 양자는 매우 밀접하고 할 수밖에 없으며, 사실, 밀접함 그 이상으로, 본질적인 동체나 다름없다.

*

시가, 아름다운 만큼, 시가 쓰라린 만큼, 시가 삶을 경계하는 교교한 말들의 굉음인 만큼, 시가 충직한 감성의 실천적 발로인 만큼, 시가 매우 까다로운 애인이며 우정 어린 친구이자, 날카롭고 현명한 스승이며 방탕하고도 즉흥적인, 이름을 잘 모르는 연인이자, 모든 역설의 상징인 바로 그만큼, 담배도, 담배를 피우는 행위도, 저 하얀 연기도, 끝내 절연하기 어려운 그 습관도, 헤아릴 수 없을 만큼의 반복 속에서 항구적으로 불려나오는 저 충실한 개피 하나하나도, 처음 당긴 불의 어떤 각오와 빨아들인 순간의 촉감, 타들어가는 순간의 초조와 붙잡을 수 없어 하염없는 저 연기의 공허도, 입술로 짧은 섹스를 하고 이빨로 애인의 몸을 살짝 무는 것과 같은 형용하기 어려운 접촉이나 그 불안도, 아니, 이와 같은 일회성, 찰나성, 반복성, 그러니까 미치도록 습관이 되어 있는, 내 몸의 문신과도 같은, 하여, 어떤 때는 고통을 주고, 어떤 때는 기쁨이 되는, 늘 같은 것을 공유한다는 매우 공동체적인, 그러나 그 누구라 해도 자신만의 고유한 방식을 갖고 있을 것이 분명해서 서로가 서로를 부러워하지 않을, 완전히 다른 방식으로 만지고, 빨고, 머금고, 뱉어내고, 길게-짧게 뿜어내고, 잠시 머물고-머물게 하고, 안으로 들어오고 바깥으로 나가는, 감싸고-감싸이고, 물들고-물들이고, 보고-느끼고-킁킁거리는, 그러다 끝내 이별을 고할 수밖에 없는, 그렇게 안타까움을 뒤로하고 결국에 어딘가에 대고 비벼 끌 수밖에 없는 것, 그러나 그 상실감에 깊은 상처를 받아 좌절하는 것이 아니라, 어제 쓴 시를 뒤로하고 백지 위로 다시 제 말을 궁굴리려 용기를 내는 시인처럼, 항상 재개(再開)하고 재개(再改)할 용기를 준다. 흡연은 빠져나가고 사라지는 성질로 순간의 지혜를 알려주는 무형성(無形性)의 주인인 동시에, 늘 같은 것을 찾아 헤매고 동일한 질량을 집어 올리는, 거의 같다고 해도 좋을 반복에 굳건히 뿌리를 내린 부동성(不動性), 바로 이 양자의 이질성을 끊임없는 교차와 간섭으로 현재에 위치시키며 서로 충돌하게 만드는 도저한 행위에서 제 미적 토대를 발견한다는 점에서 시와 같다. 이렇게 담배는 현대성, 바로 그 자체다. 흡연은 무엇보다도 시와 닮아 있거나 시 자체라 하겠다. 담배 없이 시를 쓸 수 있다면, 시인이 흡연의 가치를 알아보지 못한다면, 그것은 차라리 거짓말이 아닐까. 시를 쓰지 않는 사람은 흡연을 이해할 수 없고, 흡연을 해보지 않은 사람, 흡연을 이해하지 못하는 사람, 흡연의 쾌락과 미와 허무와 절망에 무지한 사람은 또한 시를 쓸 수 없는 것은 아닐까.

詩는 슬렁슬렁 쉽게 쓰는 편인데, 밥 벌어먹기 위해서 쓰는 잡문을 쓸 때는 줄곧 줄담배다. 이건 生活이 아니라 숫제 자학이다. 원고지 파지 위에 놓은 88담배 :

> 경고 : 흡연은 폐암 등을 일으킬 수 있으며 특히 임신부와
> 청소년의 건강에 해롭습니다.

나는 담뱃갑을 반대편으로 뒤집어놓는다.

DELUXE MILD

LOW TAR & NICOTINE TRIPLE FILTER

글을 쓰다보면 글자들이 뻑뻑, 담배를 빨고 있다. 思考가 호흡을
하나? 넨장, 두어 모금 빨다 장초 끝을 수북한 재떨이에 비벼 끈다.
그 경고는 생각만 해도 끔찍하다.
뒤편으로 제껴놓았다고 해서
폐암이 딜럭스型으로 마일드해지지는 않을 것이다
그러나 어느새 지진 데를 또 지지고 있는 것,
이게 내 生活이다.
쇠젓가락으로 화로의 숯불을 집어들고
이건 불이야, 하면서
숯을 깨물어 먹고 있는 것이다.
나는 경고가 보이는 쪽으로 담뱃갑을 다시 뒤집어놓는다
경고를 빤히 보면서 또 한 개비를 빼어문다
어떤 사람이 趙州 스님에게 와서 "사방의 산이 마구 달겨들 때는
어떻게 하지요?" 하고 물었다고 한다.
"나간 발자국이 없네" 하고 스님은 답했다고 한다.
나는 肺로 쓴다.
떠나지 말고 머물지 말자.

—황지우, 「경고」 전문[4]

4) 황지우, 『게 눈 속의 연꽃』, 문학과지성사, 1990.

흡연은 자유와 관련된, 일종의 인권으로 이해되어야 한다. 어떤 경우라 해도, 자유가 위협받는 순간, 통제와 교정의 의지가 발동되는 순간, 도덕적 지침을 마련하기 위해 허둥대는 순간, 망각하게 되는 것은, 그 어떤 시기에도, 그 어떤 경우에도, 그 어떤 사회에도 적지 않은 수의 흡연자가 항상 존재한다는, 매우 평범한 사실이다. 흡연자들은 늘 사람이었으며, 사람인 것이다. 그들도 시민이었으며, 시민인 것이다. 흡연자는 통제된 구역에 갇혀야 하거나, 금지 명령에 붙들려야 마땅한 대상이 아니다. 흡연자는 정신적으로 성숙하지 못한 자도 아니며, 흡연이 해롭다는 사실을 경고처럼 알려줄 때만 제 건강을 잠시 염려하는 변덕스런 사람도 아니다. 흡연자는 훈계에 잠깐 정신을 차리고 다시 후회를 뱉어내고 마는 미숙아가 아니며, 어두운 귀퉁이로 밀려나 격리되어야 하는 범죄자가 아니다. 반복하자면, 담배는 상당히 유익하기조차 하다. 반복하자면, 담배가 우리에게 주는 위로와 휴식은 매우 주관적이며, 비록 측정할 방법이 없다고 하더라도 엄연한 사실이라고 말해야 한다. 반복하자면, 불안의 조절과 긴장의 완화라는 측면에서 담배는 매번 위기의 시기(경제공황과 전시를 떠올려보라! 담배는 또 얼마나 소중했겠는가), 인간의 영혼과 육신에 부정하기 어려운 힘을 불어넣어주었으며, 절망을 격려하고, 평소에는 꺼낼 수 없는 용기를 채비하게 큰 호흡으로 어깨를 두드려주었으며, 아무도 해주지 않는 보상의 주인공이기도 했다. 담배의 힘은, 이 반복에도 있다.

자아를 기화하는 일과 집중하는 일에 관련된 것. 모든 것이
여기에 있다.

—샤를 보들레르

　담배의 아름다움, 불을 붙이는 행위, 직접 빨아들이고 뿜어낸 연
기, 함께 흩어지는 삶의 절망과 고단함에 대해서, 이 무익해서 아
름다운, 무익하다는 이유로만 찬란할 수 있는 저 허무의 절정과 그
순간의 미적 가치에 대해, 더러는 그 관능미와, 자주는 그 사라져
버리는 순간의 상실에 대한, 저 까닭을 설명하기 어려운 몰입은 또
무엇이었던가? 덧없음을, 고독을, 슬픔을, 비결정적인 시간에 현
실로 불러내 태운다는 측면에서, 생성과 소멸, 창조와 멸망의 과정
을 체현하는 미적 가치의 심오한 측면에서 담배를 따라올 수단은
어디에도 없다. 담배는 이렇게 유니크하다. 담배는 심지어 술보다
도 매력적이라고 하겠는데, 그것은 몸의 오감을 자극하고 소화기
로 배출하는 알코올보다, 우리가 담배를 통해 잘 모르는 어떤 동일
한 순간을 잠시(이것이 중요하다) 열고 닫고, 다시 열고 닫는, 길게
는 3~4분이요, 짧게는 1분가량의 숭고하고도 고유한 행위, 아주
짧은 그 순간과 그 순간의 단절적 연속성에 잠시 몸을 맡길 수 있
기 때문이며, 천천히 달아올라 결국 파국으로 치닫게 하는 알코올
보다 동일하게 반복된다는 측면에서 훨씬 더 민주적이라는 사실을
말해준다. 담배를 통해 시간은 물론, 모든 것에 단속적인 브레이크
가 걸리고, 진보나 발전의 선적인 흐름을 무시로 무위(無爲)로 돌
리는 심오한 내적 혁명이 가능해지는 것이리라.

그렇다, 이 세상은 정말로 재미가 없다 : 다른 것도, 진부한 헛소리일 뿐.

나로 말하자면, 나는 희망도 없이, 내 운명에 체념하고 말 것이다,
시간을 죽이기 위해서, 죽음을 기다리면서,
나는 늘씬한 담배를 저 신들의 코앞에서 피워댄다.

나아가보라, 활발하게, 투쟁해보라, 미래의 불쌍한 해골들아.
나로 말하자면, 몸을 비틀며 하늘로 오르는 푸른색의 꼬불거림이
무한한 황홀의 지경으로 나를 빠뜨리게 할 것이며 나는 그렇게
마치 수천 개의 향로 속에서 죽어가는 향기들처럼 잠을 청하리라.

그렇게 나는 맑은 꿈이 피어난 천국으로 들어간다.
거기서 발정 난 코끼리들이 모기들 합창단과
환상적인 왈츠에 맞추어 교미를 할 것이다.

그러고 난 후, 내 시 몇 구절을 꿈꾸며 내가 잠에서 깨어날 때면,
나는 감미로운 기쁨으로 가득한 마음을, 거위 엉덩짝 하나처럼
구워진 내 친애하는 엄지손가락을 곰곰이 주시하게 될 것이다.
— 쥘 라포르그, 「담배」 전문[5]

당신이라면 심지어 허공에 낙서를 할 수도 있는 이 재미를 건강

5) Jules Laforgue, *Les Complaintes, et les premiers poème*, poésie/Gallimard, 1979, p. 286.

따위를 담보로 쉽사리 포기하겠는가? 하염없는 곡선으로 삐질대며 치고 올라, 어느새 천장에라도 닿을 때면, 거기에 어떤 구릉과도 같은 지대를 만들며, 폭넓게 사방으로 퍼져나가는, 이 유유자적의 묘미로 정화되는 이상한 마음의 끌림, 그것은 매력이 아니라 차라리 마력이다. 담배는 이렇게 자아가 피어오르게 하고, 대기로 그 자아를 확산하는, 형용할 수 없는 마력의 도구이며, 그 마력은 한없이 어두워지려 할 때(사실, 삶은 한없이 어두운 것이다), 삶을 자주 방문하는 멜랑콜리에 제 색깔을 입혀주는 강력한 무기이며, 권태의 시간을 보다 두껍게 해, 섬세한 그 양감의 가짓수를 늘려낼 기이한 감각을 창조하는 수행자이다. 왜 당신은 담배가 지친 우리의 영혼을 위로해주고, 아름다움에 별도의 가치를 부여하는 데 일말의 도움을 주고, 유혹과 쾌락을 거부했다는 사실로 우쭐해하는 도덕률의 포로가 되는 것이 아니라, 유혹 자체를 지배하려 당당하고도 적극적인 참여와 투신을 주동하고, 그렇게 알지 못하는 세계를 몸으로 읽어낼 공포를 온전히 받아들여, 무언가를 무작정 쫓거나 그렇게 하도록 자신을 잠시 방기하고, 새로운 감각의 문을 열고서 어디론가 향하는 데 크고 작게 힘을 보탠다는 사실을 인정하지 않으려 하는가?

담배가 무익해서 아름답다는 사실, 담배가 어두운 숭고함을 현실에서 재현한다는 사실, 담배가 파괴의 힘으로 작동하는 삶의 이면들을 어루만져준다는 사실, 그러니까 어떤 때는 영감의 원인이요, 어떤 때는 절망의 격정이요, 어떤 때는 충혈된 두 눈이요, 어떤 때는 까닭 모를 두통이자 고뇌요, 어떤 때는 허무의 특이한 체험이라는 사실을, 그 무슨 도덕적인 이유로, 그 무슨 건강을 이유로, 그 무슨 배려와 피해를 들먹이며, 그 무슨 청결 따위를 주억거리며 한 사코 부인을 하려드는가. 현대인의 고독과 자유를 담배만큼 잘 표현해주는 매개는 없다. 그것은 가치관의 문제가 아니라 전적으로 미적인 문제, 산문의 효율성의 문제가 아니라 시적 가치를 되묻는 문제, 한낱 도덕의 문제가 아니라 전적으로 감각의 문제, 통제나 배척의 문제가 아니라 지켜내야 하는 자유의 문제, 한 집단이 허용하는 관용과 여유와 그 역량의 문제라는 사실을 인정하는 것이 왜 이렇게 어려운 것일까? 악이 없으면 선도 없으며, 죽음이 없으면 삶도 없다. 담배는 시와 마찬가지로 어떤 구체적인 실체가 아니라 맥락에 따라 다르게 존재하며 매 시기 가변을 체현하여 변덕스레 부려놓은 해석의 결과물일 뿐이라는 점도 말해두어야겠다.[6]

오해할까 봐 덧붙인다. 나는, 담배로 찌든 일상을 방치하자거나 무조건적인 인내를 두둔하려는 것이 아니다. 말하고자 하는 것은, 담배 한 모금을 허용하는 삶과 그 여유, 나와 다른 타자의 결정에 대한 일말의 존중이다.[7] 누군가 정의감에 불타 '깨끗한 공기를 흡

6) 처음 담배를 피울 때 나는 클린트 이스트우드를 흠모하였다. 굵은 시거를 왼뺨이 쏙 들어가게 입안에서 꽉 문 그의 모습에는 항상 전율이 감돌았다. 찡그린 미간은 또 어땠는가? 진의를 파악할 수 없는 고수의 면모를 풍겼던 그에게 담배는 오늘날처럼 혐오를 주거나 약자의 소유물, 미개한 자의 전유물, 자본주의사회에 부합하지 못하는, 한마디로 스마트하지 못한 자들의 나약한 의지의 징표가 아니라 오히려 탁월성의 이미지를 강하게 각인해주는, 그러니까 인간 사냥꾼의 면모를 최대한 살리는 데 도움을 주었을 것이며 그렇게 그의 '상품성'에 최대치의 가치를 부여하는 도구였을 것이다. 물론 그는 고수여서 상대방을 제압하는 데 제 입에 물린 시가가 공포를 자아낼 것이라는 사실을 일찌감치 깨달은 사람이었을 것이다.

7) TV를 봐라. 담배 피우는 장면에 어김없이 떡칠된, 담배 연기보다 더 뿌옇게 칠해놓은 검열은 무엇을 말하는가? 내부가 아니라 카페의 밖에서조차, 버젓이 의자와 탁자가 있는데도. 10미터 이내는 금지를 한다고? 흡연실을 따로 만들어도 거기에 의자를 놓

입할 권리'를 주장하고 나서고, 누군가 '지저분한 것들과의 전면
전'을 선포하면서 척결의 일 순위로 흡연을 지적하고, 누군가 '비
정상적인 것의 적출'을 선언하며 담배의 해악을 고발하고, 누군가
'담배를 예술의 대상에서 제외시킬 의무'을 발의하고자 예술가들
을 이상한 사람이라 입증하려 덤비고, 누군가 '흡연 장면을 보면
정신이상이 생긴다'는 학설을 퍼뜨리려 피켓을 들고서 광화문 네
거리를 왔다 갔다 하고, 누군가 '쓰레기통에조차 담배꽁초 투척을
금지하는 선진사회의 교양과 그 실천적 조건'이라는 명칭의 강좌
를 개설하려고 문화원에 계획서를 제출하고, 누군가 '흡연자와의
결혼 전면 금지'를 선포하고서 금연이 선대부터 내려온 가훈이자
집안의 자랑스러운 전통이라 훈계하며, 다 자란 아이들의 무릎을
꿇리고, 누군가 '흡연과 야만적 행위의 유사성에 대한 확실한 철학
적 증거'를 연구하려 저서를 구상하고, 누군가 '담배를 피우는 정
신질환자에 대한 사회 추방안'을 국회의 법안으로 발의하려 꼼꼼
하고도 상세한 조사에 착수한다면, 그것 참으로 우스운 일이 아니
라 할 수 없을 것이다. 그러나 가만 생각해보면, 우리는 모두 이런
우스꽝스런 일을 누군가 저지른다 해도 그다지 이상하게 여기지
않을 사회에서 살고 있는 것 아닌가. 우리는 제 고급스런 외투 깊
숙이 찔러 넣은 이들의 청결한 두 손에 차라리 별자들의 흡연, 별
자들의 연기, 별자들의 삶인 시집을 쥐여주어야 하는지도 모른다.

(『현대시학』 2015년 5월호)

으면 불법이라고? 인권 탄압의 한 사례로 차후 연구 주제로 삼기에 부족하지 않을 것
이다.